Bonnie Comfort
Verleugnung

SERIE PIPER

Zu diesem Buch

Die junge Sarah Rinsley hat allen Grund, mit ihrem Leben zufrieden zu sein. Schließlich ist sie attraktiv, klug und erfolgreich, ihre psychotherapeutische Praxis läuft gut. Doch dann vermittelt ihr ein Kollege einen besonders schwierigen Patienten: den gutaussehenden und erfolgsverwöhnten Anwalt Nick Arnholt. Er hat einen seelischen Defekt, dessen Gefährlichkeit Sarah anfangs unterschätzt. Viel mehr beschäftigt sie die beunruhigende Tatsache, daß sie ihn trotz seiner sexuellen Prahlereien als Mann durchaus attraktiv findet. Während sie mit ihm arbeitet, versucht Nick, die Therapie aus Sarahs Praxis in sein Bett zu verlagern, und ihre entschiedene Zurückweisung stachelt ihn nur noch mehr an. Aus seinem anfänglichen Flirtverhalten wird eine Art Besessenheit: Er verfolgt sie, entwendet Gegenstände aus ihrer Praxis und arrangiert »zufällige« Begegnungen. Doch dann dreht er den Spieß um ... Ein faszinierender Psychothriller über ein vielschichtiges Verhältnis zwischen Therapeutin und Patient, das aus dem Ruder läuft und schließlich beide vors Gericht bringt.

Bonnie Comfort hat mehr als zwanzig Jahre als Psychotherapeutin in Los Angeles praktiziert. »Verleugnung« ist ihr erster Roman.

Bonnie Comfort
Verleugnung

Psychothriller

Aus dem Amerikanischen von
Leon Mengden

Piper München Zürich

Ungekürzte Taschenbuchausgabe
Februar 2003

Titel der amerikanischen Originalausgabe:
»Denial«, Simon & Schuster,
New York 1995

erschienen im Verlagsprogramm Kabel
Umschlag: ZERO, München
Umschlagfoto: ZEFA / Graphistock
Gesamtherstellung: Clausen & Bosse, Leck
Printed in Germany ISBN 3-492-26045-4

www.piper.de

Einst war ich verloren,
doch bin errettet nun,
war blind und kann
doch wieder sehen.

»Amazing Grace«
John Newton, 1779

Prolog

Um zwei Minuten nach zwölf bahnte ich mir im Gebäude des Obersten Gerichtshofes von Los Angeles durch eine drängelige, plappernde Schar von Zuschauern hindurch eilends den Weg zur Damentoilette, nachdem ich mein Bedürfnis während all der Aussagen, die an diesem Vormittag gemacht worden waren, unterdrückt hatte.

Endlich war Nick im Zeugenstand. Der Mann, der mich vor Gericht gebracht hatte.

Ich war den Frauen dankbar, die vor mir an der Reihe waren, aber beiseite traten, um mich vorbeizulassen, schlüpfte in die erste erreichbare Kabine, schloß mich ein und setzte mich, um mir ein paar Minuten der Ruhe zu gönnen. Alles, wofür ich so hart gearbeitet hatte – meine psychotherapeutische Praxis, mein guter Name, meine finanzielle Sicherheit und Unabhängigkeit –, wurde mit Füßen getreten. Ich befand mich inmitten eines Wirbelsturms. Ich beugte mich vor und verbarg das Gesicht in den Händen. Bittere Tränen stachen in meinen Augen. Was war das anderes als eine öffentliche Hinrichtung? Vor meiner Kabine standen die Zuschauerinnen, die vom Verlauf meiner Verhandlung zu gebannt gewesen waren, um den Saal vor der Mittagspause zu verlassen.

Ich wischte mir das Gesicht mit einem großen Knäuel Toilettenpapier ab und sah zu, wie eine Ameise etwas über den marmorgefliesten Boden schleppte. Das einzig Vernünftige ist, sich der Sache von Tag zu Tag mit neuem Mut zu stellen, sagte ich mir. In der Kabine neben mir wechselte die Benutzerin, und ich wandte mich unwillig um, um die Spülung zu betätigen. Als ich gerade meine Strumpfhose hochstreifte, tauchte plötzlich eine maniküirte Hand mit einem Mikrofon unter der Stellwand auf, und eine gehetzt klingende Stimme fragte: »Dr. Rinsley, Ihr Patient hat heute Vormittag bei seiner Aussage sehr überzeugend gewirkt. Wie gedenken Sie, sich gegen diese ernsten Vorwürfe zu verteidigen?«

Wütend bückte ich mich, entriß der Hand das Mikrofon und brüllte: »Können mich die Menschen nicht mal eine Minute lang in Ruhe lassen.« Die Frau stürzte aus ihrer Kabine, hämmerte gegen meine Tür und verlangte ihr Mikrofon zurück. Ich warf es in die Kloschüssel, spülte, strich meine Kleider glatt, schloß die Tür auf und sagte: »Es ist den Abfluß runter, wo es auch hingehört.« Sie nannte mich eine Schlampe und schob sich an mir vorbei, immer noch in dem Glauben, sie könnte ihren verlorengegangenen Ausrüstungsgegenstand retten. Ich konnte schon die Schlagzeile des nächsten Tages vor mir sehen: JOURNALISTIN VON RUNDFUNKPSYCHOLOGIN ANGEPÖBELT.

Die Gruppe betroffen schweigender Frauen machte mir Platz, damit ich vorbeikonnte, und ich beeilte mich, in den Korridor hinauszukommen. Underbruck, mein Anwalt, stand inmitten der aufgeregten Menge und versuchte, die Journalisten von *Real Life* und *Street Brawls* abzuwimmeln. Hinter ihm hielt ein Mann von der Amerikanischen Vereinigung psychisch Kranker ein Plakat vor die Linsen der Fernsehkameras, auf dem DIE WAHREN IRREN SIND DIE SEELENKLEMPNER geschrieben stand. Gleich daneben hielt eine Sekte ein Spruchband mit der Aufschrift *Scheidet die Bösen von den Gerechten* MATTHÄUS *13.49* hoch. Underbruck gebrauchte seine Muskeln, um sich zu mir durchzudrängen, griff meinen Arm und manövrierte mich in ein Besprechungszimmer, wo er mich sitzenließ, um uns Kaffee zu holen. Zitternd wühlte ich in meiner Handtasche nach Lippenstift und Spiegel. Bleib ruhig, sagte ich mir. Diese Leute da draußen können ja nicht wissen, was sich wirklich zugetragen hat.

Meine Mutter, die für die Dauer meines Prozesses zu mir gezogen war, um mir »moralische Unterstützung« zukommen zu lassen, konnte mir auch nicht weiterhelfen. »Das geht schon wieder vorbei, Liebling«, sagte sie dauernd. »Du wirst schon eine andere Arbeit finden. Als Lehrerin. Das ist eine angenehme, solide Tätigkeit. Dein Examen kannst du doch nachholen.«

Wie hatte es zu all dem kommen können? Ich war so stolz auf meine beruflichen Fähigkeiten gewesen, so zuversichtlich und so belastbar auch unter Streß, und nun konnte ich mich kaum beherrschen. Ich hätte am liebsten laut geschrien. Ich hatte mir so große Mühe mit meinen Patienten gegeben, war gewissenhaft bei meiner Arbeit gewesen, war überzeugt, ich wäre vor den verhängnisvollen psychiatrischen Kunstfehlern, wie sie anderen Therapeuten unterliefen, gefeit.

Falsch. Meine Analytikerin sagt, so eine Katastrophe könne über jeden Therapeuten hereinbrechen, auch über die besten von uns. »Ein ganz bestimmter Patient kann dir unter die Haut kriechen und in deinem Gehirn einen wunden Punkt finden, den du auch dir selber nie hast eingestehen wollen«, sagt sie, »und dann auf diesen Punkt drücken, bis es dich in den Wahnsinn treibt.«

Recht hat sie. Nick hat mich an den Rand des Verderbens getrieben, und nun muß ich zurückgehen und die Details dessen, was geschehen ist, durchforsten, um sie endlich zu begreifen.

Teil 1

1

Mein erster Termin mit Nick war an einem Freitag um sechs Uhr abends gewesen. Vor seinem Eintreffen hatte ich das Licht in meinem Sprechzimmer auf halbe Stärke heruntergedreht, um damit eine beruhigende Atmosphäre im Raum zu schaffen, sowohl für mich als auch für meinen neuen Patienten. Ein Zehnstundentag neigte sich seinem Ende zu.

Ich entriegelte das Mansardenfenster und ließ es einige Minuten lang offen, damit kühle Luft hindurchziehen konnte. Von draußen drangen die Geräusche Westwoods herein, das sich für einen langen Freitagabend bereitmachte – das Hupen und Brummen der Autos, ab und zu ein dröhnend aufgedrehtes Radio, die munteren Rufe der Studenten, die unter meinem Fenster vorbeizogen. Wir hatten März, und obwohl an diesem Nachmittag in Los Angeles über 27 Grad geherrscht hatten, war die Sonne schon untergegangen, und es wurde bereits dunkel.

In meinem privaten Waschraum beugte ich mich über das Spülbecken und bürstete mein honigblondes Haar nach vorne, um ihm mehr Fülle zu geben. Ich trug noch einmal Lidschatten auf, um das Grün meiner Augen zu betonen, belebte meine Wangen mit ein wenig Rouge und versuchte, meine Seidenbluse so zurechtzuzupfen, daß der Fettfleck vom Mittagessen nicht auffiel. Erst dreiunddreißig, aber der Streß eines langen Arbeitstages begann bereits, seinen Tribut zu fordern. In der Nacht zuvor war ich bis ein Uhr früh aufgeblieben, um meine Diktate abzuschließen, denn ich hatte Angst, mit dieser öden Arbeit hinter mein Pensum zurückzufallen. In jeder Woche führte ich mindestens fünf psychologische Testreihen durch, und es würde mir unmöglich werden, meine ausführlichen Berichte zu Ende zu bekommen, wenn sich noch mehr Material anhäufte.

Endlich kam Nick, mit fünfzehn Minuten Verspätung. Als ich die Tür zum Wartezimmer aufmachte, stand er mitten im Raum, einen Kaffeebecher und eine Sandwichtüte in der Hand, und studierte das große Ölgemälde an der Wand. Er war tadellos gekleidet; dunkelblauer Anzug, weißes Hemd und getupfte Krawatte. Sein dichtes schwarzes Haar war perfekt geschnitten. Und selbst wie er da vollkommen unbeweglich vor mir stand, wirkte er gescheidig und anmutig.

»Lassen Sie mich raten«, sagte er und wandte sich mir zu, »Sie mögen die Realisten nicht, weil sie der Phantasie zu wenig Spielraum lassen. Stattdessen kaufen Sie die Abstrakten, und zwar Originale, für die Sie viel zuviel bezahlen. Pastellfarben für die Praxis, die kräftigeren für Zuhause. Und Sie mögen Spannung und Bewegung innerhalb der Figuren, weil Sie glauben, daß das zwischenmenschliche Beziehungen symbolisiert.«

Seine Beobachtungen klangen sarkastisch, aber ich war überrascht, wie genau er es getroffen hatte. »Ziehen Sie immer voreilige Schlüsse über die Menschen, bevor Sie sie kennengelernt haben?«

Er grinste und strahlte dabei die Selbstsicherheit eines Mannes aus, der es gewohnt war, daß die Frauen ihn attraktiv fanden. »Ich tue mein Bestes. Das ist mein Job. Ich bin sicher, daß Sie sich über mich auch schon eine Meinung gebildet haben.«

Wieder getroffen. Morry Helman, der Internist, von dem Nick an mich überwiesen worden war, hatte mich vorgewarnt: »Ich habe da einen harten Fall«, hatte er gesagt, »fünfunddreißigjähriger, unverheirateter Anwalt, der mit einer Magenblutung im Gericht zusammengebrochen ist. Chronische Kopfschmerzen, Probleme mit dem Magen, Schlafstörungen. Er behauptete, in seinem Leben wäre alles in Ordnung, aber alle seine Symptome sind auf Streß zurückzuführen, also habe ich ihm geraten, Sie anzurufen.« Ich hatte bereits den Schluß gezogen, daß Nick es höchstens drei Wochen in Psychotherapie aushalten würde.

In meinem Sprechzimmer nahm Nick in dem Sessel Platz, der unübersehbar *mein* Platz war, und ich sagte höflich, »Mr. Arnholt, setzen Sie sich doch bitte überall hin, wo Sie mögen, aber nicht gerade dorthin.«

Seine Papiertüte umklammert, wechselte er in den Stuhl, der meinem Sessel gegenüberstand. An seinem Verhalten – ein leichtes Schwanken, ein vages Grinsen auf den Lippen – konnte ich ablesen, daß er sich über mich lustig machte. »Hoffe, es macht Ihnen nichts aus, wenn ich zwischendurch esse«, sagte er. Dann blies er in seinen Kaffee, um ihn abzukühlen.

»Fühlen Sie sich ganz wie zu Hause.« Obwohl ich es nicht mochte, wenn Patienten während der Sitzung etwas aßen, wünschte ich mir in diesem Augenblick doch, ebenfalls etwas zu kauen zu haben. Ich hatte Hunger, und die Wahrscheinlichkeit, daß er einen geeigneten Kandidaten für eine Psychotherapie abgeben würde, schien mir gering. »Was führt Sie zu mir?« fragte ich.

Seine ebenmäßigen Züge zerknitterten zu einem trotzigen kleinen Lächeln. »Neugier. Ich wollte mal sehen, auf wen Morry so große Stücke hält. Und ich habe Sie im Radio gehört.«

Ich war überzeugt, daß Nick mit seiner aufgesetzt lässigen Art Unsicherheit kaschieren wollte. »Das ist alles? Es gibt keine anderen Sorgen oder Probleme, die Sie herführen?«

Er wirkte plötzlich nicht mehr amüsiert und wischte einen kleinen Fussel von seiner lupenreinen Hose. »Ich halte nicht viel von Therapie. Ich bin ein Rebell, ein richtiger *Maverick*. Ich gehe die Dinge gern auf meine Weise an. Genau wie Sie.«

»Wie kommen Sie darauf, daß das bei mir so sein sollte?«

»Immer ruhig, Doc. Sollte ein Scherz sein. Sie haben Ihre kleinen Routinen, und Sie wollen, daß Ihre Patienten sich dementsprechend verhalten. Ich verstehe.«

»Und ein Rebell, ein *Maverick*, wie Sie sagen, verhält sich nicht gern den Routinen anderer Leute gemäß?«

»Korrekt.«

Ich fragte mich, ob er wußte, daß der Ausdruck *Maverick* auch ein von der Mutter verlassenes Kalb bedeutete. »Und haben Sie die Erfahrung gemacht, daß diese Ihre eigene Art, die Dinge anzugehen, Sie weiterbringt?«

»Mehr oder weniger schon.« Er machte seine Tüte auf und nahm ein Stück Schokogebäck heraus. Nachdem er kurz innegehalten hatte, um es zu beäugen, biß er davon ab, kaute und schluckte, bevor er seinen Faden wieder aufnahm. »In der Army zum Beispiel habe ich eine ganze Reihe Vorschriften beugen können. Und obwohl ich bei ein paar hochkarätigen Anwaltsfirmen gekündigt habe, nehme ich jetzt eine glänzende Position ein.«

»Sie sind also nicht gern ein braver Junge.«

»Absolut korrekt.« Er lächelte.

»Sind Sie nicht ein braver Junge, wenn Sie zu mir in die Praxis kommen?«

»Ja, und über meine Gefühle spreche«, fügte er hinzu. Er aß sein Schokogebäck auf, faltete die Tüte zu einem ordentlichen Quadrat zusammen und stopfte sie in seinen leeren Kaffeebecher. Seine Nägel waren blitzsauber und die Finger ebenmäßig geformt. »Das Merkwürdige ist, daß ich eigentlich kaum etwas empfinde.«

Um meine gezielten Fragen zu beantworten, faßte er seine derzeitigen Lebensumstände kurz zusammen. Er arbeitete über achtzig Stunden die Woche bei McCutcheon & Oberdorf, einer hochangesehenen Anwaltsfirma unten in der Stadt. Er joggte jeden Tag fünf Meilen, rauchte abends Marihuana und schnupfte an den Wochenenden gelegentlich Kokain, wozu er zwischendurch gerne einen kräftigen Schluck Gin nahm. Er war Kriegsveteran, hatte aber nicht an Kampfhandlungen teilgenommen, und seine Armeerente hatte ihm geholfen, seine Juristenausbildung zu finanzieren. Seine hauptsächlichen Probleme, sagte er, hatte er mit seiner Gesundheit und mit Frauen. Seit er Medikamente bekam, hatte er sein Magengeschwür zwar besser im Griff, aber bisweilen zwang ihn ein Durchfallgefühl, den Gerichtssaal zu verlassen und auf die Toilette zu hetzen, was jedesmal eine Peinlichkeit war. Ohne Marihuana hatte er Schwierigkeiten, einzuschlafen, und er wachte oft mitten in der Nacht mit wild schlagendem Herzen auf. Er hatte noch nie eine engere Liebesbeziehung von mehr als drei Monaten Dauer unterhalten.

»Haben Sie sich je so niedergeschlagen gefühlt, daß Sie daran dachten, aus dem Leben zu scheiden?« Das war eine der Standardfragen, die ich in jede erste Sitzung einbaute.

»Nein. Aber manchmal jage ich meinen Ferrari auf der Küstenstraße auf zweihundert Sachen hoch. Ist wie beim ersten Schnupfer Koks.«

Den Tod herausfordern. Eine Art und Weise, gegen das Gefühl, innerlich abgestorben zu sein, anzugehen. »Haben Sie je einen Selbstmordversuch unternommen?«

»Nein«, wiederholte er. »Selbstmord ist was für Feiglinge.«

Meine Standardfragen brachten keinerlei Anzeichen einer Psychose zum Vorschein, ließen auch keine latente Gewalttätigkeit oder einen akuten seelischen Krankheitszustand erkennen. Ich kehrte zu dem Problem zurück, das er mir als Anlaß für seinen Besuch präsentiert hatte. »Erzählen Sie mir von Ihrem Verhältnis zu Frauen.«

»Frauen hängen mir ziemlich rasch zum Halse heraus. Immer wollen sie, daß ich ihnen erzähle, was ich empfinde.« Er machte eine Pause, um meine eingerahmten Diplome an der Wand zu lesen. »Sex mit einer neuen Frau ist das einzige, wobei ich überhaupt etwas empfinde, aber selbst das hält nicht lange an. Normalerweise gelingt es mir, eine Frau nach unserem zweiten bis vierten Treffen zu verführen. Manchmal halte ich mich zurück, bis sie denkt, sie wäre zu fett oder ich wäre in eine andere Frau verliebt, und dann verplappere ich mich, wenn ich ihr sage, daß ich dabei bin, mich in sie zu verlieben, und sie glaubt dann, meine Gefühle wären ehrlich.« Du Mistkerl, dachte ich, du manipulierst die Frauen ja ganz schön.

Er machte wieder eine Pause und ließ ein charmantes Lächeln mit einem Anflug von Amüsement aufblitzen. »Mir gefällt es eben in des Fängers Hand.« Es dauerte einen Augenblick, bis ich begriffen hatte, daß das eine sexuelle Anspielung sein sollte. Ich lächelte höflich und sagte nichts dazu, aber ich ahnte schon, warum Frauen so gerne auf ihn eingingen. Sein Gesicht war braungebrannt und kantig. Seine Augen waren von einem betörenden Blau, funkelten wie bemaltes Glas. Und er besaß diese Respektlosigkeit Regeln gegenüber, was manche Frauen so verführerisch an Männern finden. »Nach einer Weile dann wird mir der Sex langweilig, wie alles andere auch«, schloß er. »Ich habe gerade mit einer Frau Schluß gemacht. Sie wollte alles bis zum Erbrechen ausdiskutieren. Es reichte ihr nicht, sich mit mir zu zanken; sie wollte jeden einzelnen Satz acht Stunden lang durchkauen.« Er schwieg für einen Moment und sah sich im Zimmer um. »Ihre Praxis ist so sauber und ordentlich. Ich wette, bei Ihrem Haus und Ihrem Auto und Ihren Kleidern verhält es sich genauso.«

Einen Augenblick lang sah ich meine Schubladen vor mir, all die sorgsam aufgereihten Büstenhalter und Höschen, und in Seidenpapier eingewickelten Pullover. »Sie sind ein guter Beobachter«, sagte ich. »Ja, ich achte schon auf Einzelheiten. Vielleicht werden Sie glauben, daß ich ähnliche Ansichten wie Ihre letzte Freundin habe, aber ich würde auch gerne jede Einzelheit mit Ihnen bis zum Erbrechen diskutieren.«

»Natürlich wollen Sie das. Dafür sind Seelenklempner doch da.«

»Gibt es noch andere Dinge in Ihrem Leben, die Sie stören?«

»Ich habe Alpträume. Und ich kriege Kopfschmerzen.«

»Vielleicht sind Sie doch angespannter, als Sie glauben.«

»Kann schon sein.«

Es hörte sich für mich so an, als hätte er eine Persönlichkeitsstörung – eine pathologische Übertreibung der normalen Charakterzüge – aber es war noch zu früh, um eine Diagnose zu wagen. An diesem Punkt wußte ich nur, daß er seine Ängste verdrängte, was sich physisch ausdrückte, und daß er keinen Bezug zu seiner eigenen Depression hatte, was dieses selbstzerstörerische Verhalten auslöste. Seine Arroganz war sozusagen die Spitze des Eisbergs seiner Persönlichkeitsstörung, aber ich würde mehr Zeit mit ihm benötigen, um das genauer zu untersuchen. Manche Menschen benehmen sich nur so, wenn Sie sich bedroht fühlen. Für andere ist Arroganz ein Lebensstil.

»Glauben Sie, daß eine Therapie mir helfen könnte?« fragte er. Er wirkte ganz ernsthaft, aber ehe ich eine Chance hatte zu antworten, hatte er sich schon wieder gefangen und ein spöttisches Grinsen aufgesetzt. »Aber was rede ich da? Sie glauben sowieso, daß eine Therapie die Lösung für alles ist.«

Ich unterdrückte eine scharfe Erwiderung und schlug stattdessen eine Folge von drei Sitzungen für eine erste Einschätzung vor, was uns beiden die Möglichkeit gäbe, abzuwägen, worauf wir uns da einließen, und die Sache abzublasen, wenn wir es für angebracht hielten. »Falls Sie während dieser Zeit irgendwelche Träume haben, an die Sie sich erinnern, schreiben Sie sie bitte auf, damit wir darüber sprechen können«, sagte ich.

Ich setzte ihn über meine Gepflogenheit, nach jeder Sitzung bezahlt zu werden, ins Bild und füllte mit ihm den Erhebungsbogen aus. »Noch eine Sache«, sagte ich. »In Zukunft würde ich es vorziehen, wenn Sie keine Lebensmittel zu unseren Sitzungen mitbringen. Ich wollte Sie heute nicht Ihrer Mahlzeit berauben, aber im Prinzip finde ich, daß das nur ablenkt.« Als er mir seinen Scheck gab, stellte er sich viel zu dicht neben mich und sah auf mich hinunter wie ein hungriger Wolf.

Nachdem er gegangen war, staubte ich meine Palme ab, sprühte die abgeschrägten Fenster ein, wischte sie blank und putzte den Couchtisch. Als ich merkte, daß dieser ruhelose Beschäftigungsdrang ein Versuch war, mein inneres Gleichgewicht wieder zurückzuerlangen, stellte ich den Glasreiniger auf meinen Schreibtisch und setzte mich hin.

Was war das, was er an sich hatte? Seine unterdrückte sexuelle Energie? Seine aufdringlichen Mutmaßungen über meine Person? Was es auch sein mag, ich werde damit fertig, sagte ich mir. Ich hatte schon jede Menge anderer überheblicher, egozentrischer Patienten gehabt. Ich stand wieder auf, besprühte die graue Kunststoffplatte meines Schreibtisches und rieb sie, bis sie glänzte.

2

Mein letzter Termin auf meinem Heimweg an diesem Abend war im Westwood Hospital, wo ich einen anorektischen Teenager behandelte. Bevor ich meine Sitzung mit ihr anfing, plauderte ich noch kurz mit Linda Morrison, der Oberschwester. Während des vergangenen Jahres hatten wir uns angefreundet, und wir verabredeten, demnächst einmal zusammen zu Abend zu essen.

Ich arbeitete eine Dreiviertelstunde mit dem Mädchen. Ein lautstarkes Handgemenge schreckte uns auf, und ich trat vor die Tür, um nachzusehen, was da los war. Am Ende des Ganges hatte sich eine Gruppe Patienten um zwei Pfleger geschart, die am Boden mit einem großen, muskulösen Teenager rangen. Sie hatten seine Arme über seinem Kopf auf den Fußboden gedrückt, während er versuchte, sie durch Treten abzuschütteln. »Arschlöcher!« schrie er. Inmitten der Menge entdeckte ich Linda, die mit einem Handy den Wachdienst herbeirief. Ich ging rasch zu ihr hin, um sie zu fragen, was passiert war.

»Er hat eine Schere und hat gedroht, seinen Zimmergenossen ins Auge zu stechen, wenn wir ihn nicht nach Hause gehen lassen. Wir werden ihm eine Zwangsjacke anlegen und ihm ein Mittel geben, sobald die Sicherheitsleute hier sind.«

»Hast du Glazer angerufen?« Glazer war der behandelnde Arzt des Jungen. Aus der Krankengeschichte dieses Patienten, die Glazer bei einer Abteilungskonferenz vorgetragen hatte, wußte ich, daß der Junge unter Angstzuständen litt.

»Dreimal habe ich ihn schon ausrufen lassen.«

Ich habe enormen Respekt vor Krankenschwestern in der Psychiatrie, weil sie das Rückgrat einer jeden Abteilung mit stationären Patienten darstellen, aber Linda war Zeugin geworden, als zwei Monate zuvor ein Patient eine andere Schwester angegriffen hatte, und die Furcht steckte ihr immer noch in den Knochen. »Versuchen wir selber, die Situation zu entschärfen«, sagte ich. »Hilf mir mal, die anderen alle von hier fortzuschaffen.«

Linda nickte, trat zwischen die Patienten und sagte laut: »Okay! Die Show ist vorüber! Alles zurück in die Zimmer! Sofort!«

»Ins Fernsehzimmer, in eure Zimmer, nur verschwindet bitte von hier!« pflichtete ich ihr bei.

Widerwillig schlurften die Patienten von dannen, drehten sich noch einmal nach uns um, während sie sich in alle Richtungen zerstreuten. Ich trat näher an die kämpfenden Männer heran und sagte: »Laßt ihn los.«

»Keine gute Idee, Doktor«, grunzte einer der Pfleger.

»Laßt ihn los«, wiederholte ich mit Nachdruck.

In diesem Augenblick kamen zwei bullige Männer vom Sicherheitsdienst durch die Tür gestürzt und waren im Nu bei uns. Ich war erleichtert, sie zu sehen, aber ich sagte: »Ich möchte mit diesem Jungen reden, bevor Sie ihm die Zwangsjacke anlegen.« Es ist meine Überzeugung, daß eine Taktik der Stärke solche Situationen für gewöhnlich nur unnötig eskalieren läßt.

Die Pfleger ließen den Jungen los und standen langsam auf. Der Junge blieb mit hochrotem Gesicht und Schaum auf den Lippen liegen, die Schere mit der rechten Hand umklammert.

Ohne näher heranzugehen, sagte ich zu ihm, »Ich bin Dr. Rinsley und ich möchte gerne herausbekommen, was los ist. Wärest du bereit, in einem Besucherzimmer ganz in Ruhe mit mir zu reden?«

Er warf mir einen wütenden Blick zu und stand auf. Er war mindestens einsneunzig und sehr stämmig, und die Sicherheitsbeamten kamen einen Schritt näher.

Ich streckte ihm die Hand entgegen. »Gib mir die Schere.«

Er schüttelte den Kopf.

»Du machst den Leuten Angst mit dieser Schere. Auf die Weise kriegst du hier nie, was du willst. Komm, gib sie mir.« Immer noch hielt ich den Arm ausgestreckt. Nachdem ich den Jungen eine Ewigkeit, wie es mir vorkam, scharf angesehen hatte, begann mein ausgestreckter Arm zu schmerzen. Endlich hob er die Hand und gab mir die Schere. Ich wandte mich um und reichte sie an Linda weiter, die sie mit einem unverhohlenen Blick der Bewunderung entgegennahm.

Kurz darauf waren wir mit dem Jungen in dem Besprechungszimmer und hörten uns seine Geschichte an. Sein Zimmergenosse versuche, ihn zu vergiften, erzählte er. Sein Orangensaft schmecke komisch, und in das Eis wäre zerbröseltes Glas gemischt. Er wolle nach Hause und sich auf dem Dachboden einschließen, wo er sich sicher wähnen konnte.

»Du kannst heute nacht allein in einem anderen Zimmer schlafen, und ich werde dir dein Frühstück morgen früh direkt dorthin bringen lassen«, sagte Linda.

Der Junge ließ den Kopf sinken und begann zu weinen. »Ich hasse es, hier zu sein. Mit einer Horde Verrückter eingesperrt.«

»Aber begreifst du denn nicht, daß du ihnen auch Angst machst?« fragte ich.

»Ich will doch nur, daß sie mich in Ruhe lassen«, sagte er unter Tränen.

»Die beste Methode, um von ihnen in Ruhe gelassen zu werden, ist, sie ebenfalls in Ruhe zu lassen«, sagte ich. »Sobald wir Dr. Glazer erreichen, werden wir ihn bitten, dir eine Medizin zu geben, nach der du gut schlafen kannst. Morgen früh mußt du ihm das alles erzählen.«

»Okay«, schniefte er und beruhigte sich etwas. »Und ich krieg auch keine Zwangsjacke an?«

»Solange du nicht versuchst, jemandem was zu tun, bekommst du keine Zwangsjacke von uns«, sagte Linda. »Sobald du wieder anfängst, loszutoben, werden wir zu deiner eigenen Sicherheit und zu der der anderen etwas tun müssen. Hast du das verstanden?« Er nickte, und ich stand auf, um zu gehen. Meine Beine zitterten noch von dem Erlebnis. Als ich die Tür öffnete, sagte er: »Danke, Doktor. Vielen, vielen Dank.« Ich schloß die Tür, machte mir ein paar Notizen für meine Patientenkartei, und verabschiedete mich von Linda, bevor ich das Gebäude verließ.

Während der Fahrt nach Hause rief ich über mein Autotelefon Morry Helman an. Er ist ein sehr guter Arzt. Ich wollte ihn wissen lassen, daß Nick mich aufgesucht hatte. »Ich werde mein Bestes mit Nick versuchen, wenn er weiterhin zu mir kommt«, sagte ich. »Und vielen Dank, daß du an mich gedacht hast.«

»Du weißt, daß ich oft an dich denke.« Im vorletzten Jahr hatte ich eine kurze Romanze mit Morry beendet. Es war nie dazu gekommen, daß ich mich richtig in ihn verliebt hatte.

»Wie wär's mit Mittagessen? Übernächsten Mittwoch um eins im *Paradise Restaurant*?«

An einer roten Ampel schaute ich in meinen Terminkalender. »Paßt bestens. Wir sehen uns dann.«

Ich war froh, endlich zu Hause zu sein. Die Temperatur war erheblich gesunken, und ein frischer, kühler Wind blies durch die Ahornbäume. Mein kleines Haus in Brentwood sah mit den prächtigen rosa und roten Rosen, die deutlich gegen die weiße Wand abstachen, besonders einladend aus. Es lohnte sich, dafür so hart zu arbeiten, wie ich es tat.

Im Haus ließ ich meine Post auf die Ablage fallen und tollte ein wenig mit Frank, meinem Basset, herum, bevor ich meine Shorts anzog und eine halbe Stunde auf dem Hometrainer radelte. Nachdem ich dadurch neue Kraft geschöpft hatte, fütterte ich Frank, aß selber einen Teller Gemüsesuppe, machte mir einen Becher Pfefferminztee und ließ meinen Anrufbeantworter zurückspulen. Der Auftragsdienst hatte mir vier Nachrichten hinterlassen: Ein Psychiater wollte, daß ich eine Testreihe durchführte, der Manager von KPXQ, der Radiostation, bei der ich meine Sendung hatte, wollte wissen, ob ich am nächsten Dienstag anschließend noch zu einer Besprechung bleiben könnte. Mein Dreiuhrtermin am Montag war abgesagt worden, und einer meiner depressiven Patienten hatte dringend um einen Rückruf gebeten.

Außerdem gab es eine Nachricht von Valerie Meldon, auch einer Psychologin mit eigener Praxis, die seit unserer gemeinsamen Studienzeit meine engste Freundin war: »Hi. Ich brauche deinen Rat. Ruf mich noch heute abend an, egal, wie spat es wird. Küßchen, bis dann.« Ich mußte lächeln. Während langer Beziehungen mit Männern und gelegentlicher Zeiten als Single, wie jetzt gerade, waren wir immer für einander dagewesen, hatten gemeinsam berufliche Probleme durchdacht, getratscht, uns gegenseitig Ängste und Kummer eingestanden und einander Mut gemacht. Tausendmal am Tag mußte ich meine Worte sorgfältig abwägen und auf mein Auftreten achten. Es war immer äußerst angenehm, mich bei Val ganz ungezwungen geben und sagen zu können, was mir gerade in den Sinn kam.

Zuerst führte ich ein längeres Gespräch mit meinem depressiven Patienten und kraulte dabei Franks Bauch. Sooft ich mich ganz und gar auf einen Patienten konzentriere, ist jede Müdigkeit im Nu verschwunden.

Danach rief ich Val an. »Weißt du, was ich heute gegessen habe?« sagte sie. »Zwei *Oreo*-Kekse und eine halbe Tüte Popcorn. Und heute abend habe ich nicht einmal die Energie gehabt, mir etwas kommen zu lassen, habe mich mit einer Cola Light und einer Packung Truthahnsalami beschieden.«

»So? Da hast du immerhin vier Elemente der Ernährung: Fett, Zukker, Konservierungsmittel und künstliche Süßstoffe. Ich habe mir heute meine Bluse bei einem scheußlichen Imbiß mit Thaidressing bekleckert.«

»Wie ich schon sagte, ich brauche deinen Rat. Ich habe doch dieses Paar, das wegen Eheproblemen zu mir kommt. Dann hat der Mann gefragt, ob ich sie ein paar Mal getrennt empfangen könnte, weil sie ziemliche Schwierigkeiten damit haben, sich voreinander auszusprechen.«

»Oh, oh.«

»Oh, oh stimmt genau. Kannst du dir denken, was jetzt kommt? Er ist also alleine zu mir gekommen und hat mir erzählt, er hätte seit zwei Jahren ein Verhältnis, möchte aber nicht, daß ich seiner Frau etwas davon sage.«

»Du hast nicht über die Voraussetzung der bedingungslosen Offenheit mit ihnen gesprochen, bevor du sie in Einzeltherapie genommen hast?«

»Das ist mir erst später eingefallen. Aber glaub' nicht, daß ich das je noch einmal vergessen werde.«

»Wohl nicht.«

»Also was soll ich jetzt machen?«

»Du kannst es ihr nicht erzählen. Alles, was du tun kannst, ist, dich auf die Probleme in der Ehe zu konzentrieren. Hier ist wahrscheinlich sowieso die Ursache für seine Affäre zu suchen. Aber du solltest noch einmal alleine mit ihm sprechen und ihm sagen, daß seine Eheprobleme nie gelöst werden können, solange er sich in einem Verhältnis ein Ventil für seine Gefühle schafft.«

»Danke. Okay, das finde ich gut.« Val machte eine kurze Pause. »Weißt du, Sarah, wenn ich in einer Therapiesitzung bin, kommt es mir die Hälfte der Zeit so vor, als hätte ich gar kein Konzept, als würde ich immer bloß spontan entscheiden, was zu sagen ist.«

»Du bist eine ordentliche Therapeutin, Val. Das weiß ich. Ich habe dich bei der Arbeit gesehen. Also hör auf, dich selber schlecht zu machen.«

»Schon gut, schon gut. Nun zu ernsteren Dingen. Ich bin morgen mit einem Neurologen verabredet, und ich finde ihn ziemlich attraktiv. Soll ich mein dunkelblaues Kostüm mit der rosa Muschel tragen oder etwas Langes, Fließendes mit einer eng geschnittenen Jacke?«

»Auf jeden Fall das Kostüm. Und laß dein Haar unten. Was weißt du denn über ihn?«

»Verheiratet.«

»Mist.« Val schien ein Talent dafür zu haben, Männer aufzutun, die nicht frei waren, und sich in sie zu verknallen. »Was ist denn mit diesem Computertypen passiert?«

»Zu jung. Und zu dem Thema habe ich noch eine Geschichte zu erzählen, aber sag du mir erstmal, ob du von Pallen gehört hast.«

»Zweimal. Und beide Male hat es sich zu einer von diesen Marathondiskussionen entwickelt, warum und wieso nun alles anders würde.« Ich war acht Monate lang mit Pallen ausgegangen, als ich herausbekam, daß er noch eine andere hatte. »Ärgerlich ist bloß, daß er mir fehlt. Meinst du, ich sollte mich ab und zu mit ihm treffen?«

»Nein. Er will sich wieder bei dir einschmeicheln, als ob nichts geschehen wäre, und du wirst darauf reinfallen.«

»Recht hast du. Absolut recht. Und was ist das für eine Geschichte mit ›zu jung‹?«

»Ich habe da eine Patientin, eine achtundvierzigjährige Schauspielerin, die für fünfunddreißig durchgehen würde, die mit einem Burschen von dreiundzwanzig zusammen ist. Er weiß es nicht, aber sie ist schon in den Wechseljahren. Also nimmt sie jeden Morgen ihr Östrogen, und er glaubt, es wäre ihre Antibabypille. Letzten Monat hat er ihr gesagt, er wolle sie heiraten und ein Kind von ihr, also hat sie ihren Gynäkologen gefragt, ob eine künstliche Befruchtung möglich wäre, ohne daß der Knabe es erfährt. Er hat abgelehnt, also hat sie mit Kliniken in Mexiko und Frankreich telefoniert. Und dann, letztes Wochenende, hat ihr Kerl einen Haufen Kumpel zu einer Swimmingpoolparty eingeladen, und durch irgendeinen bizarren Zufall war auch der Stiefsohn ihres zweiten Mannes dabei.«

»O mein Gott. Was ist passiert?«

»Sofort Schluß. Ihr Loverboy ist noch am selben Tage ausgezogen, und sie hat nächste Woche einen Termin für einen plastischen chirurgischen Eingriff.«

»Oh, Val, das ist ja alles furchtbar. Werden wir auch so enden? Versprich mir, daß du mich zur Ordnung rufst, wenn ich mich mit fünfzig noch in der Abteilung für Teenie-Klamotten umsehe.«

»Ha! Wenn du mal fünfzig wirst, dürftest du wohl noch in den knappsten Klamotten gut aussehen, und *ich* werde dann jeden zu überzeugen versuchen, daß weite Kleider hübsch sind und Abendessen um sechs *ein Muß*.«

Wir lachten und sagten uns gute Nacht.

Im Badezimmer zündete ich ein paar Kerzen an, ließ die Wanne mit heißem Wasser vollaufen und mich hineingleiten. Auf einer Wannenecke hatte ich mir ein Glas mit Eiswasser hingestellt. Frank hatte sich auf die Badematte neben der Wanne gelegt und war eingedöst. Ab und zu stieß er im Schlaf hohe Winseltöne aus.

Das heiße Wasser ließ die Spannung in meinem Körper dahinschmelzen, und ich war vollkommen ausgeglichen, während ich über mein Privatleben nachsann. Morry war lieb und verläßlich gewesen, aber seine Anhänglichkeit geradezu klebrig, genau wie bei meiner Mutter. Pallen war sehr einnehmend gewesen mit seiner originellen Art von Humor und seinem athletischen Körperbau, aber mein Vertrauen zu ihm hatte einen zu schweren Dämpfer erlitten. Mir fehlten immer noch das viele Lachen und der Sex mit Pallen, aber nach dem, was mein Vater sich geleistet hatte, war Untreue ein wunder Punkt bei mir. Irgendwann kommt schon wieder einer, dachte ich. Ich beobachtete, wie die Tropfen des kondensierenden Wassers am Glas herunterliefen, und schob alle Gedanken von mir. Mein Körper fühlte sich schwer und warm an, als ich den Stöpsel herauszog und aus der Badewanne stieg.

Ich löschte alle Lichter, nahm eine Schachtel braunen Zucker mit ins Bett und sah fern, während ich mit dem Löffel kleine Zuckerklumpen aß. Morgen war Samstag, der Tag meiner Runde durchs Krankenhaus und der Tests, die ich durchführen mußte und die zu lange dauerten, als daß ich sie noch in die Woche hätte quetschen können.

3

Nick erschien pünktlich zu unserer zweiten Sitzung. Er trug einen grauen Anzug und eine sehr geschmackvolle blaue Seidenkrawatte. »Um zwei war ich bei Gericht fertig«, sagte er grinsend. »Also habe ich gegessen, *bevor* ich hergekommen bin.« Er nahm mir gegenüber Platz, spreizte die Schenkel, so daß ich ihm zwischen die Beine gucken konnte, und sah mich unverwandt an. »Los geht's«, sagte er.

»Erzählen Sie mir von Ihrer Familie«, sagte ich.

Er war Einzelkind, geboren und aufgewachsen in Inglewood in Kalifornien, wo jedes Wort im Haus vom Heulen der Maschinen des nahegelegenen Flugplatzes beinahe erstickt wurde. Als Nick drei war, hatte seine Mutter sich das Leben genommen; die Gründe dafür hatte Nick nie so recht begriffen. Sein Vater war Automechaniker, ein strenger, schwer erträglicher Tyrann, der sofort beleidigt tat, wenn er sich vernachlässigt fühlte. Schon bald nach dem Tod seiner ersten Frau heiratete Nicholas senior Candy, eine Nachtclubhosteß mit glänzenden schwarzen Haaren, einem lebhaften Temperament und einem Schrank voller hochhackiger Slingpumps.

»Mein Vater war total vernarrt in Candy und eifersüchtig bis zum Wahnsinn. Bisweilen tauchte er unvermittelt in dem Club auf, um ihr nachzuspionieren, und wenn er sie bei einem Drink mit einem Kunden vorfand, verprügelte er sie vor allen Leuten.«

»Wie hat sie sich Ihnen gegenüber verhalten?«

»Sie war okay. Ich habe sie gehaßt, weil sie versuchte, den Platz meiner Mutter einzunehmen. Sie hat mir Spielsachen gekauft und für mich gebacken, ich aber wollte meine Mutter zurück.«

»Und die Ehe?«

»Verheerend. Sie hat versucht, es ihm schön zu machen, aber es war nie gut genug. Sie hat getrunken, und deswegen war dauernd Krach. Am schlimmsten gestritten haben sie sich, weil sie ein Kind von ihm wollte. Sie hat ihn angefleht. Sie hat Teller nach ihm geworfen. Und immer, wenn sie häßlich zu mir war, habe ich mir gedacht, daß es bestimmt deswegen ist, weil ich nicht *ihr* Kind bin. Als ich zehn war, ist sie auf Nimmerwiedersehen verschwunden.«

»Sie haben sie danach nie wiedergesehen?«

»Nein. Ich bin mir sicher, daß sie geglaubt hat, mein Vater würde sie umbringen.«

»Wie ist das Verhältnis zu Ihrem Vater heute?«

»Er ist tot. Hatte vor vier Jahren einen Herzanfall.«

Es gab noch ein paar Verwandte seines Vaters in Ohio, aber Nick hatte nie Kontakt mit ihnen gehalten. Er war ganz und gar alleine, und ich empfand Mitleid mit ihm, weil sein Mißtrauen ihn daran hinderte, neue Menschen kennenzulernen. »Ich weiß nicht, was mir das bringen soll«, sagte er. »Jetzt wissen Sie also über meine Kindheit Bescheid. Na und?«

Ich nahm meinen ganzen Mut zusammen. Falls er bei mir in Therapie bliebe, würde ein einziger Clinch zwischen uns beiden dabei herauskommen, und ich müßte die Ängste hinter jeder seiner Spitzfindigkeiten begreifen und sie direkt angehen. »Vielleicht möchten Sie nichts mehr mit Ihrer Vergangenheit zu tun haben, weil sie schmerzliche Erinnerungen in Ihnen hervorruft?«

Er legte den Kopf auf die Seite. »Kann sein. Wie alt sind Sie eigentlich? Achtundzwanzig? Dreißig?«

Es ist nichts dabei, wenn Patienten sich Gedanken machen, ob ihr Therapeut auch kompetent ist. Ich glaubte, die Frage nach meinem Alter wäre Nicks Art und Weise, dieses Thema anzusprechen, und daher mußte die Angelegenheit ohne Umschweife besprochen werden. »Ich werde Ihnen gerne sagen, wie alt ich bin, aber lassen Sie uns zunächst feststellen, warum Sie das wissen wollen«, antwortete ich.

»Tja – beim Radio mögen Sie ja eine große Nummer sein, aber ich würde gerne wissen, wieviel Erfahrung Sie in *richtiger* Therapie haben.« Er holte eine kleine Flasche Antazid aus seiner Aktenmappe und nahm einen Schluck.

»Kann es sein, daß Sie befürchten, ich könnte Ihnen nicht helfen?«

»Sie sehen aus – also, warum erzählen Sie mir nicht kurz, wie Sie zu Ihren ganzen Diplomen gekommen sind?« Er steckte die Flasche zurück in seine Mappe.

»Ich würde sagen, daß Sie meine Diplome schon gründlich genug studiert haben.«

Er warf mir ein weiteres Tausendwattlächeln zu. »Geboren und aufgewachsen in Bandon, Oregon, Abschluß an der University of California, jüngste Analytikerin, die je am Southern California Institute ausgebildet worden ist, außerordentliche Professur am Institut für Neuropsychologie, Mitautorin zweier Bücher und einem Haufen Zeitschriftenartikel.«

Er hatte noch mehr getan, als meine Diplome bloß zu *studieren.* »Sie wollten etwas darüber sagen, wie ich aussehe.«

Er zögerte. »Sie haben tolle Beine und ein hübsches Gesicht, aber Sie sehen aus, als könnten Sie einen guten Fick vertragen. Wenn ich so frei sein darf.«

Ich war gewohnt, daß Patienten manchmal rüde oder laut mir gegenüber wurden, aber das war ungewöhnlich provokant. »Kann es sein, daß Sie meinen, mir jetzt etwas beweisen zu müssen?«

Sein Gesicht verlor ein wenig von seinem Trotz. »Ich hasse es, vor Leuten meine schmutzige Wäsche auszubreiten. Besonders vor einer Frau.«

»Warum ist es bei Frauen besonders schlimm?«

»Sobald man einer Frau die Zügel überläßt, ist man am Arsch.«

»Also entweder Sie oder ich? Entweder bin ich die, die einen guten Fick braucht, oder Sie sind es, der am Arsch ist?«

Er lachte, wurde aber sofort wieder ernst. Seine Kinnmuskeln zuckten, als er die Zähne zusammenbiß. »Allerdings – jetzt, wo ich darüber nachdenke, würde ich einem Mann noch weniger vertrauen.«

»Vielleicht läßt sich in Ihrer Vorstellung eine Frau leichter herabsetzen als ein Mann. Denn wenn sie dann Ihre Geheimnisse kennt, ist es nicht so schlimm, weil sie ja *nur* eine Frau ist.«

Er zog die Augenbrauen in die Höhe und sah mich an. »Sie sind ganz schön gewieft, was?«

Ich lächelte wohlwollend. »Irgendwelche Träume seit der letzten Woche, an die Sie sich erinnern?«

»Zwei. Ich hab sie mir aufgeschrieben.« Er zog einen sorgsam gefalteten Zettel aus seiner Hosentasche. »Ich bin in einem Panzer auf einer Straße irgendwo im Nahen Osten. Mir ist heiß, und ich bin ganz verschwitzt, und ich habe das Gefühl zu ersticken. Da rufen mir ein paar Amerikaner, Männer und Frauen, zu, ich soll sie hereinlassen, sie würden mir helfen, aber ich weiß nicht, ob das ein Trick ist oder nicht. Sie schlagen mit den Fäusten auf die Einstiegsluke, ich krieg's fürchterlich mit der Angst zu tun, und dann wache ich auf.« Er blickte kurz von seinem Zettel hoch und fuhr dann fort: »Im nächsten Traum befinde ich mich in dem Park, der die Santa Monica Bay überblickt, und ein Mann in einem grauen Dreiteiler kommt zu mir und bietet mir aus einer Papiertüte etwas zu essen an. Ich habe Hunger, aber ich weiß nicht recht, ob ich in die Tüte greifen soll. Ich schaue nach unten und sehe, daß der Mann grellrosa Schuhe mit hohen Absätzen trägt. Das war's.«

»Was fällt Ihnen dabei ein?« Er sah mich fragend an. »Erzählen Sie mir alles, woran Sie bei den Bildern im Traum denken müssen – Erinnerungen, Assoziationen, Menschen. Einfach alles.«

Er schüttelte den Kopf, begann nach einer kurzen Pause aber zu erzählen. »Die Menschen sind immer mit jemand anderem im Kriegszustand gewesen. Panzer sind meine bevorzugten Kampfmittel. Sie sind wirklich ziemlich gut geschützt, und man kann sich in ihnen bewegen. Und ich träume oft davon, in kleinen, eingeschlossenen Räumen zu sein, in denen es heiß ist und ich mich fürchte.«

»Was ist mit dem Gefühl, bei der Ihnen angebotenen Hilfe könnte es sich um einen Trick handeln?«

»Die Menschen lügen dauernd, um zu kriegen, was sie wollen. Frauen haben manchmal die besten Tricks auf Lager.«

»Was für Gedanken assoziieren Sie mit dem zweiten Traum?«

»Das einzige, was mir dabei einfällt, ist diese alte *C & R* Kleiderwerbung im Fernsehen. Da ist ein Typ, der ganz abgekämpft und verschwitzt aussieht in seinen Tennisklamotten, und dann spielen sie das Lied ›What a Difference a Day Makes‹, und sie zeigen den gleichen Typen in einem schicken Dreiteiler, tipptopp vom Scheitel bis zur Sohle.«

Ich wußte, daß ich in der vergangenen Woche rosa Schuhe mit hohen Absätzen getragen hatte, als Nick bei mir war, aber das war jetzt in seinem Unbewußten. »Der erste Traum deutet an, daß Sie das ganze Leben als einen einzigen Krieg empfinden. Sie schützen sich selber, indem Sie einen psychologischen Panzer um sich gebaut haben, in dem Sie überleben können. Jetzt haben Sie Angst und sind allein und am Ersticken in Ihrem Panzer, aber Sie haben immer noch das Gefühl, nicht ohne ihn auskommen zu können. Und Frauen kann man ebensowenig trauen wie Männern, sie sind vielleicht sogar noch gefährlicher. Der zweite Traum mag mit Ihrem Dilemma zu tun haben, ob Sie zur Therapie gehen sollen oder nicht. Ich glaube, der Mann in dem Park mit der Essenstüte bin ich.«

»Aber das war doch ein Mann!«

»Ein Schwindler, ein Mann, der eigentlich eine Frau ist, sich aber als Mann verkleidet hat, oder ein Mann, der sich als Frau verkleidet. Er bzw. sie bietet Ihnen aus einem geschlossenen Behältnis etwas zu essen an, genau wie ich Ihnen auch nur in einem abgeschlossenen Raum und zu einer genau festgelegten Zeit etwas anbiete. Vielleicht denken Sie, daß das so wenig sein wird, daß Sie Ihr eigenes Essen mitbringen müssen, um es hier bei mir zu verzehren, wie Sie es letzte Woche gemacht haben. Und der Dreiteiler und das Lied ›What a Difference a Day Makes‹ könnten die Hoffnungen ausdrücken, die Sie in Hinblick auf die Therapie haben – daß wir uns hier nur einen Tag lang zusammen hinsetzen müssen und sich dadurch Ihr ganzes Leben ändern könnte, und wenn das einträte, wäre das der Tag, an dem alles besser würde.«

Er überdachte das schweigend. »Vielleicht *hat* der Traum von Ihnen gehandelt. Aber nehmen Sie sich nicht einfach viel zu wichtig?«

»Ich habe nicht gemeint, daß der Traum von mir persönlich gehandelt hat; ich denke, er repräsentiert Ihre Hoffnung auf ein anderes Leben.«

»Ja«, sagte er, und zum ersten Mal entdeckte ich einen Anflug von Traurigkeit in seinen Augen, »Ich möchte schon, daß mein Leben sich ändert.«

Nachdem er gegangen war, wollte ich noch rasch ein paar Eintragungen auf seiner Karteikarte machen, aber daraus wurde nichts, weil ich meinen Montblanc nicht finden konnte. Es lag mir sehr viel daran, denn er war ein Geschenk von Pallen, und ich suchte erfolglos danach, bis die Schwestern Romaine eintrafen.

Als sie zwei Jahre alt waren, hatten May und Joy ihren Vater im Krieg verloren. Mrs. Romaine hatte sich nie von dem Verlust erholt, und die Welt bestand für sie fortan nur noch in ihren eineiigen Zwillingen. Oft malte sie ihnen ein herzförmiges Schönheitsfleckchen neben die linke Augenbraue, um ihre Zusammengehörigkeit zueinander zu symbolisieren. Sie bestand darauf, daß beide Mädchen die Maria im Krippenspiel in der Schule darstellten.

Als sie älter wurden, begann Mrs. Romaine May und Joy mit Geschichten von verräterischen und treulosen Männern Angst zu machen. Sie war besessen von der Furcht, als Frau verlassen zu werden. »Ihr habt einander«, pflegte sie zu sagen. »Daß Ihr mir diese Gabe nur nicht verschleudert.«

Was aber Mrs. Romaine nicht bedacht hatte, war die Möglichkeit, daß ihre beiden kleinen Töchterchen einander mit dem Älterwerden zu hassen beginnen könnten. May und Joy hatten bei verschiedenen Gelegenheiten versucht, einander umzubringen. Natürlich war keiner von ihnen dabei je Erfolg beschieden gewesen, weil ja jede genau wußte, was die andere vorhatte. Mit zweiundvierzig lebten die Mädchen immer noch mit Mrs. Romaine in ihrem großen Haus in Hollywood. In diesem Jahr starb ihre Mutter an einer plötzlichen Hirnblutung, und unter Mrs. Romaines Bett fanden die Schwestern in einer Kassette einhunderttausend Dollar, aber jeder Schein war in zwei Hälften gerissen, und es gab auch einen Begleitbrief: »Meine Lieblinge May und Joy: Vergeßt nie, daß Euer Reichtum in Eurer Zusammengehörigkeit liegt. All meine Liebe, Eure Mutter.« Es kostete sie Monate, die einzelnen Hälften zusammenzusuchen und zusammenzukleben, damit sie das Geld auf ihrem gemeinsamen Bankkonto deponieren konnten.

Die Zwillinge betraten meine Praxis in weiten, abgetragenen Hausmänteln, Halbschuhen und rutschenden Socken. Sie hatten quadratische schwarze Handtaschen bei sich, trugen kein Makeup und hielten ihr Haar mit großen, lavendelfarbenen Haarnetzen im Zaum. Das Bemerkenswerteste an ihnen war ihre Art, zu sprechen. May und Joy spuckten die Worte geradezu aus.

»Hexe-du. Ich-weiß-daß-du-mit-diesem-Mann-telefoniert-hast-während-ich-die-Wäsche-gewaschen habe! Was-um-alles-in-der-Welt-*tust*-du-bloß-May? Willst-du-wieder-versuchen-mich-umzubringen? Du-Fotze!«

»Und-wenn-ich-denn-mit-ihm-geredet-habe-Na-*und*! Kannst-du-dich-nicht-mal-*eine*-Minute-lang-um-deinen-eigenen-Scheiß-kümmern?!«

Irgendwie hatte May eines Tages gemerkt, daß es noch andere Menschen gab. Einen Mann zum Beispiel. Das hatte alles aus dem Gleichgewicht gebracht, und jetzt wußte Joy vor Angst nicht ein noch aus, und May schlich umher wie eine entsprungene Gefangene.

»Ich möchte mit Ihnen über einen neuen Plan sprechen«, sagte ich. Sie waren schon sechs Monate lang zusammen bei mir in Behandlung. »Ab nächster Woche möchte ich die Therapiesitzungen in drei viertelstündige Segmente aufteilen und jeweils fünfzehn Minuten mit einer von Ihnen alleine sprechen und die letzte Viertelstunde dann mit Ihnen beiden zusammen.«

May-und-Joy gerieten in Panik. Eine halbe Stunde lang spuckten sie mir ihre Worte vor die Füße, nannten mich eine heuchlerische Verräterin. »Wissen - Sie - nicht - daß - man - uns - nicht - trennen - kann? Wir - haben - nichts - zu - sagen - was - die - andere - nicht - sowieso - weiß - also - was - soll - das - Ganze? Wollen - Sie - uns - nur - quälen - wie - all - die - anderen - es - tun?«

Ich ließ sie gewähren.

»Fünf-Minuten-allerhöchstens«, sagten sie. »Fünf-Minuten-allerhöchstens«, echote es noch einmal aus beiden heraus. Ich lächelte. Ich war dabei, den Kampf zu gewinnen.

Die Schwestern schlurften mit ihren Haarnetzen auf dem Kopf aus meiner Praxis, und ich boxte siegesbewußt mit der Faust in die Luft. Im Meer der Geistesgestörtheit ist auch die kleinste Bewegung auf die Küste zu ein Triumph.

Als ich an diesem Abend auf dem Wege zu einer Verabredung die Straße entlangging, entdeckte ich Nick in der Videothek nahe bei meiner Praxis. Als er auch mich sah, winkte er mir zu. Als ich zurückwinkte, fragte ich mich, was für Filme er sich wohl auslieh. Ich machte, daß ich weiterkam, um mich mit Kevin Utley, dem leitenden Psychologen einer Klinik in Santa Monica zu treffen, der wollte, daß ich ihm half, ein Programm zur Behandlung von Eßstörungen aufzustellen. Er war verheiratet, seriös und gewissenhaft, und wir konsultierten uns oft gegenseitig, wenn wir einen schwierigen Fall hatten.

Bei Sauerteigbrot und Wein sagte ich: »Du mußt mal in eine Videoausrüstung investieren. Ich kann dir gar nicht sagen, wie hilfreich das ist, wenn man einem Patienten helfen will, seine festgefahrenen Überzeugungen über sein Aussehen und seine Wirkung zu ändern. Es ist schon etwas anderes, ob man sich nun im Spiegel sieht oder auf einem Videoband.«

Wir redeten uns durch Salat und Pasta und diverse Tassen Capuccino hindurch, und ich war erst um zehn zu Hause. Als ich den Schlüssel ins Schloß schob, hörte ich, wie Frank am Türspalt schnüffelte, und sowie ich die Tür geöffnet hatte, stürzte er sich auch schon auf mich. Ich ging zu Boden und rangelte mit ihm, kraulte seinen Bauch und zupfte an seinen Ohren.

»Mein armes Baby ist ja ganz verhungert!«

»Wuuuah!« klagte er, machte sich von mir los und rannte in die Küche. Ich stellte ihm zwar immer Trockenfutter hin, aber er bevorzugte doch das aus der Dose. Er scharrte nervös mit den Pfoten, wobei seine Krallen auf dem Linoleum klickerten, bis ich ihm sein *Steak'n'Cheese* hingestellt hatte. Futter war von allergrößter Wichtigkeit für Frank.

Bevor ich mich umzog, inspizierte ich mich in meinem bodenlangen Spiegel. Sah ich aus, als könnte ich einen guten Fick gebrauchen? In den vier Monaten, seit Pallen und ich uns getrennt hatten, war ich mit keinem Mann regelmäßig ausgegangen, aber ich konnte mir beim besten Willen nicht vorstellen, daß mir das schon am Gesicht abzulesen sein sollte.

War es vielleicht meine Kleidung? Ich versuchte, den Kragen meiner Bluse hochzuschlagen, so daß die Spitzen abstanden. Ließen die Falten meines Rocks mich zu brav aussehen? Ich drehte mich, um ihn von der Seite zu begutachten. Der Rock war definitiv zu lang. Oder vielleicht lag es auch gar nicht an meinen Sachen. Vielleicht war es einfach etwas, was er spüren konnte. Wieder fehlte mir Pallen, aber ich hatte beschlossen, mich nicht mit ihm zu treffen. Ich wandte mich vom Spiegel ab und zog mich aus. Möglicherweise würde ich mit diesem Psychologen ausgehen, der mich ab und zu anrief, oder mit dem Anwalt, der einen Fall zur Untersuchung an mich überwiesen hatte.

Auch im Haus suchte ich vergeblich nach meinem Montblanc, dann sagte ich mir, daß er irgendwann schon wieder auftauchen würde, und vergaß die ganze Angelegenheit. Ich machte zwanzig Liegestütze und radelte eine halbe Stunde auf dem Hometrainer. Rosawangig und erfrischt schalt ich mich selber dafür, daß ich mich von einem Patienten so ins Bockshorn jagen ließ.

4

Ich war mit Morry im *Paradise* verabredet, einem langgezogenen, flachen Gebäude mit breiten, messingbeschlagenen Türen und kleinen Fenstern, die auf die Straße hinausgingen. Zuletzt war ich mit Val hiergewesen, und wir hatten im *Tapas Room*, wo die Schickeria ohne Tischreservierung sich versammelte, um sich mit einem Drink zu stärken, Tequila in uns hineingeschüttet. Diesmal betrat ich das Restaurant inmitten einer Gruppe Frauen mittleren Alters, die alle Hüte trugen und schweres Makeup.

Die Eingangshalle trennte die Bar von dem Restaurant und führte auch hinaus in den *Paradise Garden*. Der Maître d' in den traditionellen Farben des *Paradise*, smaragdgrün und schwarz, eskortierte mich auf den mit Gitterwerk abgetrennten Patio, wo mit tropischen Pflanzen auf Steinplatten und kleinen Teichen eine künstliche Landschaft gestaltet war. Es gab hier ein Dutzend Tische unter hellgrün und schwarz gestreiften Sonnenschirmen. Ein buntschillernder Ara thronte stolz auf einer Stange in der Mitte des Ganzen.

»Möchtest du einen Drink?« fragte Morry, der aufgestanden war, um mich zu begrüßen. Er sah distinguiert aus mit seinem graumelierten Haar und der *Movado*-Uhr, die unter seiner gestärkten Manschette hervorlugte. Er hatte seinen Brandy mit Soda schon halb ausgetrunken. Es herrschte eine so angenehme, so *tropische* Atmosphäre, daß ich ihm spontan einen Kuß auf die Wange gab. »Ich kann doch nicht mittags schon was trinken.« Morry bestellte mir ein Pellegrino-Wasser mit Limone und sagte zu dem Ober: »Bitte sagen Sie Humberto, daß Dr. Helman da ist.«

Der Ara auf der Stange stieß einen markerschütternden Schrei aus. Vom Kopf bis zur Schwanzspitze maß er gut zweieinhalb Fuß, purpurrot, mit hellgelben und blauen Streifen auf den Flügeln. »Ein phantastischer Vogel, nicht wahr?« sagte eine fremde Stimme.

Ich wandte mich um und sah einen großen Mann mit olivfarbener Haut neben unserem Tisch stehen. »Fabelhaft«, sagte ich und ahnte schon, wer der Unbekannte war. »Morry«, sagte er freundlich, streckte die Hand aus und verbeugte sich kurz, »bleib doch bitte sitzen.«

»Sarah, darf ich dir Humberto Cortazar vorstellen?« sagte Morry. Und, zu Humberto gewandt: »Dr. Rinsley ist Psychologin. Vielleicht kennen Sie sie aus ihrer Radiosendung.«

Humbertos Gesicht erstrahlte in einem Lächeln des Erkennens, und er griff mit beiden Händen meine Hand. »Immer Dienstags und Donnerstags nachmittags! KPXQ! Ich höre Sie mir an, sooft ich nur die Möglichkeit habe.« Er sprach mit einem leichten Akzent.

Ich lachte geschmeichelt. »Ich hätte nicht gedacht, daß der Besitzer eines so herrlichen Restaurants sich für Eßstörungen interessiert.«

»Viele unserer Gäste haben Eßstörungen oder müssen sehr schlank bleiben, um ihrer Karriere nicht zu schaden, also arbeite ich an einem alternativen Menü mit Gesundheitsgerichten. Vielleicht darf ich es Ihnen einmal zeigen.«

»Erzähl uns von deinem Vogel«, unterbrach Morry ihn. Er riß ein knuspriges Brötchen mit solcher Kraft in zwei Hälften, daß ein Stück davon absprang und über den Tisch geschossen kam.

Humberto ging sogleich auf Morry ein. »Rojo ist ein Scharlach-Ara, hierzulande geboren und aufgewachsen. Er spricht nicht viel.« Der Vogel fiel ihm mit einem weiteren spitzen Schrei ins Wort. »Jedenfalls in keiner Sprache, die wir verstehen.« Sein Gesicht entspannte sich zu einem entschuldigenden Lächeln. »Ich hoffe, seine Schönheit entschädigt Euch für seinen Krach. Und nun genießt Euer Essen.« Bevor er wegging, trat Humberto noch einmal zu dem Vogel hin und strich ihm über die Federn. »Pssst, Rojo, du machst den Leuten noch Verdauungsstörungen«, sagte er zu ihm, und dann zog er aus seiner Tasche eine Nuß und gab sie dem Vogel.

»Jedes Gericht in diesem Restaurant ist ein Meisterwerk«, sagte Morry, sichtlich zufrieden, wieder meine ungeteilte Aufmerksamkeit zu besitzen. »Humberto hat mir erzählt, er hätte einen Grafikdesigner beauftragt, das Layout des Essens und der Saucen zu entwerfen.« Er machte eine Pause und sah mich fragend an. »Er hat dich ganz schön für sich eingenommen, stimmt's?«

»Ich finde es immer nett, jemanden zu treffen, dem meine Sendung gefällt. Was weißt du über ihn?«

»Er ist siebenunddreißig und kommt aus Nicaragua. Hat mit seiner Familie schon das Land verlassen, als er noch jung war. Es gibt da ein Gerücht, er wäre mal verlobt gewesen, aber hätte wegen irgendeiner ganz merkwürdigen Sache, über die er nicht sprechen möchte, die Verlobung gelöst. Aber durch sein Restaurant ist er zu einer Berühmtheit geworden.«

Humberto ließ uns zum Essen eine Flasche Champagner bringen, und während Morry und ich über unsere gemeinsamen Patienten sprachen, nippte ich ab und zu an meinem Glas. Morry war überzeugt davon, daß Nicks physische Symptome mit einem emotionalen Spannungszustand zusammenhingen, und erzählte mir, daß er ihm schon wiederholt Tranquilizer und Schlaftabletten verschrieben hatte. Ich bat Morry, Nick an mich als seine Psychotherapeutin zu verweisen, falls er wegen einer Verschreibung für Nachschub zu ihm käme.

Das Dessert bestand aus einer Auswahl kleiner Eistörtchen und winzigen Kügelchen von frischem Fruchtsorbet. Morry und ich rissen uns gegenseitig die Rechnung aus den Händen, bis er mich schließlich zahlen ließ. Danach standen wir auf und gaben uns noch am Tisch ein Abschiedsküßchen. Auf dem Weg hinaus wollte ich noch kurz auf der Damentoilette verschwinden und mußte dabei einen Flur hinunter, von dem auch die Küche und ein Büro abgingen. Als ich aus der Toilette kam, stieß ich beinahe mit Humberto zusammen. Wieder leuchtete sein Gesicht begeistert auf. »Wie war Ihr Essen?« wollte er wissen.

Ich lächelte voll höchster Anerkennung. »Das Beste, was ich je bekommen habe. Und der Champagner war so gut, daß ich nicht umhin konnte, noch den Rest zu trinken, nachdem Morry schon gegangen war.« Augenblicklich merkte ich, was für Deutungen diese Bemerkung zuließ, und fügte rasch hinzu: »Nochmals vielen Dank. Ich mache mich jetzt besser auch wieder an meine Arbeit.«

»Nicht so schnell, nicht so schnell«, sagte er und legte mir die Hand auf den Oberarm. »Ich möchte Ihnen noch etwas zeigen, bevor Sie gehen.«

Ich dachte schon, er wollte jetzt mit mir Eßstörungen diskutieren, aber die Lachfältchen um seine Augen und die Art und Weise, wie er mit seinem Papagei gesprochen hatte, ließen mehr vermuten. Ich folgte ihm nur zu gerne.

Sein Büro war ein einziges Durcheinander. Die ganze Platte seines breiten Kirschholzschreibtisches war mit Papieren und Speisekarten übersät. Die Wand dem Schreibtisch gegenüber war voller Regale, auf denen die Bücher kreuz und quer aufgestellt waren, und überall dazwischen hatte er Souvenirs und altes Kochwerkzeug. In der Ecke stand ein Garderobenständer, an dem jede Menge langer Kochschürzen baumelten. »Wie können Sie so bloß arbeiten?« entfuhr es mir voller Entsetzen.

Er lachte. »Für mich wirkt es auf diese Weise bewohnt und heimelig. Work in Progress, verstehen Sie?« Er wies auf das S-förmige Sofa gegenüber seinem Schreibtisch. »Bitte, nehmen Sie doch Platz.«

Als ich saß, erkannte ich den Grund, aus dem er mich in sein Büro geführt hatte. Zur Linken seines Schreibtisches stand ein großer Vogelkäfig, in dem ein weiterer Papagei saß. »Orrntlich Trrinkgeld!« verlangte er wie auf Kommando. Jetzt mußte ich lachen. »Was für eine Sorte ist er denn?«

»Er ist eine Sie. Orangener Amazonas – keine gefährdete Art – und eine hervorragende Rednerin. Ihr Name ist Esperanza. Möchten Sie sie mal streicheln?«

»Sehr gerne.«

Ich beobachtete Humberto, der hinter seinen Schreibtisch trat und in den Käfig griff. Auf den ersten Blick wirkte er sehr gepflegt und elegant mit seinem straff nach hinten gekämmten schwarzen Haar und seinem edel geschnittenen Anzug, aber sein federnder Gang und die Art und Weise, wie seine Hände sich bewegten, vermittelten den Eindruck, als würde er jeden Augenblick losrennen. Er hatte eine lange, gerade Nase, die derart spitz zulief, als hätte ein Künstler sie so geformt, und seine kleinen braunen lebhaften Augen lagen tief in ihren Höhlen. Ich konnte ihn mir vorstellen, wie er Gebäckteig verquirlte, in riesigen Pfannen voller *Julienne*-Gemüse rührte, gleichzeitig noch Fisch grillte und bei der Arbeit das komplette Chaos anrichtete. Seine weichen Lederhalbschuhe waren an den Seiten ein wenig aus der Form geraten, weil er beim Gehen die Füße über den Ballen abrollen ließ.

Zärtlich nahm er den Vogel auf sein Handgelenk und trat zu mir hin, um ihn mir zu präsentieren. Der Papagei war limonengrün, mit einer weichgefederten grauen Brust und orangenen, weißen und grünen Schattierungen darunter. »Ooo-la-la«, sagte der Vogel, als ich seinen Kopf streichelte. »Ooo-la-la.« Ich mußte wieder lachen, und mir entging weder die Tatsache, daß Humbertos Handgelenk über meinen Arm strich noch die Hitze, die bei dieser Berührung in mir aufwallte. »Sie ist wunderschön«, sagte ich.

Er lächelte geschmeichelt und entblößte dabei den schönsten Teil seines Gesichts – weiße, völlig ebenmäßig gerade Zähne. »Sie ist mein ganzer Stolz.«

»Das kann ich verstehen. Ich habe einen Basset, den ich über alles liebe.«

Esperanza nickte mit dem Kopf, Humberto suchte in seiner Jackentasche und holte ein paar Sonnenblumenkerne für sie hervor. Ich fand den Gedanken witzig, einen Dreitausend-Dollar-Anzug mit Kernen und Nüssen vollzustopfen. Als er das Tier in den Käfig zurückbrachte, huschte mein Blick über sein Bücherbord. Dort gab es Werke über Fotografie, Vögel, Politik, Nicaragua und Physik.

»Ich muß zurück«, sagte ich und stand auf, um zu gehen.

»Hätten Sie – hätten Sie einen Abend vielleicht Zeit für mich?«

Ich war so erfreut über diesen Vorschlag, daß es mich einen Augenblick kostete, bis ich meine Stimme wiedergefunden hatte. »Aber immer. Möchten Sie sich mit mir darüber unterhalten, wie Sie mit Ihren schlankheitsbesessenen Gästen umgehen sollen?«

Er schob die Hände in die Taschen. »Unter anderem. Was ich meinte, ist – falls Sie nicht fest mit jemand anderem zusammen sind.« Es gefiel mir, wie er seine Worte so sorgfältig betonte.

Ich lächelte. »Wie wäre es mit nächstem Donnerstag? Gewöhnlich bin ich um sieben fertig.«

»Warum treffen wir uns nicht hier? Ich werde etwas ganz Besonderes für Sie vorbereiten lassen.«

»Abgemacht. Ich gebe Ihnen meine Telefonnummer, falls Ihnen etwas dazwischenkommt.«

Wieder nahm er meine Hand zwischen seine beiden. »Ich nehme gerne Ihre Nummer, aber ich verspreche Ihnen, daß ich nicht absagen werde.« Seine Hände waren warm und trocken, und ich wollte nicht, daß sie mich losließen. Humberto war der mit Abstand interessanteste Mann, den ich seit Monaten kennengelernt hatte.

An diesem Abend rief ich meine Eltern an.

»Honey«, begrüßte mich meine Mutter, »wie schön, von dir zu hören. Ich hatte schon gedacht, du wärest böse mit mir.« Trotz all der Wärme zwischen uns bestand doch immer eine gewisse Spannung.

»Warum sollte ich dir böse sein? Ich stecke einfach nur bis über beide Ohren in Arbeit. Aber ich habe den Kleiderstoff gekriegt, den du haben wolltest. Soll ich ihn dir morgen mit Federal Express schicken oder hat es Zeit bis zum Wochenende?«

»Ach, es wäre sehr schön, wenn du ihn schon morgen abschicken könntest. Und nun erzähl mir, was du letzte Woche gemacht hast. Ich möchte vom Leben in der großen Stadt hören.«

»Mein Terminkalender ist randvoll. Gerade ist der Wunsch an mich herangetragen worden, die Supervision einiger Psychologiestudenten am Kriegsveteranenhospital zu übernehmen, und die Radiosendung ist ein echter Kick. Aber wie steht's mit dir? Was macht deine Hüfte?«

»Ein bißchen schlechter geworden. Die Kälte, das feuchte Klima, du weißt schon. Und du, Liebes? Bist du beim Dermatologen gewesen?«

»Letzte Woche schon«, log ich. »Meine Haut ist viel besser geworden.« Ihr besorgter Ton hat mir schon immer das Gefühl gegeben, ich wäre ein Käfer unter einem Mikroskop, und ich fand nicht, daß ein gelegentlich auftretender allergischer Ausschlag etwas war, worüber man sich Sorgen zu machen brauchte.

»Meinst du, daß du es schaffst, im August zu Abbys Hochzeit hier raufzukommen?« Abby ist meine Kusine, und sie lebte immer noch in der Nähe meiner Eltern in Bandon, einer kleinen Stadt an der Küste von Oregon.

»Ich kann es nicht versprechen, aber ich werde es versuchen.« Es zog mich schon zu dem herrlichen Strand zurück, an dem ich aufgewachsen war, den breiten Sandstreifen und den gigantischen Felsen, an denen sich die Wellen brachen. »Du weißt, wie schwierig es für mich ist, von hier wegzukommen.«

»Niemand wäre überrascht, wenn du nicht kommst. Du hast dir ja nie viel Zeit für deine Familie genommen.«

Ich seufzte. »Ich versuche mein Bestes, Mom. Was macht das Geschäft?« Sie betrieb eine Schneiderei.

»Ich habe Bestellungen für drei komplette Hochzeitsfeiern – für die Brautkleider und für sämtliche Brautjungfern.«

Sie erzählte mir von den Einzelheiten – die Farben, die Stoffe, und wer noch alles in der Stadt kurz vor der Hochzeit stand oder schwanger war oder Krebs oder Diabetes bekommen hatte. Die gemeinsamen Bekannten waren irgendwie das Einzige geworden, was der Beziehung zwischen mir und meiner Mutter noch Halt gab. Mein Leben war jetzt so anders, hatte sich so sehr von ihrem entfernt. Ich überlegte, ob ich ihr von Humberto erzählen sollte. Es würde sie außerordentlich interessieren, aber es war noch zu früh, und außerdem hatte ich mich von unserer letzten Diskussion über mein Privatleben immer noch nicht ganz erholt. Als ich ihr damals von meiner Entscheidung in bezug auf Pallen erzählte, hatte sie geantwortet: »Ich hoffe, du weißt, was du da tust.«

»Ich tue das einzig Mögliche«, hatte ich darauf gesagt, und damit war das Gespräch für mich beendet gewesen. Später in derselben Woche dann hatte ich angerufen, um mich dafür zu entschuldigen, daß ich so kurz angebunden gewesen war. Sie war nicht zu Hause. »Mach dir keine Gedanken deswegen«, hatte mein Vater, der immer versucht, die Wogen zwischen uns zu glätten, gesagt.

Natürlich fand er das alles nicht so furchtbar schlimm, was Pallen mir angetan hatte, aber seine Fürsorge zu der Zeit hatte mir gutgetan, und ich nahm mir damals auch vor, mir in Zukunft genauer zu überlegen, was ich meiner Mutter anvertrauen wollte und was nicht.

»Wie geht's Dad? Ist er da?« setzte ich das Gespräch fort.

»Ich hol ihn. Ich liebe dich, Schatz.«

»Ich dich auch.« Aber ich war mir nicht sicher, ob sie das noch mitbekommen hatte.

»He, Sportsfreundin!« meldete sich knisternd Dads Stimme. »Wie läuft's so in der großen Stadt?«

»Hektisch, Dad. Du würdest es hassen. Was macht dein Geschäft?«

»Du weißt doch, wie's jedes Jahr um diese Zeit ist.«

Er tat mir leid. Besitzer eines Sportgeschäfts zu sein war weit entfernt davon, was er sich immer gewünscht hatte – in der Oberliga Baseball zu spielen. »Schon, aber es ist die richtige Zeit für Regenbogenforellen«, sagte ich, um auf seine zweite Leidenschaft abzulenken. »Was Schönes gefangen in letzter Zeit?«

»Ach was. Ich krieg mit dem Alter ein zu weiches Herz. Ich fühle nur, wie sie in meiner Hand zappeln, und schon werfe ich sie zurück ins Wasser.«

»Das ist schön, Dad. Das gefällt mir.«

»Quatsch. Es gefällt dir, daß ich mit dem Alter weich werde.«

»Ein bißchen kann nicht schaden.«

Wie sehr das stimmte, dachte ich traurig. Er konnte jede Raupe und jede Fliege und jeden Grashalm an dem Küstenstreifen bei unserem

Haus bestimmen, er konnte die Ergebnisse von fünfzig Baseballgrößen auswendig aufzählen, sämtliche durchschnittlichen Punkt- und Trefferzahlen, aber mein Vater wußte immer noch nicht, wie er mir sagen sollte, daß er mich liebt. Wir kicherten und kamen wie immer nicht über Belanglosigkeiten hinaus. Als wir gerade auflegen wollten, fügte er noch rasch hinzu: »Dank dir, daß du dich nach uns erkundigt hast, Mädchen. Halt die Ohren steif.«

Als der Hörer auf der Gabel lag, scheuchte ich die Traurigkeit fort, die immer zum Vorschein kam, wenn ich mit meinen Eltern telefonierte. Ich konnte schließlich nicht wiedergutmachen, was in ihrem Leben schiefgegangen war. Nach sechsunddreißig Jahren waren sie immer noch zusammen, vielleicht, weil keiner von beiden den Mut aufgebracht hatte, den anderen zu verlassen, aber es war einiges an Treuebrüchen und Ressentiments zusammengekommen. Meine Mutter schluckte alles mit großen Mengen Essen hinunter; mein Vater blieb abends immer sehr lange aus und kam manchmal überhaupt nicht nach Hause.

Als ich noch klein war, habe ich mich oft zwischen den Regalen im Sportgeschäft meines Vaters versteckt und beobachtet, wie die Frauen sich an ihn ranschmissen. Ich fragte mich, was es da immer so viel zu kichern gab. Jahre später habe ich damit angefangen, mich des Nachts aus meinem Schlafzimmerfenster zu stehlen und zum Meer zu laufen. Eines Nachts entdeckte ich einen Mann und eine Frau in einer Decke eingewikkelt, anderthalb Meter über mir am Rande des Kliffs. Ich teilte meine Aufmerksamkeit zwischen dem Mond und dem Pärchen, bis ich den Mann lachen hörte. Niemand sonst hatte so ein Lachen wie mein Dad.

5

Nick fing seine dritte Sitzung mit einem Witz an. »Haben Sie schon mal den von Rotkäppchen gehört?« Mit dem offenen Kragen an seinem blauen Baumwollhemd sah er an diesem Tag entspannter aus, und seine Hände wirkten weniger unruhig. »Sie ging durch den Wald, auf dem Weg zum Haus ihrer Großmutter, als sie von dem großen, bösen Wolf angesprochen wurde.« Ich lächelte höflich. Obwohl es so aussah, als wollte er mir einen harmlosen Witz erzählen, lauschte ich doch auf mögliche tieferliegende Bedeutungen dessen, was er da sagte. Die erste Äußerung eines Tages offenbart häufig in verschlüsselter Form den augenblicklichen, unbewußten Konflikt des Patienten.

»Der Wolf knurrt sie an und sagt: ›Leg dich hin, ich werde dich vergewaltigen.‹ Also steckt Rotkäppchen die Hand in ihren Korb, zieht eine Pistole heraus, und sagt: ›Nein, das wirst du nicht, du wirst mich auffressen, und zwar genauso, wie es im Buch steht.‹« Er kicherte erwartungsvoll, und ich spendierte ihm ein obligatorisches Grinsen, sagte aber nichts.

Ich erfuhr, daß Nick jeden Morgen um fünf aufstand, um sich Zeit zu nehmen für Gewichtheben, Joggen, um sein Haar zu stylen, seine Hemden zu bügeln und seine Schuhe zu polieren. Er wohnte am Yachthafen in einem kostspieligen Appartement, von dem er einen weiten Blick auf die Boote und die dahinterliegende Bucht genoß. Die Menge Zeit, die er sich während dieser Stunde nahm, um mir von seinen Besitztümern zu erzählen, warf ein Schlaglicht auf den Mangel an Menschen, die ihm nahestanden.

»Erzählen Sie mir von Ihrer Arbeit«, sagte ich.

Er schnaubte durch die Nase. »Läuft prima. Wenn ich weiterhin so viele Stunden zusammenkratze, werde ich in zwei Jahren vielleicht zum Partner ernannt.« Das Muster seiner beruflichen Laufbahn ließ etwas anderes vermuten. Es war ihm nie schwergefallen, an den richtigen Schulen angenommen zu werden und nach seinem Abschluß eine Anstellung zu finden, denn er machte stets auf Anhieb einen guten Eindruck, aber er hatte in den acht Jahren seit seinem Anwaltsexamen fünfmal die Kanzlei gewechselt. Wie es sich auch mit seiner Beziehung zu Frauen verhielt: sobald Probleme auftauchten, warf er das Handtuch.

»Könnten Sie mir mehr über Ihren Vater erzählen?«

»Er hat mich mit einem metallbeschlagenen Gürtel verprügelt, wenn ich Mist gebaut hatte. Einmal hatte ich einen Goldhamster, Spike hieß er, und der rannte die ganze Nacht in seinem Käfig herum. Ich habe ihn sehr gemocht, aber wegen Spikes quietschendem Laufrad bekam mein Vater die ganze Nacht kein Auge zu. Meine Ma ist mit mir in den Eisenwarenladen gegangen und hat ein bißchen Öl gekauft, um das Rad damit zu schmieren, aber so richtig was gebracht hat das auch nicht. Eines Nachts kam mein Vater herein, riß Spike aus seinem Käfig, warf ihn gegen die Wand und hat ihn damit umgebracht.«

»Wie alt waren Sie da?«

»Sechs.«

»Wie schrecklich von Ihrem Vater, so etwas zu tun«, wollte ich sagen, aber es war durchaus möglich, daß Nick äußerst ambivalente Gefühle für seinen Vater hegte, und wenn ich ihn auf die eine Seite dieser Gefühle ansprach, konnte es sein, daß ich mit seinem Wunsch, zu einem späteren Zeitpunkt eine weitere anzusprechen, interferierte. Statt dessen fragte ich: »Wie haben Sie das aufgenommen?«

»Ich habe monatelang nichts essen können.« Er verschränkte die Arme vor der Brust und starrte mich an. »Was wollen Sie sonst noch hören?«

»Mehr darüber, wie Ihre Stiefmutter zu Ihnen gewesen ist.«

»Zuerst hatten wir uns dauernd in den Haaren, aber nach ein paar Jahren hat sie mich dann ganz gern gemocht. Manchmal hat sie versucht, mich vor meinem Vater zu beschützen. Zu anderen Zeiten wieder hat sie mich nur aufgezogen, und ich habe mich wie ein Haufen Scheiße gefühlt.«

»Sie haben keinerlei Verlangen mehr, sich wieder mit ihr in Verbindung zu setzen?«

Er sah aus dem Fenster, als stünde sie dort draußen auf der Straße. »Nachdem mein Dad gestorben war, hat sie versucht, mit mir Kontakt aufzunehmen. Hatte die Todesanzeige in der Zeitung gesehen. Aber ich habe gedacht, scheiß doch auf sie. Sie hat uns schließlich verlassen. Was will sie denn jetzt plötzlich? Was mich betrifft, für mich ist sie gestorben.«

»Inwieweit, glauben Sie, hat sie Ihre Beziehungen zu Frauen beeinflußt?«

Er holte seine Magentropfen hervor, nahm einen kleinen Schluck davon und steckte sie wieder in die Tasche. »Ma hat mir eine Vorliebe für enge, kurze Röcke und tief ausgeschnittene Pullover hinterlassen. Aber ich mag Frauen, die anders sind als sie – eine Frau, die alles tun würde, was ich von ihr verlange. Und wenn sie das tut, tue ich im Gegenzug auch alles, was sie will.« Er bewegte den Kopf von der einen Seite zur anderen wie die Plastikhunde früher in den Heckfenstern mancher Autos. »Sie wissen, was ich meine? Eine Liebessklavin. Wie in diesem alten Song von Rod Stewart, ›Tonight I'm Yours‹. Alles, einfach alles. So geht's in dem Lied. Ohne Einschränkungen. Nach einer Nacht wie dieser kann ich es mit der ganzen Welt aufnehmen.« Ich sah ihn schweigend an und versuchte, mir so eine Nacht vorzustellen. Er zog die Augen zu schmalen Schlitzen zusammen. »Ich weiß, was Sie denken. Ich bin ein Arschloch. Gut, kann sein, daß Sie recht haben, aber manche Frauen denken nicht so. Sie besorgen's mir, genau so, wie ich's haben will, und sie mögen es.«

»Sehen Sie irgendeinen Zusammenhang zwischen dem Verlust Ihrer beiden Mütter und Ihrer Suche nach Frauen, die Sie beherrschen können?«

Er legte den Kopf auf die Seite. »Sie begreifen's nicht. Wir beherrschen uns gegenseitig. Ein sexueller Trip.«

Wieso hatte ich eine verfrühte Interpretation gewagt? Er war noch nicht bereit, seine unbewußten Motive zu untersuchen, und ihn zu drängen, war ein dummer Fehler. Ich nickte schweigend.

Er war wütend. »Ich bin kein kompletter Idiot, wissen Sie. Ich denke über das Zeug nach. Ich weiß, daß ich mit meiner letzten Freundin manchmal mit Absicht Streit angefangen habe.«

»Dann spüren Sie, daß es Kräfte in Ihnen gibt, die zur Wirkung kommen, ohne daß Sie sich dessen bewußt sind?«

»Aber sicher.« Er stand abrupt auf und ging zum Fenster. Nach einem Augenblick des Schweigens sagte er: »Ich weiß nicht, was mir das bringen soll.« Er ließ seinen Zeigefinger an den hölzernen Jalousienlatten entlangfahren. »Ich muß mal eben auf die Toilette. Ich bin gleich wieder zurück.«

Er ging an mir vorbei und ließ die innere Tür meines Sprechzimmers hinter sich offenstehen. Ich hatte erwartet, daß er nach einem teuren Rasierwasser duftete, aber der Geruch, der an mir vorbeiwehte, war eine Mischung aus poliertem Leder und Seife, wie ein frisch geschniegelter Siebtkläßler am ersten Schultag. Er blieb zehn Minuten lang weg, und als er zurückkam, sagte er: »Tut mir leid.«

»Hat es Sie vielleicht aufgeregt, worüber wir uns unterhalten haben?«

»Oder vielleicht war der Hamburger schlecht, den ich zu Mittag gegessen habe.« Ich starrte ihn an. Ganz gewiß war ihm aufgegangen, daß es eine Verbindung zwischen seinen Gefühlen und seinem reizbaren Magen geben könnte. Sein Gesicht lief zornig rot an. »Versuchen Sie nicht, mich von oben herab zu behandeln«, sagte er. »Ich weiß, daß da etwas nicht mit mir stimmt; ich kann es bloß nicht in den Griff bekommen.«

»Ich hoffe, wir beide werden das zusammen schaffen«, antwortete ich. Er blieb schweigend mit düsterem Gesicht sitzen, dann stand er auf, um noch einmal auf die Toilette zu gehen. Als er zurückkam, begann ich die letzte Phase der Sitzung. »Der Witz, den Sie mir am Anfang erzählt haben, ähnelt Ihren Träumen aus der letzten Woche. Ich frage mich, ob Sie erwarten, daß diese Therapie ein Kampf werden wird, um herauszufinden, wer von uns beiden den stärkeren Willen besitzt, und Sie sich unsicher sind, ob Sie sich darauf einlassen sollen. Letzte Woche haben Sie gesagt, ich wäre ganz schön *gewieft*. Heute habe ich eine Pistole, und ich will Sie zwingen, alles so zu machen, wie ich es will. Vielleicht machen Sie sich Sorgen, daß ich Sie benutze, anstatt daß *Sie* sich *mich* zunutze machen.«

Er schüttelte verächtlich den Kopf. »Das war doch nur ein Witz, zum Kuckuck. Müssen Sie denn *alles* analysieren?«

»Alles, was Sie hier sagen, hat eine Bedeutung, und es ist meine Aufgabe, Sie auf Bedeutungen hinzuweisen, die Ihnen sonst entgehen würden. Ich glaube, es fällt Ihnen schwer, sich eine Beziehung zwischen einem Mann und einer Frau vorzustellen, die zusammenarbeiten, anstatt einander zu beherrschen und zu benutzen.«

Indem ich seine Schwierigkeiten, sich eine konstruktive Beziehung vorzustellen, ansprach, deutete ich nicht nur an, daß ich dies erkannt hatte, sondern auch, daß wir eine solche Beziehung gemeinsam entwikkeln konnten. Damit ging ich auf seine Sichtweise ein und präsentierte ihm eine Alternative, ohne Kritik an ihm zu äußern.

Der Anrufbeantworter auf meinem Schreibtisch schaltete sich leise ein. Nick hielt inne und sah ihn an. »Wollen Sie nicht rangehen? Vielleicht ist es ein Notfall.«

»Nein. Während der Zeit, die wir uns füreinander nehmen, gehört Ihnen meine volle Aufmerksamkeit. Diese Stunde gehört Ihnen allein.«

»Was für eine gute Mutter.«

»Wahrscheinlich fragen Sie sich jetzt, wie lange es dauert, bis ich mich melde, wenn *Sie* mich in einer Notsituation anrufen.«

»Bei mir gibt's keine Notsituationen. Außerdem weiß ich sowieso, wenn ich etwas brauche, kann ich nur auf einen einzigen Menschen zählen. Mich selber.«

»Sie sind oft von anderen enttäuscht worden.«

»Das kann man wohl sagen.«

Mich frustrierte diese Unwilligkeit, sich zu erklären. Alles war so tief verschüttet unter seiner Verteidigungsstrategie der trotzigen Repliken. Nun, da seine Energien aufgebraucht waren, nun, da er sich bei seinen Toilettengängen entleert hatte, sah er verknittert und traurig aus. »Nick, Sie haben ein paar schwere Zeiten durchgemacht, und um zu überleben, haben Sie innere Mauern aufgerichtet. Nun sind Sie in Ihren eigenen Wänden eingeschlossen und fühlen sich allein und verlassen.« Einen Augenblick lang dachte ich, er würde zu weinen anfangen, aber ich fuhr fort: »Sie müssen ein Loch in die Mauer schlagen. Sie werden Mut dazu brauchen, denn dabei kommen genau die Dinge ins Spiel, vor denen Sie am meisten Angst haben – sich Ihrer Gefühle bewußt zu werden und sich zu gestatten, jemandem zu vertrauen. Ich bin bereit, sehr hart mit Ihnen zu arbeiten, wenn Sie es versuchen wollen. Es wird nicht leicht sein.«

Er sah mich eindringlich an, und seine Augen waren so strahlend und so unergründlich wie der Himmel. »Wir sehen uns dann nächste Woche«, sagte er, und dann war er schon ohne ein weiteres Wort gegangen.

Später glättete ich die Kissen in meinem Sprechzimmer, kämmte mir das Haar und zupfte ein paar verwelkte Blüten von einem Strauß

Schwertlilien ab. Als ich hinaus ins Wartezimmer ging, um abzuschließen, wollte ich meinen Augen nicht trauen. Jemand hatte eine Rasierklinge genommen und einen langen, dünnen Streifen Tapete über die ganze Länge der Wand herausgeschnitten. Der Streifen ging genau bis zum Rahmen eines Bildes, das dort hing, setzte sich unterhalb des Rahmens fort, führte um ihn herum und schwang sich dann zum Türrahmen hinauf.

»Verdammt!« sagte ich laut. »Jetzt kann ich die ganze Wand neu tapezieren lassen. Wer macht denn sowas bloß?«

Zuerst hatte ich Nick in Verdacht. Hatte er das gemacht, während er eigentlich auf dem Klo verschwunden sein sollte? Nein, dachte ich, diese Art indirekter Destruktivität war das Werk einer Frau, und ich ging im Geiste die Liste meiner Patienten an diesem Tag durch und konnte mir das nur von wenigen, die heute nachmittag hier gewesen waren, vorstellen. Außerdem, dachte ich, konnte jeder, der den Flur entlangging, die Tür zu meinem Wartezimmer öffnen und etwas stehlen oder meine Tapete zerschneiden. Ein Hörer meiner Radiosendung hätte die Adresse meiner Praxis herausgefunden haben können, und draußen auf der Straße liefen jede Menge Penner herum.

Ich setzte die Gebäudeverwaltung über diesen Akt von Vandalismus in Kenntnis, beschloß, die Sache so schnell wie möglich beheben zu lassen, und verriegelte die Tür. Ehe ich aus Westwood herausfuhr, ging ich noch hinüber zu *Tower Records* und kaufte mir eine Kassette von Rod Stewarts »Tonight I'm Yours«. Ich wollte mal wissen, wie ein Liebessklave sich anhört.

6

»Hier spricht Dr. Sarah Rinsley, und Sie hören unsere Sendung ›Was dich quält‹ auf KPXQ. Hallo, Alycia aus Glendale.«

»Hallo, Dr. Rinsley. Ich finde Ihre Sendung klasse und höre sie jede Woche. Ich bin sechsundzwanzig, und mein Verlobter liebt mich, aber ihm gefallen meine Schenkel nicht und er meint, ich sollte mir das Fett absaugen lassen. Ich bin einsfünfundsechzig und wiege hundertdreißig Pfund, also bin ich nicht fett, würde aber wohl besser aussehen, wenn ich den Eingriff machen lasse. Würden Sie mir dazu raten?«

»Ich glaube, Ihr Verlobter möchte, daß Sie irgendeinem Idealbild von einer Frau entsprechen.«

»Aber er sagt, es wäre zu meinem eigenen Besten, weil ich meine Schenkel auch nicht mag und glücklicher wäre, wenn ich besser aussähe.«

»Erst mäkelt er an Ihren Schenkeln herum, dann sagt er, Sie wären glücklicher, wenn Sie etwas daran machen ließen. Natürlich wären Sie hinterher glücklicher – nämlich, weil er dann aufhören würde, an Ihrem Körper herumzukritisieren!«

»Es ist ihm peinlich, wenn man uns zusammen am Strand sieht.«

»Tut mir leid, das hört sich nicht nach jemandem an, der Sie liebt. Das hört sich nach einem unsicheren Mann an, der sich in seiner eigenen Haut wohler fühlen möchte, indem er mit einer perfekt aussehenden Frau angibt. Und Alycia, die wenigsten von uns werden je aussehen wie diese hinreißenden Frauen in den Zeitschriften, die sich zu Tode hungern, um so dünn zu bleiben. Wenn wir also nicht anfangen, uns selber so zu lieben, wie wir sind, und unsere Aufmerksamkeit mehr auf unseren Charakter und unsere Fähigkeit zu lieben konzentrieren, sind wir leichte Beute für jemanden, der an uns herumkritisieren möchte. Ich habe nichts gegen plastische Chirurgie, aber Sie sollten mal in aller Ruhe über einen Mann nachdenken, dem so viel daran liegt, Ihren Körper zu verbessern, und so wenig daran, Sie so zu nehmen, wie Sie sind. Mein Name ist Dr. Sarah Rinsley, und Sie sind eingeschaltet auf die Hörersendung von Radio KPXQ.«

Ich lehnte mich im Sessel zurück und nippte an meinem Pellegrino, während die Werbung lief. Heute war ich mit Humberto zum Abendessen verabredet, und ich war mit den Gedanken eigentlich eher mit meinem eigenen Aussehen beschäftigt. Ich trug ein tailliertes schwarzes Kostüm, eine bestickte Bluse und ein Paar eleganter Wildlederpumps mit hohen Absätzen. Das Wissen, daß ich ihn heute abend sehen würde, kostete ich schon den ganzen Tag lang aus.

Ich wählte Leitung vier an. »Nun zu Ihnen, George aus Van Nuys.« George war ein depressiver Collegestudent, der nicht mit dem Essen aufhören konnte, während er über seiner Arbeit saß. Er wollte unbedingt zum Pharmaziestudium zugelassen werden und hatte im Verlauf seiner Bemühungen über fünfzig Pfund zugelegt.

»Was würde denn passieren, wenn Sie nicht zugelassen werden?«

»Meine Eltern wären am Boden zerstört. Ich würde ihnen nicht mehr in die Augen sehen können.«

»George, ich kann Sie nur beglückwünschen zu Ihrem Ziel, und ich finde es bewundernswert, wie hart Sie arbeiten, um es zu erreichen, aber Sie laden damit mehr Druck auf sich, als Sie ertragen können. Die Angst zu versagen, ist drauf und dran, Ihre Bemühungen zu vereiteln.«

»Genau! Wenn ich mir Sorgen mache, ist meine ganze Konzentration im Eimer.«

»Sprechen Sie mit Ihren Eltern. Erzählen Sie Ihnen, was in Ihnen vorgeht.«

»Ausgeschlossen. Sie würden es nicht verstehen.«

»Dann müssen Sie ihnen helfen, damit sie es verstehen. Sagen Sie ihnen: ›Mom und Dad, ich studiere sehr fleißig, und ich habe Angst, daß Ihr enttäuscht sein werdet, wenn ich das Pharmaziestudium nicht schaffe, und daß ihr mich vielleicht nicht mehr so lieben oder akzeptieren werdet wie früher.‹«

»Sie würden so tun, als wäre das nicht wahr.«

»Dann müssen Sie sie mit den Tatsachen konfrontieren. Seien Sie ganz offen.«

»Ich weiß nicht, ob ich das packe. Ich glaube, ich kann's nicht.«

»George, man braucht doch keinen Mut dazu, etwas ganz Einfaches zu tun! Mut brauchen Sie für die wirklich schwierigen Dinge im Leben. Aber sie werden mehr Respekt vor sich selber haben, wenn Sie die Wahrheit aussprechen, selbst, wenn Sie Zorn oder Zurückweisung riskieren. Und wenn Sie das tun, werden Ihre Depressionen nachlassen. Dies ist die Sendung von Dr. Sarah Rinsley auf KPXQ.«

Nachdem meine zwei Stunden um waren, zog mich Mike, der Manager des Radiosenders, in sein Büro. Er war ein schwer gebauter Mann, der immer weiße Hemden und wild gemusterte Hosenträger trug, und sein unstillbarer Ehrgeiz hatte schon mehrere Zusammenstöße zwischen uns provoziert. Zehn Minuten lang schmierte er mir Honig ums Maul, wie beliebt ich wäre und wieviel Respekt er vor mir hätte.

»Ja, und?« unterbrach ich ihn schließlich.

Er steckte die Daumen hinter die Hosenträger. »Okay, deine Einschaltquoten sind gut, das will ich dir lassen. Aber sie würden in die Höhe schießen, wenn du Tage für besondere Anliegen hättest – zum Beispiel für Ehefrauen von Transvestiten, Geschwister, die einander lieben, Frauen, die Kerle aus der Todeszelle heiraten – so ungefähr.«

Ich schüttelte den Kopf und stand sofort auf. »Nicht mit mir. Wenn du so etwas willst, such dir jemand anderes.«

»Nun komm schon, bleib doch mal 'ne Minute sitzen. Ich habe dir eben gerade gesagt, wie viele Menschen da draußen dich mögen. Und das ist ja genau der Grund, warum es funktionieren würde! Du bist Spitze! Nicht irgendein Quacksalber! Wenn du mit solchen Leuten reden würdest, wäre deine Sendung etwas ganz Besonderes.«

»Nein. Nein, nein, nein. Für jede Ehefrau eines Transvestiten gibt es zwanzig andere Ehefrauen, die so unter Depressionen leiden, daß sie morgens am liebsten gar nicht aufstehen würden. Auf jede inzestuöse Ehe kommen fünfzig normale, die nicht funktionieren! Ich lasse die Leute im Radio sprechen, weil andere von ihnen *lernen* können und nicht, um sie wie Mißgeburten im Zirkus vorzuführen! Und möchtest du wissen, *warum* meine Einschaltquoten so gut sind? Weil die meisten Menschen die einfachsten Dinge hören möchten, wie man liebt, wie man mit Risiken umgeht, wie man aufhört, immer anderen die Schuld zu geben, wenn einem was schiefgeht! Verdammt noch mal, mir gefällt die Sendung so, wie sie ist. Ich bekomme Briefe von Menschen, die mir schreiben, wie sehr ich ihr Leben verändert habe. Und tausend weitere denken darüber nach, ob dieses oder jenes aus meiner Sendung nicht auf *sie* zutrifft. Warum sollen wir das Ganze auf eine Parade von Randexistenzen beschränken? Vergiß es, Mike. Nicht mit mir. Außerdem habe ich eher das Gefühl, daß die Einschaltquoten sinken würden.«

Er zog einen Zahnstocher aus seiner Schublade und begann sein Gebiß damit zu bearbeiten. »Du könntest jede dieser Randexistenzen dazu benutzen, um zu demonstrieren, was du dem Rest von uns sagen willst.«

»Das genau ist es ja. Ich möchte die Menschen nicht *benutzen*. Und genau das würde ich tun. Für Einschaltquoten.«

»Schon gut, schon gut. Lassen wir das Thema erst mal.« Er verdrehte die Augen und bedachte mich mit einem gnädigen Grinsen.

Humberto geleitete mich in den Speisesaal des *Paradise*, einen ruhigen, spärlich beleuchteten Raum, der vor frischen Blumen, geschliffenem Glas und weißem Leinen nur so prangte. Champagner auf Eis stand schon an unserem Tisch bereit, und nachdem wir angestoßen hatten, leerte ich mein Glas sofort in einem Zug.

Mit leuchtenden Augen warf Humberto mir ein herzliches Lächeln zu. »Ich habe mir Ihre Radiosendung angehört«, sagte er. »Ich finde, Sie haben genau das Richtige zu dem Mädchen mit der Schönheitsoperation gesagt. Manche Frauen, die hier verkehren, sind schon so oft unter dem Messer gewesen, daß sie kaum noch ihren Mund zumachen können.«

»Ja, aber es ist schwer, sich mit dem Älterwerden einzurichten, wenn man glaubt, gutes Aussehen wäre das einzige, was man zu bieten hat.«

»Daran habe ich nicht gedacht. Das muß wirklich schlimm sein.«

Wie intensiv er zuhört, dachte ich. Wie rasch er einen Denkfehler zugibt. Eine schöne Eigenschaft bei einem Mann.

»Da ist noch etwas, über das ich mich immer wundere, wenn ich höre, wie Sie sich mit diesen Bulimiekranken unterhalten. Wie können die so gierig nach Essen sein und es gleichzeitig hassen?«

»Sie neigen dazu, die Dinge entweder als nur gut oder nur schlecht zu betrachten. Ein voller Teller ist etwas Gutes; aber sobald die Speisen erst einmal im Körper sind, fühlt ein solcher Mensch sich hundsmiserabel, als hätte er gerade Gift zu sich genommen. So kommt es zu dem Teufelskreis von schlemmen und dem Zwang, sich zu entleeren.«

»Faszinierend. Wäre das eine Erklärung dafür, wieso manche Leute jeden Abend in ein bestimmtes neues Restaurant rennen und es nach ein paar Monaten nicht mehr sehen können?«

»Gewiß. Das Neue ist nur gut – glanzvoll und chic; das Alte ist verbraucht und passé.«

»Sollte ich vielleicht ein Restaurant namens ›Nur-Gut-Café‹ aufmachen?«

»Eröffnen Sie und schließen Sie binnen drei Monaten wieder, dann wird es immer als perfekt in der Erinnerung der Leute bleiben.«

Wir kicherten über diesen lahmen Witz. Es war dieser schwierige Augenblick am Anfang, wenn zwei Menschen nach einer gemeinsamen Basis suchen und einander noch alles gerne nachsehen. Es hätte mir wirklich nichts ausgemacht, wenn er mir jetzt einfach aus dem Telefonbuch vorlesen würde. Ich war schon dabei, mich in ihn zu verlieben. Als er mein Glas nachfüllte, bemerkte ich einen zwei Zentimeter langen Kratzer auf seinem Handrücken, und nachdem er die Flasche in den Kühlbehälter zurückgestellt hatte, streckte ich die Hand aus und fuhr mit dem Finger leicht über die Stelle. »Wie ist das passiert?«

Er streckte mir beide Arme entgegen, zeigte mir seine Handrücken und drehte sie dann um. Auch seine Handinnenflächen waren mit Narben nur so übersät. »Beim Kochen. Diese lange hier ist vom Grill des Chaya Bistro. Das sind zwei Messerschnitte. Die runde Stelle hier ist von Bratfett. Und auf der rechten Schulter habe ich eine lange Narbe von einem Topf Hühnerbrühe, der auf mich gefallen ist.«

»Mein Gott, ich hatte ja keine Ahnung, daß das so ein gefährlicher Beruf ist.«

»Und heiß dazu. Was haben wir denn hier?« Er nahm meine rechte Hand, zeichnete mit dem Finger einen roten Fleck an einem meiner Knöchel nach.

»Eine Allergie. Sobald ich einen Pullover oder eine Jacke aus Wolle anziehe, kriege ich das auf der Stelle. Ich kann nur Kostüme mit Seidenfutter tragen.«

»Wirkt sich Streß nicht verschlimmernd darauf aus?«

»Kann passieren.«

»Hört sich für mich an, als bräuchten Sie mal eine Pause.« Ein Lächeln spielte um seine Lippen, als wollte er mir anbieten, mich auf eine Reise mitzunehmen. Und ich wollte gern mit ihm auf eine Reise gehen.

Unser Gespräch wurde mehrfach unterbrochen, wenn Männer ihm die Hand schüttelten, Frauen ihn küßten und der Maître d' und diverse Kellner ihm etwas zuflüsterten. Jedesmal stellte er mich als »Dr. Rinsley, die Radiopsychologin« vor. Es gefiel mir, wieviel Respekt er offenbar vor mir hatte.

Sooft er unterbrochen wurde, rieb Humberto sich mit dem Zeigefinger die Lippen, wodurch sie schon ganz rot und aufgerauht waren. Er flüsterte seinen Kellnern hektisch und ungeduldig etwas ins Ohr und wandte sich dann wieder mir zu, um unsere Unterhaltung wieder aufzunehmen.

»Tut mir leid«, sagte er. »Nie hat man einen Moment Ruhe. Und Sie? Finden Sie Ihre Arbeit auch so anstrengend?«

»Eigentlich nicht. Schließlich ist die Psychotherapie dazu da, Probleme zu lösen. Ich finde es viel anstrengender, wenn Dinge verschwiegen werden, im Verborgenen bleiben.«

Er studierte mein Gesicht. »Es gibt eine Menge Dinge, die ich Sie fragen möchte.«

Er sieht in mir etwas, was er begehrt, dachte ich. Das schmeichelte mir, vor allem, weil ich sah, wieviel schöne Frauen ihm zuwinkten.

»Können Sie zum Beispiel jemandem helfen, der sagt, er hätte noch nie einen Menschen geliebt?«

Ich mußte an Nick denken. »Ich will es hoffen. Warum fragen Sie?«

»Ich habe mal einen solchen Menschen gekannt.«

Das weckte meine ausgesprochene Neugier, aber in diesem Augenblick nahm eine bekannte Schauspielerin am Nebentisch Platz und begann den Ober lautstark über Salzgehalt, die benutzte Sorte Bratfett und die Herkunft des Fisches auf der Speisekarte auszufragen. »Achten Sie darauf, daß der Grill saubergewischt ist«, fügte sie noch hinzu, nachdem sie ihre Wahl getroffen hatte. »Und was für ein Filterpapier benutzen Sie für den Kaffee?«

»Warum bleibt Sie nicht zu Hause, wenn Sie sich solche Sorgen macht?« flüsterte ich.

Humberto lächelte und sagte mit leiser Stimme: »Zu Hause ißt sie wahrscheinlich Knabbergebäck und Pommes Frites. Aber sie ist genau wie wir alle – sie kämpft um ihr Territorium, gibt an, um ein Männchen auf sich aufmerksam zu machen, ernährt sich und hofft, nicht zu früh zu sterben.«

Mir gefiel diese Einsicht. »Sie wissen viel über Tiere, nicht wahr?«

»Ein wenig.«

Exotische Vögel wären gefährdet, sagte er, und viele würden sterben, bevor die illegalen Händler sie auch nur in die Staaten geschmuggelt hatten. Er arbeitete bei einer Initiative für verstärkte Aufzucht exotischer Vögel im Lande und schärfere Einfuhrbestimmungen mit.

Eine Weile beobachtete ich Humbertos Lippen und hörte kaum auf das, was er sagte. Jedesmal, wenn er lächelte, mußte ich denken, wie schön seine Zähne doch waren – gerade und weiß, ohne jedes Anzeichen von Füllungen oder Kronen. Manchmal wünschte ich mir, auch so verschwenderisch von der Natur ausgestattet worden zu sein. Als ich mich aus meinen Gedanken losgerissen hatte, kommentierte Humberto gerade das Ölgemälde an der Wand hinter sich, eine Meeresszene mit der Andeutung eines alten Segelschiffs. In großen Buchstaben stand über dem Schiff in geschwungener Schrift der Satz: TAPFERE MÄNNER ENTSPRANGEN MEINER FAMILIE. »Haben diese Worte eine besondere Bedeutung?« fragte ich.

»Mein Vater hat unsere Ranch in Nicaragua verkauft und ist mit uns nach Miami gegangen, als ich dreizehn war. Ich habe nie für mich entscheiden können, ob es mutiger gewesen wäre, zu bleiben oder das Land zu verlassen.«

»Hätte nicht beides die gleiche Menge Mut erfordert?«

Seine Lippen formten ein leises Lächeln, als er mir scherzhaft mit dem Zeigefinger drohte. »Ich mag Sie«, sagte er.

Ich erwiderte das Lächeln und merkte, daß ich rot geworden war. »Sind Sie auch jemals vor irgend etwas davongerannt?«

»Vor meiner Familie.« Er hatte mit siebzehn die Schule verlassen, war nach L. A. getrampt und hatte sich dann vom Kartoffelschäler in einem Restaurant hochgearbeitet.

»Ja, Familien«, sagte ich. »Meine Großmutter hat meiner Mutter ihr ganzes Leben lang ihr vieles Geld vor die Nase gehalten, und das hat meiner Mutter das Gefühl gegeben, keine zwei Cents wert zu sein.« Ich hob mein Champagnerglas, um mit ihm anzustoßen. »Auf den Abschied von den Eltern.«

Er berührte mein Glas mit dem seinen und lächelte. »Als ich Nicaragua verließ, hatte ich nur den einen Wunsch: in jeder Hinsicht ein Amerikaner zu werden. Ich habe stundenlang vor dem Spiegel gestanden und die englische Sprache geübt. Ich habe sogar mit Hilfe eines kleinen Stäbchens geübt das harte ›R‹ auszusprechen.«

Ich sagte ihm nicht, daß sein Akzent immer noch herauszuhören war. »Warum war Ihnen das so wichtig?«

»Ich wollte mich nicht anhören wie Ricky Ricardo.«

Der Maître d' näherte sich unserem Tisch und flüsterte Humberto etwas zu. »*Yo me haré cargo*«, sagte er und stand eilig auf. »Schon wieder ein Problem in der Küche. Bitte entschuldigen Sie mich.«

Ich stocherte in meinem Essen und dachte an meine Großmutter Covey. Sie hatte geplant, daß meine Mutter in Europa zur Schule gehen sollte, aber nachdem Mom meinen Dad kennengelernt hatte, war es damit vorbei gewesen. Er war energisch und gutaussehend, mit glattem, blonden Haar, hatte Arme so stämmig wie Äste und große, eckige Vorderzähne. »Er wird es nie zu etwas bringen«, waren die einzigen Worte, die meine Großmutter je über ihn verlor. Ich habe erst sehr viel später begriffen, auf was meine Mutter alles verzichtet hat, als sie sich für meinen Vater entschied. Als ich zehn Jahre alt war, fand ich ihre Papiere sauber zusammengeschnürt in einem Kleiderkarton auf dem Dachboden. Es waren farbenfrohe Zeichnungen von Frauen in Kleidern, Kostümen und Abendgarderobe, dazwischen eingeschoben Detailskizzen von Paillettenbesatz und Perlenschmuck. Zwischen Empfehlungsschreiben ihrer Lehrer und Zeugniskopien fand sich auch ein Brief aus Paris, in dem stand, daß man sie an einer Schule für Modedesign angenommen hatte. Ich schwor mir, daß *ich* meine Wünsche und Träume nie so einfach in den Wind schreiben wollte.

Zwanzig Minuten waren vergangen, seit Humberto den Tisch verlassen hatte. Aus Langeweile ging ich auf die Toilette, um mein Makeup zu überprüfen und meine Kleider zurechtzurücken. Als ich wieder herauskam, sah ich, daß die Tür zu Humbertos Büro offenstand. In der Annahme, die Sache in der Küche wäre erledigt, ging ich zu der offenen Tür hin und blieb dann wie angewurzelt stehen. Humberto stand, mir den Rücken zugewandt, in seinem Büro und befand sich in einer aufgebrachten Unterredung mit einer Frau. Ich sah, wie er mit der Faust auf den Schreibtisch schlug und dabei einige Papiere auf den Boden fegte. Er bückte sich, raffte die Papiere wütend zusammen und warf sie auf den Tisch zurück. Ich konnte nicht verstehen, was er sagte, aber die Frau schien am Rande der Tränen. Sie trug ein enges, schwarzes Kleid, Schuhe mit hohen Absätzen und eine Diamantenhalskette.

Als ich sah, wie sie ihre Arme um ihn schlang, wandte ich mich rasch ab und beeilte mich, an unseren Tisch zurückzukommen. Ich war stocksauer. Der hatte vielleicht Nerven! Mich so lange alleine sitzenzulassen, während er sich mit seiner Geliebten zankte! Ich zog meine Kostümjacke an und wollte gerade gehen, als er angelaufen kam.

»Es tut mir so leid. Mein Oberkellner hat mir gesagt, Sie wären gerade an meinem Büro vorbeigegangen. Bitte lassen Sie mich erklären.«

»Vielleicht ein andermal. Jetzt möchte ich gehen.«

Er beugte sich über mich und sagte mit gesenkter Stimme: »Bitte kommen Sie mit in mein Büro. Ich kann das nicht hier mit Ihnen bereden.«

Verärgert ging ich vor ihm her. Ich wollte ihm noch Gelegenheit geben, sich auszusprechen, bevor ich mich verabschiedete. Ich hatte nicht den geringsten Wunsch, mich mit einem Mann einzulassen, von dem ich so etwas geboten bekam.

Nachdem er die Tür geschlossen hatte, blieben wir mitten in seinem Büro stehen, weil ich mich weigerte, Platz zu nehmen. »Sie ist eine alte Freundin, die ich seit Monaten nicht mehr gesehen habe«, sagte er. »Sie ist hier betrunken hereingekommen, hat verlangt, mich zu sehen, und ich glaubte, ich könnte sie rasch wieder loswerden. Aber ich mußte noch klare Verhältnisse schaffen, denn es ist ein für allemal vorbei zwischen uns, und ich möchte nicht, daß sie mich hier aufsucht. Die ganze Zeit habe ich daran denken müssen, daß Sie da am Tisch sitzen.«

»Eine halbe Stunde haben Sie mich warten lassen!«

»Bitte vergeben Sie mir.«

»Sie hätten wenigstens die Freundlichkeit haben können, jemanden zu schicken, der mir das erklärt.«

Er warf die Arme in die Höhe. »Ich weiß ja! Aber ich habe immer gedacht, es würde nur noch ein paar Minuten dauern! Ich entschuldige mich in aller Form. Ich hätte Sie überhaupt nie hierher einladen sollen. Ich muß mich hier um alles und jedes kümmern, und dauernd kommen Leute vorbei, um ›Hallo‹ zu sagen.«

Ich verschränkte abwartend die Arme, bereit, jederzeit zu gehen. »Warum haben Sie dann keinen anderen Vorschlag gemacht?«

Er zögerte. »Wollen Sie die Wahrheit hören? Ich wollte Sie beeindrucken. Ich habe wahrscheinlich gedacht, ich würde in Ihren Augen gut aussehen, wenn uns dauernd Leute begrüßen oder meinen Rat suchen. Es war ein dummer Fehler.«

»Okay«, sagte ich und beruhigte mich wieder ein wenig. »Lassen Sie es uns ein andermal erneut versuchen. Ich denke, für heute abend habe ich genug.«

Er ging zu seinem Sofa, ließ sich darauf nieder und klopfte mit der Hand auf den Platz neben sich. »Setzen Sie sich doch für ein paar Minuten, bevor Sie gehen.«

Ein wenig widerwillig setzte ich mich zu ihm, dann sah ich mich im Büro um. »Wo ist Ihr Vogel?«

»Ich mußte sie mit zu mir nach Hause nehmen. Sie hat sich erkältet. Warum kommen Sie nicht nächste Woche zu mir, und ich mache Ihnen ein Abendessen? Dann können Sie auch Esperanza wiedersehen.«

»Na gut«, sagte ich und zwang mich zu einem Lächeln. »Eine Chance sollen Sie noch haben.«

7

Als ich Nick das nächste Mal sah, neigte sich wieder ein langer Tag seinem Ende zu. Bevor ich die Tür öffnete, um ihn hereinzubitten, blieb ich ein paar Minuten nur in meinem Sessel sitzen und lauschte dem Raum.

Obwohl ich es nie jemandem erzählt habe, glaubte ich, meine Praxis atmen hören zu können, besonders am Morgen, bevor die Luft mit dem Geräusch von Traurigkeit erfüllt wurde. An der Wand neben meinem Sessel reihte sich vom Boden bis zur Decke ordentlich Buch an Buch, und die Autoren flüsterten: Grenzen und endloser Raum, psychoanalytische Technik, Angst vor Übergewicht. Fiel das Sonnenlicht durch die Fenster, entstanden mal schillernde kleine Quadrate auf der Ananaspalme in der Ecke, mal ein dunstiger Schimmer über dem Schreibtisch. Selbst die Wände schienen zu leben – solides Bauwerk, isoliert, um Stimmen in sich aufzunehmen und Lärm auszusperren. Jeder Winkel dieses Raumes ist so geplant, daß insgesamt eine Atmosphäre entsteht, die der Therapie förderlich ist. Separate Ein- und Ausgänge schützten die Privatsphäre. Meinem Sessel gegenüber gab es bequeme Stühle und eine Couch, auf die sich ein Patient oder eine Patientin auch so hinlegen oder hinsetzen konnte, daß sie mich nicht anzuschauen brauchten. Uhren waren gut sichtbar im Raum plaziert, und ein Leuchtsignal teilte es mir diskret mit, sobald mein nächster Patient das Wartezimmer betreten hatte. Frische Blumensträuße, Kartons mit Papiertaschentüchern in Griffnähe und Dimmerschalter an der Wand taten das ihre, um eine entspannende Atmosphäre herzustellen.

Nachdem auch ich ein wenig Entspannung genossen hatte, öffnete ich die Tür. Der vertraute Duft folgte Nick auf dem Fuße: irgendeine Mischung aus Seife, Babypuder und Leder. »Also, worüber reden wir heute?« fragte er. Er zupfte seine Krawatte zurecht und strich den Stoff seiner Hose an den Oberschenkeln glatt. Es war erstaunlich, wie jemand, der soviel hatte, über das er sprechen konnte, nichts zu erzählen zu haben meinte.

»Sie brauchen nicht mit einer vorbereiteten Tagesordnung herzukommen. Sagen Sie einfach, was Ihnen einfällt, aber bitte ehrlich und ohne Scheu.«

»Mist. Also verschwende ich mein Geld, wenn ich hier nicht meinen Seelenmüll auskippe? Ich will bloß hoffen, daß Sie mich nicht übers Ohr hauen.«

Ich wertete das als einen kleinen, wenn auch aggressiven Schritt voran, und im folgenden begann Nick sich mir tatsächlich ein wenig zu öffnen. Er erklärte, das Leben bestünde nur aus feindlichen Herausforderungen, und er wäre entschlossen, stets auf der Seite des Gewinners zu stehen. Er sagte, er haßte einen der Seniorpartner in seiner Anwaltsfirma, einen Mann, der stolz von sich sagte, er würde immer ein faires Spiel spielen.

»Scheiß doch auf Fairplay«, sagte Nick. »Man spielt, um zu gewinnen. Zum Beispiel, indem man unzulässige Beweise vorträgt. Die Geschworenen sind instruiert, ihnen keine Beachtung zu schenken, aber sobald sie sie einmal gehört haben, bleibt doch immer etwas davon hängen. Das treibe ich so lange, bis mir wegen Mißachtung des Gerichts gedroht wird. Dann ziehe ich mich zurück.«

Er war zumeist mit Beleidigungsklagen und Scheidungsfällen befaßt, eine Wahl, die ich irgendwie passend, aber andererseits doch wieder unpassend fand. »In der Regel vertrete ich die Frauen«, sagte er. »Sie geben meinen Namen dann untereinander weiter, und mein Ansehen steigt.« Er zog eine Augenbraue in die Höhe und blinzelte mir zu, wobei ich mich fragte, was sich die Frauen wohl über ihn erzählten. »Kann aber auch ein gefährlicher Job sein«

»Wie meinen Sie das?«

»Man weiß nie, ob nicht ein aufgebrachter Ehemann auf einen los will. Oder ein wütender Beklagter. Also habe ich immer eine geladene Pistole in der Ablage meines Wagens. Soll nur einer versuchen, von mir etwas zu wollen. Dem steht eine herbe Überraschung bevor.«

Viele Menschen besitzen eine Waffe, vor allem Männer wie er, die eine militärische Ausbildung hinter sich haben, aber mir wollte der Gedanke, daß er bewaffnet und bekifft in L. A. herumfuhr, ganz und gar nicht gefallen. Ich dachte einen Augenblick lang darüber nach, ob er vielleicht gefährlicher war, als ich angenommen hatte. Er mußte mir meine Gedanken am Gesicht abgelesen haben, denn er sah mich an und begann zu lachen. »Immer ruhig, Doc! Das ist rein zum Selbstschutz. Bei meinem Job kann immer einer hinter mir her sein.«

Als die Sitzung schon fast vorüber war, fragte ich: »Irgendwelche Träume?«

Er sah plötzlich ganz müde aus. »Ich habe geträumt, ich wäre am Grund eines ausgetrockneten Brunnens, und es kämen Leute, die mir etwas tun wollten. Diesen Traum habe ich schon seit Jahren. Ich bin immer in einem beengten Raum, fürchte mich, und dann wache ich in Schweiß gebadet auf.«

»Erinnern Sie sich, ob sich dieser Traum in bestimmten Abständen wiederholt?«

Er schüttelte den Kopf.

»Lassen Sie uns von nun an auf solche Gesetzmäßigkeiten achten. Diesmal haben Sie den Traum gehabt, kurz nachdem Sie bei mir gewesen waren. Vielleicht bin ich diejenige, die da kommt, und Sie haben Angst vor mir.«

Er zuckte die Schultern. »Kann sein.«

Obwohl er nicht den Eindruck machte, als akzeptierte er meine Interpretation, hatte er sie jedenfalls zur Kenntnis genommen und würde sich auf einer gewissen Bewußtseinsebene weiter mit ihr auseinandersetzen. Therapie greift in kleinen Schritten, wobei Gedanken, die an einem bestimmten Tag in sie Eingang finden, bisweilen erst Monate oder gar Jahre später angenommen werden.

Nick öffnete seine Aktenmappe, holte eine Sonnenbrille und ein kleines Tuch heraus und begann, die Gläser zu putzen. Als er damit fertig war, sagte er: »Mein Vater hat mich früher manchmal in die Kleiderkammer eingeschlossen.«

Wenn seine Träume irgendein Schlüssel waren, mußte dieses Eingeschlossenwerden eine furchtbare Erfahrung für ihn gewesen sein, und ich empfand spontan Mitgefühl. »Was erinnern Sie davon?«

»Einsam zu sein und Angst zu haben.« Ich wartete darauf, daß er das weiter ausführte, aber er preßte einfach nur die Lippen aufeinander, klappte die Sonnenbrille zusammen und legte sie in seine Tasche zurück.

»Wie alt waren Sie da?«

»Vier oder fünf.«

»Warum hat er das gemacht?«

»Um mich zu bestrafen.«

»Wie oft ist das passiert?«

»Ich kann mich nicht erinnern. Oft.« Nach ein paar Minuten sagte er: »Ich möchte nicht mehr darüber sprechen. Ich weiß nicht, was mir das bringen soll.«

Hier blockte er ab. Sowohl bewußt als auch unbewußt weigerte er sich, an dem Behandlungsprozeß mitzuwirken.

»Hört sich so an, als würde dieses Eingeschlossenwerden Sie immer noch verfolgen.«

»Das war vor dreißig Jahren. Es ist vorbei und begraben, und ich will hoffen, daß die Therapie nicht nur darin besteht, alte Geschichten wieder aufzuwärmen.«

Es war Zeit, aufzuhören, und außerdem nicht der richtige Moment, ihn zu etwas zu drängen. »Wir werden uns mit alldem befassen, sobald Sie bereit sind, darüber zu reden. Wenn Sie aus irgendeinem Grund mit mir sprechen müssen, bin ich telefonisch vierundzwanzig Stunden am Tag für Sie zu erreichen.«

Er holte wieder sein Magenmittel heraus und schüttete es in sich hinein. Nach ein paar weiteren Minuten hob er beschwichtigend die Hände und sagte, »Okay, okay. Für irgendwas bin ich ja hier. Vielleicht ist es das.«

Nachdem er bereits aufgestanden war, um zu gehen, brauchte er noch ein paar weitere Minuten, bis er seine Aktenmappe geschnappt, sein Jakkett angezogen, und seine Manschetten gerichtet hatte. An der Tür hielt er noch einmal inne, um »Bis Montag« zu sagen, und ich hatte das leichte Gefühl, er wünschte sich, unser nächster Termin wäre nicht erst in einer Woche.

Nachdem er fort war, dachte ich darüber nach, was er mir erzählt hatte: daß sein Vater ihn in den Kleiderschrank eingeschlossen hatte. Da begann ich langsam zu begreifen, wieso er so mißtrauisch war. Außerdem waren durch die Geschichte eigene Erinnerungen von mir, die mit einem Schrank zu tun hatten, wiedererweckt worden.

In dem Haus, in dem ich aufgewachsen bin, gab es ein Versteck unter der Treppe zum Obergeschoß. Eigentlich war es als Abseite gedacht, aber die halbhohe Tür war lieblos zusammengezimmert, und von innen konnte ich durch schmale, vertikale Schlitze in unser Eßzimmer sehen. Der traurigste Anblick meines ganzen Lebens war meine Mutter, die weinend am Tisch saß.

Ich war damals elf, und sie hatte uns beide bei einer Modenschau für Mütter und ihre Töchter angemeldet, ohne vorher mit mir darüber zu sprechen. Als sie mir von ihrem Vorhaben erzählte, sagte ich, ich hätte keine Lust, mich mit anderen kreuzbrav zurechtgemachten Mädchen vorführen zu lassen. »Ich sehe bescheuert aus in so einem komischen Kleid! Nein, ich will das nicht!« Meine Mutter drängte mich und redete auf mich ein, bis ich schließlich nachgab, aber je näher der Samstagnachmittag der Modenschau rückte, um so nervöser wurde ich. Auf meiner Brust bildeten sich kleine Huckel, und ich schämte mich. Ich wollte nicht mehr, daß meine Mutter sich meinen Körper ansah, und ich haßte es, die Anproben für mein Kleid über mich ergehen zu lassen.

Als wir endlich so weit waren, stand das Kleid meiner Mutter ihr ausgezeichnet – eine rosa Kombination aus französischer Spitze und zartem Baumwollgewebe mit einem breiten seidenen Bund und winzigen, von Hand aufgenähten Perlen um den tiefen Ausschnitt herum. Drei Monate lang hatte sich meine Mutter auf diese Modenschau vorbereitet, indem sie sich zu Größe achtunddreißig herunterhungerte. Sie sah so grazil aus wie schon seit Jahren nicht mehr. Doch ich fand, daß mein Kleid, das zu ihrem passen sollte, lächerlich kindlich wirkte. Anstelle des eleganten Bundes hatte ich lange rosa Bänder aus Satin, und der Ausschnitt mit dem Kragen à la Peter Pan schnürte meinen Hals ein. Mom hatte auch mir diese winzigen Perlen vorne auf mein Kleid genäht, aber die kleinen Huckel auf meiner Brust ließen die Perlen ein spiralförmiges Muster bilden, und das war mir ausgesprochen peinlich.

Als wir am Abend vor der Modenschau noch einmal unsere Kleider anprobierten, sagte mein Vater: »Mmmm. Ihr seht ja beide zum Anbeißen aus. Und ich glaube, unser kleines Mädchen wird langsam zu einer Frau.« Mehr brauchte ich nicht zu hören. Ich rannte nach oben, riß mir das Kleid vom Leibe, warf es achtlos auf den Boden und schmiß mich heulend aufs Bett. Ich war sicher, daß er sich über mich lustig gemacht hatte. Und aus irgendeinem Grund schmerzten meine Brustwarzen und mein Bauch. Zwei Stunden später bekam ich meine erste Periode.

»Bitte, Mommy«, bettelte ich am nächsten Morgen, »zwing mich nicht, das Kleid anzuziehen. Bitte geh ohne mich hin!«

»Ich begreife ja, wie du dich fühlst, Engelchen, aber tu das doch bitte ein letztes Mal für mich. Ich habe mir solche Mühe mit unseren Kleidern gegeben, und ich glaube, daß wir bestimmt den ersten Preis bekommen.« Ich heulte, bis mein Gesicht so aufgedunsen aussah, daß ich unmöglich hingehen konnte. Schließlich brach meine Mutter ohne mich auf.

Am Sonntagabend danach beobachtete ich von meinem Versteck unter der Treppe aus, wie meine Mutter ihr rosa Kleid vorsichtig in einen Versandkarton einpackte, um es nach San Francisco zu schicken, wo sie es in Kommission zum Verkauf geben zu können hoffte. Als sie das Anschriftenfeld auf dem Karton ausgefüllt hatte, setzte sie sich an den Tisch und weinte. Und ich sah ihr zu und ließ die Tränen strömen, ohne einen Mucks zu machen, damit sie mich nicht bemerkte.

Mein eigenes Kleid ließ ich das ganze Jahr im Schrank hängen. Als Mom mich im folgenden Jahr bat, alte Sachen auszumisten, konnte ich es nicht ertragen, sie daran zu erinnern, wie weh ich ihr getan hatte, und stopfte das Kleid in meinen Schlafsack, den ich in die hinterste Ecke meines Kleiderschranks schob. Dort blieb es dann drei Jahre lang versteckt, bis ich es heimlich zu meinen Büchern und persönlichen Sachen packte und mit aufs College nahm.

8

Der nächste Tag war von sieben Uhr morgens bis sechs Uhr abends mit Therapiesitzungen nur so vollgestopft. Um die Mittagszeit brachte mir der Kurierdienst ein Päckchen, und darin fand ich einen kleinen Elefanten aus Glas von Humberto. »Nicht vergessen«, stand dabei. »Ein Essen mit mir im Nur-Gut-Cafe.«

Ich lächelte und hielt das kleine Schmuckstück gegen das Licht. Wie niedlich, dachte ich, und stellte es auf den Tisch neben der Couch.

Meine Nachmittagssitzungen waren strapaziös. Eine Patientin vertraute mir die bizarre Angewohnheit an, ihr Essen durchzukauen und es dann in ein Glas zu spucken, damit sie es noch einmal essen konnte. Sie war nun schon sechs Monate lang bei mir in Behandlung und rückte jetzt erst mit diesem unangenehmen kleinen Problem heraus.

Am späteren Abend rief Humberto an. »Vielen Dank für den Elefanten. Er ist sehr hübsch«, sagte ich.

Seine Wärme umfing mich durch das Telefon wie eine Umarmung. »Ich habe ihn höchstpersönlich bei *Geary's* ausgesucht. Und ich freue mich, daß Sie zum Essen kommen. Sie werden's nicht bereuen. Warten Sie's nur ab.«

Wir unterhielten uns eine halbe Stunde lang. Er erzählte, daß seine neue Speisekarte gute Fortschritte machte und er sich überlegt hätte, ob er mich um ein paar erläuternde Zeilen dafür bitten sollte. »Irgendwas Psychologisches«, sagte er. »Damit meine Gäste das Gefühl bekommen, ich hätte echtes Verständnis für ihre Bedürfnisse.«

»Könnte ich machen«, sagte ich. Da mein Wochenende schon verplant war, verabredeten wir uns für einen Abend in der Mitte der folgenden Woche.

Ich setze mich an den Küchentisch und aß ein paar Löffel voll braunen Zucker gleich aus der Schachtel. Irgendwie mochte ich Humberto. Ich hoffte, es würde mir nicht leid tun, daß ich mich noch einmal mit ihm verabredet hatte. Plötzlich überkam mich das Bedürfnis, im Haus sauberzumachen. Ich staubte die Holztische und Schränke ab, polierte sie, wischte feucht den Boden und erledigte eine ganze Menge Wäsche. Um Mitternacht begann ich, meinen Kleiderschrank aufzuräumen, denn der nächste Tag war ein Samstag, und ich konnte es ja genausogut wie zu jeder anderen Zeit auch jetzt gleich machen.

Ich wachte am nächsten Morgen zeitig auf und freute mich, daß mir vor meinem ersten Termin in der Klinik noch ein paar Stunden blieben. Ich zog Shorts und ein Sweatshirt an, sah im Garten nach dem Rechten, goß und schnitt die Rosen. Die tiefroten waren die, die am schönsten dufteten, obwohl ich die orangefarbenen Rosen mit gelb in der Mitte am liebsten mochte. Ich schnitt ein paar für mein Wohnzimmer ab, dann nahm ich Frank an die Leine und ging mit ihm eine Runde.

Mr. Slewicki, mein Nachbar von der anderen Straßenseite, war schon dabei, seinen Rasen zu harken und Unkraut zu jäten. Er trug eine große Pelzmütze, rote Hausschuhe und einen Damenbademantel, dessen Ärmel ihm gerade bis zu den Ellenbogen reichten. Ich winkte ihm zu und schlug den Weg in Richtung Hauptstraße ein. Ich fragte mich, was ihn wohl veranlaßte, sich so zu kleiden. Wir haben alle unsere Geschichte zu erzählen, dachte ich.

Selbst zu dieser frühen Stunde waren schon überraschend viele Menschen unterwegs, gingen spazieren, joggten oder waren auf dem Weg zum Zeitungsstand oder zu einem Frühstückslokal. Ich schlug den Weg zu dem Grünstreifen in der Mitte des San Vincente Boulevard ein, wo Hunderte von Joggern Trampelpfade in dem weichen Gras hinterlassen hatten. Die salzige Meeresluft roch angenehm, als ich das westliche Ende des Boulevards erreichte, und es machte mir Spaß, Frank zuzusehen, der munter herumtollte.

»He, Doc, wie geht's denn so?« hörte ich plötzlich eine vertraute Stimme hinter mir sagen. Ich fuhr herum. Es war Nick, in schwarzen, seidenglänzenden Shorts und einem ärmellosen T-Shirt. Wußte er, wo ich wohnte?

Ich stammelte eine Begrüßung und versuchte, so gut es ging, zu verbergen, wie unbehaglich mir zumute war. Er kicherte und kniete sich nieder, um Frank zu streicheln. Das weiche Haarbüschel, das aus Nicks Achselhöhle hervorschaute, wirkte sonderbar anziehend auf mich, und mir wurden schlagartig die kurzen Shorts, die ich trug, mein ungeschminktes Gesicht und mein ungekämmtes Haar bewußt.

»Was machen Sie denn so früh schon hier in der Gegend«, fragte ich, weil mir nichts anderes einfiel.

Er zwinkerte mir zu. »Hab die Nacht außer Haus verbracht.«

»Wir sehen uns dann nächste Woche«, verabschiedete ich mich unbeholfen und rief Frank zu mir, um dann in die entgegengesetzte Richtung davonzugehen.

Ich mochte es nicht, Patienten außerhalb der Praxis zu begegnen, denn das schürte nur ihre Neugier, was mich betraf, und machte es schwieriger, die Realität dessen, wer ich war, von ihren Übertragungsphantasien auf mich zu trennen. Nick wollte mir den ganzen Tag lang nicht mehr aus dem Kopf gehen; er war wie ein Dorn, der in einem Finger steckte, und an diesem Abend fiel ich in einen ruhelosen Schlaf.

Ich war in Brasilien, fuhr mit einem Zug, und mein Schlafwagen schaukelte rythmisch von der einen Seite auf die andere, polterte lärmend, wenn wir durch kleine Dörfer kamen. Es war spät abends, und das Licht der Straßenlaternen flackerte beim Vorbeifahren in meinem dunklen Abteil auf. Dann stand ein Mann mit weit gespreizten Beinen über mir. Er trug ein weißes Hemd und Navy-Hosen mit Bügelfalten, aber er hatte den Kopf eines Tigers, mit gewaltigen blauen Augen. Ich erstarrte, als er seinen Reißverschluß aufmachte und seinen Penis herauszog. Er war ganz steif, ich konnte die hervorgetretenen Venen sehen. »Lutschen«, sagte der Mann.

Ich nahm das Glied in den Mund und spürte sein Pulsieren. In mein eigenes Erregtsein schlich sich Angst. Als der Mann ihn herausnahm und mich zu einer aufrechten Position hochgezogen hatte, gehörte ich ganz und gar ihm.

Er knöpfte meine Bluse auf und beugte sich vor, um mich mit Küssen zu bedecken. Dann zeigte er auf die schmale Schlafcouch. »Mach die Beine breit«, knurrte er. Ich wurde ganz naß und heiß und streckte meine Arme nach ihm. Dann war er schon auf mir und drückte mich nieder.

Der Geruch von Babypuder und Seife umfing mich, als er in mich eindrang. Ich hatte Angst, er könnte mich umbringen, aber das kümmerte mich nicht weiter, während ich mich ihm hingab und seine Stoßbewegungen mitmachte. Er bewegte sich blitzschnell, hämmerte in mich hinein, bis er die Zähne zusammenbiß und seine Hände in meine Schultern grub. Sein letzter Stoß erzwang auch meinen Orgasmus. Ich fühlte mich durch die Tiefe des Weltraums fallen, bis ich mit einem Ruck erwachte, noch völlig benommen von dem Traum und dem sehr realen Höhepunkt, der mich aus dem Schlaf gerissen hatte.

Nick. Kein Zweifel, er war es gewesen. Die Augen, die Kleidung, der Geruch. Ich setzte mich in meinem Bett auf, mein Herz schlug wie verrückt, ich war völlig durcheinander und verstört. Die Digitaluhr am Radio zeigte 4:23 morgens, aber ich langte nach dem Lichtschalter und knipste die Lampe an, um mich erstmal zu sammeln.

Einen sexuellen Traum von einem Patienten zu haben ist immer eine sehr verstörende Erfahrung, aber ein solcher Traum von Nick war ganz besonders beunruhigend. Was für eine hämische Freude ihm das bereiten würde, wenn er es wüßte, dachte ich. Mr. Don Juan. Ich würde ein Auge auf meine Gefühle für ihn haben und mich nötigenfalls beraten lassen müssen. Ich schaltete das Licht wieder aus, aber als ich die Augen schloß, war die Erinnerung an den Traum noch so mächtig, daß ich ihn gleich wieder in mir spürte.

Als wir uns am Montag wieder trafen, sagte Nick, wie nett es gewesen wäre, mir auch mal außerhalb der Praxis zu begegnen. »Ihr Hund ist ja eine Wucht. Aber jemand müßte ihm mal beibringen, seine Socken hochzuziehen«, sagte er und spielte damit auf die Hautfalten an, die sich an Franks Pfoten schichteten. Ich lachte über diese treffende Beschreibung von Frank, und die ganze Sitzung lang ging es so weiter. Nick war gesprächig und charmant. Das Ganze erinnerte mich an die Angelausflüge, die ich früher mit meinem Vater unternommen und auf denen ich es genossen hatte, dem Klang seiner Stimme zu lauschen – was er eigentlich gesagt hatte, war letzten Endes gar nicht so wichtig gewesen.

Ich gestattete Nick seinen Smalltalk, denn so kurz nach diesem Traum fand ich es besser, mich selber erst einmal zurückzuhalten. Besser, eine Therapiestunde in den Sand zu setzen, als das Risiko einzugehen, daß etwas an mir mein Traumerlebnis verriet, dachte ich. Auch hielt ich es für unklug, ihm unaufhörlich damit in den Ohren zu liegen, daß er die tieferliegenden Dinge nicht ständig aussparen sollte. Es mußte auch entspannende Momente in unserer gemeinsamen Arbeit geben, und was auch immer in dieser Therapie nicht sogleich klappen wollte, würde sich nach und nach schon regeln.

Im Gegensatz zu Nick kam ich mit meinen anderen Patienten viel zügiger voran.

Die Schwestern Romaine hatten mir beide je zehn Minuten Einzelgespräch bewilligt, während derer ich zumindest eines festgestellt hatte: Seit sie vierzehn Jahre alt waren, hatten May und Joy mindestens einmal in der Woche Sex miteinander gehabt. Da sie ja psychologisch gesehen ein- und dieselbe Person waren, verbuchte ich das als Masturbation.

Eine weitere Patientin, Luness Montague, war im Jahr zuvor in meine Behandlung gekommen und hatte über einen konstanten Zyklus von Freßorgien und dem Verlangen, sich zu übergeben, geklagt. Nun begann sie die seelischen Auslöser zu erkennen, die zu ihren Symptomen führten.

Selbst mein ältester Patient machte langsam Fortschritte. William Swan war emeritierter Professor für Geschichte und mit zweiundsiebzig immer noch damit beschäftigt, die Erinnerung an seinen tyrannischen, fordernden Vater abzuschütteln. Trotz seiner Depressionen zwang er sich dazu, Fitnessübungen zu machen und ein Tagebuch zu führen.

Im späteren Verlauf der Woche bekam ich zwischen zwei Sitzungen einen Anruf von Nick. Er sagte, er müsse unseren nächsten Termin absagen. Als ich ihm vorschlug, zu einer anderen Zeit zu kommen, sagte er: »Geht nicht. Hab zu arbeiten.« Ich fragte mich, ob er von nun an öfter absagen würde, und dabei gemahnte ich mich auch daran, daß er zu der Sorte Patient gehörte, die ständige Aufmerksamkeit brauchte.

Eine Weile darauf fand ich unter der Post eine Glückwunschkarte – eine Karikatur von einem ekstatisch tanzenden Mann, der einen kleinen Strauß Gänseblümchen in der Hand hält. »Schön, Dich zu kennen!« stand auf der Karte. Innen war sie mit »Ein stiller Bewunderer« signiert. In der Annahme, sie wäre von Humberto, stellte ich die Karte gerührt auf meinem Schreibtisch auf.

9

Vor meinem Treffen mit Humberto probierte ich am Mittwochabend verschiedene Röcke, Pullover und Kostüme aus, bis ich endlich genau das Richtige gefunden hatte.

Als ich gerade in meine Schuhe schlüpfte, tauchte Frank in der Schlafzimmertür auf. Seine langen, samtigen Ohren waren klatschnaß. »Komm mir ja nicht zu nahe«, warnte ich ihn. Er senkte den Kopf und überquerte vorsichtig den Parkettfußboden, um sich beim Fenster niederzulegen. »Guter Frank«, gurrte ich. »Du bist doch mein Bester.«

Da läutete es an der Tür, Frank rannte hin, bellte kräftig, und ich mußte ihn mit einem Rinderknochen zur Hintertür hinauslocken.

»Meinungsverschiedenheiten?« fragte Humberto, nachdem ich ihm endlich die Haustür geöffnet hatte.

Ich lächelte. »Dachte, ich rette lieber Ihre Hose.«

»Wie hübsch Sie aussehen.« Er beugte sich vor, um mit den Lippen meine Wange zu berühren, und ich war froh, mich für das pfirsichfarbene Kostüm mit der schwarzen Borte entschieden zu haben.

»Danke für die Karte«, sagte ich.

Er sah mich ratlos an. »Karte?«

»Jemand hat mir eine Karte geschickt. Ich dachte, das wären Sie gewesen.«

»Nein. Schmeißen Sie sie in den Müll.«

Wir lachten beide, aber ich wunderte mich, wer sie geschickt haben mochte, und mußte ein ungutes Gefühl verscheuchen.

Humberto trug einen weißen Jerseysweater mit Rollkragen, Jeans, weiße Socken und schwarze Schuhe. Es war das erste Mal, daß ich ihn nicht in seinem Geschäftsanzug sah, und ich hatte bei unserem ersten Treffen gar nicht bemerkt, wie schlank und gut gebaut er war. Auf dem

Weg nach Pacific Palisades, wo er wohnte, unterhielten wir uns angeregt, und sämtliche Vorbehalte, die ich noch gegen ihn gehegt hatte, schmolzen dahin.

Ihm gehörte ein großes einstöckiges Haus im Hazienda-Stil mit Blick über den Ozean: ein einladendes Heim mit weiß verputzten Mauern, Holzbalken an der Decke und Möbeln aus gebleichtem Kiefernholz. Überall waren Zeitungen und Zeitschriften aufgestapelt, der Kaminsims war mit gerahmten Fotografien vollgestellt, und im Mittelpunkt des Wohnzimmers fand sich ein riesengroßes, L-förmiges marineblaues Sofa. Links und rechts neben dem Kamin standen zwei schmale Lautsprecher und auf dem Regalsystem daneben eine riesige Stereoanlage. Lange Reihen von CDs und Kassetten füllten die Regale. »Vivaldi oder Gato Barbieri?« fragte Humberto.

»Vivaldi.«

Nachdem die sanften Flötentöne eingesetzt hatten, zog er sich in die Küche zurück, und ließ mich auf das Sofa sinken. Irgend etwas Scharfes stach mich in die Hüfte, und als ich danach griff, entdeckte ich einen Schraubenzieher, den ich zu einem Haufen Kragenstäbchen, zwei Kreditkartenabrechnungen und einem halb mit kaltem Milchkaffee gefüllten Becher auf den Beistelltisch legte. In dem Haus, in dem ich aufgewachsen war, hatte sich alles stets an seinem Platz befunden, und schon als Kleinkind hatte ich gelernt, meine Sachen aufzuheben und sie ordentlich wegzuräumen, bevor ich das Zimmer verließ. Dieses Haus war anders, und mit dem Sonnenlicht des frühen Abends, das durch die hohen Bogenfenster fiel, den Klängen der Stereoanlage und den kleinen Häufchen von Durcheinander hier und dort kam es mir gemütlicher und behaglicher vor als jedes Haus, in dem ich je gelebt hatte.

Humberto kam mit zwei Drinks zurück und schlug vor, in den Garten hinauszugehen, um den Sonnenuntergang zu beobachten. Der Pfad war eingerahmt von blühendem Oleander, und auf seinem Grundstück waren sechs Vogelhäuschen verteilt. Wir kamen an einem langen, rechteckigen Swimmingpool vorbei, der türkisfarben in der untergehenden Sonne schimmerte.

»Wieso mögen Sie Vögel so sehr?« fragte ich.

Er blieb stehen und streckte eine Handfläche zum Himmel hin. »Weil Vögel der Welt so viel Schönheit verleihen und so wenig Schaden anrichten!« Mir wurde schlagartig bewußt, wie sehr ich dagegen auf *innere* Abläufe programmiert war.

Wir setzten uns auf eine Bank, nippten an unseren Drinks und blickten auf den Ozean hinaus, bis der Himmel eine hellrosa Farbe angenommen hatte und es eben noch hell genug war, um die winzigen weißen

Segel am Horizont zu erkennen. Wir saßen ungefähr einen halben Meter voneinander entfernt, und Humberto legte den Arm auf die Rükkenlehne der Bank, so daß seine Hand unterhalb meiner Schulterblätter ruhte. »Ist Ihnen bewußt, daß in diesem Augenblick Millionen von Neutronenteilchen durch unsere Körper fließen?« sagte er. Während er mit dem Finger zärtlich einen Kreis zwischen meinen Schulterblättchen beschrieb, erklärte er mir, daß Neutronenteilchen die winzigsten und häufigsten Elementarkörper waren und daß ungefähr zehn Prozent der Sonnenkraft aus ihnen entsprang.

Seine eher beiläufige Berührung hatte eine erregende Wirkung auf mich. »Wie können sie denn so einfach durch unsere Körper fließen?«

»Sie sind so klein, daß die Zellen unseres Körpers für sie wie große Tennisschläger sind und sie durch die Löcher zwischen den Sehnen schlüpfen.«

»Wieso wissen Sie solche Sachen?«

Seine Hand rückte zu meinem Haaransatz hinauf. »Ich habe ein Faible für Astronomie. Sie gibt mir ein Verständnis von der Ordnung des großen Ganzen da draußen. Ich fühle mich dadurch an Gottes Werk erinnert.«

»Also glauben Sie an Gott?«

Es mußte ein tadelnder Unterton in meiner Stimme gewesen sein, denn er zog den Arm weg und wandte sich um, damit er mich ansehen konnte. »Ich muß es tun. Sonst wäre das Leben zu deprimierend.«

Ein trauriges Gefühl überkam mich; ich hatte schon lange die Gabe verloren, an Gott glauben zu können. »Wie ist es gewesen, in Nicaragua aufzuwachsen?«

Er lehnte sich zurück und ließ den Blick über das Meer schweifen. »Ganz anders als hier. Meiner Familie gehörte eine große Kaffeeplantage in der Nähe von Matagalpa – dreitausend *Manzanas*, was beinahe zweieinhalbtausend Hektar entspricht, und außerdem noch eine zweitausendköpfige Rinderherde. Wir wohnten in einem herrlichen Haus mit vielen Dienstboten.«

»Haben Sie noch Verwandte drüben?«

Er nickte bedächtig. »Ich entstamme einer weitverzweigten katholischen Familie, und viele Menschen, die ich geliebt habe, sind dort begraben.« Nachdenklich wandte er den Blick wieder dem Meer zu und nahm einen Schluck von seinem Drink.

»Das tut mir leid«, sagte ich leise.

Er warf mir ein rasches Lächeln zu, das aber gleich wieder verschwand. »Es ist schon in Ordnung. Früher habe ich noch Hilfsorganisationen unterstützt, aber ich konnte es nicht mit meinem Leben hier vereinbaren. Ich mußte mich davon lösen und die Schuldgefühle begraben. Aber wie Sie sehen – ja, Sie werden's sehen – sie sind immer noch da.«

Ich konnte seine Gefühle nur zu gut nachvollziehen, aber gleichzeitig hatte ich ein merkwürdiges Gefühl der Distanz. Dieser Mann war nicht zwischen Juniorbaseballmannschaften aufgewachsen wie ich; sein ganzer Jahresablauf war anders gewesen, er hatte eine andere Religion, eine andere Sprache.

»Und wie steht's mit Ihnen?« sagte er. »Oder soll ich mich hier ganz allein entblößen?«

»Ich bin inmitten eines kleinen Bürgerkrieges aufgewachsen«, antwortete ich. »Ich war das einzige Kind, und meine Eltern hatten dauernd Krach.«

»Warum hatten sie nur ein Kind?«

»Meine Mutter hatte zwei Fehlgeburten und mußte sich dann die Gebärmutter entfernen lassen. Ich wünschte, ich hätte noch eine jüngere Schwester oder einen jüngeren Bruder. Das hätte allerhand Druck von mir genommen.«

»Ich weiß nicht. Ich bin der Jüngste von fünf Geschwistern, und damit ist man auch ganz schönem Druck ausgesetzt. Ich bin der einzige, der nicht aufs College gegangen ist. Meine älteste Schwester und mein ältester Bruder sind beide Anwälte, der dritte Bruder ist Zahnarzt, und mein jüngster Bruder, der gerade ein Jahr älter ist als ich, Optiker.«

Ich lächelte. »Ich mag schwarze Schafe. Sie sind meistens die mit Abstand Interessantesten in der ganzen Familie.«

»Aber klar. Wer, glauben Sie wohl, verwaltet die Geschäfte meiner Mutter? Wer muß an ihrem Bett sitzen, wenn sie krank ist? Ich bin der einzige, der nicht in Miami wohnt, und ich bin es, den sie immer sehen will.«

Oh nein, dachte ich. Vermutlich wäre sie ein Alptraum von einer Schwiegermutter. Sie würde mitten in der Nacht anrufen und von ihm verlangen, daß er aus dem nichtigsten Anlaß nach Hause geflogen kommt. Würde mich dafür hassen, daß ich ihr ihren teuersten Schatz weggenommen habe. »Lebt Ihr Vater noch?«

Er schüttelte den Kopf. »Ist vor fünf Jahren an einem Schlaganfall gestorben. Meine Mutter ist jetzt einundachtzig und ist vierundzwanzig Stunden am Tag von Dienstboten umgeben, aber sie ist noch ziemlich gut bei Kräften.«

Gut bei Kräften und dickköpfig, dachte ich.

Er sah mich an. »Nun, Frau Doktor, wie sind meine Testergebnisse?«

Ich wurde rot und mußte lachen, und dann nahm er mein Gesicht in die Hände und küßte mich. Die Zeit schien plötzlich langsamer zu verstreichen. Ich schloß die Augen und spürte, wie alles in mir nachgab. Als er mich losließ, schüttete ich den Rest von meinem Drink hinunter und lächelte dümmlich, aber die Welt hatte sich bereits verwandelt.

Vor dem Abendessen machte ich mich im Gästebadezimmer im Erdgeschoß frisch. Auf einer Komode standen Familienfotos in ovalen Silberrahmen. Ich erkannte Humberto als Teenager. Er trug einen Smoking. Außerdem war da ein Bild von einer alten Frau in einem Rollstuhl, die ein schwarzes Tuch um Kopf und Schultern trug. Ein Foto zeigte Humberto, wie er die Hand eines ganz kleinen Jungen hielt. Ich nahm mir vor, ihn später nach den Leuten auf den Fotos zu fragen, und gesellte mich dann wieder zu ihm in die Küche.

Er spielte eine Natalie Cole-CD auf seiner Anlage, die auch in der Küche zwei Lautsprecher hatte. Während er arbeitete, sang er mit, aber immer nur die letzten paar Wörter jeder Zeile. »... in every way ...« – er schmolz fast dahin – »... you'll stay ...« Obwohl er offensichtlich Musik sehr gerne mochte, sang er leider fürchterlich falsch. »... unforgettable too ...«

Esperanza hockte in ihrer eigenen kleinen beheizten Intensivstation auf dem Küchentresen und verbreitete einen warmen aseptischen Dunst. Sie hatte sich eine Infektion der oberen Atemwege zugezogen, und Humberto erklärte mir, daß dies die beste Behandlungsweise wäre. Sie wirkte ein wenig verlassen in ihrer Plastikkiste, aber er versicherte mir, daß sie das schon einmal durchgemacht hatte und darüber hinwegkäme. Von nun an wollte er sie im Hause behalten.

»Ich wünschte, es würde regnen«, sagte er und sah aus dem Fenster zu dem klaren Himmel hinauf, an dem sich gerade die ersten Sterne zeigten. »Das ist zum Beispiel etwas, was ich von Nicaragua vermisse. In manchen Monaten hat es den ganzen Nachmittag geregnet.«

»Das beste am Regen ist für mich, wenn man im Bett liegt, nicht aufzustehen braucht und ihm lauschen kann. Aber ich kann mich nicht mehr erinnern, wann ich zum letzten Mal irgendwann *nicht* habe aufstehen müssen.«

»Sehen Sie? Ich habe doch gewußt, daß Sie mal einen Urlaub brauchen! Ich liebe den Regen. Seinen Geruch, sein Geräusch. Ich stelle mir vor, wie jeder einzelne Grashalm, jeder Baum, jede durstige Kreatur ›aahhhhh‹ sagt.«

Ich hatte recht gehabt, was ihn und die Küche betraf. Er tanzte praktisch von einem Topf zum nächsten, schmeckte hier ab, schüttelte dort eine Pfanne. Er erklärte mir, die Küche sei der einzige Ort, an dem er die Regel, man solle immer sogleich hinter sich saubermachen, befolgte. So, wie sein Haus aussah, war es nur zu deutlich, daß diese Regel anderswo keine Anwendung fand.

Das Abendessen war schlicht – chilenischer Seebarsch, pürierte Kartoffeln und kleingehäkselter Salat – aber alles aufs Perfekteste zubereitet. Ich hatte noch nie so zarten, leckeren Seebarsch gegessen, konnte mich nicht erinnern, so kremiges Kartoffelpüree oder grünen Salat mit einer so gut abgestimmten Gemüsemischung auf dem Teller gehabt zu haben. Erst nachdem wir unser Mahl beendet und eine ganze Flasche Wein geleert hatten, fragte ich ihn etwas, worauf ich schon seit unserer ersten Verabredung neugierig gewesen war. »Erzählen sie mir von diesem Menschen, den Sie neulich erwähnt haben. Dem, der nie geliebt hat.« Bitte, laß es nicht ihn selber sein, betete ich.

Er hob sein Weinglas, nahm den letzten Schluck, stellte es wieder hin, und drehte es dann ein paar Sekunden lang nachdenklich zwischen den Fingern. »Ich spreche nie über sie.«

»Entschuldigen Sie, daß ich gefragt habe.«

»Nein, ich werde es Ihnen erzählen. Sie war wunderschön. Entstammte einer vermögenden nicaraguanischen Familie, die ihr ganzes Geld verloren hatte. Ich habe sie vor acht Jahren in Miami kennengelernt. Je länger ich sie kannte, umso mehr verfiel ich ihr. Sie stand in dem Ruf, unnahbar zu sein. *La Reina de Hielo* wurde sie genannt. Die Eiskönigin. Sie studierte Medizin und wechselte die Universität, um in meiner Nähe zu sein. Wenn wir uns liebten, war das sehr schwierig und erforderte eine große Menge Geduld von meiner Seite, aber ich betrachtete das als nur eine weitere Hürde, die ich überwinden mußte, um sie zu gewinnen. Nachdem sie ihr Praktikum abgeschlossen hatte, hat sie mich verlassen. Ja, das ist der Schmerz, mit dem du die ganze Zeit gerechnet hattest, sagte ich mir. Du hast immer gewußt, daß er eines Tages kommen würde.

Drei Jahre lang hatte ich keinen Kontakt zu ihr, und während dieser Zeit habe ich mich rastlos nur darauf gestürzt, das *Paradise* aufzubauen. Das Restaurant gab mir die Kraft, weiterzumachen. Ich genoß das Lob und die Anerkennung, die ich für meine Küche bekam, und die Aufmerksamkeit, die mir von anderen Frauen zuteil wurde, half mir, meinen verletzten Stolz wieder herzustellen. Eines Tages kam sie wie aus heiterem Himmel ins Restaurant spaziert, und ich ging sofort mit ihr in mein Büro. ›Ich will es kurz machen‹, sagte sie. ›Ich habe einen Fehler gemacht. Ich hätte dich nicht verlassen dürfen.‹ Ich nahm sie in die Arme und sagte ihr, daß ich nie aufgehört hatte, sie zu lieben. Dann fragte ich: ›Aber was führt dich gerade jetzt zu mir?‹ ›Weil ich‹, sagte sie, ›als ich mit dir zusammen war, so glücklich und zufrieden gewesen bin. Nie habe ich jemand anderen lieben können. Ich habe es versucht, aber ich kann es nicht. Aber ich bin bereit, mich dir hinzugeben, so lange du das nur nicht vergißt.‹

Können Sie sich das vorstellen? Die einzige Frau, die ich je hatte heiraten wollen, und sie war wie ein Stein. Ich mußte meine ganze Willenskraft aufbringen, um ihr zu sagen, daß ich sie unter diesem Umständen auf keinen Fall heiraten konnte. In mir waren so viele hoffnungsvolle Stimmen, die mich anflehten, es ihr nicht zu sagen. Aber da habe ich mich dann gezwungen zu akzeptieren, was ich immer schon gewußt und nie hatte wahrhaben wollen.«

Die Traurigkeit in seinen Augen machte seine Geschichte noch schmerzlicher. Ich wollte den Namen dieser Frau erfahren. Es konnte sein, daß ich mir später vorstellen würde, wie Humberto in seinem Bett lag und immer wieder diesen Namen wiederholte wie ein Mantra, und dann wäre das Bild nicht vollkommen ohne den Klang dieses Namens.

»Carmina Angelica Marisombra de Alejandro.« Die Silben rollten ihm von der Zunge, als rezitierte er ein Gedicht.

»Wohnt sie noch immer hier?«

Er schüttelte den Kopf. »Miami. Sie ist jetzt Herzspezialistin.«

»Und behandelt Ihre Mutter?«

»Wie haben Sie das erraten? Für mich ist das eine ausgesprochen komplizierte Situation.«

Damit werde ich schon fertig, dachte ich. Alles zu seiner Zeit. Ich stand vom Eßtisch auf, ging um den Tisch herum und streckte ihm meine Hand entgegen. Er stand ebenfalls auf, und ich legte meine Arme um seinen Hals und lehnte meine Wange an seine Brust. Da standen wir, einander fest in den Armen haltend, und ich fühlte, wie heftig sein Herz schlug, aber er nahm seine Hände nicht von meiner Taille und versuchte auch nicht, mich zu küssen. Stattdessen nahm er mich bei der Hand und fuhrte mich zum Sofa im Wohnzimmer. »Es uberrascht Sie vielleicht, das zu hören ...« Er machte eine Pause, zog mich zu sich heran und streichelte meinen Handrücken. »Ich bin einsam. Ich habe die ganze Zeit Menschen um mich herum, aber selten treffe ich jemanden, der mich wirklich interessiert. Deswegen wollte ich Sie ja auch so unbedingt wiedersehen. Sie sind so eine faszinierende Mischung aus vielen Dingen. Trotz all dessen, was Sie in Ihrem Beruf erreicht haben, sehen Sie immer noch so aus, als bräuchten Sie jemanden, der Sie in seine Arme nimmt und Sie in den Schlaf singt.«

»Sie wissen ja nicht, wir recht Sie haben«, sagte ich. Humberto sah dasselbe in mir wie Nick, nur drückte er es ausgesprochen liebenswert aus. Ich schmiegte mich an ihn.

So blieben wir beide eine lange Zeit sitzen, sagten nichts, hielten uns nur bei der Hand. Ich war froh, daß er mich nicht drängte, Sex mit ihm zu haben. Später, nachdem er mich nach Hause gebracht hatte, ging ich jede Einzelheit des Abends noch einmal im Kopf durch.

10

Während unserer Arbeit in den darauffolgenden Wochen begann Nick wieder, sich befremdlich zu benehmen, und ich fragte mich, ob er es gewesen war, der mir die Karte geschickt hatte, um mir Gefühle mitzuteilen, die er mir direkt gegenüber nicht äußern konnte. Wegen der Tapetengeschichte hatte ich ihn allerdings nicht mehr in Verdacht; das war wohl eher das Werk der Schwestern Romaine, die ja so wütend auf mich gewesen waren, und das schien mir typisch für ihre Art, sich zu rächen.

Ich hatte Nick vorgeschlagen, zweimal in der Woche zu mir in die Therapie zu kommen, und er hatte sich einverstanden erklärt, aber sein Augenkontakt mit mir ließ weiterhin zu wünschen übrig; entweder zappelte er auf der Couch herum oder lief im Zimmer umher.

»Kann es sein, daß Ihnen nicht wohl dabei ist, vor mir Ihre Probleme auszubreiten?« pflegte ich dann zu fragen, oder: »Vielleicht glauben Sie, ich würde nicht das rechte Verständnis dafür aufbringen?« Auf diese doch recht deutlichen Versuche, mich ihm zu nähern, reagierte er nur mit stereotypen Antworten wie »Ich weiß eigentlich gar nicht, was meine Probleme sind« oder »Ich verstehe mich selber nicht«. Aber er kam doch jedesmal wieder, was mir sagte, daß hinter seinen Versuchen, seine Probleme zu leugnen, der noch stärkere Wunsch stand, sich helfen zu lassen.

Mit seinem Magen, sagte er, wäre es besser geworden. Er erzählte mir Witze, ging dauernd auf die Toilette, erging sich in Allgemeinheiten. Auf seine vom Thema ablenkenden Fragen gab ich kurze, knappe Antworten und ging dann nicht weiter darauf ein. Obwohl ich ihm deutlich machte, daß ich meine persönlichen Ansichten zu gewissen Dingen nicht zu diskutieren gedachte, ließ ich ihn doch gewähren, wobei ich in seinen Äußerungen nach Anhaltspunkten suchte, die etwas Wichtiges offenbaren könnten. Nichts, was in einer Therapiestunde gesagt wird, darf als bedeutungslos oder zufällig abgetan werden, und auch ein scheinbar irrelevantes Thema kann der Schlüssel zu tieferliegenden Erfahrungen des Patienten sein.

Auf mein Schweigen reagierte er gekränkt und mit zunehmender Aggression. Er hatte das Gefühl, sein Geld zum Fenster hinauszuwerfen, wenn wir nicht ohne Unterlaß redeten. Und er richtete seine Aggression auf meine äußere Erscheinung. »Sie zeigen heute zuviel Schenkel«, sagte er, wenn mein Rock kurz oberhalb des Knies endete, oder: »Ich finde, Sie sollten ein weniger aufdringliches Rouge auflegen.« Einmal sagte er zu mir: »Sie sollten kleinere Ohrringe tragen. Sie sehen aus wie eine von diesen Fernsehmoderatorinnen.«

Es gibt einen alten Trick, den alle Therapeuten lernen müssen, und den auch ich mir schon lange zu eigen gemacht hatte: nämlich, wie man die Einschätzung, die ein anderer von einem hat, rational betrachtet. Ein Patient konnte zu mir sagen, er würde mich hassen, lieben, beneiden; er konnte mich kritisieren, mich loben, mir Honig ums Maul schmieren; in jedem Fall entwickelte ich die nötige Distanz dazu, um einschätzen zu können, was diese Bekundungen *über den Patienten* aussagten, ohne den Eindruck zu erwecken, ich würde mich inhaltlich mit diesen Kommentaren auseinandersetzen. Daher begegnete ich Nicks Attacken, indem ich mich gezielt auf die Wut oder die Wünsche konzentrierte, die dahinter steckten. Ich wußte, er würde mit seinen Kommentaren nicht aufhören, gleich, wie ich auch aussah. Denn mich herauszufordern diente ihm dazu, die von ihm gewünschte Distanz zwischen uns aufrechtzuerhalten. Auf diese Weise wollte er die Fäden in der Hand behalten.

Aber all meinen Gesprächserfahrungen zum Trotz rührten seine Bemerkungen doch an meinem Selbstwertgefühl, und ich begann, mich an Tagen, wenn eine Sitzung mit ihm anstand, morgens besonders sorgfältig im Spiegel zu inspizieren.

Ende Mai hatte ich Nick beinahe zwei Monate lang zweimal die Woche zur Therapie bei mir gehabt. »Ich weiß heute nichts, worüber ich sprechen sollte«, eröffnete er die nächste Sitzung. »Mir geht's gut.«

»Erläutern Sie doch mal, *wie* gut es Ihnen geht.« Ich versuchte, meine Frustration im Zaume zu halten, indem ich die Quadrate in den Sprossenfenstern zählte. Achtzehn waren es.

Er zuckte die Achseln. »Gibt nichts, was mich heute ärgern könnte. Habe mir unter meinem Schreibtisch tierisch einen blasen lassen, und ich freue mich darauf, mir heute abend das Spiel anzugucken.«

Mich erschreckte die Armut seines inneren Dialoges. Er stopfte seinen Kopf mit politischen Fakten, beruflichem Wissen, Sportergebnissen und Leistungsvergleichen von Autos voll; er verbrachte seine Tage in konstanter Aktivität, lud sich zu viele Mandanten auf den Hals, fuhr von einem Gericht zum anderen, trank einen mit Kumpels, spielte Tennis, hörte sich Musik an. All das diente dazu, den Kontakt mit seinem inneren Selbst auf ein Minimum zu beschränken.

»Gestern abend bin ich mit einer neuen Bekannten ausgewesen«, sagte er. »Sie war lausig im Bett. Muß wohl frigide sein.«

Selbstverständlich suchte er die Schuld bei seiner Partnerin. »Ist Ihnen sowas schon mal passiert?« fragte ich.

»Nicht oft. Die Frauen mögen mich. Ich berate sie sogar bei ihren Kleidern und ihren Haaren. Sie zum Beispiel. Nehmen Sie's nicht persönlich, aber wenn Sie sich ein paar Strähnen ins Haar machen, es hier und da ein bißchen stufen ließen, würde es ihr Gesicht mehr betonen, und die Farbe käme besser zur Geltung. Sie würden nicht so unscheinbar wirken.«

Eine bodenlose Unverschämtheit. Mir hing das zum Halse heraus, aber ich zwang mich, keine Miene zu verziehen. »Sie scheinen ein ziemliches Interesse daran zu haben, mein äußerliches Erscheinungsbild zu verbessern.«

»Ich weiß, daß Sie das nervt, aber ich tue Ihnen einen Gefallen. Ich habe ein Auge dafür, was an Frauen gut aussieht. Meine Ma hat mir das beigebracht. Ich kann Ihnen ganz hervorragend die Pediküre machen. Ich habe sogar so ein kleines Schaumgummiding, das die Zehen auseinanderhält.«

Bei der Vorstellung von Nick, wie er sich über die Zehen einer Frau beugt, die mit Schaumgummi auseinandergehalten werden, mußte ich ein Lächeln unterdrücken. »Das ist also eine Art, Ihre Zuneigung zu zeigen?«

»Ja.«

»Es könnte auch eine Art sein, Frauen von sich wegzustoßen.«

Er lockerte seine Krawatte und riß sie sich dann herunter. Ein hämisches Grinsen verzerrte seinen Mund. Er lehnte sich zu dem Couchtisch hinüber und wischte mit den Fingern den Staub von einer Ecke. »Ja, das kann ich mir denken, daß Sie das so empfinden.«

»Und wieso?«

»Ich schätze, Sie sind ziemlich unsicher, was Ihr Aussehen betrifft.«

Ich trug ein geknöpftes Kostüm ohne Bluse darunter, und weil ich die Jacke nicht ausziehen konnte, schwitzte ich jetzt. Ironischerweise hatte ich genau dieses Kostüm ausgesucht, weil ich glaubte, die enggeschnittene Taille und die weiche blaue Farbe würden mir besonders gut stehen, denn zu meiner Verteidigungsstrategie gegen Nicks Anzüglichkeiten gehörte es ja, mir an den Tagen seiner Besuche besondere Mühe mit meinem Aussehen zu geben. So beiläufig wie möglich sagte ich: »Kann es sein, daß Sie mich ganz gezielt dort angreifen, wo Sie mich für verwundbar halten?« Mein Ledersessel fühlte sich heiß und klebrig an, und ich wünschte mir, ich hätte einen mit Stoffbezug gekauft.

Er hob die Arme und hielt mir in einer Geste der Unschuld die Handflächen hin. »Wieso werten Sie es als Angriff und nicht als einen gutgemeinten Rat von jemandem, der dumm genug ist, ehrlich mit Ihnen zu sein?«

»Sie wissen, daß Sie mich beleidigen. Ich würde sagen, es macht Ihnen angst, in meiner Nähe zu sein, und wenn Sie mir eins auswischen können, fühlen Sie sich sicherer. Ihr gutgemeinter Rat ist darauf angelegt, mich herabzusetzen und damit die Oberhand zu behalten.«

»Sie irren sich. Aber ist ja egal.« Er wandte sich ab, schlug das rechte Bein über das linke und wippte mit dem Fuß. »Lassen Sie uns über etwas anderes sprechen. Ich habe einen neuen, ganz heißen Scheidungsfall. Der Ehemann hat ein Verhältnis, hat seine Geliebte geschwängert und verläßt jetzt ihretwegen meine Mandantin. Wir werden ihn in die Mangel nehmen, bis er nur noch seinen Arsch aus dem Fenster hängen kann.«

»Möglicherweise wollen Sie sich auch von etwas scheiden lassen; von dieser Therapie vielleicht.«

Er lachte. »Da haben Sie wahrscheinlich recht. Das scheint mich alles nicht viel weiterzubringen.«

»Ich schätze, Sie sind jetzt wütend auf mich?«

»Ich? Nein.« Er griff nach der Palme neben sich und knickte ein Blatt um.

Ich hatte den Fehler gemacht, vor dem ich mich immer hatte hüten wollen: Ich war in die Defensive gegangen; schlimmer noch, ich hatte psychologisches Wissen benutzt, um ihm Kontra zu geben. Das könnte das Ende der Therapie bedeuten.

Er öffnete seine Aktenmappe, holte sein Scheckheft heraus und zog einen Montblanc aus seiner Brusttasche, genau so einen, wie ich ihn hatte.

Verblüfft sagte ich: »Ihr Schreiber ...«

Er sah mir geradewegs in die Augen. »Habe ich mir gerade gekauft. Erstklassige Qualität, nicht wahr?«

Ich wurde rot. War das wirklich sein Füller oder hatte er meinen gestohlen und wollte mich nun damit verspotten? »Ja, wirklich erstklassig.«

Er war so schnell aus der Tür, daß ich gar keine Chance hatte, aufzustehen und ihn hinauszubegleiten. Ich wußte nicht, was mich mehr aufregte – der Verdacht, daß er meinen Füllfederhalter gestohlen hatte, oder

der Gedanke daran, wie mir die Sitzung aus dem Ruder gelaufen war. Ich fragte mich, ob er wohl je weiter zu mir in die Therapie käme und ob es mir etwas ausmachen würde, wenn das nicht der Fall wäre. Die ganze Geschichte begann langsam, mir auf die Nerven zu gehen.

Während ich auf den nächsten Patienten wartete, fuhr ich mir mit einer Bürste durchs Haar und hörte mir an, wer mir eine Nachricht hinterlassen hatte: zwei Terminabsagen, meine Mutter hatte angerufen, um mir das Datum der Hochzeit meiner Kusine durchzusagen, eine kurze Nachfrage von Kevin Utley wegen der Videoanlage, und Valerie erinnerte mich daran, unsere Aerobicstunde nicht zu vergessen.

Ich betrachtete meine Haut, puderte mir das Gesicht, trug frischen Lippenstift auf. Meine Brille hinterließ einen Abdruck auf meiner linken Nasenhälfte, und ich fummelte am Gestell herum, damit sie ein wenig besser saß. Ich hatte nicht die Zeit, zum Optiker zu rennen, und zum Hautarzt mußte ich auch, aber dazu würde ich noch früh genug kommen.

Bevor ich am Abend meine Praxis verließ, rief ich noch meine Mutter an, um ihr zu sagen, daß ich glaubte, nicht zu der Hochzeit kommen zu können. Sie schnalzte mit der Zunge und sagte: »Das ist eben der Preis, den ich dafür zahlen muß, eine so erfolgreiche Tochter zu haben.«

»Aber du gönnst mir das doch, nicht wahr?« Wir wußten beide: Je unabhängiger und besser finanziell abgesichert ich war, um so unwahrscheinlicher wurde es, daß auch ich einmal würde erleben müssen, was sie durchgemacht hatte.

»Aber natürlich, mein Schatz. Ich prahle überall mit dir.«

Das tat mir gut. »Danke, Mom. Ich liebe dich.«

Da ich schon spät dran war, raste ich über gelbe Ampeln, um nicht zu spät zum Sportclub zu kommen. Im Frauenduschraum fand ich Val, die sich bemühte, in ihren hautengen Body zu schlüpfen. »Es ist die Hölle, wenn du erstmal über dreißig bist«, stöhnte sie und ließ dann von ihrem Träger ab, um mich zur Begrüßung an sich zu drücken. Mein Gesicht verschwand in Vals brauner Lockenmähne.

»Würdest du dir bitte einmal diese Frauen anschauen?« sagte ich mit gedämpfter Stimme, während ich mich selber von meinen Kleidern befreite. Der Raum war voller Westside-Schönheiten in Trägertrikots mit Leggings in Kontrastfarben. Nachdem wir uns hingesetzt hatten, waren all die bunten, hautstraff gespannten Hintern genau in unserer Augenhöhe, und das einzige, was mir dabei einfiel, waren brünftige Paviane, die ihre geschwollenen roten Hinterteile ihren Partnern vor die Nase hielten.

Nach der Aerobicstunde, einer schnellen Runde im Schwimmbecken und einer Dusche setzten wir uns an die Saftbar und gaben uns zwanzig Minuten lang dem Genießen hin.

»Ich bin ziemlich erledigt«, sagte Val. Ihr unbändiges Haar klebte ihr in einem einzigen Durcheinander am Nacken. »Nie hast du genug Zeit für irgendwas, und dabei kriege ich nachts schon kaum mehr als fünf Stunden Schlaf.« Sie zog einen Pfad aus parallelen Linien durch die Wasserflecken auf dem Tisch, als würden solche geordneten Bewegungen ihr helfen, ihr Leben in den Griff zu bekommen.

»Ich wünsche mir auch immer, der Tag hätte achtundvierzig Stunden. Aber wo soll man anfangen, Zeit zu sparen?«

»Zweimal die Woche quer durch die Stadt zu fahren, um sich mit Richard in einem Motel zu treffen.« Das war wieder eines ihrer Verhältnisse mit einem verheirateten Mann, diesmal einem landesweit bekannten Psychiater. »Aber er ist klasse. Es ist die Sache wert«, fügte sie hinzu.

»Du weißt, was ich davon halte.«

»Ja, ja, ja. Und was ist mit dir und Humberto?«

Ich lächelte. »Ich sehe ihn mindestens zweimal die Woche, und in letzter Zeit ruft er mich jeden Abend um elf an. Aber ich habe nicht die Frau vergessen, mit der er im Restaurant zusammen war. Und seine ehemalige Freundin schwirrt auch noch irgendwo herum.«

»Warum wartest du nicht einfach ab und schaust, wie sich die Dinge entwickeln?«

»Das kommt schon noch. Aber jetzt möchte ich dich etwas fragen: Ich glaube, einer meiner Patienten hat mir etwas gestohlen. Und es könnte sein, daß er versucht, sich in mein Leben zu schleichen.«

Ich erzählte ihr die Einzelheiten, aber Val fand gleich eine Erklärung: »Einen Montblanc kann sich jeder kaufen. Und dein Patient ist dir nur zweimal über den Weg gerannt, einmal davon ganz in der Nähe deiner Praxis. Ich treffe andauernd Patienten in der Gegend meiner Praxis. Nach ihren Sitzungen gehen sie einkaufen. Ha! Wahrscheinlich, weil sie glauben, daß ich ein Biest bin, das ihnen etwas vorenthält, und sie sich selber etwas Gutes tun müssen.«

Wir lachten, und dann umarmten wir uns zum Abschied. Ich fühlte mich wie immer, wenn ich mit Val zusammengewesen war: daß die rauhen Kanten meines Lebens sich wieder geglättet hatten und ich meine Probleme in der Tasche nach Hause tragen konnte wie runde Steine vom Strand.

11

Obwohl Humberto und ich uns mittlerweile regelmäßig sahen, zwischen seinen Verpflichtungen im Restaurant und meinen eigenen Terminen, blieb uns doch zuwenig Zeit füreinander.

Unter der Woche gingen wir in noble Restaurants, in denen auf den Speisekarten die Menüs mit wohlklingenden Namen versehen waren: freilaufende Chatanille-Hähnchen, Botsas-Radicchio. Das Wochenende war den versteckten Lokalen vorbehalten: ein winziges vietnamesisches Restaurant in Huntington Park, ein kubanisches Bistro in East Hollywood, ein chinesisch-französisches Café in Redondo Beach. In diesen Lokalen versuchte Humberto, die Zutaten der Speisen herauszubekommen, unterhielt sich mit den Köchen und Besitzern und erklärte mir, warum sich manche Aromen so gut miteinander verbanden. Manchmal, wenn er sich vorbeugte, um einen prüfenden Blick auf seinen Teller zu werfen oder vorsichtig die Lagen eines Desserts voneinander trennte, mußte ich an meine Mutter denken, wie sie abends mit äußerst konzentriertem Gesichtsausdruck über Büchern mit Weihnachtsrezepten vor dem Kamin gesessen hatte.

Eines Abends hielten wir auf dem Weg nach Hause beim *Paradise* an, weil Humberto nach dem Rechten sehen wollte. Ich wartete in der Bar, nippte an einem Wodka Tonic und beobachtete die Leute. Eine attraktive silberhaarige Frau in Samtslippern und einem maßgeschneiderten schwarzen Smoking ohne Bluse darunter kam vorbei. Zwei weiße Fliegen waren auf ihre nackte Brust geklebt, und eine dritte trug sie um den Hals. Ein bärtiger Mann mit einem Drink in der Hand stand neben mir an der Bar und lachte laut. Er hatte sich für eine rechteckige flache Plastikschachtel, die mit Wasser gefüllt war und in der ein echter Goldfisch schwamm, als Kragenschmuck entschieden. Die Frau neben mir trug einen schwarz-weiß getönten Irokesenschnitt.

Als mein Beeper sich meldete, zog ich mich in Humbertos Büro zurück, um den Auftragsdienst anzurufen. Humberto war auch zugegen, brachte irgendwelchen Papierkram in Ordnung und schüttelte den Kopf, während ich einen aufgeregten Patienten beschwichtigte. »Ich begreife nicht, wie du diesen ganzen Wahnsinn aushalten kannst«, sagte er hinterher.

Ich sah ihn erstaunt an. »Hier gibt es genausoviele Wahnsinnige wie in meiner Praxis, glaub mir.«

Er lachte. »Ja, da magst du wohl recht haben.«

Wir saßen auf seinem Sofa und küßten uns. Es war so schön, so aufregend, daß mein Drang, es möge weitergehen, beinahe unbezähmbar wurde. Dennoch hielt ich inne, und als er respektvoll von mir abrückte, kam ich mir bei seinem erröteten Gesicht und seiner nicht zu übersehenden Erektion wie eine Spielverderberin vor. »Ich brauche einfach noch ein bißchen Zeit«, sagte ich.

»Hör dir mal meine neue CD an«, sagte er und sprang vom Sofa auf, um die Stereoanlage einzuschalten. »Das Saxophon geht einem unter die Haut.« Er löschte alle Lichter bis auf die Lampe über seinem Schreibtisch, zog mich hoch und fing an, langsam mit mir zu tanzen. Ich liebte es, die ganze Länge seines Körpers an meinem zu spüren. Während wir uns vorsichtig durch den beengten Raum bewegten, fühlte ich mich von seiner Energie und seinem Enthusiasmus mitgerissen. »Du machst mich so froh, auf dieser Welt zu sein«, flüsterte ich ihm ins Ohr.

Er hielt mich noch fester, und ich spürte wieder die Erregung in mir aufsteigen.

An einem warmen Juniabend gingen wir zu einem mexikanischen Mariachikonzert in Hollywoods kunstvoll rot-gold ausgeschmücktes *Pantages*-Theater. Nachdem die Show angefangen hatte, nahm er meine Hand und behielt sie im Schoß. Ich konnte mich gar nicht so richtig auf die Musik konzentrieren, weil er dauernd mit dem Daumen meinen Handballen massierte, und als er mir etwas ins Ohr flüsterte, war ich wie hypnotisiert von seiner Stimme – dem weichen Rhythmus, dem Timbre, dem spanischen Klang.

Die Frauen, die auf der Bühne in weißen, dreiviertellangen Kleidern und festen Tanzschuhen herumwirbelten, hatten alle schwarzes Haar, das im Nacken zu einem Knoten zusammengebunden war. In jedem Haarknoten steckte eine rote Hisbiskusblüte. Sie tanzten mit emporgestreckten Armen, den Kopf seitwärts in den Nacken gelegt.

Obwohl ich Humberto noch um etwas Zeit gebeten hatte, war mein Verlangen nach ihm so groß, daß ich mich jedesmal, wenn er mich küßte und meinen Nacken streichelte, geradezu von ihm losreißen mußte. Es war seine Begeisterung für das Leben, die ich an ihm so sexy fand, seine Neugier, seine Spontaneität. Ich war schon mit einigen Männern zusammengewesen, lernbegierigen Männern, die sich den hohen Anforderungen des Studiums der Medizin, der Architektur oder der Jurisprudenz gestellt, die schon mit zwölf Jahren ihren Lebensplan parat gehabt hatten und dann nicht vom vorgegebenen Kurs abgewichen waren, aber hier war nun ein intelligenter Mann, der mich mit dem Geschenk seiner Gegenwart so ganz und gar überrascht hatte – der plötzlich in mein Leben getreten war, für viele Monate im voraus einen Platz in meinem

Terminkalender beanspruchen würde, der mich Dinge fragte wie »Hast du gestern die Mondfinsternis gesehen?« oder mir einen Strauß Pampasgras von dem Hügel in der Nähe seines Hauses überreichte, den zu pflücken ihn eine halbe Stunde gekostet hatte.

Ich wünschte mir, daß meine Beziehung zu Humberto auch im Licht des Tages Bestand haben würde, aber ich hatte einen flüchtigen Blick auf Dinge erhascht, die mir nicht gefielen – seine Rücksichtslosigkeit beim Autofahren, wenn er unbedingt schneller sein wollte als der Wagen neben ihm, die Art, wie er einem jähen Impuls gehorchend einen Kellner, durch dessen Schuld Humberto vor einem Gast peinlich dagestanden hatte, kurzerhand feuerte, ein gelegentlicher Blick, den er an mir vorbei einer schönen Frau zuwarf.

Nach dem Konzert saßen wir im Dunkeln in meinem Wohnzimmer schweigend auf der Couch. Humberto streichelte mein Haar und sagte plötzlich: »Ich möchte dir gerne sagen, woran ich gerade gedacht habe.«

»Ja?« Ich sah ihn an. Das einzige Licht kam von der Straßenlaterne vor dem Fenster, und ich konnte nichts erkennen außer dem dunklen Umriß eines Körpers.

»Ich möchte dich ganz langsam lieben, damit du jeden Augenblick davon genießen kannst.«

Ich sog seine Worte auf wie eine Verdurstende. Humberto stand auf und zog mich zu sich hoch. Er küßte mich. Ich vermochte nicht mehr die Augen zu öffnen und auch nicht, ihn loszulassen.

Wir schlossen Frank in der Küche ein und begleitet von seinem gedämpften Gebell führte Humberto mich ins Schlafzimmer. Ich blieb in der Mitte des Zimmers stehen, ganz angespannt vor Erregung, während Humberto das Licht im Badezimmer einschaltete und die Tür einen Spalt offenstehen ließ, damit gerade genug Licht ins Schlafzimmer fiel.

Ich wollte mich aufs Bett fallenlassen und mich voll und ganz dem hingeben, was nun kommen würde, aber Humberto war langsam und bedächtig in seinen Bewegungen. Er nahm meinen Kopf zwischen die Hände und küßte mich so intensiv, wie er es schon im Wohnzimmer getan hatte, dann richtete er sich auf und öffnete nur die zwei obersten Knöpfe meines Kleides. Normalerweise hätte ich jetzt die Initiative ergriffen, mich weiter ausgezogen, und dann ihn, aber ich war wie hypnotisiert, und mir blieb nichts übrig, als es ihm zu überlassen, das Tempo zu bestimmen.

Er nahm mich bei den Schultern und fuhr mit der Zunge die kleine Kuhle unter meinem rechten Ohr nach. Dann suchte er sich langsam seinen Weg an meinem Hals hinunter bis zwischen meine Brüste. »Ich kann dein Herz schlagen fühlen«, flüsterte er.

Ich streifte mein Kleid ab, ließ es zu Boden fallen und schmiegte mich an Humberto. Die Arme um seinen Hals gelegt, drückte ich mich fest an ihn und konnte fühlen, wie sein steifer Penis sich in meinen Bauch preßte.

Er zog meine Arme von seinem Hals weg. Dann nahm er mir vorsichtig den BH ab. Als er zärtlich seine Hand um eine meiner Brüste legte und seinen Mund darüber schloß, wurde mir ganz weich in den Knien, und ich murmelte: »Komm mit aufs Bett.«

»Noch nicht«, sagte er und kehrte zu meinem Mund zurück. »Ich möchte uns zusammen im Spiegel sehen.« Noch einmal nahm er mich in die Arme und streichelte mein Haar. »Du bist so süß.«

Nun zog auch er sich aus. Seine Brust und sein Rücken waren vollkommen unbehaart, seine Brustwarzen klein und dunkel. Er hatte lange, schlanke Beine und einen runden Po. Auf der rechten Schulter hatte er einen Leberfleck. Ich fand seinen Körper wunderschön.

Humberto legte von hinten seine Arme um mich und preßte sich gegen meinen Rücken. Als ich die Hitze seiner Brust spürte, erschrak ich fast. Im bodenlangen Spiegel konnte ich zusehen, wie seine Hände langsam an meiner Brust heruntcrglitten, wie er sich dann hinkniete und meine Kniekehlen küßte. Als er einen Augenblick lang mit den Fingern die feuchte Stelle zwischen meinen Beinen rieb, stöhnte ich auf, und dann geleitete er mich zum Bett.

Nachdem er sich neben mir ausgestreckt hatte, stellte er mir so viele Fragen, daß ich gar nicht mehr wußte, was ich sagen sollte. Seine Hände strichen über meinen Körper, und manchmal hielten sie an einer Stelle inne, und er fragte mich: »Magst du es, wenn ich dich so berühre?« Ich antwortete ganz leise, ja, hier, nein, da nicht, sanfter zwischen meinen Schenkeln, härter auf meinen Brustwarzen. Als seine Finger zwischen meine Beine tauchten, fragte er wieder, »Und hier?«, und ich legte die Hand auf seine Finger und zeigte ihm, wie ich es gern hatte. Pallen hatte acht Monate gebraucht, um zu lernen, was Humberto in einer halben Stunde herausgefunden hatte.

Aber so geschickt er auch war mit seiner Zunge und mit den Händen, ich kam nicht zum Orgasmus und verharrte in höchster Erregung, atmete keuchend und lechzte nach Erlösung.

Nach einer Weile hörte er auf und kam auf Händen und Knien hochgekrochen, bis er unmittelbar über mir war. Seine Erektion war vorbei, und in dem diffusen Licht konnte ich erkennen, daß er rot geworden war und seine Muskeln zitterten, aber nicht vor Erregung, sondern vor Anstrengung. »Fühl dich zu nichts gedrängt«, sagte er. »Alles, was heute nacht passiert, wird gut sein. Entspann dich. Genieße deine Gefühle. Ich werde alles tun, was du magst und solange du es willst.«

Ich war so gerührt, daß mir Tränen über die Wangen liefen, und er küßte sie fort und streichelte meinen ganzen Körper. Nach und nach entspannte ich mich. Als schließlich seine Zunge wieder in meine Scheide fuhr, dauerte es bloß ein paar Minuten, bis ich einen so heftigen Orgasmus verspürte, daß ich meinen Kopf wie wild von einer Seite auf die andere warf.

Und dann war er über mir, und ich schlang meine Beine um ihn, um ihn in mich hineinzudrücken. Seine Bewegungen wurden ganz langsam, damit ich, wie er es mir versprochen hatte, jeden einzelnen Augenblick genießen konnte. Tränen überströmten mein Gesicht. Meine Finger krallten sich in seinen Rücken. Ich wimmerte vor Glück und sog an seinen Lippen. Es war die allersüßeste Marter. Er stieß härter und schneller in mich, und diesmal kam ich ohne Schwierigkeiten und lachte vor Vergnügen, weil es so leicht gegangen war. Als er endlich in mich hineinspritzte, hatte ich das Gefühl, eins mit ihm geworden zu sein und stöhnte mit ihm, als wäre sein Orgasmus auch der meine.

Später, nachdem wir etwas getrunken, Frank aus seinem Gefängnis befreit und das Licht im Badezimmer ausgeknipst hatten, kuschelte Humberto sich wieder an meinen Rücken und legte seinen Arm um meine Taille. Ich schaute zum Fenster hin, wo ich den Umriß von Franks stämmigem Körper auf dem Boden neben meinem Nachttisch erkennen konnte. Humberto entfernte eine Haarsträhne aus meinem Gesicht und küßte mich verspielt aufs Ohr. »Gute Nacht«, sagte er.

»So schön hatte ich es noch nie«, flüsterte ich. Und sieh mal an, wie gut du mit Frauen Bescheid weißt, dachte ich. Noch lange, nachdem das beruhigende Geräusch seines tiefen Atmens eingesetzt hatte, lag ich hellwach da.

12

Wie ein Schulmädchen berichtete ich Valerie in allen Einzelheiten von unserer Liebesnacht, ich war aufgeregt, und selbst während einer therapeutischen Sitzung mußte ich plötzlich daran denken, wie sein Körper sich angefühlt hatte. Wir kannten uns erst kurze Zeit, aber schon freute ich mich den ganzen Tag darauf, ihn am Abend zu treffen.

Und dann kam Nick wieder in die Therapie und wurde zu einem echten Problem. »Nach unserer letzten Sitzung habe ich von Ihnen geträumt«, eröffnete er mir, als wir uns wieder sahen. Er war sehr unruhig, schlug ständig die Beine übereinander, setzte sich dann zur Abwechslung wieder gerade hin, stand auf, rannte herum, stellte sich als nächstes an die Wand, wippte auf seinen Zehenspitzen. »Sie hatten nur einen weißen Slip an. Erst haben Sie mit mir geredet, und dann haben Sie sich in diese Meerjungfrau verwandelt, die auf dem Stein sitzt, die, die Seefahrer in den Tod lockt, wie die Sirenen. Ich versuchte wegzulaufen, aber dann ging mir auf, daß ich mich im Wasser befand, und so sehr ich auch voranzukommen versuchte, ich bewegte mich kaum von der Stelle. Mich überfiel die Panik, ich war dabei, zu ertrinken. Da bin ich dann schreiend aufgewacht.« Ich wartete ab. »Ich glaube, es wird schlimmer mit mir. Ich bin zu Ihnen gekommen, um meine Alpträume loszuwerden, und statt dessen tauchen Sie jetzt auch noch in ihnen auf.«

»Ich glaube, so würde es Ihnen mit jeder Frau gehen, die Sie begehren.«

Er stellte sich ans Fenster und begann an einem winzigen Farbkleckser auf dem Fensterbrett zu kratzen. Diese destruktive Geste ließ mich noch aufmerksamer werden. »Ich habe vor langer Zeit die Erfahrung gemacht«, sagte er zu dem Fensterbrett, »daß es niemanden gibt, dem ich trauen kann.«

»Was assoziieren Sie mit Frauen in weißen Slips?«

»Meine Ma ist immer in ihren Pumps und solcher Unterwäsche im Haus herumgelaufen. Ich konnte ihr Dreieck sehen.«

»Was bedeutet dieser Traum für Sie?«

Er ging zur Couch zurück. »Daß Sie mich anmachen.«

»Ich halte das sexuelle Element des Traumes wirklich für zweitrangig«, beeilte ich mich zu sagen. »Es ist nur eine Tarnung, so ungefähr, wie es zwischen uns beiden ist. Ihre wahre Angst besteht darin, daß Sie glauben, mir nicht trauen zu können, daß ich nur hinter Ihrem Geld her bin wie eine Nutte oder eine Sirene bin, die Sie in den Tod locken will.«

»Ich möchte Ihnen ja trauen«, sagte er etwas freundlicher. »Aber es passiert so oft, daß ich wie leer bin, wenn ich hier sitze. Später, wenn ich dann zu Hause bin, fallen mir tausend Dinge ein, die ich Ihnen hätte erzählen sollen.«

»Ihr Verstand beschützt Sie davor, mir zu nahe zu kommen, indem er sich in meiner Gegenwart von allen Gedanken entleert.«

Er war wieder vollends in Bewegung geraten, warf die Arme in die Luft und rannte herum. Er erinnerte mich an meinen Vater: athletisch aussehend, muskulös, die Ärmel seines weißen Hemdes aufgerollt, um die sonnengebräunte Haut zu zeigen. Ich konnte den Umriß seines Oberschenkels unter seiner Hose ausmachen, und dann fiel mir auf, daß seine Schneidezähne zu dicht an die untere Zahnreihe kamen, so daß er das ›S‹ mit fast zusammengebissenen Zähnen aussprach, wobei er ein Geräusch machte, das mich aus unerfindlichen Gründen abstieß.

»Was soll ich denn davon haben, wenn ich Ihnen nahekomme?« sagte er wütend. »Glauben Sie, daß ich auf Sie zählen kann? Wenn ich Sie mal wirklich brauche, werden Sie nicht da sein. Sicher, ich kann Sie anrufen oder jederzeit für eine Stunde zu Ihnen kommen, solange ich die hundertfünfzig Kröten habe, aber das bedeutet noch lange nicht, daß Sie wirklich für mich da sein werden.«

»Nick, gerade der Abstand, der zwischen uns besteht, ist es, worauf der Erfolg der Therapie beruht. Hier können Sie alles aussprechen, weil nichts etwas nach sich ziehen wird und wir uns außerhalb der Praxis nie treffen werden. Wenn wir miteinander auch außerhalb der Praxis Umgang pflegen würden, wäre es uns nicht mehr möglich, Ihre Vorstellungen von sich selber und anderen Menschen zu untersuchen.«

Er stand auf, schob die Hände in die Hosentaschen und wandte sich zum Gehen. »Wie können Sie überhaupt davon sprechen, daß wir eine Beziehung zueinander haben? In diesen zwei Stunden pro Woche etwa? Das ist doch lächerlich! Und frustrierend außerdem. Wissen Sie, ich glaube, daß Sie mich doch mehr mögen, als Sie zugeben wollen.«

Damit hatte er beinahe recht: Wenn ich mit ihm zusammen war, kamen mir sexuelle Gedanken, die mit ihm zu tun hatten, obwohl ich doch in Humberto verliebt war. Hinter seiner Geschmeidigkeit steckte eine aufs höchste angespannte Energie, und sie war es, die ich an Nick so erregend fand. Selbst seine Unverschämtheiten, sein Trotz hatten eine sexuelle Komponente, die nicht ihre Wirkung auf mich verfehlte. Aber der Gedanke, meine Grenzen als Therapeutin zu überschreiten, entsetzte mich. Die meisten Patienten und Patientinnen machen sich sexuelle Gedanken über ihren Therapeuten oder ihre Therapeutin, und auch Therapeuten gestatteten sich oberflächliche sexuelle Phantasien über ihre Patienten, die aber in jedem Fall analysiert und besprochen werden müssen. Sich die sexuellen Wunschvorstellungen eines Patienten zunutze zu machen, wäre die übelste Form eines Verstoßes gegen das Berufsethos.

Zu seinen nächsten zwei Terminen erschien Nick mit Verspätung und versuchte dann, zehn Minuten länger zu bleiben, um die Zeit wieder wettzumachen. Ich weigerte mich, seine Sitzung auszudehnen, und wir hackten beinahe die ganze Stunde auf dem Thema herum.

»Gibt es einen Grund, aus dem Sie es heute nicht geschafft haben, pünktlich hier zu sein?« wollte ich wissen.

»Der Verkehr! Wissen Sie nicht, was in L. A. für ein Verkehr herrscht?«

»So einfach ist die Erklärung vielleicht doch nicht. Möglicherweise stecken gewisse Ängste, mit mir zusammen zu sein, dahinter?«

Seine Gesichtsfarbe verdunkelte sich. »Was macht Sie überhaupt so selbstgefällig?« sagte er schnippisch. »Sie müssen immer auf die Sekunde genau anfangen und aufhören. Sie haben eine Erwiderung auf alles, was ich sage. Ihr Denken ist wie eine fundamentalistische Religion. Ein geschlossenes System.«

Ich versuchte, nicht auf diese Finte einzugehen. Es war eindeutig, wie er um die Führung rang, indem er die zeitlichen Beschränkungen in Frage stellte, aber vielleicht hatte er auch Angst, die Antworten, die ich für ihn hatte, wären nicht das, was er brauchte. Und es konnte schon sein, daß ich mich selbstgefällig benommen hatte. Ich klammerte mich sturer als gewöhnlich an die formalen Rahmenbedingungen der Therapie, und zwar, weil er so verzweifelt bemüht war, gegen sie zu verstoßen. Wäre es wirklich so schlimm gewesen, wenn ich ihm die fünf Minuten extra bewilligt hätte?

Ich strich ein Haar von meiner Wange. »Wie jeder andere auch, habe ich gewiß meine Fehler; ja, ich *habe* Theorien und Prinzipien, die ich anwende, um meine Arbeit zu machen, aber lassen Sie uns jetzt darüber sprechen, warum Sie sich so ärgern.«

»Sie sind einfach so von oben herab.«

»Und das ist dann meine Art und Weise, Ihnen zu sagen, daß ich Sie für klein und schwach halte?«

»Sehen Sie? Genau davon rede ich ja. Für alles, was ich sage, haben Sie eine Theorie parat, was es zu bedeuten hat. Und diese Theorien stammen vermutlich aus irgendeinem Lehrbuch.«

»Also mache ich mir gar keine eigenen Gedanken über Sie? Ich schließe Sie einfach an mein Buch an und lasse es die vorproduzierten Antworten ausspucken?«

Er stand auf, nahm sein Jackett und warf es auf das Sitzpolster neben sich, bevor er wieder Platz nahm. »Vielleicht nicht ganz. Aber was macht Sie so sicher, daß Ihre Therapie richtig für mich ist? Woher wollen Sie wissen, daß es mir hinterher nicht noch schlechter geht?«

Er hatte Angst. Ich hätte es sofort merken sollen, aber ich war zu sehr damit beschäftigt gewesen, nicht selbstgerecht zu wirken. »Ich kann das Ergebnis nicht vorhersagen«, erklärte ich. »Es hängt davon ab, ob Sie es schaffen, Vertrauen zu mir zu fassen, und ob es mir gelingt, Zugang zu Ihnen zu finden. Ich kann nicht garantieren, daß Sie nachher nicht noch schlechter dastehen, obwohl ich schon glaube, daß jedem geholfen ist, wenn er seine inneren Gedankengänge kennt. Aber das gehört dann wohl dazu, was Sie als geschlossenes System bezeichnen.« Ich lächelte freundlich, um ihm zu zeigen, daß ich wirklich nur das Beste für ihn wollte.

Seine Schultern entspannten sich, und seine Hände kamen endlich zur Ruhe. »Bin ich bloß ein x-beliebiger Fall für Sie?«

»Was habe ich getan, daß Sie dieses Gefühl haben?«

Er sah aus wie ein pubertierender Knabe, den seine Mutter gerade mit einem Pornoheft erwischt hat. »Ich habe eine Broschüre über eine Vorlesung gesehen, die Sie an der Universität halten. ›Narzißtische Grundlagen von Eßstörungen.‹ Es war darin von Fallbeispielen die Rede.«

Jesus Christus. Die Patienten fanden aber auch für alles eine Übertragung. Solange ich mich nicht in einer Kiste verkroch, würde ich immer und stets damit zu schaffen haben, und ich war ja sehr viel präsenter in der Öffentlichkeit als der Durchschnittstherapeut. Warum hatte er mir das nicht gleich zu Beginn gesagt? »Sie haben das gesehen und daraus geschlossen, daß meine Patienten Fallbeispiele für mich sind anstatt Menschen aus Fleisch und Blut, an deren Wohlergehen mir gelegen ist?«

»Ja.«

»Habe ich sonst noch etwas getan, was Ihnen dieses Gefühl vermittelt?«

»Manchmal sehe ich die Patientin, die vor mir dran war, noch weggehen, und die Leuchte an der Wand signalisiert, daß schon wieder der nächste wartet. Es ist, als wäre ich auf einem Fließband.«

»Was bedeutet, daß Sie für mich keine besondere Bedeutung haben können?«

»Genau.«

»Bei Ihren Eltern haben Sie auch ständig das Gefühl gehabt, ziemlich bedeutungslos zu sein.«

»Stimmt.«

»Könnten Sie daraufhin ein wenig vorschnell zu dem Schluß gekommen sein, daß Sie für mich auch nur irgendwer sind?« Hier hatten wir jetzt die Kehrseite narzißtischer Aufgeblasenheit: das Gefühl erbärmlichster Wertlosigkeit und die chronische Suche nach Sonderbehandlung, um diesem Gefühl entgegenwirken zu können.

»Wahrscheinlich.« Nick verfiel in Schweigen.

Ich hoffte, er würde erkennen, wie sehr die Vergangenheit seine Reaktionen auf die Gegenwart bestimmte. Ich war verstimmt, frustriert gewesen, jetzt aber verspürte ich statt dessen Mitgefühl. Nach ein paar Minuten des Schweigens fragte ich ihn, ob ihm in seinem Leben sehr daran gelegen war, stets als etwas Besonderes dazustehen, und nach kurzem Zögern begann er widerwillig, Beispiele aufzuzählen: Von Frauen verlangte er, daß sie neben ihm auf alle anderen Männerbekanntschaften verzichteten; eine Angestellte hatte er gefeuert, weil sie bei einer anderen Anwaltsfirma wegen einer möglichen Anstellung nachgefragt hatte; er haßte es, Schlange stehen zu müssen; wenn er ins Theater ging, mußten es die besten Plätze sein; bei Konzerten versuchte er, sich Zugang hinter die Bühne zu verschaffen; beim Kleiderkauf einen Discount, wenn gar kein Schlußverkauf war.

Ich war zufrieden, so viel Material erhalten zu haben, das meine Vermutung bestätigte. Es war eine unangenehme Sitzung gewesen, aber letzten Endes doch eine sehr produktive, und das war es, was zählte.

Nachdem ich zur Entspannung einmal tief Luft geholt hatte, machte ich meiner nächsten Patientin, Luness, die Tür auf. Sie kauerte sich mit eingezogenem Kopf und schlaff herunterhängenden Brüsten auf die Couch.

»Gestern war ich richtig gut«, begann sie. »Ich habe eine Schüssel Tomatensuppe und drei Brezeln gegessen.«

Es gab nur zwei Dinge in ihrem Leben, die eine Rolle zu spielen schienen. Ihre Figur und was sie gerade gegessen hatte. Darauf war ihr Dasein reduziert. »Wie oft haben Sie sich diese Woche übergeben?«

»Ungefähr neunmal.« Sie wippte mit dem Fuß. »Ärgern Sie sich nicht über mich. Kotzen ist der einzige Sport, bei dem ich gut bin.« Es ist bei Bulimiekranken nicht ungewöhnlich, daß das Übergeben ihnen das Gefühl gibt, ihren Körper zu beherrschen. Aber so wie Luness hatte es bisher noch niemand formuliert.

»Wenn es einen Wettbewerb gäbe, wer immer und überall kotzen kann, da würd' ich glatt gewinnen.«

»Warum unterhalten wir uns nicht mal über andere körperliche Betätigungsmöglichkeiten, die Ihnen Spaß machen? Vielleicht gelingt es uns, Ihr Repertoire ein wenig zu erweitern.«

Luness kicherte. »Ich hab 'n neuen Freund. Sieht gut aus. Hat auch Köpfchen. Aber er fährt zu schnell.« Sie schwieg und wippte weiter mit dem Fuß.

»Und weiter?« drängte ich.

Sie versteckte die Augen hinter ihrer Hand. »Ich glaube, das sage ich Ihnen lieber nicht.« Dann verschränkte sie die Arme und starrte auf den Teppich.

»Was wollen Sie mir nicht sagen? Wovor haben Sie Angst?«

»Daß Sie dann sauer auf mich sind und mir sagen, ich soll Schluß mit ihm machen.«

»Wieso sollte ich sauer werden?«

Eine anstrengende Pause. »Weil er auch Patient bei Ihnen ist.«

Ich wußte sofort, daß es sich um Nick handeln mußte. Sie hatte ihn mir ja eben praktisch beschrieben. Und dann noch die Tatsache, daß seine Termine immer unmittelbar vor den ihren lagen. Hatte er nicht vor einer halben Stunde noch davon geredet, daß ihm auffiel, wer vor oder nach ihm kam? »Wie ist es dazu gekommen?« wollte ich wissen.

»Wenn ich bei Ihnen fertig bin, muß ich meistens auf die Toilette, und wenn ich den Schlüssel ins Wartezimmer zurückbringe, sitzt er da. Und so haben wir ein paar Worte miteinander gewechselt.«

Das konnte ich mir vorstellen. Redeten über ihre Therapien und stellten Vergleiche an.

»Sind Sie jetzt sauer?«

»Nein. Aber Sie müssen verstehen, daß ich Ihnen keinerlei Informationen über ihn geben kann, ebensowenig, wie ich ihm irgend etwas über Sie erzählen würde.«

»Ich bin richtig in ihn verschossen. Finden Sie ihn nicht auch wahnsinnig toll?« Ich tat mein Bestes, mit Luness über Nick zu sprechen wie über einen Fremden, aber leicht war das nicht. Er spielte mit ihr irgendwelche Phantasien durch, die eigentlich mit mir zu tun hatten, und ich hatte Angst, er würde ihr wehtun.

Aber einmischen konnte ich mich trotzdem nicht. Die Tage, in denen der Therapeut dem Patienten noch verbieten konnte, sich mit anderen Patienten einzulassen oder ohne vorherige Konsultation irgendwelche wichtigen Entscheidungen zu treffen, gehörten der Vergangenheit an. Mir blieb nichts übrig, als die Rolle des stillen Beobachters einzunehmen und dann hinterher die Scherben zusammenzukehren.

Nachdem Luness gegangen war, faßte ich den Entschluß, wegen Nick meinerseits einen Kollegen zu konsultieren. Irgend etwas daran, daß er sich mit ihr traf, bereitete mir ein beklemmendes Gefühl in der Magengrube.

Teil 2

13

Val befolgte meinen Rat und beendete ihr Verhältnis mit dem Psychiater, aber das hatte zur Folge, daß sie die Samstagabende alleine verbrachte, Süßigkeiten verschlang und sich alte Filme anguckte.

»Laß uns doch eine Party schmeißen«, schlug ich vor. »Wir laden alle männlichen Singles ein, die wir kennen.« Ich hatte den Wunsch, etwas für sie zu tun, und eine Party hatte ich schon seit Jahren nicht mehr gegeben.

Ihr Gesichtsausdruck hellte sich auf. »Ja, das machen wir! Wie wäre es mit dem übernächsten Wochenende? Eine Grillparty am Nachmittag.«

Wir gingen unsere Adreßbücher durch und stellten eine Liste zusammen. Humberto bot sich an, für das leibliche Wohl zu sorgen, aber ich sagte ihm, daß wir es ganz schlicht und einfach gestalten wollten und er nichts zu tun brauchte, als zu kommen, um meine Freunde kennenzulernen.

Wir verschickten Einladungen, und nachdem wir die Antworten erhalten hatten, durften wir mit ungefähr vierzig Gästen rechnen. Es erleichterte mich, daß Morry nicht kommen konnte, denn mir war ein wenig unangenehm bei dem Gedanken, daß ich Humberto schließlich durch ihn kennengelernt hatte. Ich bestellte Krautsalat, Kartoffelsalat, gebackene Bohnen und gefüllte Tortillas, und Val wollte ihre Spezialität grillen, Pute nach Südstaatenart.

Der Tag der Party begann mit Karotten. Als ich die Gemüsetuten in die Küche schleppte, kläffte Frank wie verrückt, weil er vermutete, sie alle steckten voller Karotten, seinem Lieblingsleckerli. Als ich ihm seine Karotten gab, verzog er sich feierlich ins Wohnzimmer, wo er es sich in einer Ecke gemütlich machte. Als die ersten Gäste kamen, hatte Frank bereits fünf Karotten verdrückt und begrüßte jeden Neuankömmling persönlich und voller Enthusiasmus. Es waren vierundzwanzig Grad, ein sonniger, beinahe windstiller Tag. Von ein paar Bieren war mir leicht schwummerig im Kopf, und ich fühlte mich wundervoll entspannt.

Die vier Psychologiestudenten, die ich während ihres Praktikums am Krankenhaus betreute, waren auch gekommen. Eine von ihnen brachte ihren Mann mit, kleinwüchsig und rundlich, der viel über die Europäische Gemeinschaft redete. Der männliche Star der Gruppe kam in Begleitung einer Freundin, die dauernd nieste und ihre Lippen nachzog. Die anderen beiden Studenten nutzten die Party, indem sie sich nach Möglichkeiten für ihr berufliches Fortkommen umhörten.

Frank wackelte frohgemut von einem Gast zum anderen, hatte nichts dagegen, wenn ihm etwas zugeworfen wurde, und steckte seine Nase in sämtliche Damenhandtaschen. Wir stellten die Lautsprecher meiner Anlage in die Fenster zum Garten und spielten einen Stapel CDs, und als die Party so richtig in Schwung kam, ging ich davon aus, daß alles sich amüsierte.

Kevin Utley kam mit seiner Frau, die ich bisher noch nicht kennengelernt hatte. Er war blond und stämmig, hatte hervorstehende Augen und einen mächtigen, langen Schnauzbart. Sie dagegen war zierlich und eher ein dunkler Typ mit schmalen, ebenmäßigen Zügen. Das Walroß und der Kolibri, dachte ich und mußte dabei lächeln. Humberto betätigte sich als Barkeeper und verstand es, jeden mit seiner lässigen Art für sich einzunehmen. Eine meiner Studentinnen verschüttete einen Teller Bohnen in ihrem Schoß, und gleich war Frank zur Stelle. Sie lachte und bedankte sich bei ihm fürs Saubermachen. Vals gegrillter Puter war *ein Gedicht*, und Val selber, die im Verlaufe des Nachmittages diverse Wodkas mit Tonic zu sich genommen hatte, schaffte es, noch einen weiteren verheirateten Psychiater in ein intensives Gespräch zu verwickeln. Ich warf ihr einen warnenden Blick zu, und kurz darauf wandte sie sich einem lockigen, unverheirateten Verwaltungsangestellten aus dem Krankenhaus zu, den wir als Möglichkeit für sie in Betracht gezogen hatten.

Um acht waren alle wieder gegangen außer Val und Humberto, die beide in der Küche mit dem Abwasch beschäftigt waren. Val sang, sie und der Verwaltungsmensch waren für den nächsten Abend verabredet.

Als ich die Gläser einsammelte, ertappte ich Frank mit der Nase im Mülleimer, wo er weggeworfene Hautstücke vom Puter verschlang. »Schluß jetzt!« schrie ich und entriß ihm die restlichen Stücke.

Die Hautreste schienen das entscheidende bißchen zuviel gewesen zu sein, denn als Humberto und Val mit der Küche fertig waren, schleppte sich Frank ruhelos von einer Stelle auf die andere, offensichtlich nicht in der Lage, irgendwo still liegenzubleiben. »Meint ihr, ich sollte den Tierarzt rufen?« fragte ich.

»Ich habe gesehen, wie er mindestens zwei Bierlachen aufgeleckt hat«, sagte Val. »Er hat wahrscheinlich einen sitzen und braucht sich nur auszuschlafen.«

Ich hatte zwar nichts von Franks Besäufnis mitbekommen, dachte aber auch, daß das der Grund für sein Unwohlsein wäre. Ich half Val, ihre Schüsseln ins Auto zu packen, umarmte sie ganz fest, und dann ließen Humberto und ich uns aufs Sofa fallen, um fernzusehen.

Eine Stunde später wurden wir von Franks Gewimmer aufgeweckt. Ich stand besorgt auf und folgte dem Geräusch bis ins Eßzimmer, wo ich ihn bewegungslos unter dem Tisch ausgestreckt fand. Er atmete angestrengt. Obwohl er normalerweise ganz aus dem Häuschen war, wenn er mich sah, wedelte er jetzt nur müde mit dem Schwanz, als ich mich bückte, um ihn zu streicheln.

Ich brachte einen verschlafenen Humberto auf die Beine, und er half mir, Frank ins Auto zu tragen, um ihn zur Tierklinik von West L. A. zu fahren. Glücklicherweise hatten sie dort rund um die Uhr geöffnet, aber ich war doch erstaunt, den Warteraum um diese Stunde voller Tierbesitzer mit ihren Lieblingen vorzufinden.

»An den Wochenenden geht's bei uns richtig los«, erklärte die Frau am Empfang. »Verbrennungen durch Gartengrills, verschluckte Servietten, Plastikutensilien an den merkwürdigsten Stellen, Splitter von Steakknochen, die im Halse steckengeblieben sind, und natürlich Unfälle mit Autos. Am schlimmsten sind die Feiertage. Ich kann Ihnen nicht sagen, wieviele Hunde wir schon geröntgt haben, die halbzerkauten Weihnachtsschmuck im Magen hatten.«

»Und was machen Sie dann mit ihnen?« fragte ich und nahm mir im Geiste vor, meinen Baum in diesem Jahr nicht zu schmücken.

»Operation. Ist die einzige Möglichkeit, das Zeug rauszukriegen. Es wird ungefähr fünfzehn Minuten dauern, bis ich ein freies Untersuchungszimmer für Sie habe. Bitte, nehmen Sie solange Platz.«

Es roch wie in einem alten YMCA-Heim wegen der Desinfektionsmittel, die sie benutzten, um alles klinisch rein zu halten. An den Wänden hingen Überwachungskameras, Tierbilder, und ein Hausmeister war ständig damit beschäftigt, Haare und Pfützen aufzuwischen. Als ich die Auflistung der diensthabenden Ärzte sah, auf der Spezialisten wie Hundeonkologen und Atemwegtherapeuten für Ziervögel aufgeführt waren, sagte ich zu Humberto, daß man eigentlich ein schlechtes Gewissen kriegen mußte, wenn man sich vorstellte, daß die Haustiere von West L. A. bessere ärztliche Versorgung genossen als ein guter Prozentsatz aller Amerikaner, von Kindern in der Dritten Welt ganz zu schweigen.

Wir ließen den Blick über die langen Reihen Plastikstühle schweifen. Eine massige Frau in einem roten Trainingsanzug streichelte einen zitternden Chihuahua. Zwei asiatische Mädchen flüsterten miteinander und steckten ihre Finger zwischen die Käfigstäbe ihres Leguans. Eine Frau mittleren Alters in einem Abendkleid mit einer Perserkatze auf dem Schoß saß neben einem Polizisten, der einen sabbernden Schäferhund fest an der Leine hielt. Der Raum war erfüllt von Miauen, Bellen und Wimmern. Ich ging mit Frank langsam auf ein paar freie Stühle zu und nahm Platz. Humberto schlenderte eine Weile lang hin und her, sah sich die Bilder an und studierte die Geschäftsbedingungen, ehe er sich zu mir gesellte.

Frank wählte Humbertos Rückkehr, um mit einem langgezogenen Gewinsel anzufangen. Humberto sah ihn an, wie er da zusammengekauert auf dem Boden lag, und sagte: »Ich hoffe, daß nichts Ernstes mit ihm ist.« Dann bückte er sich, um mein elend dreinschauendes Hündchen zu tätscheln. Während Humbertos Hand noch auf ihm lag, kämpfte sich Frank plötzlich auf die Füße, und sein ganzer Körper schien sich zu straffen. Erschrocken zog Humberto die Hand zurück.

Mein Hund stand regungslos da, die Füße fest auf den Boden gepflanzt, und starrte mit glasigen Augen vor sich hin. Langsam hob sich sein Schwanz, bis er ihn schnurgerade von seinem Körper weggestreckt hielt. Tief in seinem Bauch setzte ein gurgelndes Geräusch ein, das Humberto und mich wie erstarrt in unserer jeweiligen Haltung sitzenbleiben ließ.

Die fette Dame in Rot nahm ihren Chihuahua hoch und hielt ihn fest an die Brust gedrückt. Mehrere Hunde begannen zu kläffen. Das Gurgeln verwandelte sich in ein tiefes, wogendes Pfeifen aus Franks Darm, das immer stärker und lauter wurde, während er die Luft aus seinem Hintern herausließ. Fünf Sekunden lang, was genug war, um uns zu überraschen, zehn Sekunden, was uns zum Erstaunen brachte, und dann war es eine volle Viertelminute, was wirklich eine reife Leistung war, und obwohl es Frank ausgesprochen zu erleichtern schien, konnte das ganze Wartezimmer einfach nicht mehr an sich halten und brach in schallendes Gelächter aus.

Sobald sich Franks Duftwolke aber erst einmal im Raum ausgebreitet hatte, mischte sich Abscheu in die Ausgelassenheit, und alles, Humberto und mich eingeschlossen, bemühte sich, aus dem Dunstkreis zu entkommen.

»Tut uns leid, Leute«, sagte Humberto laut. »Das ist das letzte Mal, daß wir ihm diese Hundekuchen mit Backpflaumen geben!«

Nachdem wir alle wieder auf unseren Plätzen saßen, ließ Frank noch ein paar Geräusche ab. Als die Tierärztin kam, um ihn zum Röntgen abzuholen, sah Frank schon wieder ausgesprochen munter aus. Danach erklärte sie, die Röntgenaufnahmen hätten gezeigt, daß Frank keine unverdaulichen Gegenstände geschluckt hätte und nur auf eine für ihn ziemlich ungewohnte Mischung von Speisen reagiert hatte. Inzwischen war er schon so energiegeladen und putzig wie sonst. Offenbar war dieser monströse Furz alles gewesen, was ihm gefehlt hatte. Ich legte Humberto lachend die Arme um den Hals und bedankte mich bei ihm dafür, daß er mitgekommen war.

14

Während der nächsten paar Wochen verschwanden immer mehr Gegenstände aus meinem Wartezimmer. Eines Tages war der Messinghalter mit meinen Visitenkarten nicht mehr da. Dann fehlte der Schlüssel zur Herrentoilette. Noch sonderbarer war es, daß auch Spielzeuge verschwanden. Weil manche Patientinnen, die keinen Babysitter hatten auftreiben können, ihre Kinder während der Therapiestunde im Wartezimmer ließen, hatte ich an einer der Wände ein Regalsystem angebracht, das mit Legosteinen, Puppen, Puzzles, Wachsmalstiften und Zeichenblöcken gefüllt war.

Irgendwann fehlte ein Legohäuschen. Eine Woche später erwischte es zwei Trollpuppen, und ich mußte in der Mittagspause zu einem Spielzeugladen eilen, um Ersatz zu beschaffen. Bei meiner Rückkehr fiel mir eine Veränderung an den Wachsstiften auf, und als ich sie mir näher ansah, stellte ich fest, daß alle roten verschwunden waren. Die sonderbarsten Diebstähle betrafen ganz gewöhnliche Dinge: eine Schachtel Kleenex, eine alte Ausgabe von *Time Magazine*, eine Glühbirne. Jeder im Haus konnte die Tür zu meinem Wartezimmer aufmachen und etwas wegnehmen, aber ich wurde den Gedanken nicht los, daß einer von meinen Patienten dahintersteckte, und derjenige, den ich dabei in Verdacht hatte, war Nick.

Mich machten diese Diebstähle nervös, denn sie waren so geringfügig und trafen mich gerade deswegen so persönlich, und dazu gesellte sich noch das quälende Gefühl, daß Nick ein Spielchen mit mir trieb. Aber nur ungern wollte ich ihn direkt darauf ansprechen, denn ich hatte ja keinerlei Beweise, daß er es gewesen war, und wenn ich mich im Irrtum befände, würde er sich angegriffen fühlen. Also wartete ich ab, beobachtete weiter und fragte mich, warum er so etwas tat – wenn er es denn war.

Für meine Konsultation Nick betreffend wählte ich Dr. Zachary Leitwell, einen robusten, rosawangigen Analytiker in den frühen Sechzigern, der auf Störungen des Ich-Verhaltens spezialisiert war. Ich hatte ihn während der vergangenen Jahre bei Vorlesungen erlebt, und seine Fachkenntnisse und seine fürsorgliche Art hatten mich jedesmal aufs neue beeindruckt.

Wir trafen uns in der ersten Augustwoche. Zacharys Praxis befand sich in den Cedar Towers neben dem Krankenhauskomplex, und man hatte von dort eine herrliche Aussicht auf die Hollywood Hills. »Ich erinnere mich an Sie«, begrüßte er mich lächelnd. »Ihre Vorlesung über psychosomatische Krankheiten an der Universität hat mir sehr gut gefallen.«

Ich bedankte mich bei ihm und nahm in einem bequemen karogemusterten Sessel Platz. Dann faßte ich ihm kurz Nicks Krankengeschichte zusammen, wobei ich, um seine Privatsphäre nicht zu verletzen, seine Identität nicht preisgab. Ich erklärte Zachary, daß ich beschlossen hatte, bei Nick wegen seines Mißtrauens auf psychologische Tests zu verzichten, berichtete ihm auch von den Zufallsbegegnungen außerhalb meiner Praxis, den Diebstählen und der besorgniserregenden Tatsache, daß ich mich durch Nick sexuell erregt fühlte. Ich schloß, indem ich betonte, wie schwierig ich ihn fand.

»Es ist wirklich so«, fügte ich noch hinzu, »daß mir manchmal der ganze alltägliche Krimskrams, mit dem man als Therapeutin so zu tun hat, einfach zum Halse heraushängt. Die Vorbereitungen, die ich treffen muß, wenn ich mal ein paar Tage wegfahren will, das ständige Hickhack mit den Honoraren, meine eigenen Gefühle, die mir ein Bein stellen wollen.«

»Aber ihre eigenen Reaktionen sind wie Wegzeichen, und die dürfen Sie nicht außer Acht lassen. Wenn Sie Ihren Gefühlen Nick gegenüber Beachtung schenken, könnten Sie vielleicht feststellen, daß Sie es mit einer Borderline-Persönlichkeit zu tun haben.«

Das überraschte mich. Ich hatte Nick als narzißtischen Typus mit einigen paranoiden Zügen gesehen – einen arroganten, ich-bezogenen Burschen, der Schwierigkeiten damit hatte, Vertrauen zu anderen Menschen zu fassen. »Aber in seinem Beruf kommt er gut zurecht, und er hat sich bei mir beklagt, keine Empfindungen zu haben«, warf ich ein. »Das hört sich für mich nicht gerade nach einer Borderline-Persönlichkeit an.«

Zachary stützte seine Beine auf die Fußbank, und ich konnte ein Loch erkennen, das sich in seiner Schuhsohle zu bilden begann. Bei einem Mann, der sich ganz offensichtlich ein neues Paar Schuhe ohne weiteres leisten konnte, fand ich das irgendwie drollig. »Kommen wir doch noch einmal darauf zurück, was Sie selber mir erzählt haben«, sagte er. »Er manipuliert, er intrigiert, er provoziert, und er verführt.«

»Hört sich für mich alles sehr narzißtisch an.«

»Ich muß Ihnen nicht erklären, daß dies keine Frage von entweder-oder ist. Äußerlich betrachtet mag er narzißtisch wirken und trotzdem unter der Oberfläche die Struktur einer Borderline-Persönlichkeit haben. Manche Borderline-Persönlichkeiten entwickeln ein falsches Selbst, das oberflächlich betrachtet ganz ordentlich wirken mag, aber dahinter findet sich ein fragiler, nur unvollständig ausgebildeter Charakter, der erst zum Vorschein kommt, wenn die betreffende Person eine Bindung eingeht.«

»Scheint, daß mir da eine größere Herausforderung bevorsteht, als ich gedacht hatte«, sagte ich. Borderline-Persönlichkeiten sind impulsiv und selbstzerstörerisch. Sie befinden sich in einer konstanten emotionalen Streßlage und neigen zu Wutanfällen, die durch die reale Situation keineswegs begründet sind. Sie neigen dazu, anderen ihren Willen, ihre Bedürfnisse aufzwingen zu wollen, und können dabei unangenehm hartnäckig sein. Sie können von sich glauben, sie wären innerlich leer oder desorientiert, sind suizidgefährdet oder lassen ihre Wut hemmungslos an anderen aus. Manchmal rufen sie einen mitten in der Nacht an. Sie haben keinen Respekt vor der Privatsphäre anderer Menschen. Sie tun sich selbst genauso weh wie anderen.

»Am Anfang hatte ich noch geglaubt, mein größtes Problem würde darin bestehen, ihn zur Fortsetzung der Therapie bewegen zu können«, sagte ich, »und ich war erfreut, als er mir vielsagende Träume erzählte, die ich analysieren konnte.«

»Lassen Sie sich dadurch nicht täuschen. Es könnte nur eine Form für ihn sein, sich mit Ihnen zu verabreden. Man bringt einer Frau Blumen, wenn man um sie werben will, und einer Therapeutin bringt man eben seine Alpträume. Das muß nicht unbedingt heißen, daß er an der Therapie aktiv teilhaben will.«

»Nein. Ich glaube sogar, daß er versucht, mich zu verführen, anstatt sich für seine eigene Therapie einzusetzen.«

»Absolut. Seine Verführungsversuche sind ein Akt des Widerstandes. Falls es ihm gelingt, Sie zu verführen, gerät der ganze Sinn und Zweck der Therapie aus den Fugen, und sein wahres Selbst bleibt verborgen.«

»Darin ist er ja ganz groß.«

»Sarah, ich habe Frauen erlebt, die sich während der Sitzung im wahrsten Sinne des Wortes die Kleider vom Leibe gerissen haben. Daraus muß man halt seine Schlüsse ziehen und sich ansonsten streng zurückhalten.«

Ich lachte erschrocken auf. »Jetzt machen Sie sich über mich lustig!«

»Keineswegs. Und aus irgendeinem Grund erlebt man so etwas ausgerechnet mit gutaussehenden Frauen. Aber Sie bekommen das in den

Griff. Halten Sie sich stets vor Augen, daß er nicht Sie persönlich meint.«

»Mir kommt es aber immer *äußerst* persönlich vor.«

»Ja, das mag schon sein, aber eigentlich ist es nur ein Beweis für die Macht der Übertragung.«

»Ich weiß, daß er es mit Absicht tut, um mich abzulenken, und was mich besonders ärgert, ist, daß er auch noch Erfolg damit hat.«

»Alles ist in Ordnung, solange Sie bei Ihrem Handeln nicht Ihren Gefühlen folgen und solange Sie sein Verhalten für sich interpretieren. Irgendwann werden Sie dann diese aufgesetzte Charade durchbrechen und zu einem depressiven, aggressiven kleinen Jungen vordringen.«

»Was ist mit all den anderen Vorkommnissen, den Diebstählen, damit, daß ich ihm auf der Straße in die Arme laufe, und der Tatsache, daß er mit einer Patientin von mir ausgeht?«

»All das ist eine Art und Weise, sich an Sie zu klammern. Er hat Angst, Ihnen zu vertrauen und sich Ihnen zu nähern, also behilft er sich statt dessen damit. Ich denke, ein guter Anfang wäre es, ihn auf diese andere Patientin anzusprechen.«

»Aber er hat mir gegenüber doch kein Wort darüber verloren. Wie kann ich ihm mit einer Beziehung kommen, über die er nicht sprechen will? Das wäre doch ein Vertrauensbruch meiner Patientin gegenüber!«

»Hmm. Das hat er schlau eingefädelt. Aber natürlich weiß er, daß Sie es wissen, und nun wartet er ab, was Sie wohl unternehmen werden. Lassen Sie ihm seinen Spaß. Und wenn er Ihnen Gelegenheit gibt, darüber zu sprechen, konzentrieren Sie sich ganz bewußt auf die Tatsache, daß diese andere Patientin ein Verbindungsglied zu Ihnen darstellt. Dieser Mann vermag nicht über seine Gefühle zu sprechen und lebt sie statt dessen aus.«

»Halten Sie ihn für gefährlich?«

»In jeder Borderline-Persönlichkeit schlummert ein gewalttätiges Potential, aber Sie haben mir noch nichts von ihm erzählt, was mir in dieser Hinsicht Anlaß zur Besorgnis gäbe.« Das erleichterte mich. Ich hatte einfach überreagiert. Zachary fuhr sich mit den Fingern durchs Haar; eine widerspenstige Locke fiel ihm in die Stirn. »Und noch etwas: Sie unterschätzen die Bedeutung der kleinen, alltäglichen Dinge.«

»Was meinen Sie damit?«

»Therapie ist wie das, was zwischen einer Mutter und ihrem Kleinkind vorgeht. Mittels des profanen Vorgangs des Windelwechselns, des Stillens, der guten Worte, die sie dem Kind vor dem Einschlafen gibt, wird etwas Magisches bewirkt: Ein Ich wird herangebildet. Wenn einem Kind diese Dinge vorenthalten werden, erleidet es einen Mangel und bekommt vielleicht einen Knacks mit. Genauso ist es in der Therapie. Diese Alltäglichkeiten sind oft genug genau das, wonach die Musik spielt.«

Darin gab ich ihm Recht. Ich bedankte mich für seine Hilfsbereitschaft und fragte ihn, ob ich ein paar Wochen später noch einmal vorbeischauen dürfte.

Zachary lächelte herzlich. »Aber selbstverständlich. Und Sarah – machen Sie sich nicht zu viel Kopfzerbrechen, weil dieser Mann Ihnen so zusetzt. Sie müssen immer offen für Ihre Patienten bleiben. Das ist wichtig. Sonst geht die Magie verloren. Den Patienten entgeht es nicht, wenn sie einen Therapeuten vor sich haben, der Distanz aufbaut; sie fühlen sich herabgesetzt und wehren sich, indem sie sich innerlich zurückziehen. Nur ein Narr würde einem Dieb all seine Schätze zeigen.«

Mit frischem Mut kehrte ich engagiert an meine Arbeit zurück, und bei all den Schwierigkeiten, die ich auch mit Nick haben mochte, konnte ich doch in den Fortschritten anderer Patientinnen und Patienten Bestätigung finden.

Luness füllte ihre folgenden Sitzungen mit intensiven Erörterungen über Nick. Bei den Diskussionen über ihn befand ich mich in gefährlichem Fahrwasser, aber es gelang mir, die Bedeutung, die diese Beziehung für sie hatte, eingehend zu untersuchen, ohne mich dabei auf Nick als Person beziehen zu müssen. Ich fragte sie allerdings, ob sie mit ihm über ihre Therapie gesprochen hatte. »Ja, darüber reden wir fast die ganze Zeit«, antwortete sie. »Er kann Sie wunderbar nachmachen.«

Das mißfiel mir außerordentlich, nicht nur, weil ich mir vorstellen konnte, wie sie beide zusammen über mich lachten, sondern weil ich wußte, daß Nick irgendwann das Interesse an Luness verlieren und er ihr dann wehtun würde.

In der Woche darauf kam mein depressiver Patient, William Swan, mit verheerenden Neuigkeiten zu mir: Seine Frau, Elizabeth, wollte ihn verlassen. »Sie ist 55 und ihr Liebhaber 31. Man sollte doch meinen, es müßte ihr peinlich sein vor den Kindern. Himmel, er ist gerade mal drei Jahre älter als unser Sohn!«

»Gab es Anlaß für Sie, mit so etwas zu rechnen?«

»Nein, ich bin völlig außer mir. Ich wußte zwar, daß sie sich für jüngere Männer interessiert, aber ich hätte nie gedacht, daß sie so weit gehen würde. Schließlich sind wir fast dreißig Jahre lang zusammen gewesen.«

»Für Sie hat eine Ehe Bestand zu haben, ganz gleich, ob sie funktioniert oder nicht?« fragte ich ihn gegen Ende der Sitzung.

»Das Motto meines Familienwappens lautet ›Nach unseren Taten sollt Ihr uns beurteilen‹. Anstand und Ehrgefühl sind das, was zählt.«

»Egal, wie man sich dabei fühlt?«

»Jawohl.«

Auf eine gewisse Weise war ich froh, daß Luness das Risiko einer Beziehung zu Nick wagte, auch wenn sie es später vielleicht bereuen würde, und ich schalt mich selber dafür, so ungeduldig mit William gewesen zu sein. Ich *wollte*, daß meine Patientinnen und Patienten auch mal etwas riskierten, weil ich wußte, wie leicht man sich an eine unschöne Lage gewöhnen und dann darin verhaftet bleiben konnte. Das hatte ich von meiner Mutter gelernt.

Als ich sieben Jahre alt war, erlitt meine Großmutter eine Reihe leichter Schlaganfälle und konnte nach und nach nicht mehr ohne häusliche Pflege leben. Der Bruder meiner Mutter lebte in Milwaukee, mein Großvater war tot, und Mom besaß nicht das Herz, Grandma in ein Pflegeheim zu stecken. Jeden Tag von zehn bis drei kaufte meine Mutter also ein, kochte für sie, machte die Wohnung ihrer Mutter sauber und versuchte dabei, die Demütigungen zu ignorieren, denen sie den ganzen Tag lang ausgesetzt war. Als ich ins frühe Teenageralter kam, hatte es meine schöne und intelligente Mutter mit sich so weit kommen lassen, daß sie sich völlig den Bedürfnissen ihrer eigenen Mutter unterworfen hatte, und ich haßte sie dafür, daß sie das zuließ. Es machte mich wahnsinnig, gegen Ende eines jeden Tages das Geräusch der Schritte meiner Mutter zu hören, die die Holztreppe zu unserer Hintertür hochgestapft kam. Ich ahnte, daß sie die Schultern wieder so weit hängen ließ, daß ihre Brüste beinahe ihren Bauch berührten; ich konnte schon ihr Seufzen hören, während sie nach ihrem Schlüssel suchte; ich wußte, daß sie auch an diesem Tag wieder zu viel gegessen haben würde, um ihren ganzen Verdruß zu kompensieren. Manchmal lauschte ich wuterfüllt dem Rascheln ihrer Einkaufstüten, aber ich stand nicht auf, um ihr die Tür zu öffnen. Oft war mir, als hätte schon das erste Blutgerinsel in Grandmas Gehirn die wenige menschliche Güte, die in ihr steckte, ausgemerzt. Ich haßte meine Mutter dafür, daß sie all diese Erniedrigungen hinnahm und ihr ganzes Leben opferte, und ich hatte furchtbare Angst vor der Möglichkeit, daß auch sie krank werden und mich vor das gleiche Dilemma stellen könnte.

Sie wollte, daß ich ihr die Wünsche von den Augen ablas, ihr abends einen heißen Kakao kochte zum Beispiel, oder mich mit ihr vor den Fernseher setzte oder mich gegen meinen Vater auf ihre Seite schlug. Ich habe sie ein ums andere Mal nur enttäuscht. Erst viel später ging mir auf, daß meine Bemühungen, die feinsten Nuancen im Seelenleben meiner Patienten aufzuspüren, Ersatzhandlungen für meine standhafte Weigerung waren, jene feinen Nuancen bei meiner Mutter auch nur zur

Kenntnis zu nehmen. Ich hatte es nicht über mich bringen können, ihr Leiden mitzuertragen; statt dessen versuchte ich nun, die Leiden aller anderen Menschen zu lindern.

Wie nicht anders zu erwarten gewesen war, verkündete Luness eines Tages unter Tränen, Nick hätte ihr den Laufpaß gegeben. »Er hat gesagt, wir würden nicht zueinander passen, aber der wahre Grund ist bestimmt, daß ich so dick bin. Ich sehe so abstoßend aus. Ich hasse mich selber.«

»Ich glaube eher, Sie hassen es, daß Ihnen die Entscheidung aus den Händen genommen worden ist. Aber darf ich Sie daran erinnern, daß Sie auch schon selber Vorbehalte gegen ihn hatten?« Und, fügte ich im Geiste noch hinzu, es ist auch besser, daß du ihn los bist.

Als ich ihn wiedersah, schwieg sich Nick weiterhin vollständig über Luness aus, also fragte ich ihn nach seiner Familie.

»Mein Vater bestand auf unbedingten Gehorsam«, sagte er. »Meine Ma und ich mußten ständig die Ohren gespitzt halten. Man konnte das Ansteigen der Spannung förmlich spüren, so wie wir das Geräusch seines Wagens vor dem Haus vernahmen. Ich hatte meine Hausaufgaben gemacht. Wenn er nicht getrunken hatte, konnten wir darauf hoffen, den Abend ohne einen Krach zu überstehen, aber man konnte sich nie sicher sein, ob er nicht doch plötzlich explodieren würde. Und meine Ma...«

Nick verfiel abrupt in Schweigen, und sein plötzlich veränderter Tonfall ließ mich sofort nachhaken: »Was war mit ihr?«

»Manchmal standen wir einander zu nahe ...«

Ich wartete, aber er fuhr nicht fort, und ein ganzes Feuerwerk von Möglichkeiten, was das alles zu bedeuten haben konnte, schwirrte mir durch den Kopf. Nach ein paar Minuten des Schweigens fragte ich: »Was meinen Sie mit *einander zu nahe stehen?*«

Er zupfte ein Kleenextuch aus dem Pappkarton auf dem Couchtisch und wischte sich damit die Stirn. »Ein andermal«, sagte er.

Vertrauen baut sich erst langsam auf, sagte ich mir, nachdem er gegangen war. Hab Geduld und beweise ihm, daß er dir vertrauen kann.

15

Als ich eines späten Abends im August zu Humberto kam, sagte er: »Übernächste Woche muß ich zu einer internationalen Gastronomenkonferenz nach Paris. Kommst du mit?«

»Ich würde ja nur zu gerne, aber ich kann doch nicht so kurzfristig verreisen!«

»Warum nicht?«

»Ich habe den Terminkalender auf Monate voll, und ich muß meine Patienten auf meine Abwesenheit vorbereiten. Über so etwas muß ich mindestens vier Wochen im voraus Bescheid wissen. Wie lange wirst du denn fort sein?«

»Eine Woche oder zehn Tage. Könnte sein, daß ich auf dem Rückweg in Miami einen Zwischenstop mache und meine Familie besuche.«

Und Marisombra? dachte ich. Der Gedanke an die Trennung versetzte mir einen stechenden Schmerz, obwohl ich es doch gewohnt war, allein zu sein, und auch nicht bereit, meinen Terminplan seinen Wünschen anzupassen. »Du wirst mir fehlen«, sagte ich nur.

»Ich rufe dich jeden Tag an. Und du wirst es genießen, wenn ich mal ein paar Tage weg bin. Dann hast du mehr Zeit, dich abends mit deinen Büchern zu beschäftigen.«

»Ich wünschte nur, die ganze Lektüre würde sich mehr auszahlen«, sagte ich.

»Wie meinst du das?«

»Ich habe einen Patienten, mit dem ich nicht so gut zurechtkomme, wie ich es gerne hätte.«

»Wenn er dir so viele Probleme macht, warum siehst du dann nicht zu, daß du ihn los wirst?«

»Was sollte das bringen? Mit einem anderen Therapeuten hätte er es auch nicht leichter.«

»Ja, aber *du* hättest es leichter.«

»Ich gebe doch nicht gleich auf, bloß weil ich irgendwo mal auf ein Problem stoße.«

Humberto nahm mich in den Arm. »Natürlich tust du das nicht. Deswegen bist du ja so gut. Aber ich wünschte mir doch, du könntest mit nach Paris kommen.«

»Ich auch. Laß es mich nächstes Mal beizeiten wissen.«

Ich bat Humberto, mir etwas zu den Fotos zu erzählen, die er überall aufgestellt und aufgehängt hatte. Als wir ins Gästebad kamen und ich auf die Fotografie zeigte, auf der er die Hand eines kleinen Jungen hielt, sagte er: »Das war mein Bruder. Er ist bei einem Badeunfall ums Leben gekommen.« Es war etwas Sonderbares in der Art, wie er das gesagt hatte, und ich sah ihn fragend an.

»Also gut, du möchtest die Geschichte hören.«

»Wenn du sie mir erzählen willst.«

Er nahm das Bild mit ins Wohnzimmer und fuhr mit dem Finger am Rahmen entlang, während er sprach. »Ich war zehn Jahre alt, und er war sechs. Wir machten Kopfsprünge von ein paar Felsen in den Fluß, der durch unsere Plantage führte. Ich wollte angeben, indem ich von den allerhöchsten Stellen sprang, und er wollte beweisen, daß er genauso gut war wie ich. Ich schrie ihm zu, er solle unten bleiben, aber er ist trotzdem ganz nach oben geklettert. Als er gerade zum Sprung ansetzte, rutschte er ab, und als er in den Fluß stürzte, schlug er mit dem Kopf gegen einen spitzen Steinbrocken am Ufer. Ich bin so schnell ich konnte zu ihm geschwommen und habe ihn auf den Sand gezogen, aber er war bereits tot.«

»Oh, wie furchtbar.«

»Ich habe über seinem toten Körper geweint und geweint, bis wir ihn begraben hatten. Und natürlich bin ich den Unfall in Gedanken tausendmal durchgegangen. Ich hätte schärfer darauf bestehen können, daß er nicht dort hinaufklettert; ich hätte ihn nicht aufziehen sollen oder mich damit brüsten, daß ich der bessere Taucher wäre. Ich glaubte, Gott hätte mich für meinen Hochmut bestraft, denn ich war wirklich sehr stolz darauf, wie gut ich schwimmen und reiten und Fußball spielen konnte.«

»Aber irgendwann kam der Moment, als du dir gesagt hast, daß es nicht allein deine Schuld gewesen sein kann?«

»Nach und nach, ja. Es machte die Sache nicht leichter, daß er das jüngste Kind meiner Mutter war. Vielleicht ist das der Grund dafür, daß *ich* mich mehr verpflichtet fühle als sonst jemand in unserer Familie. Mein Vater versuchte, mir zu helfen. Er fuhr mit mir nach Argentinien, damit ich dort seine Vollblüter beim Rennen sehen konnte. Aber nachdem Carlos gestorben war, nahm ich seinen Platz als Jüngster der Familie ein, und auch das hat mir Schuldgefühle bereitet – ich glaubte, mir würde Liebe zuteil, die für Carlos bestimmt gewesen war und die ich nicht verdient hatte. Vielleicht mußte ich deswegen von zu Hause weg.«

»Du weißt, daß du vor so etwas nicht einfach davonlaufen kannst.«

»Nein, wahrscheinlich nicht. Aber wenn ich je einen Sohn habe, würde ich ihn gerne Carlos nennen.«

Ich nahm Humbertos Hand und hielt sie fest, aber ich mußte dabei daran denken, was ich über Familientherapie gelernt hatte, daß nämlich ein Kind, das den Namen eines Verwandten erhält oder seine physischen Charakteristika erbt, oft als diese bewußte Person wahrgenommen wird, was das Kind daran hindert, eine eigene Individualität zu entwickeln.

In dieser Woche begann ich meine Radiosendung wegen Humbertos bevorstehender Abreise in etwas gedrückter Stimmung. Den Anfang machte eine Frau, die nach der Geburt ihres ersten Kindes über hundert Pfund zugelegt hatte, und ich unterhielt mich mit ihr darüber, wie sie sich in ihre neue Rolle als Mutter hineinfinden könnte. Während des Werbeblocks wollte ich mich beim Westwood Hospital nach dem Befinden meiner anorektischen Patientin erkundigen, aber die Frau am Empfang ließ mich wissen, daß Schwester Linda Morrison sich krankgemeldet hatte. Ich rief sie zu Hause an, und sie klang furchtbar, ihre Stimme war praktisch weg. Sie hatte eine schwere Bronchitis.

»Brauchst du irgendwas?« fragte ich.

»Nein, nein«, sagte sie und brach in heftiges Husten aus.

»Wer kümmert sich denn jetzt um Jeremy?« Linda war geschieden und sorgte ganz alleine für ihren Unterhalt und den ihres vierjährigen Sohnes.

»Ich. Und ich habe einfach nicht die Kraft, dauernd hinter ihm herzurennen. Seit drei Tagen ist er schon nicht mehr in der Wanne gewesen.«

»Ich komme zu euch rüber. Soll ich noch etwas mitbringen außer Seife und Saft?«

»Würdest du das wirklich tun? Ich weiß doch, wieviel du um die Ohren hast. Und ich möchte nicht, daß du auch noch krank wirst.«

»Ich werde nie krank. Sag mir nur, was du brauchst.«

»Ich brauche einen Luftbefeuchter.«

»Ich bin so gegen halb acht bei euch.«

Ich rief Humberto an, um unsere Pläne für den Abend abzusagen, lud im Supermarkt den Wagen mit Lebensmitteln voll und fuhr dann noch bei *Thrifty's* vorbei, um den Luftbefeuchter zu besorgen. Wenn ich nicht wegen Paris so enttäuscht gewesen wäre, hätte ich meine Verabredung für den Abend vielleicht gar nicht umgeworfen, aber ich war Linda so und so einen Gefallen schuldig. Lindas Haus lag an einem der Kanäle im Stadtteil Venice. »Hi, Schätzchen«, begrüßte sie mich, als sie mir aufmachte. Ihre schöne Haut war voller roter Flecken von dem Fieber, und ihr blondes Haar klebte ihr am Kopf. Jeremy hatte ihre Pyjamahose umklammert und versteckte das Gesicht darin.

Ich beugte mich zu ihm hinunter und streckte ihm die Arme entgegen. »Komm her, Jer. Laß dich mal drücken.« Er streckte verlegen die Hand aus, und ich schüttelte sie. Sie war ganz klebrig und schmutzig und ein wenig kühl. »Lin, sieh zu, daß du wieder ins Bett kommst. Ich bringe den Luftbefeuchter in deinem Zimmer an und mache Jeremy dann ein Bad.« Linda zog sich gehorsam ins Bett zurück. Ihr Abfallkorb war voller gebrauchter Papiertaschentücher, und auf ihrem Nachttisch standen jede Menge Gläser mit irgendwelchen Flüssigkeiten darin.

Ich sammelte die Gläser ein, brachte den Abfall hinaus, machte ihr etwas Hühnersuppe heiß und blieb dann eine Weile bei ihr im Zimmer sitzen, um mit ihr über die Leute im Krankenhaus zu schwatzen.

»Mom«, rief Jeremy und kam aus dem Nebenzimmer hereingetrottet. »Kannst du das mal zusammenmachen?« Er hielt zwei Hälften eines bereits zerlaufenen Eiscremeriegels hoch, und sein Gesicht und Haar waren mit Schokolade beschmiert.

»Ach Jeremy«, stöhnte Linda, »leg es doch in eine Schüssel.«

»Ich helfe ihm«, sagte ich und war schon aufgesprungen. Ich wischte ihm die klebrigen Finger und das Gesicht mit einem Schwamm ab, tat seinen Leckerbissen in eine Schale und setzte ihn mitsamt einem Löffel an den Küchentisch. »Und wenn du aufgegessen hast, stecke ich dich in die Badewanne.«

Es war so süß, wie er in der Wanne spielte. Wasserpistolen, Gummisoldaten, Motorboote. Er konnte sich schon selber die Haare waschen und ausspülen. Wir machten Seeschlachten, bis ich selber klitschnaß war, und danach rubbelte ich ihn ab und trocknete ihm das Haar. Frisch gewaschen schlupfte er in seinen Pyjama mit Teddyfüßchen, und wir gingen zurück in Lindas Zimmer, um ihr sein sauberes Gesicht vorzuführen.

»Wenn ich so einen wie ihn kriegen könnte, würde ich auch ein Kind haben wollen«, bemerkte ich.

Linda nieste. »Mit den ganzen Typen, die hinter dir her sind, dürfte das kein Problem sein.«

Sie drückte Jeremy an sich und sagte ihm, wie stolz sie auf ihn wäre. »Jetzt sag Tante Sarah gute Nacht.«

Ich beugte mich zu ihm hinunter, um ihm ein Küßchen zu geben. »Gute Nacht, Kleiner. Ich wünschte, ich hätte auch so einen Pyjama wie du.«

»Mommy kauft dir einen.«

»Hoffentlich auch mit solchen Füßen.«

Linda lachte. »Aha, die Heilerin der menschlichen Seele wünscht sich einen Pyjama mit Teddyfüßchen?«

»Nur so zum Spaß«, sagte ich und stand auf, um zu gehen.

»Sarah, du bist ein Engel. Tausend Dank.«

Ich drückte ihre Hand. »Ist schon gut. Nimm schön deine Tropfen, und dann schlaf dich tüchtig aus. Ich rufe dich bald an.«

Zu Hause fand ich ein braunes Paket von UPS auf dem Türabsatz vor, und darin steckte ein Geschenk von meiner Mutter: eine dreißig Zentimeter hohe Glaspyramide. Wildblumen aus Oregon, wie ich sie als Kind so gerne gepflückt hatte, waren in geriffeltes Glas gepreßt, wodurch die Pflänzchen stark vergrößert und ihre Farben noch vertieft wirkten. Ich rief gleich an, um mich zu bedanken. »Sie ist wunderschön, Mom. Was für eine Überraschung.«

»Ich dachte mir, daß sie dir gefallen wird. Etwas, was dich an zu Hause erinnert, weißt du.« Selbst aus den harmlosesten Dingen, die sie sagte, hörte ich noch heraus, wie sehr sie sich wünschte, ich würde zurückkommen. »Wie geht es dir?« fügte sie hinzu.

»Wunderbar. Großartig.« Ich wagte den Sprung ins kalte Wasser und berichtete ihr von Humberto.

»Hört sich an, als wäre er sehr erfolgreich«, sagte sie mit Genugtuung.

»Sein Restaurant wird zu den fünf besten Häusern der Stadt gezählt, und du weißt ja, wie viele Lokale wir hier haben.«

»Wollt Ihr beide nicht zum Thanksgiving oder zu Weihnachten zu uns kommen?«

»Ich weiß nicht, ob ich schon so weit bin.«

»Ist es dir peinlich, ihn hierher mitzubringen?«

»Natürlich nicht! Wieso sollte es mir denn peinlich sein?«

»Ja, weil seine Familie doch so vermögend ist und so.«

»Mom! Bitte! So einer ist er nicht. Denkst du, ich würde mit so jemandem zusammen sein wollen?« Da waren wir wieder mittendrin, und ich war erleichtert, als ich auflegen konnte. Einem Besuch bei meinen Eltern sah ich mit sehr gemischten Gefühlen entgegen.

Ich hatte Kopfschmerzen, streckte mich auf meinem Bett aus und ließ den Blick durchs Zimmer schweifen. Ein prächtiges Bouquet aus rosa Rosen stand auf meiner Frisierkommode, das allwöchentliche Präsent von Humberto. Diverse Baseballmützen aus der Sammlung meines Vaters hingen an der Innenseite der Tür. Aus einem silbernen Rahmen lächelte mich ein Foto von Val an, das wir bei unserer Reise nach Maui im letzten Jahr aufgenommen hatten. Ich fragte mich, ob ich wohl je ein Kind bekommen würde.

In dieser Nacht träumte ich, ich würde ein Baby in meinen Armen tragen. Ich kaufte gerade in einem ganz sonderbaren Laden ein, der vollgestopft mit Lebensmitteln war, die man alle nicht essen konnte: Plastikfleisch, Metallkarotten, gefrorene Milch. Ich war in Tränen aufgelöst, mein Baby schrie, es war am Verhungern, und ich konnte es nicht füttern. Als ich das Geschäft verlassen hatte, schnallte ich das Baby im Auto an und fuhr davon, fest entschlossen, es nicht wieder herzugeben, aber völlig im unklaren darüber, wie ich es am Leben und gesund erhalten sollte.

16

Als ich Humberto zum Flughafen brachte, fragte er: »Bist du traurig?« und ich nickte.

Er nahm mich in den Arm und flüsterte zum erstenmal: »Ich liebe dich.« »Ich liebe dich auch«, sagte ich, und das machte das Abschiednehmen leichter. Ich drückte ihn ganz fest an mich und sah ihm dann nach, wie er den Gang hinunter verschwand. Danach kehrte ich in mein eigenes Leben zurück.

Ich setzte meine Bemühungen fort, Nick die Gefühle zu entlocken, die er für mich empfinden mochte. Er seinerseits machte eine Andeutung, ich würde Gedanken, die ich mir besser nicht machen sollte, vor ihm verheimlichen. Anschließend erging er sich ohne Übergang in der Schilderung eines nachmittäglichen Stelldicheins mit der Ehefrau eines seiner Partner aus der Kanzlei. Er ließ kein Detail ihres Intimverkehrs aus und beschrieb seine sexuellen Praktiken so explizit, daß auch ich nicht umhin konnte, eine Erregung zu verspüren.

Als Nick geendet hatte, sagte ich: »Haben Sie möglicherweise gehofft, ich würde Ihnen gewisse Gefühle, die ich besser nicht haben sollte, anvertrauen, wenn Sie mir von diesem Nachmittag erzählen?«

Seine Züge verfinsterten sich gereizt. »Kann sein. Wahrscheinlich empfinde ich eine Art sadistisches Vergnügen dabei, Sie zu erregen, und Sie können nichts dagegen tun.«

»Apropos verbotene Gefühle – was fällt Ihnen dabei ein?« Und *wie* sadistisch bist du, dachte ich.

Nick sagte eine ganze Zeitlang gar nichts. Die Schatten im Raum wurden länger, und ich hörte das Seufzen, mit dem sich die Klimaanlage für die Nacht ausschaltete. »Ich war gerade fünf, als Ma zu uns gezogen ist...« Seine Stimme klang jetzt wieder so verändert, so distanziert und leise. »Sie war nicht eigentlich schön, aber sie hatte so wundervolles, langes Haar. Und sie trug immer tief ausgeschnittene Oberteile, so daß ich die Stelle sehen konnte, wo ihre Brüste zusammentrafen. Manchmal, wenn sie nicht zu Hause war, habe ich ihre Wäscheschublade aufgemacht und mit ihren Höschen meine Wange berührt.«

Ich dankte ihm innerlich für diesen Ansatz einer Erklärung. »Also möchten Sie bei mir jetzt den Spieß umdrehen: mich erregen, weil Sie wissen, daß es mir nicht gestattet ist, mich von Ihnen erregen zu lassen?«

»Ja.«

»Und hatten Sie bei solchen Gefühlen früher die Empfindung, es wäre etwas Unrechtes dabei?«

»Möglich. Mit dem Älterwerden bin ich dann richtig scharf auf sie geworden und habe mich geschämt dabei. Von da an habe ich den Gedanken, eine Frau ganz heftig zu begehren, zu hassen angefangen.«

Das war es also. In dieser einen, einzigen Sitzung waren wir einen Riesenschritt vorangekommen. Nick warf einen Blick auf die Uhr, stemmte sich von der Couch hoch und warf mir wieder diesen gewissen tiefen Blick zu. Wenigstens fuhr er sich diesmal nicht mit der Zunge über die Lippen, bevor er ging.

Ich schloß hinter ihm die Praxis ab und fühlte mich plötzlich hundemüde. Ich wollte mich noch ein paar Minuten hinlegen, ehe ich mich auf die Heimfahrt machte. Ich löschte alle Lichter, ließ die Jalousien herunter und zog den Telefonstecker aus der Wand. Nur das rote Lämpchen des Anrufbeantworters glimmte in der Dunkelheit noch weiter. Ich setzte mich auf die Couch, streifte die Schuhe ab und streckte mich an der Stelle aus, wo keine fünf Minuten zuvor noch Nick gesessen hatte. Von dem Bezug ging immer noch frischer Seifenduft aus. Wahrscheinlich wusch er sich sehr oft die Hände. Ich schloß die Augen und entspannte mich, wollte mich einfach davonschweben lassen und alles vergessen, was ich den Tag über gehört hatte. Schon begann mir Humberto zu fehlen.

Ich rollte mich auf die Seite und spürte die Rundungen im Polster der Couch, die Nick noch vor wenigen Minuten berührt hatten. Ich vergrub mein Gesicht in der Couchlehne und sog seinen Geruch ein.

Zwei Stunden später wachte ich auf und wußte überhaupt nicht, wo ich mich befand. Es war dunkel in meinem Büro; nur die Leuchtziffern der Uhr zeigten an, daß es schon nach neun war. Als ich mich aufsetzte, wurde mir schwindelig, und ich schaltete eine Lampe ein, um erst mal einen klaren Kopf zu bekommen. Ich hatte Schmerzen im Hals, und mein Gesicht fühlte sich ganz heiß an.

Als ich endlich zu Hause ankam, wußte ich, daß es mich fürchterlich erwischt hatte. Ich schaffte es gerade noch rechtzeitig ins Bad, bevor ich mich erbrechen mußte. Mir tat jeder einzelne Knochen im Leibe weh. Zitternd wankte ich in die Küche, um Frank zu füttern, und schon mußte ich zurück auf die Toilette. Danach fühlte ich mich zu sterbenselend, um mich überhaupt noch zu bewegen, und streckte mich einfach auf der Badematte aus. Nach einer gewissen Zeit kam Frank, beschnüffelte mich und winselte. Ich zitterte wie Espenlaub. Ich wickelte mich in ein Badelaken und legte mich mitsamt meinen Kleidern ins Bett. Ich fühlte mich nicht nur elend, ich war auch deprimiert. Als ich darüber nachdachte, fiel mir wieder ein, daß ich schon am Tag zuvor einen leichten Schmerz im Hals verspürt und versucht hatte, ihn mit Vitaminen und Apfelsaft wegzukriegen. Es war ausgeschlossen, daß ich am nächsten Tag würde arbeiten können, also mußte ich mich aus dem Bett winden und nach meinem Terminkalender suchen, damit ich überall anrufen und meine Termine absagen konnte.

Danach telefonierte ich mit Val. »Du hörst dich ja schrecklich an«, sagte sie. »Brauchst du irgendwas?«

»Ich habe jede Menge Saft im Haus und möchte auch nicht, daß du rüberkommst und dir auch noch was wegholst, aber könntest du dich um meine Notfälle kümmern? Ich kann nicht mehr klar denken.«

»Aber selbstverständlich. Rufe deinen Auftragsdienst an und sage ihnen Bescheid. Hast du's schon mit Antibiotika versucht?«

»Nein, es ist ein ganz normaler Virus. Ich habe ihn mir aufgehalst, als ich Linda Morrison besucht habe. Ich muß nur im Bett bleiben und viel Saft trinken.«

»Aber wenn du keine Flüssigkeit bei dir behalten kannst, wäre es vielleicht besser, du gehst zum Arzt.«

»Ich komme schon klar. Ruf mich einfach morgen an.« Ich haßte es, krank zu sein.

»Wenn es schlimmer wird mit dir, weil du nicht richtig auf dich aufpaßt, werde ich aber wirklich böse.«

»Ich verspreche, mich mit Hühnerbrühe vollzupumpen.«

Wir sagten uns gute Nacht, und ich versuchte, noch etwas Saft und Mineralwasser zu trinken, aber ich hatte es kaum geschluckt, als ich schon wieder ins Bad stürzen mußte. Ich hatte über 39 Grad Fieber und furchtbare Magenkrämpfe.

Kurze Zeit später läutete das Telefon und ich hörte Humbertos Stimme auf dem Anrufbeantworter. »Bist du ausgegangen und bezauberst gerade irgendeinen Glückspilz? Oder sitzt du in der Badewanne und liest deine Bücher? Ich habe heute ein paar drollige französische Redensarten gelernt. *Quelle salade* bedeutet ›Was für ein verdammter Haufen Lügen‹, und wenn man lispelt, heißt das *un cheveu sur la langue*

– ein Haar auf der Zunge. Ich rufe später noch mal an, Schatz.« Ich war unfähig, zum Telefon zu laufen, und außerdem wolle ich sowieso nicht, daß er erfuhr, daß ich krank war.

Es war mir zuwider, jemanden zu brauchen, der sich um mich kümmerte. Ich wußte noch, wie es war, wenn ich als Kind ins Bett gesteckt wurde, meine Mutter mich mit Alkohol abrieb, mir vorlas und mir durchs Haar strich. Selbst in solchen Augenblicken spürte ich, daß sie eine gewisse Befriedigung dabei empfand, mich so festgenagelt zu haben, und wenn ich mal wieder krank wurde, versuchte ich immer, es zu verheimlichen, bis es einfach nicht mehr zu verheimlichen war.

Ich sank in einen fiebernden Schlaf, aus dem ich um sieben in der Frühe mit entsetzlichen Halsschmerzen und einer verstopften Nase erwachte. Auch meine Magenschmerzen hatten noch nicht nachgelassen. Von der Apotheke ließ ich mir Tylenol für meinen Magen und ein Nasenspray ins Haus bringen. Ich nahm erst einmal meine Medikamente, trank einen Viertelliter Wasser und zog alle Telefonstecker aus der Wand, um ungestört schlafen zu können. Am Morgen darauf ging es meinem Magen schon besser, aber die Erkältung hatte sich auf meine ganze Brust ausgedehnt. Weil ich nicht wollte, daß Humberto sich Sorgen um mich machte, versuchte ich, ihn anzurufen, aber ich kann ja kein Französisch und hatte Probleme, ihm eine Nachricht zu hinterlassen. Als er an diesem Abend wieder anrief, ging ich ans Telefon.

»Wo hast du gesteckt?« Er klang verstimmt. »Ich habe tagelang versucht, dich anzurufen.«

»Es tut mir so leid, aber ich bin krank. Ich hatte das Telefon abgestellt.«

Als er mitbekam, wie ich mich anhörte, verflog sein Ärger sofort. »Soll ich zurückfliegen und zu dir kommen?«

»Bloß nicht. Bleib bei deinem Kongreß. Ich werde schon wieder.«

»Ich kann's nicht glauben. Das erste Mal, daß du mich wirklich brauchst, und ich bin am anderen Ende der Welt.«

»Es *wird* schon wieder. Ich muß einfach nur im Bett bleiben.«

»Ich rufe dich am Abend wieder an, Liebes. Du fehlst mir.«

Val machte ein paar Besorgungen für mich – holte meine Post aus der Praxis, brachte mir etwas zu essen und Nachschub an Kleenex –, und ich sagte alle Termine für den Rest der Woche ab. Sowie ich Vals Wagen vom Haus wegfahren hörte, kam ich mir ganz einsam und verlassen vor. Zu meiner Überraschung wünschte ich mir plötzlich, meine Mutter würde mir die Stirn küssen und mir auf ihrem Tablett mein Essen bringen, die Gemüsesuppe in der Porzellanschale, mit einem silbernen Löffel und einer Minivase frischer Blüten aus ihrem Garten. Ich dachte daran, Humberto zurückzurufen, aber wenn ich schon für meine Bedürftigkeit geliebt werden wollte – warum in die Ferne schweifen?

»Liebling, du hörst dich ja scheußlich an!« begrüßte sie mich, aber der tiefbesorgte Klang ihrer Stimme wurde sogleich wieder vorwurfsvoll. »Warum paßt du nicht besser auf dich auf? Du arbeitest ja auch viel zu viel, und das bloß, um dir deinen flotten Lebensstil leisten zu können.«

Meine Augen füllten sich mit Tränen. Warum mischte sich immer diese Animosität in ihre Liebe? »Es ist doch bloß eine Erkältung«, sagte ich.

»Ich wünschte, ich wäre bei dir, damit ich mich um dich kümmern kann.«

»Ich auch«, sagte ich, aber es stimmte schon gar nicht mehr. »Ehrlich, Mom. Mir geht's schon wieder besser. Es ist nur ein kleiner Virus.«

Ich erfuhr, daß der Laden gut lief, daß die Katze ihrer Nachbarin unter ein Auto gekommen und daß mein Dad mit seiner arthritischen Schulter in Physiotherapie war. Es tat mir wohl, den Klang ihrer Stimme zu hören und zu wissen, daß sie mich, trotz all ihrer Fehler, doch liebte und für mich da war.

Später dann machte ich mir eine Suppe heiß und aß sie am Küchentisch direkt aus dem Kochtopf. Plötzlich fiel mein Blick auf das Porzellanservice meiner Mutter, das wohlbehütet hinter den Bleiglasscheiben meines hölzernen Küchenschrankes ruhte. Eine Woche nach meinem Einzug in dieses Haus war ein großes Paket aus Bandon angekommen. Ich hatte gar nicht erwarten können, es aufzureißen, denn ich stellte mir vor, darin Kaminutensilien oder Werkzeuge für den Garten vorzufinden, Dinge, von denen ich hatte verlauten lassen, daß ich sie noch benötigte. Als ich dann die erste Schüssel aus der Kunststoffolie ausgewickelt hatte, ließ ich mich rückwärts auf einen Küchenstuhl fallen und starrte sie lange Zeit nur an.

Das Service kam aus England, zartes weißes Knochenporzellan mit einem Muster aus kleinen roten Blumen und einem Goldrand. Meine Mutter hatte es sich ein Stück ums andere von ihrem Haushaltsgeld zusammengespart. An Geburtstagen, zu Weihnachten, zu Ostern und zu Thanksgiving hatte meine Mutter stets den Tisch mit ihrem geliebten Porzellangeschirr gedeckt und es nach dem Essen dann höchstpersönlich von Hand abgewaschen.

Es war ein herrliches Geschenk, und ich fühlte mich zutiefst gerührt, aber gleichzeitig machte es mir ein schlechtes Gewissen, den wertvollsten Besitz meiner Mutter als Geschenk anzunehmen, und außerdem machte meine Mutter solche Geschenke nie ohne Hintergedanken. Sie erwartete nun, bald von mir zu einem ausgedehnten Besuch eingeladen zu werden, bei dem ich eine Dinnerparty zu ihren Ehren geben und das Abendessen auf ihrem Porzellan servieren würde.

Ich stellte mich auf einen Stuhl und nahm einen der Teller aus dem Küchenschrank heraus. Dann ließ ich mich auf dem Stuhl nieder und hielt den Teller in der Hand. Er fühlte sich ganz warm an, als ich mit meinen Fingern darüberfuhr. Es sollte sich eigentlich kalt anfühlen, dachte ich, aber das tat es nicht. Knochenporzellan, aus Aschenknochen gemacht. Aber wessen Knochen waren das gewesen? Die von Tieren? Oder von Menschen? Hübsch war es ja, dieses Porzellan, das Porzellan meiner Mutter. Ich stand abrupt auf und tat den Teller an seinen Platz zurück. In den zwei Jahren, seit ich es bekommen hatte, war es nicht ein einziges Mal benutzt worden.

Auf meinem Bett ausgestreckt begann ich über meine jüngste Sitzung mit Nick und über das, was er mir über seine Stiefmutter erzählt hatte, nachzusinnen. Warum hatte sie ihn und seinen Vater verlassen und sich nie wieder bei ihnen gemeldet? Was verschwieg er mir über sie? Und, was verschweigen betraf, wie verhielt es sich in dieser Hinsicht mit seinem Vater und seiner leiblichen Mutter? Aus welchem Grund hatte sie sich das Leben genommen?

Am Nachmittag darauf läutete es an der Tür, und ein Bote überbrachte mir eine kobaltblaue Vase voller herrlicher roter Chrysanthemen. In der Annahme, sie kämen von Humberto, quittierte ich freudig den Empfang, stellte sie auf den Eßtisch und schlug die beigefügte Grußkarte auf. »Ich hoffe, es hat nichts damit zu tun, was ich gesagt habe. Gute Besserung, Nick.« Völlig verwirrt ließ ich die Karte einfach auf den Tisch fallen. Er wußte also, wo ich wohnte. Er hatte 100 Dollar für mich springen lassen. Wie sollte ich damit umgehen? Nachdem ich eine Weile von einem Zimmer ins andere gelaufen war, suchte ich ein paar Artikel über Grenzfälle der therapeutischen Arbeit, die ich aufbewahrt hatte, heraus, legte mich wieder ins Bett und rief Zachary an.

»Ich beginne mir langsam Sorgen zu machen«, sagte ich. »Ich möchte ihn nicht vor den Kopf stoßen, aber ich habe das Gefühl, ich sollte ihn anrufen und ihm sagen, daß ich keine so teuren Geschenke von Patienten annehme.«

Zachary gab mir recht. »Ich würde auch betonen, daß er keinen Kontakt mit Ihnen unter Ihrer Privatanschrift suchen soll. Wenn er mit Ihnen sprechen möchte, soll er sich an Ihren Auftragsdienst wenden.«

»Glauben Sie, er kennt auch meine Telefonnummer?«

»Wenn er Ihre Adresse herausbekommen hat, liegt es nahe, daß er auch Ihre Nummer hat, und das wahrscheinlich schon von Anfang an, aber das muß nicht unbedingt bedeuten, daß er Mißbrauch damit betreiben wird. Über die Jahre sind eine ganze Reihe Patienten in den Besitz meiner Privatanschrift und meiner privaten Telefonnummer gelangt. Wichtig ist es nur, ihn endlich mal deutlich auf seine Aufdringlichkeit anzusprechen, und nun ist die beste Gelegenheit dazu.«

»Danke.« Ich verabredete mit ihm, daß wir uns in zwei Wochen sehen wollten.

Als ich Nick anrief, freute er sich zunächst, von mir zu hören, bis er erfuhr, was ich ihm zu sagen hatte. Dann konterte er: »Ich tue etwas Nettes für Sie, und Sie meckern mich dafür noch an.«

»Ich möchte, daß Sie die Grenzen unserer Beziehung respektieren.«

»Immer langsam, Frau Doktor. Sie sind schließlich krank. Ich wollte Ihnen nur eine Freude machen.« Und schon hatte er abrupt aufgelegt. Ich hatte zwar das Richtige getan, aber ich machte mir doch Sorgen, damit die zerbrechliche Balance zwischen uns aus dem Lot gebracht zu haben.

Am gleichen Abend wachte ich benommen davon auf, daß Frank an der Haustür bellte. Ich schoß im Bett hoch, mein Herz schlug wie wild, aber dann hörte ich Humberto sagen: »Aus. Runter mit dir.« Einen Augenblick später stand er in meinem Schlafzimmer.

»Was machst du denn hier?« krächzte ich.

»Ich bin von der Konferenz abgehauen. Ich wollte zu dir, um für dich da zu sein.«

»Oh, Schatz, wie lieb von dir.«

»Hast du heute überhaupt schon etwas zu dir genommen?«

»Ein Glas Apfelsaft und zwei Scheiben Toast.«

Er trat sofort in Aktion, und eine Stunde später saß ich vor einem superben Champignonomelett auf Blattspinat. Dann fragte Humberto: »Wer ist mein Konkurrent?«

»Du hast keinen Konkurrenten.«

»Und wer ist Nick?«

Ich machte eine wegwerfende Handbewegung. »Ein nerviger Patient, der versucht, sich nicht an die Regeln zu halten. Glaub' mir, es hat nichts zu bedeuten.«

»Schön. Dann wollen wir die Blumen gleich mal in den Müll werfen.«

»Ich sehe keinen Grund, sie gleich wegzuwerfen. Sie sind schön, und ich habe ihm schon gesagt, daß er das nicht noch einmal machen soll.«

»Ich mag sie nicht. Okay?«

»Gut, dann wirf sie weg.« Schon wünschte ich mir, er wäre nicht zurückgekommen.

Während Humberto in der Küche saubermachte, lag ich im Bett und zappte gelangweilt von einem Fernsehkanal zum nächsten. Ich stellte mir vor, wie es wäre, ihn zu heiraten und dann eifersüchtige Streitereien mit ihm zu führen. Oder Kinder mit ihm zu haben und uns dann über ihre Erziehung in die Haare zu kriegen.

In dieser Nacht konnte ich nicht im Liegen schlafen, weil ich Schwierigkeiten mit dem Atmen hatte. Am Morgen ließ mir mein Arzt durch die Apotheke Medikamente schicken, und als ich die Tüte in den Abfalleimer warf, erblickte ich am Boden der Tonne noch ein paar rote Blüten. Sie waren immer noch voll und kräftig, und mich durchfuhr eine kurze Woge der Traurigkeit. Armer Nick. Er hatte eine solche Scheu davor, die Hand nach einem anderen Menschen auszustrecken, daß ihm keine andere Wahl blieb, als Blumen zu verschicken.

Ich überließ mich ganz und gar Humbertos Fürsorge. Er kochte für mich, brachte mir Videos mit, wechselte mir die Bettwäsche, massierte meine Füße. Es war wundervoll, sich wie ein kleines Kind umsorgen zu lassen, aber es gefiel mir nicht, mir so hilflos vorzukommen, und ich konnte es nicht erwarten, wieder in meinen gewohnten Tagesablauf zurückkehren zu können. Humberto sagte, es gefiele ihm, mich so ganz für sich selbst zu haben, ohne daß ich plötzlich aufstehen und zur Tür hinausrennen konnte. Als ich so weit genesen war, um wieder in meine Praxis gehen zu können, war ich nicht bloß froh, wieder gesund zu sein, sondern auch glücklich darüber, meine Freiheit wiedererlangt zu haben.

17

Nick begrüßte mich höflich, sagte aber nach einigem einleitenden Geplauder: »Ich überlege mir, ob ich die Therapie nicht abbrechen sollte. Nicht, daß Sie jetzt beleidigt sind, aber ich glaube nicht, daß sie mir viel bringt.«

»Hat es damit zu tun, daß ich Ihnen gesagt habe, sie sollen mir keine Geschenke machen oder versuchen, bei mir zu Hause Verbindung mit mir aufzunehmen?«

»Das kam auch noch dazu. Ich bin mir vorgekommen wie ein kleiner Junge, der einen Klaps auf die Hand bekommt, wo er doch nur versucht, lieb zu sein.«

»Wie sind Sie an meine Adresse gekommen?«

»Ach, die hatte ich gleich von Anfang an. Unsere Kanzlei bezieht

Adressen von kommerziellen Datenbanken wie Information America, Assets oder Skip Tracer. Binnen weniger Stunden können wir jeden in den Vereinigten Staaten ausfindig machen, und auch alles, was wir über die betreffende Person zu erfahren wünschen.«

Wie entsetzlich, dachte ich. »Wirklich *alles*?«

»So etwa. Bankauskünfte, Vermögenswerte, zurückliegende Rechtsstreitigkeiten, Pfändungsbescheide, auch wer mit wem wann verheiratet war.« Er mußte lachen. »Gucken Sie mich doch nicht so schockiert an! Wissen Sie nicht, daß in beinahe jedem öffentlichen Gebäude Überwachungskameras auf Sie gerichtet sind? Daß es irgendwo eine Datenbank mit Ihrem Gesicht und Ihrer Körpergröße und Ihren Einkommensverhältnissen und der Anzahl Ihrer Kinder gibt?«

»Also wissen Sie all diese Dinge über mich?« Es war mir zuwider, daß nicht bloß Nick – ohne mein Einverständnis – all diese Kenntnisse über meine Person besaß, sondern daß auch meine anderen Privatpatienten, die Hörer meiner Radiosendung und jeder, den ich im Krankenhaus behandelte, ebenfalls Zugang zu diesen Informationen hatten. Wie angreifbar man doch war.

»Die Datenschutzgesetze in diesem Land sind absolut lächerlich«, sagte Nick. »Ich stelle alle naslang Persönlichkeitsprofile über Leute zusammen.«

»Und in diesem Falle ohne meine Zustimmung.« Ich war stinkwütend über diese Verletzung meiner Privatsphäre und zutiefst schockiert, erfahren zu müssen, daß so etwas in Anwaltsfirmen tägliche Routine war.

»Ich bin davon ausgegangen, daß Sie darüber Bescheid wüßten. Habe ich mich nicht gleich über Ihren Geburtsort und die Schulen, die Sie besucht haben, informiert, als wir uns zum erstenmal begegnet sind?«

»Schon, aber ich wußte nicht, daß Sie sich so eingehend mit meinem Leben beschäftigt haben. Sind Sie nicht auf die Idee gekommen, ich könnte das zudringlich finden?«

»Wieso sollte ich mich nicht über Sie ins Bild setzen? Über jemanden, dem ich alles über mich anzuvertrauen im Begriff war?«

»*Sie* haben mir aber nicht alles über sich anvertraut.«

Einen Augenblick lang wirkte er, als hätte ich ihn ein wenig aus der Fassung gebracht, aber dann entspannten sich seine Gesichtszüge rasch wieder. »Ach, Sie meinen Luness. Ich hatte mir gedacht, daß sie Ihnen schon von selber alles erzählen würde.«

»Es geht nicht nur um Luness. Es gibt eine ganze Menge über Sie selbst, womit Sie nicht herausrücken wollen.«

Er srpang von der Couch auf und begann, vor mir hin- und herzulaufen. »Das ist alles irrelevant. Ich entschuldige mich dafür, ein Persönlichkeitsprofil von Ihnen erstellt zu haben, aber mit der Therapie höre ich auf, also brauchen Sie sich weiter keine Gedanken darüber zu machen.«

An diesem Punkt hätte ich wirklich nichts dagegen gehabt, wenn er die Therapie abgebrochen hätte. »Warum haben Sie sich zu diesem Schritt entschlossen?«

Er blieb vor mir stehen und zählte mir die Gründe an seinen Fingern auf. »Erstens reißt Ihr Honorar ein ganz schön großes Loch in mein Bankkonto. Zweitens fällt es mir schwer, mich von der Arbeit freizumachen, um herzukommen. Und drittens habe ich Ihnen von meinen Problemen erzählt, und es hat sich nichts geändert, also wozu noch mehr Zeit und Geld verschwenden?«

Es kommt oft genug vor, daß Patienten auf eine Unterbrechung der Therapie damit reagieren, daß sie überhaupt nicht mehr damit fortfahren wollen, und obwohl die finanzielle und zeitliche Belastung verständliche Anlässe darstellen mögen, dienen sie doch oft nur als Vorwand für tieferliegende Beweggründe.

Ich wollte herausfinden, was dahintersteckte. »Wie ist es Ihnen letzte Woche ohne mich ergangen?«

Er ließ sich in die Polster der Couch sinken, ein wenig hatte er von seiner offensiven Haltung verloren. »Die ersten paar Tage habe ich mich hängenlassen, besonders, nachdem Sie mich wegen der Blumen angemacht haben. Aber dann habe ich mich voll und ganz in meine Arbeit gestürzt. Ich habe vier Akten mit Aussagen komplett durchgearbeitet. Ich habe Hanteltraining gemacht, bin gelaufen, habe Basketball gespielt. Ich fühle mich großartig.« Die manische Tour, dachte ich. Angesichts eines Verlustes hat er sich Hals über Kopf in alle möglichen Aktivitäten gestürzt und sich von ihnen betäuben lassen. »Und außerdem spiele ich mit dem Gedanken, mir eine Dänische Dogge zuzulegen.« Noch eine Ersatzhandlung. Wenn er nicht auf mich zählen konnte, wollte er etwas, was vollkommen seiner Kontrolle unterstand. »Vielleicht ist dies nicht die richtige Art der Therapie für mich. Vielleicht sollte ich mich hypnotisiern lassen. Oder etwas noch Stärkeres, Unmittelbareres. Die halbe Zeit sitzen Sie nur schweigend da. Für mich ist das einfach hinausgeschmissenes Geld.« Er wollte, daß ich seine Verteidigungsmauer durchbrach und ihm die Kontrolle aus den Händen riß, genau das, wodurch er sich in seinen tiefsitzendsten Ängsten bestätigt fühlen würde.

»Sie sehen böse aus«, sagte er auf mein Schweigen hin.

»*Sie* sind böse auf mich, weil ich nicht da war. Und obwohl die Blumen ein sehr großzügiges Geschenk gewesen sind, glaube ich doch, daß Sie sie mir geschickt haben, damit ich wütend auf Sie bin und Sie dann die

Therapie abbrechen können, ohne sich ein schlechtes Gewissen zu machen.«

»Was immer ich an der Therapie auch auszusetzen gehabt hätte, Sie wären mir genau *damit* gekommen! Es kann einfach nicht sein, daß mit der Therapie etwas nicht stimmt, also muß es am Patienten liegen!«

»Natürlich kann der Fehler auch bei der Therapie oder dem Therapeuten liegen, aber wenn zwischen uns etwas nicht stimmt, warum greifen Sie dann automatisch zu der Lösung, die Beziehung zu beenden?«

»Vielleicht brauchen Sie das Geld, und deswegen denken Sie nicht von sich aus daran, daß sich unsere Wege besser trennen?«

»Sicher, ich verdiene mir meinen Lebensunterhalt hiermit, aber wenn Sie diese wöchentliche Stunde aufgeben, kommt jemand anderes an Ihrer Stelle. Versuchen Sie doch mal, sich Gründe dafür einfallen zu lassen, es weiter zu probieren.«

Er wirkte bedrückt. Dann nahm er meinen kleinen Glaselefanten vom Couchtisch. »Tut mir leid.« Er hielt das kleine Schmuckstück gegen das Licht.

»Könnten Sie mir etwas mehr darüber erzählen, wieso Sie sich in den ersten Tagen meiner Abwesenheit einfach hängengelassen haben, wie Sie sagen?«

Er stellte den Elefanten zurück, untersuchte die Naht an seiner Hemdmanschette und streifte dann beide Ärmel hoch. »Ich war ziellos, bin mir verloren vorgekommen. Ich hatte solche Kopfschmerzen, daß ich mich auf nichts konzentrieren konnte. Morgens um drei bin ich Joggen gegangen, weil ich nicht schlafen konnte.«

»Ich denke, Sie haben mich vermißt, und das hat Sie nervös gemacht.«

Er stand jäh auf und trat ans Fenster, wo er an der Plastikstange drehte, mit der die Lamellen der Jalousie bewegt wurden. Sonnenlicht flutete in den Raum, während Nick hinaus auf die vorbeifahrenden Autos starrte. »Ja, ich habe Sie vermißt. So etwas Blödes. Jemanden vermissen, den man nur zwei Stunden in der Woche sieht. Ich schätze, die Blumen waren ein Versuch, Kontakt mit Ihnen zu halten.«

»Aber es scheint, als suchten Sie diesen Kontakt zu mir eher außerhalb unserer Termine, und nicht dann, wenn wir sowieso zusammen sind.«

Er wandte sich um und sah mich an. »Wollen Sie damit behaupten, ich hätte Ihnen die Blumen geschickt, weil ich Angst habe, mich Ihnen anzuvertrauen?«

»Ja. In meiner Gegenwart wollen Sie sich verstecken; aber was tun Sie? Sie versuchen, alles über *mich* zu erfahren.«

»Das ist doch Mist. Ein einziger verdammter Mist!«

Nachdem Nick fort war, wandte ich mich erleichtert meinen anderen Patienten zu, die, anders als er, kein Bedürfnis zu verspüren schienen, die Regeln der Therapie zu übertreten.

Selbst die Schwestern Romaine, die mir ein bescheidenes Geschenk mitbrachten, taten dies auf eine so unauffällige und liebevolle Weise, daß es ihrem Geschenk eine ganz andere Bedeutung verlieh als den Blumen, die Nick mir hatte schicken lassen. Ich hielt ihnen die Tür des Wartezimmers auf, die beiden kamen in ihren grünen Taftröcken an mir vorbeigehuscht und überreichten mir einen weißen Weidenkorb. Den Inhalt hatten sie höchstpersönlich und mit Bedacht zusammengestellt: ein Buch mit dem Titel *Die Kunst der Selbstheilung*, eine Packung Multivitamintabletten, ein Fläschchen Magnesiamilch (»Das-be-ruhigt-den-Magen-wenn-man-flach-liegt«), ein in Zellophan gehülltes Potpourri, mit einem rosa Bändchen zusammengebunden, und eine Büchse Butterkeks aus Schottland.

Es überraschte mich, wieviel Zeit und wie viele Gedanken sie darauf verwendet hatten, für mich einzukaufen, und wertete dies als einen großen Fortschritt in einer Therapie, von der ich mir nur begrenzte Erfolge erhofft hatte. Diese beiden Zwillinge, die ansonsten so abgeschlossen von normalen sozialen Kontakten lebten, hatten eine Zuneigung zu mir entwickelt. Voll ehrlicher Freude sagte ich: »Wie reizend!«

Sie lächelten und kniffen sich vor Freude gegenseitig in die Unterarme. Obwohl es höchst unwahrscheinlich war, daß es mir je gelänge, die beiden voneinander zu trennen, erkannte ich doch, daß eine ganze Menge erreicht werden konnte, wenn ich sie *als eine Person* behandelte. Ich vergab ihnen sogar die Sache mit der Tapete.

Luness hatte immer noch mit der Zurückweisung durch Nick zu kämpfen, und ich hatte nichts einzuwenden, als sie mich um einen anderen Termin bat, damit sie nicht immer mit Nick zusammentraf. Ich gestattete mir die Bemerkung, sie wäre, nachdem er ihr so übel mitgespielt hatte, ohne ihn wohl besser dran. Sie erzählte, Reis hätte eine gewisse heilende Wirkung auf sie, und sie kochte ganze Töpfe davon, um ihn sich dann mit den Händen in den Mund zu stopfen. Ich sagte ihr, Reis wäre wie eine weiche Decke Schnee, die sich über alles legte und alle Geräusche schluckte.

Die bevorstehenden Umwälzungen in Williams Leben nach dem Auszug seiner Frau führten auch bei ihm zu Veränderungen. Er seufzte unüberhörbar, als er sich auf der Couch in meiner Praxis ausstreckte. »Wir werden das Haus verkaufen müssen«, klagte er. »Fünfzehn Jahre lang haben wir darin gelebt, und ich liebe jede Ritze und jedes Ächzen im Fußboden.« Wie bei meiner Mutter war auch Williams Verlangen nach einem vorhersehbaren Leben so gewaltig, daß er sowohl bei der Arbeit als auch zu Hause seinen Ärger oft einfach hinunterschluckte. »Ich hasse meine Frau. Möglicherweise ist das mein Tod«, sagte er voller Bitterkeit. Als ich ihn darauf hinwies, daß die Zukunft vielleicht nicht ganz so hoffnungslos sein würde, wie er sie sich vorstellte, sagte er: »Das würde mich nicht überraschen. Ich erwarte immer nur das Schlimmste.«

»Aber indem Sie das tun, geht es Ihnen schon schlecht, ehe überhaupt etwas eingetreten ist.«

»Der Vorteil des Pessimismus besteht darin, daß man sich nie dabei ertappt, sich eingestehen zu müssen, dumme Hoffnungen gehegt zu haben. Man wird nie desillusioniert. Nur manchmal stellt man überrascht fest, daß doch irgendwas gut läuft, und dann verfällt man sozusagen im Rückwärtsgang in einen Zustand der Glückseligkeit.«

»Es freut mich zu hören, daß man auch aus Pessimismus seine Vorteile ziehen kann, vor allem, wenn ich bedenke, wieviel unnötiges Leiden er Ihnen schon bereitet hat.«

»Darüber muß ich noch mal nachdenken«, sagte er, und ich verspürte Befriedigung dabei, wenigstens ein kleines bißchen an seiner melancholischen Stimmung gekratzt zu haben.

Als ich Nick wiedersah, schien es zunächst, als hätte er den Entschluß gefaßt, aktiver an der Therapie teilzuhaben. »Ich habe letzte Nacht geträumt, daß ich dem Tod begegne. Ich befand mich in einem von Pferden gezogenen Wagen, und da ist sie dann zugestiegen, in einem schwarzen Samtkleid und mit hübschen schwarzen Satinbändern im Haar. Sie lächelte, und ich glaubte, mit ihr gehen zu müssen, aber beim nächsten Halt ist sie aufgestanden und ohne mich ausgestiegen.« Er schloß die Augen und lehnte den Kopf zurück. »Früher habe ich mir immer vorgestellt, der Tod wäre eine schöne Frau, die des Nachts zu Pferde käme, mich in ihre Arme nehmen und mich davontragen würde.«

»Könnte es sich dabei um eine Phantasievorstellung handeln, in der Sie mit Ihrer leiblichen Mutter wiedervereint werden?«

Er machte die Augen auf. »Ja, ich glaube schon, daß ich sie wiederfinde, sobald ich sterbe. Sie ist der einzige Mensch, der mich je geliebt hat.«

»Und doch müssen Sie sich mit der schmerzlichen Gewißheit abfinden, daß sie nicht leben wollte, um mit Ihnen zusammen zu sein.«

»Man hat mir gesagt, sie wäre ein sehr sensibler Mensch gewesen und hätte nicht mit den Gemeinheiten meines Vaters leben können.«

»Und Ihre Stiefmutter?«

»Sie hat uns auch dauernd im Stich gelassen. Ein paarmal, bevor sie endgültig abgehauen ist. Bisweilen kam ich nach Hause, und da lag dann ein Zettel, auf dem stand, daß sie uns verlassen hätte, aber für gewöhnlich ist sie dann nach einer Woche oder zwei wieder zurückgekommen. Dann erzählte sie mir, ich hätte ihr gefehlt, aber ich habe ihr nicht geglaubt. Sie hat einfach zuviel getrunken, um sich allzusehr um mich zu scheren.« Er streckte die Arme aus, so daß seine Hände den Spalt zwischen seinen Oberschenkeln bedeckten.

Gegen Ende der Sitzung sagte ich: »Sie hatten erwähnt, wie ziellos Sie sich in den ersten Tagen meiner Krankheit vorgekommen wären. Könnte es sein, daß Sie die Empfindung haben, ich wäre wie Ihre Stiefmutter?«

»Da haben Sie noch viel zu tun, bis Sie auf ihre Ebene herabgesunken sind.«

»Wie darf ich das verstehen?«

»Sie hat meinen Dad hintergangen. Einmal habe ich sie mit einem Typen in einem Café beobachtet. Ein paar Tage darauf war sie für immer verschwunden.«

»Erinnern Sie sich noch, vor einer Weile haben wir darüber gesprochen, daß es Ihnen zu schaffen machte, einen Patienten vor Ihnen gehen und einen anderen nach Ihnen kommen zu sehen?«

Er brach in Gelächter aus. »Verdammt noch mal! Sie haben recht. Scheint's, ich glaube wirklich, Sie wären so wie sie.« Sein Lächeln verflog. »Was für Gedanken man sich macht.«

»Wieso?«

Er zupfte an seiner schon perfekt sitzenden Krawatte, stand auf, zog die Hose zurecht, wandte sich dann von mir ab und trat wieder ans Fenster. »Sagen wir einfach, ich bin von ihr geprägt worden.« Er hatte diesen Kommentar exakt für das Ende unserer Stunde aufgehoben, und ohne ein weiteres Wort sammelte er seine Sachen zusammen und ging.

Und ich war wieder einmal enttäuscht.

18

Seit Valerie mit dem Mann aus der Krankenhausverwaltung angebändelt hatte, hörte ich immer seltener von ihr, und sie begann, mir zu fehlen. Ich hinterließ ihr eine Nachricht. »Eine meiner Patientinnen ist heute zu mir in die Sprechstunde gekommen und hatte bei allen ihren

Kleidern die Innenseite nach außen gestülpt. Nur die feinsten Marken. Sie muß wohl bei *Saks* einkaufen. Können wir uns bald zum Essen treffen? Hab dich lieb, bis dann.«

Später am gleichen Abend rief Valerie zurück. Humberto und ich sahen uns gerade die Nachrichten an. »Es gibt so vieles, was ich dir erzählen muß«, sagte sie. »Wie wär's mit *Stratton's Grill* Freitag um zwölf?«

»Ideal.«

Am Freitag konnten Valerie und ich es beide nicht erwarten, mit unseren Neuigkeiten herauszurücken. »Gordon könnte es *echt* sein«, erzählte sie. »Er ist ein bißchen zu kurz geraten, aber sehr einfühlsam und intelligent. Der Sex mit ihm ist unglaublich. Wir haben's diese Woche dreimal in seinem Büro gemacht.«

Ich mußte lachen. Wenn die Menschen wüßten, was in Krankenhäusern und Arztpraxen alles so vorging. »Was gibt's sonst Neues?«

»Gestern haben wir einen auf die Station bekommen, weil er bei der Notaufnahme aufgekreuzt ist und behauptet hat, jemand hätte seinen Mastdarm gestohlen. Er behauptete weiter, das wäre nicht das erste Mal, daß ihm so was passierte, und deshalb wüßte er auch schon seine Größe, sechsunddreißig, und er wäre sich sicher, wir hätten so was auf Lager, und ob die Schwester nicht nach hinten gehen und ihm einen neuen holen könnte?«

»Und er meinte es total ernst?«

»Hundertprozentig. Wirklich die bizarrste Wahnvorstellung, die mir je untergekommen ist, und dabei hörte sich der Mann ansonsten vollkommen normal an. Er war höflich, vermied nicht den Blickkontakt, wirkte nicht verwirrt, schien auch nicht zu halluzinieren.«

»Das menschliche Gehirn hört nie auf, mich in Erstaunen zu versetzen.« Nach einer kurzen Pause fuhr ich fort: »Meine Geschichte ist wesentlich profaner.«

»Wenn ich mir dein Gesicht ansehe, scheint es sich aber um keine allzu erfreuliche Geschichte zu handeln.«

»Erinnerst du dich an den Patienten, von dem ich dir erzählt habe? Der mir so sehr zusetzt? Es wird schlimmer mit ihm.«

»Warum konsultierst du nicht einen Kollegen?«

»Das habe ich bereits. Zachary Leitwell. Und der hat gesagt, bei dem Mann handelte es sich um eine Borderline-Persönlichkeit. Aber er ist nicht so wie die Borderlines, mit denen ich bisher zu tun gehabt habe. Er ist *schlüpfrig*. Es ist, als versuchte ich, Quecksilber in der Hand zu halten.«

»Nächsten Monat fahre ich zu einem Seminar über Borderlines. Sie haben Kernberg, Kohut und Masterson auf der Tagesordnung. Warum kommst du nicht mit? Vielleicht hilft dir das weiter.«

Ich schrieb mir den Termin auf und beschloß, an dem Seminar teilzunehmen. Bevor wir uns verabschiedeten, fragte Val, ob Humberto und ich Lust hätten, mit ihr und Gordon zu Abend zu essen. Für sie war es etwas Neues, mit einem Mann auszugehen, den sie auch in der Öffentlichkeit präsentieren konnte.

»Laß uns doch für sie kochen«, schlug Humberto später vor.

»Ich weiß nicht recht – Kochen ist nicht meine starke Seite. Vielleicht sollten wir doch lieber ausgehen? Ins *Hana Sushi* zum Beispiel?«

»Für mich wäre das, als ginge ich zur Arbeit. Warum soll ich nicht hier bei dir kochen, und wir setzen uns gemütlich hin und machen uns einen ruhigen Abend?« Das hörte sich in der Tat ganz lauschig an. Also luden wir sie und Gordon für den darauffolgenden Samstag zu mir ein.

Beim nächsten Termin mit Nick sah es wiederum so aus, als wollte er sich mir öffnen. »Ich bin ziemlich down«, sagte er. »Alles kommt mir so sinnlos vor. Ich werde wahrscheinlich für den Rest meines Lebens alleine bleiben.« Seine Augen wirkten grau und stumpf. Er zog sein Jackett aus und rollte seine Hemdärmel hoch. »Ich kann die ganze Zeit an nichts anderes als an Sex denken. Das gibt mir das Gefühl, am Leben zu sein, und es ist auch der einzige Bereich, bei dem ich immer gute Leistung zeige.«

»Leistung?«

»Sie verstehen schon, was ich meine. Es ist das, was ich am besten kann.«

»Ich frage mich, ob Sie jemals das Gefühl gehabt haben, einmal *nicht* Leistung zeigen zu müssen.«

Er verdrehte die Augen. »Nun ist es aber gut. Jeder Kerl hat im Bett Leistung zu zeigen, damit die Frauen ihn mögen. Das wissen Sie doch so gut wie ich.«

»Was würde passieren, wenn Sie diese Leistung nicht bringen?«

»*Sayonara.*«

»Ist das schon mal vorgekommen?«

Er hüstelte verächtlich. »Niemals. Allzeit bereit. Immer stramm da.«

»Haben Sie sich je nur um Ihrer selbst willen geliebt gefühlt?«

Er schüttelte den Kopf. »Das ist doch Quatsch. Auch die Leute, die behaupten, sie liebten dich nur um deiner selbst willen, tun das doch bloß, solange du so bleibst, wie sie dich mögen, und ihnen gibst, was sie sich von dir wünschen.«

»Welche Leistung, glauben Sie, müssen Sie hier bei mir erbringen?«

»Haben Sie mir das nicht haarklein aufs Brot geschmiert? Pünktlich sein. Alles sagen, was mir in den Sinn kommt. Einblicke suchen. Keine Geschenke schicken. Selbstverständlich verlangen auch Sie Leistung von Ihren Patienten, und wenn sie die nicht erbringen, sehen Sie zu, daß Sie sie loswerden.«

»Wenn Sie hier also Ihre Leistung nicht erbringen, sehe ich zu, daß ich Sie wieder loswerde?«

»Ja. Und versuchen Sie nicht, das abzustreiten. Sie wissen, daß es stimmt.«

In gewisser Weise hatte er recht. Ich würde niemanden in alle Ewigkeit behandeln, der oder die nicht bezahlte, zu Terminen nicht erschien, die Mitarbeit verweigerte. »Sie sind Anwalt«, sagte ich. »Sie kennen sich mit Verträgen aus. Sie bezahlen mich für meine Zeit und meine Fähigkeiten, und ich akzeptiere den Dienstleistungsvertrag in dem guten Glauben, daß Sie Fortschritte machen wollen. Innerhalb dieser Grenzen haben Sie das Recht, exakt der zu sein, der Sie sind, und nichts anderes.«

Er sah mich wütend an.

»Erzählen Sie, welche Leistungen man von Ihnen verlangt hat, als Sie noch ein Junge waren.«

»Bei meinem Dad gab es kein Pardon. Wenn ich seinen Anweisungen nicht folgte, was meine Aufgaben oder meine Arbeit für die Schule betraf, setzte es Schläge. Wenn er Lust hatte, ein guter Vater zu sein, hat er Ausflüge mit mir gemacht, aber wehe, mir gefiel nicht, was wir zusammen unternahmen. Dann konnte er ausrasten. Für mich war es eine einzige Gratwanderung.«

»Ihre Gefühle haben nie etwas gezählt?«

»Was ich dachte oder fühlte, spielte keine Rolle. Im Kino mußte ich vollkommen still dasitzen und durfte keinen Mucks machen. Wenn ich beim Schwimmen zu zittern angefangen habe, bekam er die Wut.«

»Und Ihre Stiefmutter?«

»Die meiste Zeit war sie betrunken, und es war völlig sinnlos, bei ihr Schutz zu suchen. Einmal, da hat es geregnet, und mein Dad trug mir auf, die Blätter aus dem Abfluß der Regenrinne zu entfernen, und ist dann zur Arbeit gegangen. Ich aber habe statt dessen draußen gespielt, bis der Abfluß überlief und das Wasser durch die Decke zu sickern begann. Als Dad nach Hause kam, mußte ich mir die Hosen runterziehen und mich über einen Küchenstuhl beugen. Ma hat danebengestanden und zugesehen, wie er mich mit einer metallenen Spaghettigabel – Sie wissen doch, die mit den langen Zinken? – versohlt hat. Ich bekam solche Stichwunden und Kratzer ab, daß ich wochenlang kaum sitzen konnte. Sie hat nicht einen Finger gerührt, um ihn zum Innehalten zu bewegen.«

»Hat er auch Ihre Stiefmutter geschlagen?«

»Manchmal. Jedesmal, wenn sie von uns fortlief, hat er versprochen, es nicht wieder zu tun, aber er hat nie Wort gehalten. Ein paarmal hat sie die Polizei gerufen, aber ich habe gelogen, wenn sie mir Fragen stellten, weil ich genau wußte, was er hinterher mit mir anstellen würde.«

»Wenn Sie jetzt zurückblicken, muß es Sie doch sehr wütend machen, so behandelt worden zu sein?«

Er verharrte ein paar Minuten in Schweigen, tappte nur mit dem Fuß auf den Boden und behielt bei verschränkten Armen seine Gefühle für sich. Dann sagte er: »Ich kann jetzt nicht mehr darüber sprechen. Bitte, zwingen Sie mich nicht. Ich verliere sonst den Verstand.«

Nachdem Nick gegangen war, bekam ich statt seiner eine Stinkwut auf seine Eltern für das, was sie ihm angetan hatten. Ich beglückwünschte mich zu meinem Entschluß, an dem Seminar über Borderlines teilzunehmen. Bei meinem Treffen mit Zachary erklärte ich ihm, ich hoffte, das Problem mit Nicks Zudringlichkeit in den Griff bekommen zu haben, und berichtete, was Nick mir von seiner Kindheit erzählt hatte.

»Das erklärt zum Teil seine innere Zerrissenheit«, sagte Zachary. »Solche Kinder entwickeln häufig ein geheimes Ich, das sie mit niemandem teilen – ein Ich, das im Zustand der Kindheit und Isolation verharrt, verletzt und voller Wutgefühle.«

»Es fällt mir immer schwer, mir vorzustellen, wie Eltern so gemein zu einem hilflosen Kind sein können, aber ich weiß natürlich, daß solche Eltern oft auch in ihrer eigenen Kindheit mißhandelt worden sind.«

»Eben. Deswegen fehlt ihnen auch jedes Verständnis für die natürlichen Bedürfnisse eines Kindes und für die Herausforderung, die dieses Kind für sie bedeutet. Und ihre Kinder repräsentieren das verhaßte Kind in ihnen selber oder erinnern sie an das, was sie selber nie empfangen haben.«

»Was halten Sie von seiner Äußerung, er würde den Verstand verlieren, wenn er noch länger darüber spräche?«

»Er hat bereits einen Teil seines Verstandes eingebüßt, indem er *nicht* darüber gesprochen hat. Er muß darüber sprechen. Er muß seine Gefühle zurückerlangen – seinen Zorn, das Bewußtsein, mißbraucht worden zu sein. Diese Gefühle waren gesunder Natur.«

»Aber er hat so klar und deutlich erklärt, er könne es nicht.«

»Dann lassen Sie ihm Zeit. Für den Augenblick muß das das Äußerste sein, was er an Kindheitserinnerungen heraufzubeschwören bereit ist. Es stellt schon eine enorme Leistung dar, daß er Ihnen überhaupt schon etwas vertraut hat, daß er Ihnen überhaupt schon etwas erzählt hat. Er wird sich jetzt vermutlich für eine Weile zurückziehen, um abzuwarten, ob Sie ihn auch verstoßen werden. Aber nach einer Weile müssen Sie wieder auf das Thema zu sprechen kommen, falls er es nicht von selber tut.«

19

Am Samstag überkam mich der Drang, das Haus so auf Vordermann zu bringen, daß es selbst den Beifall meiner pingeligen Mutter gefunden hätte. Ich wischte die Böden, räumte auf, hängte frische Gästehandtücher ins Bad und stellte eine Vase mit Orchideen auf den Tisch. Das einzige, woran ich keinen Gedanken verschwenden mußte, war das Abendessen.

Humberto hatte Champignonsuppe, einen Salat aus Minigemüsen mit Krebsfleisch und pochierten Rotbarsch auf Linguini vorbereitet. Ich konnte nur staunen, mit welcher Raffinesse er dabei zu Werke ging und wie perfekt die einzelnen Gänge aufeinander abgestimmt waren. Um halb sieben sagte ich, ich würde nun den Tisch decken, und er zeigte auf das Porzellan meiner Mutter und sagte: »Nimm doch das da.«

»Nein, das möchte ich nicht.«

»Auf schönem Porzellan wirkt alles viel gediegener.«

»Ich will es nicht gediegen, ich möchte es zwanglos«, zischte ich. »Meine normalen Teller sind gut genug.«

»Dann vielleicht ein andermal«, sagte Humberto, zog die Augenbrauen in die Höhe und wandte sich wieder seinem Suppentopf zu.

Ich stapelte meine Teller und Suppenschalen aus Steingut aufeinander, schnappte mir die Servietten und zog mich ins Eßzimmer zurück. Ganz langsam stellte ich jedes Stück einzeln an seinen Platz, um mich abzuregen. Es war ja nicht seine Schuld, daß ich mit dem Porzellan auf Kriegsfuß stand.

Draußen hörte ich einen Wagen, trat neugierig ans Fenster und sah hinaus. Ein schwarzer Ferrari brauste davon. Zitternd vor Schreck ließ ich die Jalousien herunter und setzte mich erst einmal einen Moment lang an den Eßtisch. Die Lage mochte schlimmer sein, als ich angenommen hatte. Wie lange hatte Nick mich schon beobachtet, und wie gefährlich war er wirklich? Redete ich mir nur etwas ein, wenn ich glaubte, ich könnte seine Therapie in den Griff bekommen? Je mehr er sich zu mir hingezogen fühlte, um so verfahrener würde alles werden.

Ich bemühte mich, ruhig zu bleiben. Er litt weder unter Psychosen noch an Wahnvorstellungen. Aber er fuhr eine geladene Waffe mit sich im Wagen spazieren. Sollte ich Humberto davon erzählen? Nein, sagte ich mir. Er würde nur überreagieren. Ich werde mit Val darüber sprechen. Um mich abzulenken, setzte ich mich auf den Küchentresen und sah Humberto zu. Mit der Geschicklichkeit eines Zauberers, der einen Kartentrick vorführt, entfernte er den Panzer von den Krebsen. »Meine Mutter würde deine Fähigkeiten als Koch bestimmt bewundern«, sagte ich, aber meine Stimme klang spröde, was meine zwiespältige Einstellung zu ihr und ihren Kochkünsten verriet.

Er rührte die Suppe um. »Aufeinander abgestimmte Farben und reiches Geschmacksaroma, darauf kommt es an. Die Chefköche machen heutzutage alles viel zu kompliziert.«

Aufgebracht durch Nicks Zudringlichkeit und die Diskussion über das Eßgeschirr, war ich streitlustig geworden. »Apropos Chefköche. Weißt du, so was geht mir auf den Geist. Alles Männer, und alles redet darüber, wie talentiert sie sind. Frauen sind beim Kochen die zweite Garnitur.«

Er wandte sich zu mir um, den Suppenlöffel noch in der Hand, und knurrte: »Es gibt genug weibliche Küchenchefs.« Dann trat er einen Schritt näher zu mir heran. »Und wenn talentiert sein bedeutet, daß man lernt, mit Leuten umzugehen, die sich einen Dreck um die Arbeit scheren, die man sich gemacht hat, wenn es bedeutet, bis drei Uhr morgens in der Küche zu stehen und mit Soufflés zu experimentieren, zu wissen, wie man mit verwöhnten, hohlköpfigen Frauen und arroganten Männern, die nicht wissen, was sie wollen, umgeht, dann bin ich eben talentiert. Und es ist harte Arbeit.«

Ich mußte die Tränen zurückhalten. »Schatz, ich wollte doch nicht sagen, daß ich nicht zu schätzen weiß, was du tust. Ich bin bloß im Moment schlechter Stimmung.«

Er wurde rot, blickte auf den Suppenlöffel, als hätte er gar nicht mitbekommen, daß er ihn die ganze Zeit in der Hand gehalten hatte, und sagte: »Wieso? Ist irgendwas los?«

»Ich weiß nicht. Ich bin nur schon den ganzen Tag lang so gereizt.«

»Es ist dein verdammter Patient, nicht wahr? Ich sehe ja, wie viele Stunden du in letzter Zeit auf's Lesen verwendest.«

»Nein, nein, das ist es nicht.« Ich hatte Angst, Humberto würde kein Verständnis dafür aufbringen, daß ich so fest entschlossen war, herauszufinden, was mit Nick los war. Aber ich war überzeugt davon, daß Nicks Behandlung einen Schritt nach vorn machen würde, wenn ich nur gerade jetzt durchhielt.

Humberto ließ seinen Löffel in die Spüle fallen. »Dann schließ mich nicht länger aus. Erzähl mir, was dich beschäftigt.«

»Du wirst es albern finden, aber ich werde immer hektisch, wenn ich Gäste zum Abendessen erwarte, weil mir jedesmal etwas schiefgeht. Einmal habe ich versucht, einen besonders leckeren Hackbraten zu machen, und als ich ihn aus dem Ofen zog, schwamm er förmlich in einer weißen Suppe.

Seine Stimmung besserte sich augenblicklich. »Es gibt Menschen, die haben den Bogen raus beim Kochen, und andere, die haben es eben nicht. Aber du kannst es noch lernen.«

»Könntest du es mir nicht beibringen?«

Er reichte mir ein Papiertaschentuch für meine laufende Nase. »Ich finde, zwei Menschen, die sich lieben, sollten in jeder Hinsicht für den anderen da sein.«

»Ich möchte immer für dich da sein«, sagte ich zerknirscht, und auf dem Küchenhocker sitzend schlang ich meine Arme und Beine um ihn.

Es war witzig, Val mit einem Mann zu sehen. Meistens war sie ohne Begleitung auf Partys und zum Abendessen aufgetaucht, nun aber hielt sie Händchen mit ihrem angebeteten Gordon, verschwand mit ihm, um ein paar Minuten mit ihm zu knutschen und danach übers ganze Gesicht strahlend wieder zurückzukommen. Gordon hatte dichtes, lockiges Haar und trug eine runde Brille. Er wirkte wie ein großer Teddybär, was ich irgendwie niedlich fand. Aber das Wichtigste für mich war, daß er Val so liebevoll ansah. Ich wünschte mir so sehr, Val möge glücklich sein.

Bevor wir uns zum Essen hinsetzten, nahm ich sie im Schlafzimmer eine Minute lang beiseite. »Du erinnerst dich doch an den Patienten, der mir solches Kopfzerbrechen macht. Ich habe heute abend gesehen, wie er hier am Haus vorbeifuhr, und er hat eine geladene Pistole in seinem Auto.«

Sie faßte mich fest an beiden Schultern. »Aber wofür hat er denn eine Pistole?«

»Zum Selbstschutz, sagt er. Und ich glaube ihm das sogar. Meine Theorie ist, daß er sich nach mir verzehrt und es nicht zum Ausdruck bringen kann, also fährt er hier in der Gegend herum, um auf eine andere Weise Kontakt mit mir zu halten. Wie wir's gemacht haben, als wir noch zwölf waren. Erinnerst du dich? Ich hab doch mal einen Schnappschuß von einem Jungen, in den ich verknallt war, zehnmal abziehen lassen. Solche Verrücktheiten.«

»Ja, aber er ist nicht mehr zwölf, und du weißt doch, was Paula zugestoßen ist.« Mir fuhr ein Schreck in die Glieder. Paula, die mit uns auf dem College gewesen war, wäre um ein Haar in einem Haus verbrannt, das eine ihrer Patientinnen angezündet hatte.

Ich nickte. »Genau. Ich muß mir jetzt Gedanken darüber machen, wie ich diese Situation am besten angehe.«

»Du mußt ihn unverzüglich und in scharfer Form damit konfrontieren. Nimm sein Benehmen nicht auf die leichte Schulter. Es könnte harmlos sein, aber man kann nie wissen.«

»Du hast recht. Ich werde ihm das klipp und klar sagen. Danke, Liebes. Jetzt laß uns aber zusehen, daß wir wieder ins Wohnzimmer kommen.«

Nach dem ersten Gang – Val war völlig hingerissen von der Suppe gewesen – sagte sie zu Humberto: »Erzählen Sie uns von Nicaragua.«

»Es herrscht eine sehr üppige Vegetation dort. Alle Farben sind viel kräftiger als hier, und die Luft hat mehr Aroma. Die Staaten riechen wie eine Schachtel Cornflakes, während Nicaragua voller animalischer Düfte ist: Blut, Kühe, verwesendes Fleisch, Essen, das in den Straßen gekocht wird.«

»Sind Sie noch ab und zu dort?« wollte Val wissen.

Er schüttelte den Kopf. »Ich möchte es so in Erinnerung behalten, wie ich es verlassen habe. Meine Großmutter – wenn sie noch lebte, würde ich zurückgehen. Vielleicht fahre ich eines Tages hin, um ihr Grab zu besuchen.«

Alle vier überließen wir uns dem Essen und unseren Plaudereien. Es war eine besondere Freude für Val und mich, gemeinsam mit unseren jeweiligen Partnern zusammen zu sein, und bei mehr als einer Gelegenheit trafen sich unsere Blicke, und wir tauschten ein verschmitztes Lächeln aus. Als wir uns an der Tür beim Abschied umarmten, flüsterte sie: »Soll man's glauben? Wir alle vier zusammen.« Während wir Val und Gordon nachsahen, die zu ihrem Wagen gingen, bedankte ich mich bei Humberto für das herrliche Essen und dafür, daß er so ein guter Gastgeber gewesen war.

Später, als wir uns liebten, konnten wir die Umrisse eines höchst aufmerksamen Bassets ausmachen, dem keine einzige Bewegung entging. Humberto hielt inne und stützte sich auf einen Ellenbogen. »Du mußt dir etwas mit ihm einfallen lassen.« Mit lauter, strenger Stimme befahl er Frank: »Leg dich hin!« und der Hund gehorchte. Dann drehte er sich wieder zu mir um und fragte: »Sollen wir ein Baby zusammen machen?«

Ich erschrak selber über mein jäh aufflackerndes Begehren – das überwältigende Verlangen, ein Kind mit Augen, schwarz wie Kohlen, zu bekommen, mit Augen wie die, die jetzt, in diesem Augenblick, in die meinen blickten. »Irgendwann tun wir das«, sagte ich. »Aber dann müssen wir ihn besser erziehen als – na, du weißt schon, wen.«

Ich war ganz froh, daß die Pille mich vor meinen Impulsen bewahrte und ich mir ohne Konsequenzen ausmalen konnte, wie die warme Flüssigkeit, die er so tief in mich hineinspritzte, sich mit meinem wartenden Ei verband.

20

Als Nick das nächste Mal zu mir in die Sprechstunde kam, stellte ich ihn zur Rede, und er gab auch zu, bei mir am Haus vorbeigefahren zu sein, entschuldigte sich aber sogleich für die Belästigung. »Ich war bloß mal neugierig, wie Ihr Haus aussieht.«

»Aber wir haben doch darüber gesprochen, wie wichtig es ist, daß unsere Beziehung auf die Praxis beschränkt bleibt.«

»Sie wollen sagen, bloß weil ich an Ihrem Haus vorbeifahre und zwei Sekunden lang einen Blick darauf werfe, habe ich unsere Beziehung schon auf die offene Straße gezerrt?«

»Eben das. Ich *möchte* nicht, daß Sie an meinem Haus vorbeifahren. Wenn Sie neugierig sind, sollten Sie mir Fragen stellen.«

»Okay. Wie kommt es, daß Sie plötzlich so verdammt streng mit mir sind? Ich bin doch nicht irgendein beschissener Spanner! Denken Sie etwa, ich will Ihnen was tun?«

»Ich weiß nicht recht.« Wenn es eines gab, das ich bei meiner Arbeit im Krankenhaus gelernt hatte, war es, daß Patienten jede Form von körperlicher Bedrohung sofort einstellten, sobald sie merkten, daß sie eben den Menschen, auf die sie sich angewiesen fühlten, Angst machten.

Er sah aus dem Fenster und sagte: »Jesus Christus.« Nach einem kurzen Augenblick wandte er sich mir wieder mit dem üblichen Grinsen im Gesicht zu. »Ich glaube, Sie projizieren da etwas, Doc. Ich glaube, Sie *wollen*, daß ich in Ihrer Nähe bleibe. Wenn Sie's genau wissen möchten, ich habe eine Freundin, die in der gleichen Straße wohnt wie Sie, nur ein paar Häuserblocks weiter.«

Ich wußte nicht, ob ich ihm glauben sollte oder nicht.

Das Seminar über Borderlines stellte sich als sehr informativ heraus. Es erfolgte eine ausführliche Diskussion über die »Fähigkeit der Borderline-Persönlichkeit, sich die Privatsphäre des anderen zu eigen zu machen«, und ich merkte bald, wie treffend das meine Erfahrungen mit Nick umschrieb.

Seit Wochen schon hatte ich mit dem sonderbaren Gefühl zu kämpfen gehabt, er wäre ständig in meiner Nähe. Ich kannte seine Tagesabläufe. Samstag morgens Basketball; Sonntag morgens eine Frau; Tennis am Dienstag und Donnerstag abend. Ich dachte über seine Fälle nach, über die wir gesprochen hatten, ließ mir seine Lebensgeschichte noch einmal durch den Kopf gehen, und überall auf der Straße fielen mir schwarze Sportwagen auf. Mich tröstete nur, daß diese überhöhte Wahrnehmung eines Patienten auch durch andere Therapeuten dokumentiert wurde.

Das Seminar beschäftigte sich auch eingehend mit der Zersplitterung des Selbst und den Veränderungen der Ichzustände, die so typisch für Borderline-Persönlichkeiten sind, und damit, wie wichtig es ist, daß der Therapeut eine gleichbleibende, vorhersehbare Behandlungsatmosphäre schuf. Ich verließ das Seminar in der Überzeugung, Nick genau so zu behandeln, wie es gemacht werden sollte, und war stolz auf mich, weil ich mit den Schwierigkeiten, die er mir bereitete, so gut umzugehen wußte. Einer Borderline-Persönlichkeit konnte durch gezielte Behandlung durchaus geholfen werden. Sie beanspruchten lediglich etwas mehr Zeit und Energie.

Wie Zachary es schon vorhergesagt hatte, zog sich Nick während der folgenden Wochen von mir zurück. Sooft ich versuchte, ihn auf seine Kindheitserfahrungen anzusprechen, wurde er mürrisch und verfiel in Schweigen. Ich respektierte seinen Unwillen und fühlte mich erneut darin bestätigt, daß ich seine schwankenden Stimmungen einfach zu tolerieren hatte. Deswegen ließ ich es auch zu, daß er sich weitschweifig über die Frauen, mit denen er den Tag über zu tun hatte, ausließ.

Er war überzeugt, seine Sekretärin würde sich ihm schon beim leisesten Annäherungsversuch hingeben; eine Wohnungsnachbarin flirtete mit ihm; eine Richterin hatte sich in ihrem Amtszimmer an ihn herangemacht. Ich vermutete, daß sein plötzliches Gefühl, so begehrt zu sein, eine Verteidigungsstrategie war, aber ich wartete auf den richtigen Moment, ihn damit zu konfrontieren, und dieser Moment ließ auch nicht lange auf sich warten.

»Ich habe eine neue Mandantin mit einer Scheidungsgeschichte«, erzählte er. »Ein kleines Schmollmündchen, das mit einem Studioboß verheiratet ist. Wir waren bei ihr im Haus verabredet, um über ihre finanziellen Verhältnisse zu sprechen, und Mann, was die *anhatte* – hauchdünne Bluse, ultrakurzer Rock. Ich hätte sie auf dem Wohnzimmertisch haben können.«

»In jüngster Zeit scheinen Sie mir eine ungewöhnlich große Anzahl von Gelegenheiten zum Sex zu haben. Ich frage mich, welchen Dingen Sie durch all diese Aktivität auszuweichen versuchen.«

»An was denken Sie denn?«

»Wenn Sie Ihre Therapiestunden mit Gesprächen über Frauen ausfüllen, kommen wir nicht zu den weniger angenehmen Themen. Könnte es sein, daß meine Fragen nach Ihrem Vater Sie abgeschreckt haben?«

Seine Züge verfinsterten sich; er sprang so jäh von der Couch auf, daß ich Angst hatte, er wolle mich schlagen. Ich versuchte, ruhig zu wirken, obwohl mein Herz wie verrückt raste.

»Drängen Sie mich nicht«, zischte er wütend. Und dann wandte er sich wieder ab und begann, vor dem Fenster hin- und herzulaufen.

»Über Ihren Vater zu sprechen hat vielleicht Erinnerungen an eine entwürdigende Behandlung während Ihrer Kindheit hervorgerufen?«

»Sie können mich wohl einfach nicht damit in Ruhe lassen, was?!«

»Nein, weil es letzten Endes *Sie* nicht in Ruhe lassen wird.« Er lief noch eine Weile im Zimmer herum. Als er sich wieder hingesetzt hatte, beugte er sich vor, vergrub den Kopf in den Händen und redete durch seine Finger hindurch. »Ich habe mehrmals versucht, von zu Hause durchzubrennen. Ich wollte meine Mutter suchen. Ich konnte nicht glauben, daß sie wirklich tot ist. Da hat er dann angefangen, mich in die Kleiderkammer einzuschließen. Er hat sich über mich lustig gemacht. Das war noch schlimmer als die Schläge. Ich mußte seinen Launen gehorchen, sonst hat er mich wie Luft behandelt. Nie hat er an meinen Geburtstag gedacht, er vergaß all seine Versprechen, er benahm sich, als hätte ich überhaupt keine Gefühle, er gab mir das Empfinden, ich existierte bloß, um ihm zu dienen.«

»Können Sie mir ein Beispiel nennen?«

Nick richtete sich auf, lehnte sich auf der Couch zurück und seufzte tief, um die Spannung zu lindern. »Er hatte jeden Sonntagmorgen dieses Ritual. Ich mußte eine Plastikschüssel mit warmem Seifenwasser füllen und am Küchentisch damit auf ihn warten. Nachdem er seine Zeitung gelesen hatte, kam er zu mir in die Küche und legte die Hände in die Schüssel. Er ließ sie dort eine Weile lang einweichen, und dann mußte ich ihm mit der Zahnbürste die Nägel scheuern. Er meinte, meine Ma fände seine Hände abstoßend, und er wollte, daß ich sie ihm für sie schön mache. Er schämte sich, wie ein Automechaniker herumzulaufen. Wenn ich auch nur einen winzigen Ölfleck unter seinen Nägeln vergaß, hat er mir mit der feuchten Hand ins Gesicht geschlagen, also habe ich mir die allergrößte Mühe gegeben. Dann mußte ich ihm die Nägel feilen und ihm die Hände mit Handcreme einreiben. Wenn er mit meiner Arbeit zufrieden war, durfte ich vor der Kirche eine Stunde draußen spielen. War er unzufrieden, mußte ich ihm auch die Füße pflegen. Ich erinnere immer noch den salzigen Geruch seiner Füße, und wie schorfig die Haut an seinen Fersen war. Seine Zehen waren knotig, einfach ekelig. Ich hätte jedesmal kotzen mögen. Als ich dann älter wurde, hat er aufgehört, mich zu schlagen, weil ich ihm sagte, ich würde ihn im Schlaf umbringen, wenn er es noch einmal täte. Nachdem Ma fort war, hat er nachts immer seine Schlafzimmertür abgeschlossen.«

»Stellen Sie sich einmal vor, er würde jetzt in dem Sessel dort sitzen. Was würden Sie dann zu ihm sagen?«

Lange starrte Nick den leeren Sessel neben der Couch an. Dann schrie die verzweifelte Stimme eines kleinen Jungen: »Es war gemein, was du mir angetan hast! Du egoistisches Schwein! Ich war dein eigen Fleisch und Blut, und du hast mich behandelt wie – wie einen Sklaven. Einen gottverdammten Sklaven!«

Wieder sank er in sich zusammen, versteckte den Kopf lange in den Händen. »Ich halte das nicht mehr aus«, sagte er schließlich.

Nachdem er gegangen war, mußte ich wieder an seine Neigung zu »Liebessklaven« denken und fragte mich, ob das ein unbewußter Versuch war, das Trauma seiner Vergangenheit rückgängig zu machen.

21

Die folgenden Tage waren eine rasende Abfolge von Sex, Gutachten und Therapiesitzungen. Ein paarmal kam Humberto zur Mittagszeit herübergehetzt, und wir liebten uns während meiner halbstündigen Mittagspause in der Praxis.

Eines Nachmittags bekam ich Angst, Nick könnten die ganzen Papiertaschentücher in meinem Korb auffallen oder die Tatsache, wie angeklatscht mein Haar von der Hitze des Liebesakts war. Wenn er spürte, wann ich einen guten Fick vertragen konnte, wußte er dann auch, wann ich einen gehabt hatte?

Aber Nick traf in miserabler Laune ein und war nicht in der Stimmung, irgendwelche Beobachtungen zu machen. Er hatte dunkle Ringe unter den Augen. Er streckte sich auf der Couch aus und heftete den Blick an die Decke, um mir dann zu sagen, daß sich unsere zwei Stunden für ihn zu den wichtigsten in der Woche entwickelten. Oft fragte er sich, was ich in einem bestimmten Augenblick wohl gerade dachte und wo ich dann gerade war und mit wem zusammen? Wie sah ich aus, wenn ich nackt war? Wie sah ich von hinten aus, wenn ich mich bückte? Wie hörte ich mich an, wenn ich einen Orgasmus hatte? Obwohl diese rhetorischen Fragen extrem persönlicher Natur waren, kam es bisweilen vor, daß sich Patienten über solche Dinge Gedanken machten, und wenn ich drei Stunden vorher nicht nackt auf dem Teppich gelegen hätte, wäre ich auch nicht so befangen gewesen.

»Erzählen Sie mir einfach, was Sie sich vorstellen«, sagte ich.

Er brachte größte Neugier im Hinblick auf meine Brüste und mein Geschlechtsteil zum Ausdruck, wollte vor allem wissen, wie ich auf allen vieren ausschaute. »Ich mag die Art, wie die Tiere es machen«, sagte er. »Haben Sie jemals Pferde beobachtet? Mannomann, die Hengste springen richtig oben drauf! Ich möchte auch eine Frau so in meiner Gewalt haben – sie unter mir festhalten, ihren Arsch bearbeiten, sie dominieren.«

»Ich glaube, Sie hegen diese Phantasien, weil Sie Kontrolle über mich ausüben möchten. Es macht Ihnen Angst, wie wichtig ich für Sie werde, aber wenn Sie mich in der Gewalt haben, ist diese Angst weniger schlimm.«

»Das erklärt vermutlich meine Träume von letzter Nacht. In einem kam eine Plexiglasscheibe vor – kalt und hart. Im zweiten war ich der Kapitän eines Öltankers, der in flachem Wasser auf Grund gelaufen war. Öl lief aus und zerstörte alles.«

»Mir scheint es, als handelten Ihre Träume von der Therapie«, sagte ich. »Angefangen haben Sie wie ein Stück Plexiglas – unbiegsam und bar jeder Gefühle. Nun, da Sie eine Weile in diesem Therapie-Hafen gelegen haben, erkennen Sie, was alles in Ihnen schlummert, aber Sie haben Angst, es könnte herauslecken und alles kaputtmachen.«

Was als nächstes aus Nick hervorsprudelte, war sämtlich nur dazu angetan, meine Theorie zu bestätigen. Er hatte Angst vor den Gefühlen, die zum Vorschein kämen, wenn er mich weiter aufsuchte. Kam ihm bei einer Frau dieses Gefühl, pflegte er sie zu verlassen, aber jetzt stecke er in der Klemme, sagte er. Er war es müde, immer davonzulaufen. Er setzte sich auf und sah mich mit zusammengezogenen Augenbrauen an. »Es ist zum Verzweifeln.«

Nun, da auch ihm nicht mehr verborgen geblieben sein konnte, wieviel Erinnerungsarbeit ihm noch bevorstand, empfand ich Mitleid mit ihm. Aber es gab eben nur einen Ausweg aus seiner emotionalen Krise: Er mußte hindurch und sie überwinden. »Die Alternative wäre, in Ihrer Festung eingeschlossen zu bleiben«, sagte ich.

Als das Ende unserer Sitzung näherrückte, zwang er sich zu einer etwas besseren Laune, indem er von Halloween sprach. »Ich will mit einem Arztkittel verkleidet auf eine Party gehen, und meine Begleiterin als Nutte. »›Gib mir was, sonst setzt es was‹ wird unser Motto sein.«

Ich lachte. »Sehr witzig ausgedacht, aber ist es nicht so, daß Sie auch die Kontrolle in der Hand behalten wollen, indem Sie sich in mich verwandeln – als Arzt auf diese Party gehen?«

»Da haben Sie wahrscheinlich recht. Ich hatte sogar gedacht, Sie wären möglicherweise auch auf dieser Party. Sie findet im Haus eines Professors von der University of California statt, ganz bei Ihnen in der Nähe.«

Mir wurde ein wenig unangenehm zumute. Würde er dort Freunde von mir treffen? Kollegen? »Wer gibt denn die Party?«

»Tom Brennan. Der Dekan der juristischen Fakultät.«

Ich atmete auf. »Nein, ich werde nicht dabeisein.«

»Wie lange werde ich nun noch unter diesen Depressionen leiden müssen?« fragte er, als es Zeit zum Aufbruch war.

»Ich weiß es nicht. Aber so merkwürdig es sich auch anhören mag, sie sind ein positives Zeichen für Ihre Bereitschaft, über sich hinauszuwachsen und etwas an Ihrem Leben zu verändern.«

»So wie eine scheußlich schmerzhafte Knochenmarktransplantation gut für die Behandlung von Leukämie ist.«

Nach der Sitzung sah ich ihn vom Fenster aus zu seinem Wagen gehen, die Hände in den Hosentaschen, den Kopf gesenkt. Daß er nun, da der Prozeß schmerzlich zu werden begann, mit der Therapie fortfahren wollte, gab mir Mut. Er stieg in seinen schwarzen Ferrari, steckte sich eine Zigarette an, von der ich wußte, daß es sich um einen Joint handelte, und fuhr davon.

Ich war froh, am nächsten Nachmittag meine Radiosendung zu haben. Das war immer eine willkommene Abwechslung. Zwei Minuten, bevor ich auf Sendung gehen sollte, kam ich bei KPXQ an und begann mit dem dreiminütigen Vortrag über Angstpsychosen, den ich vom Tonband abspielte. Nachdem ich einmal tief Luft geholt hatte, ließ ich mir den ersten Anrufer durchstellen.

Mir gefiel meine Radiosendung so sehr, weil ich hier ausüben konnte, was ich selber als Kamikaze-Therapie bezeichnete – herein mit Karacho, einen Bombenhagel auf die Ausreden, und wieder auf und davon – und in letzter Zeit waren die Geschichten, die ich zu hören bekam, auch ziemlich interessant und verblüffend gewesen. An diesem Tag rief eine Frau an, die behauptete, ihr Vater hätte ihre Schwester, noch ein Kind, umgebracht und sie im Garten hinterm Haus vergraben. Je mehr ich sie befragte, um so weniger gestört wirkte sie, also riet ich ihr nicht nur, eine psychiatrische Klinik aufzusuchen, sondern auch die Polizei.

Bevor ich den Sender verließ, rief ich noch meinen Auftragdienst an und bekam einen ganzen Haufen Nachrichten. Unter anderem hatte auch meine Mutter angerufen, und ich ahnte, daß sie mich bitten wollte, über Weihnachten nach Oregon zu kommen. Ich hatte keine Lust und bekam auch ein schlechtes Gewissen dabei, aber ich konnte mir viel eher ein paar wundervolle Feiertage mit Humberto vorstellen.

Mit meiner Gruppe von Studenten im Krankenhaus diskutierten wir, wie man das Halloween-Fest am kommenden Abend handhaben sollte. Einige der Patienten, deren psychotische Phantasievorstellungen sie bereits so oder so in Angst und Schrecken versetzten, waren sehr erregt, weil die Schreckensvorstellung von toten Seelen, die zurückkehren würden, ihre Panik noch verstärkte. Am Halloween-Abend würden sich die Patienten nicht wie sonst üblich frei auf dem Gelände der Klinik bewegen dürfen.

An Halloween beeilte ich mich, nach Hause zu kommen, damit ich die kleinen Kinder, die in ihren Kostümen an meine Tür kommen würden, nicht versäumte. Es war ein klarer, kalter Abend, und einige von ihnen zitterten unter ihren Kreppapierhüten und ihren Gespensterlaken.

Humberto kam für eine Stunde zu mir herüber, und als das Klingeln an der Tür einmal für eine Weile nachließ, legten wir uns aufs Bett und küßten uns. Einen Augenblick lang dachte ich, ein Poltern gehört zu haben, aber dann war alles wieder ruhig, und wir lagen weiter da und liebkosten einander. Zehn Minuten später beschlich mich das Gefühl, daß es im Wohnzimmer einfach *zu* still war, und ich stand auf, um nachzusehen. Frank hatte den Korb mit Schokoriegeln neben der Eingangstür umgestoßen. Zerrissene und teilweise zerkaute Papierhüllen lagen überall verstreut, und inmitten des Durcheinanders saß Frank, die schuldbewußte Schnauze ganz braun verschmiert. Als er hörte, wie ich seinen Namen rief, machte er, daß er durch seine Hundeklappe kam, bevor ich ihn erwischen und ihm einen Klaps versetzen konnte. »Dieser Hund ist unmöglich«, kommentierte Humberto und mußte dann gehen, weil sein Restaurant bei einer Halloween-Party das Essen ausrichtete.

Ich räumte das Chaos auf und verteilte Zehn-Cent-Münzen an der Tür, weil ich ja keine Schokolade mehr hatte. Um halb neun schaltete ich das Verandalicht aus, setzte mich im Dunkeln hin und dachte an meine Mutter. Zu Halloween fühlte ich mich immer an sie erinnert.

Sechs Jahre meines Lebens hatte es gedauert, bis die wundervolle Vorstellung, eine perfekte Mutter zu haben, einen Riß bekam. Es war auch ein Halloween-Abend gewesen. Mom hatte uns Kostüme genäht – ich war eine Königin im herrschaftlichen Mantel und einem mit Bergkristallen verzierten Diadem, sie eine etwas untersetzte Ballerina. Ihr Kostüm war so fein gewoben wie Zuckerwatte, der in der Taille gesäumte Tüllrock wehte ihr um die Waden. Dazu trug sie ein Paar alte Ballettschuhe, die sie mit rosa Stoffarbe wieder hergerichtet hatte.

Als erstes beehrten wir die Nachbarn in der Häuserzeile, in der wir wohnten. Die Luft war frisch, und ein leichter Nieselregen hatte eingesetzt. Mir war warm und kuschelig unter meinem königlichen Kostüm, und ich gab mir Mühe, nicht in die kleinen Pfützen, die sich von dem Regen bildeten, zu treten. Meine Mutter, der weder die kühle Abendluft noch die Nässe etwas auszumachen schienen, führte mich fröhlich von einem Haus zum anderen und versuchte sich auf dem Gehsteig ab und zu an ein paar Ballettschritten.

Vor einem der Häuser gab meine Mutter eine hinreißende Darbietung. Sie hob die Arme zu einem graziösen Oval über den Kopf, stand dann *en pointe* da, drehte sich einmal im Kreise, und der Wind bauschte ihren Rock auf, als würde er ihr von einer Dienerin hochgehalten. Ich liebte sie mehr, als ich es mit Worten hätte ausdrücken können.

Wir klapperten eine Häuserzeile nach der anderen ab, bis ich schließlich zurückzubleiben begann. Mein Mund war mit Schokolade verschmiert, und das Gewicht meines Beutels fing an, mir auf den Schultern zu lasten, so daß ich ihn schließlich auf dem Boden hinter mir herschleifen ließ.

Als wir um eine Ecke gebogen waren, rief Mom: »Feg nicht die Straße mit deinem Beutel. Soll ich ihn für dich tragen?«

Sie hatte den Blick von der Straße abgewandt, um nach mir zu schauen, und genau in diesem Augenblick entdeckte ich einen breiten Riß in den Gehsteigplatten vor ihr. Bevor ich ein Wort sagen konnte, hatte sich ihr weicher Ballettschuh schon darin verfangen, und sie schlug lang auf dem Boden hin.

Sie war mit dem Gesicht in einer riesigen Pfütze gelandet. Große Kleckse dreckigen Wassers waren auf ihr Kostüm gespritzt. Ein Teil ihres seidigen Haares war unter der Haarspange herausgerutscht und ebenfalls voller Schmutz. Als sie sich umdrehte, sah ich, daß sich auch auf der Brust ihres Trikots ein großer Fleck ausbreitete.

»Oh, Mommy!« rief ich. »Da war ein Loch im Gehweg!«

Sie wurde wütend. »Du hättest mir auch was sagen können!« schrie sie mich an. »Warum hast du mich nicht gewarnt?!«

Ich schnappte nach Luft. Ja, ich war so erschrocken, daß ich nicht einmal heulen konnte. Als ich die Hand ausstreckte, um ihr Haar zu berühren, wandte sie den Kopf abrupt zur Seite, und mir zog sich so sehr der Magen zusammen, daß mir fast schlecht wurde. Ich stand hilflos daneben, während sie auf dem Gehsteig lag, weinte und sich den rechten Ellenbogen hielt. Blut begann aus ihren Knien zu sickern.

Nach und nach kam sie wieder zur Ruhe und setzte sich auf. Ein liebes Lächeln erschien in ihrem schmerzverzerrten Gesicht. »Wo habe ich bloß meine Augen gehabt, mein kleines Kürbisköpfchen. Ich hätte *selber* aufpassen sollen. Sei mir bitte nicht böse. Mommy hat dich doch so lieb.« Und sie streckte mir die Arme entgegen. Ich ließ den Kopf hängen, mein Diadem fiel auf die Straße, und mehrere Schmucksteinchen brachen heraus und sprangen überall hin. Die Tränen, die ich unterdrückt hatte, ließen sich nun nicht mehr zurückhalten. Ich drehte mich um und begann in dem fahlen Licht verzweifelt nach meinen geliebten Bergkristallen zu grabschen. Ich versuchte, mein Diadem wieder aufzusetzen, aber es wollte nicht halten. Schließlich ließ ich es sein und setzte mich weinend in den Schoß meiner Mutter. Ich hatte einen Blick in die Zukunft getan, und es brach mir das Herz.

Um elf schaltete ich die Verandabeleuchtung für Humberto wieder ein. Just in diesem Augenblick fuhr ein Auto vorbei, und obwohl ich nur einen sekundenlangen Blick darauf erhaschte, war ich mir doch sicher, daß es ein Sportwagen war und ich etwas Weißes darin gesehen hatte. Mist, dachte ich. War das wieder Nick gewesen?

Bis ein Uhr früh wartete ich auf Humberto und nahm die Gelegenheit wahr, überfälligen Schriftkram zu erledigen. Humberto kam mit einer Flasche französischen Weines zurück, die wir noch austranken, bevor wir zu Bett gingen.

Ich war müde, der Wein war mir in den Kopf gestiegen, und als Humberto zwischen meine Beine kroch, schloß ich einfach die Augen und überließ mich den kreisenden Bewegungen in meinem Kopf. Ich bewegte meinen Körper in Humbertos Rhythmus, mein Körper verschmolz mit seinem, und ich vergrub meine Finger in seinem Haar. Und mit einem Male war es Nicks dichtes Haar, und es waren seine schimmernden Augen, die in die meinen starrten, und ich schluckte erschrokken und wälzte mich schnell zur Seite.

»Was ist?« wollte Humberto wissen. »Habe ich dir weh getan?«

Ich machte die Augen auf und konzentrierte mich in dem schummerigen Licht auf seine Züge. »Schon gut, ich hatte plötzlich so einen Schmerz im Rücken. Ist schon wieder vorbei.«

Ich verdrängte Nicks Bild aus meinen Gedanken und verschmolz ein weiteres Mal mit Humberto, aber hinterher blieb ich lange wach liegen und machte mir Sorgen wegen meiner Gefühle für Nick. Irgendwie, auf irgendeine Weise, befand ich mich auf Kollisionskurs mit ihm.

22

Am Morgen nach Halloween war die Magnolie in meinem Garten ganz und gar in Toilettenpapier eingewickelt. Ich mußte lachen, als ich vor die Tür trat, und erinnerte mich, vor Jahren in Bandon den gleichen Scherz getrieben zu haben.

Ich machte eine Runde durch den Garten, um zu schauen, ob sonst noch irgendwas war, und machte dabei eine höchst unerfreuliche Feststellung: Alle meine roten Rosen, und zwar ausschließlich die roten, waren abgeschnitten worden. War das ein Halloweenstreich oder Nicks Werk, fragte ich mich?

Als ich mich wieder mit Zachary traf, erzählte ich ihm von meinen Sorgen. »Nick ist schon wieder an meinem Haus vorbeigefahren, und ich habe das Gefühl, daß er sich nicht mehr unter Kontrolle hat. Was, wenn er versucht, bei mir einzubrechen?«

Zachary blickte mit ernster Miene auf. »Lassen Sie uns noch einmal seine Vorgeschichte durchgehen.« Wir beteten noch einmal die ganze Litanei von Verhaltensmustern, die auf drohende Gewaltanwendung hindeuten konnten, herunter – frühere Fälle von körperlicher Gewaltanwendung, paranoider Verfolgungswahn, Anwandlungen von unbeherrschten Gefühlsausbrüchen, der Gebrauch von Waffen, Tierquälerei. Eigentlich traf nichts davon auf Nick zu.

Während ich erzählte, kaute Zachary auf einem Bleistift herum, den er auf den Tisch warf, nachdem ich ausgeredet hatte. »Gewiß sind bei ihm nicht die gewöhnlichen Warnsignale auszumachen, aber das heißt nicht, daß er nicht *doch* die Beherrschung verlieren könnte.«

»Eine Sache wäre da noch – aber ich weiß nicht, ob er dahintersteckt.« Ich berichtete ihm von der zerschnittenen Tapete in meinem Wartezimmer.

Zwischendurch mußte Zachary einen dringenden Anruf aus der Klinik entgegennehmen. Nachdem er ein bestimmtes Medikament verordnet hatte, wandte er sich wieder mir zu. »Mir haben Patienten die Pflanzen in meinem Wartezimmer in Stücke geschnitten, mir Drohbriefe geschickt und sogar Voodoopuppen. Mir kommt es vor, als wäre dieser Bursche etwas zu raffiniert für solche Sachen, aber wenn Sie ein ungutes Gefühl haben, ist jetzt der richtige Zeitpunkt, sich aus der Sache zurückzuziehen, ehe er sich noch enger an Sie klammert.«

»Aber ich möchte auf keinen Fall jetzt aufgeben! Und ich *glaube* eigentlich auch nicht, daß er mir etwas tun würde.«

»Ich halte ihn für alexithymisch – er kann seine Gefühle nicht in Worte fassen. Also lebt er sie aus oder schafft in *Ihnen* die Gefühle, die er hat, aber nicht auszudrücken vermag. Sie fürchten sich, fühlen sich verfolgt und auf die verkehrte Art und Weise geliebt, und das spiegelt seine eigene Lebenserfahrung wider. Sie müssen nun diese Erfahrung für ihn in Worte übersetzen, damit er sich damit einrichten kann, anstatt sie ständig zu verleugnen.«

»Was ist Ihr Vorschlag?«

»Zwingen Sie ihn, sich auf Ihre Bedingungen einzustellen. Sagen Sie ihm, daß Sie die Behandlung abbrechen, falls er weiterhin an Ihrem Haus vorbeifährt. Er versucht, heimlich Kontakt mit Ihnen aufzunehmen, und sowie er seine Gefühle für Sie offen ausspricht, hat er das nicht mehr nötig.«

»Es ist mir peinlich, zuzugeben, daß ich immer noch sexuelle Phantasien über ihn habe.«

Zachary sah mich wohlwollend an. »Jeder Therapeut, der lange genug im Geschäft ist, hat diese Art Erfahrung gehabt. Es kommt darauf an, was Sie aus diesen Gefühlen machen und wie Sie in dieser Situation vorgehen. Haben Sie irgendeine Theorie, warum es gerade *er* ist?«

Ich nickte. »Mein Dad. Nick ist wie ein verzerrtes Spiegelbild von ihm – ein verbotener Mann, ein Sportfan, ein Frauentyp. Dad hat mich nie angefaßt, aber sein Verhalten als Vater war unmöglich – wenn wir zum Beispiel an einer Frau in engen Hosen vorbeigefahren sind, hat er immer zu mir gesagt, ›Guck dir bloß mal den knackigen Po von der Mieze an. Das zwingt doch den stärksten Mann in die Knie.‹ Und ich wollte so verzweifelt gerne von ihm geliebt werden.«

Zachary studierte mein Gesicht. »Könnte es sein, daß Sie sich deshalb soviel Sorgen machen, Nick würde die Beherrschung verlieren, weil Sie sich Ihrer eigenen Selbstbeherrschung nicht ganz sicher sind?«

»Ich weiß sehr wohl, wann ich mich zu beherrschen habe«, sagte ich mit Nachdruck. »Nie würde ich sexuellen Kontakt mit einem Patienten suchen. Aber ich will eine Möglichkeit finden, wie ich am besten mit den Gefühlen umgehe, die Nick in mir aufwühlt.«

»Sie haben bereits erkannt, daß diese Gefühle im Grunde auf Ihr Verhältnis zu Ihrem Vater zurückgehen, also ist auch hier wohl eine eingehendere Erforschung angebracht. Sind Sie zur Zeit in Supervision?«

»Nein. Aber während meiner letzten Supervision habe ich hart an diesen Dingen gearbeitet.«

»Mein Ratschlag wäre, daß Sie noch einmal in Supervision gehen. Offensichtlich haben Sie verdrängte Probleme, die einer Aufarbeitung bedürfen.«

»Sie haben recht. Das werde ich tun.« Aber wann? Schon jetzt beklagte Humberto sich über meinen vollgestopften Terminkalender.

In diesem November fiel mehr Regen als in den ganzen vierzehn Jahren davor. Überall in Südkalifornien begannen die unterspülten Abhänge herabzurutschen, füllten Swimming Pools mit Lehm und Dreck, beraubten die Menschen ihrer Häuser. Selbst an nur gelinde abfallenden Straßen strömte das Wasser unaufhaltsam am Rinnstein entlang und riß abgestellte Motorräder und Mülleimer mit sich. In den Tälern standen die Straßen drei Fuß tief unter einer braunen, wirbelnden Brühe, und selbst Kinder wurden von den Fluten mitgerissen. Mein Haus widerstand den Regenmassen ziemlich wacker, aber während der letzten Woche im Monat bildete sich ein Leck in der Waschküche. Als ich es eines Abends entdeckte, griff ich mir rasch einen Plastikeimer und stellte ihn unter die tröpfelnde Stelle, denn in zehn Minuten erwartete ich bereits Humberto mit unserem Abendessen aus dem *Paradise*. Er hatte sich eine Stunde freigenommen.

Später betrachtete ich seine Silhouette im abgedunkelten Schlafzimmer. Er war nackt, denn er war gerade aus der Dusche gekommen, hatte mir den Rücken zugewandt und gab übers Telefon ungeduldig Anweisungen. Sein feuchtes Haar bildete kleine Löckchen an seinen Ohren. Von der Tür fiel ein Lichtschein über seine Schultern und zeichnete die geschmeidige Biegung über seiner schmalen Taille und seinen hochsitzenden Pobacken nach. An diesem Abend hatte er den Vorschlag gemacht, Weihnachten in Florida zu verbringen, seine Mutter in Miami zu besuchen und dann eine Woche auf den Keys zu faulenzen. Ich wollte nur zu gerne mit ihm losfliegen, aber die beiden letzten Wochen des Jahres waren für meine Patienten oft die schwierigsten, und ich hatte ein etwas unruhiges Gefühl bei dem Gedanken, seiner Familie vorgestellt zu werden. »Vermutlich kann ich das einrichten«, hatte ich gesagt.

»Oder möchtest du deinen Lieblingspatienten nicht im Stich lassen?« hatte Humberto leicht mokant gefragt, bevor er in seinem Restaurant anrief. Inzwischen hatte er sein Gespräch beendet. »Alle Tische sind doppelt reserviert, die Hälfte der Gäste möchte von mir persönlich bedient werden, und drei Kellner haben sich krankgemeldet. Verdammt noch mal. Ich wette, die wollen bloß in Ruhe nach Sonderangeboten vor Thanksgiving suchen. Wenn ich herausfinde, daß einer von denen gelogen hat, fliegt er sofort.«

»Komm zu mir, Baby«, sagte ich und streckte ihm die Arme entgegen. Er legte sich aufs Bett und ließ sich zu mir herüberrollen. »Tut mir leid, wenn du dich über mich geärgert hast. Ich möchte wirklich gerne über Weihnachten mit dir wegfahren.« Humberto lockerte seine starre Haltung und begann meinen Arm zu streicheln. »Erzähl mir von Nick.«

»Das kann ich nicht.«

»Wieso nicht? Seine Privatsphäre wird doch nicht verletzt. Ich kenne weder seinen Nachnamen, noch weiß ich, wie er aussieht.«

»Aber du könntest es durch Zufall herausfinden.«

Humberto streichelte weiter meinen Arm, sagte aber kein Wort. »Soviel kann ich dir erzählen: Worüber du dir da Sorgen machst, ist völlig unbegründet. Mein Interesse an ihm ist rein beruflicher Natur.« Humberto lächelte und schlang sein Bein um das meine.

Am nächsten Morgen saß ich an dem Holztisch auf dem Patio hinter meinem Haus, trank Kaffee und las die *L. A. Times*. Das Vordach war groß genug, um mich vor dem ständig niederfallenden Regen zu schützen. Nur ab und zu bekam ich eine kleine Dusche ab, wenn der Abfluß auf dem Dach wieder einmal überlief. Die naßglänzenden Blätter der Gardenie im Garten bogen sich unter dem Regen. Ich beugte mich vor, hielt eine elfenbeinfarbene Blüte an meine Nase und sog ihren kräftigen Duft ein. Dann machte ich mich auf den Weg in die Praxis. Ich stellte mir den Geruch der tropischen Pflanzen in Florida vor.

An diesem Nachmittag kam Nick mit einem roten Kaschmirschal um den Hals hereinspaziert. Sein dunkles Haar glänzte vom Regen. Etwa gegen Mitte unserer Sitzung streckte er sich auf der Couch aus und sagte zur Zimmerdecke: »Ich muß etwas gestehen. An den Tagen, wenn wir miteinander verabredet sind, hole ich mir am Morgen manchmal einen runter. Dachte mir, so was würden Sie gerne wissen wollen.«

Mich überraschte das nicht. Intensive Psychotherapie zieht die verschiedenartigsten Gefühle in bezug auf den Therapeuten nach sich, und dazu gehörten eben auch sexuelle Phantasien. Wenn er mit mir darüber sprechen konnte, würde sein Bedürfnis, auf indirekte Weisen mit mir Kontakt zu halten, nachlassen. »Möglicherweise ist Ihre Masturbation an diesen Tagen ein Versuch, die Gefühle abzubauen, die Sie in meiner Gegenwart empfinden«, sagte ich.

»Weiß nicht. Kann sein. Ich bin dann weniger nervös.«

»Was macht Sie so nervös an mir?«

Er setzte sich auf und zuckte die Schultern. »Ich glaube, es reicht mir einfach nicht, wie oft wir uns sehen. Zwei Stunden in der Woche sind mir zu wenig.«

Dies war der unpassendste Augenblick, das Thema meiner Reise anzusprechen, aber ich mußte es tun. Wenn Patienten sich emotional zu sehr an ihren Arzt oder ihre Ärztin binden, kann selbst ein einziges Wochenende der Trennung Depressionen, Zorn oder einen Rückzug auslösen. Vorbereitungen auf längere Abwesenheiten müssen äußerst zeitig getroffen werden, denn welche schlimmen Trennungserfahrungen eine Person auch durchgemacht haben mochte, in solchen Zeiten drohten sie wieder an die Oberfläche zu dringen. Nick war besonders verletzlich in solchen Dingen; schließlich waren seine beiden Mütter plötzlich nicht mehr dagewesen, und so sagte ich: »Lassen Sie uns nach den Weihnachtsferien darüber sprechen, ob Sie öfter als bisher hierherkommen wollen.«

»Was für Weihnachtsferien denn?«

»Ich werde im nächsten Monat vom 20. Dezember bis zum 4. Januar verreist sein.«

»Warum erzählen Sie mir das jetzt schon?«

»Damit wir Zeit haben, über Ihre Reaktion darauf zu sprechen. Ich wollte Sie nicht erst im letzten Augenblick damit konfrontieren.«

Nie hatte ich beobachtet, wie ein Patient sich so schnell und so vollkommen in sich zurückzog. »Ich glaube, ich werde sehr gut damit zurechtkommen, wenn Sie nicht da sind«, sagte er unvermittelt. »Weihnachten ist die Zeit der Partys, wenn Sie wissen, was ich meine.« Er zwinkerte mir zu und fuhr sich mit der Zunge über die Lippen. Es war, als sähe ich zu, wie eine Spinne mit einem schnellen Schlag mit der Fliegenklatsche getötet wurde. In diesem Augenblick erkannte ich, daß meine Verantwortung für Nick in dem Moment, da er sich erlaubt hatte, seine Gefühle für mich offen auszusprechen, in erheblichem Maße zugenommen hatte.

Meine übrigen Patienten nahmen die Nachricht von meiner bevorstehenden Abwesenheit gelassener auf. William stürzte sich um so mehr auf seine Fitneßübungen, weil die ihm halfen, mit seinen Depressionen fertig zu werden. Luness erklärte sich einverstanden, während meiner Reise zweimal wöchentlich Val aufzusuchen, denn wir waren beide der Ansicht, daß sie die Zeit um die Feiertage nicht ohne therapeutischen Rückhalt verbringen sollte. Ein paar Patienten würden selber verreisen; andere waren erleichtert, während der Weihnachtshektik etwas mehr Zeit zur Verfügung zu haben.

Zwei Tage vor meiner Abreise ertappte Joy Romaine ihre Schwester

May beim Plausch mit dem Gemüseverkäufer im Safewaymarkt und verabreichte ihr eine Tracht Prügel. Danach mußten die beiden zwischendurch als Notfall in meine Praxis kommen – zwei reuige Sünderinnen mit blutig verschrammten Gesichtern. May hatte eine bläulich verfärbte Schwellung ums linke Auge, und Joy fehlte über dem einen Ohr ein ganzes Büschel Haare. »*Deine*-Schuld-ist-es-daß-das-passiert-ist. Weil-du-versucht-hast-einen-Keil-zwischen-uns-zu-treiben. *Keine*-getrennten-Termine-mehr-Dr. Rinsley. *Schluß-damit*-haben-Sie-gehört.«

»Ich denke, Sie haben recht«, stimmte ich den beiden zu. »Von nun an ausschließlich gemeinsame Sitzungen.«

Ich war zu der Überzeugung gelangt, daß ich für ihre Behandlung bisher den verkehrten Ansatz gewählt hatte. Sie hatten genug Geld, jede Menge Zeit, und alles, was sie den lieben langen Tag lang taten, war, einander auf die Nerven zu gehen, außer, so mußte ich feststellen, wenn sie für mich einkauften.

Deshalb schlug ich den beiden vor, freiwillige Sozialarbeit zu leisten, mit älteren Frauen vielleicht, die, wie ich hoffte, die Lücke füllen würden, die ihre Mutter hinterlassen hatte. Sie waren von dem Vorschlag nicht gleich angetan, aber sagten, sie wollten versuchen, sich mit der Altenpflegestelle der Sozialstation in ihrem Bezirk in Verbindung zu setzen.

Und was war mit Nick? Der hatte am 20. Dezember bereits eine beträchtliche Anzahl von Partys und Verabredungen auf dem Kalender, die, wie er erklärte, ihn bestimmt so in Trab halten würden, daß ich ihm kein bißchen fehlen würde. Ich glaubte ihm nicht so recht, aber da ich ja ohnehin nicht da sein würde, um auf seine Bedürfnisse einzugehen, unterließ ich es, ihn darauf anzusprechen.

Vor meinem Abflug rief noch Morry an, um mir alles Gute für die Feiertage zu wünschen, und ich konnte ihm optimistisch über Nicks Fortschritte Bericht erstatten. »Er ist nicht mehr so verschlossen«, sagte ich. »Und seine physischen Symptome verschwinden nach und nach.« Morry sagte, er wäre von meiner Arbeit beeindruckt.

Und doch reiste ich mit einem unguten Gefühl nach Miami ab. Nicks Lächeln während unserer letzten Sitzung war zu strahlend gewesen, seine Stimme zu fröhlich, und trotz all seines gespielten Optimismus hatte ich die Befürchtung, daß die kommenden Wochen sich als schwierig für ihn erweisen würden. Er war die Sorte Mann, mit dem sich Frauen in ihrer Freizeit gerne abgaben, aber nicht der Typ, den sie über Weihnachten zu sich nach Hause mitnehmen würden.

23

Am Samstagnachmittag vor Weihnachten kamen wir inmitten von Horden anderer Ferienreisender an Miami International Airport an. Ich war froh, für zwei Wochen von meinen Verpflichtungen erlöst zu sein, und neugierig auf Humbertos Familie. »Nur die Ruhe«, sagte er. »Ich verspreche dir, daß sie dich mögen werden.«

Der Chauffeur der Familie erwartete uns bereits mit einer Mercedes-Benz-Limousine am Flughafen. Mir war solch ein Luxus nicht vertraut, aber Humberto schlüpfte in den Wagen wie in einen bequemen Pullover, schwatzte munter mit dem Mann auf Spanisch und ließ ihn unser Gepäck in den Kofferraum laden. Draußen herrschten 27 Grad, es war fast doppelt so warm wie in Los Angeles, und die Sonne strahlte zwischen vereinzelten Wölkchen hindurch.

Es herrschte so starker Reiseverkehr, daß wir auf der Stadtautobahn nur im Schneckentempo vorankamen. Humberto redete davon, wieviel Einfluß die Kubaner hier besäßen und wie viele neue Restaurants im letzten Jahr aufgemacht hatten. Wir kamen durch das Geschäftszentrum, eine Ansammlung von hohen Glaspalästen, alle dicht zusammengedrängt am Rande des Ozeans. Als wir Downtown Miami in Richtung Key Biscayne verließen, warf ich einen Blick zurück. Die Hochhäuser glitzerten in der Nachmittagssonne, ein Versprechen auf eine bessere Zukunft für die Tausende von Einwanderern, die hier jedes Jahr ins Land geströmt kamen. »Eigentlich ganz hübsch«, sagte ich und überlegte, wo wohl Marisombras Praxis liegen mochte.

Key Biscayne stellte sich als kleine Insel mit einem langgezogenen Park, einem üppig grünen Golfplatz und einem Tennisstadion heraus. Das Grün leuchtete wie Smaragde unter dem Vergrößerungsglas eines Juweliers. Kurz bevor wir an unserem Ziel angelangt waren, wies Humberto mich auf das große weiße Haus hin, in dem Richard Nixon während seiner Präsidentschaft gewohnt hatte. Ein verlassener Hubschrauberlandeplatz war der einzige verbliebene Hinweis darauf, daß hier einmal ein Präsident residiert hatte.

Isabella Maria Arias de Cortazar gehörte eine Halbinsel, die sich wie ein Finger ins Meer hinausstreckte. Eine breite, rotgepflasterte Straße verband die eine Seite der Insel, auf der das Haus lag, mit der anderen Seite, an der die Yacht der Familie vertäut lag. Das Geld, das es gekostet haben mußte, eine Straße von solcher Länge von Hand pflastern zu lassen, hätte mehrere Immigrantenfamilien ein Jahr lang über Wasser halten können.

Isabella kam an die Tür, um uns willkommen zu heißen. Sie war eine elegante, feingliedrige Frau mit schwarzgetöntem Haar, das sie aus der hohen Stirn zurückgekämmt und im Nacken zu einem Knoten gebunden trug. Auf ihre kräftigen, geraden Zähne und die vollen Lippen ging augenscheinlich das gewinnende Lächeln aller Familienmitglieder zurück.

»*Encantada*«, begrüßte sie uns und streckte mir ihre Rechte entgegen. Ihre Hand zitterte ein wenig, und durch die dünne Haut waren deutlich die blauen Adern zu erkennen. »Sie müssen sehr müde sein.«

Ich erwiderte ihr Lächeln. »Ein bißchen, aber ich freue mich sehr, hier zu sein.«

Als sie Humberto zur Begrüßung ein wenig zu lange in den Arm nahm, schloß sie die Augen und flüsterte »Tito«. Ihre manikürten Fingernägel waren perlmuttrosa lackiert, und an der linken Hand trug sie einen zentimeterdicken rechteckigen Diamanten. Schließlich entließ sie Humberto aus ihren Armen, mit denen sie sich wie die klebrigen Ranken eines Brombeerbusches an ihn geheftet hatte. »Kommt doch bitte herein und setzt euch«, sagte sie. Ihr Englisch war so korrekt und gewählt wie das von Humberto. Sie ließ sich in ihrem gelben Chanelkostüm auf ihrem riesigen Sofa nieder. Sie sah aus wie ein Kanarienvogel auf einem Ast.

Humberto ließ mich mit ihr allein, als ein Anruf von seinem Bruder kam, und Isabella plauderte freundlich über Rocklängen, die Kriminalitätsrate in Miami und ihre Rennpferde. Ich erkundigte mich nach der Familie und nach Isabellas Gesundheit. Unter der liebenswürdigen Oberfläche unserer Konversation jedoch spürte ich in Isabella die scharfen Eiszapfen, auf die sie mich gegebenenfalls aufzuspießen gedachte: ein bis in die Knochen gehender Snobismus, die Erwartung von schwiegertöchterlicher Verehrung und Pflichterfüllung und eine besitzergreifende Liebe zu Humberto. Darin erinnerte sie mich an meine Großmutter, und plötzlich kam mir das Bild von Isabella und meinem Vater in ein- und demselben Zimmer in den Sinn: Isabella in edelstem Leinen, Dad in einem mit Tomatensauce bekleckerten T-Shirt. Ich begriff jetzt Humbertos Hang zur Unordnung.

Ein Hausmädchen erschien und stellte ein silbernes Tablett auf den Kaffeetisch. Wir tauschten einen wissenden Blick aus, und sie fragte: »Schwarz oder mit Sahne?«

»Schwarz bitte.« Stell dir vor, Isabella wäre eine Patientin, sagte ich mir. Stell ihr Fragen.

Als Humberto zurückkam, nahm er meine Kaffeetasse und leerte sie in einem Zug. »Laß uns ein wenig herumfahren«, schlug er vor. Ich eilte nach oben, um mir bequemere Sachen anzuziehen. Das Gästezimmer war von gewaltiger Größe, mit einer Sitzgruppe, einem Kamin und einem Balkon, der zur Wasserseite hinausging. Unser Gepäck stand ordentlich aufgereiht vor dem Kleiderschrank. Ich zog mich rasch um und wollte gerade nach unten gehen, als ich Isabella und Humberto hörte, die sich leise, aber heftig auf Spanisch stritten. Das Hausmädchen betrat gerade mit einem Armvoll frisch gewaschener Handtücher die Treppe. Sie lächelte zu mir hinauf, und als sie oben angekommen war, fragte ich sie flüsternd: »Worüber sprechen Sie?«

Sie zögerte einen Augenblick und sagte dann sehr leise: »Die Señora – sie eine Freundin von Señor für Weihnachtsfest eingeladen. Er sagen er ist wütend wegen das.« Ich bedankte mich bei ihr und ging dann laut vernehmlich die Treppe hinunter, damit sie mich kommen hörten. Als ich um die Ecke ins Wohnzimmer trat, hatten sie beide wieder ihre höflichsten Gesichter aufgesetzt.

»Warte nicht auf uns«, sagte Humberto zu Isabella.

»Aber ich habe ein Abendessen vorbereitet.«

»Schön, dann zeige ich Sarah nur ein wenig von Miami, und wir sind dann um sechs Uhr wieder hier«, sagte er schroff.

Wir fuhren durch die stillen Straßen von Coral Gable Estates, wo eine spanische Hacienda nach der anderen in respektgebietendem Abstand von der Straße lag. Er zeigte mir die Gegend, in der die meisten Nicaraguaner sich niedergelassen hatten, und danach die Südspitze von Miami Beach. Dann spazierten wir Hand in Hand durch die Straßen und besahen uns die in frischen Brausepulverfarben restaurierten Art-Deco-Hotels mit ihren Zierbögen und eckigen Außenlaternen aus farbigem Glas. Wir setzten uns an einen Tisch vor dem *News Cafe* und bestellten Espresso. Humberto bestand darauf, daß ich Milch dazu nahm. »Sonst brennt er ein Loch in deinen Magen.«

Ich hatte in der Tat Magenschmerzen. »Ist deine Mutter zu allen Frauen, die du mitbringst, so kühl oder nur zu mir?«

»Sie würde es vorziehen, daß ich eine Frau heirate, die aus einer ähnlichen Familie stammt wie die meine.«

»Heiraten?« Der Schreck war mir so in den Magen gefahren, daß ich die Schmerzen noch stärker empfand, und ich hatte plötzlich das Bedürfnis, meinen Auftragsdienst anzurufen.

»Nach Marisombra habe ich keine andere Frau mehr zu Hause vorgestellt.«

Ich hätte *wirklich* meinen Auftragsdienst anrufen sollen, beschloß aber, das auf Mittwoch zu vertagen. »Und deine Mutter hofft immer noch, daß es mit Marisombra etwas wird?«

»Ja.« Er streckte den Arm aus und umfaßte mit der Hand meinen

Ich war erleichtert, als wir am Sugar Loaf Key ankamen. Im Gegensatz zu Isabellas Haus war ihr Inseldomizil bescheiden und gemütlich, eingerichtet mit Korbmöbeln, denen die Luftfeuchtigkeit nichts anzuhaben vermochte. Es handelte sich um ein einstöckiges Haus aus Beton mit acht Meter breiten, verglasten Balkonen auf beiden Etagen. Diese beiden Balkone und das große Schlafzimmer gingen zum Meer hinaus. Draußen führte ein gewundener Pfad zwischen tropischen Pflanzen und unter hoch aufragenden, schattenspendenden Bäumen hindurch zu einem fünfzig Fuß langen Swimmingpool nebst Badehütte. Jenseits des Schwimmbeckens befand sich noch ein kleineres Haus für die Dienerschaft, falls einmal die gesamte Familie auf der Insel weilte.

Während der ersten Tage lagen wir nur in der Sonne oder liebten uns, und ich habe wohl noch nie in meinem Leben so viel Schlaf bekommen. »Siehst du jetzt, wie erschöpft du bist?« sagte Humberto. »Du mußt mal etwas kürzer treten.«

Ich erzählte ihm nichts davon, was meine Erholung zunichte zu machen drohte: Nick. Ich kam in Gedanken immer wieder auf seine Mitteilungen zurück und darauf, wie er wohl die Feiertage überstand. Auf einem meiner einsamen Spaziergänge kam ich an einer Telefonzelle vorbei und rief Nick zu Hause an. »*Ho, ho, ho, tweedle-dee-dum. Wenn du nicht weißt, was du jetzt sagen sollst, schick mir mal 'ne Buddel Rum*«, hörte ich seine Stimme vom Anrufbeantworter. Na sieh mal an, dem geht's doch bestimmt gut, dachte ich und mußte lächeln. Und ich, was mache ich – bin dreitausend Meilen weit weg und mache mir Sorgen. Als ich zurückkam, gingen Humberto und ich schwimmen. Wir ließen uns in das tiefe Blau des Beckens sinken, tollten umeinander herum wie spielende Delphine. Hohe, rosagetünchte Mauern voller Weinranken umschlossen die der Straße zugewandte Seite des Besitzes, der mit hohen Fuchsien und weißen Bougainvilleas, japanischen Magnolien und Kokospalmen bewachsen war. Ich ließ mich ein paar Minuten lang auf dem Rücken treiben, wollte spüren, wie das Wasser über meinen Körper hinwegfloß. Humberto wartete an den Beckenrand gelehnt, bis er sich vorbeugen und mir einen Kuß auf die Nase geben konnte. »Hast du Hunger?« fragte er.

Ich strich sein feuchtes Haar zurück, nahm seine Oberlippe zwischen die Zähne und nibbelte zärtlich daran. »Schon, aber ich weiß nicht genau, worauf.«

»Dann laß dich von mir überraschen. Mach's dir auf dem Rasen im Kräutergarten bequem. Ich bin bald wieder da.« Ich nahm mein Badetuch und ging über die Grünfläche zu dem wie eine Steppdecke in verschiedenen Grüntönen gemusterten Fleckchen, das windgeschützt hinter einer hufeisenförmigen Hecke lag. Es roch so würzig hier – die Düfte von Dill, Basilikum, Thymian und der Erde vermischten sich mit dem süßlichen Aroma von Anis, Lavendel und Salbei. Ich streckte mich auf meinem Badelaken aus. Der Boden war uneben, und irgendwas piekste mich durch das Handtuch hindurch in den Rücken. Alles schien so voller Leben – Hummeln, die an Blüten saugten, kleine Insekten, Würmer, Schnecken, Vögel, die Luft selber.

Kurz darauf kam Humberto mit einem Silbertablett voller kleiner Rosinenbrötchen mit gesüßter Butter, zwei langen Gläsern mit Eistee und einer Schüssel voller Früchte zurück. »Jetzt werde ich dich füttern«, verkündete er. Er setzte sich neben mir auf den Boden und begann, mit einem kleinen Messer einen Pfirsich zu schälen, wobei der süße Saft durch seine braungebrannten Finger träufelte. Mir gefiel die Symmetrie seiner Hände, das Oval seiner hellen Fingernägel und die Anmut seiner Bewegungen. Er ließ das Messer durch das orangene Fruchtfleisch gleiten, brach eine dünne Scheibe ab und führte sie an meine Lippen. Drei Tropfen Saft liefen herunter, einer davon landete mitten zwischen meinen Brüsten, einer unterhalb meines Halses und der dritte auf meinem Kinn.

Hatte ich je etwas so Süßes, so Frisches gekostet? Ich ließ die reife kühle Scheibe über meine Zunge gleiten und wartete auf mehr. Er nahm sich selber eine Scheibe, leckte die Safttropfen von meiner warmen Haut, einen nach dem anderen, wobei er sich den an meinem Kinn bis zuletzt aufhob. Er schnitt den Rest des Pfirsichs auf und plazierte die kühlen Scheiben auf meinen Brüsten und meinem Bauch. Ein paar von den Scheiben aß er und fuhr jedesmal mit der Zunge über die Haut darunter; mit den anderen fütterte er mich, und jedesmal küßte er mich danach. Bald darauf bedeckten mich Scheiben von Mangos, Papayas und Flaschenbaumfrüchten; an meiner Taille liefen die Safttröpfchen herunter, Rinnsale sammelten sich in meinem Schamhaar. »Ich komme mir vor wie ein riesiger Teller Fruchtsalat«, kicherte ich.

Er drückte das säuerliche Fleisch einer Kiwi auf meine Brustwarzen und saugte es dann von mir ab, was in mir ein plötzliches Lustgefühl erzeugte. Er rieb schwarze Papayakerne zwischen meine Zehen und auf die Fußsohlen. Nur entfernt nahm ich eine Hummel wahr, die neben meinem Oberschenkel summte und die Möglichkeit überprüfte, ob es sich bei mir um eine riesenhafte Blume handelte.

Humberto nahm die süße Butter und zerdrückte sie in seiner Hand. Diese Hand legte er dann zwischen meine Beine und verteilte die Butter auf der warmen Haut. Langsam schob er seinen Zeige- und Mittelfinger nach oben, bis er die kleine harte Stelle erreicht hatte, ohne sie aber zu berühren. Er setzte diese rhythmische Bewegung mit den Fingern fort, bis ich mit Leib und Seele ganz ihm gehörte, nur noch an seinen Fingerspitzen existierte.

»Bitte«, flüsterte ich, »ich will dich.«

Er ging nicht gleich auf meinen Wunsch ein, sondern berührte mich weiter, und als ich immer angespannter und feuchter wurde, rieb er in gleichmäßigem Rhythmus weiter, anstatt schneller zu werden, so daß ich mich an jeder Bewegung seiner Finger festhalten mußte, keinen Ton hervorbrachte, kaum noch atmete. Meine Augenlider waren glühend heiß, die Muskeln meiner Beine zuckten, ohne daß ich es wollte, ich hob die Hüften und bettelte um mehr, immer schneller, schneller. Als ich kurz vor dem Orgasmus war, veränderte er den Rhythmus, beschrieb jetzt eine kreisförmige Bewegung, und als ich eben dachte, jetzt wäre der Punkt gekommen, bewegte er seine Finger in mir von der einen zur anderen Seite. Ich wußte, daß er genau spüren konnte, wann ich soweit war, aber er wollte sein Spielchen mit mir haben, und der Genuß war so intensiv, daß ich ganz still dalag, unfähig, ihn zu zwingen, mich zum Höhepunkt zu treiben. Als ich glaubte, ich könnte es keinen Augenblick länger aushalten, zog er die Hand zurück, kniete sich zwischen meine Beine und sog heftig an mir, bis ich kam. Wilde Wogen der Erregung schossen krampfartig durch meinen Körper und meinen Bauch hinauf, während mir Tränen aus den zugekniffenen Augen traten. Ich wälzte mich auf den Bauch und weinte in einer Mischung aus Glück und Angst. Dieser Mann besaß mich, hatte mich in seiner Gewalt, und wenn er es wollte, würde ich alles mit ihm tun.

Zuerst glaubte Humberto, ich würde vor Glück weinen, aber als er meine Augen sah, zog er mich hoch und zu sich heran und wiegte mich in seinen Armen wie ein kleines Kind. »Sarita«, sagte er leise, »ich liebe dich.«

»Ich liebe dich auch«, antwortete ich unter Tränen und hielt mich an ihm fest. »Aber du machst mich zu deiner Liebessklavin.«

»*Mi corazon*«, sagte er und strich mir eine Haarsträhne von der Wange. »Manche Frauen mögen es, wenn man so mit ihnen spielt. Sie genießen es dann noch mehr. Aber wenn du es nicht willst, werde ich das nie wieder mit dir tun.«

Mir brannten die Augen, mein Gesicht fühlte sich geschwollen und heiß an, mein Körper zitterte immer noch vor Erregung. »Du hattest mich mit deinen Fingern vollkommen in der Gewalt, ich war dir völlig ausgeliefert.«

Er wiegte mich weiter in seinen Armen, bis mein Weinen in ein leises Schluchzen überging. Dann ließ er mich los und fragte neugierig: »Liebessklavin? Wo hast du das nun wieder her?«

»Ich habe einen Patienten, der immer davon spricht.«

»Hör mal«, sagte er und strich mir weiter übers Haar. »Wenn du es so magst wie heute, werde ich das wieder mit dir machen. Aber nur, wenn du es willst. Dann kannst du deine Liebessklavin-Ängste bei deinem Patienten lassen.«

Mein Körper entspannte sich, ich lächelte Humberto an.

»Ich nehme an, Nick ist dieser Patient?« sagte er.

Ich nickte, wollte ihn aber nicht ansehen und hoffte nur, daß dieser Nachmittag nicht verdorben werden würde.

Humberto legte die Hand an mein Kinn und drehte meinen Kopf in seine Richtung. »Süßes, ich möchte keinen Streit mit dir seinetwegen haben. Ich glaube dir, was du gesagt hast. Aber merkst du denn nicht, wie sehr er sich in deine Gedanken frißt?«

»Doch. Aber das liegt in der Natur meines Berufes.«

Uns war zu warm geworden, überall in der kleinen Einfriedung lagen Fruchtstücke verstreut, unsere Körper klebten und lockten Insekten an. Wir zogen uns in die Kühle des Hauses zurück, wo wir in einer gewaltigen ovalen Wanne ein Bad nahmen, von der aus wir auf die Weite des türkisfarbenen Ozeans hinausschauen konnten.

Am Neujahrsabend servierte Humberto gegrillten Barsch mit Baked Potatoes, und danach beobachteten wir vom unteren Balkon aus, wie der Mond aufging. Um Mitternacht zündete er Kerzen an, und wir tranken Remy Martin. Ich weiß nicht, was eigentlich hinter der russischen Sitte steckt, Gläser in den Kamin zu werfen, aber in dieser Nacht glaubte ich, den Sinn zu begreifen. Wir stießen miteinander an und sahen hinaus auf die schlanken Palmwedel, in denen der Wind spielte. Ich wollte die Vollkommenheit dieses Augenblicks für immer festhalten. »Nach diesem Drink«, erklärte ich, »sollen diese Gläser nie wieder mit einer anderen Flüssigkeit gefüllt werden. Was uns diesen Augenblick beschert hat, soll uns ewig Glück bringen.«

Humberto drehte den Cognacschwenker mit dem Rest seines Remy Martin in der Hand, trank ihn mit einem Schluck aus und stand auf. Er nahm die Flasche und das Glas und nickte mir zu, ihm mit meinem Glas zu folgen. Der helle Mond beleuchtete unseren Weg durch den Garten. Als wir das kleine Häuschen für die Dienerschaft erreichten, schloß Humberto die Tür auf, zündete ein paar Kerzen an und führte mich zu einem einzigen Kamin auf dem ganzen Besitz. Und nach einem letzten Anstoßen ließen wir beide Gläser im Kamin zerschellen, und die Flasche mit dem Rest Cognac darin gleich mit.

Teil 3

25

Zurück in Los Angeles, riß uns am Montagmorgen, dem Tag, an dem ich meine Arbeit wieder aufnehmen wollte, um ein Uhr in der Frühe das Telefon aus dem Schlaf.

»Bitte um Entschuldigung, Frau Doktor«, sagte die Frau von der Vermittlung. »Ich habe die Universitätsklinik auf der anderen Leitung. Ein Nick Arnholt hat einen Verkehrsunfall gehabt, und sie müssen mit Ihnen sprechen.« Ein ganzer Katalog von schrecklichen Vorstellungen ließ mich vollends erwachen – Nicks wohlgestaltetes Gesicht verstümmelt, ein Bein gequetscht, am Ende war er gar tot. Als sie mich zu der diensthabenden Schwester durchgestellt hatten, erkundigte ich mich sofort nach seinem Zustand.

»Er hat eine Gehirnerschütterung erlitten und zeigt Benommenheitszustände. Er fragt ständig nach Ihnen. Sonst nur kleinere Schnitte und Prellungen. Sie sind auch in seinem Notizbuch als die Person eingetragen, die bei einem Notfall verständigt werden soll.«

Wieso hatte er *mich* eingetragen? Was war mit seinem Boß, seiner Nachbarin oder mit all diesen Frauen, deren Bekanntschaft er sich so rühmte? Schlagartig wurde mir bewußt, daß ich zu seiner einzigen Vertrauten geworden war. Ich als seine Therapeutin wollte nicht in diese Rolle gedrängt werden. Ich konnte nicht seine Intimfreundin sein und gleichzeitig mit unserer Arbeit fortfahren. Aber wo lag die Scheidelinie zwischen beruflich bedingter Distanz und Nächstenliebe? »Ich bin in einer halben Stunde da«, sagte ich.

»Es ist wegen Nick, wie?« murmelte Humberto.

Ich richtete mich im Bett auf und knipste die Lampe an. »Ich muß in die Universitätsklinik. Bin in einer Stunde zurück.«

»Ich komme mit.«

»Das geht nicht.«

»Ich lasse dich da doch nicht um ein Uhr morgens alleine hinfahren.«

Was ich noch vor ein paar Stunden als lieben Beschützerinstinkt aufgenommen hätte, erschien mir jetzt als Aufdringlichkeit. Ich stand hastig auf und suchte nach meiner Unterwäsche. »Es wäre eine Verletzung seiner Privatsphäre, wenn du noch mehr über ihn erfährst.«

»Und was ist mit unserer Privatsphäre und unserem nächtlichen Schlaf?« Humberto war ebenfalls aufgestanden und zog schon seine Hose an.

Konnte man ihm je klarmachen, was es bedeutete, Psychotherapeutin zu sein? »Wie kannst du so was sagen? Ich habe einen Patienten, der schwere Verletzungen erlitten hat. Es ist *wichtig*, daß ich hinfahre.«

Zornig suchte ich in meinem Schrank nach einem Kostüm. Wenn er glaubte, ich würde meine Arbeit vernachlässigen, nur um ihm einen Gefallen zu tun, hatte er sich die Falsche ausgesucht.

Humberto war mir gefolgt. »Dann laß mich dich wenigstens hinfahren, und ich warte draußen auf dich. Ich werde das Gebäude nicht betreten, setze dich nur am Eingang ab und bleibe dann auf dem Parkplatz. Auf die Weise kannst du seine wertvolle Privatsphäre schützen, und ich weiß, daß dir nichts passiert.« Wie, glaubte er denn, war ich zurechtgekommen, bevor ich ihn kennengelernt hatte? Ich konnte sehr gut auf mich selber aufpassen und würde das auch in Zukunft tun. Er erinnerte mich an meine Mutter, die sich auch immer Sorgen machte. Er legte mir die Hände auf die Schultern und schenkte mir einen zärtlichen Blick. Unsere nackten Füße berührten sich. »Marisombra ist auch dauernd mitten in der Nacht aufgestanden, weil sie ins Krankenhaus fahren mußte. Je näher der Tag rückte, an dem sie mich verließ, um so öfter mußte sie nachts los.«

»Ja, aber ich bin nicht Marisombra.« Und, dachte ich etwas versöhnter, er ist auch nicht meine Mutter. »Okay«, sagte ich und zog ihn vom Schrank weg, »aber ich weiß nicht, wie lange es dauern wird. Bist du sicher, daß du trotzdem mitwillst?«

»Ja.«

Ich fand Nick in einem durch einen Vorhang abgetrennten Bett auf der Unfallstation vor. Spontan nahm ich seine Hand.

»Hi, Doc«, sagte er und brachte ein schiefes Lächeln zustande. »Meinen Sie, diese Schramme hat mein gutes Aussehen ruiniert?« Seine rechte Stirnseite war geschwollen und blau angelaufen, eine tiefe Narbe, sauber genäht. Sein Hemd war voller getrocknetem Blut; aus dem Mund roch er nach Alkohol.

»Was ist passiert?« fragte ich. Sollte ich ihm weiter die Hand halten? Sie fühlte sich kalt an, vermutlich stand er noch unter Schock.

Er zog die Hand weg und die Bettdecke bis zu seinem Kinn hoch. Dann kniff er die Augen zu. »Ich hasse Sie«, kam es tief aus seiner Kehle, ehe ihm die Tränen über die Wangen zu strömen begannen. Dies war ein Nick, den ich noch nie zuvor gesehen hatte. Ich zog einen Stuhl heran und setzte mich neben sein Bett. Mit einer Hand bedeckte er sich die Augen. »Sie haben mir so gefehlt. Ich hatte ein beschissenes Weihnachtsfest. Ich wollte mit der Therapie aufhören. Dann habe ich es mir wieder anders überlegt. Heute habe ich damit angefangen, darüber nachzudenken, wie sehr ich mich darauf freue, Sie diese Woche wiederzusehen, und dann habe ich es wieder gehaßt. Es ist mir gutgegangen, bevor ich Sie kennengelernt habe, und jetzt bin ich völlig am Arsch. Ich habe angefangen, Gin pur zu trinken. Danach mußte ich irgendwann einfach aus meinem Apartment raus. Ich bin in der Gegend herumgefahren. Schließlich bin ich irgendwo in den Hügeln gelandet, wo diese scharfen Kurven sind, und gegen einen Baum geknallt. Wie ich hierhergekommen bin, weiß ich nicht.« Er nahm die Hand von seinem Gesicht und sah mich an. »Wieso sind Sie eigentlich hier?«

»Sie haben nach mir gefragt.«

»Sehen Sie? Selbst, wenn ich versuche, mich von Ihnen zu lösen, suche ich noch Ihre Nähe.«

»Es tut mir leid, daß Sie diesen Unfall gehabt haben. Ich glaube, Sie hassen sich dafür, daß Sie mich brauchen und mich vermissen.«

Er hob den Kopf vom Kissen. »Ich liebe Sie. Deswegen hasse ich Sie auch.«

Gleichzeitig das Objekt seiner Liebe und seines Hasses zu sein, erschien mir in diesem Augenblick nicht gerade als hoffnungsvolle Perspektive. »Ich verstehe«, sagte ich nur. Ich blieb noch eine weitere Viertelstunde, bis er sich ein wenig beruhigt hatte und kurz vorm Einschlafen war. Am Schreibtisch der Schwester hinterließ ich ein paar Notizen auf seiner Patientenkarte und warf einen Blick hinein. Nick war bereits viermal wegen verschiedener Unfälle in der Universitätsklinik behandelt worden. Unter anderem war er kürzlich mit einer Handverletzung hier gewesen, weil er seine Faust in eine Schranktür gerammt hatte. Soviel dazu, daß er nicht zu Gewalttätigkeit neigt, dachte ich. Bis zum Oktober war niemand als nächster Verwandter eingetragen gewesen. Dann hatte er meinen Namen angegeben. So heftig er auch abstreiten mochte, daß ich ihm wichtig war – er hatte angefangen, auf mich zu bauen.

Es war halb drei, als ich die Klinik verließ. Humberto mußte beständig nach mir ausgeschaut haben, denn im nächsten Augenblick war er schon mit dem Wagen vorgefahren. »Bist du sehr müde?« fragte er, und als ich den Kopf schüttelte, sagte er, er wolle mit mir irgendwo hinfahren, und ich nickte bloß. Es war mir gleich, wohin. Er nahm wieder meine Hand in die seine, und wir fuhren schweigend los. Ich dachte an meine Mutter, er an Gott-weiß-was.

Jedesmal, wenn ich in eine Notfallaufnahme komme, muß ich an unseren Unfall denken. Mom und ich waren für ein paar Einkäufe in letzter Minute nach Eugene gefahren, weil ich am nächsten Tag zum College abreisen sollte. Beladen mit Paketen setzten wir uns in ein Fischrestaurant und bestellten Hummer und Weißwein, weil wir meinen Studienbeginn feiern wollten. Meine Mutter mußte dauernd weinen, und sie trank zwei ganze Gläser Wein, wogegen ich nur ein paar kleine Schlucke nahm, um meine Nerven zu beruhigen. Während des Essens fiel uns etwas ein, was wir unbedingt noch besorgen mußten, einen Koffer, den sie in Bandon gesehen hatte. Es dämmerte bereits, als wir uns auf die Rückfahrt machten, und wir waren ziemlich in Eile, weil wir es noch bis neun zu dem Geschäft schaffen wollten.

Der Scheinwerfer des Zuges schien noch eine Ewigkeit entfernt, und meine Mutter warf einen ungeduldigen Blick auf die rote Warnleuchte, die gerade zu blinken angefangen hatte. »Da kommen wir noch rüber«, sagte sie.

»Lieber nicht«, warnte ich sie.

Aber sie hatte bereits das Gaspedal zu Boden gedrückt, und das letzte, an was ich mich erinnere, war das ohrenbetäubende Kreischen von Stahlrädern auf Stahlgleisen.

Ich wurde aus dem Wagen geschleudert, weil ich vergessen hatte, meinen Sicherheitsgurt anzulegen, und kam so mit drei gebrochenen Rippen davon. Meine Mutter aber hätte den Unfall um ein Haar nicht überlebt. Ihr linkes Bein hatte eine böse Quetschung davongetragen; sie war ohnmächtig und wäre beinahe verblutet. Sechs Stunden lang habe ich in der Notaufnahme gewartet, während sie auf dem Operationstisch lag. Mein Vater, der abwechselnd am Rande der Tränen stand oder sich übertrieben zuversichtlich gab, sagte immer wieder: »Sie schafft es. Ich weiß, daß sie es schafft. Sie ist ein zähes Mädchen.«

Als sie in ihrem Zimmer endlich das Bewußtsein wiedererlangte, drückte sie ganz fest meine Hand und flüsterte: »Kannst du mir jemals verzeihen?«

»Oh, Mom«, sagte ich unter Tränen, »wenn du doch bloß wieder gesund wirst.« Ihr Gesicht war ganz verändert vor lauter Schwellungen und Blutergüssen, und als ich mich im Krankenhaus von ihr verabschiedete, weinte auch sie. »Ich habe uns das nicht antun wollen«, beteuerte sie. Mich quälten schmerzliche Schuldgefühle, weil ich sie in diesem Zustand in ihrem Krankenhausbett zurücklassen mußte. Kurz darauf bekam ich meinen ersten allergischen Ausschlag.

Ich begann mein Collegestudium mit zwei Wochen Verspätung, und bei meiner Mutter dauerte es fast ein Jahr, bis sie vollständig genesen war. Als ich im Sommer darauf nach Hause kam, war sie so ziemlich wieder ganz die Alte, aber sie hinkt seitdem ein wenig.

Die Vorstellung von Nicks schmerzverzerrtem Gesicht wollte mich nicht loslassen, bis Humberto den Wagen anhielt, ausstieg und mir die Tür öffnete. Wir waren in Downtown L. A., und dunkle, einsame Gestalten strichen an uns vorbei, während andere still in Hauseingängen hockten. Er nahm meine Hand und führte mich rasch in ein großes Gebäude. Plötzlich waren wir umgeben von einem Meer duftender Blumen, einer blendenden Mischung von Farben und Formen. Ich hatte schon vom Blumengroßmarkt gehört, aber ich hatte ihn noch nie besucht.

Das edelste Kosmetikinstitut von Paris hätte nicht solch ein berauschendes Aroma zu komponieren vermocht: Hier verbanden sich die Düfte von Jasmin, Fresien, Rosen, Gardenien, seltenen tropischen Pflanzen und Ziereukalyptus. Die Luft war eine süße Droge. Hierher kamen die Floristen mitten in der Nacht, um ihren Tagesbedarf einzukaufen; hier holten die Hotels ganze Lastwagenladungen voller Blumen für ihre sechs Fuß hohen Bukette ab. Marktbeschicker riefen einander etwas zu, Lastwagen kamen rückwärts an Tore herangefahren, Blumen wurden gebracht und wurden geholt. Überall herrschte reges Treiben.

Ich drückte mein Gesicht in Humbertos Pullover. »Danke, daß du mich hierher gebracht hast. Und wegen heute nacht tut es mir leid. Es war ein lausiger Abschluß für einen wunderschönen Urlaub.« Er gab mir einen Kuß auf die Stirn, die Nase und dann auf den Mund. Die Blumenhändler, die um uns herum arbeiteten, ignorierten unsere Umarmung. Wir ließen uns vom Duft der Blumen umfangen und schlenderten zwischen den Ständen umher, bis ich plötzlich stehenblieb und aufgeregt auf eine Auslage deutete. »Flieder im Januar! Wo haben sie denn den aufgetrieben?«

»Wenn irgendwo auf der Welt Frühling ist, kann auch in L. A. Frühling sein«, sagte Humberto. Er kaufte mir einen Strauß, und ich steckte meine Nase tief hinein.

»Meine Lieblingsblume«, sagte ich und mußte dabei an die Fliederbüsche meiner Mutter denken, an denen nach einem Frühlingsregen die Tropfen hingen. Eine der Blüten hatte ich in meinem Aufgabenheft in der Junior High School gepreßt.

Die frühe Morgenstunde weckte unseren Hunger, und wir frühstückten im *Pacific Dining Car*, einem rund um die Uhr geöffneten Restaurant in der Stadt. Und hier, in einer mit rotem Leder gepolsterten Nische bei Eiern und Toast, nahm Humberto meine Hand und sagte: »Ich möchte, daß du meine Frau wirst.«

Ich drückte fest seine Hand. Meine Augen brannten. »Ich liebe dich«, sagte ich, »aber das ist alles zuviel für eine einzige Nacht. Laß uns ein andermal darüber reden. Okay?«

»Okay«, sagte auch er, aber ich spürte, wie sein Körper sich ein wenig anspannte, und ahnte schon, daß ich mich mit dem Thema schon bald erneut würde auseinandersetzen müssen.

26

Während der folgenden Tage sprach ich mehrfach mit Morry Helman, um über Nicks Zustand auf dem laufenden zu bleiben. Am Donnerstag schien festzustehen, daß Nick bei dem Unfall keine bleibenden Schäden davongetragen hatte, aber er klagte über Schmerzen in der Stirn, die sich jedoch nach Meinung der Ärzte in einigen Wochen geben sollten. Außerdem wurde er auf leichte Verwundungen am Hals und am rechten Knie behandelt. Obwohl er noch unter Gedächtnisstörungen litt, was die Ereignisse unmittelbar nach dem Unfall betraf, schien sein Erinnerungsvermögen ansonsten normal zu funktionieren.

Als wir unsere Arbeit wieder aufnahmen, wurde deutlich, daß die Tatsache, daß Nick nur knapp dem Tode entronnen war, und das tränenerfüllte Geständnis seiner Gefühle für mich ihn mit Aspekten seines Lebens in Berührung gebracht hatten, von denen er zuvor nichts hatte wissen wollen. Ich mußte noch zusätzliche Termine für ihn einplanen, um seine Redebereitschaft in den Griff zu bekommen, und mir hinterher wiederum die Zeit nehmen, Niederschriften anzufertigen.

Jede wachgewordene Erinnerung ließ ihn angesichts der Kindheit, die er sich gewünscht, aber nicht bekommen hatte, noch depressiver werden. Ein traumatisches Erlebnis bestand darin, daß sein Vater ihn nach dem Tod von Nicks leiblicher Mutter regelmäßig am Morgen in eine Kammer eingeschlossen hatte, wenn er keinen Babysitter für ihn bekommen konnte. Nick war damals nicht älter als vier gewesen und hatte stundenlang in der schweigenden Dunkelheit gelegen. Anfangs hatte er noch geschrien und gegen die Tür gehämmert, aber als das nichts half, entwickelte er Methoden, die Zeit totzuschlagen, um seinen Alptraum wenigstens nicht gar so endlos scheinen zu lassen. Immer wieder sang er dieselben Abzählreime vor sich hin, immer in derselben Reihenfolge, und erfand sich einen imaginären Freund, mit dem er auf Abenteuer ausgehen konnte. Er vertiefte sich so sehr in diese Abenteuerphantasien, daß er sich manchmal, wenn die Kammertür plötzlich aufgerissen wurde, voller Schrecken mit der Realität seines Daseins konfrontiert sah.

Mehrere Sitzungen brachte Nick damit zu, Erinnerungen aus »seinen Tagen in der dunklen Kammer« heraufzubeschwören. Er nahm seine Arbeit wieder auf, um sich auf einen wichtigen Verleumdungsprozeß vorzubereiten, aber die bedrückenden Erinnerungen beeinträchtigten doch ständig seine Konzentrationsfähigkeit. Eines Nachts – er hatte bis in die frühen Morgenstunden über Urteilssammlungen gesessen – träumte er, mit seinem Vater auf der Hasenjagd zu sein. »Ich schoß einen, und als ich hinrannte, war es meine Mutter. Ich fiel auf die Knie, um sie in meine Arme zu nehmen, aber sie war tot. Ich konnte nicht zu weinen aufhören, stammelte immer wieder ›Mommy, Mommy‹. Dann bin ich aufgewacht.«

Die Erinnerungen, die dieser Traum aufgewühlt hatte, waren so traurige Natur, daß sie mir den ganzen Abend lang nicht aus dem Kopf gehen wollten. Nicks Mutter, Victoria, war an einem Ostersonntag verschwunden. Er war damals drei Jahre alt gewesen und hatte sich gerade die engen braunen Schuhe ausgezogen, die er immer auf dem Kirchgang tragen mußte. Danach schickte seine Mutter ihn zur Familie seiner Kusine, wo er den Rest des Tages verbringen sollte, aber am Abend rief sein Vater an, um zu sagen, er solle auch gleich bis zum nächsten Abend dortbleiben. Als Nick nach Hause kam, war keine Spur mehr von seiner Mutter zu finden. All ihre Kleider waren verschwunden, ihre Schminksachen aus dem Bad, selbst die Schürzen aus ihrer Küchenschublade. Im Schlafzimmer fand er ein wenig verstreuten Puder, den jemand beim eiligen Saubermachen übersehen hatte. Nick fuhr mit den Fingern hindurch und rieb ihn sich in sein kleines Gesicht. »Deine Mutter mußte verreisen.« Mehr hatte sein Vater ihm nicht sagen wollen, und auf Nicks drängende Fragen nach ihrer Rückkehr nur geantwortet, von nun an gäbe es nur noch sie beide.

Ein Plüschhase mit weichem, weißem Fell – sein Ostergeschenk – war das letzte, was er von seiner Mutter bekommen hatte, und er hatte ihn zu seiner Kusine mitgenommen. Als er mit seinem kostbaren Hasen im Arm nach Hause zurückkam, war der sein einziges verbliebenes Spielzeug. Sein Vater hatte nicht nur die letzte Spur von allem, was Nicks Mutter gehört hatte, entfernt, sondern auch sämtliche Spielzeuge, die Nick je von seiner Mutter geschenkt bekommen hatte, seine Lastwagen, seine geliebte Feuerwehr, seine Spielzeugeisenbahn, seine Teddybären, alles war nicht mehr da, und sein Vater sagte nur: »Wir fangen ein neues Leben an, Nicky, und ich werde dir alles kaufen, was du dir wünschst.«

Als dann Candy bei ihnen einzog, bedrängte sie Nicholas senior, er solle damit aufhören, seinen Sohn einzuschließen. Nick jedoch begann zu jener Zeit, sich ganz von selber in der Kammer zu verstecken. Instinktiv hatte er Angst davor, Candy seinen Hasen zu zeigen, und hielt ihn daher vor ihr verborgen. Inzwischen war der Hase auch schon ganz abgegriffen und schmutzig, und keiner außer Nick mochte ihn überhaupt anfassen.

Eines regnerischen Nachmittags – Candy war im Haus geblieben und hatte Feuer im Kamin gemacht – öffnete sie die Tür zur Kammer und fand Nick darin vor, den in Auflösung begriffenen Hasen an seine Brust gedrückt. Ehe Nick noch recht wußte, wie ihm geschah, hatte sie ihm das Plüschtier schon aus den Händen gerissen. »Wo zum Teufel hast du das die ganze Zeit gehabt? Das ist ja ekelig! Voller Ungeziefer!« Und schon war sie ins Wohnzimmer gestürzt und hatte den Hasen ins Feuer geworfen. Nick war hinter ihr hergelaufen und hatte mit der Hand ins Feuer gefaßt, um das letzte greifbare Verbindungsglied zu seiner Mutter zu retten. Während Nick beim Arzt die Hand verbunden wurde, versuchte Candy, ihn zu trösten. Es war keine schlimme Verbrennung, schlimm genug allerdings, um eine feine Narbe zurückzulassen, aber der Hase war verbrannt. Um den Verlust wieder gutzumachen, ging Candy nach dem Arztbesuch mit Nick in ein Spielwarengeschäft und kaufte ihm einen neuen Plüschhasen. Nick nahm ihn ohne ein Wort entgegen.

Vor dem Kamin lag immer noch ein Bein des alten Hasen, wo Nick es vor Schmerzen fallengelassen hatte. Er nahm das graue, verkohlte Stück auf, wickelte es sorgsam in ein Papiertaschentuch ein und versteckte es in der Fußspitze eines seiner guten braunen Schuhe. Wenn Candy die Pfote dort entdeckt haben sollte, hatte sie es jedenfalls vermieden, je ein Wort darüber zu verlieren. Auf dem Weg zum Spielplatz ließ der kleine Nick am nächsten Tag den neuen Hasen in den Abfalleimer eines Nachbarn fallen und verschwendete nie wieder einen Gedanken an Stofftiere.

Wenn ich Nick von seiner Kindheit erzählen hörte, ging mir auf, wieviel meine Eltern mir eigentlich bedeuteten. Ich hatte sie zwar zu Weihnachten angerufen, aber nur kurz mit ihnen gesprochen, und ich wußte, daß speziell meine Mutter gerne mehr über meine Reise erfahren hätte.

»Liebling!« begrüßte sie mich, wie es ihre Art war. »Wie geht es dir? Daddy ist draußen beim Krebsefangen. Ach, was wird er traurig sein, daß er nicht zu Hause war, als du angerufen hast.«

Beim Gedanken an meinen Vater draußen auf dem Steg mußte ich lächeln – wie er da mit den anderen Fischern Bier trank, Karten spielte und alle Stunde den Krebskorb einholte. »Ich rufe morgen wieder an und spreche dann mit ihm.«

Mom wollte wissen, was Isabella zu Weihnachten serviert, was sie angehabt hatte, wie ich sie fand. »Sie ist sehr förmlich. Erzogen, graziös zu wirken. Aber es hatte für mich den Anschein, als fühlte sie sich durch mich bedroht.«

»Ja, natürlich, wegen deines Berufes.«

»Nein, weil ich eine Konkurrenz für sie darstelle und außerdem nicht aus Südamerika stamme.«

»Na, egal. Worauf es ankommt, das sind du und Humberto. Wie läuft's mit ihm?«

Sie hätte völlig überreagiert, wenn ich ihr erzählt hätte, daß wir das Thema Heirat angesprochen hatten, also sagte ich lediglich: »Ich glaube, ich liebe ihn wirklich.«

»Ach, wie aufregend. Und ist er auch gut zu dir?«

»Er ist richtig toll. Bringt meine Sachen in die Reinigung, kocht für mich, vertraut mir seine Sorgen an.« Was für einen Zweck hätte es gehabt, ihr von unseren Diskussionen über meine Arbeit zu erzählen oder von dem Chaos, das Humberto immer im Bad zurückließ?

»Ach, Liebling, wie mich das alles freut. Aber es ist so schade, daß du ganz alleine da unten in Los Angeles bist. Kannst du uns nicht einmal mit ihm besuchen kommen?«

»Mal sehen. Es ist nicht leicht für ihn, sich vom Restaurant freizumachen.« Am anderen Ende entstand eine kurze Pause, und ich fügte rasch hinzu: »Aber *ich* komme ganz bestimmt. Übernächstes Wochenende.«

Als ich später Humberto davon erzählte, sagte er: »Ich möchte deine Eltern kennenlernen«, und ich bezog ihn ein wenig widerwillig in meine Pläne mit ein. Wir vier zusammen – mir war klar, daß das für mich den Gang über ein emotionales Minenfeld darstellen würde.

Obwohl keiner meiner Patienten so extrem wie Nick auf meine Abwesenheit reagiert hatte, mußte ich mir doch das eine oder andere anhören. Mit etwas beleidigter Stimme ließ Luness mich wissen, daß sie sich seit unserem letzten Termin ohne Unterlaß vollgestopft und dann wieder übergeben hatte. William hatte zu berichten, daß Elizabeth über die Feiertage ihre Sachen gepackt hatte und zu ihrem Liebhaber gezogen war, und daß er mit Fitneßübungen und seiner Briefmarkensammlung über den Verlust hinwegzukommen versuchte. Außerdem vertraute William mir an, daß er sich gelegentlich der Phantasievorstellung hingab, eine schöne Frau zu sein. Als ich ihn fragte, was er daran so ansprechend fand, sagte er: »Ich *möchte* eigentlich gar keine Frau sein. Die *Vorteile* sind es, die ich begehre. Schöne Frauen scheinen ständig von einer schützenden Luftblase umgeben zu sein.«

»Und wovor würde so eine Luftblase Sie schützen?«

»Vor Verantwortung. Risiken. Zurückweisung. Den drei Dingen, vor denen ich mich am meisten fürchte.«

»Und doch stellen Sie sich diesen drei Dingen und geben nicht auf.«

Er nickte bedächtig. »Ja, das stimmt wohl«, sagte er, und ich freute mich über den Fortschritt, den er machte.

Die meisten meiner anderen Patienten hatten meine Abwesenheit recht gut überstanden. Die Schwestern Romaine hatten Weihnachtseinkäufe für ein paar ans Haus gefesselte ältere Damen erledigt und es so sehr genossen, daß sie fortan öfters unter Leute gehen wollten. Eine Patientin, die im Oktober die Therapie beendet hatte, schrieb auf einer Postkarte, wie wohl sie sich fühlte. Selbst meine Supervisionsgruppe hatte endlich ein wenig von ihrer Unsicherheit abgeschüttelt, und es war erfreulich, zu sehen, wieviel sie dazugelernt hatten.

Nachdem ich während der Ferientage so gut hatte ausspannen können, wartete nun ein großer Haufen Arbeit auf mich. Viel Schreibkram wollte erledigt sein, Rechnungen und Befunde, die geschrieben werden mußten, stapelten sich; ich mußte Vorlesungen vorbereiten; die Radiosendung brachte mir neue Patienten, die von ihren Ärzten an mich verwiesen worden waren, und mit meinem Verleger war ich im Gespräch über ein Buch über Eßstörungen.

Meine Freizeit war knapp bemessen, und ich schlug deswegen allerhand Einladungen zum Essen oder zu Parties, zu denen ich mit Humberto kommen sollte, aus. Ich fühlte mich irgendwie hin- und hergerissen, denn schließlich liebte ich ihn ja, und mir fehlte das Zusammensein mit ihm.

Eines Abends kam er von einem Essen nach Hause und traf mich auf meinem Hometrainer an. »Damit vertreibst du dir also die Zeit, anstatt mit mir auszugehen«, stellte er gereizt fest.

»Ich habe den ganzen Abend gearbeitet. Ich mußte meinen Kopf mal von dem ganzen Kram freikriegen.«

»Du kriegst noch Arthritis, und unfruchtbar wirst du auch davon. Das passiert nämlich, wenn der Fettgehalt im Körper einer Frau zu stark sinkt.«

Ich drehte meinen Walkman lauter und trat noch schneller in die Pedale. Würde er denn nie begreifen, wie wichtig mir meine Arbeit war und wieviel Befriedigung sie mir verschaffte?

27

Es war als Fortschritt zu verbuchen, daß Nick seine Kindheitserinnerungen aufarbeitete, aber diese Erinnerungen waren höchst unerquicklicher Natur, und je mehr er über sie redete, um so verbitterter wurde er. Wenn er mit hochrotem Gesicht schreiend in meiner Praxis umherrannte, wurde nicht nur deutlich, wie impulsiv er reagieren konnte, sondern auch, wie verletzlich er war. Hinter seiner Rage steckte tiefe Verzweiflung. Er ließ sich lautstark darüber aus, was für ein Lump sein Vater gewesen war, wie gefühllos und gemein. Wenn er betrunken nach Hause kam, hatte Candy zur Stelle zu sein, und wenn das nicht der Fall war, setzte es augenblicklich Prügel, sowie sie nur zur Tür hereinkam. Einmal hatte Nick sich zwischen die beiden geworfen, und sein Vater hatte ihn quer über den Küchentisch geschleudert, wobei Nick sich den Arm brach. Nach allem, was ich über Nicks Vater hörte, war er ein brutaler, selbstsüchtiger Mann gewesen, der ständigen Zuspruchs bedurfte, und je mehr Nick über ihn nachdachte, um so mehr dürstete ihn nach Vergeltung. »Wenn er nicht schon tot wäre, würde ich ihn jetzt umbringen«, erklärte er.

Eines Tages, als Candy nicht im Hause war, hatte Nick senior seinen Sohn wieder einmal eingesperrt, um ihn fürs Bettnässen zu bestrafen. Bei ihrer Heimkehr schloß Candy die Kammer auf und fand einen nackten, heftig nach Luft ringenden Nick mit fest zusammengekniffenen Augen vor. Er und sein Freund waren gerade auf einem Kamel in der Wüste unterwegs gewesen, genau wie in seinem Lieblingskinderbuch. Nick drohte im wahrsten Sinne des Wortes in der Gluthitze zu ersticken, hatte sich die Kleider vom Leib gerissen und bildete sich ein, daß die Sonne unbarmherzig auf die beiden herniederbrannte. Er war auf dem Kamelrücken in Schweiß ausgebrochen und hatte die Arme um seinen Freund geworfen. »Das treibst du also, wenn du hier in der Kammer sitzt«, hatte sie gesagt. »Es war so heiß da drinnen«, hatte Nick mit leiser Stimme geantwortet.

Sie war neben ihm in die Knie gegangen, ihr säuerlicher Whiskyatem strich ihm warm übers Gesicht, während sie ihm mit den Händen über die Schultern und die Brust fuhr. Er fürchtete sich so sehr, daß er sich naßmachte. »Hab doch keine Angst«, hatte sie ihn zu trösten versucht.

»Wie alt waren Sie da?« fragte ich.

»Etwa sieben.«

»Hatten Sie damals irgendwelchen sexuellen Kontakt mit ihr?«

Er zögerte. »Ich bin mir sicher, daß meine Vorliebe für heiße Bäder von meiner Ma kommt. Nachmittags verbrachte sie endlose Zeit in der Badewanne. Zuerst habe ich geglaubt, sie würde weinen oder wäre krank, und ich habe mich hinter die Tür gestellt und gefragt, ob es ihr gut geht. ›Geh nach draußen zum Spielen‹, hat sie gesagt. ›Mir geht's bestens.‹ Später habe ich dann damit angefangen, sie durchs Schlüsselloch zu beobachten.« Er schüttelte den Kopf und starrte an die Decke. Vor meinen Augen erschien das Bild dieser Sirene mit dem rabenschwarzen Haar, wie sie sich im Dampf ihres heißen Bades selber mit den Händen liebkoste.

»Wenn mein Dad nicht nach Hause kam, leerte sie eine Flasche und hat mich dann bei sich schlafen lassen. Sie hatte große, weiche Brüste. Den Kopf zwischen die Titten einer Frau zu legen, macht mich heute noch an. Manchmal, wenn ich komme, halte ich mir ein Kissen vors Gesicht.« Er wandte sich von mir ab und legte sich auf die Couch. »Nachdem sie fort war, habe ich sie gehaßt. Wenn sie mich wirklich geliebt hätte, wäre sie nicht von mir fortgegangen.«

»Vielleicht war das nicht die ganze Geschichte. Haben Sie je erfahren, was *sie* dazu zu sagen hatte?«

»Nein.« Er lag still auf der Seite zusammengerollt. Nach ein paar Minuten sagte er: »Eines hat sie allerdings doch für mich getan. Sie hat mir beigebracht, wie man eine Frau befriedigt.« Ich war entsetzt. Im Verlauf der nächsten Sitzung fragte Nick, ob ich mir Notizen über ihn machte. Als ich das bejahte, sagte er: »Ich hasse den Gedanken, daß solche persönlichen Dinge festgehalten werden.«

Wenn ich an seine Nachforschungen dachte, konnte ich nur zu gut verstehen, warum. »Ich werde versuchen, es auf das absolut notwendige Mindestmaß zu beschränken.«

»Ja, das werden Sie wohl«, sagte er und kehrte dann zu seinen bitteren Kindheitserinnerungen zurück.

Was in meiner eigenen Kindheit nicht so ganz richtig gelaufen war, erschien mir läppisch im Vergleich zu dem, was Nick erlebt hatte. In jener Woche trafen Humberto und ich am Freitagabend spät in Bandon ein, und während der dreistündigen Fahrt vom Medfort Airport kamen wir an einigen Stätten aus meiner Vergangenheit vorbei, zu denen ich Humberto etwas erzählen konnte – wir erhaschten einen Blick auf den eisigen Rogue River, wo mein Vater und ich immer geangelt hatten; passierten den Bahnübergang, an dem meine Mutter und ich in den Zug gerast waren, fuhren an meiner High School vorbei und an dem Spielplatz, wo mein Dad mir so lange den Ball zugeworfen hatte, bis mir vom Hin- und herdrehen ganz schwindlig geworden war.

Ich sah immer noch meine Handflächen vor mir, ganz rot und voller Blasen vom Baseballschläger. »Den Maßstäben meines Vaters nach war ich ein Schwächling – ich fing viel zu schnell zu weinen an, ich war eine miserable Baseballspielerin, und ich hatte Angst im Dunkeln.«

»Aber ist er denn jetzt nicht stolz auf dich?«

»Ich weiß nicht. Kann sein.« Und dennoch regte es mich auf, daß mein Vater mich nur ein einziges Mal richtig anerkannt hatte, nach Abschluß meines Studiums. Seine eigenen Eltern hatten geglaubt, er hätte die High School hingeschmissen, weil es ihm einfach am nötigen Grips fehlte, und das war auch der Grund, weswegen Baseball ihm so wichtig war. Ich aber hatte meinen Vater nie für dumm gehalten. Als ich einen Kurs über kognitive Funktionen belegt hatte, beschlich mich plötzlich die Ahnung, er könnte unter einer Lese-/Rechtschreibschwäche leiden, und über die Frühjahrsferien brachte ich ein paar Tests mit, die ich mit ihm machen wollte. Die Ergebnisse bestätigten meine Vermutung. Mit rotem Kopf stümperte er sich durch Lese- und Rechtschreibübungen für Achtkläßler, aber wenn ich ihm Texte laut vorlas, war sein Vokabular auf Collegeniveau. Von der staatlichen Blindenhilfe besorgten wir ihm einen Audiothekenausweis, und schon bald eröffneten sich ganz neue Welten für ihn. Schon während der ersten Woche hörte er sich eine gekürzte Fassung von Darwins *Über den Ursprung der Arten*, *Berühmte Reden Amerikanischer Staatsmänner* und einen historischen Westernroman von Zane Grey an.

Am letzten Abend der Semesterferien kam er in mein Zimmer und setzte sich auf den viel zu kleinen Stuhl, der immer noch neben meinem alten Schreibtisch aus Schulzeiten seinen Platz hat. Das blonde Haar auf seinem Unterarm schimmerte golden im Licht meiner Tischleuchte. Auf der Brust seines T-Shirts waren ein paar verwaschene Fettflecken.

»Sarah ...« setzte er an, brachte den Satz aber nicht zu Ende. Er ließ den Kopf sinken – durch sein blondes Haar zogen sich damals schon die ersten grauen Strähnen –, hielt sich die Hand vors Gesicht und versuchte, ein Schluchzen zu ersticken. Nur ein einziges Mal hatte ich ihn früher so weinen sehen, im Krankenhaus, als wir auf Neuigkeiten über den Zustand meiner Mutter warteten.

»Ich danke dir«, sagte er schließlich. Mehr nicht.

Als wir endlich das kleine, gepflegte Haus meiner Eltern erreichten, war ich ziemlich angespannt. Ich wußte, daß Humbertos Geschäftstüchtigkeit und seine Zuneigung zu mir Eindruck auf sie machen würden, aber ich wußte nicht, ob sie sich in seiner Gegenwart nicht befangen fühlen würden, und ich selber hatte sie schließlich auch schon seit geraumer Zeit nicht mehr zu Gesicht bekommen.

Meine Mutter hatte den Küchenboden gebohnert, die Tischplatte aus Eiche im Eßzimmer mit Politur behandelt und frische Bettwäsche und Handtücher in unserem Zimmer bereitgelegt. Sie nahm uns mit Umarmungen und Küssen in Empfang. Mein Vater wirkte gar nicht wie er selber, so übertrieben herausgeputzt war er in seinen blankgewienerten Lederschuhen und der Polyesterhose; er hatte sein unbändiges Haar mit Pomade zurückgekämmt und begrüßte uns mit entschieden zu kräftigem Handschlag.

Bei den Vorbereitungen zu Tee und Kaffee standen wir uns gegenseitig im Weg, meine Mutter mäkelte an mir herum, ich wäre zu dünn, während ich dachte, wie fett sie geworden war. Vor unserer kleinen spätabendlichen Mahlzeit gingen Humberto und ich in mein altes Kinderzimmer, das eigentlich viel zu eng für uns beide war, um unsere Sachen auszupacken. Keine Spur mehr von seinen Seidenhemden und Gabardinehosen; er hatte Jeans und Wanderstiefel eingepackt, lauter Baumwoll- und Cordsachen. »Du bist doch der Süßeste«, sagte ich und drückte ihn fest an mich.

Mom führte ihm meine Fotos aus Kinderzeiten und meine Schulzeugnisse vor, die sie immer noch an der Wand des Arbeitszimmers hängen hatte. »Sarah war eine richtige Musterschülerin«, sagte sie. »Immer mußte sie die Beste von allen sein.« Und was wäre mir auch anderes übriggeblieben? dachte ich grimmig. Du hast dich ja hängenlassen, hast nichts mehr aus dir gemacht. Und Dad hing irgendwelchen Weibern am Rockzipfel. Ich *mußte* mich ja einfach selber von Grund auf neu definieren.

Humberto war beeindruckt von meinen Auszeichnungen. »Davon hat sie mir ja nie was erzählt! Und wie hübsch sie in diesen Kleidern ausgesehen hat!«

»Die habe ich selber genäht«, erklärte Mom voller Stolz. »Heutzutage zieht sie es natürlich vor, in Beverly Hills einzukaufen. Ja, für meine Sarah ist nur das Beste gut genug.«

Ich versuchte, ihren Tonfall zu ignorieren. »Mom hat ein unheimliches Talent, Kleider zu entwerfen und zu nähen. Wenn ich heute so einen guten Geschmack habe, liegt das nur daran, daß sie mir beigebracht hat, worauf es ankommt.«

Mom brachte einen mächtigen Schokoladenkuchen auf den Tisch, von dem Humberto gleich zwei Stücke verzehrte, obwohl er sich vorgenommen hatte, im neuen Jahr der Schokolade abzuschwören. Als er sich nach dem Rezept erkundigte, hatte er ihr Herz gewonnen. Mom lief rot an vor

Stolz. »Es ist nur ein ganz einfacher Schokoladenkuchen, wie man ihn zu Hause backt. Ihre Konditoren können bestimmt aus der hohlen Hand etwas Besseres auf die Beine stellen.«

»Im Gegenteil«, sagte er. »In einer professionellen Küche bekommt man nie die Qualität zustande wie am heimischen Herd.«

Meine Mutter schrieb ihm das Rezept auf und erklärte ihre spezielle Teigmischung. Humberto hörte aufmerksam zu, stellte ihr Fragen nach Nüssen und besonderen Schokoladensorten, obwohl er davon viel mehr Ahnung hatte als sie. Als ich zusah, wie sie beide mit gebeugten Köpfen über dem Rezept saßen, mußte ich zu meiner Überraschung feststellen, daß sie sich in gewisser Hinsicht ähnlich waren. Wie dumm von mir, daß mir das nicht eher aufgegangen ist, dachte ich.

Auch bei Dad wußte Humberto sofort, wie er ihn zu nehmen hatte. Aus dem Nichts zauberte er plötzlich Namen aus der Baseballoberliga, Footballergebnisse und Vorhersagen für den Ausgang des *Superbowl* hervor. Gegen Mitternacht saß mein Dad lachend auf dem Sofa, trank sein Bier und rülpste laut und unbekümmert. Das größte Kompliment für Humberto war, daß Dad extra seinen abgegriffenen alten Baseballhandschuh hervorkramte. Wie jedesmal, wenn er besonders gute Laune hatte, zog er seinen Handschuh an und ließ den Ball hineinschnellen, wobei er die Unterhaltung in Abständen von fünf Sekunden mit einem nicht zu überhörenden *Plopp* begleitete. Später dann, als Humberto und ich eng zusammengekuschelt in meinem alten Bett lagen, fragte ich ihn: »Wo hast du bloß gelernt, so daherzureden? Du guckst dir doch nie Football an.«

Er kicherte leise. »Ich muß bei jedem wissen, wie ich ihn zu nehmen habe. Zu uns ins Restaurant kommen ziemlich viele Footballstars. Gestern hat mir einer von ihnen gesagt, wer die Favoriten für die Endrunde sind. Ich dachte mir, das würde deinen Dad interessieren.«

»Wie fandest du meine Mutter?«

»Ich mag sie, aber manchmal gehen ihre Bemerkungen ein bißchen unter die Gürtellinie.«

»Sie fühlt sich betrogen, und sie will nicht wahrhaben, wie hart ich für das arbeite, was ich besitze.«

»Neid macht einen blind für so was.«

Ich küßte ihn. Ganz leise, so langsam, daß er kein Geräusch dabei machte, drang er von der Seite in mich ein und streichelte mich dabei mit den Fingern. Ich kam heftig und rasch und klammerte mich danach an ihn wie ein Affenbaby an seine Mutter.

Als Humberto und mein Vater am nächsten Tag zum Krebsefangen gegangen waren und meine Mutter und ich fürs Essen einkauften, platzte es aus ihr heraus: »Er ist so charmant, Sare. So liebenswert. Wie sieht's denn im Bett aus?«

»Richtig gut, Mom. Ein bißchen zu gut.« Ich suchte zwischen den Tomaten nach festen Früchten.

»Wie kann ein Mann denn zu gut im Bett sein?«

»Ich weiß nicht – ein bißchen zuviel Erfahrung.«

Sie griff mich bei der Jacke und zog mich zu sich heran. »Jetzt mach bloß keinen Mist und verdirb es mit ihm! Nimm ihn so, wie er ist! Immer machst du dir Probleme, wo es gar keine gibt.«

Ich zog meinen Arm weg. »Anstatt den Kopf in den Sand zu stecken wie du, meinst du wohl?« Alles in ihrem Gesicht sackte herunter. Sie wandte sich ab und begann, den Einkaufswagen mit Äpfeln vollzuladen. Warum hatte ich mich von ihr zu einer Szene hinreißen lassen?

»Es tut mir leid, Mom. Laß uns mehr Geduld miteinander haben. Ich weiß noch nicht, was aus mir und Humberto wird. Ich glaube, ich habe mich in ihn verliebt, und ich glaube, er liebt mich auch. Das ist alles, was ich bisher sagen kann, okay?« Meine Mutter war nicht so leicht zu besänftigen. »Okay«, sagte auch sie, aber ihre Stimmung blieb gedrückt, und sie redete nicht mehr so viel wie gewöhnlich.

Nach Fisch stinkend und mit vom kalten Wind geröteten Wangen kamen Humberto und mein Vater am späten Nachmittag zurück. Humberto stolperte mit dem schweren Kühlbehälter in die Küche, stellte ihn auf der Anrichte ab und lüftete nur kurz den Deckel, damit ich einen Blick auf die elf wundervollen Dungeness-Krebse werfen konnte. Er verkündete, ein Krebssoufflé aus ihnen machen zu wollen, und zog sich dann nach oben unter die Dusche zurück, während mein Dad seinen Kleinlaster saubermachte.

»Klassetyp!« sagte Dad, als er hereingepoltert kam. »Kennt sich fast so gut mit den Wassertümpeln aus wie ich.« Er senkte die Stimme. »Aber ich glaube, er braucht ein bißchen mehr Durchhaltevermögen. Konnte nicht mal die eine Meile zum Krebskocher gehen. Sagte, er wollte sie lebend nach Hause bringen, um sie dann hier zu kochen, aber ich glaube eher, daß er mal 'ne Pause nötig hatte.«

Etwas verwundert entschuldigte ich mich aus der Küche. Humberto, der jeden Tag in seinem Pool schwamm, war in Bestform. Oben in meinem früheren Schlafzimmer fand ich einen frisch geduschten Humberto vor, der über den Fußboden humpelte. »Was ist passiert?« fragte ich.

»Psst. Dein Vater hat mir den Eisbehälter auf den Zeh fallen lassen. Ich glaube, er ist gebrochen.«

Ich sah, daß der kleine Zeh seines rechten Fußes blau und geschwollen war. »Oh, Schatz, das sieht ganz danach aus!«

»Das einzige, was man tun kann, ist, ihn mit dem Zeh daneben zusammen zu verbinden. Diesen Zeh habe ich mir schon einmal gebrochen.«

»Warum hast du Dad nichts davon gesagt?«

»Er wäre sich nur wie ein Tollpatsch vorgekommen, und dann wäre ihm seine gute Laune verdorben gewesen.« Ich umarmte ihn und ging dann ins Badezimmer, um nach Leukoplast zu suchen. Er hatte ja recht. Dad wäre es schrecklich peinlich gewesen, und ich war Humberto sehr dankbar dafür, daß er ihm das erspart hatte.

Es half schon etwas, seine beiden Zehen zusammenzubinden, und für den Rest des Wochenendes trug er nur seine bequemsten Tennisschuhe. Als ich ihm meine frühere High School zeigte, kicherte er und sagte: »Auch an einer kleinen Schule die Abschiedsrede halten zu dürfen, ist schon etwas.« Ich boxte ihn, und er machte ein Foto von mir an der Eingangstür der Schule, auf dem ich meinen Bizeps spielen ließ. Nachher knipste er dann noch mich und meine Eltern vor unserem Haus. Nicht ein einziges Mal kam in mir ein unwohles Gefühl auf, weil seine Eltern so viel begüterter waren als meine.

28

Der neugewonnene Zugang zu seinen Gefühlen und seinen Erinnerungen wirkte sich auch auf Nicks äußeres Erscheinungsbild aus. Er bevorzugte nun wärmere Farben und weichere Stoffe; er ließ sein Haar länger wachsen; trug das Hemd offen. Die kurzen Hemdsärmel offenbarten eine weiche, gebräunte Haut, gut sichtbare Muskeln, ebenmäßige Proportionen. Aber geblieben war sein immer frischer Duft wie nach Seife, Zahncreme und Babypuder. Wie ich gehofft hatte, ließ auch die unbändige Wut auf seinen Vater ein wenig nach. Nick war jetzt bereit zuzugeben, daß der Mann hart gearbeitet hatte, um seinen Sohn durchzubringen; er wußte schreckliche Geschichten aus der Kindheit seines Vaters zu berichten; er sagte, kurz vor seinem Tod wäre ein sentimentaler, einsamer Mann aus ihm geworden.

Nach und nach begann Nick auch, mehr von Candy zu erzählen. Er spielte auf seinen sexuellen Kontakt mit ihr an, indem er erwähnte, er wäre häufig in ihren Armen eingeschlafen. Eines Tages berichtete er mir von einem Vorfall, der offenbarte, wie intensiv dieser Kontakt wirklich gewesen war. Nick war damals neun, und sein Vater zur Nachtschicht gegangen. Aus Angst vor einer Rechenarbeit am nächsten Tage hatte

Nick wieder einmal sein Bett naß gemacht, und Candy hatte ihm geholfen, die Bettbezüge zu waschen. Sie wischte ihm die Tränen ab und ließ ihn ein paarmal an ihrem Jim Beam nippen. »Komm und schlaf bei mir«, hatte sie danach gesagt.

Sie trug nichts als ein dünnes Nachthemd, und während sie mit den Hüften wackelnd zum Bett ging, konnte er durch den zarten Stoff hindurch die Umrisse ihres nackten Körpers sehen. Er hatte den Wunsch, sie zu berühren. Er wollte, daß sie beide sich aneinander klammerten wie die zwei Hunde auf dem Nachbargrundstück, die nicht voneinander lassen wollten, bis jemand Wasser über sie schüttete. Im Bett ließ sie ihn an ihren Brustwarzen saugen. In derselben Nacht schloß sich ihre Hand um seinen Penis, und er hatte seinen ersten Samenerguß. Auch später noch erlebte Nick seine intensivsten Orgasmen in völliger Finsternis, wenn eine Frau ihn befriedigte, während er sich ein Kissen vor das Gesicht hielt. Schuldgefühle, Erstickungsangst und Erregung hatten sich in einer erotischen Mischung in seine Psyche eingebrannt.

Zwei Tage waren seit meinem Gespräch mit Nick über Candy vergangen, als ich morgens die Tür zu meiner Praxis unverschlossen vorfand. Ich begab mich sofort in das Büro des Managers, und wir kehrten zusammen zurück, um die Angelegenheit zu untersuchen.

Es schien, als wäre nichts angerührt worden. Meine Bilder hingen alle an ihrem Platz, mein Kassettenrecorder lag an der Stelle, an der ich ihn zurückgelassen hatte, auch mein kleiner Glaselefant war noch vorhanden. Der Manager zuckte mit den Schultern. Vermutlich hätte der Hausmeister nach dem Saubermachen vergessen, wieder abzuschließen, sagte er. Als ich später die Karte eines Patienten aus meiner Registratur holen wollte, stellte ich fest, daß diese ebenfalls unverschlossen war. Instinktiv griff ich nach Nicks Akte. Alle die Seiten, auf denen seine Lebensgeschichte aufgezeichnet war, befanden sich in der umgekehrten Reihenfolge. »Dieser verfluchte Kerl«, sagte ich laut.

Wieder einmal machte ich einen Termin mit Zachary, um die Situation mit ihm zu besprechen. »Der Bursche ist einfach zu gerissen«, sagte er. »Er weiß, daß Sie für die Sicherheit Ihrer Unterlagen verantwortlich sind. Wenn Sie ihn also beschuldigen, den Einbruch verübt zu haben und sich an seiner Akte zu schaffen gemacht zu haben, kann er mit Recht kontern, daß Sie versäumt haben, vertrauliche Unterlagen über ihn angemessen aufzubewahren.«

»Ich bin nur froh, daß Sie jetzt sehen, womit ich es zu tun habe. Ich habe ja schon einiges erlebt, aber noch nie so etwas. Meinen Sie, ich sollte ihn unmittelbar damit konfrontieren?«

»Nein. Ich würde dokumentieren, was sich abgespielt hat, und seine Unterlagen bei sich zu Hause oder in Ihrem Safe aufbewahren, falls Sie einen besitzen.«

»Und falls er kommt, um danach zu suchen?«

»Was kann er denn diesmal gefunden haben?«

»Hauptsächlich Versicherungsangelegenheiten, Notizen über sein Verhalten, aber nicht allzuviel über sich selber.«

»Dann glaube ich nicht, daß er es noch einmal versuchen wird.« An diesem Tag sagte Zachary mir, daß er Mitte März zu einer einmonatigen Urlaubsreise nach Asien aufbrechen würde. Ich wünschte ihm alles Gute und hoffte, daß ich dann soweit wäre, ohne seine Hilfe mit Nick fertig werden zu können.

Je mehr Gefühle Nick in sich aufwühlte und mir anvertraute, um so mehr verfestigte sich in ihm die Vorstellung, daß er mich nicht nur sehen mochte, sondern richtiggehend *in mich verliebt* war, und daß alles, was mit ihm nicht stimmte, wieder ins Lot käme, wenn er mich nur körperlich besitzen dürfte. Das kommt in einer Therapie durchaus vor – so manche Patienten und auch Patientinnen hatten schon sexuelle Gefühle mir gegenüber zum Ausdruck gebracht –, aber seine Offenbarung kam in so unmittelbarer Folge auf das, was er mir von seiner Stiefmutter erzählt hatte, daß ich diese Empfindungen als zwanghaften Versuch wertete, das, was zwischen ihm und ihr vorgefallen war, noch einmal zu erfahren und damit wieder gutzumachen. Es war kein allzugroßer Schritt von einer realen Inzesterfahrung zu einem körperlichen Verlangen nach meiner Person – einer Mutterfigur, die ihm so aufmerksam zu lauschen wußte.

Zum Valentinstag bekam ich von Humberto sechs Höschen mit Spitzenbesatz, in die er meine Initialen hatte einsticken lassen. Nick brachte mir ein Herz aus Jade. Zuerst wollte ich mich weigern, Nicks Geschenk zu akzeptieren, aber kurz bevor er ging, legte er es vor mich auf den Schreibtisch und sagte: »Würden Sie so gut sein, das anzunehmen? Es hat bloß fünfzehn Dollar gekostet, und ich würde mir wie ein Idiot vorkommen, wenn Sie es mir zurückgeben.« Ich wollte nicht das Risiko eingehen, ihn vor den Kopf zu stoßen, indem ich mich wegen dieses kleinen Geschenks stur stellte. Ich ließ es auf dem Schreibtisch liegen.

Später sprach ich mit Zachary über Nicks Entwicklung: von einem meiner widerstrebendsten Patienten zu einem, der das Gefühl hatte, in mich verliebt zu sein. »Ich glaube, das ist nur eine andere Form des Widerstandes«, sagte ich.

»Da stimme ich mit Ihnen überein. Wenn er an Sie denkt, ist sein

Verstand beschäftigt, andere Gedanken werden abgeblockt, Depressionen und Einsamkeitsgefühle stellen sich nicht ein. Im Grunde genommen will er sich nicht mehr mit der Erinnerungsarbeit abgeben und statt dessen Sie mit Haut und Haaren besitzen. Sie müssen diese Gefühle erforschen, damit Sie seiner Therapie nicht im Wege stehen.«

Zacharys Worte noch frisch im Gedächtnis, sagte ich zu Nick: »Erzählen Sie mir alles, was Ihnen in bezug darauf, daß Sie in mich verliebt sind, in den Sinn kommt. Lassen Sie uns versuchen, der Sache so gut wie möglich auf den Grund zu gehen.«

»Ich bin noch nie so verliebt gewesen«, antwortete er. »Wenn wir uns lieben könnten, ein einziges Mal nur, würde das mein ganzes Leben verändern.«

Jedesmal, wenn er mir damit kam, sagte ich: »Was würde denn für Sie anders werden, wenn wir uns liebten?« und die Antworten darauf variierten von Mal zu Mal.

Während einer Sitzung lautete seine Antwort: »Ich stelle mir vor, in Ihrer Wärme festgehalten zu werden und aus Ihrer Berührung neuen Mut zu schöpfen. Wenn wir uns lieben würden, hätte ich nicht mehr das Gefühl, etwas in mir wäre verlorengegangen.«

»Was ist denn in Ihnen verlorengegangen?« fragte ich, aber er wollte nicht darauf eingehen, konnte nicht darüber sprechen, klammerte sich an der einzigen Lösung fest, der Heilung durch das Eintauchen in meinen Körper.

Bei anderer Gelegenheit sagte er: »Ich würde mich unglaublich stark fühlen, wenn ich mit Ihnen schlafen könnte; danach hätte ich das Gefühl, mir könnte nichts mehr schiefgehen.«

»Wieso stark?«

»Weil Sie nicht mit Ihren Patienten zu schlafen pflegen, also wäre ich etwas ganz Besonderes, wenn Sie es mit mir täten.«

Er berichtete, er hätte sich mit einem Kollegen namens Billy Checkers, der sich vor kurzer Zeit erst verlobt hätte, betrunken. »Da habe ich mir vorgestellt, mit Ihnen verheiratet zu sein«, sagte Nick. Es gab noch so manche andere seiner Phantasien, die wir erforschten. Er wollte meinen Verstand, meine Einsichten, und er glaubte, durch eine physische Vereinigung könnte er meine psychologischen Kenntnisse erwerben. Bisweilen kam es mir vor, als wäre ihm das ohnedies schon gelungen, weil er schon genauso redete wie ich.

Noch eine Vorstellung wollte ihn nicht loslassen: In mein Bett eingelassen zu werden, würde ihm das Gefühl geben, ganz und gar akzeptiert zu sein, und mit dieser Absolution in der Tasche könnte er fortan ein ganz anderes Selbstwertgefühl haben. Sollte ich ihm aber diese Erlösung verweigern, war das grausam von mir, sagte er. Er wurde laut und flößte mir mit diesem Aufwallen seiner Gefühle Furcht ein.

Alle meine Patienten waren mir wichtig, aber durch die Stunden mit Nick fühlte ich mich in ganz besonderem Maße vereinnahmt, und ich beschäftigte mich in meinen Gedanken noch mehr als ohnehin schon mit seiner Therapie. Ich las alles, was ich zum Thema erotische Übertragungen und die Reaktionen darauf finden konnte. Wenn andere Patienten bei mir in der Sprechstunde waren, mußte ich mich zwingen, Fragmente meiner Gespräche mit Nick aus meinen Gedanken zu verbannen, um klar denken zu können. Und auch beim Joggen, Schwimmen oder Autofahren war ich ständig mit der Lösung für diesen gordischen Knoten beschäftigt – wie ich seine Besessenheit von mir überwinden sollte.

Es gab noch so manche Tage, an denen ich morgens beim Eintreffen in meiner Praxis das Gefühl hatte, er wäre dagewesen. Nichts fehlte, nichts war beschädigt, aber kleine Veränderungen schienen einhergegangen zu sein, etwa bei der Anordnung der Kissen auf der Couch oder der Papiere auf meinem Schreibtisch. Ich sagte mir, daß ich mir das nur einbildete, vor allem, wenn es in der Praxis ganz leicht nach Babypuder duftete. Jetzt hast du schon Geruchshalluzinationen, dachte ich.

Mein Studium der einschlägigen Literatur, meine Beratungen mit Zachary und die eigenen Erwägungen führten mich sämtlich zu demselben Schluß. Nicks Wunsch, Besitz von mir zu ergreifen, war ein Notbehelf, mittels dessen er versuchte, seine inneren Probleme in den Griff zu bekommen, die einzige, wie er glaubte, ihm verbliebene Lösung. Um zu den tieferliegenden Schichten dieses Problems vorzudringen, mußte ich noch mehr über diese Gefühle mir gegenüber in Erfahrung bringen; ich mußte begreifen, *was* es war, was er an mir liebte, *warum* er in mich verliebt, und *wann* dieses Gefühl bei ihm am stärksten war. Nur auf diese Weise konnten wir zu den dahinterliegenden Zwangsvorstellungen und Bedürfnissen vorstoßen. Die Therapie bot die Möglichkeit einer dauerhaften und auch erreichbaren Lösung, während seine Methode – mich zu besitzen – in die Sackgasse führte. Vor mir lag schwere Arbeit. Nick war unerbittlich in seinen Verführungskünsten – leidenschaftlich, vor allem auch in seinem sehr expliziten Sprachgebrauch –, und trotz meiner Liebe zu Humberto gab es Augenblicke, in denen ich den starken Drang verspürte, mir die Kleider vom Leibe zu reißen und mich gleich auf dem Fußboden meiner Praxis Nick hinzugeben.

Ich beschäftigte mich intensiv mit meiner eigenen persönlichen Geschichte, um zu begreifen, warum ich mich so von einem »verbotenen« Mann in Versuchung bringen ließ, wo ich doch frisch verliebt in einen anderen war, bei dem dieser Liebe auch nichts im Wege stand. Ich kam zu dem Schluß, daß der Grund in alten Ressentiments und unerwiderter Liebe zu meinem Vater zu suchen war. Außerdem befand ich mich auch beruflich gerade in einer riskanten Phase – ich war versucht, mich mit dem idealisierten Bild, das ein Patient von mir entwarf, zu identifizieren – und gemahnte mich immer wieder daran, daß seine Liebe nur eine Folgeerscheinung unserer therapeutischen Beziehung darstellte, einzig und allein auf seinen Phantasievorstellungen von mir beruhte und nichts mit der wirklichen Sarah zu tun hatte, die er ja kaum kannte. Aber manchmal hatte ich doch die Empfindung, ich würde seine Liebe erwidern, wenn auch nicht auf die Art und Weise, wie er sich das vorstellte, sondern weil er mit solcher verteufelten Beharrlichkeit um mich warb und auch um der Einfühlsamkeit und der vernünftigen Einsichten willen, die er im Laufe unserer Gespräche mir gegenüber gezeigt hatte.

Nach einigem Nachdenken erklärte Nick sich mit meinem Vorschlag einverstanden, er solle in Zukunft auf der Couch liegen, aber das Gesicht von mir abgewandt halten. Ich glaubte, das würde es ihm leichter machen, Dinge zu diskutieren, die ihm peinlich waren. Was für eine große Erleichterung das auch für mich bedeutete, ließ ich allerdings unerwähnt. Bei ihm hatte ich oft das Gefühl, meine Kleider wären durchsichtig und daß sein Blick, wenn er für eine Weile auf einem Teil meines Körpers ruhte, ihm diesen Körperteil nackt offenbarte, so daß er ihn berühren und seinen Atem darüberstreichen lassen konnte.

29

Ich brauchte ein Ventil für die Stimulation und die sexuelle Spannung, die Nicks Gegenwart in mir hervorrief, und überließ mich im Bett daher voll und ganz Humbertos Wünschen. Meine Orgasmen wurden so heftig, daß ich oft glaubte, ich würde ohnmächtig. Aber wenn wir nicht gerade im Bett lagen und uns liebten, verspürte ich doch eine gewisse Reserviertheit Humberto gegenüber. Es gefiel mir nicht, daß er an meiner Arbeit ständig etwas auszusetzen hatte, und auch nicht die Art, wie er plötzlich kleinlich oder sarkastisch werden konnte, wenn er nicht bekam, was er wollte. Und außerdem waren da all diese Frauen im Restaurant, die sich ihm an den Hals warfen und ihn zu sich nach Hause holten, damit er sich auf ihren Parties für sein Essen feiern lassen konnte.

Einen offenen Konfliktpunkt stellte mein Hund dar. Über die Woche, wenn Humbertos Hausmädchen da war, übernachtete er bei mir, so daß ich mich um Frank kümmern konnte. Die Wochenenden wiederum verbrachte ich bei ihm und nahm den Hund mit.

Nachdem er ihn einmal eingehend betrachtet hatte, brachte Humberto zum ersten Male seine wahre Meinung über Frank zum Ausdruck: »Ich weiß, daß du diesen Hund liebst, aber ich finde, er sieht geradezu lächerlich aus.« Frank hatte darauf reagiert, indem er seine lange Schnauze zur Decke hob und aus tiefster Seele einen Heuler von sich gab, ganz, wie es sich für einen wahren Basset gehörte.

»Ich finde ihn entzückend«, hatte ich gesagt. »Er hat so ein richtiges Charaktergesicht, wenn er seine Leidensmiene aufsetzt.«

Humberto hatte nicht nur Probleme mit Franks Aussehen. Frank pflegte auch gerne Humbertos Hosen vom Stuhl im Schlafzimmer herunterzuzerren und zu einer kuscheligen Schlafdecke für sich auszubreiten. Wenn Humberto aus dem Restaurant etwas zu essen mit nach Hause brachte, durfte es nicht in Franks Reichweite geraten, sonst hatte er alles in Nullkommanichts verputzt. Wenn wir im Bett lagen und uns liebten, schnüffelte Frank an uns herum und stupste uns mit seiner kalten Nase. Schlossen wir ihn aus dem Schlafzimmer aus, heulte er ohne Unterlaß. Er verbreitete einen salzigen, schmutzigen Geruch und schleppte aus dem Garten oft noch unangenehmere Düfte mit ins Haus.

»Warum badest du ihn nicht mal?« wollte Humberto wissen.

»Er haßt Wasser. Für gewöhnlich bringe ich ihn einmal im Monat zum Tierarzt, damit der das erledigt.«

Frank schätzte es auch nicht, aus seiner vertrauten Umgebung entfernt zu werden. Bei unseren ersten Besuchen in Humbertos Haus hatte er jedesmal seine Unzufriedenheit bekundet, indem er sofort nach oben ins Schlafzimmer raste, um dort eine Pfütze auf Humbertos Seite des Bettes zu hinterlassen. Das machte Humberto natürlich rasend, und jedesmal, wenn er mein obstinates Haustier die Treppe nach oben verschwinden sah, brüllte er: »Aus! Böser Hund!« hinter ihm her. Nachdem wir dreimal gezwungen waren, im Gästezimmer zu schlafen, erhielt Frank für die gesamte obere Etage Hausverbot.

Aber leider war Humbertos Haus nicht für eigensinnige Hunde eingerichtet, und obwohl wir ein halbhohes Gatter installiert hatten, um Frank während unserer Abwesenheit in die Küche zu verbannen, fanden wir bei unserer Rückkehr doch ab und zu ein samtenes Sofakissen mit einem Speichelfleck mitten darauf auf dem Fußboden vor. Jedesmal hämmerte Humberto das Gatter mit noch mehr Nägeln fest, während ich mich im Hintergrund hielt, Frank streichelte und entschuldigende Worte von mir gab.

Und dann war da noch die Sache mit dem Papagei. Es war Esperanzas Haus, und es gefiel ihr nicht, daß ein neues Tier darin herumlief. Bei den ersten Wochenendbesuchen von Frank rief sie immerzu: »Rruf den Anwalt!« und weigerte sich, aus ihrem Käfig herauszukommen. Frank, der noch nie einen Vogel wie sie aus der Nähe gesehen hatte, hockte ständig direkt unter ihrem Käfig und bellte. Humberto nötigte Esperanza, sich mit meinem Hund vertraut zu machen, indem er sie neben einem angeleint dasitzenden Frank auf seinem Handgelenk hatte. Als dem Papagei aufgegangen war, daß er sich in keiner unmittelbaren Gefahr befand, begann Esperanza, Frank Befehle zuzuschreien, die er manchmal befolgte, weil der Vogel meine Stimme perfekt nachahmen konnte.

Ich schlief nicht sehr gut an diesen Wochenenden. Oft wurde ich durch Humbertos Schnarchen geweckt. Ich träumte von kleinen, umzäunten Häusern und schönen Landsitzen mit Gittern vor den Fenstern. Manchmal befand ich mich auf einer tropischen Insel, von der es kein Fortkommen gab, manchmal in meiner Praxis, und die Tür war von außen verriegelt.

Ich wollte über all das mit Val sprechen und hatte sie auch schon dreioder viermal angerufen und ihr eine Nachricht hinterlassen, aber sie rief nie zurück. Weil ich mir Sorgen um sie machte, rief ich sie schließlich eines späten Abends zu Hause an. Sie meldete sich mit schläfriger Stimme.

»Tut mir leid, daß ich dich geweckt habe, Liebes. Ich habe ewig nichts von dir gehört und fing an, mir Sorgen zu machen.«

»Mir geht's bestens. Ich muß mich bei dir entschuldigen, weil ich nicht zurückgerufen habe«, sagte sie leise. »Gordon wohnt jetzt bei mir.«

»Mein Gott, Val, vielleicht wird ja wirklich was daraus.« Ich hatte ebenfalls zu flüstern angefangen, obwohl an meinem Ende der Leitung gar kein Anlaß dazu bestand.

»Und wie steht's mit dir und Humberto?«

Ich erzählte ihr von meinen Träumen. »Du hast Angst davor, deine Freiheit zu verlieren«, sagte sie.

»Ja, weil er so eifersüchtig auf meine Patienten ist. Obwohl ich ihm nicht ganz allein die Schuld daran geben kann. Außerdem mußte er diese Woche selber ganz plötzlich zwei Einladungen zum Abendessen annehmen. Aber was wird, wenn ich ihn heirate, und er eine Riesenaffäre aus seiner Eifersucht macht?«

»Vielleicht hilft es was, wenn du ein wenig kürzer trittst.«

»Ich wehre mich schon mit Händen und Füßen, wenn Kollegen Patienten an mich überweisen wollen. Das Problem liegt mehr darin, daß ich mit einem ganz bestimmten Patienten sehr beschäftigt bin, und das weiß Humberto auch.«

»Vielleicht ist da doch mehr dran, als es auf den ersten Blick scheint. Hast du mal daran gedacht, dich selber wieder in Therapie zu begeben?«

»Ja, schon.« Aber dafür hatte ich gar nicht die Zeit. Nachdem ich aufgelegt hatte, versuchte ich, das in eigener Regie zu erledigen, indem ich im Geiste all meine früheren Beziehungen durchging und nach immer wiederkehrenden Symptomen suchte.

Bei seinem nächsten Besuch gestand Nick, daß er vor jedem Termin bei mir auf der Männertoilette zu masturbieren pflegte, womit er das heftige Verlangen nach mir abzubauen hoffte. Das erschreckte mich, denn es zeigte, daß er seine Gefühle für mich immer weniger im Zaum zu halten wußte. Ich sagte ihm, daß die vorübergehende Einnahme von Medikamenten seine Unruhe bekämpfen und ihm helfen könnte, mit seinen Frustrationen fertigzuwerden, und nachdem ich einige Überredungskunst aufgewandt hatte, erklärte er sich einverstanden, einen Arzt aufzusuchen. Der Arzt verschrieb Nick sowohl ein Antidepressivum als auch ein Mittel gegen nervöse Erregungszustände, und Nick versprach, beide Mittel regelmäßig einzunehmen.

Mir hätte ein Mittel gegen nervöse Erregungszustände ebenfalls gutgetan. Ich begann mir vorzustellen, Nick würde die Kontrolle über sich verlieren und abends, wenn er wußte, daß der letzte Patient gegangen sein mußte, noch einmal zu mir in die Praxis kommen. Ich fragte mich, ob er versuchen würde, mich zu etwas zu drängen, mich vielleicht sogar zu vergewaltigen. Und wenn er einen Wutanfall bekäme, wenn ihm endlich aufging, daß er mich nicht würde haben können? War er dazu fähig, auf mich zu schießen? Mich zu erwürgen? Ich glaubte nicht daran, aber ich war mir nicht mehr *so* sicher. Die meisten Menschen sparen sich Grausamkeiten und vollkommen irrationales Verhalten für diejenigen auf, denen ihr Herz gehört, und Nick würde da keine Ausnahme machen.

Obwohl ich Nick nicht wieder in der Nähe meines Hauses gesehen hatte, zog ich doch jeden Abend die Vorhänge zu – nur für den Fall, daß er *doch* da war, auch wenn ich ihn nicht sehen konnte. Als Humberto das auffiel, sagte er: »Wenn du dir wirklich solche Sorgen machst, solltest du etwas unternehmen.«

»Ich mache mir keine großen Sorgen, aber ich werde eine Alarmanlage installieren lassen. Ich hätte schon längst eine anschaffen sollen. Ich ziehe die Vorhänge hauptsächlich deswegen zu, damit wir uns nicht dauernd beobachtet fühlen müssen.«

»Warum ziehst du nicht bei mir ein? Das fände ich sowieso besser.«

Ich gab ihm einen Kuß. »Ich bin noch nicht ganz so weit. Hab noch ein bißchen Geduld.«

»Ich hasse es, was dieser Kerl mit deinem Leben anstellt. Warum kannst du das nicht begreifen?«

Ich drehte mich um und sagte gar nichts.

Über die nächsten Wochen gelang es mir ganz gut, unsere Beziehung ausschließlich auf die Praxis zu beschränken, bis Nick dann irgendwann anfing, über den Auftragsdienst frühmorgendliche Notrufe zu mir durchstellen zu lassen. Obwohl ich jedesmal aus dem Bett sprang, um den Anruf in einem anderen Zimmer entgegenzunehmen, wußte Humberto doch nur zu gut, wer der Anrufer war, und ließ bei mehreren Gelegenheiten verlauten, ich sollte mir »doch den Kerl vom Halse schaffen«. Ich dagegen hielt es für einen Fortschritt, daß Nick wenigstens den Auftragsdienst bemühte.

Bei diesen Anrufen schüttete Nick mir verzweifelt sein Herz aus; meistens hatte er vorher eine halbe Flasche Gin in sich hineingeschüttet oder war wieder von einem von Mißerfolg gekrönten Abend mit einer Frau zurückgekehrt. Seine Depression und seine Einsamkeit waren durchaus nicht geheuchelt, aber mich störte es sehr, daß er sich ausgerechnet die frühen Morgenstunden für seine Anrufe aussuchte, und was immer er auch als Begründung dafür parat haben mochte, ich wußte doch, daß er Befriedigung dabei empfand, zu wissen, daß er mich aus dem Bett holte. Mehr als einmal schnitt ich ihm abrupt das Wort ab und sagte ihm, darüber könnten wir auch am nächsten Tag noch sprechen.

Nach diesen nächtlichen Störungen genoß ich immer sehr die Ruhepausen, die meine Radiosendung mir bot. Der auf wenige Minuten beschränkte Kontakt mit meinen Anrufern stellte einen willkommenen Kontrast zu den sich über Monate hinziehenden Therapiesitzungen mit immer denselben Menschen dar.

Eine Sendung begann mit einer zwanghaften Esserin. Sie hatte sich zwei Dutzend Donuts gekauft, sie in sich hineingewürgt, bis ihr schlecht geworden war, und brachte es doch nicht über sich, den Rest in den Abfall zu tun, weil es eine Sünde war, Lebensmittel wegzuwerfen. Es folgten zwei ganz ähnliche Fälle, ein Anruf von einer Frau, die Lebensmittel in ihrer Garage hortete, und einer von einer Collegestudentin, die süchtig auf Knäckebrot war. Mein letzter Anrufer an diesem Tag war ein Mann, der erklärte, in seine Therapeutin verliebt zu sein.

»Es ist nicht ungewöhnlich, daß Sie sich in einen Menschen verlieben, der Ihnen aufmerksamer zuhört, als je ein anderer es getan hat.«

»Aber ich fühle doch, daß sie mich auch liebt und es nur nicht sagen kann.«

Mit einem Male wurde mir ganz anders. Wieso hatte ich diese Stimme nicht gleich erkannt? Ich ließ einen Vortrag darüber, wie Mitgefühl mit Liebe verwechselt werden könnte, vom Stapel und unterbrach dann die Verbindung, um einen Werbespot einzublenden.

Der Studiotechniker sah mich erstaunt an und fragte, was denn los wäre. »Ich glaube, ich kriege wieder die Grippe«, behauptete ich. »Mein Gesicht fühlt sich ganz heiß an.«

Am nächsten Tag untersagte ich Nick, mich noch einmal während meiner Sendung anzurufen.

»Ich wollte doch nur mal sehen, ob Sie im Radio etwas anderes sagen als zu mir persönlich«, erklärte er.

»Fangen Sie bitte nicht an, Ihre Grabenkämpfe mit mir jetzt auf anderen Ebenen auszutragen. Muß ich es denn noch klarer ausdrücken? Ihre Therapie darf nur aus einem unmittelbaren Dialog zwischen Ihnen und mir bestehen, und zwar hier in der Praxis.«

Bevor er ging, sah er mir eindringlich ins Gesicht. »Sie mögen mich, aber Sie wollen es nicht zulassen, daß Sie mich *zu sehr* mögen, stimmt's? Manchmal begehren Sie mich sogar. Ich kann es fühlen.«

Ich verhielt mich äußerst vorsichtig. »Sie treiben mich in eine Situation, in der jede Antwort, die ich Ihnen gebe, Sie verletzen muß. Würde ich sagen, daß ich Sie manchmal begehre, könnte das das kindliche Ich in Ihnen, das vor seinen eigenen Impulsen geschützt werden möchte, in Furcht versetzen; würde ich sagen, daß ich nichts von Ihnen wissen will, könnte sich das erwachsene Ich zurückgewiesen oder gekränkt fühlen. Sage ich gar nichts, interpretieren Sie das dann, wie es Ihnen gerade gefällt.«

»Klasse, wie Sie sich da wieder herausgewunden haben. Sie sind wirklich gewieft, was? Na, ich sage nichts dazu. Ich weiß, daß ich recht habe, und das genügt mir.«

30

In dieser Woche lud mich Zachary zu einer Besprechung zu sich nach Bel Air ein. Sein Haus – Tudorstil in Mischbauweise aus Stein und Holz – strahlte eine zeitlose, wie für die Ewigkeit bestimmte Eleganz aus. Orientteppiche, dunkle Walnußholzböden und schwere, dickgepolsterte

Möbel taten das ihre zu einer Atmosphäre der Behaglichkeit und Geborgenheit. Als er mich in sein Studierzimmer führte, kam ich mir vor wie ein Kind, das in die Arme seiner Mutter genommen wird. »Möchten Sie einen Kaffee?« fragte er. Ich nickte, und nach ein paar Minuten kam er mit einem Tablett zurück, auf dem zwei dampfende blaue Becher, eine Zuckerschale und ein Sahnetöpfchen standen.

»Ich bin wie ausgebrannt«, begann ich. »Ich tue alles mir nur Mögliche, um diesen Menschen in seine Grenzen zu verweisen, aber Erfolg habe ich kaum damit. Er gefährdet die Beziehung zu meinem Freund, er verschlingt Unmengen meiner Zeit, und außerdem macht er mir noch Angst.«

Nachdem er sich die Einzelheiten angehört hatte, sagte Zachary: »Er befindet sich in einem Prozeß der Bewußtseinsspaltung. Er hat alles, was ihm etwas bedeutet, auf Sie projeziert und will jetzt eine physische Vereinigung mit Ihnen, um wieder zu einem Ganzen zurückzufinden. Die Grenzen zwischen Ihnen beiden haben sich in seiner Vorstellung verwischt. Vielleicht glaubt er wirklich, *Sie* würden fühlen, was *er* denkt. Er glaubt vielleicht, seine Bedürfnisse wären auch die Ihren.«

»Wie Sie das sagen, klingt es so, als wäre er psychotisch. Das glaube ich eigentlich nicht.«

»Ich halte ihn nicht für psychotisch. Aber was seine Gefühle Ihnen gegenüber betrifft, befindet er sich jetzt wieder in einer seiner früheren Entwicklungsphasen.«

Ich nickte, schaufelte zwei Löffel Zucker in meinen Kaffee und nahm einen Schluck. »Was würden Sie mir raten?«

»So weiterzumachen wie bisher. Ziehen Sie feste Grenzen. Setzen Sie ihm ein Limit für die Zahl der Anrufe bei Ihnen außerhalb seiner festen Therapiestunden. Wenn er mehr Gesprächsbedarf hat, stellen Sie ihm zusätzliche Termine zur Verfügung. Sie müssen die Sache durchziehen, indem Sie bei der Therapie die Zügel fest in den Händen behalten.« Zachary stellte seinen Becher auf einem kleinen Tisch ab und lehnte sich in seinem Sessel zurück, bis er in einer halben Liegestellung eingerastet war. »Haben Sie immer noch sexuelle Gefühle ihm gegenüber?«

»Nein. Seine beharrlichen Annäherungsversuche machen mich jetzt nur noch wütend. Ich bin mir sicher, daß er extra zu nachtschlafender Zeit anruft, weil er weiß, daß ich mit einem anderen Mann im Bett bin.«

»Ein höchst unerfreulicher Zustand.«

Ich ließ den Blick durch den Raum schweifen, bis er an der Bücherwand hängenblieb. »Das kann man wohl sagen. Es stört mein Privatleben empfindlich.«

Zachary richtete sich auf. »Könnte sein, daß Sie sich vor etwas zu schützen versuchen.« Ich betrachtete die tiefen Falten, die sich von Zacharys Nase bis zu seinem Mund herunterzogen. Er hatte so manchen Schmerz erfahren. Ich kannte nicht alle Einzelheiten, aber da waren ein zerebralgelähmtes Kind, ein Todesfall, eine erneute Heirat gewesen. Es nötigte mir Respekt ab, was er alles hatte durchmachen müssen, und großen Respekt hatte ich auch vor seinen Meinungen und seinem Rat.

»Kann sein«, sagte ich.

Als ich von unserem Treffen nach Hause kam, stellte ich mit Freude fest, daß Humbertos Wagen in der Einfahrt parkte. Ich schloß die Tür auf und rief »Hallo«, bekam aber keine Antwort. Ich machte eine Runde durchs Haus, bis ich im Badezimmer hinter der geschlossenen Tür das Wasser laufen hörte. Ich stellte mir Humberto vor, der sich in der Wanne ausstreckte, und mußte bei dem Gedanken lächeln. Seine Kleider hatte er achtlos auf das Bett geworfen. Rasch legte ich auch meine Kleider neben die seinen und ging dann splitternackt auf Zehenspitzen zur Badezimmertür.

Ich machte die Tür auf und war im Nu im Bad, damit die Wärme nicht hinausströmte, aber was ich zu meiner Begrüßung zu hören bekam, war ein langgezogenes, kummervolles Heulen, und als ich den Kopf umwandte, entdeckte ich die Seifenschlacht, die hier vor sich ging: Hundehaare, Hundeleinen, der blanke Terror. Humberto kniete pitschnaß in seiner Unterhose neben der Wanne. In der Wanne stand Frank bis zum Bauch im Wasser auf einer Gummimatte, über und über mit Schaum bedeckt, der ihm gerade an einem seiner Ohren heruntergiltt.

Ich brach in Lachen aus, und als Frank mich entdeckte, erging er sich in lautem Bellen und versuchte, aus der Wanne zu klettern. Humberto packte ihn und zwang ihn wieder hinein, wobei auch er jede Menge Seifenschaum und Hundehaare abbekam.

»Wir sind beinahe fertig. Es sollte eine Überraschung für dich sein.« Er hatte das Gesicht in Höhe meiner Hüften. »Aber es scheint, als hättest du auch vorgehabt, mich zu überraschen.«

»Später.« Ich wickelte mir ein Handtuch um und setzte mich auf den Klodeckel, um den beiden zuzusehen. Schwer zu sagen, wer von den beiden absurder aussah: Frank mit seinem angeklatschten Fell, den roten Rändern unter den Augen und seinem idiotischen Grinsen, oder Humberto mit seinen weit gespreizten Beinen. Ich mußte lachen bis ich Seitenstiche bekam, während Humberto damit fortfuhr, den Hund einzuseifen und ihn schließlich zu duschen. Er rubbelte ihn ab und ließ ihn sich danach schütteln, bis das ganze Bad mit winzigen Wasserspritzern übersät war.

»Ich konnte seinen Geruch nicht länger ertragen«, sagte Humberto. »Wenn du nichts dagegen hast, werde ich ihn jetzt jede Woche baden.«

»Nur zu, wenn's dir Spaß macht.« Ich war urplötzlich gerührt von der Geduld dieses Mannes und seiner Bereitschaft, sich auf ein Tier einzustellen, das er nicht mochte. Ich sah ihn an, wie er da in seinen tröpfelnden Shorts hockte, übersät mit all den Hundehaaren. Mich überkam ein heftiges Verlangen nach ihm, und ich bedeckte sein Gesicht mit Küssen.

An diesem Wochenende begleitete Humberto mich zu Linda Morrison, die zu Jeremys fünftem Geburtstag eine Party im Garten hinter ihrem Haus feierte. Es war ein klarer Tag im März, und ich rieb mein Gesicht mit Sonnencreme ein, bevor ich mein Make-up auftrug, weil Linda mir gesagt hatte, von der Sonne würde meine Haut noch schlimmer werden.

Während ich mir die Creme über die Haut strich, mußte ich bei dem Gedanken an sie lächeln. Sie war zwar Krankenschwester von Beruf, aber sowie sie in irgendeiner Zeitschrift las, daß Dahlienknollensaft die Fingernägel fester werden ließ, graste sie sofort die Kräuterläden danach ab, bis sie es irgendwo bekam. Sie benutzte das Mittel dann ein paar Monate lang, bis etwas anderes ihre Aufmerksamkeit erweckte. Sie hatte für alles und jedes irgendein sonderbares Mittelchen: gelgefüllte Einlagen gegen schmerzende Füße, eiskalte Halsumschläge gegen Kopfschmerzen, zerriebene Pfefferschoten für die Nebenhöhlen. Ich zog sie immer damit auf, aber sie behauptete steif und fest, daß das alles wirkte.

Ich spürte Neid und auch ein wenig Eifersucht in mir aufsteigen, als Linda Humberto die Hand entgegenstreckte. Ihre frisch schimmernde Haut war makellos. Humberto gab ihr einen Kuß auf den Handrücken, und es war nicht zu übersehen, daß er ihr gefiel.

Die zwölf Kinder waren allesamt schon ein wenig durchgeschüttelt vom Eselreiten und erschöpft von ihren Spielen. Ein Mann in einem schäbigen Smoking führte eine lahme Marionettenschau auf, und ein paar der kleineren Kinder fingen zu weinen an, als er ein Hexengelächter nachahmte. Nach der Vorstellung nahmen die Kinder an Picknicktischen zu Milch, Geleebonbons und Napfkuchen mit roter Glasur Platz.

Humberto und ich standen mit ein paar von den Eltern zusammen, unterhielten uns über die Kosten für private Vorschulen und den beklagenswerten Zustand des öffentlichen Bildungssystems. Dann sangen wir »Happy Birthday« für Jeremy, der völlig durcheinander vor Aufregung war und kaum einen Blick für die Geschenke hatte, die vor ihm aufgehäuft lagen. Die Kinder setzten Hüte aus Silberpapier auf, bliesen ihre Partytröten und steckten sich gegenseitig die Finger in ihre Kuchenstücke. Es war ein chaotisches Fest, mit einfachsten Mitteln gestaltet und voller kleiner Zwischenfälle, aber es tat gut, Lindas frohes Lachen zu hören, und es war ihr am Gesicht abzulesen, wie sehr sie ihren Jeremy liebte. Würde auch ich je in einem Haus mit lauter Knetmasse auf dem Fußboden und einem Kind mit klebrigen Fingern, das ich zu Bett bringen mußte, leben? Ich beobachtete, wie Humberto begeistert den Kindern zusah. Linda, die ihn augenscheinlich gut leiden mochte, zog mich beiseite und sagte: »Halt dich ran, Sare. Da hast du dir echt was Feines geangelt.« Ich drückte sie an mich und sagte ihr, wie recht sie damit hatte. Gleichzeitig dachte ich, wie unschön es von mir war, eifersüchtig auf sie zu sein.

Nachdem wir die Party verlassen hatten, gingen Humberto und ich noch ein wenig Hand in Hand am Kanal entlang spazieren. Eine Entenfamilie kam vorbeigeschwommen, eine stolze Mutter mit vier Küken im Schlepptau. Unser Spaziergang führte uns auf den Washington Boulevard, wo wir uns ein paar Straßen lang von Schaufenster zu Schaufenster treiben ließen, bis mir plötzlich bewußt wurde, daß wir den Marina Towers, wo Nick wohnte, immer näher kamen. »Ich will jetzt nach Hause«, sagte ich abrupt und drehte mich auf dem Absatz um. Humberto mußte buchstäblich die Beine in die Hand nehmen, um mich einzuholen.

31

William erschien nicht zu seinem nächsten Termin. Am Nachmittag rief seine Tochter an, um mir mitzuteilen, daß er einen Herzanfall erlitten hatte, im St. John's Hospital lag und unter starken Depressionen litt. »Könnten Sie ihn nicht besuchen?« bat sie mich. »Selbstverständlich«, sagte ich. »Würden Sie ihm bitte sagen, daß ich noch heute abend zu ihm komme.« Augenblicklich bekam ich Gewissensbisse, weil ich schon wieder verspätet zu einer Verabredung mit Humberto eintreffen würde, aber was sollte ich tun? Dies war wichtiger.

William sah verwittert und grau aus vor dem Hintergrund der weißen Bettbezüge. Er lächelte müde. »Ja, das wär's dann wohl gewesen, nicht wahr?« Eine halbe Stunde lang hing er morbiden Gedanken nach, während ich ihm voller Mitgefühl zuhörte. Er würde nicht mehr ohne häusliche Pflege auskommen, sagte er mit lahmer Stimme. Joggen würde er auch nicht mehr können. Sein Leben war vorüber, und er hatte nie richtig etwas davon gehabt.

»Was haben die Ärzte denn gesagt?« fragte ich.

»Sie wissen noch nicht so recht. Man muß halt abwarten.«

»Nicht so pessimistisch«, versuchte ich ihn aufzumuntern. »Es kann auch alles wieder besser werden.«

Er brachte ein schwaches Lächeln zustande. »Ja, vielleicht. Jedenfalls hat es mir gutgetan, mich aussprechen zu können. Vielen Dank, daß Sie gekommen sind. Und es tut mir leid, daß Sie meinetwegen Umstände hatten.« Es fiel ihm immer schwerer zu sprechen.

Ich drückte fest seine Hand. »Rufen Sie mich bitte an, wenn ich Sie wieder besuchen soll. Ich komme gerne.« Er nickte, schloß die Augen, und ich ging aus dem Zimmer. Wie anders war dieser Krankenbesuch verlaufen als der bei Nick, dachte ich.

In derselben Woche fing Nick wieder damit an, daß er von mir berührt werden wollte. Er wäre eine absterbende Pflanze, sagte er, und mein Körper wäre das lebenspendende Wasser. Ich rezitierte eine alte Zen-Weisheit: Man kann den Ball nicht fangen, wenn man auf den Arm des Werfers schaut, womit ich sagen wollte, daß er nicht empfänglich für das war, was ich ihm anzubieten hatte, solange er ganz und gar auf meine Person fixiert blieb. Die ganze Stunde lang zankten wir uns nur.

Beim nächsten Termin hatte ich nach der Begrüßung gerade die Tür geschlossen und wollte mich zu meinem Sessel begeben, als Nick plötzlich unmittelbar hinter mir stand. Bevor ich einen Schritt zur Seite treten konnte, umarmte er mich und vergrub sein Gesicht in meinem Haar. Ich konnte seine kurzen, warmen Atemstöße fühlen.

Ich machte mich ganz steif, ließ die Arme an meiner Seite herunterhängen, starrte mit weit aufgerissenen Augen einfach durch ihn hindurch und sagte mit ruhiger Stimme: »Lassen Sie mich los.« Ich hätte nicht mehr Angst haben können, wenn er eine geladene Pistole an meinen Hals gehalten hätte. Mit so fester Stimme wie ich nur konnte, preßte ich abermals dieselben Worte hervor: »Lassen Sie mich los.« Ganz rot geworden vor Scham ließ er endlich von mir ab und verzog sich auf die Couch.

Sein Begehren nach mir begann mich an die erdrückenden Fangarme einer Krake zu erinnern, und die sexuelle Erregung, die ich sonst in seiner Gegenwart verspürt hatte, war jetzt einem schrecklichen Gefühl des Erstickens gewichen. Ich bekam in den Sitzungen mit ihm dauernd plötzliche Hustenanfälle. Aber auch, wenn er nicht zugegen war, hatte ich manchmal das Gefühl, mein Hals würde sich verschließen, und mir wurde angst und bange.

Aber ich weigerte mich stur, aufzugeben und Nick an einen Kollegen zu verweisen. In der Hoffnung, meine Ausdauer würde sich am Ende auszahlen, sagte ich zu Nick: »In Ihrer Vorstellung bestehe ich aus lauter verschiedenen Erscheinungsformen. Mal lieben Sie mich. Mal hassen Sie mich. Sie erfahren mich nicht als eine Mischung von Gut und Böse. Und auch sich selbst sehen Sie als eine zerbrochene Einheit. Manchmal haben Sie das Gefühl, alles, was gut an Ihnen ist, befände sich in mir, und Sie müßten Besitz von mir ergreifen, um es zurückzuerlangen.«

Er lag ausgestreckt auf der Couch, die Arme auf der Brust, und schwieg.

In dem Bemühen, sein frustrierendes Verlangen nach mir abzubauen, begann Nick, mit einer anderen Frau auszugehen, mit Maggie McCutcheon, der Tochter eines der Seniorpartner in seiner Anwaltsfirma. Sie wäre sehr schick, erzählte er, intelligent und sehr konservativ in ihrer Art, sich zu kleiden, ganz anders als die Frauen, die er sonst bevorzugte. Er hätte ebensogut auch eine Beschreibung von mir abgeben können, und kein Adjektiv wäre anders ausgefallen. Was mir auffiel, war, daß Nick kein Wort über irgendwelche sexuellen Aktivitäten mit Maggie verlor, sondern sich ausschließlich über ihren Witz und ihren Charme ausließ. Weil ich nicht den Wunsch hatte, das Gespräch unnötig auf irgendwelche sexuellen Themen zu lenken, machte ich mir über diese Aussparung ganz im stillen meine eigenen Gedanken.

Bei einer Sitzung dann kam er wütend herein, rannte vor meinem Schreibtisch hin und her und schlug sich mit der Faust in die Handfläche. »Ich kann es nicht glauben! Ich habe Angst vor Ihnen!« zischte er. Dann begann er an den Wänden des Zimmers entlangzuschleichen wie ein Tiger im Käfig. »Ich habe das Gefühl, Sie müßten eifersüchtig sein, wenn ich mit Maggie schlafe! Es ist, als würde ich Sie betrügen!«

»Dann müssen Sie auch das Gefühl haben, daß Ihre Treue zu mir etwas ist, was ich verlange.«

»Oh, Mannomann.« Seine Arme fielen schlaff herunter, als hätte ich ihm einen Hieb versetzt. Er wandte sich dem Fenster zu und sah gedankenverloren hinaus. »Sie machen sich keine Vorstellung, wie erniedrigend das für mich ist. Ich komme mir wie ein Vollidiot vor. Ich habe eine einseitige Liebesaffäre mit Ihnen, und innerlich lachen Sie wahrscheinlich darüber.«

»Warum sollte ich darüber lachen?«

Zornig wandte er sich wieder mir zu. »Weil es so lächerlich ist. Ich bin Ihr Patient, und Sie werden meine Liebe nie erwidern.« Und schon war er zur Tür hinaus, die er mit solcher Wucht hinter sich zuschlug, daß meine gerahmten Diplome an der Wand verrutschten. Nach der Sitzung zog sich mein Hals zusammen, und ich mußte mehrere Gläser Wasser trinken, um mich zu beruhigen. Bei unserem nächsten Treffen tat Nick, als wäre nie etwas gewesen. Er ließ sich ganz ruhig auf die Couch sinken und sagte: »Ich hatte am Wochenende viel Spaß mit Maggie. Ihre Eltern behandeln mich schon, als gehörte ich zur Familie. Sie hat eine sehr schöne Mutter, und sie mag mich *richtig gern*. Am Samstag habe ich mit Mr. Mac Golf gespielt, und den Sonntag haben wir auf der Ranch der Familie verbracht. Es ist ein riesengroßes Anwesen, Garage für fünf Wagen, und man kann vom Hügel aus die ganze Stadt überblicken.« Dann fügte er leise hinzu: »Ich habe von der Ranch etwas mitgehen lassen.«

Endlich gab er zu, etwas gestohlen zu haben. Ich würde mir seine Geschichte anhören und ihn dann wegen der Diebstähle ins Gebet nehmen.

»Ich konnte nicht anders«, fuhr er mit gedämpfter Stimme fort. »Wir haben neben dem Schwimmbecken was gegrillt, und Mrs. Mac bat mich, ins Haus zu gehen und aus der Küche ein Glas Mixed Pickles zu holen. Ich bin schnell über den Rasen gelaufen, habe in der Speisekammer das Licht angemacht und bin hineingegangen.« Er sprach jetzt nur noch zögernd weiter und machte oft längere Pausen. »Ich kann Ihnen gar nicht sagen ... was für ein merkwürdiges ... Gefühl das war. Da standen ... ganze Reihen der schönsten Einmachgläser mit Früchten darin. Nektarinen, Birnen, Äpfel, Konfitüre, Perlzwiebeln – und alles in solcher Hülle und Fülle. Nudeln, Frühstücksflocken, Gemüsekonserven, Kekse, Schokolade, Obstsäfte. Mit Bändern zusammengeschnürte Kräutersträußchen. Alles duftete so würzig und so süß.«

Ein geschluchzter Seufzer erfüllte den Raum. Ich blieb schweigend sitzen und sah zu, wie er die Hand zum Gesicht führte, als wollte er ihn dahin zurückschieben, wo er hergekommen war. Er fuhr sich mit den Fingern durchs Haar, brachte die glattgestrichenen Strähnen in Unordnung. »Ich hätte alles dafür gegeben, wieder ein kleiner Junge zu sein und auch so eine Speisekammer zu haben, in die mich meine Mutter schickt, um etwas fürs Essen zu holen. Warum ist mir so etwas nie vergönnt gewesen? Maggie ist damit aufgewachsen. *Sie* wahrscheinlich auch. Warum hat das Schicksal mich ausgewählt, um mir so etwas vorzuenthalten?« Er verschränkte die Arme vor dem Bauch, ließ sich auf die linke Seite rollen, dann auf die rechte. Seine Stimme war vor Zorn plötzlich ganz scharf geworden, aber schon sprach er ganz leise weiter. »Ich blieb da stehen, berührte eines der Gläser nach dem anderen, las mir die Aufkleber durch und sog die Düfte ein, bis ich befürchten mußte, daß jemand käme, um nach mir zu schauen. Und da mußte ich dann einfach etwas mitnehmen. Oh, ich bin sicher, sie hätten mir gerne alles mitgegeben, worum ich sie gebeten hätte, aber ich wollte nicht, daß Maggie erfuhr, daß ich einfach nur das Bedürfnis hatte, etwas davon zu besitzen.«

Nick zog die Knie an die Brust, bis er die Haltung eines Fötus eingenommen hatte. »Ich habe mir etwas ganz Blödes ausgesucht. Eine Tüte mit getrockneten Bohnen. Sie gefielen mir so gut – verschiedene Sorten und Farben, alle zusammengemischt in einer Zellophanpackung für eine Gourmet-Bohnensuppe. Das Ganze hat wahrscheinlich höchstens zwei Dollar gekostet, aber es ging eine solche Wärme davon aus. Also nahm ich die Mixed Pickles vom Regal und ließ die Bohnen in meiner Sporttasche verschwinden, bevor ich wieder nach draußen ging.«

»Warum wäre es Ihnen unangenehm, wenn Ihre Freundin erführe, daß Sie irgendwas aus der Speisekammer haben wollten?«

»Ich will so vieles haben, daß es mir angst vor mir selber macht und mir peinlich ist. Ich schätze, jeder würde Angst bekommen, wenn er in mich hineinblicken könnte.«

Da hatte er recht. Auch mir ging es nicht anders. »Nick – haben Sie je etwas aus dieser Praxis mitgenommen?«

»Ja, Kleinkram. Manchmal sogar aus dem Müll.«

Oh, mein Gott. Was hatte ich alles in den Papierkorb geworfen? Aufgebrauchte Lippenstifte? Textentwürfe für die Karteiblätter anderer Patienten? Idiotisch von mir, keinen Aktenvernichter zu haben! »Was haben Sie mit den Sachen gemacht, die Sie mitgenommen haben?«

»Ich habe sie als Andenken an Sie behalten.«

Ich stellte mir einen widerlichen kleinen Schrein in seiner Wohnung vor, mit den Trollpuppen und einem leeren Lippenstift. Mir wurde unheimlich bei der Vorstellung, und ich wischte sie rasch aus meinen Gedanken. »Haben Sie immer noch das Bedürfnis, hier etwas mitgehen zu lassen?«

»Nein«, sagte er. »Ich will Ihnen nichts mehr stehlen. *Sie* sind es, die ich haben möchte. Sie selber sollen sich mir hingeben.«

Um so schlimmer. Und wie weit würde er gehen, um dieses Ziel zu erreichen, fragte ich mich.

32

Humberto kam wieder einmal spät abends von einer Dinnerparty nach Hause, zu der ich ihn nicht hatte begleiten können, weil ich sonst mit meinen Aufzeichnungen in Rückstand geraten wäre. Bei der vielen Zeit, die ich auf Nick verwendete, kam ich mit all meinen übrigen Aufgaben ins Hintertreffen. Humberto stemmte die Fäuste in die Hüften und schüttelte den Kopf. »Immer noch bei der Arbeit?« Dann löste er seine Krawatte, hängte sein Jackett über die Stuhllehne und ließ sich aufs Sofa fallen, wobei meine ordentlich aufgestapelten Papiere durcheinandergerieten.

»Paß doch auf!« zischte ich.

»Tut mir leid.«

Ich seufzte vernehmlich und ordnete meine Unterlagen auf dem Fußboden neu. Er schnalzte mit der Zunge. »Warum machst du dir soviel Streß?«

Ich fuhr in meiner Arbeit fort. Sollte ich Humberto vielleicht von meinem Vater erzählen, der sich Tag für Tag hatte abrackern müssen, bis er endlich genug Geld zusammengekratzt hatte, um sich einen Laden kaufen zu können? »Ich will finanzielle Sicherheit und Unabhängigkeit. Und ich möchte mich von niemandem herumkommandieren lassen.«

»Aber du hast fünfzig Patienten, die dich dauernd herumkommandieren!« Er ging ins Schlafzimmer, um sich umzuziehen, während ich vor Wut kochend mit meiner Arbeit fortfuhr. Nach fünf Minuten kam er zurück, immer noch in denselben Sachen. »Mir war es peinlich, schon wieder allein auf einer Dinnerparty zu erscheinen. Man nennt dich schon meine Phantomfreundin.«

»Wieso darf ich nicht für das arbeiten, was ich mir wünsche? Du tust das doch auch!«

Er schüttelte den Kopf. »Du willst es nicht begreifen, stimmt's?«

»Was denn zum Beispiel?« Meine Geduld war fast am Ende.

»Es geht eben nicht, daß du so viel arbeitest, dein Fitneßprogramm machst, dich um dein Haus kümmerst und um deinen Hund und deine Freundinnen und trotzdem noch genug Zeit für mich übrig bleibt. Andere Männer in deinem Leben mögen vielleicht mit dem bißchen Zeit zufrieden gewesen sein, das du für sie erübrigen konntest, aber bei mir bist du da an den Falschen geraten!«

Irgendwie hatte er mir den Wind aus den Segeln genommen. Ich konnte nicht mehr mit Bestimmtheit sagen, warum ich mich so abplagte, und letzten Endes wollte ich mir meine Aussicht auf Heirat und eine Familie auch nicht kaputtmachen. Plötzlich sah ich mich als altgewordene Frau, die ohne einen anderen Menschen an ihrer Seite bis spät abends arbeitet. Ich begann leise zu weinen. »Ich liebe dich doch, und ich habe Angst davor, dich zu verlieren«, entfuhr es mir.

Humberto setzte sich neben mich, streckte den Arm aus und hob mein Kinn. »Merkst du denn nicht, wie sehr du mich von allem ausschließt?«

Ich schob meine Papiere beiseite. »Nein, das darf nicht passieren.« Ich weinte wie ein kleines Mädchen, und so kam ich mir auch vor.

In dieser Nacht überwältigte mich seine Heftigkeit im Bett geradezu. Er verschlang mich, vergrub sich in meinem Leib. Ich hatte das Gefühl, er wollte vor etwas entkommen und würde gleichzeitig darauf zurennen. Nach dem Sex blieb ich atemlos liegen, mein Kopf fühlte sich ganz leer an, und um mich herum drehte sich alles. Wer war er, daß er so sehr von mir Besitz ergreifen konnte? Noch Tage später spürte ich den Druck seiner Hände an Hals und Schultern, seinen Biß in mein Ohrläppchen, seine Hände, die meine Pobacken packten, seine Hand, die meine Brustwarze rieb. Es war mir, als stünde ich kurz davor, in einen Abgrund zu stürzen.

Ein paar Tage später in derselben Woche hatte ich gerade, die Hände voller Einkaufstüten, die Haustür aufgeschlossen, als Frank an mir vorbeischoß und über die Straße flitzte. Ich ließ alles fallen und stürzte ihm in Mr. Slewickis Garten nach. Mr. Slewicki stand vor seinem Haus auf dem Gehsteig und streichelte Frank. »Kommen Sie doch auf einen Drink herein«, sagte er in seinem starken Akzent.

Er sah lächerlich aus mit seinen Damenhausschuhen und dem rosa Chenillemorgenmantel, der sich eben gerade über seinem Bauch zumachen ließ. Der spitzenbesetzte Kragen verbarg nicht, daß Mr. Slenicki sich seit einigen Tagen nicht mehr rasiert hatte. Er ist wohl nur ein harmloser Irrer, dachte ich und lächelte. »Gern. Aber ich kann wirklich nur ein paar Minuten bleiben.«

Ich folgte ihm zur Hintertür. Gepflegte Gemüsebeete erstreckten sich über die ganze Länge seines Gartens bis zu einem hohen Zaun, vor dem Rhododendren, Gänseblümchen und Chrysanthemen blühten.

»Warten Sie bitte für eine Minute«, sagte er und warf einen Blick auf Frank, der zwischen seinen Blumen zu wühlen begann.

»Frank!« rief ich mit scharfer Stimme, und der Hund hob widerwillig einen Augenblick lang den Kopf.

Mr. Slewicki trat mit einem Suppenknochen in der Hand aus seiner Hintertür. »Ist es okay?« fragte er.

»Wenn es Ihnen nichts ausmacht, daß er wieder hier herübergerannt kommt, um an Ihrer Hintertür zu betteln.«

»Komm her, Junge«, rief er und streckte den Arm aus. Im Nu hatte Frank die Blumen vergessen und kam auf seinen Wohltäter zugetrottet. »Die Hunde haben's gut hier, was?« kicherte er. Ich mußte lächeln. Er war doch ein netter Kerl. Dann folgte ich ihm ins Haus und ließ Frank, der sich über seinen Knochen hermachte, im Garten zurück.

Die Küche und das Wohnzimmer waren tipptopp. Auf dem Sessel vor dem Fernseher lag eine halbfertige Stickarbeit, und am Kühlschrank war mittels eines Magneten mit einem Entenkopf aus Plastik ein Rezept für Karottenkuchen befestigt.

Mr. Slewicki preßte frischen Saft aus, dann ließen wir uns am Küchentisch nieder. Er käme aus der alten Welt, sagte er und sah mich dabei mit großen, traurigen Augen an. Er und seine Frau wären erst vor zehn Jahren herübergekommen.

»Ihre Frau?«

»Ja«, sagte er. »Ich war Maurer. In meine alte Heimat man lernt ein Beruf mit elf Jahren. Meine Frau, sie hat genäht. Hier wir haben für reiche Leute gearbeitet. Die haben uns dann Haus hier gekauft. Dann«, sagte er mit feucht werdenden, blinzelnden Augen, »meine Frau, sie bekam Brustkrebs. Ein Jahr und drei Monate ist her, daß sie gestorben.« Er zupfte am Aufschlag seines Morgenmantels. »Diese Sachen sind alles, was mir von ihr ist geblieben.«

»Das tut mir so leid für sie«, sagte ich aus ehrlichem Mitgefühl.

Er schüttelte bedächtig den Kopf. »Man weiß nie, was Leben bringt. Drüben in meine Land, wir hätten zehnmal sterben können, manchmal nur vor Kälte in Wohnung. Wer weiß? Vielleicht sie das schwach gemacht.« Er versuchte zu lächeln. »Sie, sie sehen so jung aus, voller Energie. Sie sind glücklich?«

Nur ein Fremder konnte eine solche Frage stellen. »Ja, ich denke schon.«

»Sie werden heiraten Ihre Freund?«

»Ich weiß nicht.« Ich spürte, wie meine Wangen rot anliefen.

»Warten Sie nicht«, drängte er. »Greifen Sie zu. So schnell kann etwas passieren, und dann ist es zu spät.«

Ich trank mein Glas aus und erhob mich, um zu gehen. »Danke«, sagte ich leise und hielt ihm die Hand hin.

Er nahm sie in seine beiden Hände und schüttelte sie kräftig. »Sie finden, ich sehe dumm aus in diese Mantel, nicht?«

»Zumindest *apart*, würde ich sagen.« Ich lächelte.

»Was ist apart?«

»Ungewöhnlich. Anders als andere.«

»Gut. Gefällt mir. Apart. Was ist mit Ihre Hund? Ist auch apart, nicht wahr?«

Ich nickte und mußte lachen. »Falls Sie Karotten in Ihrem Garten haben, passen Sie bloß auf, Frank buddelt sie aus.«

»Nein, nein, ich gebe ihm.«

»Damit machen Sie sich einen Freund fürs Leben.«

»Ich brauche eine Freund.«

Er ging zur Hintertür hinaus, und ich folgte ihm und sah zu, wie der Saum seines Morgenmantels im Wind wehte. Als er bei dem sauber gepflanzten Beet angekommen war, bückte er sich und zog eine Möhre aus dem Boden. Frank, der an seinem Suppenknochen nagend auf dem Gehweg gelegen hatte, blickte auf, japste und ließ die Augen nicht mehr von Mr. Slewickis rechter Hand. Als er genau diagnostiziert hatte, was ihm da hingehalten wurde, ließ er den Knochen Knochen sein und kam auf die vor ihm baumelnde Karotte zugewackelt. Wenn er mir je wieder aus dem Garten entwischte, würde ich wissen, wo ich ihn zu suchen hatte.

Den ganzen restlichen Abend klang mir Mr. Slewickis dringliche Bitte im Ohr. *Warten Sie nicht. Greifen Sie zu.* Ich liebe Humberto ja, aber ich brauche einfach mehr Zeit, dachte ich. Erst muß ich diese Geschichte mit Nick hinter mich bringen. Aber wie lange wird Humberto auf mich warten?

Eine Woge der Traurigkeit zwang mich förmlich in die Knie.

33

Ungefähr um diese Zeit wurde mir bewußt, was für eine Stütze mir meine anderen Patienten waren. Sobald ich meine Praxis betrat, wich alle Anspannung von mir, und meine privaten Sorgen waren für den Augenblick vergessen. Ich ging vollkommen in den Geschichten auf, die meine Patienten mir zu erzählen hatten. Ihr Mut und ihre Zuversicht gaben mir Auftrieb. Wenn meine Beziehung zu Humberto in die Brüche ging, konnte ich doch wenigstens auf den Erfolg bauen, den ich mit ihnen hatte. Wenn das, was in meiner eigenen Familie vorging, mir ein Buch mit sieben Siegeln war, konnte ich wenigstens die familiären Probleme meiner Patienten entschlüsseln. Abgesehen von Nick war mein Verhältnis zu meinen Patienten vorhersehbar und leicht im Griff zu behalten, aufgeteilt in jene bequemen fünfzig-Minuten-Segmente, definiert durch die Regeln der therapeutischen Etikette, begrenzt in den Auswirkungen auf mein persönliches Gefühlsleben. Während mein Privatleben und Nicks Therapie immer turbulenter wurden, befand ich mich bei meinen anderen Patienten in ruhigem, sicherem Fahrwasser.

Die Schwestern Romaine hatten ihre freiwillige Tätigkeit in dem Seniorenheim soweit ausgedehnt, daß sie die ganze Woche damit beschäftigt waren. Ich konnte mir vorstellen, wie sehr ans Bett gefesselte Menschen es genießen mußten, mit dem ganz besonderen Charme der beiden Schwestern umsorgt zu werden. Es erleichterte mich auch ungemein zu hören, daß es um William nicht so schlimm stand wie ursprünglich befürchtet. Seine übrigen Arterien waren ziemlich durchlässig, sein Chirurg behandelte die Gefäßverengung mit perkutaner Angioplastie, indem er mittels eines Katheders einen Ballon in die verstopfte Blutbahn einführte und ihn dann mit Luft füllte. William war auch bereits nach Hause entlassen worden und war jetzt in einem ambulanten Rehabilitationsprogramm.

Daß er nun seinen gesamten Tagesablauf auf diese Rehabilitation einstellen mußte, wirkte sich ironischerweise positiv auf seine depressiven Zustände aus. Er mußte auf die regelmäßige Einnahme seiner Medikamente achten, ständig seinen Puls messen, mußte fünfmal in der Woche die Klinik aufsuchen und war von anderen Herzpatienten umgeben, mit denen er seine Werte vergleichen konnte. Mit großer Dringlichkeit erklärte er mir, er müßte nun »ausleben, was immer mir von meinem Leben noch bleibt, genau wie Sie gesagt haben – in Einklang mit meinem inneren Selbst«. Als ich all dies zur Kenntnis nahm, wurde mir eine der kleinen, aber intensiven Freuden meines Berufes bewußt: das gute Gefühl, an einem positiven Entwicklungsprozeß teilhaben zu können und zu sehen, wie etwas Verkalktes, Verhärtetes aufbricht und durch eine neugewonnene Flexibilität ersetzt wird, die so viele ungeahnte neue Möglichkeiten birgt.

Bisweilen verschafften mir sogar meine Sitzungen mit Nick eine gewisse Genugtuung. »Ich hab's wieder gemacht«, berichtete er eines Tages. »Diesmal war's eine Fotografie. Mrs. Mac hat mir das Familienalbum gezeigt, mit Bildern von Maggie und ihren beiden Brüdern, als sie alle noch klein waren. Sie war mit soviel Begeisterung dabei, so stolz auf ihre Kinder. Da überkam mich dann wieder der gleiche Neid, ich wünschte mir, das wäre *mein* Familienalbum und sie wäre *meine* Mutter, die sich mit soviel Freude an meine Kindheit erinnert.«

In mir stiegen Erinnerungen an meine eigene Mutter auf – an warme Sommerabende, die wir gemeinsam auf der Hollywood-Schaukel im Garten verbrachten, ich mit dem Kopf in ihrem Schoß und dem Duft von Körperlotion und Waschmittel in meiner Nase, der sich mit ihrer leisen und tiefen Stimme mischte, während sie mir ein Kirchenlied vorsang.

»Ich habe gewartet, bis sie alle beim Auto draußen waren, um uns zu verabschieden, und dann habe ich, damit ich ins Haus zurückgehen und das Foto nehmen konnte, gesagt, ich müßte noch kurz auf die Toilette.«

Nick stand auf und schlenderte im Raum umher, wobei er alles anfaßte. Er staubte eine Jalousieleiste ab, fuhr mit dem Finger über einige Buchrücken, zupfte ein paar braungewordene Blätter von der Palme ab und warf sie in den Papierkorb. Dann setzte er sich hin, öffnete seine Aktenmappe und holte das Foto heraus. Einen Augenblick lang hielt er es mit der Hand umschlossen wie einen wertvollen Opal, aber dann richtete er sich auf, reichte es mir über den Tisch und zog sich auf die Couch zurück. Erwartete er, daß mir anhand des Fotos eine Eingebung zuteil würde, welche unerfüllten Bedürfnisse ihn quälten? Ich betrachtete eingehend das verknickte Foto und die lächelnden Gesichter darauf. Maggie und ihre beiden jüngeren Brüder waren auf ein wuchtiges Pferd gesetzt worden, sie hielten sich aneinander fest. Die Zügel hatte ihr Vater in der Hand, ein dunkelhaariger, stämmiger Mann mit einem breiten Grinsen. Die Mutter, die ein ganzes Stück größer war als er und sehr blond, stand neben ihm vor dem Pferd. Ihr Haar war vom Wind zerzaust, und sie hatte einen Arm erhoben, um es zu ordnen. Die kleine Maggie hatte das blonde Haar ihrer Mutter, und ihr fehlten zwei Vorderzähne.

»Was bedeutet dieses Bild für Sie, Nick?«

»Ich glaube, so stelle ich mir unsere Familie vor, wie sie hätte sein können, wenn Mutter nicht gestorben wäre. Sie hätte vielleicht noch ein paar mehr Kinder gehabt, wir hätten vielleicht zusammen als Familie etwas unternommen, mein Dad wäre vielleicht nicht so ein Arsch geworden.«

»Und Sie haben das Gefühl, die einzige Möglichkeit, zu einer solchen engen Familienzusammengehörigkeit zu gelangen, besteht darin, sie sich zu stehlen? Haben Sie nie versucht, sich selber ein solches Gefühl der Zusammengehörigkeit mit anderen Menschen zu schaffen?«

Seine bemerkenswert blauen Augen studierten mein Gesicht. »Glauben Sie, das würde ich fertigbringen?« fragte er mit so leiser Stimme, daß es fast geflüstert war.

»Ja«, sagte ich, und konnte sein schmerzliches Sehnen nach Geborgenheit nur zu gut nachempfinden.

In dieser Nacht wachte ich jäh davon auf, daß Humberto meine Schulter rüttelte. »Sarah, was ist denn los? Du hast im Schlaf gestöhnt. Und du hast am ganzen Körper Gänsehaut.«

Die Uhr zeigte eine halbe Stunde nach Mitternacht, und ich wußte, daß wir nicht viel mehr als ein paar Minuten lang geschlafen haben konnten. »Ich habe wieder denselben alten Alptraum gehabt. Tut mir leid, daß ich dich geweckt habe.«

»Was ist denn das für ein Traum?«

»Ach, das ist ein ganz merkwürdiger Traum, den ich manchmal kurz nach dem Einschlafen habe. Ich erzähle ihn dir morgen früh.« Es erschreckte mich, daß diese alte Sache plötzlich wieder zum Vorschein gekommen war, und sie ging mir noch eine ganze Weile durch den Kopf, während Humberto schon längst wieder friedlich schnarchte.

Angefangen hatte es in meiner frühen Kindheit. Kurz nach dem Einschlafen sah ich plötzlich eine riesige Masse vor mir, die immer größer wurde, bis sie mich zu ersticken drohte. Sie war ganz fransig an den Rändern, in der Mitte dunkler als zum Rand hin und stand schweigend vor einem nicht näher erkennbaren Hintergrund. Sie hatte immer dieselbe graue Farbe. Während sie näher an mein Gesicht heranrückte, fuhr ich unwillkürlich aus dem Schlaf hoch, aber manchmal ließ ich mich von dem Ding auch vollkommen umfangen und verschlucken und schlief einfach darin weiter.

Anfangs bin ich mit vor Angst eiskalten Händen und Füßen jedesmal das kurze Stück bis zum Schlafzimmer meiner Eltern gerannt. Mein Vater war oft nicht zu Hause – war zum Pokern gegangen oder in irgendeine Bar –, aber meine Mutter lag in ihrem Bett, den orangenen Frotteebademantel um ihren ausladenden Körper gewickelt, und strickte oder sah fern. Wenn ich dann zu ihr ins Bett gekrochen war, schnalzte sie mit der Zunge und zog mich an ihre Seite, wo ich dann heimlich an kleinen Stoffäden an ihrem Bademantel zupfte, bis ich einschlief.

Mit acht Jahren war ich nicht mehr so leicht einzuschüchtern. Ich bestand darauf, mich in meinen Baseballsachen schlafen zu legen, den Fängerhandschuh gleich neben meinem Kopf. Ich war fest entschlossen, das Ding einzufangen, bevor es mein Gesicht berühren konnte. Mein Vater kniete sich neben mich hin, so daß seine blutunterlaufenen Augen auf einer Höhe mit den meinen waren, und ermunterte mich: »So ist's recht, Mädchen! Denen werden wir's schon zeigen!« Er redete immer so, als stünde er am Schlagmal und wartete auf einen Flugball.

Mit den Jahren trat dieses Traumerlebnis aus der frühen Einschlafphase immer seltener auf, bis ich glaubte, es endgültig losgeworden zu sein. Um so unglücklicher war ich, daß es nun nach all den Jahren wieder auftrat. Ich konnte mir überhaupt keinen Reim darauf machen. Nur eines stand für mich außer Zweifel: Es hatte etwas mit Nick zu tun.

34

Am Samstagabend wurden Humberto und ich zu einem besonderen Essen erwartet. Einige seiner Stammgäste hatten ihn gedrängt, daran teilzunehmen, der Erlös der Veranstaltung war für eine Wohltätigkeitsorganisation bestimmt.

Humberto ging mit mir bei *Neiman-Marcus* einkaufen und schenkte mir ein wunderschönes Abendkleid in Königsblau mit einem ziemlich tiefen Halsausschnitt. Dazu kauften wir eine Brosche mit Süßwasserperlen. Er trug seinen neuen Smoking mit einem seidenen Kummerbund, dessen Anfertigung ihn viertausend Dollar gekostet hatte. Ich dachte, daß es sinnvoller gewesen wäre, wenn er das Geld gleich an die Wohltätigkeitsorganisation überwiesen hätte, anstatt an dem Abendessen teilzunehmen.

Das Essen konnte man getrost vergessen, das Orchester war langweilig und bestand aus lauter alten Männern, aber wir genossen den Wein, tanzten bis Mitternacht und hatten trotz all der Menschenmassen um uns herum unseren Spaß. Nach einem letzten Schluck im *Paradise* fuhren wir Broadwaymelodien singend nach Hause und mußten über unsere falsche Stimmlage lachen. Als Humberto die Haustür aufschloß, war es zwei Uhr in der Frühe.

Ein seltsames Geräusch empfing uns – ein rasselndes Pfeifen, wie von einem asthmakranken Kind im Schlaf. Ich ahnte instinktiv, daß es etwas mit Frank zu tun haben mußte, und eilte in die Küche, um nach ihm zu sehen. Die Hundeklappe hing schlaff an einem Nagel. Frank lag am Ende einer rotbraunen blutigen Spur wie halbtot auf dem Fußboden.

»Frank!« schrie ich und beugte mich zu ihm hinunter, um zu sehen, ob er noch Luft bekam. Er öffnete ein Auge zur Hälfte und ließ mich ungehindert mit der Hand tief in seinen Rachen fassen, wobei er ein würgendes Geräusch machte. Wenigstens waren seine Atemwege nicht blockiert. »Schnell!« rief ich. »Hol ein Badelaken! Wir tragen ihn zum Auto und fahren sofort zum Tierarzt mit ihm!«

Humberto rührte sich nicht von der Stelle und starrte mich nur an. »Du wirst dir dein Kleid ruinieren. Ziehen wir uns schnell um, bevor wir losfahren.«

Ich riß mir so hektisch das Kleid vom Leibe, daß eine Naht aufplatzte. Dann ließ ich meine Sachen in einem Haufen in der Küche zurück, rannte hinauf ins Schlafzimmer, zog mir etwas anderes an und stürzte dann wieder hinunter, um Franks blutigen Kopf in meine Arme zu nehmen. »Jetzt aber los!«

Auch Humberto hatte sich umgezogen. »Ich komme gleich. Muß nur noch meine Schuhe suchen.« Das nächste, was ich hörte, war ein klagendes Stöhnen aus dem Wohnzimmer. »Dieser Hund ist unmöglich!« schrie Humberto. »Warum um Himmels willen läßt du ihn nicht einfach krepieren!«

Ich versuchte, Frank hochzuwuchten, um ihn ganz alleine zum Wagen zu tragen. »Nun mach doch schon!« rief ich. »Ich kann ihn nicht alleine heben!«

Humberto kam mit zwei dunkelblauen Samtfetzen zurück in die Küche gestürzt. »Sieh dir an, was er angestellt hat! Er hat zwei von meinen Polstern aufgerissen und die Füllung aufgefressen! Nie im Leben finde ich wieder welche, die genau dazu passen!« Wütend schüttelte er die Stoffreste vor meinen Augen. »Dieser Köter hat ein Tausenddollarsofa kaputtgemacht!«

Ich schoß hoch. »Das ist mir scheißegal! Willst du mir jetzt helfen, oder soll ich ihn zum Auto schleifen?«

»Nichts als Ärger mit der verdammten Töle!« Humbertos schöner Mund war verzerrt.

Frank wog fast fünfzig Pfund, und ich konnte ihn nicht alleine tragen. Meine Stimme wurde zu einem hysterischen Kreischen. »Wirst du mir jetzt helfen oder nicht?«

»Ach, verdammt!« Humberto griff sich ein Handtuch aus dem Bad, wickelte den Hund darin ein, hob ihn hoch und trug ihn zum Wagen.

Die Tierärztin war eine sachlich-kühle Frau mit bis zur Taille reichendem braunen Haar. »Das Polstermaterial aus Schaumgummi hat sich in seinem Magen aufgebläht. Wenn er es binnen der nächsten zwei Stunden nicht von sich gibt, müssen wir es durch einen Eingriff entfernen.«

Während der vier Stunden, die wir auf wackeligen Plastikstühlen warten mußten, wechselten Humberto und ich kaum zwei Worte miteinander. Irgendwann zwischendurch erklärte er, mal an die frische Luft zu müssen, und als er zurückkam, roch er nach Zigarettenrauch.

»Ich wußte gar nicht, daß du rauchst«, sagte ich.

»Tue ich normalerweise auch nicht, außer, wenn ich sehr aufgebracht bin.« Die Neonbeleuchtung warf graue Schatten auf sein mürrisches Gesicht.

Zu meiner allergrößten Erleichterung brauchte Frank nicht operiert zu werden – die intravenös verabreichten Medikamente und das Brechmittel hatten ihre Wirkung getan. Wir mußten ihn noch einen Tag lang zur Beobachtung dalassen und machten uns wortlos auf die Heimfahrt. Die Stille im Wagen schnürte mir den Brustkorb ein.

Zu Hause angekommen, sah ich erst richtig, was für ein Chaos Frank angerichtet hatte. Über den ganzen Wohnzimmerteppich lagen die Reste von zwei Polsterkissen verstreut. Die ganze Füllung war herausgerissen und zur Hälfte verspeist worden. Eine blutige Spur vom Wohnzimmer in die Küche vervollständigte die Katastrophe.

Ich klappte auf einem Stuhl im Wohnzimmer zusammen. »Ja, dein Sofa ist hin. Ich werde es dir bezahlen, ganz bestimmt.« Humberto holte den Müllbeutel aus der Küche und folgte schweigend Franks Blutspur, wobei er die Kissenreste aufhob und in den Plastiksack stopfte. »Ich weiß, wie sehr du das Sofa gemocht hast«, sagte ich. »Innerhalb von vier Monaten habe ich es dir abbezahlt.«

Humbertos Gesicht verdüsterte sich. Er ließ den Beutel fallen und stürzte zum Eßtisch. »Es geht mir nicht ums Geld! Scheiß auf das Geld! Es geht um uns! Dieser idiotische Hund ist dir wichtiger als ich!«

»Das ist nicht wahr!«

»Nicht wahr?« Er schlug mit der Faust auf die Tischplatte. »Willst du mich heiraten? Offensichtlich nicht. Wirst du weniger arbeiten, um mehr Zeit für mich zu haben? Gott bewahre. Kannst du das teure Kleid, das ich dir gekauft habe, ausziehen, ohne es zu zerreißen? Vergiß es! Du denkst nur an dich und deine Bedürfnisse. Und das hängt mir zum Halse heraus. Und es kotzt mich auch an, daß dir alles andere, einschließlich deines Hundes, wichtiger ist als ich. Ich hab Besseres verdient!«

Ich vergrub den Kopf in meinen Armen und weinte. Nach ein paar Minuten verschwand Humberto nach oben ins Schlafzimmer.

Ich mußte plötzlich an meine Mutter denken, die in eben dieser Haltung am Eßzimmertisch gesessen und über die Seitensprünge meines Vaters geweint hatte. In meinem Versteck unter der Treppe hatte ich mir geschworen, mich niemals von einem Mann zu solch einer Hilflosigkeit herabwürdigen zu lassen. Wenn es denn vorbei ist, werde ich wenigstens mit Anstand gehen, dachte ich. Ich fing an, in der Küche sauberzumachen. Es pochte in meinem Kopf, und mein Mund fühlte sich ganz geschwollen und trocken an. Ich stützte mich auf das kühle Porzellanbekken und klatschte mir kaltes Wasser ins Gesicht. Gierig trank ich das Wasser. Ich wollte nichts mehr in Humbertos Haus schmutzig machen, nicht einmal ein Glas. Ich wollte nur noch den Küchenboden aufwischen, den Teppich absaugen und dann gehen.

Nachdem ich in der Abstellkammer einen Mop gefunden hatte, füllte ich das Waschbecken mit warmem Seifenwasser. Esperanza machte Geräusche unter ihrem Tuch und ließ ihren Käfig wackeln. Es war Zeit für ihr Frühstück. Ich hob das Tuch und sagte ihr guten Morgen.

»Scheiß aufs Geld!« rief der Vogel ganz laut, sowie ich das Tuch weggezogen hatte. »Scheiß aufs Geld!« Trotz meiner elenden Stimmung brach ich in Gelächter aus und steckte zwei Finger zwischen den Käfigstäben hindurch, um Esperanza im Nacken zu kraulen. Als ich die Küche beinahe wieder hergerichtet hatte, kam Humberto in Trainingshosen und mit der Mülltüte in der Hand herein.

»Verrdammt!« kreischte Esperanza. »Rruf den Anwalt!«

Wir sahen beide erst den Vogel an, dann einander und mußten lachen.

»Scheeeiß aufs Geld! Los jetzt!« schrie Esperanza. »Willst du mich heirraten? Willst du mich heirraten?« setzte der Vogel noch eins oben drauf.

Ich lehnte den Mop vorsichtig gegen die Küchenspüle und trat einen Schritt näher an Humberto heran. »Ich liebe dich so sehr«, sagte ich. »Bitte gib mir doch noch eine Chance.«

»Komm mit«, sagte er, drehte sich um, ging ins Wohnzimmer und setzte sich hin. »Wenn du und ich zusammenbleiben wollen, müssen sich ein paar Dinge ändern.«

Ich setzte mich ihm gegenüber und nickte.

»Würdest du bereit sein, abends etwas mehr Zeit mit mir zu verbringen?«

»Ja.« Ich wußte nicht so recht, wie ich das einrichten sollte, aber ich wollte ihn nicht verlieren.

»Was ist mit deinem ganz speziellen Patienten? Wie lange soll das mit ihm noch dauern?«

Gute Frage, dachte ich. »Ich würde ihn ja gerne an jemand anderen überweisen, aber ich muß den richtigen Zeitpunkt abwarten, sonst sind all die Fortschritte, die wir erreicht haben, für die Katz gewesen.«

»Okay, damit kann ich leben. Mir hängt die ganze Geschichte bloß einfach zum Halse heraus.«

»Liebling, es tut mir so leid. Ich werde alles tun, was ich kann, um mehr Zeit für dich zu haben. Du hast wirklich allen Grund dazu, böse mit mir zu sein.«

Er hob die Hand und beschrieb einen schmalen Spalt zwischen Daumen und Zeigefinger. »Ich stehe *so* kurz davor, dich zu verlassen.«

Wieder wurden meine Augen feucht. »Ich wünsche mir so sehr, daß es nicht dazu kommt. Du mußt nur eines begreifen: Wenn ich einen Notfall habe, muß ich alles stehen- und liegenlassen. Und daran wird sich nichts ändern.«

»Wenn es wirklich ernst wird mit uns beiden, ist das für mich kein Problem mehr. Aber wegen Frank müssen wir uns etwas einfallen lassen.«

35

Sooft Nick auf der Ranch der McCutcheons zu Besuch war, ließ er etwas mitgehen, was für ihn das Familienleben symbolisierte, nach dem er sich sehnte: Maggies mit bunten Hündchen bemaltes Tellerchen aus Kinderzeiten, eine Golftrophäe ihres Vaters, eine Videoaufzeichnung von einer Familienfeier. Wir sprachen intensiv über die Bedeutung dieser Gegenstände, weil ich hoffte, daß dadurch sein Drang, etwas zu stehlen, nachlassen würde. Ich fragte mich, ob er sich vielleicht irgendwie eine Kopie des Schlüssels zu meiner Praxis beschafft hatte und ob noch mehr von meinen Sachen verschwinden würden.

In den folgenden Wochen gestaltete sich Nicks Beziehung zu Maggie zunehmend stürmischer, wobei sich heftige Liebesakte mit schweren verbalen Attacken seinerseits abwechselten. Er fing an, ihre kühle Selbstbeherrschung zu verabscheuen. Wiederholt wies ich ihn darauf hin, daß er bei Maggie dieselben Gefühle noch einmal durchspielte, die er bereits für mich empfunden hatte, aber für meine Einwürfe hatte er jedesmal nur ein »Nein, das ist etwas ganz anderes« übrig und weigerte sich, näher auf den Aspekt einzugehen.

Die abschließenden Vorbereitungen für die Gerichtsverhandlung nahmen Nick sehr in Anspruch. Er vertrat einen Mann, der bei seiner Arbeit giftigen Chemikalien ausgesetzt war und sich dadurch einen Gehirnschaden zugezogen hatte. Nicks Büro wollte jetzt »den großen Fischen an den Kragen«, indem sie die weltbekannten Firmen verklagten, die diese Produkte hergestellt hatten. Dieser Fall war von großer Wichtigkeit für Nicks Karriere, schon weil die Partner in seiner Firma bei ihrem Kreuzzug voll und ganz auf ihn bauten. Bereits im Vorwege der Verhandlung hatten zur Prozeßvorbereitung mehrere hunderttausend Dollar investiert werden müssen, und man wußte, daß für den Fall, daß Nick seinen Prozeß gewann, ein ansehnlicher Profit und lukrative neue Aufträge in Aussicht standen.

Nach Verhandlungsbeginn fing jede unserer Sitzungen mit einem Bericht über die Zeugenaussagen, die an den jeweiligen Vormittagen gemacht, und die Beweismittel, die vorgelegt worden waren, an, und Nick gab eine Einschätzung darüber ab, wie die Geschworenen es wohl aufgenommen hatten. Während der zweiten Verhandlungswoche erklärte er: »Kann sein, daß ich heute den ganzen Fall geschmissen habe. Ich war beim Kreuzverhör wie erstarrt. Hab's nicht geschafft, den Kerl festzunageln. Konnte mich nicht konzentrieren. Ich mußte um eine zehnminütige Pause bitten, damit ich wenigstens meine Gedanken sammeln konnte. Ich habe bloß Glück gehabt, daß das der letzte Zeuge für diesen Tag gewesen ist.«

»Woran, glauben Sie, hat das gelegen?«

»Weiß ich nicht. Als ich seine Aussage hörte, habe ich gedacht: ›Das ist dein Mann. Wenn du den abschießt, hast du den Sieg in der Tasche.‹ Und dann habe ich's vermasselt.«

»Also hat die besondere Belastung, weil Sie immer daran denken mußten, wie wichtig dieser Zeuge für Sie ist, Sie nervös werden lassen?«

»Das schon, aber normalerweise *liebe* ich es, einen so richtig auseinanderzunehmen.«

»Vielleicht, weil dieser Fall anders ist als sonst.«

»Durchaus. Ich könnte meinen Job verlieren.«

Ich hoffte nur, daß das nicht so war. Sein inneres Gleichgewicht war schon mehr als angeschlagen.

»Wissen Sie, was komisch ist? Ich war immer spitzenmäßig bei Gericht, mußte aber dauernd auf die Toilette rennen. Jetzt baue ich nur Mist, aber meinem Magen geht es großartig.«

»Am Ende wird es vielleicht so aussehen, daß Sie bei Gericht Erfolg haben und sich auch körperlich wohl fühlen.« Ich hielt mich verzweifelt an diesem Hoffnungsfaden fest.

Als ich Val traf, sah sie mich nur kurz an und sagte: »Du bist ja ganz dünn geworden! Was ist denn los mit dir?«

»Ich arbeite zuviel. Keine Zeit, was zu essen.«

»Immer noch dieser eine Patient?«

»Teilweise. Mit ihm glaube ich langsame Fortschritte zu machen, aber es ist ein Balanceakt auf dem Hochseil. Manchmal sieht es so aus, als stünde er kurz davor, die Kontrolle über sich zu verlieren. Ich schwöre dir, so einen Patienten wie ihn nehme ich nie wieder an.«

»Und was ist sonst so los?«

»Viel Hin und Her mit Humberto.«

»Du schaffst das schon. Warum fahrt ihr beide nicht mal zusammen weg? Laßt euch von der Sonne verwöhnen und liegt ein paar Wochen lang nur faul herum.«

»Ja, das wäre herrlich. Ich habe meiner Mutter versprochen, über Ostern nach Hause zu kommen, aber vielleicht klappt's ja im Juni. – Und bei dir?«

»Gemischt. Gordon macht mich verrückt mit seinen eingebildeten Krankheiten. Jeden Tag hat er eine neue Sorte von Krebs. Und jetzt fährt er voll und ganz auf homöopathische Medikamente ab.«

»Er sollte mal mit Linda reden. Sie kennt sich mit dem Zeug aus.«

»Ihm auch noch Auftrieb geben? Das wäre das letzte!«

Wir lachten beide und stellten uns eine Schlammschlacht aus lauter Salben und Tröpfchen vor. Bevor wir uns verabschiedeten, nahm Val mich noch beim Arm. »Hör zu. Ich weiß, daß du mit beinahe jeder beruflichen Situation fertig wirst. Aber jeder kriegt mal einen Patienten, mit dem absolut kein Klarkommen ist. Selbst Harold Sears hat gesagt, daß ein Typ ihn mal fast zum Wahnsinn getrieben hat.«

»Ich krieg's schon hin, Val. Ich bin beinahe damit durch.«

Als sein Prozeß sich dem Ende näherte, sagte Nick: »Ich weiß nicht, was ich tun soll, wenn ich den Fall verliere. Oberdorf will jeden Tag von mir wissen, wie es läuft.«

»Was ist denn das Schlimmste, was passieren könnte?«

»Daß ich gefeuert werde. Ich hätte größte Schwierigkeiten, einen guten Posten in einer anderen Anwaltsfirma zu bekommen. Ich käme mir völlig überflüssig vor.«

»Aber in jedem Prozeß muß doch eine Seite verlieren.«

»Ja. So läuft das Spiel, und man sagt sich dann, daß es nicht so sehr darauf ankommt, weil man seine Sache schließlich gut gemacht hat. Aber das verschafft mir nicht viel Trost. Für mich kommt's einzig und allein darauf an zu gewinnen. Ob nun Recht gesprochen wird oder nicht, ist mir egal.«

»Wie sind Sie dann überhaupt zu dem Beruf gekommen?«

»Ich wollte viel Geld verdienen und mir dabei nicht die Hände schmutzig machen. Andere an der Uni träumten davon, Senator zu werden und für die Gerechtigkeit zu kämpfen. Ich träumte von einem tollen Schlitten.«

»Gab es je noch irgend etwas anderes, was Sie wirklich interessiert hat?«

Er seufzte und kratzte sich am Kopf. »Es hört sich wahrscheinlich blöde an – aber ich habe mir immer gewünscht, Klavier spielen zu können. Ich habe es geliebt, wie die Orgelmusik die ganze Kirche erfüllt hat. Nach der Schule bin ich immer in eine Musikalienhandlung in der Nähe gelaufen und habe zu spielen versucht. Ich habe immer noch den Duft von Möbelpolitur und Linoleum aus dem Laden in der Nase. Einer der Verkäufer hat mir beigebracht, ›Amazing Grace‹ zu spielen. Wenn ich irgendwo zu Besuch bin, schleiche ich mich manchmal zu deren Klavier und spiele das Stück.«

»Sie haben nie Musikstunden bekommen?«

»Nein. Wir konnten uns auch kein Klavier leisten. Einmal habe ich eine Preisliste von einer Klaviervermietung mit nach Hause gebracht, aber mein Dad sagte bloß ›Vielleicht später mal‹, und später mal ist dann nie was daraus geworden. Der Verkäufer hat mich eine Melodica spielen lassen, und in die habe ich mich auch gleich verliebt.«

»Was ist das?«

»Sie sieht aus wie die Tastatur eines Miniaturpianos. Man bläst ins Mundstück und drückt gleichzeitig die Tasten. Die besten werden in Deutschland hergestellt, und selbst die kosteten damals nur so um die fünfzig Kröten. Ich habe Ma angebettelt, mir eine zu Weihnachten zu schenken, und sie hat es mir auch versprochen. Ich bin sogar zu dem Laden gegangen und habe mir die ausgesucht, die ich haben wollte, falls sie hingehen würde, um sie mir zu kaufen. Es ist zum Heulen. Im November ist sie verschwunden. Ich bin nie wieder in dem Laden gewesen.«

»Sie haben nie viel darüber erzählt, wie Sie das Verschwinden Ihrer Stiefmutter damals aufgenommen haben.«

Er verstummte, rang offenbar mit seinen Gefühlen, und als er weitersprach, klang seine Stimme brüchig. »Es war das Schlimmste, was man sich vorstellen kann. Ohne eine Spur. Kein Anruf, nicht ein Brief. Das gab mir die Überzeugung, daß es sinnlos ist, jemanden zu lieben. Dad hat danach immer nur als ›die Schlampe‹ von ihr gesprochen, und ich habe das auch übernommen.«

»Könnten Sie jetzt nicht versuchen, sie aufzuspüren, um mit ihr zu reden?«

»Das würde zu nichts führen. Und ich habe es Ihnen ja bereits gesagt – für mich ist sie gestorben.«

»Und wenn Sie *jetzt* lernen, Klavier zu spielen?«

»Es würde zuviel Trauer in mir aufwühlen um das Leben, das ich nie gehabt habe.«

»Sie *müssen* um dieses Leben trauern, damit Sie die Gegenwart ausleben können.«

»Nicht diese Woche. Diese Woche muß ich mich darauf konzentrieren, zu gewinnen.«

Noch einmal traf ich mich mit Zachary, bevor er nach Asien abreiste. »Sarah, Sie leisten hervorragende Arbeit«, sagte er, »und das trotz allem, was dieser Patient mit Ihnen anstellt. Seine Magenbeschwerden haben aufgehört und auch seine Alpträume, er kann jetzt über seine Gefühle reden, er hat zu einer Beziehung mit einer anderen Frau gefunden, und er widersteht selbst dem Druck, dem er durch seinen Prozeß ausgesetzt ist. Ich denke, das ist eine enorme Leistung.«

»Die mich auch enorme Kraft gekostet hat.«

Zachary lächelte freundlich. »Und es hat Sie auch eine Menge *Mut* gekostet, diese Sache durchzustehen.«

Bei dem Gedanken, meine harte Arbeit hätte sich am Ende vielleicht doch bezahlt gemacht, wurde mir wohler zumute. »Im Augenblick scheint er sich im Griff zu haben, aber ich weiß nicht, wie er reagiert, falls seine Firma ihn feuert.«

Zachary lehnte sich in seinem Sessel zurück, um nachzudenken. Neben sich hatte er ein aufgeschlagenes Lehrbuch der japanischen Sprache liegen. »Mein wichtigster Rat an Sie ist folgender: Zögern Sie nicht, ihn in die Klinik einweisen zu lassen, falls Sie irgendeinen Grund sehen, aus dem er ein Risiko für Ihre oder auch für seine eigene Sicherheit darstellt.«

»Ich werde diesen Ratschlag im Auge behalten. Aber dazu wird es hoffentlich nicht kommen.« Zachary begleitete mich zur Tür. Ich wünschte ihm alles Gute, aber ich hatte kein angenehmes Gefühl dabei, daß er so lange fort sein würde. »Gute Reise«, sagte ich. »Bei Ihrer Rückkehr wird die Behandlung vielleicht schon in eine ganz neue Phase eingetreten sein.«

Am darauffolgenden Montag fand ich eine Nachricht von Nick auf dem Anrufbeantworter vor.

»Habe den Fall verloren. Kann nicht kommen. Wir sehen uns Mittwoch.« Seine Stimme klang tiefer als sonst, und er sprach undeutlich. Ich überlegte, ob ich ihn anrufen sollte, aber ich hatte so viel Mühe darauf verwendet, ihm klarzumachen, daß er nicht außerhalb unserer Therapiestunden mit mir telefonieren sollte, daß ich damit wohl kein gutes Beispiel abgegeben hätte. Außerdem, dachte ich, würde ich damit andeuten, daß er nicht die Kraft besäße, in dieser Krise ohne mich klarzukommen, und dieses Gefühl wollte ich ihm nicht vermitteln. Ich bekam ihn schließlich sowieso schon dreimal in der Woche zu sehen.

36

Am Mittwoch kam Nick mit einer Viertelstunde Verspätung. Plötzlich stand er, das Jackett über dem Arm und die Krawatte lose um den Hals, im Wartezimmer. Als er an mir vorbei ins Sprechzimmer ging, roch ich an ihm kalten Schweiß, als wäre er drei Tage nicht unter der Dusche gewesen. Er war sehr aufgebracht, vermochte nicht stillzusitzen, schniefte herum und rannte von einer Ecke in die andere. »Diese Scheißgeschworenen! Die haben genau gesehen, was für einen Dachschaden der Knabe abgekriegt hat, aber wenn es dann um einen Schadenersatz von diesen Riesenfirmen geht, kneifen sie den Schwanz ein!« Immer wieder schlug er mit der Faust in die Handfläche. »Da gibt's nichts, da hat einer was mit den Geschworenen angestellt. Mann, wie gerne würde ich diesen Bonzenfirmen mal einen reinhängen! Ich möchte diese Schweine mal so richtig bei den Nüssen kriegen.«

Er fuhr sich mit der Hand durchs Haar, schneuzte sich und entschuldigte sich dann, weil er auf die Toilette mußte. Als er zurückkam, fragte ich ihn, ob er Kokain geschnupft hätte.

Er lachte hysterisch auf. »Gut, Doktorchen! Sehr gut! Haben Sie sich selber auch eine Prise genehmigt?« Als er nicht aufhören wollte zu lachen, fing ich an zu überlegen, was ich jetzt mit ihm anstellen sollte. Er schmiß sich auf die Couch, stellte ein Bein auf den Boden und warf die Arme in die Luft. Sein blaues Hemd klebte ihm am Körper. »Ich bin hundert Prozent zu. Beantwortet das Ihre Frage?«

»Was soll das bedeuten?«

»Alles, was Sie wollen. Kokain. Hasch. Gin. Arbeitslos. Erledigt. Vom Glück verlassen.«

Auch mir sank der Mut, als ich zusehen mußte, wie er da auf der Couch lag und wild mit den Armen herumfuchtelte. »Wie hat man in Ihrer Kanzlei darauf reagiert?«

»Oberdorf war zu gütig. Kennen Sie ja. Gebt ihm noch ein saftiges Steak, bevor der Henker kommt. Sie warten bloß das Monatsende ab, dann kriege ich den Wisch.«

»Aber das muß ja nicht unbedingt so sein.«

»Ha! Wo leben Sie eigentlich?«

»Ein Anwalt wird nicht jedesmal gefeuert, wenn er einen Fall verliert.«

»Sie haben meine Art sowieso nicht gemocht. Ich habe Ihnen doch erzählt, daß McCutcheon mich dabei ertappt hat, wie ich was im Papierkorb habe verschwinden lassen.«

»Nein.«

»Ein paar alte Schulunterlagen aus einem anderen Fall. Ich dachte, außer mir wüßte niemand etwas davon und daß es auch besser so bleiben sollte. Maggie hat sich für mich eingesetzt.«

»Und jetzt hilft Ihnen Ihre Bekanntschaft mit ihr nicht?«

»Wer weiß? Das hängt sowieso alles ziemlich am seidenen Faden.« Er setzte sich hin und zupfte seine Kleidung ein wenig zurecht. »Das ist eine üble Geschichte. In ein paar Wochen stehe ich wahrscheinlich auf der Straße.«

»Möglicherweise ist es Ihnen so und so über, nicht das tun zu können, was Sie eigentlich wollen.«

Er preßte die Hände an die Schläfen. »Sie können sich nicht vorstellen, wie fix und fertig ich bin. Ich bin so fertig, daß es praktisch einen Kran braucht, mich morgens aus dem Bett zu hieven.«

»Ich denke, es wäre gut, wenn Sie ein paar Wochen in eine Klinik gingen.«

»*Was?*« Er sprang von der Couch hoch, grabschte sich meinen kleinen Glaselefanten und begann im Zimmer herumzulaufen.

»Sie leiden unter Depressionen. Ich denke dabei an Ihre eigene Sicherheit.«

»Scheißfotze!« brüllte er und schleuderte den Elefanten gegen die Wand, wo er zersplitterte und auf den Boden fiel. Ich stand rasch auf und sah zu, daß ich zur Tür kam.

Er machte eine abwehrende Handbewegung. »Immer ruhig. Es ist bloß der Koks. Ich tue Ihnen schon nichts. Kommen Sie, setzen Sie sich wieder hin.« Er ließ sich auf die Couch plumpsen. »Ich kehre das nachher zusammen.«

Ich ging zu meinem Sessel zurück. »Zeigt das nicht, wie nahe Sie daran sind, die Kontrolle über sich zu verlieren? Sie brauchen die Sicherheit eines Krankenhauses, und zwar sofort.«

Er nahm seine Aktenmappe und legte sie auf den Couchtisch. »Auf keinen Fall kann ich diese Woche ins Krankenhaus. Ich zeige Ihnen mal meinen Terminkalender.«

Ehe ich protestieren konnte, hatte er die Mappe aufgeklappt, um seinen Kalender hervorzuholen, und dabei rutschte eine Rasierklinge heraus und fiel auf den Tisch. Für Kokainschnupfer war es nichts Ungewöhnliches, Rasierklingen mit sich herumzutragen, aber hatte er sie noch aus einem anderen Grund dabei? Würde er sich damit lange Risse in den Arm schneiden, wie ich es andere Patienten hatte tun sehen?

»Hoppla«, sagte er verlegen, nahm die Rasierklinge und tat sie in seine Mappe zurück.

»Sie erbringen den besten Beweis dafür, daß ich recht habe. Lassen Sie mich im Westwood anrufen und fragen, ob die ein Bett frei haben.«

»Doktorchen, Sie wissen genau, wofür die ist.«

»Aber das ist nicht das einzige, was Sie damit anstellen können.«

»Oh.« Er lehnte sich zurück und strich sich mit den Händen über die Oberschenkel. »Aber Sie schicken doch keinen in die Anstalt, bloß weil er Ihre Tapete zerschnitten hat?«

Mir klappte förmlich die Kinnlade herunter. »Sie wollen doch nicht sagen ...«

Er riß erstaunt die Augen auf. »Ich dachte, *das* hätten Sie damit gemeint! Ich bin davon ausgegangen, daß Sie Bescheid wüßten.«

Ich konnte es einfach nicht glauben. »Warum haben Sie meine Tapete zerschnitten?«

Seine Augen wurden feucht, und er mußte sich ein paarmal schneuzen. »Ihr Leben war zu vollkommen. Ich wollte ein bißchen Unordnung hineinbringen. Aber ich war mir ganz sicher, daß Sie sich Ihr Teil gedacht und nur darauf verzichtet haben, es anzusprechen.«

Ich war hilflos in meiner Wut. Er stellte keine so große Bedrohung dar, daß ich ihn gegen seinen Willen in eine Klinik einweisen lassen konnte. Ja, es schien, als würde ich ihn nicht so schnell loswerden können, und einen Beweis, daß er mir etwas antun könnte, hatte ich ebensowenig. »Es hat mich dreihundert Dollar gekostet, die Wand wieder herrichten zu lassen«, entfuhr es mir.

Er zog eine Rolle Geldscheine aus der Tasche und breitete fünf Hundertdollarscheine auf dem Couchtisch aus. »Damit sollte das aus der Welt geschafft sein und der Elefant auch gleich mit.«

Ich ärgerte mich, daß ich diesem Vandalismus nicht gleich auf den Grund gegangen war. Nun mußte ich aufpassen, was er tun würde, wenn ich zu heftig auf sein Geständnis reagierte. »Nick, ich werde das Geld nehmen, weil ich der Meinung bin, daß Sie es mir schulden, und zu einem späteren Zeitpunkt werden wir uns in allen Einzelheiten über die Sache unterhalten. Im Augenblick aber habe ich eher die Sorge, Sie könnten sich etwas antun.«

Seine Hyperaktivität schien zu verpuffen. »Mir passiert schon nichts. Wollen Sie, daß ich die Rasierklinge hierlasse?«

»Wozu soll das gut sein? Sie können sich jederzeit eine neue besorgen.« Allerdings erzeugt es oft ein Gefühl der Sicherheit bei Patienten, wenn sie ihrem Therapeuten eine Waffe überlassen.

»Jetzt weiß ich, was ich tun werde.« Aus seiner Mappe holte er ein gefaltetes gelbes Stück Papier, das mit einer Büroklammer zusammengehalten wurde. »Das ist der ganze Koks, den ich noch habe, und ich werde ihn jetzt sofort Ihre Toilette hinunterspülen. Die Rasierklinge werfe ich weg und verspreche Ihnen, mir keine andere zu kaufen. Das Zeug wird mir langsam unheimlich.«

Wir sahen beide zu, wie das klumpige Pulver im Abfluß verschwand, und verabredeten uns dann auf zwei Tage später.

Als Humberto an diesem Abend merkte, wie angespannt ich war, versuchte er, mich aufzumuntern. »Wieder mal einen harten Tag im Affenzirkus gehabt?«

Ich lächelte. »Es war echt die Hölle los. Aber ich will jetzt nicht darüber nachdenken. Um neun kommt *Casablanca* im Fernsehen. Laß uns Popcorn machen und uns dann gemütlich den Film ansehen.«

»Klasse«, sagte er, und ich war erleichtert, daß er mir die Sorgen, die ich mir wegen Nick machte, nicht anmerkte. »In Santa Monica hat ein neues Restaurant aufgemacht, das ich mir mal ansehen muß. Das Essen dort soll ganz vorzüglich sein. Der Küchenchef hat gesagt, wir sollten am Freitagabend mal vorbeikommen«, fügte Humberto noch hinzu.

»Fein«, sagte ich und trug *Mustard, 8:15* in meinen Terminkalender ein. Ich mußte mir endlich einmal einen Abend für Humberto freihalten.

Während der folgenden Tage begann die Anspannung, die in mir steckte, mein Einfühlungsvermögen für meine Patienten zu beeinträchtigen. Luness rief an, um ihren Termin abzusagen, und ich nahm an, daß sie sich eine Pause von ihrer sehr intensiven Therapie gönnen wollte, gerade, weil sie im Augenblick gute Fortschritte machte. Man erlebt das recht häufig bei Patienten. »Fangen wir mit dem Grund für die Absage neulich an«, sagte ich, als sie schließlich wieder vor mir saß.

»Ich habe für keine andere Vorstellung eine Opernkarte kriegen können. *La Traviata*. Meine Lieblingsoper.«

»Oder haben Sie sich extra diese Nachmittagsaufführung ausgesucht, weil Sie nicht in die Therapiestunde kommen wollten?«

Luness schüttelte mit ausdruckslosem Gesicht den Kopf. »Nein. Das war die einzige Karte, die ich kriegen konnte, und ich wollte die Aufführung nicht verpassen.«

Ich beharrte weiter auf meiner Version, und im Verlauf der Sitzung begann Luness darüber zu reden, wie gerne sie jetzt etwas essen würde und daß sie so müde wäre, daß Sie kaum noch die Augen aufhalten konnte. Ich mußte daraus schließen, daß Luness nicht annehmen wollte, was ich ihr anbot. Sie nahm ihre Handtasche und den Hut und verließ vorzeitig die Praxis. Zwei Stunden später hatte ich ihre Stimme auf meinem Anrufbeantworter: »Bitte streichen Sie alle zukünftigen Termine. Ich brauche eine Erholung von der Therapie. Danke für alles.«

Ich wußte sofort, daß ich Luness gegenüber einen gravierenden Fehler begangen hatte, und rief gleich an, um mich bei ihr zu entschuldigen. Unter Tränen wiederholte sie noch einmal den Grund für ihr Fernbleiben und erklärte sich einverstanden, wenigstens noch ein einziges Mal in meine Praxis zu kommen.

Als sie dann wieder bei mir war, erzählte sie mir von einem Traum. »Ich war in einem dunklen Haus. Draußen schneite es, und ich fühlte mich endlich entspannt und in Sicherheit. In dem Haus gab es nichts zu essen, aber ich brauchte auch nichts. Dann hörte ich eine Horde Menschen kommen und fing damit an, die Fenster zuzunageln und die Türen zu verrammeln, aber sie klopften und schrien und schlugen gegen die Wände, bis sie überall kleine Löcher ins Haus gehauen hatten, durch die sie ganze Händevoll Schnee zu mir hereinstopften. Ich fühlte mich bedroht, ich hatte das Gefühl, ich würde verschwinden. Dann hat sich der Schnee in Reis verwandelt.«

»Der Traum sagt uns, daß ich in unserer letzten Sitzung versucht habe, Sie zum Essen zu zwingen, indem ich darauf bestand, Sie hätten statt in die Oper lieber zu mir in die Therapie kommen sollen«, erklärte ich. »Ich habe Ihren Schutzwall angegriffen. Jetzt erkennen wir, wie Sie sich gegen eine solche Attacke zur Wehr setzen. Sie schrumpfen in sich zusammen, und dann drehen Sie den Spieß um und zwingen sich eine Mahlzeit hinein, um nur ja die Oberhand zu behalten.«

Durch meinen beinahe nicht mehr gutzumachenden Fehler erreichten wir einen beachtlichen Sprung nach vorn in ihrer Therapie, und ich lobte Luness dafür, daß sie den Mut gehabt hatte, mir die Stirn zu bieten. Und doch gab mir dieser Zwischenfall zu denken. Es war in jüngster Zeit nicht das einzige Mal gewesen, daß ich bei Patienten überreagiert hatte oder ihr Verhalten mißinterpretierte. Mir entglitt meine sonst so verläßliche therapeutische Urteilsfähigkeit.

Am Freitag wirkte Nick einigermaßen nüchtern. Auf dem Weg zur Couch warf er einen Blick in meinen aufgeschlagenen Terminkalender und sagte: »Ins *Mustard*, eh? Soll ja ganz toll sein.« Ich ärgerte mich maßlos über mich selbst, daß ich den Kalender so gehalten hatte, daß er darin lesen konnte, und auf ihn war ich wütend, weil er sich schon wieder in meine Privatangelegenheiten einmischte.

Allerdings gab sich Nick äußerst höflich und schien sich auch wieder weitgehend beruhigt zu haben. »Ich hoffe, Sie können mir meinen Auftritt neulich verzeihen. Ich reagiere in letzter Zeit ganz merkwürdig auf Koks. Wahrscheinlich werde ich alt. Sind Sie noch sauer?«

»Sie haben mein Eigentum beschädigt und haben sich mehrfach in mein Privatleben gedrängt. Können Sie sich nicht vorstellen, daß auch meine Geduld einmal ein Ende haben kann?«

»Schon gut, schon gut. Ich möchte mich entschuldigen. *Ich entschuldige mich!!* Okay?«

»Falls ich feststellen sollte, daß Sie sich sonst noch irgendwie an meinem Eigentum vergangen haben, werde ich diese Therapie augenblicklich abbrechen.«

»Kann ich Ihnen nicht verdenken.« Eine Weile blieb er still liegen.

Dann erzählte er, sowohl McCutcheon als auch Oberdorf wären freundlich zu ihm gewesen und daß er sich Hoffnungen machte, seine Stelle vielleicht doch behalten zu können. »Allerdings habe ich mir überlegt, meine Wohnung zu verkaufen und mir ein schniekes niedliches Häuschen in Venice zuzulegen. Dann könnte ich eine Zeitlang nichts anderes tun als lesen und am Strand spazierengehen.« Ich hätte gerne gewußt, ob er mich bei meinem Besuch bei Linda gesehen hatte. »Bloß, was passiert, wenn ich es mir nicht mehr leisten kann, zu Ihnen zu kommen?«

Das wäre ein Geschenk des Himmels, dachte ich.

Er richtete sich auf und starrte mich unverwandt an, bis es mir fast zuviel wurde. »Ich *muß* Sie sehen. Koste es, was es wolle. Sie sind mein Rettungsanker. Ohne Sie kann ich nicht leben.«

Mir war, als würde sich ein tonnenschweres Gewicht auf mich senken.

37

An diesem Abend kehrte ich noch einmal nach Hause zurück, um mich umzuziehen, bevor Humberto und ich zu dem Restaurant fuhren. Als ich im Wohnzimmer die Vorhänge zuzog, sah ich Mr. Slewicki seine Abfalltonnen auf die Straße stellen. »Ach, guck mal, wie nett«, sagte ich zu Frank, »zu seiner blauen Schürze hat er, ganz der Frühjahrsmode entsprechend, hellroten Lippenstift aufgetragen.«

»Groff«, antwortete Frank.

Während ich auf Humberto wartete, zog ich mein schwarzes Seidenkleid und die Schuhe mit den hohen Absatzen an. Auf der Fahrt ins *Mustard* ließ Humberto sich über Lagerungsprobleme für die Vorräte im *Paradise* und die in die Höhe schießenden Großhandelspreise aus. Ich hörte ihm gerne zu, denn seine Nähe und seine Mitteilsamkeit taten mir wohl. Manche Leute verbringen halt nicht den ganzen Tag damit, sich mit dem Elend anderer Leute auseinanderzusetzen, dachte ich. Muß ein schönes Gefühl sein.

Das Restaurant war ein flacher Bau aus Beton und Glas, der auf den Ozean hinausging. Humberto wollte mich unbedingt bei der Hand nehmen und mit mir den Parkplatz hinunterschlendern, um die Sonne im Meer untergehen zu sehen. Am Strand angekommen, legte er im kühlen Abendwind schützend die Arme um mich.

In der Hoffnung, mich durch seine Wärme wieder stärker zu ihm hingezogen zu fühlen, ließ ich meinen Kopf einen Augenblick lang auf seiner Schulter ruhen. »Ich fühle mich so ausgebrannt«, sagte ich.

»Ich hätte nichts dagegen, wenn du ganz zu arbeiten aufhörst.«

»Du weißt, daß ich das nicht ertragen würde.«

»Könntest du dir nicht wenigstens einen Tag in der Woche freinehmen, damit wir ein bißchen Zeit füreinander haben und nicht immer so ein Streß herrscht? Wir könnten Museen besuchen, Radtouren machen, ins Kino gehen. Das würde uns beiden guttun.«

Ich zwang mich zu einem Lächeln. »Irgendwann vielleicht mal.« Humberto rückte von mir ab. Er zog den Mund zu einer schmalen Linie zusammen und vermied es, mich anzusehen. Ohne uns zu berühren, gingen wir nebeneinander zum Restaurant. Mir war zum Heulen zumute. Sobald ich bei Nicks Behandlung ein wenig Land sah, würde ich mir ein paar Wochen lang eine Pause gönnen, so, wie Val es vorgeschlagen hatte.

Am Empfangstisch wandte ich mich kurz ab, um mir die Leute anzusehen, die um uns herumstanden, und entdeckte Nick in Begleitung von zwei Frauen und einem Mann, bei denen es sich, wie ich annahm, um Maggie und ihre Eltern handelte. Binnen Sekunden wurden meine Hände eiskalt, und mein Herz begann wie wild zu schlagen. Er mußte mit der Absicht hergekommen sein, mich zu sehen, und an der ruhelosen Art, wie er von einem zum anderen lief, konnte ich ablesen, wie extrem nervös er war, was er nun durch gezwungene Ausgelassenheit zu kaschieren suchte. Ich mochte nicht daran denken, zu was das führen konnte. Zum ersten Mal spielte ich mit dem Gedanken, die Therapie abzubrechen und ihm untersagen zu lassen, in meine Nähe zu kommen. Aber genau das hatte meine Kommilitonin Paula mit einer Patientin versucht, und die hatte dann Paulas Haus in Brand gesteckt. Man war sich ja seiner Haut nie sicher.

Einen quälenden Augenblick lang trafen sich unsere Blicke. Nick verzog nicht die kleinste Miene, was offenbar bedeuten sollte, daß er nicht wollte, daß ich ihn ansprach. Ich wandte mich rasch ab, und genau in diesem Augenblick nahm auch Humberto meinen Arm, um mich zu unserem Tisch zu führen. Es wäre sowieso ein Verstoß gegen die therapeutische Etikette gewesen, wenn ich Nick zuerst angesprochen hätte. Es oblag einzig und allein der Entscheidung des Patienten, ob er die bestehende Beziehung zwischen uns öffentlich machen wollte oder nicht, und gerichtlich belangt zu werden, konnte ich nun ganz und gar nicht gebrauchen.

Sowie wir am Tisch Platz genommen hatten, bestellte ich mir einen

Drink und stürzte ihn hinunter. Ich hatte keine Ahnung, wie Humberto auf Nicks Anwesenheit reagieren würde. Es ging ihm so oder so schon genug gegen den Strich, und ich beschloß, kein Risiko einzugehen. Statt dessen konzentrierte ich mich voll und ganz auf Humberto und hoffte, gleichzeitig unsere Freundschaft retten und Nick außen vor lassen zu können. Ich brachte die Hors d'œuvres hinter mich, ohne den Blick ein einziges Mal durch den Raum schweifen zu lassen. Der Chefkoch kam kurz, um sich zu uns an den Tisch zu setzen, und empfahl uns den frischen Thunfisch auf Tomatenscheiben mit Pfannkuchen aus wildem Reis.

Humberto bestellte einen ausgezeichneten Sauvignon Blanc, den ich so hastig trank, daß sich meine Haut schon bald ganz taub anfühlte. »Mir gefällt's hier«, sagte Humberto, »aber nichts, was gut ist in L. A., bleibt lange ein Geheimtip. Sobald sich das hier erst einmal herumgesprochen hat, wird es sich ausbreiten wie ein Lauffeuer.« Ich lächelte und schenkte mir noch mehr Wein nach. Humberto wirkte ein wenig entspannter, weil sich nun alles um ihn drehte, ihn, der hier ganz in seinem Metier war. »Tut mir leid, daß ich in so beschissener Stimmung bin«, sagte ich. »Laß gut sein«, war sein einziger Kommentar. Ich lauschte Humbertos angeregtem Klatsch über den Küchenchef, den man von einem anderen Restaurant in der Stadt abgeworben hatte. Der Nachtisch bestand aus einer delikaten *Tarte Tatin* – einem Teller voller glänzend karamelisierter Äpfel auf knusprigem Blätterteig.

Als Humberto sich kurz entschuldigte, warf ich einen Blick auf die übrigen Gäste und fand Nick zwei Tische weiter. Er beobachtete mich. Ich wich seinem Blick aus und studierte die Gesichter seiner Begleitung. Maggies Profil offenbarte eine scharfgeschnittene Nase und ein zurückspringendes Kinn, aber es war eine gewisse Selbstsicherheit in ihrer Art, die man attraktiv nennen konnte. Ihre Mutter sah besser aus, mit angenehmen Zügen, heller Haut und einem flotten Kurzhaarschnitt. Nick mußte gerade etwas Amüsantes zum besten gegeben haben, denn sie lachte und umfaßte seinen Arm. Ihr Gatte, der mit dem Rücken zu mir saß, gab einen dunklen Kontrast zu den beiden Frauen ab. Nick erinnerte Maggie wahrscheinlich an ihren Vater, dachte ich.

Als Humberto zurückkam, nahm ich noch einen Schluck aus meinem Glas und versuchte, meine volle Aufmerksamkeit wieder ihm zuzuwenden. Ich sagte ihm noch einmal, wie sehr ich ihn liebte und daß ich zwar am folgenden Osterwochenende alleine zu meinen Eltern fahren würde, wir aber für den Juni eine gemeinsame Reise ins Auge fassen könnten. Er wirkte gleich nicht mehr so abweisend, nahm meine Hand und küßte mich sogar einmal flüchtig auf den Mund. Als man an Nicks Tisch zum

Gehen aufstand, sah ich, wie rot Nick im Gesicht war, und dachte, mein Gott, das wird was geben am Montag.

Das ganze restliche Wochenende war ich so hektisch, daß ich mich auf nichts konzentrieren konnte. Ich hatte Sorge, daß Nicks Gemütszustand in wütende Eifersucht umschlagen konnte, nachdem er mich mit Humberto gesehen hatte. Ich bildete mir ein, daß er hinter jeder Ecke auf mich lauerte, und bis auf eine kleine Joggingrunde, die ich einfach brauchte, um meine Nervosität abzubauen, weigerte ich mich standhaft, das Haus zu verlassen.

Am Samstagabend kam mir die Hitzigkeit von Humbertos Verlangen vor wie eine Decke, die auf mich fallen und mich zu ersticken drohte. Ich wünschte, ich könnte mich seiner Umarmung entwinden und mich alleine irgendwohin zurückziehen, zu meinem Strand in Bandon laufen und dort alles in Ruhe durchdenken. Aber dann drängte sich mir das Bild meiner Eltern auf. Wo ich auch war, ich saß in der Falle. Ich drehte mich auf die Seite, und Humberto hielt mich an sich gepreßt, bis ich mir wie ein Wurm in der Hand eines riesengroßen Anglers vorkam. Als ich einschlief, ließ ich mich widerstandslos von dem grauen Schatten umfangen.

Am Sonntag zeigte mir Humberto, was für Fortschritte er in Franks Erziehung gemacht hatte. Sie bestanden darin, daß Frank nun auf Kommando »Platz« machte. Das fiel Frank, der sich sowieso am liebsten den ganzen Tag lang auf der Stelle fläzte, auch nicht allzu schwer. Viel wichtiger würde es sein, ihm beizubringen, aufs Stichwort aufzustehen und sich zu trollen.

Als wir am Sonntagabend im Bett lagen, sagte Humberto: »Du trinkst mehr als früher. Möchtest du mit mir darüber sprechen?«

»Ich bin dann weniger angespannt«, antwortete ich fröhlich.

»Du bist den ganzen Tag mit einer braunen und einer schwarzen Socke herumgelaufen.«

»Das ist doch egal«, sagte ich.

»Früher haben wir über alles miteinander gesprochen. Das hat sich verändert.«

»Das kommt schon wieder. Aber du kannst es nicht erzwingen.«

Zu meiner Erleichterung schliefen wir in dieser Nacht nicht miteinander. Ich fühlte mich bereits wie Luness in ihrem Traum von dem dunklen Haus. Die Menschen schlugen Löcher in die schützenden Wände und stopften Schnee hindurch. Ich fühlte mich zunehmend dünn und nackt und unfähig, mich warm zu halten. Ich zog mich vor allem und jedem in mich selber zurück.

38

Während die Schwestern Romaine, mein Vier-Uhr-Termin an jedem Montag, freudig schwatzend aus der Seniorenarbeit berichteten, wanderte mein Blick immer wieder zu dem kleinen roten Lämpchen, das Nicks Eintreffen im Wartezimmer signalisierte. Er kam eine halbe Stunde zu früh.

Als ich ihm schließlich die Tür öffnete, schrak ich zurück bei dem Anblick, der sich mir bot: zerzaustes Haar, blutunterlaufene Augen, unrasiert, ein altes Sweatshirt, zerrissene Jeans. Ein Geruch von Schnaps und Schweiß schlug mir ins Gesicht, als er an mir vorbeiging. Er setzte sich mir gegenüber auf die Couch und hielt sich die Hand an die Stirn. »Diese Kopfschmerzen bringen mich um.«

»Was ist geschehen?«

»Nach dem Essen sind wir vier am Freitagabend noch ins Varieté gegangen, und da ist uns ein Exfreund von Maggie über den Weg gelaufen, ein ganz dicker Fisch von einem Steueranwalt. Mr. Mac wollte überhaupt nicht aufhören, ihm die Hand zu schütteln, tat, als stünde Jesus Christus persönlich vor ihm. Er hat dauernd Drinks zu unserem Tisch herübergeschickt, was mir höllisch auf den Geist gegangen ist. Ich bekam eine richtige Paranoia. Als hätten sie nur den einen Wunsch, daß Maggie diesen Kerl heiratet, sie sich aber leider zur Zeit mit mir abgeben mußten. Dann ist Maggie losgegangen, um ihr Make-up aufzufrischen, und kam eine Viertelstunde lang nicht wieder. Ich war überzeugt davon, daß sie in der Vorhalle war und mit ihm flirtete, aber ich fand einfach nicht den Mut, aufzustehen und ihr nachzugehen. O Mannomann, was für ein Idiot ich gewesen bin. Als wir dann in ihre Wohnung kamen, war eine Nachricht von einem anderen Typen auf dem Anrufbeantworter. Sie sagte, das wäre ein Nachbar, mit dem sie ab und zu joggen ginge, aber da ist mir einfach der Kragen geplatzt! Ich hörte mich selbst mit den Worten meines alten Herrn sprechen: Du Schlampe. Du Hure. Du gehörst mir, und wenn du das nicht kapieren willst, dann gnade dir Gott. So hatte sie mich noch nie erlebt. Sie weinte, verteidigte sich, und je mehr sie mir alles zu erklären versuchte, um so wütender wurde ich, bis ich einfach ausgeholt und ihr mit der Hand ins Gesicht geschlagen habe. Und das war's dann. Sie wurde ganz still, und ich bin auf dem verdammten Teppich vor ihr gekrochen und habe sie angefleht, mir zu verzeihen. Ich habe gebettelt und gefleht, und sie lag bloß da und sagte kein Wort, bis ich sie bei den Schultern genommen und geschüttelt habe, damit sie endlich mit mir redet. Und dann hat sie gesagt: ›Mach, daß du rauskommst‹, ganz leise, und als ich sagte, nein, sie solle mir erst verzeihen, schrie sie mich an, daß sie mich nie wiedersehen wollte, und wenn ich nicht sofort verschwände, würde sie die Polizei und ihren Dad rufen und die verdammte Feuerwehr gleich dazu.

Das war's. Die kann ich vergessen. Und ich weiß auch nicht, was zum Teufel über mich gekommen ist. Ich habe mich wie ein gottverdammtes Tier aufgeführt. Mein Gott, genau wie mein Vater. Ich hatte mir geschworen, nie in meinem ganzen Leben eine Frau zu schlagen, und zack, schon gehe ich hin und mach's.«

Ich wußte augenblicklich, was Nick so zugesetzt hatte: Er hatte mich mit Humberto zusammen gesehen. Nick hatte seinem Begehren nachgegeben, hatte wie unter Zwang eine Situation heraufbeschworen, in der er mir in aller Öffentlichkeit begegnen würde, und war dieser Situation dann nicht gewachsen gewesen.

»Sie haben noch kein Wort darüber verloren, daß Sie mich Freitagabend gesehen haben.«

»Nach all dem, was passiert ist, habe ich das völlig verdrängt.«

Ich hatte ihn hinter jeder Ecke vermutet, und er hatte verdrängt, mich gesehen zu haben. »Ich glaube, das Gegenteil ist der Fall. *Weil* Sie das verdrängt haben, ist alles andere passiert.«

»Was zum Teufel soll das denn jetzt wieder heißen?« schnappte er.

»Was ich sagen will, ist, daß Sie Ihre Gefühle für mich bei Maggie ausgelebt haben, anstatt sie zurückzuhalten, damit wir hier darüber sprechen können. Ihre Eifersucht hat *mir* gegolten.«

Zunächst sah er mich ungläubig an, aber dann trat ein düsterer, zerknirschter Ausdruck in sein Gesicht, als ihm der Wahrheitsgehalt meiner Erklärung bewußt wurde. »O mein Gott«, sagte er, »das stimmt. Ich habe darauf bestanden, daß wir ins *Mustard* gingen. Ich *mußte* Sie einfach sehen. Und als es dann soweit war, bin ich beinahe durchgedreht. Ich wollte Sie von dem Tisch wegreißen. Erst später, als ich meine Wut an Maggie ausließ, konnte ich aufhören, an Sie zu denken.«

Ich bekam einen Hustenanfall und mußte rasch aus dem Zimmer gehen, um ein Glas Wasser zu holen. Ein rasender Kopfschmerz quälte mich.

Als ich zurückkam, saß Nick auf dem Rand der Couch, die Ellenbogen auf die Knie gestützt, den Kopf in den Händen vergraben. Unter seinen Achselhöhlen zeichneten sich Schweißränder ab, und er roch wie ein Tier im Käfig.

»Wie soll es jetzt bloß weitergehen?« sagte er in seine Hände hinein. »Wie soll ich Maggie im Büro unter die Augen treten? Und ihrem Vater? Ich konnte den Gedanken nicht ertragen, ihnen heute zu begegnen, und da bin ich zu Hause geblieben und habe mich betrunken. Übers Wochenende habe ich hundertmal versucht, sie anzurufen, aber sie hat den Hörer nicht abgenommen.«

»Nun, da Sie begriffen haben, was da abgelaufen ist, könnten Sie es ihr vielleicht erklären.«

Er nahm die Hände vom Gesicht und stand auf. »Spinnen Sie? Was soll ich ihr denn sagen? Ach Maggie, vergib mir doch, weißt du, eigentlich bin ich in meine Therapeutin verliebt, aber weil sie nichts von mir wissen will, habe ich wie ein wildes Tier Besitz von dir ergreifen wollen?«

Stimmt, dachte ich, das war eine dumme Idee, sagte aber nichts.

»Nein. Es ist vorbei. Der wahre Grund, aus dem ich das getan habe, hört sich noch kranker an als jeder Grund, den sie sich auch nur vorstellen könnte. Aus und vorbei.«

Er stand auf und begann wieder herumzulaufen. »Na wenn schon. Sie war sowieso nur ein Ersatz für *Sie.* Sie sind es, die ich liebe und die ich nie werde besitzen können, also was soll's? Was soll überhaupt noch irgend etwas? Wozu lebe ich überhaupt noch?«

Mir hätte in diesem Augenblick auch nicht miserabler zumute sein können. Wie sollte ich mit der Behandlung dieses Mannes fortfahren? Ich hatte alles gesagt und getan, was mir einfiel, und er steckte hoffnungslos in der Sackgasse. Ich versuchte, keine Regung in mein Gesicht treten zu lassen, weil ich Angst hatte, ich würde zu weinen anfangen. Meine Finger fühlten sich eiskalt an. »Bitte, setzen Sie sich doch hin«, sagte ich. Nick sah mich genau an, merkte, wie verzweifelt ich war, und kehrte zur Couch zurück. »Was Sie da sagen, vermittelt mir den Eindruck, Sie könnten sich etwas antun«, nahm ich den Faden wieder auf. »Falls Sie solche Gedanken hegen oder den Gedanken, jemand anderem etwas anzutun, sagen Sie es mir bitte.«

Er saß da und spielte nervös mit den Fingern. »Hören Sie, ich schaffe das irgendwie«, sagte er endlich. »Ich werde mich nicht umbringen und auch sonst keinem etwas antun. Aber das eine müssen Sie wissen. Ich liebe Sie. Ich begehre Sie. Und Sie werden mich nicht loswerden. Wenn Sie nachts die Augen schließen, werden Sie mich sehen. Sie haben mich am Hals. Ich stecke so sehr in Ihnen wie Sie in mir. Und ich lasse Sie nicht los.«

Er stand abrupt auf und ging. Es war erst eine halbe Stunde unserer Zeit verstrichen. Ich blieb zitternd sitzen. Dann vergrub auch ich mein Gesicht in den Händen und überließ mich meinen Tränen.

39

Am Karfreitag kam Nick eine Viertelstunde zu spät. Nichts an ihm erinnerte mehr an den selbstbewußten, gepflegten Mann. Sein Jackett war zerknautscht, seine Schuhe waren ungeputzt und er wirkte hager und blaß. »Es ist vorbei«, sagte er. »Ich bin weg vom Fenster.«

»Man hat Sie entlassen?«

»Ja«, bestätigte er teilnahmslos. »Übers Wochenende muß ich meine Sachen rausholen.«

»Was ist mit McCutcheon? Hat er sich nicht für Sie eingesetzt?«

»Aber klar doch. Ich habe über eine Million Dollar seiner Firma in den Sand gesetzt und seine Tochter verprügelt. Logisch, daß er sich sofort auf meine Seite geschlagen hat.« Ich kam mir unbeschreiblich dämlich vor. Nick streckte sich auf der Couch aus und blieb bewegungslos liegen. Die ganze Stunde lang sprach er kaum ein Wort.

»Was werden Sie jetzt machen?« fragte ich, ehe unsere Zeit gänzlich verstrichen war.

»Ich weiß nicht. Ich will niemanden sehen. Oh, was für ein beschissenes Jahr. Sie sind das einzige, was mir geblieben ist.«

Ich betete darum, daß die Sitzung ein Ende nahm. Es wäre mir unerträglich, das einzige zu sein, was ihm noch geblieben war. Ich konnte es kaum erwarten, nach Hause zu fahren und meine Taschen für das lange Osterwochenende zu packen. Um halb zehn an diesem Abend ging mein Flug.

»Sie werden am Montag weg sein, stimmt's?« fragte er, als er aufstand, um zu gehen.

»Ja, wir sehen uns dann statt dessen am Dienstag, um fünf Uhr.«

Die Sonne schien noch hell, als ich an diesem Tag meine Praxis verließ, und es herrschten angenehme 24 Grad. Zu Hause warf ich mein Kostüm und die Unterwäsche aufs Bett und schlüpfte in meine Joggingshorts und ein Trägershirt. Ich wollte mir meine ganze Anspannung vom Leibe schwitzen. Ich legte eine Rolling Stones-CD ein, zu der ich im Wohnzimmer tanzte und mich dabei ganz und gar dem gedankenbetäubenden Rhythmus und dem Klang der Musik hingab. Frank beobachtete die Bewegung meiner Beine wie ein Zuschauer bei einem Tennismatch. Ich ging völlig in dem Gefühl auf, zu schweben. Frei sein, drei ganze Tage lang. Frei. Und da wandte sich Frank plötzlich der Haustür zu und fing an zu bellen.

Ich hielt in meinem Tanz inne und stellte die Musik ab. Ein lautes Klopfen an der Tür veranlaßte Frank, laut zu kläffen. Bevor ich durch den Türspion schaute, um zu sehen, wer da draußen war, versuchte ich erst noch, den Hund zur Ruhe zu bringen. Dann blickte ich in zwei durchdringende blaue Augen. In mein erschrockenes Schweigen sagte Nick: »Bitte. Ich muß mit Ihnen reden.«

Ich riß die Tür auf, und Frank flitzte an mir vorbei auf die Straße hinaus. Ich schrie ihm nach, aber er rannte einfach weiter. »Setzen Sie sich, ich komme gleich wieder«, sagte ich zu Nick und lief meinem Hund nach. Dieses eine Mal war ich ganz froh, daß Frank nicht hören wollte, denn das gab mir Gelegenheit, ein paar Minuten lang meine Gedanken zu sammeln.

Nick sah noch schlimmer aus als in meiner Praxis. Sein Hemd war zerknittert und hing ihm halb aus der Hose. Er schwitzte, roch nach Schnaps und sein Haar war ungekämmt.

Frank lief schnurstracks in Mr. Slewickis Garten und ich hinter ihm her, wobei mir bewußt wurde, wie kurz meine Shorts waren und daß meine Brustwarzen durch mein Trägershirt hindurch zu sehen sein mußten. Durch Franks Gebell aufmerksam geworden, trat Mr. Slewicki mit einer rüschenbesetzten rosa Schürze über der Hose vor die Tür. Ich entschuldigte mich für unser Eindringen, aber er wollte nichts dergleichen hören. »Macht nichts. Hund erinnert mich an meine Frau. Kurz und laut. Möchte er Suppenknochen?«

»Bestimmt.« Ein Knochen würde Frank für mindestens eine Stunde beschäftigen. Und dann fragte ich zögernd: »Darf ich Sie um einen Gefallen bitten?«

Mr. Slewicki hob die dichten Augenbrauen. »Aber ja.«

»Wenn dieser schwarze Wagen nicht in einer Viertelstunde aus meiner Einfahrt verschwunden ist, würden Sie dann herüberkommen und an meiner Tür läuten?«

»Sie haben Problem?«

»Ich hoffe nicht, aber ich will sichergehen.«

»Okay, in eine Viertelstunde.«

Ich bedankte mich bei ihm und zog Frank, der den Suppenknochen fest zwischen den Zähnen hielt, am Nacken davon. Nachdem ich ihn hinten in den Hof gesperrt hatte, ging ich ins Haus zurück. Nick beschäftigte sich im Wohnzimmer mit meinen CDs und Schallplatten. »Tut mir leid, daß ich Ihnen solche Umstände mache.« Er wirkte ruhiger.

»Ich brauche noch einen Moment«, sagte ich und ging ins Schlafzimmer. Obwohl es warm war, fühlten sich meine Hände wieder eiskalt an, und ich zog schnell ein altes Sweatshirt und Jeans über. Als ich wieder ins Wohnzimmer kam, fragte ich: »Möchten Sie einen Tee oder soll ich einen Pulverkaffee aufbrühen?«

Er legte die CD hin, die er in der Hand gehalten hatte, und nickte, wobei er sich mit den Fingern durch das Haar fuhr, um es etwas zu glätten. »Tee. Egal, was für welchen. Aber ohne Zucker. Danke.« Ich stellte den Kessel auf den Herd und ging zurück ins Wohnzimmer. »Ich weiß, daß ich nicht hier sein dürfte.« Er hatte sich auf der Kante eines Sessels niedergelassen.

Ich setzte mich ein wenig unbeholfen ihm gegenüber aufs Sofa. »Warum haben Sie nicht angerufen, wenn Sie so dringend mit mir sprechen mußten?«

Ratlos hob er die Hände. »Seit ich Ihre Praxis verlassen habe, bin ich nur in der Gegend herumgekurvt. Ich wollte einfach nur ein paarmal an Ihrem Haus vorbeifahren, um Ihnen nahe zu sein, aber als ich dann Ihren Wagen in der Einfahrt gesehen habe und sonst keinen anderen, konnte ich einfach nicht anders. Ich mußte an Ihrer Tür klopfen.« Er lehnte sich im Sessel zurück und schüttelte den Kopf. »Ich mußte es tun.«

Das schrille Pfeifen des Kessels unterbrach uns. Ich lief rasch in die Küche, wo ich zwei Teebeutel aus der Schachtel fummelte.

»Nehmen Sie doch am Tisch Platz«, sagte ich, als ich mit den beiden Bechern in die Tür trat. Der nüchterne Eßtisch mit den Stühlen bot einen etwas formelleren Rahmen.

Nick setzte sich an das Ende des Tisches, nahe der Küche, und ich nahm neben ihm Platz.

Eine Weile lang tranken wir schweigend unseren Tee. Nick fuhr mit dem Zeigefinger den Becherrand nach. Sein Mund wirkte geschwollen, seine Augenlider waren gerötet. »Ich fühle mich, als steckte ich in Treibsand. Und ich flehe Sie an, meine Hand zu greifen und mich herauszuziehen, aber Sie weigern sich. Sie sehen zu, wie ich sterbe.«

»Ich tue alles, was ich kann, um Ihnen zu helfen.« Ich warf einen verstohlenen Blick auf meine Uhr. Zehn vor sieben. In ein paar Minuten mußte Mr. Slewicki an meiner Tür sein.

Nick saß über seinen Teebecher gebeugt, den er mit beiden Händen festhielt. Sein Gesicht war keinen halben Meter von meinem entfernt. »Ich verzehre mich nach Ihnen, und diese Verzweiflung widert mich an. Darum hören Sie mir dieses eine letzte Mal noch zu, und wenn Ihre Antwort immer noch ›nein‹ ist, werde ich Sie nie wieder fragen.« Seine Stimme klang hypnotisierend und tief. »Wir sind füreinander geschaffen. Ich kann Sie so gut verstehen wie Sie mich. Wenn Sie mir erlauben, mit Ihnen zu schlafen, kann ich Ihnen eine Erlösung zuteil werden lassen. Es hat noch nie jemand wie mich in Ihrem Leben gegeben, und es *wird* auch nie einen geben.«

Ich spürte, wie ich in dem Leuchten und der Energie, die diesen beiden blauen Augen entströmten, zu versinken drohte. Meine Glieder wurden ganz schwer, und ich nahm nur am Rande wahr, wie die Tischkante in meinen Unterarm schnitt. Das Geräusch meines Atems war so laut, daß er es hören konnte. »Nur einmal«, sagte er. »Heute abend. Jetzt. Und dann entscheiden Sie sich.« Ich mußte unbewußt verneinend den Kopf geschüttelt haben, denn seine Stimme wurde noch eine Spur dringlicher. »Sagen Sie nicht nein. Ich gehöre Ihnen. Geben Sie sich mir hin. Ich kann Sie Dinge fühlen lassen, die Sie noch nie gefühlt haben.«

Mit einem Ruck wandte ich den Blick von ihm ab und konzentrierte mich auf das schwindende Tageslicht hinter dem Fenster. »Die Antwort ist nein.«

»Ich weiß, daß Sie mich wollen«, sagte er mit brüchiger Stimme.

Ich sah ihn an. »Es geht nicht darum, ob ich Sie will oder nicht. Die Frage ist, was ich für Sie geworden bin, daß Sie meinen sterben zu müssen, wenn Sie mich nicht berühren können. Bin ich Ihr Verbindungsglied zum Leben an sich? Existiert denn gar nichts anderes mehr für Sie? Gibt es kein eigenes Leben mehr für Sie, das weitergeht, wenn ich mal nicht da bin?«

»Ihr Verlangen nach mir ist wie die eine Hälfte eines Magneten. Ich bin die andere, und das wissen Sie.«

Nichts wie weg, dachte ich. Er sagte, er würde sterben, wenn er mich nicht berühren konnte, und ich hatte das Gefühl, sterben zu müssen, wenn er es täte.

Es klingelte so laut an der Tür, daß wir beide zusammenzuckten. Ich bat Nick, mich zu entschuldigen, und verschwand um die Ecke in den Flur. Durch den Spion erkannte ich Mr. Slewickis müde graue Augen mit den dünnen roten Äderchen und den kleinen gelben Flecken. Ich machte die Tür auf, trat hinaus, bedankte mich leise bei ihm für seine Gefälligkeit und sagte ihm, es wäre alles in Ordnung. Er machte mit dem erhobenen Daumen eine zustimmende Geste und schlurfte wieder zur Straße zurück. Sein Daumennagel war grellrosa angemalt. Ich wartete noch einen Augenblick, ehe ich wieder hineinging. Die Unterbrechung hatte geholfen. Ich wußte jetzt, was zu tun war.

Als ich wieder ins Wohnzimmer kam, stand Nick am Fenster und beobachtete Mr. Slewicki, der die Straße überquerte. »Haben Sie ihm gesagt, daß er herüberkommen soll?« wollte er wissen und drehte sich nach mir um.

Ich fühlte mich ziemlich sicher und nickte.

»Hatten Sie Angst, ich würde Ihnen was tun?«

»Ich wußte ja nicht, was mich erwartete.«

Sein Kinn und seine Unterlippe zitterten ganz merkwürdig, als er den Mund öffnete, um etwas zu sagen. »Ich würde Ihnen nie weh tun.«

»Setzen Sie sich«, sagte ich und nahm ebenfalls Platz. Jede Hoffnung, ihn erfolgreich behandeln zu können, war verflogen. Ich hatte nur noch den einen Wunsch, die Sache rasch zu einem Ende zu bringen. »Nick, ich muß Sie vor Ihren eigenen Gefühlen beschützen«, begann ich. »Und ich muß auch für meinen eigenen Schutz sorgen. Die Behandlung steckt in einer Sackgasse, aus der wir nicht mehr herauskönnen. Ich schlage vor, daß Sie sich bei einem anderen Arzt in Intensivtherapie begeben, und es scheint mir das Beste, wenn Sie sich dazu eine Klinik aufsuchen.«

Er verschränkte die Arme auf der Tischplatte und legte den Kopf darauf. Als er wieder aufblickte, sagte er: »Jesus. Ich komme mir so beschissen vor.«

»Das tut mir leid für Sie. Aber Sie wissen, daß Sie nicht hätten herkommen dürfen. Nun, jedenfalls wissen wir jetzt, woran wir sind. Es kann so nicht weitergehen mit uns. Bitte, lassen Sie mich Sie an jemand anderes überweisen, der versuchen kann, Ihnen zu helfen, den Knoten zu lösen.«

Er stützte die Ellenbogen auf die Knie, beugte sich vor, hielt sich mit den Händen den Kopf und weinte. »Ich kann's nicht glauben. In eine Anstalt für Geisteskranke.«

»Nick. Was Sie sich vorstellen, ist ein staatliches Krankenhaus aus den vierziger Jahren. Ich rede von der Universitätsklinik. Sie werden dort für ein paar Wochen Ruhe finden.«

Er schüttelte den Kopf. »Nein, nein, das habe ich nicht nötig. Ich kann auf mich selber aufpassen.« Ich blieb bei ihm sitzen, bis sein Weinen nachließ. Als er seine Fassung wiedergewonnen hatte, blickte er auf und sagte in ganz sachlichem Ton: »Also ist es aus zwischen uns.«

»Ja«, sagte ich flehend, betete darum, daß es *aus* war, *aus aus aus*.

Er stand auf und schüttelte noch mal den Kopf. »Okay, Doc. Sie haben gewonnen. Aber kein Krankenhaus. Ich rufe Sie am Dienstag an, damit wir uns über einen anderen Therapeuten unterhalten können.«

»In Ordnung«, sagte ich und war mir recht sicher, daß er darüber hinwegkommen würde. Und wie einfach es gewesen ist, dachte ich, nachdem er gegangen war. Warum habe ich das nicht schon vor Monaten so gemacht?

Ich rief Humberto an, um ihm die guten Neuigkeiten zu erzählen. Ich wußte, daß dies der Anfang des Weges war, der uns beide wieder zusammenführen würde. Auch Val gab ich kurz Bescheid. Sie hatte an diesem Wochenende die Vertretung für mich übernommen. Eine Stunde später hatte ich Frank bei der Tierpension abgeliefert und begab mich auf meinen Flug nach Orgeon. Ich hatte das Gefühl, ein Zweizentnergewicht wäre mir von den Schultern genommen worden.

40

Der breite, windgepeitschte Strand von Bandon war Balsam für meine Seele. Ich hatte nicht mehr das Gefühl, versagt zu haben. Ich machte lange einsame Spaziergänge, und am Samstagabend saß ich in meiner alten Grotte, um den Mond aufgehen zu sehen.

Am Sonntag borgten Dad und ich uns noch vor Sonnenaufgang die Pferde unseres Nachbarn und trabten, dick eingemummt gegen den steifen Wind, der an diesem Teil der Küste immer herrscht, an der Brandung entlang. Dort draußen war mein Vater wieder der schneidige Held meiner Kindheit, sein Haar vom Wind nach hinten gepeitscht, sein stämmiger Körper wieder voller Anmut, als er sein Pferd geschickt um die Felsbrocken herum führte. Ja, auf dem Rücken eines Pferdes mochte ich ihn am liebsten, so stark und selbstbewußt, die nörgelnde Stimme für eine Zeitlang wenigstens verstummt. Als wir uns auf den Rückweg machten, erschien über dem Rand der Steilküste der erste Schimmer Sonnenlicht und beleuchtete die weiten Wogen des Meeres. Ich mußte an einen anderen Morgen vor langer Zeit denken, mein Onkel Silky ritt voran, mein Vater auf seinem Zuchthengst hinter ihm, ich auf meinem Pony bildete das Schlußlicht unserer kleinen Kavalkade. Silky hatte sein Pferd zu einem Galopp angetrieben, und nachdem mein Dad mir zugerufen hatte, ich solle zurückbleiben, gab auch er seinem Pferd die Sporen und machte sich, weit auf dem Rücken des Tieres vornübergebeugt, auf die wilde Verfolgung.

Eine Minute lang war ich stehengeblieben und hatte zugesehen, wie sich die Abdrücke der Hufe, die sich tief in den Sand gebohrt hatten, mit Wasser füllten. Ich wußte, daß auch ich an diesem Ritt teilhaben mußte. Ich wollte nicht zurückstehen, preßte meinem Pony meine kleinen Absätze in die Seiten und galoppierte in vollem Tempo hinter den anderen her, daß der Wind mir gegen die Brust schlug und mir der Atem wegblieb. Als Silky und Dad ihren Markierungspunkt erreicht hatten und das Tempo drosselten, sahen sie mich auf sie zugetobt kommen, die Jacke im Wind fliegend, die kleinen Hände fest an den Zügeln, der Liebe und dem Lachen entgegen. Wir waren das »unschlagbare Trio«, und die Welt war noch heil.

Als Dad und ich nach dem Ritt den Pferden die Sättel abgenommen und sie abgerieben hatten, fragte ich: »Hast du mal was von Silky gehört?«

Die Züge meines Vaters verdüsterten sich so augenblicklich, als hätte ich einen Lichtschalter betätigt. »Postkarten. Er hat da unten so ein junges Ding aus New Orleans geheiratet. Veranstaltet Angeltouren und bestreitet damit seinen Lebensunterhalt.«

»Schreibst du ihm ab und zu oder rufst du ihn mal an?«

»Wie denn? Ich habe weder seine Adresse noch seine Telefonnummer.«

Ich wußte, daß ich besser nicht weiter nachhaken sollte. Und auch, daß Silky allemal seine Adresse und Telefonnummer geschickt hätte.

Er war der neun Jahre jüngere Bruder meines Vaters, und als ich noch klein war, wohnte er bei uns, um etwas zur Miete beizusteuern. Sein richtiger Name ist Evert, aber alle riefen ihn Silky, weil sein Wurfarm so geschmeidig war. Er konnte einen Ball so schnurgerade werfen, daß man beim besten Willen nicht vorhersehen konnte, daß er im letzten Augenblick noch einen Bogen beschreiben würde. Im Jahre meines achten Geburtstags war Silky so erfolgreich in seinem Baseballteam, daß es ihn in die Profiliga katapultierte und er von Kansas City unter Vertrag genommen wurde. Ich vermute, daß mein Vater, der bei weitem nicht so gute Leistungen gezeigt hatte, es einfach nicht wahrhaben wollte, daß sein jüngerer Bruder ihn so in den Schatten stellte. Sie gingen im Bösen auseinander, und Dad begann immer stärker zu trinken und abends lange beim Pokerspiel zu bleiben. Das Lachen verschwand damals aus unserem Haus.

Samstagnacht träumte ich, ich wäre mit meiner Mutter im Auto, als der Zug auf uns zugerast kam. Auf ihrem Gesicht erschien ein breites, finsteres Lächeln, als sie »Da kommen wir noch rüber« sagte, und sowie der dunkle Stahl die Seitenscheiben schwarz färbte, verwandelte sich ihr Gesicht in das von Nick. Ich wachte schweißgebadet und vor Schreck keuchend auf.

Das Mittagessen am Sonntag war das Schlimmste an diesem Osterwochenende. Mom hatte die ganze Woche damit zugebracht, alles vorzubereiten. Sie hatte die Schwester meines Vaters mit ihrer Familie eingeladen. Tante Lydia und Onkel Harold hatten zwei Töchter, vierundzwanzig und achtundzwanzig Jahre alt, beide verheiratet, und die eine hatte auch schon einen Sohn. Die ältere Tochter, Carol, hatte ihren Mann und den Kleinen mitgebracht. Mom mochte Lydia, hatte aber ständig das Gefühl, in Konkurrenz zu ihr zu stehen. Onkel Harold hatte Erfolg im Holzgeschäft gehabt, sie bewohnten ein teures Haus in

Medford, und Lydia bekam häufig Besuch oder Anrufe von ihren Töchtern.

Am Nachmittag hörte ich Lydia und Carol zu, die miteinander flüsterten und lachten. *Ich* flüsterte oder lachte nie so mit meiner Mutter. Später scherzte Lydia kichernd mit ihrem kleinen Enkel herum, und ich sah, daß meine Mutter die beiden beobachtete. Ihr Mund lächelte, aber ihre Augen waren traurig. Sie hatte mit Neidgefühlen zu kämpfen. Ich versuchte, meine Mutter zu ignorieren, indem ich mich mit ihrem Puzzle beschäftigte. Diesmal war es eine riesige Landschaftsszene aus Hawaii mit Wasserfällen, tropischen Pflanzen und großen Orchideen im Vordergrund. Die Teile des Puzzles waren auf einer ein mal anderthalb Meter großen Sperrholzplatte ausgebreitet, die meine Mutter zu diesem Zweck auf den Wohnzimmerfußboden gelegt hatte.

Kurz vor dem Essen rief Humberto an, und ich freute mich, seine Stimme zu hören. Zum erstenmal seit Monaten hatte ich wirklich das Gefühl, ihm sehr nahe zu sein. Er erzählte, sein Restaurant sei mit Tischbestellungen fürs Sonntagsessen überlaufen und er wüßte vor lauter Arbeit nicht, wo ihm der Kopf stünde. Da mein Wagen ja am Flugplatz parkte, verabredeten wir uns für Dienstagabend.

Mit dem Mittagessen hatte Mom sich selber übertroffen. Truthahnbraten mit Maisbrot- und Wurstfüllung, Brokkoli, Süßkartoffeln und zum Nachtisch Kokoscremetorte. Ich mußte kurz an Nick denken und wie trist die Ostertage wahrscheinlich für ihn waren, verwarf den Gedanken aber rasch wieder.

Nach dem Essen stand ich in der Küche und trocknete Kochtöpfe ab, als Mom sagte: »Liebes, erzähl mir von Humberto. Wie läuft es denn zwischen euch beiden?«

»Ein bißchen angespannt. Wir haben beide so viel mit unserer Arbeit zu tun, daß wir in den letzten Wochen nicht genug Zeit füreinander gehabt haben.«

»So«, sagte Carol und kam mit dem Schlafanzug ihres kleinen Sohnes in der Hand in die Küche spaziert. »Und wird bald geheiratet?« War das alles, was für meine Familie zählte? »Weiß ich nicht«, sagte ich und stürzte mich auf die Pfannen und Töpfe, die ich dann lautstark übereinanderstapelte. »Ach, das hätte ich wohl nicht fragen sollen«, sagte meine Kusine.

»Warum läßt du mich nicht einfach in Ruhe?« sagte ich, ließ das Geschirrhandtuch fallen und gesellte mich zu den Männern, fest entschlossen, mich nicht mehr aus der Fassung bringen zu lassen. Warum läßt du das mit dir machen? dachte ich. Bloß weil sie meinen, solche Sprüche loslassen zu müssen, brauchst du noch lange nicht gereizt zu reagieren.

Später dann kam Mom zu mir ins Schlafzimmer. Ich lag noch vollständig bekleidet auf dem Bett und dachte daran, wie lieb Humberto hier in diesem Zimmer zu mir gewesen war. Er hatte sich sogar nach dem Namen meiner Teddybären erkundigt, die immer noch den alten Schaukelstuhl bevölkerten. Mom war erschöpft und ihr Humpeln ausgeprägter als sonst. »Es tut mir leid, daß du dich über Carol ärgern mußtest«, sagte sie.

»Es ist schon vergessen. Ich bin einfach nur müde und gestreßt. Ich habe überreagiert.«

»Warum bleibst du nicht noch den ganzen Rest der Woche und erholst dich ein wenig? Ich würde dich gerne ein bißchen bemuttern.«

Ich mußte lächeln. »Das kann ich mir gut vorstellen. Aber ich stecke bis über beide Ohren in Arbeit.«

»Schatz, du mußt besser auf dich achten. Du hast dunkle Ringe unter den Augen, und zu dünn bist du auch. Ich möchte doch nicht, daß du mir noch krank wirst.« Meine Mutter machte ein großes Aufhebens um mich und bestand sogar darauf, mir die Temperatur zu messen. Draußen war ein Sturm aufgekommen, und dicke Regentropfen schlugen gegen die Scheiben. Ich war wieder dreizehn, in meinem Zimmer gefangen und von dem Wunsch besessen, von hier zu fliehen. Meine Mutter strich mir mit der Hand über die Stirn und flüsterte: »Sarah – ich liebe dich mehr als mein eigenes Leben.« Ich bekam einen Hustenanfall.

Nachdem alle zu Bett gegangen waren, schlich ich mich nach unten, zog die Regenjacke meines Vaters über und lief hinaus in die kühle Dunkelheit der Gasse hinterm Haus. Sowie ich erst einmal mein übliches Lauftempo erreicht hatte, fühlte ich gar nichts mehr, und meiner alten Gewohnheit gehorchend, wandten sich meine Beine dem Strand zu und liefen wie von alleine immer weiter. Der Wind schüttelte mich, aber ich empfand das als beruhigend, betäubend, und lief noch schneller. Als ich den Strand erreichte, hatte der Regen nachgelassen. Etwas langsamer überquerte ich den breiten Strand, der mich vom Meer trennte. Das immer wiederkehrende Schema meines Lebens stand mir klar vor Augen – die überwältigenden Bedürfnisse meiner Mutter, meine sture Entschlossenheit, stark und selbständig zu sein. Laufen war für mich die einzige Möglichkeit, mit mir ins reine zu kommen. Dichte Wolken strichen am Mond vorüber, während die Regenwand sich in der Ferne verzog. Ich legte mich in den Sand und zählte die Sterne an den wolkenlosen Stellen des hellen Nachthimmels. Eine Gedichtzeile von Pablo Neruda, die Humberto einmal zitiert hatte, kam mir in den Sinn: »*La noche llega: faltan tus estrellas ...*« Die Nacht kommt, doch es fehlen deine Sterne.

Am Montagmorgen fuhren meine Mutter, Carol und ich mit ihrem Sohn zu einer überdachten Schlittschuhbahn. Während meine Kusine sich mit ihrem kleinen Jungen auf dem Eis abmühte, standen meine Mutter und ich am Geländer und sahen zu. Drei junge Schlittschuhläuferinnen kamen mit anmutigen Bewegungen vorbeigewirbelt und ließen einen Windzug über unsere aufmerksamen Gesichter streichen. Rasch waren sie auf der anderen Seite der Bahn angekommen und kamen schon wieder zurückgeschwebt.

»Ich habe nie die Erfahrung machen dürfen, mich so frei zu fühlen und mich so behende bewegen zu können«, sagte meine Mutter nachdenklich.

Sie tat mir leid. Schon vor dem Unfall hatte ihre Angst sie vor der ganz gewöhnlichen Freiheit, sich körperlich zu bewegen, zurückschrecken lassen – sie mochte nicht reiten, Ski oder Schlittschuh laufen. Nun, da sie für den Rest ihres Lebens eine Gehbehinderung hatte, war erst recht nicht mehr daran zu denken. »Du solltest es mal mit Schwimmen versuchen«, schlug ich vor.

»Ja, das könnte ich«, sagte sie, aber ich wußte, daß sie es nicht tun würde. Sie hatte den Willen verloren, sich von ihren inneren Ketten zu befreien, und wieder einmal war mir zum Heulen zumute, denn schließlich liebte ich sie.

Trotz all der Gefühle, die meine Mutter in mir aufgewühlt hatte, verließ ich Oregon in einigermaßen wiederhergestellter Stimmung. Ich hatte jetzt neue Kraft geschöpft, um mein Vorhaben mit Nick durchzuführen.

41

Mein noch sehr frischer Zustand der inneren Ruhe wurde durch einen Telefonanruf, der mich an eben demselben Montagabend erreichte, binnen Sekunden wieder zunichte gemacht. Eine halbe Stunde vor Mitternacht lag ich eingekuschelt in meinem Bett und wollte die Spätnachrichten sehen. Ich hatte schon mit Val und Humberto telefoniert und auch meine Eltern angerufen, um ihnen zu sagen, daß ich wohlbehalten zu Hause angekommen war. Der Anruf hätte von *irgendeinem* meiner Patienten kommen können, aber ich *wußte*, daß es Nick war, und fürchtete mich davor, an den Apparat zu gehen.

Beim dritten Läuten zwang ich mich geradezu, den Hörer abzunehmen. »Hier ist das Los Angeles Police Department. Sergeant Darville. Spreche ich mit Dr. Sarah Rinsley?« hörte ich eine mir unbekannte Männerstimme sagen.

»Ja.«

»Haben Sie einen Patienten namens Nicholas Arnholt jr.?« Erschrokken bestätigte ich, einen Patienten dieses Namens zu haben. »Doktor Rinsley, es sieht so aus, als hätte Ihr Patient heute abend einen Selbstmordversuch unternommen.«

Der Raum begann sich um mich herum zu drehen. Inmitten der Bewegung hörte ich den Beamten sagen, Nick hätte eine Mischung aus Alkohol und Tabletten zu sich genommen und läge jetzt im Koma im Daniel Freeman Hospital. Und ob Sie kurz vorbeikommen könnten, um mir ein paar Fragen zu stellen?

»Ja«, sagte ich nur, warf den Hörer auf die Gabel, sprang aus dem Bett und wühlte wie eine Verrückte in meinem Kleiderschrank nach einem Paar schwarzer Hosen. Schwarze Hosen und dazu einen schwarzen Pullover. Schwarze Hosen und schwarzer Pullover und schwarze Schuhe. Schwarze Hosen und schwarzer Pullover und schwarze Schuhe. Und das Haar mußt du dir noch bürsten und die Außenbeleuchtung einschalten und Frank einsperren und Lippenstift auftragen und noch einen zweiten Pullover anziehen, damit du nicht mehr so zitterst und o nein o nein o nein o nein. Du mußt dich wieder einkriegen. Vielleicht ist es gar nicht so schlimm. Ganz ruhig. Es ist nicht deine Schuld. Vielleicht geht es ihm schon wieder besser. Ruf im Krankenhaus an.

Die Schwester im Krankenhaus sagte, die Ärzte wären gerade bei ihm. Man würde mich informieren.

Mit Magenschmerzen und einem zu großen Schock, als daß ich auch nur hätte weinen können, rannte ich in meinem Haus umher und wartete auf die Polizei, während die scheußliche Realität in mich hineinkroch und alles in mir erstarren ließ. Wie konnten mir nur sämtliche Warnsignale entgangen sein? Es war das Osterwochenende, und über Ostern hatte Nicks Mutter Selbstmord begangen. Und er hatte Maggie verloren und war seinen Job los. Und er hatte gesagt, daß er mich *nie wieder* bitten würde, ihn zu berühren. Und ich hatte ihn abgewiesen. Und er hatte gesagt: *»Es ist aus.«*

Während ich herumlief, murmelte ich immer wieder dieselbe Beschwörungsformel vor mich hin: »Bitte stirb nicht, bitte stirb nicht, bitte stirb nicht.« Als die beiden Beamten eintrafen, setzte ich mich mit ihnen an den Wohnzimmertisch und versuchte, einen gefaßten Eindruck zu machen.

Sie gaben sich sehr formell und respektvoll. »Wie lange ist er schon bei Ihnen in Behandlung gewesen? Hat er schon einmal versucht, sich das Leben zu nehmen? Haben Sie irgendeinen Anlaß zu der Vermutung, es handele sich *nicht* um einen Selbstmordversuch?« Ich beantwortete die Fragen so kurz und bündig und so wahrheitsgetreu, wie ich nur konnte, erklärte, daß die meisten Nick betreffenden Informationen unter das Gebot der therapeutischen Schweigepflicht fielen, vorausgesetzt, er würde überleben. Dann bat ich sie, mich darüber ins Bild zu setzen, was sich abgespielt hatte.

Kurz bevor Nick im Koma versunken sein mußte, sagten sie, hatte er noch die Notrufnummer gewählt. Als sie in seine Wohnung kamen, hätten sie ihn nackt auf dem Bett vorgefunden, Laken und Decke lagen auf dem Boden. Im Schlafzimmer hatte das völlige Chaos geherrscht, überall lagen Papiere herum. Ein bodenlanger Spiegel war durch einen Aktenkoffer, der dagegengeschleudert worden sein mußte, zerbrochen. Auf dem Nachttisch hätte eine halbleere Flasche Gin neben einem leeren Tablettenröhrchen gestanden. Am Fuße des Bettes hätte ein leerer Plastikteller mit ein paar Schokoladenkrümeln gestanden. Sein Hund wäre winselnd in der Wohnung herumgelaufen.

Einer der Beamten öffnete eine Plastiktüte, die er mitgebracht hatte, holte zwei Fotografien hervor und gab sie mir. Die eine war die von Maggie und ihren Brüdern auf dem Pferd. Das zweite Foto zeigte mein Haus. Ich gab eine kurze Erklärung zu den Bildern und reichte sie wieder dem Beamten. Noch etwas sollte ich mir ansehen – einen kleinen Visitenkartenständer aus Messing und einen Stapel meiner Karten. »Ja«, bestätigte ich. »Das stammt aus meiner Praxis.«

Zu guter Letzt drückte mir der Beamte noch etwas in die rechte Hand. »Haben Sie eine Vorstellung, was das ist?« fragte er. »Das hatte er mit der Hand umklammert, als wir ihn fanden.« Ich starrte auf den Gegenstand. Er war ungefähr acht Zentimeter lang, grau und fellbesetzt bis auf einige Stellen, an denen das Fell bis auf das darunterliegende Gewebe weggebrannt war. Es waren die verkohlten Reste der Pfote eines Stofftieres, das letzte Überbleibsel eines Plüschtieres, das vor so langer Zeit von einem verzweifelten kleinen Jungen aus dem Feuer gerettet worden war.

Bitte stirb nicht. Wie ein Gebet wiederholte ich diese Worte die ganze Nacht hindurch, während ich ruhelos von einem Zimmer ins andere lief. Ich weinte und mir war kalt.

Um sieben Uhr morgens rief der diensthabende Psychiater, Abner Van Handle, an, um mir zu sagen, daß Nick das Schlimmste überstanden hätte. Ich kannte Abner – einen kompetenten Arzt mittleren Alters mit einer etwas aufbrausenden Art. Seiner Einschätzung nach war es ihnen gelungen, Nicks Mageninhalt innnerhalb von drei Stunden nach Einnahme der Medikamente auszupumpen, so daß die Gefahr zurückbleibender Hirnschäden gering war. Nick lag noch immer im Tiefschlaf.

»Ich weiß, wie Ihnen jetzt zumute sein muß«, fügte Abner noch hinzu. »Ich habe zwar nur einen Patienten durch Selbstmord verloren, aber das war schon zuviel. Ich rufe am Nachmittag wieder an, um Sie auf dem laufenden zu halten.« Nach diesem positiven Bericht ging es mir besser, und ich bedankte mich bei Abner.

Bei seinem Anruf am Nachmittag war er sehr kurz angebunden. »Alle Gehirnfunktionen scheinen normal. Mr. Arnholt dürfte die Sache unversehrt überstanden haben.« Äußerst erleichtert erkundigte ich mich, wann ich Nick sehen konnte. Mein Verlangen, vor Nick davonzulaufen, war wie weggeblasen. Ich war nur froh und glücklich, daß er lebte. Abner machte eine kurze Pause und sagte dann: »Mr. Arnholt wünscht keinen Besuch von Ihnen.«

»Aber wir haben uns im Verlauf seiner Behandlung mit einigen sehr komplexen Dingen auseinandergesetzt. Ich *muß* zu ihm.«

»Ich bin der Meinung, ein Besuch von Ihnen wäre nicht im Sinne des Patienten und ihm auch nicht zuträglich.« Seit unserem Gespräch am Morgen hatte sich Abners Ton grundlegend verändert. Er klang steif und abweisend.

»Aber wieso denn? Hat er gesagt, warum?«

Wieder entstand eine Pause, während der ich ihn tief Luft holen hören konnte. »Ich denke mal, daß ich Ihnen das ruhig sagen kann, ohne meine Schweigepflicht zu verletzen. Sie sind schließlich seine Therapeutin gewesen. Er erklärt, er hätte versucht, sich das Leben zu nehmen, weil Sie Geschlechtsverkehr mit ihm gehabt und dann versucht hätten, ihn an einen anderen Therapeuten zu überweisen.«

Ich war wie vor den Kopf geschlagen. »Abner, nie im Leben würde ich Sex mit einem Patienten haben!«

»Er hat keine Anzeichen einer Psychose. Alle Tests zeigen, daß seine kognitive Wahrnehmung intakt ist. Selbst wenn er unter Zwangsvorstellungen litte, müßte ich seine Wünsche respektieren. Ich habe eine dementsprechende Eintragung auf seiner Patientenkarte vorgenommen.«

»Entweder er lügt oder er hat *wirklich* Zwangsvorstellungen!«

»Dr. Rinsley, ich möchte Ihnen raten, sich einen Anwalt zu nehmen. Und es wäre auch unklug von Ihnen, dieses Gespräch mit mir fortzusetzen.«

Eine eiskalte Panik überfiel mich, als ich einhängte. Ich wußte, daß Nick nicht unter Psychosen litt. Er war wütend auf mich. Aber das mußte sich doch wieder geradebiegen lassen. Nick würde mir doch so etwas nicht antun. Wollte er etwa sein ganzes Elend an *mir* auslassen? Mich für andere, die ihm weh getan hatten, bezahlen lassen? Eine Woge des Hasses überkam mich. Dieses manische Ungeheuer. Er wollte mich zugrunde richten. Nachgewiesener sexueller Kontakt mit einem Patienten war Grund genug, mir sofort meine Zulassung als praktizierende Psychologin zu entziehen, und die Anschuldigung an sich war nicht weniger verheerend als der Verdacht des Inzestes für einen Vater oder eine Mutter.

Ich sagte alle restlichen Termine für diesen Tag ab und rief Humberto an. »Ich stecke in ganz, ganz großen Schwierigkeiten. Bitte komm nach Hause.«

Zu Hause bekam Humberto einen Tobsuchtsanfall. »Ich hab's ja gewußt. Dieser Dreckskerl. Der und sein Bockmist mit der Liebessklavin. Ich habe dir gleich gesagt, du sollst ihn dir vom Halse schaffen. Warum hast du nicht auf mich gehört?«

»Du hast ja recht. Okay, du hast recht. Willst du mir jetzt helfen oder mir noch mehr Vorwürfe machen?« Ich sank aufs Sofa.

»Sarita«, sagte er und setzte sich neben mich. »Wenn das irgendwas nach sich zieht, wirst du kämpfen, ist das klar?«

Lange hielt er mich fest in seinen Armen.

Teil 4

42

Nicks Selbstmordversuch rückte meinem Selbstbewußtsein zu Leibe wie ein Metzger, der einen Knochen freilegt. Ich wurde zunehmend unsicherer im Umgang mit anderen Patienten, und ich hatte das Gefühl, daß irgend etwas in mir, das ich die ganze Zeit ignoriert hatte, zu dieser Katastrophe beigetragen haben mußte. Auch bei meinen stabilsten Patienten begann ich, auf Anzeichen einer Krise zu achten. Wenn sie Wutgefühle zum Ausdruck brachten, flößten sie mir Furcht damit ein, und das entging auch ihnen nicht. Selbst Luness, ein Mensch, der vollständig mit sich allein beschäftigt war, fragte mich, ob etwas mit mir nicht in Ordnung sei, und ich log sie an, indem ich vorgab, die Grippe zu haben.

Diese Angstgefühle machten mir schwer zu schaffen. Ich erschrak bei jedem unbekannten Geräusch und bei jedem Schatten. Aus Angst, Nick könnte unangemeldet in meine Praxis kommen und versuchen, mir etwas anzutun, ließ ich die Schlösser auswechseln und Sicherheitsriegel installieren. Ich bestand darauf, daß Humberto jede Nacht bei mir blieb, und weil ich mich in seinem Haus sicherer fühlte, zog ich nach und nach ganz bei ihm ein.

Obwohl Humberto meinen Bedürfnissen und meinen Ängsten mit Verständnis begegnete, wurde ich doch das Gefühl nicht los, ihn durch all meine Nöte nur von mir zu entfremden. Ich gab nicht gerade eine angenehme Gesellschaft ab, war mürrisch und schweigsam und schlief auch nicht gut. Manchmal, wenn er einen abwesenden Eindruck machte, wurde ich richtiggehend paranoid: »Liebst du mich?« wollte ich ein ums andere Mal von ihm wissen. »Natürlich«, lautete jedesmal seine Antwort, aber Sicherheit gab mir das nicht.

Ich unterließ jeden Versuch, mit Nick Kontakt aufzunehmen. Ich betete, er würde aus meinem Leben verschwinden, und vermutete ihn gleichzeitig hinter jeder Straßenecke. Auf einem Fußgängerüberweg in Westwood begann mein Puls plötzlich zu rasen, als ich meinte, ihn auf der anderen Straßenseite entdeckt zu haben. Aber als der Mann dann mit mir auf einer Höhe war, sah ich, daß es gar nicht Nick war. Ich hörte Schritte auf dem Korridor vor meiner Praxis, und wenn ich dann die Tür aufmachte, war niemand da. Wenn ich meine Post bekam, wühlte ich den Stapel sofort durch, aus Angst, sein Absender könnte auf einem der Briefe auftauchen.

Ein paar Wochen darauf erreichte mich dann ein Schreiben von Leona Hale Atwater, einer publicityhungrigen Anwältin, die dafür bekannt war, daß sie hohe Vergleichszahlungen aus Beleidigungsklagen mit ungewissem Ausgang herauszuschlagen wußte. Nick verklagte mich auf Schadensersatz, er behauptete, ich hätte nicht nur mit ihm geschlafen, was in Kalifornien eine strafbare Handlung darstellt, sondern ihm im Verlaufe meiner Behandlung auch erheblichen mentalen, emotionalen und finanziellen Schaden zugefügt. Ich war außer mir. Wie konnte er es wagen, nach den Hunderten von Stunden, die ich für ihn dagewesen war, eine solche Anklage gegen mich zu konstruieren? Er würde meinen mit viel Mühe und Arbeit erworbenen Ruf zerstören.

Bilder, die ich im Fernsehen von Leona Atwater gesehen hatte, kamen mir in den Sinn – glattes rotbraunes Haar; lange, unechte Fingernägel; eine Habichtsnase; kleine durchdringende Augen; ein Lächeln so kalt wie ein Diamant. Als das Dach einer Kleiderfabrik einstürzte, hatte sie binnen fünf Stunden eine Pressekonferenz am Ort des Geschehens einberufen. Als ein Skiläufer aus der Olympiamannschaft in der Dusche ausrutschte, war Leona Atwater sofort zur Stelle, um den Betreibern des Schwimmbades die Hölle heiß zu machen. Mein Fall würde ein breites Medienecho haben, sonst hätte sie ihn gar nicht übernommen. Ich hingegen war gezwungen, mir ein unbeschriebenes Blatt von einem Anwalt zu nehmen, der mir von meiner Berufshaftpflichtversicherung gestellt wurde. Humberto bot an, mir das Geld für einen zusätzlichen Rechtsbeistand vorzuschießen – einen prominenten Anwalt, der es mit Leona Atwater würde aufnehmen können –, aber dazu hätte er sich zu sehr verschulden müssen, und das wollte ich nicht von ihm verlangen. Statt dessen beschied ich mich mit Clifford Underbruck, auf den die Wahl der Versicherungsgesellschaft gefallen war. So hatte ich schon von Anfang an das Gefühl, mit ganz schlechten Karten in die Sache zu gehen.

Zu meinem ersten Gespräch mit Underbruck zog ich mein schwarzes Wollkostüm von Armani zu einer weißen Baumwollbluse mit einer Kamee als Kragenschmuck an. Ich wollte einen vorteilhaften Eindruck machen, indem ich mich so konservativ und professionell zurückhaltend wie möglich gab.

Im obersten Stockwerk des *Century City*-Hochhauses fand ich die Anwaltspraxis von Westhold, Underbruck & Isadell am Ende einer langen Reihe gleichförmiger Korridore, die durch hohe Mahagonitüren voneinander abgetrennt waren. Die Gleichförmigkeit all dieser Türen und das Fehlen jeglicher Geräusche in diesen menschenleeren Fluren verursachte in mir ein Schwindelgefühl, und ich mußte mich an die Wand lehnen und versuchen, mir irgendeine Biofeedbacktechnik einfallen zu lassen, die mir half, mein Gleichgewicht wiederzuerlangen.

Clifford Unterbrucks Büro befand sich in einer prestigeträchtigen Ecksuite mit nach Norden und nach Osten hinausgehenden Fenstern, durch die man einen weiten Blick über Beverly Hills und die Berge hatte. Er trug ein schnurloses Telefon mit Kopfhörer, mit dem er sich frei im Raum bewegen konnte und beide Hände frei hatte, während er telefonierte. Bevor er hinter seinem Schreibtisch Platz nahm, begrüßte er mich mit kräftigem Händedruck und sprach mich mit »Frau Doktor« an. Mir echote Nicks »Doc, Doc, Doktorchen« im Ohr.

Underbruck war mittelgroß, stämmig gebaut und sprach mit tiefer, lauter Stimme. Sein Mund bewegte sich wie der einer Handpuppe. Froh, mich hinsetzen zu können, ließ ich mich auf einen seiner gepolsterten Stühle sinken und sah ihm nervös zu, während er noch einige kurze Anrufe erledigte. Beim Telefonieren strich er sich durch seinen Vollbart. Wenn er den Kopf neigte, fiel ihm sein ungebärdiger rotbrauner Haarschopf von der einen Seite auf die andere. Selbst seine Unterarme waren dicht behaart. Wie er da mit dem Panorama der Stadt vom Fußboden bis zur Decke hinter sich über seine gläserne Schreibtischplatte gebeugt saß, erinnerte er mich an einen im freien Raum schwebenden großen Bären.

»Erzählen Sie mir doch erst einmal, wie Sie die ganze Geschichte sehen«, begann er, nachdem er seinen letzten Anruf beendet hatte.

Ich berichtete, daß ich wegen Nicks sexueller Obsession einen Kollegen konsultiert hatte. Als ich ihm meinen letzten Abend mit Nick in allen Einzelheiten schilderte, legte ich großen Wert auf die Feststellung, daß zu keiner Zeit ein unschicklicher körperlicher Kontakt zwischen uns stattgefunden hatte. »Ms. Atwater hat einen Nachbarn von Ihnen als Zeugen benannt.«

»Mr. Slewicki?«

»Genau den.«

Höchst erstaunt schilderte ich Underbruck, was ich von Mr. Slewicki wußte und wie er an jenem Abend an meine Tür gekommen war. In meiner Paranoia fragte ich mich, ob Mr. Slewicki in irgendeiner Form Anstoß an meinem Verhalten genommen haben konnte.

»Wie steht es um die Behauptung Ihres Patienten, es ginge ihm jetzt schlechter als vor Beginn seiner Behandlung bei Ihnen?«

»Ich weiß, daß ein Selbstmordversuch keinen guten Eindruck macht und auch keinesfalls auf die leichte Schulter genommen werden darf, aber die dem zugrundeliegenden psychischen Probleme sind immer schon dagewesen. Ja, er befand sich eher im Zustand der Besserung. Seine körperlichen Symptome ließen nach; die Starrheit seiner Haltung löste sich, er wußte besser mit seinen Gefühlen umzugehen und sperrte sich nicht mehr so gegen neue Einsichten.«

Underbruck lehnte sich in seinem Sessel zurück und legte die Füße auf den Tisch. »Sie kennen die Atwater natürlich. Ms. Showbusiness. Designerkostüme für 10000 Dollar und immer hohe Absätze, außer vor Gericht. Dann bevorzugt sie ein schlichtes beiges Ensemble von der Stange und bequeme Schuhe. Die Geschworenen lieben sie.«

»Ich kann es nicht glauben, daß er sich eine *Anwältin* genommen hat. Er hat doch sowenig Respekt vor Frauen.«

»Das mag ja sein. Aber er ist schlau genug, sich zu sagen, daß Sie die Sympathien der Jury auf Ihrer Seite haben könnten, wenn eine Bande Männer über Sie herfällt.« Underbruck legte die Fingerspitzen aneinander. »Sie sind sich bewußt, daß die Frage Ihrer Unschuld wenig damit zu tun haben könnte, ob wir den Prozeß gewinnen oder nicht?«

»Und wieso das?« Meine Stimme klang zu laut.

Underbruck legte den Kopf auf die Seite, und sein Haarschopf folgte der Bewegung. »Worauf es in allererster Linie ankommt, ist die richtige psychologische Strategie bei der Auswahl der Geschworenen, und dann, wie man ihre Meinungsbildung beeinflußt. Und Glück gehört natürlich auch dazu.«

Plötzlich schoß er in seinem Sessel nach vorn und beugte sich ganz weit zu mir herüber. »Erzählen Sie mir genau, was Sie für ihn empfunden haben, und lassen Sie keine Einzelheit aus, die als sexueller Kontakt ausgelegt werden könnte.«

Das letzte, was ich mir wünschte, war, meine innersten Gefühle vor diesem grobschlächtigen Menschen entblößen zu müssen, aber ich erzählte ihm doch alles, einschließlich der Tatsache, daß auch ich anfänglich sexuelle Träume und Phantasien von Nick gehabt hatte.

»Gibt es irgendwelche privaten Aufzeichnungen über Ihre sexuellen Wunschgefühle diesem Nick gegenüber?«

»Nein.«

»Das ist gewiß auch besser so. Aber Sie wissen ja, daß auch Leitwell als Zeuge geladen werden muß, weil Sie ihn konsultiert haben?«

»Aber es weiß doch niemand, daß ich bei ihm gewesen bin.«

Underbruck bekam von einer Sekretärin einen Anruf durchgestellt, der keinen Aufschub gestattete, und hob die Hand als Zeichen, ich möge mich gedulden. Ich bemühte mich, meine Panik im Zaume zu halten. Zachary im Zeugenstand, wo er über meine privaten Gefühle sprach.

Schlimmeres konnte ich mir nicht vorstellen. Journalisten, die die schlüpfrigsten Einzelheiten in ihre Blöcke kritzelten. Schreiende Schlagzeilen. Mein berufliches Ansehen irreparabel angeschlagen. Wie konnte ich überhaupt noch jemandem ins Gesicht schauen?

Underbruck schritt, heftig gestikulierend, die ganze Länge seines Büros ab. Sein Bauch hing ihm über den Ledergürtel, und der unterste Knopf seines Hemdes war aufgegangen. Durch die kleine Öffnung konnte ich ein Stück von seinem behaarten Bauch erkennen. Er nahm den Kopfhörer ab, legte ihn auf den Schreibtisch und fuhr mit seiner Erklärung fort. »Bei der Voruntersuchung wird man Sie fragen, ob Sie sich mit einem Dritten über den Fall beraten haben. Es wäre Meineid, die Unwahrheit zu sagen.«

»O mein Gott. Könnte es sein, daß sie auch Zachary verklagen?«

»Deswegen sind auch Sie ›und andere‹ als Beklagte genannt – damit sie sich jeden, von dem sich im Verlauf der Verhandlung herausstellt, daß er oder sie auch mit der Sache zu tun gehabt hat, greifen und ebenfalls zur Verantwortung ziehen können.«

Meine Kehle wurde so trocken, daß ich zu husten anfing. Underbruck rief seine Sekretärin, die mir ein Glas Wasser brachte.

»Hat Leitwell je den Nachnamen Ihres Patienten erfahren?«

»Nein. Ich habe seine Identität streng vertraulich behandelt.«

»Das war klug von Ihnen. Wäre er Ihr Vorgesetzter an einem Krankenhaus, würden sie ihn auch verklagen, aber als fachärztlicher Berater, der den Fall mit Ihnen anonym diskutiert hat, hatte er höchstwahrscheinlich keinerlei juristische Verpflichtungen gegenüber dem Patienten, also werden sie ihn wohl in Ruhe lassen.«

Ich beruhigte mich etwas. »Muß Zachary alles sagen, was ich ihm erzählt habe?«

»Nein. Sie haben den rechtlichen Anspruch auf solche vertraulichen Beratungen, und Sie können ihn zur Aussageverweigerung verpflichten, wenn Sie das für richtig halten. Aber besser wäre es, diese sexuellen Gefühle zuzugeben und aufzuzeigen, daß Sie nur verantwortungsbewußt gehandelt haben, als Sie Beratung suchten. Dann können wir ihn auch benutzen, um Ihren Therapieplan zu unterstützen. Es ist zu Ihrem Vorteil, ihn in den Zeugenstand zu rufen, obwohl ich zugebe, daß es nicht sehr angenehm für Sie sein wird.«

Als ich an diesem Tag nach Hause fuhr, hatte ich das Gefühl, mein ganzes Leben wäre leer und nutzlos. Mit meiner Karriere würde es aus und vorbei sein. Die finanzielle Sicherheit, die ich mir mit soviel Arbeit erworben hatte, würde dahinschmelzen. Und wer konnte sagen, wie es mit mir und Humberto weiterginge? Irgend etwas, worüber er nicht mit mir sprechen wollte, stimmte nicht zwischen uns. Möglicherweise schreckte es ihn ab, daß ich mich so sehr an ihn klammerte.

Ich war zu deprimiert, um etwas zu essen, und kroch schon um sieben ins Bett, wo ich dann bis zur Morgendämmerung wach liegenblieb. Als Humberto um zwei Uhr früh ins Bett kam, tat ich, als würde ich schlafen.

43

Underbruck probierte diverse juristische Winkelzüge, damit die Klage abgewiesen würde, aber keinem davon war Erfolg beschieden. Sein nächstes Manöver bestand darin, so schnell wie möglich eine beeidete Aussage von Nick zu bekommen, denn je länger wir warteten, um so besser konnte Nick seine Aussage auf neue Informationen, die im Verlauf des Wahrheitsfindungsprozesses zum Vorschein kamen, abstimmen.

Nicks Vereidigung wurde auf die zweite Juniwoche in Leona Hale Atwaters Büro angesetzt. In Vorbereitung darauf beschaffte Underbruck sich Zugang zu Nicks Schulunterlagen, den Einträgen über ihn aus seiner Zeit beim Militär und seinen Arztberichten sowie seinen beruflichen Zeugnissen.

Aufgrund meiner Aufzeichnungen fertigte ich eine ausführliche Niederschrift über den Verlauf von Nicks Therapie an. Da ich nun einmal gezwungen war, mich für meine Entscheidungen in seinem Fall schriftlich zu rechtfertigen, stürzte ich mich mit der gleichen Verbissenheit auf die Entwicklung meiner Verteidigungsstrategie, mit der ich vorher an der Behandlung von Nick gearbeitet hatte. Aber nichts konnte mich von dem Gefühl befreien, jämmerlich versagt zu haben. Alles, was ich unternommen oder unterlassen hatte, erschien angesichts dessen, was sich nun abspielte, in einem anderen Licht. Ich hätte Nick einer Reihe psychologischer Tests unterziehen und ihn nach Auswertung derselben an einen Spezialisten überweisen sollen. Es war ein Fehler gewesen, Zachary nicht schon früher hinzuzuziehen. Ich hätte nicht so lange warten dürfen. Ich hätte mich auch selber in Therapie begeben müssen, wie Zachary es mir geraten hatte. Ich hätte Nick nie zu mir ins Haus lassen dürfen. Ich hätte darauf bestehen müssen, daß Mr. Slewicki die ganze Zeit zugegen blieb.

Mit meiner Haut wurde es auch alles andere als besser, und ich bekam dazu noch einen Ausschlag im Gesicht. Ich mußte mich richtiggehend zum Essen zwingen, und wenn ich etwas zu mir nahm, waren es immer nur winzige Mengen – ein bißchen Brot, eine halbe Tasse Suppe. Von breiigen Speisen wurde mir schlecht. Ich pickte an Keksen herum wie ein Vogel.

Humberto sagte, ich würde sehr abgezehrt aussehen. Ich wußte auch, daß mein permanenter Krisenzustand ihm langsam auf die Nerven ging. Er blieb abends immer länger im Restaurant und verließ morgens früher das Haus. Unsere Kommunikation beschränkte sich fast nur noch auf Zettel, die wir uns in der Küche hinlegten: Komme heute erst nach Mitternacht. Warte nicht auf mich. Deine Mutter hat angerufen. Ich muß mich am Donnerstag in Seattle mit einem Kollegen treffen. Kannst du mit? Geht nicht. Termin mit Underbruck. Unterschrieben waren diese Zettel immer mit »In Liebe« oder »Küßchen«, aber wir hielten uns an einer inhaltslos gewordenen Beziehung fest wie zwei alte Eheleute, die Angst davor hatten, einen Schnitt zu vollziehen. Bei all dem fühlte ich mich noch einsamer als früher, als ich allein gelebt hatte.

Ich versuchte, die durch Nick freigewordenen Stunden irgendwie zu füllen, aber jede Woche mußte ich zu der bewußten Zeit an ihn denken und ballte dabei die Fäuste in ohnmächtiger Wut. Er schien so nahe, daß ich nur den Arm ausstrecken mußte, um ihn zu berühren, und ich ertappte mich sogar dabei, wie ich aufstand, um ihm die Tür zu öffnen. Ich fragte mich, ob er wohl auch an mich dachte, und immer häufiger glaubte ich plötzlich, seinen Geruch zu spüren. In diesen Stunden verließ ich meine Praxis, um von all dem wegzukommen. Das einzige, was mir half, war die Arbeit mit meinen anderen Patienten. William kam mit erfreulichen Neuigkeiten – eine Freundschaft mit einer anderen Frau bahnte sich an.

»Sie heißt Ruth«, erzählte er. »Ich habe sie in meiner Rehabilitationsgruppe kennengelernt. Wir machen zusammen unsere Übungen auf dem Tretband, und ein paarmal ist sie auch schon bei mir zum Abendessen gewesen.«

Eines Sonntagabends, nachdem er Hühnchen und gedünstetes Gemüse für sie zubereitet hatte, war sie an ihm vorbeigegangen, um den Tisch abzuräumen, und dabei aus Versehen mit ihrem kräftigen kleinen Körper an seiner Hüfte entlanggestreift. Instinktiv hatte er den Arm nach ihr ausgestreckt, aber sie war schon in der Küche verschwunden. Er betrachtete seine in der Bewegung erstarrte ausgestreckte Hand und wußte in diesem Augenblick, daß er sie begehrte.

»Dr. Rinsley, ich war so unbeholfen wie ein Vierzehnjähriger. Sie aber hat es mir so leicht gemacht. Bloß mußte ich dann an mein Herz denken, und da bekam ich es mit der Angst zu tun. Ich möchte noch nicht sterben.« Ich freute mich über die unerwartete Veränderung, die mit ihm vorgegangen war. Wenigstens ein bißchen von meiner Arbeit hatte etwas bewirkt.

Auch Luness machte Fortschritte. Sie berichtete mir von einem Traum, in dem sie auf einem weiten, schneebedeckten Feld gespielt und die Figur eines kleinen Kindes aus dem Schnee geformt hatte. Stundenlang hatte sie sich damit beschäftigt, die Gliedmaßen in die rechte Form zu klopfen, mit den Fingern die Haarsträhnen nachgezogen, ihm Augen gemacht. Ganz in ihre Arbeit vertieft, spürte sie plötzlich die Gegenwart eines anderen Menschen, der sie für ihre Mühe lobte. Und dann wurde das Schneekind lebendig und lächelte sie an. Ich sagte Luness, daß sie den Schnee beziehungsweise den Reis zu ihrer eigenen Existenz gemacht hatte und daß ich die Gegenwart darstellte, die sie zum Weitermachen ermunterte.

»Sie sind meine wahre Mutter«, sagte sie zu mir.

Nach meinem Versagen bei Nick tat es gut, das zu hören.

Das Schlimmste stand mir noch bevor: meine Eltern anzurufen und ihnen zu berichten, was passiert war. »Eine harte Nuß, Mädchen«, sagte mein Vater, »aber jetzt mußt du die Ärmel aufkrempeln und kämpfen.« Ja, so ging mein Vater die Dinge gerne an. Frontalangriff oder Rückzug. Verhandeln stand für ihn nicht zur Debatte. In dem gleichen Flüsterton, mit dem meine Mutter sonst ihren Klatsch und Tratsch verbreitete, sagte sie: »Das ist ja furchtbar. Glaubst du, dir wird deine Zulassung entzogen?«

Mit einer Zuversicht, die ich gar nicht empfand, sagte ich: »Mach dir keine Sorgen. Es kommt alles in Ordnung. Schließlich habe ich nichts getan.«

»Denk immer daran, wenn du mich brauchst, bin ich jederzeit sofort bei dir.«

»Danke, Mom, aber ich komme schon zurecht. Denk nur ab und zu an mich.«

Und dann sagte sie tatsächlich etwas zu mir, was mir Auftrieb gab. »Sarah – du schaffst das schon. Du hast doch immer alles geschafft.«

Es stimmte allerdings, daß mir das immer gelungen war, selbst mit zehn Jahren schon. Damals hatte ich dauernd Schmerzen in der Brust, weil ich mit so vielem allein fertig werden mußte, aber auch damit bin ich klargekommen. Ich habe keiner meiner Freundinnen von meinen Geheimnissen erzählt, weil ich glaubte, sie würden dann über mich lachen oder mich verpetzen. Ich haßte es, was meine Mutter mit sich machen ließ, aber ich habe mich einfach immer mehr in die Schularbeit vertieft. Als Mom davon sprach, mit mir zusammen davonzulaufen, Dad und Grandma zu verlassen, bekam ich Angst, aber ich behielt es für mich und versuchte statt dessen, sie zu trösten. Und nun stellte sich dieser Brustschmerz aus früheren Tagen wieder ein und drückte wie ein Mühlstein. Vielleicht war alles, was ich erreicht hatte, vergebens gewesen. Vielleicht würde ich mein ganzes Leben lang einsam bleiben. Vielleicht war ich schließlich doch auf etwas gestoßen, dessen ich nicht gewachsen war.

Aber mein Dad hatte recht. Kämpfen mußte ich wenigstens.

44

Je näher der Tag von Nicks Aussage rückte, um so nervöser wurde ich. Das ganze sollte in Leona Atwaters Büro in Gegenwart eines Gerichtsstenografen und sämtlicher am Fall beteiligter Anwälte stattfinden. Ich hatte richtig Angst davor, dabeizusein, aber Underbruck bestand darauf, daß es besser so wäre, weil es Nick nicht so leicht fallen würde, mir direkt ins Gesicht zu lügen. Ich joggte jeden Tag, um mich zu beruhigen, aber ich verlor dabei nur noch mehr Gewicht und mußte zu Hause weite Trainingshosen und große Pullover tragen, damit Humberto nicht dauernd zu sehen bekam, wie dünn ich war.

Humberto hatte es aufgegeben, mich zu fragen, ob ich ihn auf Parties oder Einladungen zum Abendessen begleiten wollte. Er machte einfach seine Pläne ohne mich und ließ mich nur wissen, wann er nach Hause kommen würde. Mit der Vorgabe, mich nicht stören zu wollen, übernachtete er manchmal im Gästezimmer. Ich sagte nichts dagegen, denn ich hatte sowieso ein schlechtes Gewissen, weil ich ihn mit meinem nächtlichen Zähneknirschen und Sprechen im Schlaf ständig aufgeweckt hatte.

Am Morgen von Nicks Aussage war ich um halb acht mit Underbruck verabredet, und wir fuhren dann zusammen zu Leona Atwaters Büro in Beverly Hills. Ich trug wieder dasselbe Kostüm von Armani, dazu die weiße Bluse, schwarze Pumps mit halbhohen Absätzen und kleine Perlohrringe. Für mein Make-up hatte ich mir ungewöhnlich lange Zeit nehmen müssen. Ich fürchtete mich vor der Begegnung mit Nick, weil ich glaubte, ich müßte weinen oder würde in Ohnmacht fallen oder sonst etwas entsetzlich Peinliches anstellen, und ich sagte Underbruck, ich würde sofort gehen, sowie ich merkte, daß ich mich nicht mehr zusammennehmen konnte.

Am Empfang in Leona Atwaters Büro stand ein großer, halbrunder Schreibtisch mit einer graubeschichteten Kunststoffplatte, die gut zu den lavendelfarbenen Sesseln und dem Teppich in derselben Farbe paßte. Eine Ecke des Raumes nahm die lebensgroße Statue der Justitia ein.

Leona Atwaters Mitarbeiter eskortierten uns in ein geräumiges Konferenzzimmer, wo wir mit Kaffee, belegten Brötchen und Notizblöcken versorgt wurden. Bevor es losgehen sollte, kam Leona Atwater höchstpersönlich zu uns herein, um sich mir vorzustellen, und sie und Underbruck lachten und scherzten ein paar Minuten lang zusammen. Alte Kumpel, dachte ich. Warum sollten die sich darum scheren, daß meine Existenz auf dem Spiel stand? Sie machten nur ihre Arbeit wie jeden anderen Tag auch.

Wir nahmen an der Längsseite eines großen Tisches Platz. Vor jedem von uns stand ein Glas Wasser mit einer Serviette. Als wir uns alle hingesetzt hatten und bereit waren, anzufangen, verließ die Staatsanwältin den Raum und kam mit Nick zurück.

All meine Bemühungen, mir in Nicks Gegenwart nichts anmerken zu lassen, waren dahin. Ich zitterte. Meine Ellenbogen juckten. Ich biß die Zähne so fest zusammen, daß mein Kiefer weh tat. Als er den Raum betrat, starrte ich ihn wie versteinert an, weil ich hoffte, nur beim Anblick meines Gesichts würde er zusammenbrechen, erklären, dies wäre alles ein schreckliches Mißverständnis, und mich um Verzeihung bitten. Einen Moment lang kreuzten sich unsere Blicke, aber außer einem kurzen Zucken verriet sein Gesicht keine Gemütsregung. Er selber hatte auch beinahe zehn Pfund abgenommen, wirkte angespannt und schien sich in seinem Nadelstreifenanzug und dem gestärkten Hemd nicht wohlzufühlen.

Es folgte ein kleines Durcheinander, weil die Sitzordnung neu festgelegt werden mußte, als sich herausstellte, daß Nick der Platz genau mir gegenüber freigehalten worden war. Nick aber sah mich nur an und sagte: »Ich kann ihr gerne gegenübersitzen. Jetzt kann sie mir ja nichts mehr anhaben.« Das brachte mich so in Rage, daß sämtliche Farben im Raum vor meinen Augen verblaßten und mein rechtes Ohr zu klingen anfing. Ich ließ absichtlich einen Stift fallen, damit ich meinen Kopf zum Boden senken konnte, weil ich das Gefühl hatte, ohnmächtig zu werden.

»Wir wollen diese Angelegenheit doch ohne Feindseligkeiten hinter uns bringen, Mr. Arnholt«, sagte Underbruck. Der nickte und enthielt sich danach jeglicher spitzer Bemerkungen.

Underbruck begann seine Befragung sehr verhalten und hielt sich zunächst auf neutralem Terrain – wie Nick auf mich als Therapeutin gekommen war, warum er überhaupt glaubte, einen Therapeuten aufsuchen zu müssen, und wie es anfangs gelaufen war. Als ich Nicks Beschreibung seiner Lebensumstände lauschte – seine Fitnessübungen, sein häufig wechselnder Umgang mit Frauen, sein Ehrgeiz, sein Stolz auf das, was er besaß –, ging mir auf höchst unangenehme Weise auf, daß wir einander ähnlicher waren, als ich es je vor mir hatte zugeben wollen. Er hatte das ja gleich behauptet, und ich hatte es von mir gewiesen. Wieso war mir das entgangen?

Während der ersten Unterbrechung zog mich Underbruck auf den Flur hinaus und ging mit mir zur anderen Seite des Gebäudes. »Jesus im Himmel!« flüsterte er, »warum haben Sie mir nicht gesagt, daß der Kerl *so* gut aussieht?«

Da geriet ich fast in Panik. »Ich habe doch gesagt, daß etwas in seinen Augen ist, das ... Wieso sind Sie denn so aufgebracht?«

»Jesus im Himmel. Er sieht einfach *zu* gut aus, das ist alles. Tut mir leid, Doktor Rinsley. Alles in Ordnung mit Ihnen? Möchten Sie einen Schluck Wasser?«

Ich ballte die Hände in den Taschen meines Blazers. »Nein. Sagen Sie mir einfach, wie es bisher gelaufen ist, und erklären Sie mir, warum Sie so auf sein Aussehen reagieren.«

»Dazu kommen wir dann noch früh genug, und es ist noch nicht an der Zeit, eine Prognose zu machen, wie es sich entwickelt. Im Augenblick taste ich mich noch vor.«

»Und wie lange, meinen Sie, wird die ganze Sache dauern?«

»Vermutlich heute den ganzen Tag und morgen auch noch.«

Ich rief meinen Auftragsdienst an, um meine Nachrichten entgegenzunehmen. Dankbar nahm ich zur Kenntnis, daß zwei neue Patienten an mich überwiesen worden waren. Abgesehen von dem ganzen Debakel, was ich im Augenblick durchlebte, fing ich an, mir über das Finanzielle Sorgen zu machen. Meine Versicherung hatte mir bereits die Erklärung zukommen lassen, daß man für den Fall, daß ich eines Berufsvergehens für schuldig befunden würde, für maximal 25000 Dollar Gerichts- und Anwaltskosten einschließlich der an mich gestellten Schadenersatzansprüche einstehen werde. Bei den Summen, die heutzutage als Kompensation üblich waren, dürfte das einen Bruchteil der Schulden darstellen, die mir ins Haus standen.

Nach der Pause ging Underbruck mit Nick die Einzelheiten seiner Kindheit durch, um auf eventuelle Diskrepanzen zwischen seiner Darstellung und den Gesprächsnotizen, die ich mir während der Therapiestunden gemacht hatte, zu stoßen. Nick wirkte ganz ruhig. Er wußte ja nur zu gut, daß er nicht mehr zu tun brauchte, als exakt die Fragen zu beantworten, die ihm gestellt wurden. Obwohl er kein Detail aus seiner Vergangenheit in Abrede stellte, spielte er doch deren Bedeutung herunter. Sein Vater wäre »rigoros« gewesen, aber nicht hartherzig; seine Stiefmutter hätte »ein wenig über die Stränge geschlagen«, wäre aber ansonsten eine anständige Frau gewesen.

Nick konzentrierte sich die ganze Zeit auf Underbruck und sah mich kein einziges Mal an. Er sprach artikuliert und überzeugend und verwickelte sich in keinen Widerspruch. Vielleicht *hätten* meine Aufzeichnungen dazu dienen können, ihm eine Unaufrichtigkeit nachzuweisen, aber dazu waren sie zu spärlich, und es hätte so oder so nur sein Wort gegen das meine gestanden. Ich mußte an Candy denken. Wo mochte sie jetzt stecken? Was sie wohl zu sagen hätte, wenn wir sie aufspüren könnten?

Am zweiten Tag nahm Underbruck Nick stundenlang wegen seiner Behauptung, von mir verführt worden zu sein, in die Mangel. Während ich zuhörte, wie Nick seine Geschichte erzählte, glaubte ich, in die Augen eines Psychopathen zu blicken. So geschickt wie ihn hatte ich noch nie jemanden lügen hören.

»Was passierte, nachdem sie sich neben Sie gesetzt und Ihre Hand genommen hatte?«

»Sie hat mich ins Schlafzimmer und zu ihrem Bett geführt. Dann hat sie aus einer Schublade ein Kondom geholt. Ich habe es mir übergestreift, und dann hat sie sich breitbeinig über mich gekniet.«

»An welchem Punkt haben Sie beide die Kleider abgelegt?«

»Gleich nachdem wir ins Schlafzimmer gekommen waren. Ich habe mich ganz ausgezogen, aber sie hat nur ihre Jeans und das Höschen abgestreift. Ihr Oberteil hat sie anbehalten.«

»Was geschah dann?«

»Sie – hat mich in sie eindringen lassen, bis sie zum Höhepunkt gekommen war. Ich hatte immer noch eine Erektion, als sie sich von mir herunterrollen ließ, also habe ich sie gebeten, mich mit der Hand zum Orgasmus zu bringen.«

»Was war mit dem Kondom?«

»Ich habe es abgestreift, es in ein Papiertaschentuch eingewickelt und in den Papierkorb geworfen, der neben ihrem Bett stand. Dann haben wir uns angezogen und sind zurück ins Wohnzimmer gegangen.« Ich beobachtete sein Gesicht und konnte nur mit dem Kopf schütteln, als er fortfuhr. »Danach begann ich mich sehr schlecht zu fühlen – es war mir alles sehr unangenehm, und ich hatte auch Angst. Ich fragte mich, wie es dazu hatte kommen können und was sie als nächstes tun würde. Wir haben uns an den Tisch gesetzt und Tee getrunken. Und da ist dann Mr. Slewicki an der Tür erschienen.«

»Hat Mr. Slewicki Sie da gesehen?«

»Nein. Ich bin am Tisch sitzengeblieben, der vom Flur aus gesehen hinter einer Ecke liegt. Ich hörte, wie sie ihm sagte, es wäre alles okay, und dann wieder die Tür zumachte. Ich bin aufgestanden und zum Fenster gegangen, um ihm nachzusehen.«

»Warum haben Sie das gemacht?«

»Ich war neugierig, wer das gewesen war.«

»Damit sie ihn später identifizieren konnten?«

»Nein. Ich habe immer alles über Dr. Rinsley in Erfahrung bringen wollen. Sogar, zu welchen Nachbarn sie besonders guten Kontakt hatte.«

»Aber Sie haben ihm nachgesehen, bis Sie wußten, zu welchem Haus er ging?«

»Er wohnte genau gegenüber, also konnte ich gar nicht umhin, zu sehen, wo er hinwollte. Wichtig ist nur, daß mir da aufging, daß sie ihn gebeten hatte, herüberzukommen und nach ihr zu schauen. Das gab mir das Gefühl, wertlos und schäbig zu sein, so daß sie offenbar Angst vor mir haben mußte.«

»Hat sie Ihnen gesagt, daß sie Angst vor Ihnen hat?«

»Nein. Aber ich habe sie gefragt, warum sie wollte, daß er nach ihr schauen kommt, und sie hat gesagt, weil sie nicht gewußt hätte, was passieren würde.«

»Und wie haben Sie das interpretiert?«

»Daß sie Angst hatte, ich würde ihr etwas tun. Und das hat mir sehr weh getan.«

»Was geschah danach?«

»Wir blieben am Tisch sitzen und haben uns noch ein wenig unterhalten. Als ich ihr sagte, ich würde mich scheußlich fühlen, erklärte sie, mich nicht länger behandeln zu können und mich an jemand anders überweisen zu müssen. Danach hatte ich das Gefühl, es hätte keinen Sinn mehr, weiterzuleben. Ich fühlte mich von ihr benutzt und dann weggeworfen.«

Und das war erst der Anfang. Underbruck wollte ihn auf jede nur erdenkliche Weise in die Zange nehmen, aber auf jede seiner Fragen hatte Nick eine Antwort parat. Auf Fragen nach weiteren Fakten, etwa mein Schlafzimmer betreffend oder meinen Körper, sagte er, er könne sich nicht erinnern oder daß alles so schnell gegangen und er so verwirrt gewesen wäre, daß er nicht auf Einzelheiten geachtet hätte. Für seine Darbietung hätte er einen Oscar verdient; exakt die richtige Dosis Zorn und Verzweiflung, die richtige Auswahl auffälliger Details, die eine Geschichte glaubhaft klingen lassen. Ja, Nicks Bericht war eine derart seltsame Mischung aus Wahrheit und Fiktion, daß ich mich zu fragen begann, ob er vielleicht doch kein psychopathischer Lügner war, sondern sich vielmehr so in seine Vorstellung verrannt hatte, daß sie für ihn zur Wahrheit geworden war, und er selber glaubte, was er da erzählte. Vielleicht litt er *wirklich* unter Zwangsvorstellungen.

Leona Atwater erhob jedesmal Einspruch, wenn Underbruck dicht davor war, einen Widerspruch in Nicks Aussage aufzuzeigen. Wenn das bei Gericht auch so ging, war ich erledigt. Wer würde Nick nicht gerne Glauben schenken? Als der Tag vorüber war, fühlte ich mich, als hätte Nick meine inneren Organe in Scheiben geschnitten und überall im Raum verstreut. Als wir aufstanden, um uns zu vertagen, fühlte ich meinen Körper nicht mehr.

45

Humberto machte zeitig Feierabend, um bei mir sein zu können. Schließlich wußte er, was für ein Tag hinter mir lag. Als er um zehn nach Hause kam, lag ich mit tränenüberströmtem Gesicht auf dem Bett.

»Sarita«, sagte er und legte sich neben mich, »erzähl mir, was passiert ist.« Die ganze Geschichte sprudelte aus mir heraus – wie geschickt Nick seine Lügen ausgebreitet hatte, so viele Lügen. Humberto sagte sehr wenig, aber ich fühlte mich getröstet durch seine Gegenwart und fiel in einen erschöpften Schlaf.

Spät am folgenden Nachmittag war die Vernehmung zu Ende. Während der Pause am Vormittag hatte Underbruck mich noch einmal auf dem Flur beiseitegenommen. Er wollte wissen, ob Mr. Slewicki durch mein Fenster geschaut oder sonst etwas gesehen haben könnte, was ich nicht erwähnte hatte. Entrüstet sagte ich: »Glauben Sie nicht, daß ich Ihnen die Wahrheit gesagt habe?«

Er blieb stehen, faßte mich beim Arm und schüttelte ihn leicht. »Ich glaube Ihnen schon, aber ich kann nur für mich, nicht für andere sprechen. Nick ist sehr überzeugend. Und ich muß Sie noch einmal fragen, ob es an Ihrem Körper irgendein besonderes Merkmal gibt? Einen Leberfleck? Rasieren Sie sich das Schamhaar? Eine Narbe?« Stumm vor hilfloser Wut hatte ich nur den Kopf geschüttelt.

»Ich denke, ich habe es soweit im Griff«, sagte ein müder Underbruck an diesem Abend, als wir um acht wieder in seinem Büro saßen. Alle anderen waren schon nach Hause gegangen. »Ich glaube, wir haben unsere Sache ganz gut gemacht.«

Ich atmete ein wenig auf. »Cliff, ich habe über etwas nachgedacht. Nick hat seine Kindheitserlebnisse ziemlich beschönigt. Das meiste davon waren im Grunde genommen Lügen. Die Wahrheit ist, daß seine Stiefmutter ihn sexuell mißbraucht hat und sein Vater sehr brutal mit ihm umgegangen ist. Inzwischen hat Nick jahrelang keinen Kontakt mehr zu seiner Stiefmutter gehabt, hält sie sogar für tot, aber da bin ich anderer Meinung. Ich frage mich, ob es für uns nicht hilfreich wäre, wenn wir sie fänden. Sie könnte meine Vermutungen über Nicks Kindheit bestätigen und ihn damit zum Lügner stempeln.«

Underbruck lachte. »Sie meinen, eine Frau wie sie würde einen Inzest eingestehen, wenn sogar ihr Sohn selber ihn ableugnet?«

Meine Zuversicht schwand. »Wohl nicht.«

Als er sah, wie niedergeschlagen ich war, machte er einen Versuch. »Okay, malen wir uns mal das beste denkbare Szenario aus. Wir finden sie. Sie sagt uns, daß Nicks Kindheit eine Katastrophe gewesen ist. Und dann? Inwiefern würde das rechtfertigen, was Ihnen vorgeworfen wird?«

»Gar nicht. Viele Menschen, die einen Therapeuten aufsuchen, haben eine schreckliche Kindheit gehabt. Aber wenn wir aufzeigen können, daß seine Probleme nicht erst bei mir angefangen haben, würde das doch vielleicht helfen?«

»Eigentlich kaum. Jeder geht davon aus, daß er von Anfang an Probleme hatte, sonst wäre er gar nicht erst zu Ihnen gekommen.«

Ich griff nach jedem Strohhalm. »Aber zumindest würde es doch beweisen, daß er gelogen hat, nicht wahr?«

Underbruck stand auf und ging zum Fenster. Er sah hinaus auf den endlosen Teppich funkelnder Lichter und kratzte sich am Bart. »Falls wir sie finden und sie wie durch ein Wunder seiner Aussage widerspricht, würde das wenigstens zeigen, daß er seine Vergangenheit herunterspielt. Ob Ihnen das bei den Geschworenen Pluspunkte einbringt, kann ich nicht sagen. Aber es dürfte nicht schaden, es zu versuchen. Erzählen Sie mir alles, was Sie über sie wissen, und ich versuche dann, ihre Spur aufzunehmen.«

Eine Erinnerung schoß mir blitzartig durch den Kopf. Nick, der lachend zu mir sagte: »Wissen Sie nicht, daß man *jeden* in diesem Land aufspüren kann?« Nun denn, dachte ich, dann wollen wir es auch mal versuchen.

Underbruck war an seinen Schreibtisch zurückgekehrt. »Es gibt da noch etwas, worüber wir uns unterhalten müssen«, sagte er mit zögernder Stimme. »Ich weiß nicht recht, wie ich das auf nette Weise sagen soll, also nehmen Sie es bitte nicht zu persönlich.«

Ich rückte meine Brille zurecht. »Und das wäre?«

»Wir müssen davon ausgehen, daß diese Sache vor Gericht geht. Es *muß* nicht sein, es kann auch zu einer Einigung kommen, aber wir müssen erstmal so weitermachen, als wäre das nicht der Fall.«

»Und?«

»Sie müssen was mit Ihrem Aussehen machen.«

»Was wollen Sie damit sagen?«

»Sarah, jede Jury braucht nur einen Blick auf Sie und Nick zu werfen, um überzeugt zu sein, daß Sie mit ihm ins Bett gegangen sind. Er sieht so verdammt gut aus, und Sie – ja, an Ihnen müssen wir ein wenig arbeiten. Jeder wird glauben, daß Sie ihm einfach nicht widerstehen konnten ...«

»Ich nehme an, Sie wollen sich über mich lustig machen?«

Er schüttelte den Kopf. »Ich meine das todernst. Ich möchte Ihnen nicht zu nahe treten oder Sie beleidigen, und Sie sind ja eigentlich auch eine ganz attraktive Frau, aber die Atwater wird die Unterschiede zwischen Ihnen und Nick ganz dick herausstreichen. Sie wird andeuten, Sie wären ein Mauerblümchen, das sich durch die Aufmerksamkeit, die ihr von diesem gutaussehenden Anwalt zuteil wurde, geschmeichelt fühlte, und sie wird Erfolg damit haben, weil sie ja selber auch eine Frau ist. Also müssen wir es darauf anlegen, es gar nicht erst soweit kommen zu lassen.«

»An was dachten Sie? An eine Gesichtstransplantation?«

»Ich habe Ihnen doch gesagt, Sie sollen das nicht zu persönlich nehmen. Ich möchte Sie nur ein bißchen herausputzen.« Ich war außer mir und nahm meine Tasche, um zu gehen.

»Ich bin noch nicht am Ende!« donnerte er plötzlich los. »Setzen Sie sich wieder hin!«

»Sehr wohl sind Sie am Ende!« schrie ich. »Ich bin doch kein Pudel, der für irgendeine Zuchtausstellung zurechtgetrimmt wird. Ich brauche doch kein makelloses Aussehen, um zu beweisen, daß ich eine kompetente Therapeutin bin! Das ist ja lächerlich!«

»Setzen Sie sich!« wiederholte er ungerührt. »Die Geschworenen werden nicht die Zeit haben, Sie näher kennenzulernen. Sie bekommen nur einen winzigen Aspekt Ihres Lebens mit, der so aufgeblasen wird, daß er das Gesamtbild darstellt. Gewiß sind Ihnen die Ergebnisse entsprechender Untersuchungen nicht unbekannt – sogar im Gerichtssaal haben gutaussehende Menschen eine größere Chance, für unschuldig gehalten zu werden. Sie können das entweder zu Ihrem Vorteil nutzen oder es ignorieren, aber dann müssen Sie mit den Konsequenzen leben.« Er kam um den Tisch herum auf meine Seite, setzte sich auf die Kante und ließ ein Bein lose herunterbaumeln. »Entschuldigung, aber das mußte sein.«

Ich nahm die Brille ab und bedeckte mein Gesicht mit den Händen. Das scheußliche Gefühl, häßlich zu sein, kam in mir hoch. Einen Augenblick lang fühlte ich eine schwere Hand auf meiner Schulter, aber dann war sie schon wieder fort. Als ich glaubte, mich einigermaßen im Griff zu haben, nahm ich die Hände vom Gesicht und sagte ganz gefaßt: »Sagen Sie mir, was ich Ihrer Meinung nach tun soll, und ich werde darüber nachdenken. Mehr kann ich nicht versprechen.«

Er wirkte erleichtert, ließ sich in den Sessel neben meinem sinken. »Melden Sie sich in einem Salon an, um was für Ihre Haare und das Make-up zu tun. Dann kenne ich da eine Frau, die Beratung in Kleiderfragen macht; sie ist hervorragend. Und Sie müssen von jetzt ab Kontaktlinsen tragen.«

»Sie wollen, daß ich wie ein Fotomodell aussehe?« fragte ich grimmig.

»Nein. Ich möchte, daß Sie wie die attraktivste, kompetenteste, selbstbewußteste Frau aussehen, die die Geschworenen je zu Gesicht bekommen haben.«

»Sie wissen ja wohl, daß es Männer wie Sie sind, deretwegen Frauen sich krankhungern, damit sie nur ja schön aussehen.«

»Nein. Es sind Männer wie ich, deretwegen Leute ihre Prozesse gewinnen.«

46

Es entging mir nicht, daß sich Humbertos Verhalten mir gegenüber verändert hatte, aber ich führte das auf den Umstand zurück, daß ich so ein Häufchen Elend war, bis mir eines Tages seine Fragen aufzufallen begannen. Wiederholte Male wollte er von mir wissen, was Nick bei der Anhörung ausgesagt hatte. »Warum einigst du dich nicht außergerichtlich mit ihm, anstatt das alles über dich ergehen zu lassen?« fragte er. Manchmal nahm er mich in den Arm und versicherte mir, alles würde gut werden, und für eine gewisse Zeit glaubte ich mich wieder in Sicherheit, aber ich wurde das Gefühl nicht los, daß tief unter der Oberfläche alles völlig verquer war.

Eines Samstagabends, wir machten uns gerade fertig, um zu Bett zu gehen, fiel mir ein, daß wir uns seit drei Wochen nicht mehr geliebt hatten. Ich legte ihm die Arme um den Hals und sagte: »Tut mir leid, daß ich soviel anderes um die Ohren gehabt habe.« Er gab mir einen Kuß und wandte sich ab. »Was ist los?« fragte ich und sah ihn aufmerksam an.

Er wich meinem Blick aus, erklärte irgendwas von müde sein und legte sich mit der Fernbedienung in der Hand aufs Bett. Ich schaltete den Fernseher aus und setzte mich ihm gegenüber aufs Bettende. »Wir müssen miteinander reden«, sagte ich. »Ist es wegen der Anzeige? Bist du böse auf mich?« Er lag schweigend da, die Lippen zusammengekniffen, und schien nicht gewillt, meine Frage zu beantworten. »Ich kann es dir nicht verdenken, wenn du sauer bist. Ich weiß, wie beschäftigt und wie unausstehlich ich gewesen bin und wie wenig Zeit ich für dich gehabt habe. Aber du weißt auch, wie sehr ich unter all dem leide.«

Er nickte.

»Bitte! Sprich mit mir!« bettelte ich. »Ich halte dieses Schweigen nicht mehr aus!«

»Ich weiß nicht, ob ich dir zumuten kann, was ich zu sagen habe.«

»Was ist es denn? Gibt es eine andere? Liebst du mich nicht mehr?«

Scheinbar verblüfft schüttelte er den Kopf. »*Du* hast den Nerv, *mich* zu fragen, ob *ich* eine andere habe?«

»Nun, ich habe immer Angst gehabt, daß ...« stotterte ich.

»Ja, ja, die arme kleine Sarah und ihr lateinamerikanischer Gigolo.«

Völlig aus dem Gleichgewicht gebracht durch seinen Sarkasmus wurde ich kampflustig. »Was willst du damit sagen, *ich* hätte den Nerv, *dich* zu fragen? Hast du nun eine andere oder nicht?«

»Nein. Aber *du* hast die ganze Zeit einen anderen gehabt.«

»Der, von dem du redest, ist derjenige, der mein Leben kaputtmachen will. Du weißt genau, was ich meine, wenn ich von *jemand anderem* rede.«

Er sah mich scharf an. »Und? Ist er nicht lange Zeit dieser andere für dich gewesen?«

In meinem Kopf drehte sich alles. Endlich war mir klar, was ihm die ganze Zeit auf der Seele gelegen hatte, und ich konnte es nicht glauben. Meine Stimme wurde ganz brüchig, als ich fragte: »Du *glaubst* doch nicht, was da gegen mich vorgebracht wird?« Und ich hatte nur den einen Wunsch, daß er diese Frage verneinen würde.

Nach endlosen Minuten des Schweigens – die mir Antwort genug waren – sagte er: »Ich weiß es nicht.«

Ich sprang vom Bett, stellte mich vor ihn hin und schrie ihn an: »Wie hast du das von mir glauben können? Denkst du, ich würde das alles über mich ergehen lassen, nur um dich hinters Licht zu führen?« Da stand ich in seinem Schlafzimmer vor einem Schrank voller Sachen von mir und überlegte, wie lange es wohl dauern würde, bis ich meinen Besitz aus seinem Haus geschafft und in mein Auto gestopft hatte.

»Wer in meiner Lage würde sich nicht vor so manche Frage gestellt sehen?« sagte Humberto.

Ich sank zu Boden, und Humberto, der vielleicht glaubte, ich wäre jetzt bereit, alles zuzugeben, trat zu mir hin und berührte meine Schulter. »Faß mich nicht an!« brüllte ich. »Du bist der einzige Mensch, auf den ich glaubte, mich verlassen zu können!« Er schrak zurück, und ich blieb zitternd mitten im Zimmer auf dem Fußboden sitzen, die Arme um die Knie geschlungen.

Dann, immer noch die Fernbedienung in der Hand, sagte Humberto kalt: »Überleg dir doch mal, wieviel Zeit du darauf verwandt hast, über diesen Typen nachzudenken, seine Anrufe entgegenzunehmen und dir Sorgen um ihn zu machen. Hat es dir vielleicht gefallen, daß er in dich verknallt war? Vielleicht hast du ihn sogar noch ermuntert? Vielleicht hast du dich ihm auch hingegeben, und wenn's nur für eine Nacht gewesen ist?«

Ich stand auf und sah ihm ins Gesicht. »Du kannst dir keinen anderen Grund vorstellen, warum ich das gemacht habe? Nur, weil ich Sex mit ihm haben wollte?« Ich fing an, nach meinen Schuhen zu suchen. Humberto stand nur da und sagte kein Wort.

Ich fand meine Schuhe und zog den einen an, ließ den anderen dann fallen und wandte mich Humberto zu. »Du betrachtest meine Arbeit als Konkurrenz zu dir, und damit kommst du nicht klar, stimmt's? Kapierst du nicht, daß das schon immer unser Problem gewesen ist? Du sagst, wie klug ich bin und daß du meine Arbeit bewunderst, aber in Wirklichkeit haßt du sie. Was du wirklich willst, ist eine unterwürfige kleine Frau, deren Leben sich einzig und allein um dich dreht. Das ist der wahre Grund, aus dem du Marisombra nicht geheiratet hast, nicht wahr? Sie hat auch ihren Scheißarztberuf, und ihre Patienten waren ihr wichtiger als du.«

Sein Gesicht war dunkelrot angelaufen, und ich dachte schon, er wollte mich schlagen. Statt dessen drehte er sich um und schleuderte die Fernbedienung gegen die Wand, wo sie zersplitterte. Ich trat die paar Schritte zu ihm hin und schlug ihn, so stark ich nur konnte, auf den Arm. »Wie kannst du es wagen, zu glauben, ich hätte Sex mit einem Patienten! Wie kannst du es wagen!« schrie ich.

Er packte meine beiden Handgelenke und hielt sie so fest umklammert, daß sie zu brennen begannen. »Jeder in meiner Lage hätte das geglaubt«, zischte er. »Jeder, außer einem Idioten oder einem Schoßhund. Du willst einen Schoßhund? Geh doch zurück zu deinem Freund Morry.« Mit diesen Worten ließ er mich los, drehte sich um und ging aus dem Zimmer. Ich warf mich auf das Bett und weinte. Als ich mich endlich beruhigt hatte und auf die Uhr sah, war es zwei Uhr früh. Das Haus lag in völliger Stille da, aber nun war aus diesem Zufluchtsort feindliches Gebiet geworden.

Ich war zu aufgebracht, um im Humbertos Bett schlafen zu können. Wie benommen zog ich den einen Schuh aus, schleppte ein Kissen und eine Bettdecke ins Bad und richtete mir in der Wanne eine Schlafstelle her. Dann schloß ich die Tür ab, knipste das Licht aus und kletterte in die Badewanne, wo ich mich wie ein kleines Kind zusammenrollte und bis zum ersten Tageslicht zu schlafen versuchte.

Ich hatte Angst davor, Humberto wiederzusehen, und wünschte mir, ich könnte meine Sachen zusammenpacken und verschwinden, ohne daß er mich bemerkte. Und so kam es dann auch. Er war nicht weniger darauf bedacht, mir aus dem Wege zu gehen. Im ersten Morgenlicht hörte ich, wie unten Türen geöffnet und wieder geschlossen wurden und dann das Geräusch seines davonfahrenden Wagens. Erleichtert ging ich nach unten und fand Frank dösend in der Küche vor.

»Er braucht nie wieder aus dem Haus zu gehen, um vor mir davonzulaufen«, sagte ich zu Frank. Im Gästebadezimmer besah ich mich im Spiegel. Meine Augen waren geschwollen und mein Gesicht voller roter Flecken. Weniger als eine Stunde später hatte ich meine Sachen zusammengerafft und sie im Auto verstaut. Ich weinte, als ich Esperanzas Nakken kraulte und mich von ihr verabschiedete. »Wiiderrsehn! Wiiderrsehn!« wiederholte sie und ahmte dabei noch das Geräusch meiner schniefenden Stimme nach. Langsam lenkte ich den Wagen aus der Einfahrt und warf einen letzten Blick auf das Haus. Was mich betraf, war es vorbei mit uns.

47

Obwohl Humberto und ich uns so auseinandergelebt hatten, war es mir bei dem Bruch mit ihm doch, als wäre ein fertiggelegtes Puzzle zu Boden gefallen. Ich konnte mir keine Termine mehr merken und mußte alles in meinen Kalender eintragen. Einen Nachmittag verbrachte ich in Panik, weil ich den Terminkalender verloren hatte, bis dann ein Restaurant anrief, um mir mitzuteilen, daß ich ihn dort hatte liegenlassen.

Mein Haus klang hohl, wenn ich über die Holzdielen ging. Was mir früher gut gefallen hatte, weil es nicht so zugestellt wirkte, kam mir jetzt regelrecht kahl vor, und mir wollte und wollte einfach nicht warm werden, so sehr ich die Heizung auch hochdrehte und wieviele Schichten Kleidung ich auch übereinanderzog. An den Abenden machte ich das Licht aus und zündete statt dessen ein Dutzend Kerzen im Badezimmer an, bevor ich mich in die Wanne gleiten ließ, um mich zu entspannen. Während ich zusah, wie die kleinen Flammen tanzten, versuchte ich, einen klaren Kopf zu bekommen. Du kommst da durch, sagte ich mir.

Zwei Wochen später, als ich gerade glaubte, ich würde nach und nach wieder aus meinem Zombiezustand erwachen, bekam ich einen warnenden Anruf von Underbruck. Leona Atwater hatte eine Pressekonferenz einberufen, um die gegen mich eingereichte Klage öffentlich bekanntzugeben. An diesem Abend sah ich ihr zu, wie sie in den Lokalnachrichten vor einer mit Büchern vollgestellten Regalwand vom Leder zog. Sie war tadellos frisiert und sprach mit geschmeidiger Stimme davon, wieviel Fälle von sexuellem Mißbrauch es in der Psychothrapie heutzutage gebe und daß »wir uns keine Vorstellung von der wahren Zahl der Opfer in diesem Land« machten. »Es könnte sich ein größeres Problem anbahnen als das des Kindesmißbrauchs.« Sie schloß, indem sie betonte, wie wichtig es wäre, daß die Opfer an die Öffentlichkeit gingen, »damit diesem Mißbrauch ein Riegel vorgeschoben« werden könnte.

An diesem Abend wollte mein Telefon nicht aufhören zu läuten, bis ich es abschaltete. Anstatt mich danach zitternd in die Badewanne zu verkriechen, begann ich sauberzumachen wie eine Wahnsinnige. Im Schein meiner Verandaleuchte wusch ich mein Auto und lederte es ab, wischte den Staub vom Armaturenbrett, behandelte die Polster und die Bodenmatten mit Shampoo und nahm sogar Lederpolitur zur Hilfe. Im Haus trennte ich meine Blusen in Warm- und Kaltwäsche, warf die eine Hälfte in die Maschine und die andere in den Kofferraum, um sie zur Reinigung zu bringen. Um zwei Uhr morgens war ich am Blusenbügeln, obwohl sie eigentlich noch feucht waren.

Am Tag darauf sagten drei neue Patienten gleich ihre ersten Termine ab, und eine Woche später wußte auch der letzte meiner alten Patienten von den Anschuldigungen gegen mich und redete von nichts anderem. Zu diesem Zeitpunkt hatte ich bereits die Garage ausgemistet, Frank gebadet, den Leuchter im Wohnzimmer mit einer Essiglösung abgeputzt, die Rosen beschnitten, den Teppich mit Schaum behandelt und meine Badezimmerfliesen geschrubbt.

Humberto hinterließ mir während der Arbeitszeit, wenn er wußte, daß ich nicht zu Hause sein würde, eine Nachricht auf meinem privaten Anrufbeantworter: »Es tut mir leid, daß dein Name so durch den Schmutz gezogen wird. Ich wollte dir nur sagen, daß ich an dich denke.« Es machte mich wütend, seine Stimme zu hören.

Ich rief meine Eltern an, damit sie die ganze Geschichte von mir erfuhren und nicht von einem neugierigen Reporter. Natürlich sagte meine Mutter: »Du kannst jederzeit nach Hause kommen.«

»Ja, danke, aber ich denke nicht im Traum daran, davonzulaufen.«

»Und was sagt Humberto zu all dem?«

»Äh – wir haben uns getrennt, Mom. Ich weiß, daß du darüber reden möchtest, aber ich kann das jetzt einfach nicht. Okay?«

»Selbstverständlich, Liebes. Du sagst es mir, wenn du soweit bist.« Es geschahen noch Zeichen und Wunder.

Sogar mein Vater gab mir ein wenig Auftrieb. »Scheint, daß sie dir an den Kragen wollen, Mädchen. Aber beiß die Zähne zusammen und zeig ihnen, daß du dich nicht unterkriegen läßt.«

Es überraschte mich nicht weiter, daß Luness die erste meiner Langzeitpatientinnen war, die mir den Laufpaß gab. In der Woche nach der Pressekonferenz im Fernsehen kam sie in meine Praxis und sagte: »Sie haben mir sehr geholfen, Dr. Rinsley. Aber ich kann in Zukunft nicht mehr kommen. Ich würde mich die ganze Zeit fragen, ob Sie mit Nick geschlafen haben. Schließlich war ich in ihn verliebt, und Sie vielleicht auch. Wie ich das sehe, haben Sie meine Chancen bei ihm kaputtgemacht, weil Sie ihn für sich wollten.«

Das ärgerte mich maßlos, aber was für einen Sinn sollte es haben, ihr meine Unschuld zu beteuern? Sie würde sowieso glauben, was sie für richtig hielt. Den Rest der Sitzung brachte ich damit zu, ihr die Fortschritte, die sie während unserer gemeinsamen Arbeit gemacht hatte, auseinanderzusetzen. Ich nannte ihr die Namen diverser anderer Therapeuten, sie bedankte sich bei mir und ging. Ich fühlte mich unfair behandelt, so einfach fallengelassen zu werden, und es versetzte mir auch einen tiefen Stich, in ihren Augen bereits als schuldig zu gelten. Und das verstärkte noch, was ich ohnehin schon Humberto gegenüber empfand. Nachdem Luness fort war, ging ich ins Wartezimmer und zupfte einen Palmwedel in kleine Stücke.

Was von meinem Privatleben noch übriggeblieben war, wurde in der Woche darauf von einer Serie in der *Los Angeles Times* über das »Liebe auf der Couch-Syndrom« endgültig zunichte gemacht, in der auch die gegen mich erhobenen Vorwürfe haarklein abgehandelt wurden. Ein altes Foto von mir aus einer Tagungsbroschüre vervollständigte die Artikel. Mir blieb nur eine Alternative: mich entweder in der Luft zerreissen zu lassen oder zu kämpfen. Aus uralter Loyalität zu meinem Vater kämpfte ich.

Als die ersten Journalisten in meiner Praxis auftauchten, erwirkte ich eine Gerichtsverfügung, die ihnen das Betreten des Gebäudes untersagte, weil ihre Gegenwart einen Eingriff in die Privatsphäre meiner Patienten darstellte. Als sie dann anfingen, meine Haustür zu belagern, brachte ich Frank in die Tierpension und zog zu Val, bis sie sich verzogen hatten. Ich zwang mich, im Umgang mit meinen übrigen Patienten normal zu funktionieren – ein offenes Ohr für ihre Bedürfnisse zu haben, mir in Ruhe anzuhören, was sie zu erzählen hatten. Ich zwang mich auch, Erdnußbutter und Eiscreme zu essen, damit ich etwas auf die Rippen bekam. Und ich machte mir sogar Gedanken, ob aus meiner Publizität nicht gar noch Kapital zu schlagen wäre. Es war angenehm, die Nächte bei Val und Gordon verbringen zu können, aber es verstärkte auch mein Gefühl des Alleingelassenseins. Ich haßte Humberto. Wie konnte er mich in solch einer Krise sitzenlassen? Solch ein Verräter sein, so wenig Vertrauen in mich haben? Sobald es möglich war, kehrte ich in mein eigenes Haus zurück.

Das Magazin *People* setzte sich mit mir in Verbindung und bot mir an, meine Sicht der Dinge zu drucken; auch von lokalen und überregionalen Fernsehsendern kamen Angebote. Militante Gegner der therapeutischen Psychologie hielten eine Mahnwache vor dem Gebäude ab, in dem sich meine Praxis befand, und ich bestellte meine Patienten für die Abendstunden in Vals Praxis, was es für keinen von uns leichter machte.

Durch Artikel über sexuelle Beziehungen zwischen Patienten und Therapeuten in *Newsweek* und *Time* drang die Kunde von meinem Dilemma auch nach Bandon, und obwohl mir meine Eltern erst sehr viel später davon erzählten, sprachen auch ihre Kunden und ihre Freunde darüber. Meine Eltern, die Anrufbeantworter stets gehaßt hatten, sahen sich schließlich gezwungen, sich einen anzuschaffen, denn auch sie wurden von den Journalisten nicht mehr in Ruhe gelassen.

Mein Vater schickte mir einen Artikel aus dem *Bandon Herald*, der entstanden war, nachdem die Zeitung in ihrem Haus ein Interview mit ihnen gemacht hatte. »Es ist ein Unding, daß eine einzige falsche Anschuldigung eine glänzende Karriere zertören kann«, wurde mein Vater zitiert. Ich mußte weinen, als ich das las. Er hatte mir nie gesagt, daß er so stolz auf meine Arbeit war.

Die Notwendigkeit, mich gegen die fortwährenden Angriffe zur Wehr zu setzen, hielt mich auf den Füßen. Wäre ich gezwungen gewesen, mich ganz für mich selber und in aller Stille mit meinen Problemen auseinanderzusetzen, wäre ich wahrscheinlich zusammengebrochen.

Wie ich schon erwartet hatte, rief mich eines Tages der Programmdirektor meines Rundfunksenders an: »Tut mir leid, Sarah. Du weißt, wie sehr wir dich alle schätzen, aber wir können es uns nicht leisten, da mit hineingezogen zu werden. Wir müssen einen Ersatz für dich besorgen.«

»Ich verstehe«, sagte ich kühl.

»Alles Gute, Babe. Ruf mich an, wenn es ausgestanden ist, und dann sehen wir, was wir für dich tun können.«

Keiner meiner anderen Patienten reagierte so heftig wie Luness. Ich versuchte, jeden einzelnen von ihnen dazu zu bewegen, ihre Gedanken und ihre Gefühle in Zusammenhang mit den gegen mich erhobenen Anschuldigungen zum Ausdruck zu bringen, aber selbst, als dieses Thema erschöpft war und wir uns alltäglicheren Dingen zugewandt hatten, stand die Angelegenheit noch wie ein Elefant im Raum, den wir zu ignorieren versuchten. Die stärkste Unterstützung erhielt ich von William. »Ich weiß, daß die Vorwürfe gegen Sie ungerechtfertigt sind, und es ist eine verdammte Schande, daß Sie sich all dem aussetzen müssen«, betonte er. Ich war so tief berührt von seinem Vertrauen in mich, daß ich in Tränen ausbrach.

»Immer ruhig, immer ruhig«, sagte er, brachte mir einen Karton Kleenex und klopfte mir auf die Schulter. Bei ihm hatte ich das Gefühl, mich ein wenig darüber aussprechen zu können, in was für einem Chaos mein Leben steckte. »Ich berechne Ihnen diese Stunde nicht«, sagte ich, als er ging.

»Aber das müssen Sie«, sagte er und zückte sein Scheckheft. »Es schmerzt mich, ansehen zu müssen, wie sehr Sie das alles mitnimmt, aber auf eine sonderbare Weise ist es gut für mich.«

»Und wieso?«

»Weil es mich daran gemahnt, daß niemand gegen Rückschläge gefeit ist, und daß es um mein eigenes Leben gar nicht so schlimm steht.«

Ich lächelte. »Schön, daß mein Elend wenigstens einem etwas Gutes gebracht hat.«

48

Eines Morgens rief mich Underbruck noch vor acht zu Hause an. »Wichtige Neuigkeiten. Wir haben Candy Arnholt aufgetrieben. Sie heißt jetzt Candy Lanehurst. Ist in Pasadena mit einem Geschäftsmann verheiratet.«

»Haben Sie schon Kontakt zu ihr aufgenommen?«

»Ja, und sie will nichts mit uns zu tun haben.«

»Was haben Sie ihr denn gesagt?«

»Ich sagte ihr, daß wir gerne zu ihr kämen, um sie zu befragen. Daß wir sie gerichtlich vorladen würden, wenn Sie uns nicht wenigstens eine Stunde ihrer Zeit erübrigen wollte. Jetzt haben wir einen Termin am Donnerstagnachmittag.«

»Gute Arbeit, Cliff! Vielleicht bringt uns das ein Stückchen weiter.«

»Machen Sie sich nicht zuviel Hoffnung. Es ist nicht mehr als nur ein Versuch.« Aber ich konnte mir nicht helfen, ich war ganz aus dem Häuschen. Aus irgendeinem Grund war ich überzeugt, daß Candy ein wenig Licht in das Dunkel bringen würde.

Sie wohnte in einem großen viktorianischen Haus im historischen Teil von Pasadena. Azaleenhecken voller weißer Blüten säumten den Plattenweg zur Eingangstür. Als Underbruck den Klingelknopf drückte, platzte ich beinahe vor Neugier.

Candy war mittelgroß, hatte eine üppige Figur und schmale, feingliedrige Gelenke. Sie trug einen übergroßen roten Pullover mit V-Ausschnitt, dunkelgraue Leggings, und Riemchensandalen. Die Fingernägel hatte sie in der Farbe ihres Pullovers lackiert. Eine Mähne welligen schwarzen Haares, das ihr locker auf die Schultern fiel, umrahmte ihr Gesicht. Sie begrüßte uns und führte uns in ihr Wohnzimmer, wo wir in blumengemusterten Sesseln Platz nahmen. Ich betrachtete sie eingehend und stellte mir vor, wie schön sie mit achtzehn gewesen war und wie unerträglich es gewesen sein mußte, von einer Mutter wie ihr verlassen zu werden. »Was kann ich für Sie tun?« wollte sie wissen. Aus großen grünen Augen sah sie uns kalt an.

Underbruck setzte sie über die Anklage gegen mich ins Bild, erklärte, daß Nick falsche Anschuldigungen erhob und fragte sie, ob sie bereit wäre, eine Aussage in bezug auf Nicks Kindheit zu machen.

»Ich bin überzeugt, daß er Ihnen schon alles über seine Kindheit erzählt hat«, sagte sie. »Also weiß ich nicht, wozu Sie mich da noch brauchen.«

»Aber Ihre Version könnte sich von der seinen unterscheiden«, konterte Underbruck. »Wenn Sie uns daher jetzt ein paar Fragen beantworten würden, könnten wir uns ein besseres Bild davon machen, ob eine Aussage von Ihnen gewisse Unklarheiten aus dem Wege räumen würde.«

Sie machte eine wegwerfende Geste mit den Händen. »Ich möchte unter gar keinen Umständen etwas mit dieser Sache zu tun haben. All das aus meiner Vergangenheit wieder aufzuwühlen, was ich mich so lange zu vergessen bemühe, ist das letzte, was ich mir wünsche.«

»Aber es geschieht hier ein schweres Unrecht«, sagte Underbruck schroff. »Vielleicht könnten Sie ein bißchen Fairneß walten lassen.«

»Fairneß! Halten Sie es für fair, hier hereinzuplatzen? Von einer Mutter zu verlangen, gegen ihren Sohn auszusagen? Welchen Grund sollte ich überhaupt haben, Ihnen zu helfen? Warum sollte ich meinem Sohn bei seinem Prozeß in den Rücken fallen?«

»Haben Sie mit Nick darüber gesprochen?«

Sie schüttelte den Kopf.

»Sprechen Sie überhaupt je mit Nick?«

»Das geht Sie gar nichts an.«

»Was wäre denn so schlimm daran, wenn Sie mir helfen würden?« entfuhr es mir. »Nick lügt! Und ich weiß zufällig, daß Sie sowieso nichts mehr miteinander zu tun haben.«

Schmerz huschte über ihre Züge, war aber sofort wieder verschwunden. »Woher soll ich wissen, daß er lügt? Ebensogut könnten Sie die Unwahrheit sagen. Aber wie auch immer. Mein Mann sagt, daß Sie mich nicht zwingen können, auch nur ein Wort zu sagen, auch wenn Sie mich gerichtlich vorladen lassen. Und Sie haben recht, ich will nichts mit Nick zu tun haben, also warum soll ich mich ins Rampenlicht stellen lassen? Ich muß auch an den geschäftlichen Ruf meines Mannes denken.«

Ich fühlte mich so hilflos. Es war, als wollte ich meiner eigenen Mutter etwas klarmachen. »Bitte, Mrs. Lanehurst. Wenn Sie uns helfen würden, käme vielleicht die Wahrheit heraus. Können wir Ihnen nicht wenigstens ein paar Fragen über Nick stellen?«

Sie stand abrupt auf. »Ich schulde Ihnen keine Erklärung. Lassen Sie mich mit Nicks Leben in Frieden. Er hat mich aus seinem Leben ausgeschlossen, und wenn er es so haben will, dann bitte!«

Sie ging mit großen Schritten zur Tür. Widerwillig erhoben auch wir uns. Es war wohl zwecklos, zu versuchen, das Gespräch fortzusetzen. Underbruck gab Candy seine Karte. »Falls Sie es sich anders überlegen sollten, rufen Sie mich bitte an.«

Ihr roter Nagellack blitzte auf, als sie die Karte nahm und sie rasch überflog. »Ich hoffe, nie wieder von Ihnen zu hören«, sagte sie und machte die Tür auf. Uns blieb nichts anderes übrig als zu gehen. Ich war bitter enttäuscht.

»Vergessen Sie sie«, sagte Underbruck auf der Rückfahrt. »Es hätte höchstwahrscheinlich sowieso nichts gebracht.«

Ich aber konnte sie nicht vergessen, und ich habe noch lange nach diesem Tag an sie gedacht und mich gefragt, was sie uns alles hätte erzählen können, wenn sie nur gewollt hätte.

49

Leona Atwater hatte eine Beschwerde gegen mich bei der Ärztekammer eingereicht, wodurch sie eine vom eigentlichen Gerichtsverfahren abgetrennte Untersuchung auslöste, für die ich mir wiederum einen Anwalt nehmen mußte, dessen Honorarkosten jedoch nicht durch meine Berufshaftpflichtversicherung abgedeckt sein würden. Langsam begannen sich bei mir die unbezahlten Rechnungen anzuhäufen. Und das machte mir mehr als alles andere schwer zu schaffen. Ich liebte mein Haus so sehr, und der Gedanke, es verkaufen zu müssen, bereitete mir schlaflose Nächte. Ich erinnerte mich noch zu gut, wie mein Vater immer um Aufschub der Miete gebettelt hatte, und an die Angst meiner Mutter, aus unseren vier Wänden hinausgeworfen zu werden.

Ich rief den Oberarzt der psychologischen Abteilung im Krankenhaus an und fragte ihn, ob es möglich wäre, meine Dienststunden zu erhöhen, aber er erklärte mir, daß sie dort im Augenblick einen von der Regierung verordneten Ausgabenstop hätten. Ich fragte Kevin Utley, ob er mich an seiner Klinik unterbringen könnte, und er versprach zu schauen, was machbar war. Mein Autotelefon, meine Mitgliedsgebühr fürs Sportcenter, meine Putzfrau bis hin zu meinen Restaurantrechnungen – alles begann, immer rascher meine letzten Reserven aufzuzehren, und ich entschloß mich, auf all diese Annehmlichkeiten vorerst zu verzichten.

Ich sprach mit meinem Sachbearbeiter bei der Bank über einen Kredit, aber er sah sich gezwungen, mir eine Absage zu erteilen, weil ich für die nächste Zukunft kein geregeltes Einkommen würde nachweisen können. Ich haßte den Gedanken, meine Freunde um Geld zu bitten, weil ich ja keine Ahnung hatte, wann ich es ihnen würde zurückzahlen können, und ich wollte ihre Freundschaft nicht ausnützen. Meine Eltern schickten mir 15000 Dollar, alles, was sie erübrigen konnten, wofür ich ihnen ewig dankbar sein werde. Ich nehme auch an, daß meine Mutter sich heimlich mit Silky in Verbindung gesetzt hat, denn auch von ihm bekam ich einen Scheck über 2000 Dollar nebst einer Einladung, ihn jederzeit zu besuchen. Als ich mit den Fingern über seine Absenderanschrift auf dem Umschlag fuhr, überkam mich eine schmerzliche Erinnerung an frühere, glücklichere Tage.

Aber diese Geldgeschenke hielten nicht lange vor. Meine Hypothek auf das Haus alleine betrug 2800 Dollar im Monat. Mehr als einmal dachte ich daran, wie hilfreich Humbertos Geld mir jetzt wäre, aber ich war zu stolz und zu verbittert, um ihn anzurufen. Schließlich beugte ich mich dem Unabwendbaren und wandte mich an einen Makler. Mein Haus zu verkaufen war meine einzige Überlebensmöglichkeit. Mach dich nicht verrückt, sagte ich mir. Es ist nur ein toter Gegenstand. Wenn diese Geschichte ausgestanden ist, kannst du dir ein anderes kaufen. Aber ich hatte das Gefühl, mir einen Arm oder ein Bein amputieren zu lassen, um damit mein Leben zu retten.

Sobald mein Haus erst einmal zum Verkauf stand, nahm ich eine zweite, kleinere Hypothek auf, um damit meine Kreditkartenrechnungen zu bezahlen und einen Grundstock für die Gerichts- und Anwaltskosten zu legen. Nachdem sich der Medienrummel ein wenig gelegt hatte, waren mir noch sechs Patienten verblieben, was für den Unterhalt meiner Praxis und meines Wagens ausreichte. Meine Beratertätigkeit an der Klinik und meine Studentengruppe an der Universität blieben mir vorerst auch noch erhalten.

Unerwartete Hilfe von Freunden überwältigte mich und rief eine tiefempfundene Dankbarkeit hervor. Von Val bekam ich 10000 Dollar. Geschenkt, nicht geliehen. Sie nannte es eine kleine Anzahlung für die Tausenden von »Therapiestunden« bei mir, und obwohl ich erklärte, von ihr nicht minder viel gelernt zu haben, nahm ich das Geschenk doch an. »Ich weiß, daß du keine Sekunde zögern würdest, dasselbe für mich zu tun, wenn ich in eine solche Lage käme«, sagte sie.

Linda borgte mir 3000 Dollar und sagte, ich könne mir mit der Rückzahlung von ihr aus bis zu zehn Jahre Zeit lassen, obwohl sie überzeugt sei, daß ich meinen Fall gewinnen und schon bald wieder finanziell gesund dastehen würde. Dreitausend Dollar waren eine gewaltige Summe für sie.

Selbst Pallen rief mich an, um mir seine Hilfe anzubieten, nachdem er in den Medien von mir gehört hatte. Ich wollte nichts von ihm annehmen, aber ich war doch gerührt von seiner Großzügigkeit und fragte mich, ob es nicht ein Fehler gewesen war, ihn damals so kurzentschlossen fallenzulassen.

Auch Humberto bot mir in einem Brief seine Unterstützung an. Ich sandte ihm ein Dankschreiben, in dem ich sein Angebot höflich ablehnte. Ich fühlte mich so sehr von ihm verletzt, daß ich den Gedanken nicht ertragen konnte, Hilfe von ihm anzunehmen, aber ich dachte mit Bitterkeit daran, wie oft er sich von mir gewünscht hatte, näher in mein Leben mit einbezogen zu werden, und wie ich ihn dann von mir gestoßen hatte. Solche Gedanken ließen mir keine Ruhe, denn obwohl ich einsah, was ich verkehrt gemacht hatte, vermochte ich nicht zu begreifen, was mich dazu getrieben haben konnte.

William blieb mein treuester Patient. Nur zu gerne nahm ich zur Kenntnis, daß sich seine Freundschaft mit Ruth zu einer ausgewachsenen Liebesbeziehung entwickelt hatte. »Wenn wir nicht Sex miteinander haben können, wie es alle Leute tun, machen wir halt andere Sachen, und das funktioniert recht gut«, sagte er einmal. »Ich muß mich bei Ihnen bedanken. Ohne Sie wäre ich nie dazu fähig gewesen. Aber ich bin immer noch ganz der Alte«, beeilte er sich hinzuzufügen. »Ich bin immer noch überzeugt davon, daß entweder sie oder ich nächste Woche sterben werden. Elizabeths gemeine Telefonanrufe setzen mir außerdem auch noch zu. Aber so schlimm wie früher steht es nicht mehr um mich. Haben Sie auch den Unterschied bemerkt?«

»O doch. Sie sind bereit, das Wagnis einzugehen, sich das Leben wieder schön zu machen.«

»Wieso stellt es ein Wagnis dar, sich das Leben schön zu machen?

»Nach dem Glück zu langen, erfordert auch die Bereitschaft, damit leben zu können, wenn es einen wieder verläßt.«

Er nickte. »Das haben Sie mir schon immer gesagt, aber es hat erst einen Herzanfall gebraucht, bis ich es begriffen hatte.«

»Manche Menschen begreifen es nie«, sagte ich und empfand dabei den Verlust meines eigenen Glücks als besonders schmerzlich.

Der Zufall wollte es, daß unser Fall zur beschleunigten Verhandlung vorgezogen wurde. Underbruck sagte, sowie die Beweisaufnahme abgeschlossen wäre, käme die Sache vor den Richter. Ich weiß nicht, wie ich es hätte überstehen sollen, wenn es sich bis zum Verhandlungsbeginn jahrelang hingeschleppt hätte.

50

Mein Haus war binnen vier Monaten verkauft. Am Tag der Unterzeichnung der Übertragungsurkunde trat ich aus der Bank und wanderte ziellos den San Vincente Boulevard entlang. Ein kräftiger Wind kam von Santa Ana herüber, der Sandwirbel um meine Füße blies und mein Kleid einstaubte. Ich hatte kein Heim mehr, keinen Liebhaber. Während um mich herum alles zusah, vor dem Wind Schutz zu finden, ließ ich mir das Haar ins Gesicht wehen. Stundenlang ließ ich mich durch die angrenzenden Wohnstraßen mit ihren behaglichen Häusern treiben.

Als ich endlich müde genug war, um an die Rückfahrt zu denken, konnte ich mich nicht daran erinnern, wo ich meinen Wagen geparkt hatte. Ich versuchte, meinen Weg zurückzuverfolgen, aber nichts kam mir bekannt vor. Verwirrt ließ ich mich unter einem Baum nieder und zog mir einen Schuh aus. Behutsam rieb ich eine aufgescheuerte Stelle an meiner rechten Ferse, während ich mich zu orientieren versuchte. Ich wußte, welche Richtung ich einschlagen mußte, um zum San Vincente zurückzukommen, aber es dauerte noch ein paar Minuten, bis mir wieder einfiel, daß ich meinen Wagen bei der Bank abgestellt hatte. Also machte ich mich humpelnd auf den Weg. Dann fuhr ich nach Pacific Palisades, bog in die Straße ein, in der Humberto wohnte, und fuhr eilig an seinem Haus vorbei, um zu schauen, ob er daheim war. Es war Montag, der Tag, an dem er sich selten in seinem Restaurant blicken ließ, und von der dunklen Straße aus konnte ich ihn deutlich hinter dem Fenster seiner hellerleuchteten Küche ausmachen. Ich wendete und hielt den Wagen ein Haus vor seinem an, um festzustellen, was er machte.

Er kochte. Das konnte ich an seinen schnellen Bewegungen zwischen Spüle und Herd erkennen. War noch jemand bei ihm? Hatte ich ihn für immer verloren? Ich war so wutend auf ihn gewesen, daß es mir monatelang gelungen war, ihn aus meinen Gedanken zu verbannen, und die paar zögernd vorfühlenden Grüße, die er mir geschickt hatte, waren alle im Müll gelandet. Aber jetzt sehnte ich mich nach seinem Lächeln und danach, seine Arme um mich zu spüren. Wie ich da auf Beobachtungsposten in meinem geparkten Wagen saß, kam ich mir wie Nick vor. Ich klappte auf meinem Sitz zusammen und weinte. Um neun fuhr ich schließlich nach Hause; ich war deprimiert und mir war kalt.

Ich wollte aufhören, mich selber zu bemitleiden. Wenigstens besaß ich noch Freunde, hatte noch meine Eltern. Bald würde ich das Geld für das Haus bekommen; ich war gesund. Das sagte ich mir immer wieder, und es half sogar ein wenig.

Valerie half mir, in den Apartmenthäusern von West L. A. eine nicht allzu triste Wohnung für mich zu suchen. Schließlich mietete ich eine kleine Zweizimmerwohnung im ersten Stock eines Hauses an der Barry Avenue. Vom Balkon des Wohnzimmers aus sah ich auf ein anderes Apartmenthaus, aber vom Schlafzimmer hatte ich einen Blick auf einen kleinen Garten mit einem schönen Ahornbaum. Die Wohnung roch nach Insektenvertilgungsmittel, aber abgesehen davon wirkte sie sauber, alles schien in Ordnung, und die Miete stimmte auch.

Weil ich mir kein Umzugsunternehmen leisten konnte und meine Freunde alle viel zu tun hatten, nahm ich zögernd das Angebot meiner Mutter an, nach L. A. zu kommen und mir beim Umzug zu helfen. Das fiel mir nicht leicht, denn irgendwie hatte ich das Gefühl, daß bei ihr eine gewisse Befriedigung über meinen Niedergang mitschwang – ein Beweis dafür, daß ich mich nie richtig von ihr hatte lösen können, immer auf sie angewiesen geblieben war. Ihre Gegenwart erzeugte in mir das Gefühl, als würde jemand mit Kreide über eine Schiefertafel kratzen.

Ich kann mich nicht erinnern, meine Mutter je traurig gesehen zu haben, als ich noch klein war. Ich erinnere mich an das trillernde Geräusch ihres Lachens, fröhlich wie eine Nachtigall, und die aufgekratzte Art und Weise, in der sie meinen Vater anzukündigen pflegte: »Daddy ist wieder da!« Das war die Zeit, in der sie richtig aus sich herausging – sie entwarf Kleider, füllte die Regale mit neuen Sachen, machte grüne Bohnen und Mais und Lachs und Marmelade ein. Erst später, als ich schon ein wenig älter war, begann das Kommen und Gehen meines Vaters immer unregelmäßiger zu werden, und genau zu dieser Zeit wurde meine Großmutter krank, so daß all die Energie aus den Zügen meiner Mutter verschwand und nur ein abgespannter und mutloser Ausdruck auf ihrem Gesicht zurückblieb.

Mich zu haben, war die größte Freude im Leben meiner Mutter. Selbst die geringsten Dinge, die mit mir zu tun hatten, stellten für sie unschätzbare Werte dar – meine kleinen Kinderschühchen mit den völlig abgelaufenen Sohlen, das Haarband, das ich achtlos unter den Küchentisch geworfen hatte. Irgendwann später vertraute sie mir an, das Gefühl, ein Kind zu haben, das zu einem aufschaute, sei, wie eine Zeitlang im Paradies zu leben. »So wundervoll es auch ist«, sagte sie, »man weiß doch, daß die Schlange schon im Garten wartet, denn irgendwann wird dein Kind lernen, sich sein eigenes Urteil zu bilden, und dann wird es über dich zu Gericht sitzen.« Das hatte sie mit einer düsteren Bitterkeit gesagt.

Mit dem Koffer in der Hand schob sie sich schwerfällig durch meine Tür und füllte mit ihrer wuchtigen Gestalt den ganzen Flur aus. Frank fing sofort an zu bellen, aber nachdem sie sich hingehockt und seine Ohren gekrault hatte, akzeptierte er sie, und mir gefiel es, daß es ihr nichts ausmachte, Hundehaare auf ihren Regenmantel zu bekommen.

Ich bestand darauf, daß sie in der ersten Nacht in meinem Bett schlief, und benutzte selber das Klappsofa im Gästezimmer. Mich im verkehrten Zimmer zu sehen, brachte Frank völlig durcheinander, und er konnte zu keiner Entscheidung kommen, wo er schlafen sollte. Die ganze Nacht wanderte er von dem einen Zimmer ins andere und weckte uns dauernd auf. Am Morgen war es dann mit dem Asthma meiner Mutter schlimmer geworden, und wir entschieden, daß Frank bei geschlossener Tür im kleinen Zimmer übernachten sollte.

Als ich an diesem ersten Abend aus der Praxis nach Hause kam, begrüßte mich Bratenduft. Mir war weder danach, etwas zu essen, noch mich zu unterhalten, aber ich war gefangen in der Gegenwart meiner Mutter und in meinem Wunsch, sie bei mir zu wissen. Ich setzte mich auf den Küchentresen und sah ihr zu, wie sie den Salat wusch.

»Hast du was von Humberto gehört?« fragte sie ganz beiläufig.

»Er hat mir ein paar Nachrichten auf dem Anrufbeantworter hinterlassen.«

»Vielleicht kannst du noch alles ins Reine bringen.«

»Glaube ich kaum. Wir haben einander ziemlich weh getan. Außerdem kann ich sowieso nicht begreifen, wieso du so darauf erpicht bist, daß ich heirate. Überall, wo du hinguckst, gehen Ehen in die Brüche. Und in deiner eigenen Ehe ist es ja auch nicht so toll gelaufen.«

Sie rupfte kleine Salatblättchen in meine Holzschüssel. »Dein Vater ist mein Fels in der Brandung.«

Es klang sonderbar, daß sie meinen Vater so beschrieb. »Ich hatte immer das Gefühl, der Tag wäre nicht mehr allzu fern, an dem er dich verläßt.«

Sie schüttelte den Kopf. »Er würde mich nie verlassen. Er braucht mich so sehr, wie ich ihn brauche.«

»Und warum hast du dich dann mit dem ganzen Mist abgefunden?«

»Ich habe akzeptiert, daß ich nicht alles für ihn sein konnte. So einfach ist das. Es ist etwas, was du nicht begreifen kannst. Deswegen suchst du und suchst und findest nicht. Du mußt einen Mann einfach nur genug und auch lange genug lieben, um ihm vergeben zu können, wer er ist.«

»Wieso sollte ich einem Mann vergeben müssen, wer er ist?«

»Aus dem gleichen Grund, aus dem er dir vergeben muß, wer *du* bist – weil wir alle nicht ohne Fehler sind. Und wenn wir einander erst einmal vergeben haben, können wir auch Partner sein, und das, Liebstes, ist das größte Geschenk, das Gott uns machen kann.« Mir wurde plötzlich ganz traurig zumute, und ich wandte mich ab.

Zu meiner Bestürzung servierte meine Mutter das Essen auf dem Porzellangeschirr, aber der Schmorbraten war gut, und zum erstenmal seit Monaten konnte ich auch tatsächlich *schmecken*, was ich aß. Als sie mich fragte, ob ich das Geschirr öfters aufdecken würde, erklärte ich, ich hätte noch nicht die richtige Verwendung dafür gefunden.

»Du hast es noch nie benutzt?« Sie war sichtlich gekränkt. Ich schüttelte den Kopf. »Du hast ja auch nie richtig Spaß am Kochen gefunden. Wahrscheinlich wolltest du nichts vom Pizzadienst auf Porzellantellern servieren.«

Ich ließ das unbeantwortet. Es war halt nur ihre Art, mir eins auszuwischen, und ich konnte ihre Verstimmung ja auch verstehen. Ich wußte noch, daß es in meiner Kindheit einen bestimmten Punkt gab, ab dem ich nicht mehr so wie sie hatte sein wollen. Sie schreckte davor zurück, einen Konflikt offen auszutragen, und das war einer der Gründe dafür, daß ich nach und nach meinen Respekt vor ihr verlor. Statt dessen hatte ich mich meinem Vater zugewandt und mir ein Bein ausgerissen, um sein Wohlgefallen zu erringen.

Als sie sich zum drittenmal eine Scheibe Braten auf ihren Teller lud, sagte ich: »Du mußt deinen Ärger nicht in dich hineinfressen. Nun sag's schon! Du bist doch wieder sauer!«

Sie schüttelte den Kopf. »Es ist jetzt dein Geschirr. Du kannst damit machen, was du willst.«

»Aber ich habe dir weh getan! Meinst du nicht, daß es besser ist, mir das zu sagen, anstatt es mit immer mehr Essen hinunterzuwürgen?«

Sie legte die Gabel hin und rührte ihr Essen danach nicht wieder an.

»Es tut mir leid«, sagte ich und stand auf, um den Tisch abzuräumen. Erwachsensein, sagte ich mir, bedeutet, sich nicht mehr andere Eltern zu wünschen, und ich hatte mich soeben noch als ein Kind erwiesen.

Die Aufgaben, die vor uns lagen, brachten uns wieder zusammen. Wir gingen systematisch durch alle Räume, und ich zeigte ihr, was ich einpacken, was ich weggeben und was ich einlagern lassen wollte. Dann blieb sie im Arbeitszimmer zurück, und ich machte mich im Schlafzimmer daran, meinen Kleiderschrank auszumisten.

Später an demselben Abend, ich stand immer noch bis zu den Knien in meinen Sachen, hörte ich, wie meine Mutter mit brüchiger Stimme meinen Namen rief, als wäre ihr ein Knochen im Hals steckengeblieben. »Was ist?« fragte ich und kroch aus dem Wandschrank.

Das Schlafzimmer war nur durch die Nachttischlape spärlich erhellt, und außerhalb des Lichtkegels stand meine Mutter und hielt etwas in der Hand.

»Was ist?« wiederholte ich noch einmal.

Meine Mutter bewegte sich auf das Bett zu und ließ sich schwer daraufsinken. Sie hielt mir mein altes rosa Kleid hin, die kleinen weißen Perlen waren mit den Jahren vergilbt, das Röckchen war ganz flachgedrückt und verknittert, die Samtbänder ganz zerknautscht. »Oh, Sarah, mein Liebstes. Daß du das aufbewahrt hast!« Der Schmerz in meiner Brust drohte mir den Hals zuzuschnüren. »Seit du dich damals geweigert hast, das anzuziehen, hast du dich immer weiter und weiter von mir entfremdet.«

Ich setzte mich neben sie und nahm ein Ende des Samtbändchens zwischen die Finger, streichelte es, fühlte seine samtige Weichheit. »Nicht ganz so weit, wie du glaubst, Mom. Siehst du? Ich konnte es nicht ertragen, dieses Kleid anzuziehen, aber auch nicht, es wegzuwerfen.«

Später, als ich schon im Bett lag, glaubte ich, meine Mutter weinen zu hören, aber ich brachte es nicht über mich, nach ihr zu sehen.

51

Am Donnerstag jener Woche war aus dem Haus ein einziges Durcheinander von Umzugskartons, auseinandergenommenen Möbelstücken und Abfallsäcken geworden. Ich hatte etwas vom Chinesen mitgebracht, und Mom und ich setzten uns zu einer raschen Mahlzeit. »Hast du dich einsam gefühlt den ganzen Tag lang hier allein im Haus?« fragte ich.

Ein unergründlicher Blick trat in ihr Gesicht. »Keineswegs. Du hast sogar Besuch gehabt.«

»Oh, nein! Wer war's denn?«

»Humberto.«

»Er ist *hergekommen*? Wieso hat er denn nicht angerufen?«

»Er sagte, du hättest dich auf seine Anrufe nie gemeldet. Er wäre vorbeigekommen, um dir eine Nachricht zu hinterlassen, und als er sah, daß sich im Haus etwas bewegte, glaubte er, du wärst es, und hat an der Tür geklingelt.«

»Und was hat er noch gesagt?«

»Daß er sich Sorgen um dich macht und wissen will, wie es mit dem Verfahren gegen dich steht.«

»Was hast du ihm erzählt?«

»Wir haben uns hingesetzt und uns eine Weile unterhalten. Niemand weiß, wie es damit steht, habe ich ihm gesagt, und daß ich mir auch Sorgen um dich mache.«

»O Mom!« stöhnte ich auf. »Du hast ihm gesagt, du würdest dir Sorgen um mich machen?« Ich war immer noch wütend auf ihn und gekränkt, und ich wollte nicht, daß meine schwachen Punkte so entblößt wurden. Ich ließ die Gabel sinken.

»Was ist denn so schlimm daran?«

»Du begreifst es einfach nicht.« Das war wieder typisch für sie, sich so in meine Privatsachen einzumischen. Kochend vor Wut ging ich in die Küche, um das Porzellan einzupacken. Ich hatte mir einen Spezialkarton mit einzeln abgeteilten Staufächern und einen Stapel Zeitungspapier zum Ausstopfen besorgt. Ich kletterte auf einen Stuhl, nahm einen Stapel Teller aus dem Küchenschrank, stellte sie auf die Anrichte, und stieg wieder vom Stuhl herunter, um sie in Papier einzuwickeln.

Von der Küche aus konnte ich sehen, daß meine Mutter immer noch mit essen beschäftigt war. Sie sah aus wie ein Kind, das gerade gescholten worden war, und ich ärgerte mich, weil ich das Gefühl hatte, mich um sie kümmern zu müssen, *wo* ich es doch war, die Hilfe brauchte. Als sie die Essensreste in die Küche brachte, fragte ich: »Wie lange ist er denn hiergewesen?«

»Ungefähr eine Stunde.«

»Über was zum Teufel habt ihr euch denn unterhalten?« Ich stellte einen Teller auf den Tresen zurück und sah sie an.

Sie machte ein schuldbewußtes Gesicht. »Darüber, daß du dir nie eine Pause gönnst, daß du nie mit etwas zufrieden sein kannst. Er sagte, er wäre immer noch verliebt in dich, aber daß er nicht glaubt, daß es mit euch beiden klappen würde.«

»Und was hast du dazu gesagt?«

Sie verschränkte die Arme vor der Brust. »Ich habe ihm gesagt, ich wüßte nicht, ob es dir je gelingen würde, dich überhaupt je mit einem Mann einzurichten. Daß du ein Schiff ohne Anker wärest.«

Ich zitterte am ganzen Leib vor Wut. »Wie konntest du dich hinter meinem Rücken mit einem Mann unterhalten, der mich für schuldig hält?« schrie ich.

Über ihr Gesicht fiel eine undurchdringliche Maske. »Weil ich dich liebe und mir Sorgen um dich mache. Weil er dich auch liebt.«

»Wie kann ein Mann eine Frau lieben, der er kein Wort glauben will?«

Die Arme immer noch vor der Brust, lehnte sich meine Mutter an den Küchentresen und sagte: »Sarah, ich hasse diesen Nick Arnholt dafür, was er dir angetan hat. Du hast so viel erreicht, und diese öffentliche

Attacke gegen dich ist eine Tragödie. Aber ist es nicht auch für diesen smarten jungen Anwalt eine Tragödie gewesen, daß er sich beinahe umgebracht hat? Für einen Außenstehenden ist es nicht leicht, sich eine Meinung zu bilden.«

Ich konnte einen Tränenausbruch nicht zurückhalten und stürzte aus der Küche. Selbst meine eigene Mutter zweifelte an meiner Unschuld. Auf dem Fußboden im Wohnzimmer fand ich meine Handtasche, schnappte mir meine Schlüssel und strebte der Haustür zu. Meine Mutter kam hinter mir hergerannt und rief mir noch vom Plattenweg nach, ich solle auf mich aufpassen, genau, wie sie es an jedem einzelnen Tag meiner Kindheit getan hatte. Ich schoß im Rückwärtsgang aus der Einfahrt, und schon war ich auf und davon. Einmal noch warf ich einen Blick in den Rückspiegel und sah sie, völlig aufgelöst und bewegungslos mit dem feuchten Geschirrtuch in der Hand dastehen.

Mit achtzig Meilen jagte ich meinen Wagenn die scharfen Kurven des Pacific Coast Highway hinauf. Als ich Zuma Beach erreichte, fuhr ich auf einen Parkplatz. Es war eine klare, laue Nacht. So gefährlich es auch sein mochte, um diese Stunde am Strand spazierenzugehen – ich ließ den Wagen stehen und begab mich zu dem weiten Sandstreifen hinunter.

Ich war Nicks Opfer. War das nicht offensichtlich? Er hatte mich verhöhnt und in den Schmutz gezogen, war in mein Privatleben eingedrungen, in meine Gedanken, in meine Träume. Er hatte sich in den Tod stürzen wollen und mich dabei fast mitgerissen, und nachdem er dem Tod noch einmal entkommen war, hatte er damit begonnen, mein Leben in Stücke zu schlagen.

Aber mich verfolgte auch die Vorstellung von Nicks gequältem Gesicht an unserem letzten Abend. Was war *wirklich* zwischen uns passiert? Hatte ich ihn zu irgend etwas angestachelt? Gab es irgendwo in mir einen häßlichen Zug, den ich nicht wahrhaben wollte?

Der Horizont wirkte gekrümmt wie ein Regenbogen. Ich lief zum Wasser, legte mich mit dem Gesicht zu Boden auf den feuchten Strand und preßte meine Wange auf die feinen, harten Sandkörner. Ich schloß die Augen und stellte mir vor, ich befände mich am Strand von Bandon. Eine lange Zeit blieb ich an den Boden geschmiegt liegen.

Nach und nach wurde mir wieder bewußt, wo ich war, und ich begann vor Kälte zu zittern, also richtete ich mich auf und ging ein Stück am Strand entlang. Am Betonwall einer Flutmauer entdeckte ich eine in eine Decke eingehüllte dunkle Gestalt. Ich drehte mich um und ging in die entgegengesetzte Richtung davon, hielt auf die Lichter zu, die die Biegung der Küste hinunter zur Halbinsel von Palos Verdes markierten. In der Ferne konnte ich die Hochhäuser des Yachthafens ausmachen – die Gegend, in der Nick wohnte. Sei ehrlich zu dir selbst, sagte ich mir.

Als ich mir so viel Mühe mit meiner Kleidung gegeben hatte, um nicht Nicks Kritik heraufzubeschwören, hatte ich da nicht auch versucht, anziehend zu wirken? Hatte ich seine Zuneigung zu mir nicht vielleicht im Stillen auch genossen, während ich sie analysierte? Gab es nicht einen Teil von mir, der *wollte*, daß Nick nachts von mir träumte, schweißgebadet aufwachte, nach Luft schnappte, mit einem steifen Penis? War mir das nicht ein Ausgleich für all die Männer gewesen, die mich nicht einmal zum Tanz auffordern wollten? Für Pallen? Für meinen Dad, der mich immer und immer wieder enttäuscht hatte, sich über alle anderen Frauen auszulassen wußte, mir aber nicht ein einziges Mal gesagt hat, ich wäre hübsch?

Mir schwirrte der Kopf, wenn ich daran dachte, was alles gewesen sein konnte. Hatte ich nicht vielleicht *absichtlich* zugelassen, daß Nick den Namen des Restaurants in meinem Terminkalender entdeckte? Wäre ich nicht trotzdem, selbst wenn ich gewußt hätte, daß er dort sein würde, auf jeden Fall hingegangen? Vielleicht hatte ich die Warnsignale, die auf seinen Wunsch, zu sterben, hindeuteten, *ganz bewußt* nicht wahrgenommen? Hatte ich vergessen, daß die Verkörperung des Todes durch eine schöne Frau eine Selbstmordphantasie war? Und am allerschlimmsten: Hatte ich nicht versucht, ihn am Jahrestag des Todes seiner Mutter davonzujagen? Und da ich nun schon einmal dabei war – was sonst wollte ich vor mir selbst verbergen? Was hatte es mit diesen erstickenden Hustenanfällen auf sich? Eines war sicher: Ich brauchte Hilfe. Und zwar dringend. Mein Leben, begründet auf dem Prinzip der Selbsterkenntnis, war ein Trümmerhaufen.

Es erleichterte mich, das vor mir selber zugeben zu können. Als ich zu meinem Wagen ging, sah ich die in eine Decke gehüllte Gestalt auf mich zukommen. Ich strebte geradewegs über den Sand auf den Parkplatz zu, aber sowie ich meinen Schritt beschleunigte und mich umblickte, sah ich, wie auch die Person hinter mir schneller wurde. Ich begann zu laufen, schaffte es bis zu meinem Wagen und hatte mich gerade von innen eingeschlossen, als er auch schon an die Scheibe klopfte. Zitternd startete ich den Motor und fuhr im Rückwärtsgang an. Der Mann blieb, die eine schmutzbedeckte Hand ausgestreckt, im Scheinwerferlicht stehen. Er hatte strähniges Haar und trug drei Mäntel übereinander. Aus meiner Handtasche, die ich unter den Sitz gelegt hatte, fischte ich eine Fünfdollarnote und warf sie aus dem Fenster, bevor ich davonfuhr. Ich sah noch, daß der Mann sich nach dem Schein bückte.

Bei meiner Heimkehr war alles still im Haus. An der Tür begrüßte mich Frank mit einem Winseln, was mir sagen sollte, daß er sein Futter noch nicht bekommen hatte. Ich füllte seine Schüssel, holte mir eine angebrochene Flasche Chablis aus dem Kühlschrank und setzte mich ins dunkle Wohnzimmer. Meine Mutter knipste das Licht im Flur an und kam im Nachthemd aus dem Zimmer. »Geht's dir gut?« fragte sie leise.

Ich machte auch im Wohnzimmer Licht und nickte. »Möchtest du dich zu mir setzen und ein bißchen reden?«

»Laß mich nur eben was anziehen.«

Als sie zurück war, setzte sie sich in den Sessel mir gegenüber. Ich blickte ins Gesicht meiner Mutter, das sich so fest in mein Gedächtnis eingeprägt hatte, daß ich manchmal vor dem Einschlafen ganz deutlich die Augen, den Mund und den Leberfleck über der linken Augenbraue vor mir sehen konnte. »Ich muß mich bei dir entschuldigen«, sagte ich und nahm einen Schluck aus der Flasche.

»Ich mich bei dir auch.«

»Ich habe richtige Angst, Mom. Vor tausend Dingen. Aber am meisten Angst habe ich davor, was bei dem Prozeß herauskommen wird.«

Ihre dunklen Augen sahen mich ernst an. »Liebling, hast du mit diesem Mann geschlafen?«

»Ich schwöre auf einen ganzen Stapel Bibeln, nein. Ehrlich.«

»Wovor fürchtest du dich denn dann? *Was könnte* denn bei dem Prozeß herauskommen?«

»Daß ich ihn fast in den Tod getrieben habe.«

»Und hast du das?«

»Kann sein. Zum Teil vielleicht.« Ich preßte die geballte Faust gegen meinen Mund.

Sie sah hinunter auf ihre Hände. »Ich habe ja keine Ahnung von diesen Dingen, aber du solltest dir besser klar darüber werden, *warum* du so etwas getan haben könntest.«

Ich nickte und mußte wieder weinen. »Ich werde noch mal eine Therapie machen.«

Mom kam zu mir und nahm meine Hand. »Eines weiß ich. Du wirst härter mit dir ins Gericht gehen als jeder Richter oder alle Geschworenen. Sobald du erst einmal den Prozeß, den du dir jetzt selber machst, hinter dir hast, wirst du auch den *richtigen* Prozeß durchstehen.«

Ich lächelte sie durch meine Tränen hindurch an, hob ihre Hand an meine Lippen und küßte sie. »Du hast wahrscheinlich recht. Woher hast du diese Weisheit?«

»Ich habe selber ein paar Prozesse durchlaufen, in denen ich alles andere als Milde mit mir habe walten lassen.«

52

Der Tag des Umzugs verlief so hektisch, daß er mir gar nicht so schrecklich vorkam, wie ich befürchtet hatte. Val und Gordon hatten einen großen Lieferwagen gemietet, und wir drei erledigten die Knochenarbeit, während Mom die kleineren Kartons einlud. Nachdem sie zu meinem Apartment abgefahren waren, blieb ich noch zurück, um abzuschließen, und war zum letztenmal allein in meinem leeren Haus. Und da endlich traf mich die Realität wie ein Schlag – mein hübsches Haus, Sinnbild meiner Selbständigkeit – war unwiderruflich verloren.

Ich ging durch die leeren Räume, berührte die Wände, bemerkte hier eine Stelle, die mal übergetüncht werden müßte, da eine Fliese, die sich gelöst hatte. Als ich durch das Küchenfenster in den Garten hinausschaute, fiel mir die Party wieder ein, auf der Frank fast erstickt war. Im Eßzimmer sah ich Nick am Fenster stehen, wie er den Vorhang zur Seite schob. Im Schlafzimmer quälte mich die Erinnerung an die erste Nacht mit Humberto. Ich ging auf die Knie und fuhr mit der Hand über das aufgemalte Blumenmuster, das ich so geliebt hatte. »Alles Gute«, sagte ich. Dieses Haus war mein eigentlicher Liebhaber gewesen – der, der mir wirklich am Herzen lag, dem ich vertrauen, auf den ich bauen konnte. Im Wohnzimmer legte ich mich mit ausgestreckten Armen und Beinen, das Gesicht auf den Boden gepreßt, auf das Parkett, als könnte ich mich weit genug ausstrecken, um es umarmen zu können. Meine Tränen perlten auf der gewachsten Oberfläche.

Schließlich gelang es mir, mich von dem Haus loszureißen. Als ich auf den Stufen stand und zum letztenmal die Tür abschloß, sah mich Mr. Slewicki und kam über die Straße. Underbrucks Rat gehorchend sagte ich kein Wort über den Prozeß. »Würden Sie ab und zu nach den Rosen sehen?« bat ich ihn. »Nur mir zuliebe?«

»Gewiß, gewiß. Traurig, daß Sie wegziehen«, sagte er mürrisch. »Sie waren gute Nachbarin. Frank auch. Können immer kommen, wenn er Suppenknochen will. Jederzeit.«

Ich schüttelte ihm die Hand und wollte zu meinem Wagen gehen.

»Frau Doktor –«

Ich wandte mich noch einmal um.

»Ihr Fall – auch wenn Sie nicht gewinnen, sind Sie Sieger.«

»Danke.« Ich lächelte traurig.

Das Apartment war ein Schock nach meinem hübschen kleinen Haus. Ich hatte den Großteil meiner Möbel verkauft, alles, was mir blieb, ren das Ausziehsofa, die Eßzimmergarnitur, mein Bett und mein Hometrainer. Meine neue Behausung war so klein, daß sie selbst mit diesen paar Dingen vollgestopft wirkte.

Nachdem sich meine Mutter an diesem Abend zum Schlafen in mein Bett zurückgezogen hatte, blieb ich noch lange hellwach auf dem Sofa liegen und starrte kummervoll die Schatten an der Wand an. Es war dunkel und laut in dieser schäbigen kleinen Bude. Lärmende Musik aus der Wohnung unter mir ließ den Fußboden erzittern. Durch die Ritzen in der Tür und in den Fenstern drangen fremde Stimmem herein. Es war, als ginge ich wieder aufs College, nur daß alles keinen Spaß mehr machte, ich war nicht mehr neunzehn, und arm zu sein stellte kein Abenteuer mehr dar.

Bevor meine Mutter am nächsten Morgen abreiste, bedankte ich mich bei ihr für all ihre Mühe und gestand ihr, daß ich ohne sie einsam sein würde. »Ich möchte nicht einmal, daß mich hier jemand besuchen kommt«, sagte ich.

»Den Menschen, die dich wirklich mögen, macht es nichts aus, wie du lebst.« Sie drückte mich fest an sich.

Ich kam mir nicht vor wie ein Mensch, den man wirklich mögen konnte. Alleine in meiner neuen Wohnung weinte ich in dieser Nacht in mein Kissen, damit meine neuen Nachbarn mich nicht hörten.

Als Therapeutin wählte ich Dr. Beryl Dandelone, eine Psychoanalytikerin, die der klinischen Beratungsstelle am Institut für Familienfragen in L. A. vorstand, eine unauffällige Frau Mitte Fünfzig, die Schuhe mit flachen Absätzen, kein Make-up und dunkle Kostüme trug, die ihre kräftige Statur verhüllten. Ich hatte sie bei einigen Symposien getroffen, die beiden Bücher gelesen, die sie geschrieben hatte, und von meinen Kollegen und Kolleginnen nur Gutes über sie gehört. Ich wußte, daß sie Zigarren rauchte und man sich von ihr erzählte, sie würde Walnüsse mit den Zähnen knacken, aber sie war eine ausgesprochen klarsichtige Analytikerin, und das war es, was ich brauchte.

Bei meinem ersten Termin führte sie mich selbst durch das Institut zu ihrem Besprechungszimmer. Es war mit Möbeln nur so zugestellt – Schreibtisch, Couch und drei bequeme Sessel – und voller Bücher, Manuskripte, Zeitschriften und kleinen Statuetten südamerikanischer Volkskunst. Sie erklärte mir, sie würde nie rauchen, außer, wenn sie sich alleine in ihrem Zimmer befand, aber der maskuline Geruch ihrer Zigarren hatte sich doch in dem Raum gefangen.

Ich fand es leicht, mit ihr zu sprechen; ja, ich redete fast vierzig Minuten lang ununterbrochen, redete mir die ganze aufgestaute Qual vom

Leibe, die ich so lange für mich behalten hatte. Als ich auf Nicks Therapie zu sprechen kam, sagte ich: »Ich muß begreifen, was geschehen ist. Wieso ich mich so zu ihm hingezogen gefühlt habe, und wieso ich später das Gefühl hatte, in seiner Gegenwart ersticken zu müssen.«

Beryl sagte, es würde seine Zeit brauchen, bis die Antworten auf diese Fragen offen zutage träten.

Ich begann zu weinen. »Ich habe das schreckliche Gefühl, versagt zu haben.«

Sie sah mich nachdenklich an, ließ sich durch meine Tränen nicht in Verlegenheit bringen. »Es scheint mir, als definierten Sie sich ausschließlich durch Ihre Erfolge.«

»Das ist hundertprozentig wahr«, schluchzte ich. »Angefangen hat es damit, daß ich Himmel und Hölle in Bewegung gesetzt habe, um nur ja meinem Vater zu gefallen, und dann habe ich niemals damit aufgehört.«

»Lassen Sie uns versuchen herauszufinden, was dahintersteckt.« Ich nickte, immer noch unter Tränen. Ich war in den Händen einer hervorragenden Therapeutin, und nun, verletzlich geworden durch die aufgebrochene Schale meines Lebens, war ich zum erstenmal seit meiner Jugend bereit, alles zu hinterfragen, was mich betraf.

»Ich sehe Sie dann am Mittwoch um sieben«, sagte sie, und der vertraute Rhythmus einer therapeutischen Behandlung fing bereits an, seine beruhigende Wirkung auf mich zu haben. Nur saß ich diesmal auf der anderen Seite.

Danach ging ich dreimal in der Woche zu ihr und legte mich auf ihre Couch, wo ich mich nach und nach sicherer zu fühlen begann. Die Kosten der Behandlung überstiegen bei weitem das, was ich mir leisten konnte, aber ich versagte mir alles andere, weil ich diese Therapie so dringend brauchte.

Ich wußte, wie ich ihr eine gute Patientin sein konnte. Ich analyisierte meine eigenen Träume und stellte Assoziationsketten auf, ich erforschte sogar meine Gefühle für sie – meinen Neid auf die Position, in der sie sich befand, mein Sehnen nach der weisen und starken Mutter, die ich nie gehabt habe.

Einen Teil jeder unserer Sitzungen widmete ich Humberto, denn ich fühlte mich so einsam ohne ihn, besaß aber immer noch nicht die Kraft, ihn anzurufen oder auf seine Versuche, sich mir zu nähern, zu reagieren.

Bei einer Gelegenheit sagte sie: »Sie hatten Angst zu verschwinden, wenn Sie Humberto zu nahe an sich heranließen.«

»Aber es war nicht bloß er. Ich habe jeden Mann verlassen, mit dem ich je eine Beziehung hatte.«

»Eben. Und selbst bei mir haben Sie diese Angst zu verschwinden, wenn Sie mir zu nahe kommen.«

Nach dieser Sitzung rief ich Humberto an. Unsere Unterhaltung war gezwungen und krampfhaft.

»Es tut mir leid, daß du so etwas über dich ergehen lassen mußt«, versuchte er es.

»Für dich ist dieses Jahr auch nicht leicht gewesen, schätze ich.«

Ein langes Schweigen am anderen Ende der Leitung, und dann ein »Ja«.

»Meine Mutter mag dich noch immer.«

»Sie versteht dich besser, als du selber es tust.«

Sofort erwiderte ich scharf: »Dieser Meinung bin ich nicht.«

Er wechselte zu unverfänglicheren Themen, und wir erzählten uns gegenseitig, was wir in den vergangenen sieben Monaten so erlebt hatten, wobei jeder von uns versuchte, nichts zu sagen, was den anderen provozieren könnte. Schließlich schlug er vor, daß wir uns zum Essen trafen.

»Wäre es dir zum Mittagessen recht?« fragte ich. Ein zeitlich begrenztes Zusammentreffen am Tage schien mir leichter zu bewältigen.

»Klar. Wie wär's mit dem *Seaview* in Malibu?«

»Gut.« Ich wußte nicht, wie es laufen und auch nicht, wie ich mich dabei fühlen würde, aber er fehlte mir zu sehr, als daß ich es nicht wenigstens probieren wollte.

Das Treffen verlief in freundlicher Atmosphäre. Ich sagte ihm, er würde schmal wirken, und er sagte, meine neue Frisur stände mir. Es war merkwürdig, ihm so förmlich am Tisch gegenüberzusitzen, als hätten unsere Schuhe nicht einmal im selben Schrank übereinandergelegen, als würde er nicht jeden Quadratzentimeter meines Körpers kennen.

Als er mich nach meiner Verhandlung fragte, sagte ich, ich fände, daß wir nicht darüber reden sollten, später vielleicht, wenn alles vorüber wäre. Ich wußte, daß er sich immer noch nicht sicher war, ob ich mit Nick geschlafen hatte, und ich konnte dieses Mißtrauen nicht ertragen. Er legte seine Hand über die meine. »Entschuldige, daß ich an dir gezweifelt habe.«

»Ach! Selbst meine Mutter hat ihre Zweifel. Das ist einfach etwas, womit ich leben muß. Außerdem mache ich eine Therapie. Es gibt eine ganze Menge, womit ich mit mir ins Reine kommen muß.«

»Ich würde gern davon hören.« Einen kurzen Moment lang streichelte er mir meine Hand, dann sagte er: »Ich mache nämlich selber auch eine.«

Von ihm hatte ich das zu allerletzt erwartet. »Bei wem?«

Er nannte den Namen eines prominenten Psychiaters aus Beverly Hills. »Und worüber ich unter anderem mit ihm geredet habe, war das Problem, das ich mit erfolgreichen Frauen habe, du weißt schon, Marisombra und du – daß ich sie begehre, aber dann Schwierigkeiten habe, mit ihnen zu leben.«

»Also gibst du nicht mir die Schuld dafür, was schlecht zwischen uns gelaufen ist?«

Er lächelte. »Nicht ganz.«

Wir vereinbarten, miteinander in Verbindung zu bleiben. Auf dem Parkplatz gab er mir einen flüchtigen Kuß auf die Wange.

53

Trotz meiner Zweifel an meiner beruflichen Kompetenz zwang ich mich, bei meiner Arbeit weiterhin mein Bestmögliches zu geben, obwohl diese Arbeit überwiegend aus Abschiednehmen bestand.

William teilte mir mit, er und Ruth würden eine Ferienreise nach England unternehmen. »Ich habe eine Fahrt zu unserem ehemaligen Landsitz arrangiert«, sagte er. »Ich habe ja Ruth, um mich an ihr festzuhalten, und ich hoffe, sie wird mich vor den Geistern beschützen.«

»Viel Glück«, antwortete ich. »Ich hoffe, alles geht gut.«

»Und auch Ihnen viel Glück bei Ihrer Verhandlung. Vielleicht läßt sich die ganze Geschichte doch noch außergerichtlich beilegen.« Ich lächelte und sagte, ich würde ihn dann nach seiner Rückkehr sehen.

Auch die Zeit mit meiner Studentengruppe neigte sich ihrem Ende zu. Nach ihrem Praktikum in der Klinik trafen wir uns noch einmal in der Woche, um Fälle zu diskutieren und sie auf ihr Zulassungsexamen als Therapeuten vorzubereiten. Es erschien mir wie eine Ironie, daß sie ihre Zulassung erhalten würden, während ich meine vielleicht verlor. Im August versammelten wir uns ein letztes Mal. Das Examen sollte im Oktober stattfinden, und im September würden sie in einem zweiwöchigen Intensivkurs das Gelernte noch einmal wiederholen, um gut gerüstet in die Prüfung zu gehen.

Sie brachte eine Schokoladentorte, eine Thermoskanne mit Kaffee, Pappteller, Gabeln und Servietten mit. Der junge Mann, den sie zum Sprecher gewählt hatten, erklärte: »Wir können Ihnen gar nicht sagen, was Sie für uns getan haben.«

»Ich hatte das Glück, zusehen zu dürfen, wie ihr euch alle zu richtigen Profis entwickelt habt«, antwortete ich. »Danke, daß ihr mir erlaubt hat, daran teilzuhaben.«

Die Frauen hatten alle feuchte Augen, und ich bekam kaum mein Stück Kuchen hinunter. Im Wartezimmer wünschte ich Ihnen noch einmal alles Gute für das Examen und versicherte allen, ich wüßte, daß sie es schaffen würden. Noch in der Tür sagte eine der Frauen zu mir: »Wir wissen, daß Sie am Ende rehabilitiert sein werden, aber es ist ein Skandal, daß Sie diesen Prozeß über sich ergehen lassen müssen«, und der Sprecher der Gruppe fügte zum Abschied noch hinzu: »Ich persönlich würde das Gesicht von dem Kerl gerne mal einer Schönheitsoperation unterziehen.«

Wir alle lachten.

Nachdem sie gegangen waren, spürte ich auf einmal schmerzhafte Sehnsucht nach Nick. Das war zwar lächerlich in Anbetracht der Umstände, aber ich konnte das Gefühl nicht abschütteln. Ich setzte mich in meinen Sessel und schloß die Augen. Ich sah sein Gesicht vor mir, hörte seine Stimme, nahm selbst seinen Körperduft, so lind und süß wie der eines frischgebadeten Babies, wahr.

Ich hatte ihn verletzt. Ich hatte es nicht verdient, vor Gericht gezerrt zu werden, aber ich hatte etwas verkehrt gemacht, und ich wußte immer noch nicht, was und warum. Dieses Schuldgefühl nagte in meinem Inneren. Wenn ich nicht den Grund für mein falsches Handeln herausbekäme, könnte ich in Zukunft mir selber im Umgang mit anderen Patienten nicht mehr trauen – wenn es denn überhaupt eine berufliche Zukunft für mich gab.

Irgendwann gaben die Schwestern Romaine dem Druck meiner ungewollten Publizität nach.

»Wir-haben-soviel-mit-Einkaufen-zu-tun-wissen-Sie. Immer-soviel einzukaufen-oh-oh-oh.« Beide nickten mit Nachdruck.

Auf ihren täglichen Runden trugen sie nun lavendelfarbene Kammgarnkostüme mit Kristallimitatknöpfen, schwarze Pagenkäppis und schwarze Baumwollhandschuhe. »Unsere-Kunden-beanspruchen-immer-mehr-Zeit-ist-es-nicht-so-May?« sagte Joy. »Genau-genau-genau«, sagte May. »Keine-Zeit-mehr-für-die-Therapie.«

Ich entließ sie mit Erleichterung aus der Behandlung und wunderte mich eigentlich selber, was für Fortschritte sie doch gemacht hatten. Sie waren gerade dabei, ein eigenes Geschäft aufzubauen, und May konnte auf einmal am Telefon ganz normal sprechen. Mit Hilfe des Telefons pflegte sie alle Kontakte zu ihren Kundinnen und Kunden. Ich bin mir sicher, daß diese Kunden bei dem Erscheinungsbild der beiden Schwestern und ihren Eigenheiten erst einmal einen Schreck bekamen, aber irgendwie mußten die beiden gute Dienstleistungen anbieten, denn das Geschäft florierte. Zu ihrer letzten Sitzung brachten sie mir einen ihrer weißen Körbe mit einem Karibik-Reiseführer und einem Strohhut darin mit. »Alles-Gute, Alles-Gute«, echoten ihre Stimmen noch auf dem Korridor. Ich winkte ihnen gerührt nach.

Wiliam kam ganz aufgelöst vor Glück aus England wieder. Der Besuch in seinem früheren Zuhause war schwierig, aber hilfreich gewesen. In der ehemaligen Schlafkammer seines Vaters hatte er eine bestimmte Wand untersucht, bis er das Muster im Mauerwerk entdeckt hatte, das ihm immer wie ein Elfengesicht erschienen war. Er erinnerte sich, seinen Blick ständig auf diese Stelle fixiert zu haben, wenn sein Vater ihm eine Standpauke hielt.

William hatte auch mit seiner Schwester über das leidige Geschick seines Vaters gesprochen, und dabei war ihm aufgegangen, wie sehr seine eigene Feigheit zu dem, was geschehen war, beigetragen hatte, und er konnte endlich seinem Vater in gewissem Maße vergeben, und ebenso auch sich selber.

»Dr. Rinsley, ich bin Ihnen ja so dankbar«, sagte er. »Endlich ist mir die Zwangsjacke abgenommen, in der ich mein ganzes Leben lang eingeschnürt gewesen bin.« Er blinzelte mit den Augen und wandte rasch den Blick von mir ab. Auch William wollte seine Therapie nicht fortsetzen, aber er war einer der wenigen Patienten, bei denen das nichts mit meiner Situation zu tun hatte. Unsere gemeinsame Arbeit und die veränderten Umstände in seinem Leben hatten ein bemerkenswertes inneres Wachstum und eine innere Umkehr bewirkt.

Es stimmte mich traurig, daran zu denken, daß ich ihn nun nicht wiedersehen würde. Er hatte mir sehr viel bedeutet. Aber nun war es an der Zeit, daß ich mich auf einen Kampf vorbereitete, der meine ungeteilte Aufmerksamkeit erfordern würde, und ich hatte mir vorgenommen, die Therapie jedes einzelnen meiner Patienten noch vor der Verhandlung zum Abschluß zu bringen. Ich konnte ja nicht wissen, ob ich hinterher noch würde praktizieren können, ja nicht einmal, ob ich überhaupt den Wunsch dazu hätte.

54

Ich hatte immer noch vier Termine pro Woche, und zusammen mit den Honoraren für meine Beratungstätigkeit schaffte ich es, gerade mit dem Geld auszukommen, wenn ich mir jeden Luxus versagte. Ich kochte auch zu Hause, um Geld zu sparen, und lernte sogar, jene wundervollen *Tarte Tatins* zuzubereiten, obwohl ich dazu den Chefkoch des *Mustard* anrufen mußte, um mir für das Karamelisieren der Äpfel seinen Rat zu holen.

Einen Vormittag bekämpfte ich meine Depressionen und meine Einsamkeit, indem ich die zweistündige Fahrt nach Del Mar unternahm, um mir dort das Pferderennen anzusehen. Da saß ich dann zwischen Collegestudenten, Wohlfahrtsempfängerinnen und ihren Kindern und Wanderarbeitern auf der Tribüne, wettete Zwei-Dollar-Tickets auf Pferde mit flott klingenden Namen und gewann sogar noch zwanzig Dollar dabei.

Später in diesem Monat rief Humberto mich an und erwähnte dabei, ihm wäre zu Ohren gekommen, ich würde Apfeltörtchen backen. Ich sagte, daß ihm das, nach allem, was sich zugetragen hatte, ziemlich absurd vorgekommen sein mußte, und er fragte, ob er mich besuchen durfte.

»Lieber nicht. Meine Gefühle sind noch immer durcheinander. Ich brauche Zeit, um nachzudenken. Können wir nicht einfach ab und zu mal miteinander telefonieren?«

Seitdem rief er mich jeden Sonntagvormittag an, er erwähnte Einladungen, die er bekam, und obwohl er das Thema behutsam aussparte, wußte ich doch, daß er wieder mit einer Frau ausging. Zu diesem Zeitpunkt war ich noch nicht zu mehr als nur einer Freundschaft mit ihm bereit, also schluckte ich meine Gefühle hinunter.

Obwohl ich jeden Tag mit Val telefonierte und sie weiterhin meine größte Stütze blieb, war Linda Morrisson doch die Freundin, mit der ich die meiste Zeit verbrachte. Sie war die einzige unter meinen Bekannten, die den ganzen Tag über Zeit hatte, weil sie in der Abendschicht eingesetzt war, und so manchen Morgen ging ich hinüber zu ihrem Haus, um mit ihr einen Spaziergang an den Kanälen entlang zu machen.

Eines Tages, wir waren gerade die hölzerne Uferpromenade von Venice herunterspaziert und hatten uns in einem Café am Strand niedergelassen, sagte ich zu ihr: »Ich hasse mein Apartment. Es ist so schrecklich und dunkel, und der grüne Teppichboden sieht aus, als hätte ihn jemand vollgekotzt.«

»Du kannst nichts daran ändern, daß der Teppich da ist, aber an der

Farbe. Und zwar mit einer Methode, die ich von einem Teppichverleger gelernt habe, mit dem ich letztes Jahr eine Zeitlang zusammen war. Besorg dir einen von diesen Teppichreinigern, die man sich ausleihen kann, und anstatt des Reinigungsshampoos, das sie dazu verkaufen, nimmst du Bleiche, zur Hälfte mit Wasser verdünnt. Dem Reinigungsgerät passiert dabei nichts, aber dein Teppich bekommt eine hellere Farbe. Du mußt bloß für einen Tag aus dem Haus gehen, weil es stinkt.«

»Meinst du das ernst?«

»Aber klar! Ich werde dir dabei helfen.«

Am Sonntag darauf bleichten Linda und ich den Teppich, und dann schnappte ich mir Frank und fuhr zu ihr nach Hause, um dort zu übernachten. Es schlief sich sehr gut in Lindas Schlafsack, aber am Morgen war ich doch ein wenig steif und verspannt. Dennoch, es war schön, wieder einmal in einem richtigen Haus zu sein. Gegen Mittag setzte sie Frank und mich bei meinem Apartmenthaus ab.

Einen Schreck bekam ich allerdings, als ich zum erstenmal meinen frischgebleichten Teppich betrat. Die Farbe sah sehr hübsch aus, eine Art helles Gurkengrün, aber bei jedem Schritt, den ich tat, lösten sich die Teppichfasern auf, und es blieben lauter Fußspuren nackten Gewebes zurück. Frank rannte darauf herum, wirbelte kleine hellgrüne Wölkchen auf und war schließlich ganz voll von dem Zeug. Ich rief Linda an und hinterließ ihr eine Nachricht auf dem Anrufbeantworter. »Was soll ich jetzt bloß tun? Es sieht aus, als hätte der Teppich die Krätze!« Die Absurdität der ganzen Situation ließ mich in schallendes Gelächter ausbrechen – so herzlich hatte ich seit Monaten schon nicht mehr lachen können.

»Ach herrje, Schätzchen«, kicherte Linda, als sie zurückrief. »Wir müssen uns bei der Dosierung vertan haben. Wahrscheinlich hätte eine Tasse voll Bleiche für das ganze Ding gereicht. Versuch mal zu saugen.«

Ich saugte den Boden stundenlang, bis meine Nachbarn an die Wand klopften. Die Fasern hatten sich sehr ungleichmäßig abgelöst und ein spiralenförmiges Muster wie auf einem Reliefteppich hinterlassen. Als ich fertig war, sah das Ganze aus wie einer jener Kurzhaarschnitte, bei denen sich Männer Initialien auf die Seite ihres Kopfes rasieren lassen. Ich setzte mich hin und mußte wieder lachen, aber irgendwie war es mir einfach schnuppe. Hauptsache, die alte Farbe, bei der einem ganz anders werden konnte, war weg, und an ihre Stelle war etwas Sauberes getreten, das sogar eine gewisse Ruhe ausstrahlte, auch wenn es ein wenig komisch aussah. Die ganze Wohnung roch noch wochenlang nach dem Bleichmittel.

Zu seiner letzten Sitzung erschien William mit einem Geschenk – einer Erstausgabe von Freuds *Der Traum und seine Bedeutung.*

»Was für ein schönes Geschenk«, bedankte ich mich bei ihm und war richtig gerührt. »Vielen, vielen Dank.«

Wir sprachen über die Zukunft und die Vergangenheit und erinnerten uns beide der ersten Monate seiner Behandlung, als er auf der Couch gelegen und kein Wort herausgebracht hatte. »Das wichtigste an der Liebe ist es, einen Menschen neben dir im Bett zu haben, der dich streichelt, wenn du einen schlechten Traum hast, sagt Ruth immer«, erzählte er. Ich bekam Tränen in die Augen und senkte schnell den Kopf, damit er es nicht merkte. Mein Leben war ein schlechter Traum. Auch ich wollte jemandem im Bett neben mir haben, der mich streichelte.

»Sie nennt mich ihren Schwanengesang, denn sie hat vor, an meiner Seite zu sterben.«

»Und wie steht's mit Ihnen?«

»Sobald meine Scheidung durch ist, werde ich sie fragen, ob sie mich heiraten will. Ich weiß auch schon, wie ich es ihr sagen werde.« Ich lächelte und erinnerte William noch einmal daran, wie weit all das, wovor er sich einst so sehr gefürchtet hatte, inzwischen hinter ihm lag.

»Ich habe dem Tod ins Auge gesehen, aber dann ist mir doch noch ein Aufschub zuteil geworden«, sagte er. »Letzten Endes sieht man dann, daß das, wodurch man sich beschützt glaubte, einem den Lebenssaft aus den Adern gesogen hat.«

Bevor er ging, nahm ich ihn in den Arm und bedankte mich noch einmal für das Buch. »Aber der schönste Dank für mich ist, Sie so vor mir zu sehen«, fügte ich hinzu, und es war mir hundertprozentig ernst damit.

Ich weinte, nachdem er die Tür hinter sich geschlossen hatte. Es war mir wie bei der Abschlußfeier nach dem College. Ich weinte um die verflossene Zeit, wegen all dessen, was wir zusammen erreicht hatten, ich weinte, weil ich an den Tod denken mußte und an die vielen Abschiede, die ich in meinem Leben würde nehmen müssen.

Als der September sich seinem Ende näherte, räumte ich meine Praxis und lagerte die Möbel ein.

Teil 5

55

Eine Woche vor Verhandlungsbeginn schwappte eine neue Medienwelle zum Thema »Verführung auf der Couch« hoch. Auch Onkel Silky mußte in Louisiana etwas davon mitbekommen haben, denn er schickte mir seinen liebsten Baseballhandschuh als Glücksbringer. Ich las keine Zeitungen mehr und sah auch nicht mehr fern, aber sogar im Supermarkt tuschelten Leute und zeigten auf mich. Mein Prozeß sollte sogar im Fernsehen übertragen werden. Meine Mutter ließ es sich nicht ausreden, für die Dauer der Verhandlung zu mir zu kommen. Als ich Humberto davon erzählte, sagte er: »Als dich deine Mutter das letzte Mal besucht hat, ist es da nicht wegen Frank schlimmer mit ihrem Asthma geworden?«

»Stimmt. Ich werde ihn in eine Tierpension bringen müssen.«

»Soll ich ihn nicht solange zu mir nehmen?«

Ich fand sein Angebot rührend, und obwohl ich mir vorgenommen hatte, keine Freundschaftsdienste von ihm anzunehmen, willigte ich ein. Ich fand den Gedanken schrecklich, Frank für vier oder fünf Wochen in einem Tierheim abliefern zu müssen.

An dem Abend der Anreise meiner Mutter führte Humberto uns ins *Paradise* zum Essen aus. Wir hatten zwar mehrfach miteinander telefoniert, doch an diesem Abend sah er mich zum erstenmal nach längerer Zeit. Er nahm meine beiden Hände und sagte: »Du siehst wirklich zauberhaft aus, Sarah.« Meine Mutter strahlte über das ganze Gesicht.

Beim Essen gingen Humberto und Mom miteinander um wie zwei Jungverliebte beim ersten gemeinsamen Restaurantbesuch. Er goß ihr den Wein ein, besprach mit ihr die Bestellung und sorgte dafür, daß wir ungestört blieben. Als er später bei mir vorbeikam, um Frank abzuholen, sagte er: »Also so einen Teppich habe ich im Leben noch nicht gesehen.« Lachend erzählte ich ihm, wie es dazu gekommen war. Zum Abschied küßte mich Humberto und sagte: »Ich werde an dich denken.« Frank marschierte pflichtbewußt mit ihm los, und ich schloß die Tür hinter ihnen.

An den Tagen der Vorverhandlungen für den Prozeß traf ich mich jeden Morgen mit Underbruck in seinem Büro, und wir fuhren zusammen zum Gericht. Jeden Abend fuhren wir wieder in seine Kanzlei zurück, um alles durchzusprechen und uns auf den nächsten Tag vorzubereiten. Bisweilen kam ich nicht vor Mitternacht nach Hause. Der kritischste Punkt der Vorverhandlung bestand in der Auswahl der Geschworenen. Underbruck bemühte sich, sämtliche Kandidaten auszusondern, die irgendwelche schlechten Erfahrungen in einer Therapie gemacht hatten, und Leona Atwater versuchte dasselbe mit all denen, die gute Erlebnisse in dieser Hinsicht gehabt hatten. Das Ergebnis war, daß alle, die überhaupt je in Therapie gewesen waren, von der Liste gestrichen wurden.

Schließlich standen vierzehn Geschworene fest – zwei mehr für den Fall, daß während des Prozesses jemand ausfiel. Einige wirkten ganz wohlmeinend auf mich, ein nicht mehr ganz junger Surfer mit braungebranntem Gesicht zum Beispiel, oder der Verkäufer aus dem *Gap*-Jeansmarkt. Auch der Rest schien eher unparteiischer Natur – ein paar Ruheständler, ein japanischer Kunsthändler, ein Hundepfleger mexikanisch-amerikanischer Herkunft, zwei Hausfrauen, ein Bauarbeiter und ein ziemlich rauhbeinig aussehender Taxifahrer.

Die Liste der Beweisstücke umfaßte 182 Punkte, darunter ein Höschen, das Nick aus meinem Schlafzimmer hatte mitgehen lassen, Fotos von meinem Haus und aus meiner Praxis, ein Bundesblatt, in dem die Gesetze und Vorschriften zur Führung einer psychologischen Praxis aufgelistet waren, Videobänder von im Vorwege der Verhandlung aufgenommenen Aussagen sowie ein ganzer Stapel Arztberichte.

Der Richter war Samuel Grabbe, ein schmaler Mann mit fahlem Teint und einem Gesicht wie ein verschrumpelter Apfel. Er trug einen dünnen Schnurrbart, hatte ein paar längere Haarsträhnen über seinen ansonsten kahlen Schädel gekämmt und sprach gereizt in knappen Sätzen. Er wirkte wie jemand, der Pfadfinderinnen, die selbtgebackene Kekse verkaufen wollen, von seiner Schwelle zu jagen pflegte.

Am Morgen des ersten Verhandlungstages sagte meine Mutter, ich sähe tadellos aus, aber das war um halb sieben in der Frühe, und mein Mund war trocken und meine Hände zitterten. Bald würde ich Nick gegenüberstehen, und ich hatte ihn seit seiner Einvernahme im Büro von Leona Atwater nicht mehr gesehen. Ein letztes Mal trat ich noch vor den Spiegel, um mein Aussehen zu überprüfen, und versuchte mir dabei vorzustellen, wie ich wohl auf ihn wirken würde.

»Mensch, Mädchen, Sie sehen ja einfach umwerfend aus. Und dabei haben Sie sich am Anfang so dagegen gesträubt«, sagte Underbruck, als ich in seinem Büro erschien. Er wirkte gleichzeitig entspannt und kribbelig. Er hatte Blut geleckt und wollte nun in den Kampf. »Blicken Sie ab und zu unverwandt in Richtung der Geschworenen und lächeln Sie dabei ein wenig«, riet er mir noch. »Nicht hin- und herrutschen. Behalten Sie Ihre Hände im Schoß. Sehen Sie nicht Nick an, das macht Sie nur nervös. Halten Sie Ihr Notizbuch bereit, und wenn Ihnen etwas einfällt, schreiben Sie es auf. Und, Sarah: Die Atwater ist eine geladene Pistole, also kriegen Sie keinen Schreck bei ihrem Eröffnungsplädoyer. Führen Sie sich immer vor Augen, daß die Geschworenen sich nur auf die Beweise konzentrieren sollen, und da haben wir auch allerhand Pulver in den Kammern.« Es überraschte mich, wie gut aufgehoben ich mich bei ihm fühlte.

Obwohl er mich durch einen Seiteneingang ins Gerichtsgebäude schleuste, waren wir sogleich von einem Schwarm Reporter umgeben, die mir mit ihren Fragen Angst einjagten. Ich hakte mich bei Underbruck ein, und wir fuhren mit dem Fahrstuhl in den dritten Stock, wo sich der Verhandlungsraum befand. Das Büro des Sheriffs hatte am Ende des langen Korridors einen Pressetisch vorbereitet und verlangte von den Journalisten, daß sie sich in einer Reihe aufstellten, um dann, einer nach dem anderen, in den Saal eingelassen zu werden. Im Saal selber waren keine Kameras und Kassettenrecorder zugelassen, mit Ausnahme der vorhandenen Anlage für die Fernsehaufzeichnung.

Vor der noch verschlossenen Tür hatte sich bereits eine Menschenmenge um Leona Atwater und Nick versammelt. Ich war von Nicks Aussehen wahrscheinlich ebenso überrascht wie er von meinem. Er sah gut erholt und frisch aus, seine Züge wirkten wieder fester und ein gesunder Glanz war auf seiner Haut. Als er mich ansah, setzte er sein altes ›Jetzt-hab-ich-dich‹-Lächeln auf. Ich wandte mich rasch ab.

Die Journalisten wollten nicht von uns ablassen. »Ich bin zuversichtlich, daß meine Klientin *nicht schuldig* gesprochen wird«, erklärte Underbruck mit fester Stimme, und ich sagte bloß: »Kein Kommentar.« Die vielen Blitzlichter irritierten mich. Als die Gerichtsdienerin den Raum aufschloß, erschienen auch Underbrucks Junioranwälte mit fünf großen Kartons voller Unterlagen auf klappbaren Gepäckkarren.

Der Gerichtssaal war in einer häßlichen Melange aus Brauntönen gestrichen, die durch das Licht aus den in ein Holzgitter eingefaßten Neonröhren an der Decke noch trister wirkte. Die einzigen Farbtupfer stellten die beiden Flaggen dar – die kalifornische rechts, hinter der Geschworenenbank, und die amerikanische links, neben der Tür zum Beratungszimmer des Richters. Für die Fernsehübertragung standen zwei Kameras bereit. Die Zuschauerreihen füllten sich rasch mit Schaulustigen und Reportern, von denen die meisten gekommen waren, um Leona Atwater zu hören. Ich war erleichtert darüber, daß die Tische der Anklagevertretung und der Verteidigung in einer Reihe standen, denn sobald alles Platz genommen hatte, konnte ich Nick nicht mehr sehen, es sei denn, ich beugte mich extra dazu vor.

Es überraschte mich, was für einen ungezwungenen Umgang alle miteinander pflegten – Geschworene, Ankläger und Beschuldigte kamen zusammen durch die langen Korridore, ebenso die Zuschauer. Bevor es losging, wies Richter Grabbe alle Zuschauer, die keinen Sitzplatz abbekommen hatten, aus dem Saal und ermahnte die Journalisten, er würde jeden von ihnen, der versuchen sollte, hier im Saal einem von uns Fragen zu stellen, sofort hinauswerfen. Dann begannen die Geschworenen, ihre Plätze einzunehmen. Die ganze Zeit über wühlten die langen, knochigen Finger von Richter Grabbe sich scheinbar unablässig durch Stapel von Papieren. Gelegentlich warf er mir einen stechenden Blick zu, und ich versuchte jedesmal, zu lächeln und seinem Blick nicht auszuweichen. Um einen Ruhepunkt zu finden, heftete ich meinen Blick auf die Gerichtsdienerin, eine adrette Schwarze, die recht wohlproportioniert wirkte in ihrer Khakiuniform. Sie hatte sich die Augenbrauen ausgezupft und sie mit einem Schminkstift durch eine dünne, schräg nach oben gezogene Linie ersetzt. Ihr glattgestrichenes Haar trug sie im Pagenschnitt, und an den Ohren große goldene Ringe. »Violet Knight« stand auf ihrem Namensschild. Um mich abzulenken, konzentrierte ich mich auf die Ohrringe und die Augenbrauen dieser Frau und versuchte, mir vorzustellen, worüber sie gerade so freundschaftlich mit ihrem Kollegen sprach.

Zu ihrem Eröffnungsplädoyer trat Leona Hale Atwater, einen todernsten Ausdruck auf ihrem Raubvogelgesicht, aufs Podium. Wie Underbruck prophezeit hatte, war nichts mehr von ihren Designerkleidern und den hochhackigen Schuhen zu ahnen; mit ihren mit Klarlack lackierten, manikürten Fingernägeln, dem rosa Lippenstift und dem sehr konservativ geschnittenen Kostüm wirkte sie diskret und unaufdringlich.

»*Ladies und Gentlemen*«, begann sie, »als Mr. Arnholt an Frau Dr. Rinsley überwiesen wurde, hatte er einen guten Posten in einer angesehenen Rechtsanwaltspraxis inne, ging regelmäßig mit Frauen aus und hatte noch nie einen Selbstmordversuch unternommen oder sonstwie unter ernstzunehmenden Depressionen gelitten. Heute ist er ein gebrochener Mann, unfähig, seiner Arbeit nachzugehen, nicht in der Lage, einen klaren Gedanken zu fassen, und ebensowenig, eine Beziehung zu einer Frau einzugehen. Und wir sind der Meinung, daß die Beweise, die wir Ihnen vorzulegen gedenken, belegen werden, daß in der Behandlung, die er durch Frau Dr. Rinsley erfahren hat, die unmittelbare Ursache für seinen Zusammenbruch zu suchen ist.

Und *warum* sind wir dieser Ansicht? Weil dieser Mann sich in seine Therapeutin verliebt hat und sie körperlich begehrte und weil dieses Begehren unseligerweise auf Gegenseitigkeit beruhte. Doch anstatt ihn an einen anderen Therapeuten zu überweisen, was ihre Pflicht gewesen wäre, tat Dr. Rinsley das Unvorstellbare. Sie hatte Geschlechtsverkehr mit Mr. Arnholt und hat *danach* erst versucht, ihn an einen Kollegen zu überweisen.«

Die Geschworenen tauschten Blicke aus, und einige von ihnen zogen die Augenbrauen in die Höhe. Ich war außer mir vor Wut. Leona Atwater hatte gleich zu Anfang Nicks Lüge als simple Tatsache hingestellt. Underbruck beugte sich zu mir und flüsterte: »Hören Sie auf, den Kopf zu schütteln. Machen Sie ein unbeteiligtes Gesicht.« Ich gab mir alle Mühe.

Leona Atwater trat vom Podium herunter und fing an, vor der Geschworenenbank auf- und abzuschreiten. Ihr Blick war unverwandt, ihre Stimme klar und fest. Sie tat so sicher und von sich selber überzeugt wie eine Olympiaschwimmerin, die einer Gruppe von Schülern im Sportunterricht etwas erklärt. »Ladies und Gentlemen, Sie mögen sich fragen, was so schlimm daran ist, wenn ein Patient eine Liebesaffäre mit seiner Therapeutin hat? Es soll an diesem Punkt genügen, darauf hinzuweisen, daß die Gefühle dieses Patienten seiner Therapeutin gegenüber sehr denen ähneln, die ein kleines Kind seiner Mutter gegenüber empfindet. Intimverkehr zwischen Therapeutin und Patient kommt Inzest sehr nahe, und die Konsequenzen sind nicht weniger verheerend.«

Während Leona Atwater fortfuhr, rutschte ich mit meinem Stuhl ein Stück zurück, um einen unverdeckten Blick auf Nick zu haben. Ohne zu ahnen, daß ich ihn beobachtete, starrte er Leona Atwater an. Wieviel von seinem Leid war nicht gespielt? Wieviel hiervon war machiavellistische Taktik, um dadurch seine Lebensumstände zu verbessern?

»Zwar versucht Dr. Rinsley nun, Mr. Arnholts Aussage, sie wäre geschlechtsintim mit ihm gewesen, zu bestreiten, aber die Beweise werden zeigen, daß Dr. Rinsley Mr. Arnholt so oder so schweren Schaden zugefügt hat, selbst wenn wir den Punkt des Geschlechtskontaktes einmal beiseite lassen. Sie hat eine Fehldiagnose bei ihm gestellt, hat es versäumt, die richtige Behandlung für ihn einzuleiten, und hat für die gesamte Therapie einen falschen Ansatz gewählt, wodurch sie ihre Arbeit unter das Mindestniveau der allgemein erwarteten Fürsorge hat sinken lassen.«

Sie hielt eine Broschüre der *American Psychological Association* in die Höhe und pochte mit ihrem manikürten Finger darauf. »Deswegen ist der Ethikkodex der APA so wichtig. Weil es in der Psychotherapie nämlich schwer ist, als Patient zu sagen, ob man die richtige Behandlung bekommt. Der Patient muß sich auf das Gewissen und das ungetrübte Urteilsvermögen seines Therapeuten verlassen. Und was sagen die ethischen Prinzipien dazu? Behandele keinen Patienten weiter, wenn deine Therapie nicht bei ihm anschlägt. Benutze den Patienten nicht, um deine persönlichen Bedürfnisse zu befriedigen, vor allem nicht solche sexueller Natur.«

Das Telefon auf Violet Knights Schreibtisch läutete. Sie nahm ab und sprach so leise, daß niemand im Raum sie hören konnte. So was muß man auch erstmal lernen, dachte ich.

»Und lassen Sie mich auf einen weiteren Punkt kommen«, sagte Leona Atwater. »Sie werden von Dr. Rinsleys Anwalt hören, wie krank Mr. Arnholt schon gewesen ist, bevor er zu Dr. Rinsley kam. Aber auch in diesem Punkt ist der Sachverhalt klar: Ein Therapeut übernimmt seine Patienten in dem gesundheitlichen Zustand, in dem sie zu ihm kommen.«

Leona Atwater verließ wieder das Podium, ging mit raschen Schritten zu ihrem Tisch und holte aus einer großen Pappschachtel eine über einen halben Meter hohe, glänzende schwarze Vase hervor. Mit der Vase im Arm ging sie an ihrem Podium vorbei und stellte sie vor den Geschworenen auf den Tisch der Gerichtsdienerin. »Eine Keramikvase steht auf dem Tisch, nehmen wir an, jemand kommt und stößt sie um. Nehmen wir weiter an, sie fällt zu Boden, aber sie zerbricht nicht, sie bekommt nur einen Sprung. Wir können immer noch Wasser hineintun, wir können immer noch Blumen darin aufstellen. Aber dann kommt jemand anderes und stößt die Vase ein weiteres mal vom Tisch, *und weil sie schon einen Sprung in sich hatte*, zerbricht sie diesmal endgültig.«

Sie wartete, bis die Geschworenen das verdaut hatten und fuhr dann fort: »Bevor Mr. Arnholt sich bei Dr. Rinsley in Behandlung begab, war er eine solche angeknackste Vase. Er verhehlt ja gar nicht, gewisse Probleme gehabt zu haben, sonst hätte er schließlich nicht erst um therapeutische Hilfe nachgesucht. Aber seine Funktionen waren noch intakt, durchaus intakt. Bevor er zu Dr. Rinsley kam, waren keine tiefen Risse an ihm zu entdecken, er stand in der Blüte des Lebens, aber dann ließ er sich von ihr behandeln, und die Vase zerbrach sozusagen. So sehen Sie sich ihn doch nur an – ein zerrütteter Mann, der vielleicht nie wieder ganz der Alte sein wird.«

Leona Atwater ging zu ihrem Tisch zurück, nahm ihren leeren Karton und stellte ihn vor den Geschworenen auf den Teppich. Dann schnappte sie sich mit einer plötzlichen Bewegung die schwarze Vase, drückte sie mit beiden Händen in der Mitte, und prompt zerfiel die Vase zu einem

Haufen Scherben, die in den Karton zu Leona Atwaters Füßen purzelten. Über den gesamten Saal senkte sich eine Stille wie frisch gefallener Schnee.

»Genau das ist in diesem Fall als Folge von Dr. Rinsleys therapeutischen Fehlern und dem emotionalen Streß, dem sie Mr. Arnholt in vollem Bewußtsein ausgesetzt hat, passiert.« Die Stille zerbrach durch Gemurmel im Saal, bis Richter Grabbe wiederholt mit seinem Hämmerchen auf den Tisch klopfte und »Ich bitte mir Ruhe aus!« rief.

Es war klar, daß Leona Atwater die Vase mit viel Mühe wieder zusammengeklebt und danach mit einer dünnen Schicht Klarlack überzogen haben mußte, damit sie ganz unversehrt aussah, bis sie sie mit beiden Händen drückte. Ich wandte den Kopf, um Nick anzusehen. Er saß mit steinernem Gesichtsausdruck da – das perfekte Bild eines gebrochenen Mannes.

Als in den Saal wieder Ruhe eingekehrt war und Leona Atwater ihren Karton mit Scherben zu ihrem Tisch zurückgebracht hatte, nahm sie ihre Position am Podium wieder ein und sagte zum Richter: »Ich möchte mich für diese Unterbrechung entschuldigen, Euer Ehren. Ich war der Meinung, es gäbe keine andere Möglichkeit, um klar zu demonstrieren, welch schwerer Schaden Mr. Arnholt meiner Ansicht nach zugefügt worden ist.«

Der Richter sah sie kalt an und zischte: »Noch eine solche Vorführung, und Sie werden sehen, wie klar ich mein Mißfallen zu demonstrieren weiß, indem ich Ihnen kurzerhand das Wort entziehe.«

»Ich danke Euer Ehren«, sagte Leona Atwater zerknirscht und stand einen Moment lang schweigend an ihrem Podium, um sich wieder zu sammeln. Dann schloß sie ihr Eröffnungsplädoyer mit den Worten: »Ladies und Gentlemen, ich bin der Überzeugung, daß Sie nach Kenntnisnahme der Beweise, die wir vorzulegen gedenken, die Beklagte eines schweren Berufsvergehens und der groben Fahrlässigkeit für schuldig befinden werden, indem sie dem Kläger vorsätzlich seelischen Schaden zugefügt hat, und daß Sie, meine Geschworenen, dem Kläger eine diesem Schaden angemessen hohe Schadensersatzsumme zusprechen werden.« Dann verließ sie das Podium und kehrte zu ihrem Tisch zurück, wobei beim Gehen das Satinfutter ihres Rockes knisterte.

Ich mußte meine ganze Willenskraft aufbieten, um mir meine Erregung nicht anmerken zu lassen. Welchen Beweis gab es dafür, daß ich nicht mit Nick geschlafen hatte? Und welchen dafür, wie krank er schon gewesen war, als er zu mir in die Praxis kam? Es gab keine länger zurückliegenden psychiatrischen Krankenberichte, keine Unterlagen darüber, daß er vielleicht schon in der Schule auffällig geworden war, keine Vorstrafen wegen Drogenmißbrauchs und keine Dienstvergehen beim Militär.

Nach einer qualvollen Mittagspause, während der Underbruck nicht stillsitzen und ich nichts essen konnte, hielt er sein Eröffnungsplädoyer. Sein Jackett paßte kaum um seinen Körperumfang, und seine Hosenbeine waren so lang, daß sie über seinen Schuhen zusammensackten. An seinem leicht höheren Tonfall merkte ich, daß er nervös war. Er hielt sich mit beiden Händen am Podium fest.

»Waren wir nicht alle wie geblendet von Ms. Atwaters Vorführung? Haben wir nicht richtig mitfühlen können, wie Mr. Arnholt unter den groben Händen von Dr. Rinsley in eine Million Stücke zerbrochen ist? Aber so dramatisch diese Demonstration auch gewesen ist, *mit der Wahrheit hat sie nichts zu tun.*« Bei jedem dieser Worte pochte er mit der Faust auf das Podium, um ihnen Nachdruck zu verleihen. Dann zeigte er auf Nick. »Als Dr. Rinsley diesen Mann zum erstenmal zu Gesicht bekam, war er *mehr* als eine angeknackste Vase; er war eine *zerbrochene* Vase, nicht weniger lose zusammengeklebt wie die Vase, die uns Ms. Atwater heute freundlicherweise gezeigt hat. *Aber* – er war auf eine ganz besondere Weise zerbrochen. Sie werden Aussagen hören, die belegen, daß Mr. Arnholt *gelogen* hat, wenn es ihm passend erschien; er war es, der Frauen manipuliert hat; er hat die, die ihm nahestanden, *bestohlen.* Seine Krankheit – sein Geschick im Lügen und Manipulieren – ist es, was uns heute hier zusammengeführt hat, *nicht* die Behandlung, die Dr. Rinsley ihm hat zuteil werden lassen.

Wie soll ich nun den Namen einer kompetenten, ehrenhaften Psychologin, deren Patient lügt, von diesem Makel befreien? Die Antwort ist, daß ich dazu Ihre Hilfe brauche. Ich werde auf Ihre Bereitschaft bauen müssen, sich auf eine komplexe und wissenschaftliche Beweisführung seitens der Experten einzulassen. Aber so Sie dazu bereit sind, mir zu folgen, bin ich überzeugt, daß Sie zu dem Schluß kommen werden, daß Mr. Arnholt ein cleverer Jurist ist, der sich mit den Gesetzen bestens auskennt und *Sie* hinters Licht führen will, indem er seine Therapeutin vor Gericht zerrt.« Er stand auf, kratzte sich am Kopf, glättete sein Haar und rückte seine Lesebrille zurecht. Dann verließ er das Podium und trat zu den Geschworenen hin, um ihnen direkt in die Augen zu sehen.

»Von seiten anerkannter Experten werden Sie Aussagen zu hören bekommen, die belegen, daß die Therapie, der Dr. Rinsley Mr. Arnholt unterzogen hat, *höher* als die erwarteten Maßstäbe zu bewerten ist. Dr. Rinsley hat außerordentliche Toleranz Mr. Arnholt gegenüber bewiesen. Schon zu einem frühen Zeitpunkt hat Sie ihn darüber ins Bild gesetzt, daß die Therapie schmerzliche Erfahrungen mit sich bringen könnte. Durch mehrere Krisen hindurch ist sie an seiner Seite geblieben. Für den Fall, daß eine Notsituation eintritt, hat sie sich ständig zu seiner Verfügung gehalten, und sie ist sogar zur Supervision gegangen, um sicherzustellen, daß sie die Therapie korrekt durchführte.« Underbruck lief von einem Ende der Geschworenenbank zum anderen und zurück, aber er hatte keine angeschlagene Vase, die er zerdrücken konnte, nur seine Worte, die durch den großen Ketchupfleck, den er sich beim Mittagessen auf sein weißes Hemd gemacht hatte, eine gewisse Ablenkung erfuhren.

»Bei seinen Problemen und seiner Vorgeschichte war es unvermeidlich, daß Mr. Arnholts Therapie sich schwierig gestalten würde. Nun mögen Sie sagen, der Mann hat doch einen Selbstmordversuch unternommen und das beweist ja, daß er einen Schaden davongetragen hat. Nicht unbedingt, sage ich dagegen. Mr. Arnholt hat den Notruf verständigt. Er wollte leben. Und es kann sein, daß dieser Selbstmordversuch eine kalkulierte Show gewesen ist, wenn auch eine etwas vorzeitige, um damit seine Therapeutin zugrunde zu richten.«

Es gab eine Unruhe an Leona Atwaters Tisch, als Nick angewidert seinen Stuhl zurückschob und »Ich kann das einfach nicht glauben«, hervorstieß. Seine Anwältin beugte sich sogleich zu ihm hinüber, um ihn zu beruhigen. Der Richter verbat sich ausdrücklich einen solchen Ausbruch, und Leona Atwater entschuldigte sich bei ihm für Nick.

Underbruck strich sich mit der Hand durchs Haar, trat an unseren Tisch, um einen Schluck Wasser zu trinken, und fuhr dann mit seinem Plädoyer fort. Sein Gürtel war mittlerweile weit unter seinen Bauch gerutscht, und sein Hemd spannte sich so sehr, daß man zwischen den Knöpfen seine Unterwäsche sehen konnte.

»Und wie haben wir nun Mr. Arnholts Verhalten zu bewerten? Wenn er das Gefühl hatte, derart inadäquat behandelt zu werden, warum hat er sich dann nicht beschwert? Warum hat er die Therapie nicht abgebrochen? Warum hat er sich nicht auch eine zweite Meinung eingeholt?« Underbruck warf die Arme in die Höhe und polterte: »Wer würde seine Rechte besser kennen als ein Anwalt, frage ich Sie. Die Antwort ist, daß Mr. Arnholt wußte, daß er die korrekte Behandlung erfuhr, und daß er deswegen bei Dr. Rinsley geblieben ist.«

Nachdem er eine kurze Pause gemacht hatte, damit die Geschworenen das schlucken konnten, ging Underbruck zum Podium zurück, um zu seinem letzten großen Schlag auszuholen. »Ladies und Gentlemen, ich möchte Ihnen gerne anvertrauen, was meiner Ansicht nach in diesem Fall passiert ist. Mr. Arnholt war ein eitler Mann, ein Frauenheld, der es liebte, auf Beutezüge auszugehen. Aber Dr. Rinsley war eine Frau, die er nicht haben konnte, und die Tatsache, daß sie es ablehnte, die Therapie abzubrechen, um eine Liebesaffäre mit ihm einzugehen, war etwas, was Mr. Arnholt *einfach nicht hinnehmen wollte.* Die Wahrheit ist, daß Mr. Arnholt aus Wut über seine mißlungenen Verführungsversuche bei Dr. Rinsley einen relativ ungefährlichen Selbstmordversuch vorgespielt und sich dann diese Sexgeschichte zurechtgedichtet hat, um Rache zu nehmen – die verheerendste Rache, die man an einer Therapeutin nur nehmen kann – und sich quasi als Beigabe noch eine Stange Geld damit zu verdienen.«

Noch einmal gab es Stühlescharren am Tisch von Leona Atwater, aber diesmal war sie es, die aufsprang. »Einspruch!« rief sie. »Euer Ehren, ich habe hier geduldig gesessen und dem Eröffnungsplädoyer des Herrn Verteidigers zugehört, aber das ist unfaßbar. Diese Tirade ist eine höchst gefährliche, herabwürdigende Darstellung meines Klienten, die jeden Zusammenhang mit dem verfügbaren Beweismaterial vermissen läßt.«

»Wir haben schon allerhand Eskapaden Ihrerseits miterleben dürfen, Frau Anwältin«, sagte Richter Grabbe ungerührt in sein Mikrofon, »und falls ich Sie daran erinnern darf, wir befinden uns erst im Eröffnungsplädoyer. Einspruch abgelehnt.«

Underbruck beendete sein Plädoyer. »Nachdem das gesamte Beweismaterial der Experten vorliegt, wird es an Ihnen sein, zu entscheiden, wessen Version von der Geschichte die wahre ist, und es werden gewiß Punkte offenbleiben, die nie zu klären sein werden. Aber eines wird Ihnen sonnenklar vor Augen geführt sein: Als Mr. Arnholt zum erstenmal vor Dr. Rinsleys Tür stand, war er ein weit kränkerer Mann, als Ms. Atwater Sie es gerne glauben machen möchte. Und manchmal kann ein Arzt alles richtig machen, und der Patient stirbt ihm doch unter den Händen.«

Underbruck nahm wieder Platz. Er war ganz rot im Gesicht geworden. Er hatte seine Sache gut gemacht, und ich fand, daß wir zumindest einen Gleichstand erreicht hatten.

56

In dieser Woche vertraute ich Beryl an, daß ich es am Anfang der Therapie genossen hatte, mich mit Nick in den Clinch zu begeben. »Er war eine so harte Nuß. Ich war fest entschlossen, mich von ihm nicht ins Bockshorn jagen zu lassen.«

»Und was muß einer tun, um Sie ins Bockshorn zu jagen?«

»Mir eine Niederlage beibringen. Mich zur Aufgabe zwingen. Mein Vater hat immer gesagt, das wäre das Schlimmste, was man tun könnte. Wahrscheinlich, weil er selber es war, der dem Baseballspiel den Rücken gekehrt hat.«

»Und obwohl sich Ihr Vater den Luxus geleistet hat, einfach davonzulaufen, hat er von Ihnen verlangt, daß Sie niemals aufgeben?«

»Ich denke schon. Für sich hatte er immer dieselbe Entschuldigung parat: ›Ich hatte einen Wurfarm für die Oberliga, Sarah. Es war bloß eine hundsmiserable Saison. Und ich will verdammt sein, wenn ich deswegen für den Rest meines Lebens immer kleine Brötchen backen soll.‹« Und da sah ich ihn wieder vor mir, wie er jedesmal, wenn er mir das erzählte, versuchte, meinem Blick auszuweichen. »Gibt es denn bei *Ihnen* Patienten, Beryl, bei denen Sie die Behandlung mittendrin abbrechen?«

»Mit manchen Beziehungen zwischen Patient und Therapeuten stimmt gleich von Anfang an etwas nicht, als ob zwei Menschen sich verheiraten, die nicht zueinander passen. Wenn man den Blick und das Gespür dafür hat, merkt man das schon beim ersten Gespräch. Wenn nicht, muß man sehen, daß man da rauskommt, sowie das deutlich wird.«

Zu dem Zeitpunkt, als ich das bei Nick gemerkt hatte, war es schon zu spät gewesen.

Dann rief Kevin Utley an, um mir zu sagen, daß er eventuell einen Job für mich hätte. »Es würde sich um eine eigens für dich geschaffene Stelle handeln. Voraussetzung ist natürlich, daß dein guter Name wiederhergestellt wird.«

»Schöne Voraussetzung.« Ich war verstimmt. Was sollte ich mit einem Job, der mir verlockend in Aussicht gestellt wurde, den ich aber vielleicht nie würde antreten können?

»Jetzt tu doch nicht so, Sarah. Du bist eine der verantwortungsbewußtesten Psychologinnen, die ich je kennengelernt habe. Ich bin überzeugt davon, daß die Geschworenen das auch so sehen werden.«

»Wer weiß? Anwälte können die Wahrheit so verdrehen, daß sie wie eine Lüge aussieht.«

»Es ist meine feste Überzeugung, daß die Wahrheit ans Licht kommen wird«, sagte Kevin mit Nachdruck. »Und sowie du das alles überstanden hast, geht es richtig los! Ich habe die gesamte Verwaltung unter mir, und du wirst Leiterin der Abteilung für Ambulanzfälle.«

»Ich danke dir für dein Vertrauen. Aber einmal angenommen, daß ich den Prozeß verliere, tu mir einen Gefallen, okay? Ruf mich ein paar Monate lang nicht an, denn ich werde nicht in der Stimmung sein, mit jemandem zu reden.«

»Wenn du deinen Prozeß verlierst, ist das ein grober Justizirrtum.«

Sein Vertrauen in mich ließ meine schlechte Laune rasch vergehen.

Leona Atwaters erster Zeuge war Richard Oppenheimer, Leiter der psychologischen Abteilung am *Stanford University Medical Center*. Er war ungefähr sechzig, von beeindruckender Statur, kräftig gebaut, mit klaren blauen Augen und einem breiten, herzlichen Lächeln. Er scherzte mit Nicks Anwältin, bevor er im Zeugenstand Platz nahm. Offensichtlich war er es gewohnt, vor Gericht als Zeuge aufzutreten.

Dies war der Kern seiner Aussage: Schon zu einem frühen Zeitpunkt der Therapie hatte ich bei Nick fälschlicherweise eine narzißtische Persönlichkeitsstörung diagnostiziert, eine Tatsache, die aus meinen Aufzeichnungen hervorging; ich hatte nachlässig gehandelt, weil ich ihn nicht einer Reihe von Tests unterzogen hatte, und hätte, in diesem Fall, sehr viel eher feststellen können, daß es sich bei ihm um eine Borderline-Persönlichkeit handelte; ich hatte folglich die Behandlung falsch angepackt; weiterhin hatte ich es versäumt, ihn an einen Kollegen zu überweisen, sobald sexuelle Gefühle zwischen uns ein Thema wurden, und schließlich hatte ich auch die Zeichen für einen sich ankündigenden Selbstmordversuch nicht richtig zu deuten gewußt. Aus allen diesen Gründen entspräche meine Behandlung nicht den von der Kammer vorgegebenen Mindestansprüchen. Was den angeblichen sexuellen Kontakt betraf, hatte er folgendes zu sagen: »Falls es dazu gekommen sein sollte, wäre es eine eklatante Verletzung der therapeutischen Sorgfaltspflicht.« Seine Aussage klang überzeugend, wohldurchdacht und intelligent.

Leona Atwater hatte von ihren Assistenten eine riesige weiße Papptafel in den Saal bringen lassen, auf der in Diagrammform die wichtigsten Ereignisse aus Nicks Therapie eingetragen wurden, woraus sich eine Grafik ergab, die seine Entwicklung im Verlauf dieser Therapie widerspiegelte. Dann stellten sie die Tafel so auf, daß die Geschworenen sie sehen konnten. Die Grafik zeigte ein sprunghaftes Kurvendiagramm, das am Ende scharf nach unten abfiel. Meiner Meinung nach war das Beste, was man mit so einer Tafel anfangen konnte, sie zu verbrennen, aber sie war gefährlich, denn solche grafischen Bilder wirken stärker nach, als Worte es vermögen.

Oppenheimer führte die Geschworenen durch die einzelnen Punkte der Kurve, erklärte jeden Höhe- und Tiefpunkt und betonte noch einmal, wie rapide es am Ende bergab ging. Er war überzeugend in seiner unaufdringlichen Art, seiner augenscheinlichen Ruhe und seiner klar verständlichen Sprache. Als Resultat meiner Behandlung, sagte er, litte Nick nun unter schweren Depressionen, und mit einer Prognose für die Zukunft »müßte man sehr vorsichtig sein«.

Underbruck hatte einen erfahrenen Gerichtspsychologen besorgt, der die Darlegungen dieses Mannes zu einem späteren Zeitpunkt entkräften sollte, aber ich litt nichtsdestotrotz schon um vier Uhr nachmittags unter so heftigen Kopfschmerzen, daß mir fast schwindelig wurde, als ich mich erhob. Wenn Leona Atwaters gesamte Beweisführung so überzeugend ausfallen sollte, hatte ich kaum eine Chance.

Später, in Underbrucks Büro, zog ich einen Trainingsanzug an, und wir stärkten uns mit Sandwiches, Blätterteiggebäck und Kaffee aus dem Delikatessengeschäft unten im Erdgeschoß, während wir die an diesem Tag gemachten Aussagen noch einmal im Detail durchgingen und uns die Lücken und Schwachpunkte für das Kreuzverhör am nächsten Tag heraussuchten. Als ich gegen Mitternacht heimkam, hatten sich ein paar von den ganz hartnäckigen Reportern vor meiner Tür häuslich niedergelassen, aber ich erklärte, ich hätte ihnen nichts zu sagen, und schlug ihnen die Tür vor der Nase zu.

Meine Mutter war wie üblich wachgeblieben, um auf mich zu warten. Sie häkelte so schnell, daß ihre Hände sich bewegten wie zwei kreisende Räder. Meinen Instruktionen zufolge war sie weder ans Telefon noch an die Haustür gegangen, und es tat mir leid, sie so in meinem schäbigen Apartment eingesperrt zu wissen. »Möchtest du mich nicht morgen ins Gericht begleiten, Mom?«

»Ach, ich wäre dir doch nur im Wege, Liebstes. Mach dir um mich keine Gedanken. Erzähl mir nur am Abend, wie's gewesen ist.« Sie goß mir ein Glas Wein ein, das ich trank, während ich sie über die Ereignisse des Tages ins Bild setzte. Mir fiel auf, daß ihre Fingernägel bis zum Fleisch abgekaut waren.

Später hörte ich noch meinen Anrufbeantworter ab, während ich meine Kleider wegräumte. Es waren zwei Anrufe von Val auf dem Band. Beim zweiten sagte sie, ich könnte sie auch spät abends noch zurückrufen. Dreimal hatten Journalisten angerufen, dann noch ein paar Witzbolde, ein Anruf war von Linda und einer von Humberto. Ich bat meine Mutter, am nächsten Vormittag Linda und Humberto anzurufen und ihnen zu sagen, mir ginge es gut. Dann wählte ich Vals Nummer.

»Es ist nicht mehr auszuhalten«, sagte ich. »Ich werde von Reportern verfolgt, von allen Leuten angestarrt. Nick läßt sich von allen bemitleiden und treibt sein Spielchen munter weiter.«

»Wie schrecklich. Hoffentlich fliegt die ganze Lügengeschichte bald auf.«

»Du ahnst nicht, wieviel es mir bedeutet zu wissen, daß wenigstens du mir glaubst.«

»Wir sind Schwestern fürs Leben«, sagte Val liebevoll. »Und wie läuft's mit deiner Mom?«

»Ach, es läuft halt.« Val konnte sich ja vorstellen, daß Mom zuhörte und ich vorsichtig sein mußte mit dem, was ich sagte.

»Warum machst du nicht was daraus, wenn sie nun schon da ist? Bitte sie doch, für dich zu kochen. Oder dir ein Kleid zu schneidern.«

»Ich kann nichts essen. Und was soll ich mit einem neuen Kleid?«

»*Ich* könnte eines gebrauchen.«

»Fein, dann komm uns doch besuchen.«

»Mach ich glatt. Samstag nachmittag, okay?«

»He, Moment mal! Ist das eine ganz besondere Art von Kleid, von dem du da sprichst?«

»Könnte gut sein.«

»Val! Willst du – ist es ein Hochzeitskleid?«

Sie lachte. »Ja. Ich wollte es dir eigentlich erst nach dem Prozeß sagen, aber ich würde mich so freuen, wenn deine Mom mir mein Hochzeitskleid entwerfen könnte.«

Wir verabredeten uns auf Samstag, und ich freute mich aus ganzem Herzen für sie. Später aber, auf meinem schiefen Sofabett, verzehrte mich der Neid. Sie bekam ihr Leben voll und ganz in den Griff, während das meine in Stücke zerbrach.

Als die Verhandlung am nächsten Morgen fortgesetzt wurde, mußte ich zu meinem größten Unmut feststellen, daß Nick inzwischen schon so etwas wie einen Fanclub besaß. Als Underbruck und ich auf den Saal zukamen, hatten sich mindestens ein Dutzend Frauen um Nick geschart, denen er – man glaubt es nicht – Autogramme gab. Als er merkte, daß ich ihn ansah, warf er mir ein verlegenes Grinsen zu. Ja, die Menschen neigen halt dazu, jemanden in den Himmel zu heben, auch wenn sie ihn gar nicht kennen, sagte ich mir.

Underbruck nahm Oppenheimer ins Kreuzverhör und begann mit einem Sperrfeuer von Fragen: Kam es nicht vor, daß Patienten durch psychologische Tests das Vertrauen verloren? Ist es nicht so, daß Therapeuten mit einer »vorläufigen Diagnose« arbeiten und daß sich diese Diagnose des Patienten mit der Zeit ändern kann? Kam es nicht auch vor, daß Patienten bisweilen plötzlich einen Selbstmordversuch unternahmen, ohne daß vorher irgend etwas darauf hingedeutet hätte?

Dr. Oppenheimer konnte nicht umhin, Underbruck in dem einen oder anderen Punkt recht zu geben, was seine Aussage vom Vortage in eine für mich etwas günstigere Perspektive rückte, aber plötzlich schrie eine Frau aus dem Publikum »Gott bewahre uns vor Ärzten!«, und als sich alles nach ihr umdrehte, hob Nick in einer Geste der Solidarität die Faust und grinste, bis man die Frau aus dem Saal entfernt hatte. Richter Grabbe sorgte mit seinem Hammer für Ruhe. Underbruck indessen bemühte sich vor den Geschworenen, seinen Faden wieder aufzunehmen. »Ladies und Gentlemen, ich hatte ja eingangs bereit erklärt, ich würde Ihre Hilfe brauchen, und wie Sie sehen, ist dies auch der Fall. Versuchen wir, uns auf die Aussagen zu konzentrieren, und den Zirkus, der um diesen Prozeß herum veranstaltet wird, zu ignorieren.«

Richter Grabbe sprang in unsere Bresche, indem er erklärte: »Ich möchte doch betonen, daß wir uns hier in einem Gerichtssaal befinden und nicht auf dem Marktplatz. Es sollten keine Schlüsse gezogen werden, ehe nicht die Beweisaufnahme beendet ist. Und sollte sich noch jemand so einen Ausbruch gestatten, werde ich ihn oder sie in Verwahrung nehmen lassen.«

Underbruck setzte das Kreuzverhör fort, indem er die Frage des sexuellen Kontaktes zwischen mir und Nick ansprach. »Doktor, kommt es häufiger vor, daß Therapeuten sexuelle Gefühle für ihre Patienten entwickeln?«

»Es kommt bisweilen zu flüchtigen Gefühlen oder Gedanken solcher Art. Weniger häufig kommt es vor, daß sich solche Gefühle zu einem dauerhaften Verlangen entwickeln.«

»Aber falls in gewissen Fällen der Therapeut ein solches Verlangen entwickelt, würden Sie es dann für angebracht halten, mit der Therapie fortzufahren, solange der Therapeut zu verhindern weiß, daß diese Gefühle den Therapieprozeß beeinträchtigen?«

»Ja.«

»Einmal abgesehen von Mr. Arnholts Behauptung, Dr. Rinsley hätte Geschlechtsverkehr mit ihm gehabt: Haben Sie irgendeinen Grund, zu glauben, Dr. Rinsley hätte ihren sexuellen Gefühlen für ihren Patienten freien Lauf gelassen?«

»Ich denke, die Verschlechterung seines Gesamtzustandes ist ein Hinweis auf einen möglichen sexuellen Mißbrauch von seiten der Therapeutin.«

»Könnte es nicht auch andere Faktoren gegeben haben, die zu dieser Verschlechterung geführt haben?«

»Die könnte es gegeben haben.«

Befriedigt über diese Antwort, legte Underbruck eine kurze Pause ein und suchte etwas in seinen Unterlagen. Die Geschworenen rutschten auf ihren Stühlen herum, flüsterten miteinander und schienen sich zu amüsieren. Nick schob seinen Stuhl gerade weit genug vom Tisch zurück, daß ich ihn aus dem Augenwinkel beobachten konnte. Er sah zu mir herüber, und ich konnte seine Energie spüren, als wären wir beide ganz allein hier in diesem Raum. Er freut sich hämisch, weil ich meine sexuellen Gefühle ihm gegenüber zugegeben habe, dachte ich. Ich wandte den Kopf, um einen raschen Blick auf ihn zu erhaschen, und er hauchte mir einen Kuß zu. Ich wandte mich wieder ab, als hätte ich nichts gesehen, aber ich konnte kaum meine Wut im Zaume halten. Was in aller Welt hatte ich je so anziehend an ihm gefunden?

Underbruck setzte seine Befragung mit dem Ziel fort, Oppenheimer in seinen eigenen Widerspruch zu verstricken: Wenn Nick schon zu Anbeginn seiner Therapie eine Borderline-Persönlichkeit gewesen war, hätte er bereits einen Hang zu depressiven Anfällen und Selbstmordgedanken gehabt, und deswegen konnten diese Symptome nicht meiner Therapie angelastet werden. Er hatte Erfolg mit seiner Taktik und machte in diesem Punkt erheblichen Boden wett, worüber ich sehr erleichtert war.

»Herr Doktor«, fragte Underbruck dann, »kommt notorisches Lügen bei Borderline-Persönlichkeiten nicht häufiger vor? Andere manipulieren, sich verstellen? Der Wunsch, sich für eingebildetes Unrecht rächen zu wollen?«

Oppenheimer räumte ein, daß Borderline-Persönlichkeiten, zu denen er auch Nick zählte, in der Tat zu solchen Verhaltensmustern neigten.

»Und«, sagte Underbruck und holte zu seinem entscheidenden Schlag aus, »wenn ein Patient seinem Therapeuten nun seine Selbstmordgedanken verschweigt, Ereignisse aus seiner Vergangenheit vorenthält oder sie falsch darstellt, ist es dann nicht naheliegend, daß der Therapeut ein fehlerhaftes Bild von seinem Patienten gewinnt?«

»Einspruch!« rief Leona Atwater und sprang auf. »Das ist zusammenkonstruiert und hat nichts mit den vorliegenden Fakten zu tun!«

»Ich bitte die Damen und Herren Anwälte in mein Zimmer«, schnappte Richter Grabbe. »Wir ziehen uns für zehn Minuten zur Beratung zurück.«

Als sie zehn Minuten später wieder herauskamen, räumte Oppenheimer ein, daß ein Therapeut in der Tat zu einem gewissen Teil von der Bereitschaft des Patienten, die Wahrheit zu erzählen, abhängig war. Gemessen an dem Kopfnicken und Flüstern, das durch die Geschworenen ging, schienen sie die intendierte Nachricht aufgenommen zu haben: Wenn Nick mir nicht die ganze Wahrheit erzählt hatte, war es möglich, daß mir verzeihliche Fehler unterlaufen waren.

Während der Mittagspause erzählte mir Underbruck, warum man sich zur Beratung zurückgezogen hatte: Richter Grabbe hatte einen Anruf von seinem Börsenmakler erwartet, um zu hören, wie die Aktienverkäufe am Vormittag gelaufen waren. Ich war wie vor den Kopf geschlagen. Da hing meine Zukunft am seidenen Faden, und die hatten nur ihre Investitionen im Kopf.

Als ich an diesem Abend nach Hause kam, lungerten immer noch Reporter vor meinem Haus herum und wühlten in den Mülltonnen. Ironischerweise fühlte ich mich durch ihre Anwesenheit vor möglichen Überfällen auf dem Weg zu meiner Haustür geschützt, in dem Block gab es nämlich keinen Sicherheitsdienst.

In der Wohnung fand ich meine Mutter inmitten eines Haufens von Hochzeitsjournalen, einem Skizzenblock und Buntstiften vor. »Na, wie war das Wiesel heute?«

»Zum Kotzen, wie immer.« Ich machte mir einen Drink und streifte meine Schuhe ab.

«Ich mußte heute nachmittag zum Supermarkt, und da haben mich ein paar von den Journalisten mit Fragen bombardiert.«

»Oh, Mist. Was hast du gesagt?«

»Kein Kommentar, kein Kommentar, kein Kommentar.«

Ich bedankte mich bei ihr, weil sie so ganz in meinem Sinne gehandelt hatte, und lobte ihre Skizzen für das Hochzeitskleid, aber es tat weh, ihren unausgesprochenen Wunsch zu spüren, sie würde das Kleid für *mich* entwerfen. Ich gemahnte mich an etwas, was Beryl gesagt hatte: »Sie möchten Ihrer Mutter genausosehr gefallen wie sie Ihnen. Deswegen fällt es Ihnen so schwer, nicht auf ihre Wünsche eingehen zu können.« Ich schluckte meine Gefühle herunter und ging ins Schlafzimmer, um mein Kostüm auszuziehen.

Später ließ ich mich in die heiße Wanne sinken, trank ein Glas Chablis und dachte darüber nach, was ich tun wollte, falls ich meine Zulassung verlor.

Vielleicht würde es nach all dem eine Erleichterung für mich bedeuten. Aber wenn meine Schulden so groß würden, daß ich zehn Jahre brauchte, um sie abzuzahlen? Ich könnte Vorlesungen halten oder mich in einem Kurbad für übergewichtige Frauen verdingen oder meine Geschichte einem der Kabelsender verkaufen, die dauernd bei mir anriefen. Aber nichts davon erschien mir allzu verheißungsvoll.

Ich schloß die Augen und stellte mir vor, ich wäre auf einem Floß in der Karibik. Eine warme Brise unter der heißen Sonne, ein Fremder, der in einer Sprache auf mich einredete, die ich nicht verstand, die ich auch gar nicht verstehen wollte. Vielleicht sollte ich einfach aussteigen und so ein Leben führen, weit fort von allen Erwartungen, die in mich gesetzt wurden. Mußte ich es denn, wie meine Mutter, immer allen Leuten recht machen? Nein, davon hatte ich jetzt die Nase voll.

57

An diesem Samstag kam Val, um mit meiner Mutter über das Hochzeitskleid zu sprechen. Sie griff sich mit beiden Händen in ihre Mähne und türmte sich das Haar über dem Kopf auf. »Was meinst du? Hochgesteckt oder lang herunter?«

»Hochgesteckt«, sagte ich. »Das wirkt eleganter und dezenter.« Es fiel mir nicht leicht, an ihrer Planung teilzuhaben. Mir fehlte Frank, mein Privatleben deprimierte mich zutiefst, und der Enthusiasmus, mit dem meine Mutter dabei war, ging mir ganz besonders an die Nieren, aber ich gab mir größte Mühe, meine wahre Stimmung zu verbergen. Für ein paar Stunden gelang es mir sogar, mich auf Kleiderskizzen und Stoffe und die Debatte darüber, in welchem Hotel der Empfang gegeben werden sollte, zu konzentrieren. Aber dann überkam mich wieder das Verlangen, davonzulaufen und mich zu verstecken. Nie hatte ich mich einsamer gefühlt, und doch gab es keinen Ort, an dem ich einen Augenblick des Alleinseins genießen konnte.

Als ich Val später zu ihrem Wagen begleitete, fragte sie: »Möchtest du meine Trauzeugin sein?«

»Nur zu gerne!« Es gab niemand, deren Freude ich lieber teilen wollte.

Wir umarmten uns. »Ich habe ein schlechtes Gewissen, weil ich so glücklich bin, während du durch die Hölle gehst«, sagte Val.

»Nicht doch. Ich würde mich kein bißchen besser fühlen, wenn du auch unglücklich wärest.« Vor Beryl mußte ich später zugeben, daß das nicht stimmte. Es hätte mir gutgetan, wenn wir beide zusammen vor Gericht gemußt hätten, nur damit ich das alles nicht alleine durchzustehen brauchte. Ich haßte mich dafür, solche Gedanken zu haben, aber nachdem ich es erst einmal laut ausgesprochen hatte, spürte ich, daß dieses Gefühl längst nicht so stark war wie meine ehrlich empfundene Liebe zu Val, und ich gewann noch größeren Respekt vor der Heilwirkung, die daraus erwächst, wenn man destruktive Gedanken vor sich selber eingesteht.

Am Montag setzte Leona Atwater ihre Beweisführung mit Hilfe eines weiteren Spezialisten fort, der betonte, wie wichtig es sei, in der Therapie eines Borderliners strikte Grenzen festzulegen. Im Kreuzverhör schoß sich Underbruck auf die Mutmaßung ein, ich hätte eben diese Grenzen verletzt, als ich Nick auf der Intensivstation besuchte.

»Doktor, ist Ihnen aus der einschlägigen Fachliteratur ein Werk bekannt, das sich mit der Frage auseinandersetzt, ob ein Psychologe einen verletzten Patienten im Krankenhaus besuchen sollte oder nicht?«

»Nein, nicht, soweit das diese spezifische Frage betrifft.«

»Also muß der Therapeut aus der Situation heraus und unter Anbetracht der jeweiligen Umstände seine Entscheidung treffen?«

»Ja.«

Nach einer weiteren halben Stunde voller Gegenattacken war Underbruck bei seiner letzten Frage angelangt: »Doktor, wissen Sie in der Therapie immer ein halbes Jahr im voraus, wieviel Offenheit in bezug auf seine Vergangenheit gut für den Patienten ist?«

»Bei meiner Arbeit weiß man nie etwas im voraus. Deswegen wird sie ja immer noch als eine Kunst betrachtet.« Das kam uns sehr gelegen, und wir baten um zehn Minuten Pause.

Um mich ein wenig zu entspannen, fuhr ich mit dem Fahrstuhl eine Etage tiefer und setzte mich auf die Bank vor einen Saal, in dem Familiensachen verhandelt wurden. Ein Mann in schwarzem Anzug und Cowboystiefeln aus Krokodilleder sprach in hitzigem Ton mit seinem Anwalt. Ein paar Meter weiter hatte eine schöne Frau, vielleicht fünfunddreißig, hübsch genug, um früher einmal Model gewesen sein zu können, deren Schönheit aber mittlerweile zu verblassen begann, mit ihrem eigenen Anwalt eine Auseinandersetzung. Es hatte den Anschein, als gehörten der Mann und die Frau zusammen – sie mit ihrem hübschen blonden Haar und dem Schmollmund, er mit seiner Arroganz und beginnendem Bauchansatz, und dann ging mir auf, daß sie gerade dabei waren, sich scheiden zu lassen, und sich jetzt um die Möbel stritten. Ich beobachtete sie fünf Minuten lang, stellte mir dabei vor, wie ihre Liebe wohl angefangen haben mochte, wie hübsch sie ihm vorgekommen sein mußte mit ihren großen runden Puppenaugen, und wie vielversprechend er ihr mit irgendeiner großen Karriere, die vor ihm lag. Und was war aus all der Liebe und den romantischen Gefühlen geworden? Ein Feilschen um Lampen und Kleiderschränke und Uhren. Ich wünschte mir, daß so etwas nicht auch Val und Gordon bevorstand, und mir wurde richtig schlecht, als ich an die Distanz denken mußte, die zwischen mir und Humberto entstanden war.

Als ich zu unserem Saal zurückkam, waren die meisten Journalisten noch draußen, schickten Faxe oder sprachen in ihre Handys. Die Zuschauer waren lieber auf ihren Plätzen geblieben, damit nicht ein anderer sie einnahm. Zwei junge Frauen in Lederjacken und mit Ringen durch die Nase hielten ein Plakat mit der Aufschrift »Wir lieben Nick« in die Höhe. Auch ein paar gutgekleidete, rosawangige Anwaltsaspiranten waren da und machten sich Notizen. Eine Frau mittleren Alters mit kurzem blonden Haar kritzelte ebenfalls etwas in einen Notizblock. Dann kamen die Geschworenen wieder herein, kauten auf Erdnüssen und Kartoffelchips von der Snackbar, und ich fand es sonderbar, daß mein Schicksal in den Händen von Menschen lag, die sich so gelassen gaben. Sie wirkten auf mich wie Kinobesucher, die darauf warteten, daß der Film anfing.

Von Leona Atwater wurde als nächster Billy Checkers in den Zeugenstand gerufen, ein alter Studienkollege von Nick, mit dem er ab und zu einen trinken ging. Billy trug einen locker sitzenden Leinenanzug mit bis zum Hals zugeknöpftem rosa Hemd und keine Krawatte. Sein dunkelblondes Haar trug er oben länger und an den Seiten kurzgeschnitten. Er beschrieb die Veränderungen, die er an Nick während der Zeit seiner Therapie bei mir wahrgenommen hatte, wie verdrießlich Nick geworden war, und daß er keine Lust mehr verspürte, auf Parties zu gehen. Der schlimmste Augenblick kam, als Billy einen Abend mit Nick ein paar Monate vor seinem Selbstmordversuch beschrieb.

Billy hatte sich gerade verlobt, und sie waren zusammen losgezogen, um das zu feiern. »Vier oder fünf Drinks später fing Nick plötzlich damit an, er wäre in seine Seelendoktorin verknallt, und das würde ihn umbringen.« Ich erinnerte mich vage daran, daß Nick mir von diesem Abend erzählt hatte. Mein Magen drehte sich um, während ich den Einzelheiten lauschte. Den Geschworenen gefiel es, Billy zuzuhören. Das war mal etwas anderes als das Gerede der Fachleute.

»So hatte ich ihn noch nie gesehen. Er hatte sogar Tränen in den Augen. Mensch, das war vielleicht was. Er sagte, er würde vierundzwanzig mal sieben mit ihr zusammen sein wollen, wenn sie ihn nur ließe.«

Leona Atwater bat darum, zu dem Zeugen hintreten zu dürfen, ging dann langsam zu Billy und sagte leise: »Können Sie uns sagen, was vierundzwanzig mal sieben bedeutet?«

»Na, was schon«, sagte Billy lustlos, »vierundzwanzig Stunden am Tag, sieben Tage die Woche.« Nicks Anwältin kehrte zu ihrem Pult zurück, und einen Augenblick lang herrschte völlige Stille im Gerichtssaal. Nun hatte jeder begriffen, wie besessen Nick von mir gewesen war. Mir wurde schwindelig, aber dann zwang ich mich, ganz langsam tief durchzuatmen.

Am Mittwoch wurde Abner Van Handle in den Zeugenstand gerufen.

Ihm hatte ich nicht verziehen, daß er mich daran gehindert hatte, gleich nach seinem Selbstmordversuch zu Nick zu fahren. Ich glaube immer noch, daß sich diese Katastrophe hätte abwenden lassen, wenn ich damals die Möglichkeit gehabt hätte, mit Nick zu sprechen.

Van Handle war ein wichtiger Zeuge. »Mr. Arnholt hat wegen Dr. Rinsley wie ein kleines Kind geweint. Er bestand darauf, daß die beiden miteinander geschlafen hätten, und ich hatte keinen Anlaß, ihm nicht zu glauben. Weder in der Notfallaufnahme noch später hat er irgendwelche Zeichen von gestörter Wahrnehmung gezeigt.« Als ich diese Aussage hörte, beschlich mich das Gefühl, mein Fall wäre hoffnungslos verloren. Ich konnte immer noch Nick vor mir sehen, wie er auf meinem Sofa weinte, mich anflehte. Er war ein sehr überzeugender Patient, und es war nur zu begreiflich, daß Abner sich sogleich hatte auf seine Seite ziehen lassen.

Mit ihren Fragen brachte Leona Atwater Abner Van Handle zu einer genauen Schilderung von Nicks Selbstmordversuch, wobei sie es darauf anlegte, daß auch recht deutlich wurde, wie *nahe* er dem Tod gekommen war. Underbruck konterte mit Fragen, die die Bedeutung dieser Aussage herunterspielten, indem er darauf hinwies, wie wenig Zeit zwischen der Einnahme der Medikamente und Nicks Anruf bei der Notrufzentrale verstrichen war. Aber es spielte keine Rolle, wieviel Boden Underbruck wettmachte, ein Selbstmordversuch war ein Selbstmordversuch, und als solcher stand er nun einmal im Raum und stellte meine Kompetenz in Frage.

Der Tag wurde abgerundet durch den Auftritt meines früheren Nachbarn, Mr. Slewicki. Er war sehr konservativ gekleidet in grauem Polyesteranzug und schwarzen Schuhen, aber an einem seiner rosigen Finger steckte ein Damenring. Er gab in einfachen Worten wieder, was er von Nicks Besuch bei mir erinnerte, erklärte, daß nach dem, was er beobachtet hätte, Nicks Wagen eine gesamte Stunde in meiner Einfahrt geparkt gewesen wäre. Mr. Slewicki wirkte sehr nervös, und seine Stimme zitterte beim Sprechen, was den Eindruck hinterließ, er versuchte, etwas zu verschweigen.

»Haben Sie vor oder nach diesem Abend noch bei einer anderen Gelegenheit Mr. Arnholts Wagen vor Dr. Rinsleys Haus gesehen?« wollte Underbruck wissen.

»Nein. Aber ich habe genau diesen Wagen an vier oder fünf verschiedenen Tagen bei uns vorbeifahren sehen.« Ich hoffte, daß dies den älteren Frauen unter den Geschworenen vielleicht eine Vorstellung davon vermittelte, wie furchteinflößend es für mich gewesen war zu wissen, daß Nick sich ständig in der Nähe meines Hauses herumtrieb. Bevor er aus dem Zeugenstand trat, stieß Mr. Slewicki in Richtung auf die Geschworenen noch »Dr. Rinsley ist ein guter Mensch« hervor. Leona Atwater ließ das aus dem Protokoll streichen.

Nach dem Verhandlungstag fühlte ich mich so niedergeschlagen, daß ich von Underbrucks Büro aus Humberto anrief und ihn fragte, ob ich heute abend zu ihm kommen könnte. Nur ein paar Stunden bei ihm sein, dachte ich, dann würde ich auch noch den Rest der Woche überstehen. Am anderen Ende der Leitung entstand eine kurze Pause, und dann sagte er: »Ja, selbstverständlich. Ich hatte zwar schon etwas vor, aber das werde ich absagen.«

Mußte er mir unbedingt aufs Brot schmieren, daß er schon etwas anderes vorgehabt hatte? Ich hätte ihn nicht anrufen sollen. Zu spät. Jetzt war ich bei ihm angekrochen gekommen. Egal, ich würde hingehen und versuchen, mir den Abend so schön wie möglich zu machen. Zu Hause zog ich Jeans und ein Sweatshirt an und aß noch mit Mom zu Abend, bevor ich aufbrach.

Sie hatte gebratenes Hähnchen vorbereitet, und ich zwang etwas davon in mich hinein, damit sie nicht das Gefühl hatte, ihre Mühe sei umsonst gewesen. Dann entschuldigte ich mich bei ihr dafür, sie allein zu Hause sitzen zu lassen, während ich zu Humberto ging, aber sie war angenehm berührt von der Neuigkeit und störte sich nicht daran.

Als ich durch Humbertos Tür trat, bellte und winselte Frank und sprang vor lauter Aufregung in die Luft. Ich kniete mich hin und ließ mich von ihm ablecken und beschnüffeln. Humberto lachte, als er uns so sah, aber hinterher bekam er kaum ein Wort heraus und sprach nur davon, wie überlastet sie im Restaurant waren. »Es tut mir leid«, sagte ich. »Ich hoffe, mein Besuch kommt dir nicht allzu ungelegen.«

»Nein, nein. Es ist nur ... ich war bloß gerade ...« Er fuchtelte mit den Armen und ließ sie dann in einer Geste der Ratlosigkeit sinken. »Ich weiß nicht, was ich zu dir sagen soll. Ich weiß nicht, worüber ich mit dir reden könnte, ohne ins Fettnäpfchen zu treten.«

»Gar nichts. Laß uns überhaupt nicht reden.«

Er zog die Augenbrauen in die Höhe, und mir ging auf, daß er glaubte, ich wollte Sex mit ihm haben. »Was ich sagen will ... laß uns einfach am Kamin sitzen, uns bei den Händen halten und gar nichts sagen. Könnten wir das machen?«

Er schien erleichtert. »Sicher.«

Ich sah zu, wie er das Feuer entfachte, und mußte dabei an jenen Abend auf der Insel denken, als wir unsere Gläser zerschellen ließen. Oh, wie ich mir wünschte, die Zeit zurückdrehen zu können. Ich wollte diese Nähe wiederhaben, die Zärtlichkeit, Humbertos falsche Tonlage, wenn er sang, die Hoffnung, die wir einmal miteinander geteilt hatten. Aber das war lange her, lange bevor auch alles andere in Scherben zerfiel. Wir blieben etwa eine Stunde lang vor dem Feuer sitzen. Humberto hielt meine Hand und strich mir über den Arm. Frank schlief zufrieden zu meinen Füßen. Für eine kurze Zeitspanne mußte ich an gar nichts mehr denken, und Trost umfing mich.

Bevor ich nach Hause fuhr, benutzte ich das Gästebad und entdeckte dabei auf der Ablage neben dem Waschbecken eine angebrochene Pakkung Tampons. Ich fragte mich, wie wohl ihr Name war, und stürzte danach im wahrsten Sinne des Wortes aus der Tür, damit Humberto mein Gesicht nicht sehen konnte.

Wieder zu Hause, beging ich den Fehler, mir die Spätnachrichten auf CBS anzusehen. Sie zeigten eine Filmaufnahme von einem Reporter, der normalerweise gleich hinter mir seinen Platz hatte, wie er sich von den Stufen des Gerichtsgebäudes aus über mich verbreitete: »Der Prozeß scheint für Dr. Rinsley keinen günstigen Verlauf zu nehmen. Die heutige Aussage von Nick Arnholts Psychiater war überzeugend und brachte einige harte Fakten hervor. Aber natürlich steht die wichtigste Aussage, die von Mr. Arnholt selber, noch aus. Sie ist für die nächsten Tage angesetzt.«

Wieso mußten sie jeden gottverdammten Tag eine Stellungnahme ablassen? Ich schaltete den Fernseher aus und betete um eine Zeit, in der nicht jede Einzelheit meines Lebens in den Abendnachrichten zerpflückt wurde. Sie sind noch schlimmer als Hyänen und Geier, dachte ich. Sie fressen die Menschen bei lebendigem Leibe auf.

58

Leona Atwater bot noch eine ganze Reihe weiterer Zeugen auf, bevor Nick an die Reihe kam. Der Senioranwalt für Zivilsachen in Nicks Kanzlei bezeugte, wie sehr es mit Nicks Arbeit in dem Jahr vor seinem Selbstmordversuch bergab gegangen war. Ein Betriebswirt analysierte Nicks Einkommenssituation, um zu demonstrieren, wie viele finanzielle Härten er bereits erduldet hätte und wohl auch noch über die nächsten zehn Jahre würde erdulden müssen. Sie hatten sogar eine Psychologin aufgetan, die auf das ›Sex-auf-der-Couch-Syndrom‹ spezialisiert war: eine vage Aneinanderreihung von Symptomen wie Depression, Angstzu-

Ich wandte das Gesicht ab, damit die Geschworenen nicht sehen konnten, wie ich selber mit den Tränen kämpfte, vor Wut und aus Trauer. Der Richter berief eine zehnminütige Unterbrechung ein, und Underbruck flüsterte mir drohend zu, ich sollte keinen ansehen, nur ihn allein, und bloß nicht zu weinen anfangen. Ich konzentrierte mich auf seinen Bart als eine Art Selbsthypnose.

Mit so leiser Stimme, daß nur ich ihn hören konnte, sagte Underbruck: »Das hat er klasse hingekriegt. Dieser Mann will Sie zerstören. Nehmen Sie sich zusammen. Wenn die Jury Sie so auf seine Darbietung reagieren sieht, werden sie denken, Sie wären in ihn verliebt.« Ich entspannte meine Gesichtsmuskeln und starrte auf den lockigen brauen Wolldschungel vor mir, bis auch der letzte Geschworene den Saal verlassen hatte. Als ich meine Fassung wiedergewonnen hatte, führte mich Underbruck ein Stück den Flur hinunter. Wir gingen zwei Treppen tiefer, um etwas Ruhe zu haben, und setzten uns auf eine der langen Holzbänke, die überall die Flure säumten.

Aus einem der Gerichtssäle kamen fünf Elternpaare mit Kleinkindern im Alter von vielleicht einem bis drei Jahren im Arm heraus. Alle Eltern strahlten, küßten die Gesichter ihrer Babys, lachten und weinten gleichzeitig. Underbruck erklärte, sie hätten wahrscheinlich alle endgültig positiven Bescheid auf ihr Adoptionsanliegen bekommen. Aus irgendeinem Grund war das dann einfach zuviel für mich. Ich begann hemmungslos zu weinen und bedeckte mein Gesicht mit Underbrucks großem Taschentuch.

Underbruck begann sein Kreuzverhör, indem er Nick zu den Ereignissen in seinem Leben befragte, die Auslöser für eine schon länger bestehende gestörte seelische Gemütslage gewesen sein konnten. Sein Ziel war, nachdrücklich aufzuzeigen, daß Nicks derzeitige Probleme nicht erst mit mir begonnen hatten.

Nick gab zu, von seinem Vater geschlagen und in den Schrank eingesperrt worden zu sein, aber er erklärte, das hätte keine bleibenden Schäden bei ihm hinterlassen. Er wäre von seinen Eltern geliebt worden, und jegliche Vorbehalte, die er gegen sie gehegt haben mochte, wären mit ihnen in ihr Grab gewandert. Was für ein Blödsinn, dachte ich, aber hinter mir schneuzte eine Journalistin mehrfach mit lauten Trompetentönen in ihr Taschentuch, wodurch deutlich wurde, wieviel Sympathie für Nick im Raum schwebte.

In meinen Aufzeichnungen stand wiederholt zu lesen, Nick hätte sich bei mir darüber beklagt, keine Gefühle mehr entwickeln zu können, aber das half hier auch nicht weiter. Keine Gefühle zu haben, hörte sich viel besser an als depressive Zustände mit Selbstmordgedanken, und ohne einen Crashkursus in Psychologie würde es schwer sein, die Geschworenen davon zu überzeugen, daß unter Nicks Gefühl des Betäubtseins seine Depressionen jahrelang darauf gewartet hatten, zum Vorschein zu kommen.

Während der Mittagspause benahmen sich die Menschen wieder wie die Geier. Alles streckte die Hälse lang, um einen Blick auf mich zu erhaschen, überall wurden Meinungen ausgetauscht. Das war der Tag, an dem ich das Mikrofon der Reporterin die Toilette hinuntergespült hatte. Einige der Leute nannten mich sogar eine Nutte.

Nach der Unterbrechung wechselte Underbruck zu einer anderen Strategie seiner Verteidigung – er wollte klarstellen, daß Nick um die Risiken einer Psychotherapie gewußt und diese wissentlich in Kauf genommen hatte.

»Hat Dr. Rinsley Ihnen nach den ersten drei Konsultationen gesagt, Ihre gemeinsame Arbeit würde schwierig und unangenehm werden?« fragte er.

»Ja.«

»Und hätten Sie, als Anwalt, nicht wissen müssen, daß es Ihre Pflicht war, zum Schutz Ihrer eigenen Person mit der gebotenen Umsicht an die Sache heranzugehen?«

»Schon, aber in einer solchen Angelegenheit war es mir unmöglich, zu beurteilen, worin diese gebotene Umsicht bestehen sollte.«

»Wäre es nicht gebotene Umsicht um Ihrer selbst willen gewesen, noch einen zweiten Arzt zu konsultieren, wenn Ihnen wegen der Behandlung, die Sie erhielten, Zweifel kamen?«

»Schon.«

»Aber Sie haben sich nie um eine solche zweite Meinung bemüht?«

»Nein.«

»Und würden Sie es nicht für höchst angebracht halten, Ihre Therapeutin von jeglichen Selbstmordgedanken, die Sie gehegt haben mögen, in Kenntnis zu setzen?«

»Ja.«

»Aber Sie haben Dr. Rinsley nie erzählt, daß Sie sich mit Selbstmordgedanken trugen, stimmt das?«

»Ich hatte solche Gedanken gar nicht, bis sie mit mir geschlafen hat.«

Underbruck verfiel in Schweigen und blätterte in seinen Papieren. Es war ein entsetzlicher Augenblick, während dessen diese Lüge in der Luft hing wie ein Gelynchter von einem Ast.

Underbruck schoß eine weitere Reihe Fragen ab, um noch stärker zu verdeutlichen, welche Rolle Nick selber bei allem, was geschehen war, gespielt hatte. »Hat Ihnen Dr. Rinsley zu irgendeinem Zeitpunkt ihre Privatanschrift gegeben?«

»Nein.«

»Woher haben Sie dann gewußt, wo sie wohnte?«

»Ich habe ihren Namen in unseren Computer eingegeben, um ihre therapeutische Kompetenz zu überprüfen. Reine Routine in meinem Beruf.«

Underbruck zwang Nick, zuzugeben, daß er mindestens achtmal an meinem Haus vorbeigefahren war, Gegenstände aus meinem Wartezimmer entwendet und mutwillige Zerstörungen darin angerichtet, und auch, daß er mich oft mitten in der Nacht angerufen hatte. Die Geschworenen machten sich Notizen von dem, was Nick sagte, und der Makler unter ihnen warf mir einen freundlichen Blick zu, aber ich blieb während der Nachmittagspause auf meinem Stuhl sitzen. Die Heftigkeit mancher Menschen in der Menge machte mir angst.

Underbruck nahm Nick, was den Selbstmordversuch betraf, mit aller Macht in die Zange. Wann hatte er den Entschluß dazu gefaßt? Warum hatte er nicht versucht, mit jemandem zu telefonieren? Woher hatte er die Tabletten? Wie viele davon hatte er geschluckt? Wieviel Zeit verging zwischen der Einnahme der Tabletten und seinem Anruf? Nick setzten diese Fragen immer stärker zu. Nachdem er kurz innegehalten hatte, um einen Schluck Wasser zu trinken, sagte er: »Woher soll man wissen, wann man den Entschluß gefaßt hat, sich das Leben zu nehmen? Vielleicht war es in der Nacht, in der sie mich zurückgewiesen hat. Vielleicht war es auch schon Wochen vorher. Und woher soll ich wissen, was mich dazu bewegt hat, in der letzten Minute den Hörer hochzunehmen, um mein Leben zu retten?« Er biß sich auf die Lippe und bat um ein Taschentuch, um die Blutung zu stoppen.

Es erleichterte mich, zuzusehen, wie gut Underbruck seine Sache machte und wie nervös Nick wirkte. Und dann stellte Underbruck seine letzte Frage: »Mr. Arnholt, ist nicht der wahre Grund für Ihren Selbstmordversuch darin zu vermuten, daß es nie zu dem sexuellen Kontakt, den Sie zu Dr. Rinsley suchten, gekommen war, und daß Ihnen aufging, daß es auch nie dazu kommen würde?«

»O Gott, nein«, sagte Nick und brach weinend zusammen. Nicht nur von Nicks Fangemeinde gab es Tränen des Mitleids, auch ein paar der Geschworenen betupften schon wieder ihre Augen.

Es widerte mich an, wie Nick alle anlog, aber ich wußte nicht zu sagen, wieviel von seiner Verzweiflung echt und wieviel nur gespielt war. Und wenn ich, die ich so viele Stunden mit ihm zugebracht hatte, das schon nicht wußte, wie sollten es dann die Geschworenen wissen?

An diesem Tage erklärte Leona Atwater, keine weiteren Beweise mehr vorbringen zu wollen, und Underbruck stellte den förmlichen Antrag, die Anklage niederzuschlagen. Er sagte mir, daß Verteidigungsanwälte das immer machen würden, sobald die gegnerische Seite aus der Beweisaufnahme heraustrat, denn wenn der Richter zu der Überzeugung gekommen sein sollte, daß die Beweise für eine Verurteilung nicht ausreichten, würde dieser Schritt nur Zeit und Geld für eine unnötige Verteidigung sparen.

Richter Grabbe lehnte den Antrag, den Fall niederzuschlagen, ab. Meine Hoffnungen rasselten in den Keller. Wenn der Richter der Meinung war, es läge genug Beweismaterial gegen mich vor, konnte es leicht sein, daß ich meinen Fall verlor.

59

Alle meine Befürchtungen, was daraus werden konnte, wenn ich mit meiner Mutter zusammen in einem so kleinen Apartment eingepfercht war, wurden langsam zur Realität. Sie schlief schlecht, meine Nerven waren bis zum Zerreißen gespannt, und so brachen die alten Feindseligkeiten wieder hervor.

»Nimm doch noch ein paar Fettucini«, sagte sie am Abend nach Nicks Kreuzverhör.

»Ich kann nicht. Iß du sie.«

»Ich nehme mal an, du weißt, daß ich vor lauter Nervosität schon wieder zugenommen habe?«

»Vielleicht ist es zuviel für dich, hier zu sein und das alles mitzuerleben. Zu Hause würdest du dich vielleicht wohler fühlen.«

»Möchtest du nicht, daß ich hierbleibe?«

»Mom, es ist wunderbar, daß du hier bei mir bist, aber ich bin dir keine besonders gute Gesellschaft, und du bist sowieso den ganzen Tag lang hier allein. Ich versuche doch nur, Rücksicht auf dich zu nehmen.«

Viel zu rasch räumte sie die Teller ab. Sie war wieder, wie ich fand, aus dem nichtigsten Anlaß beleidigt. Während der nächsten Stunde schrubbte sie den Herd, bohnerte das verblassende Linoleum in meiner kleinen Küche und wischte Tomatensauce von der Wand ab. Später saßen wir einander im Wohnzimmer gegenüber und tranken Wein, während sie an einem cremefarbenen Umhang mit Noppenmuster häkelte.

»Mit deinem Humpeln ist es schlimmer geworden«, sagte ich, weil ich ihr zeigen wollte, daß ich mir wirklich Gedanken um sie machte. »Könnte es sein, daß daraus eine Arthritis wird?«

»Könnte sein.« Sie machte keine Miene, auf meinen Annäherungsversuch einzugehen. »Also, was schätzt du, wie werden die Geschworenen entscheiden?«

»Ich fürchte, Sie werden mir Nachlässigkeit vorhalten, weil ich die Therapie abgeben wollte, als er sich gerade in einer sehr depressiven Phase befand.«

»Ich hoffe, daß sie das nicht tun werden.« Die Häkelnadel bewegte sich so schnell, daß man ihr mit den Augen gar nicht folgen konnte. »Aber sie könnten schon Mitgefühl für ihn empfinden, weil du ihn im Stich gelassen hast.«

Wie konnte sie mir das ausgerechnet jetzt antun? »Du meinst, das kannst du nachvollziehen, was? Weil ich *dich* auch im Stich gelassen habe?«

Sie häkelte noch schneller. »Ja. Ich habe nie begriffen, wie du von zu Hause weggehen konntest, als ich an der Schwelle des Todes stand.«

Ich versuchte, mich zusammenzunehmen. »Ich habe die ersten zwei Wochen College versäumt, um bei dir zu bleiben, bis du außer Lebensgefahr warst. Ich bin erst weggefahren, als der Arzt sagte, du wärest über den Berg.«

Sie schüttelte mit dem mir wohlbekannten Blick des Enttäuschtwordenseins, den ich so an ihr haßte, den Kopf. Ich sprang auf, zu erregt, um es noch länger in dem Apartment aushalten zu können, und ging meine Joggingschuhe anziehen. Sie war gekommen, um mir beizustehen, aber jetzt zog sie dieselbe alte Show ab. An der Tür sagte ich: »Wenn es nach dir gegangen wäre, hätte ich *nie* von zu Hause ausziehen sollen, stimmt's? Oder in Eugene aufs College gehen, damit ich jedes Wochenende nach Hause kommen und dir die Hand halten könntc?«

»Die Universität von Oregon ist eine ganz ausgezeichnete Lehranstalt«, sagte sie bloß.

»Aber es war nicht die Universität, auf die ich gehen wollte. Falls du dich daran erinnern möchtest.«

Sie zählte rasch die Maschen ab und häkelte dann mit Lichtgeschwindigkeit weiter. »Nein. Du wolltest einfach von zu Hause weg. Du mußtest unbedingt *das* machen, was du dir in den Kopf gesetzt hattest. Um mich hast du dich überhaupt nicht geschert.« Sie bekam einen giftigen Zug um den Mund.

Was ich dann sagte, entsprang unkontrolliert irgendwo aus meinem tiefsten Innersten. So kannte ich mich gar nicht. »Du hättest mich lieber *umgebracht* als mich gehen zu sehen«, schrie ich. »Und beinahe hättest du das auch geschafft!«

Sie ließ ihr Garn sinken und holte tief Luft, aber zu meinem Entsetzen sackten ihre Züge nicht aus Leid über das empfangene Unrecht in sich zusammen. Statt dessen trat ein Blick des schockierten Erkennens in ihre weit aufgerissenen Augen und ihren Mund. Blind vor Entsetzen sagte ich: »Ich laufe jetzt eine Runde«, und schon war ich weg.

Es gelang mir, meinen Wagen zum Footballfeld der Universität zu lenken, wo ich ihn parkte, um dann so schnell ich konnte meine Runden zu drehen. Aber ich konnte laufen, so schnell ich wollte, meine Gedanken waren mir immer ein Stück voraus. Wieso war Mom in diesen Zug hineingefahren, wenn nicht mit dem Entschluß, uns beide umzubringen? Es war so ganz und gar nicht ihre Art, so ohne alle Rücksicht draufloszufahren. Und hatte sie nicht mit ansehen müssen, wie all ihre Bemühungen, mich im Haus zu halten, fruchtlos bleiben? War sie eine Selbstmordkandidatin gewesen? Selbstverständlich. Und eine potentielle Mörderin noch dazu. Wie konnte eine Tochter mit so einem eiskalten Wesen als Mutter überhaupt existieren? Was konnte schrecklicher sein als der Gedanke, daß meine Mutter mich so innig liebte, daß sie mich lieber tot gesehen hätte, als mich aus dem Haus zu lassen? Mein Gott, dachte ich. Davor laufe ich jetzt seit Jahren davon. Kein Wunder, daß ich so vom Erfolgszwang besessen war. Kein Wunder, daß ich solche Ambitionen hatte. Es war mein einziger Schutz vor ihr. Und ich hatte geglaubt, ich täte es, um meinem Vater zu gefallen und finanzielle Sicherheit genießen zu können. Wie dumm war ich gewesen.

Ich lief, bis ich keuchend und hustend auf dem Rasen neben der Bahn zusammenklappte.

Ein Mann in einem blauen Trainingsanzug beugte sich über mich. »Alles okay mit Ihnen? Kriegen Sie noch Luft?«

Ich nickte. »Bloß etwas außer Puste. Alles klar.«

Er joggte weiter, ich stand auf und begann, in langsamem Schrittempo um die Bahn herumzugehen. Immer noch mußte ich würgend husten.

Seit dem Tag unseres Unfalls hatte ich versucht, diese Erkenntnis zu verdrängen. Ich hatte den Gedanken einfach aus meinem Bewußtsein gewischt. Aber ich hatte immer noch Träume von dem Unfall, und in diesen Träumen verspürte ich immer einen gewissen Widerstand ihr gegenüber, eine Furcht, ihr zu nahe zu kommen.

Immer noch nach Luft japsend marschierte ich weiter, und das erinnerte mich plötzlich an Nick. Nick. *Er war es, der all das wieder an die Oberfläche zu zerren drohte.* Mit Nick war meine Mutter zu mir zurückgekehrt. Kein Wunder, daß ich es gehaßt hatte, wie er sich an mich klammerte. Kein Wunder, daß ich so fest entschlossen gewesen war, dem ein Ende zu bereiten und ihn auf Distanz zu halten. Klar, daß ich die Hinweise auf seinen Selbstmordversuch übersehen und das Gefühl entwickelt hatte, in seiner Gegenwart sterben zu müssen. *Er oder ich*, das war die Alternative gewesen. *Sie oder ich*. Es ging ums nackte Überleben.

Langsam ging ich zu meinem Wagen und setzte mich hinein, lehnte mich zurück und schloß die Augen. Erst meine Mutter und dann Nick hatten versucht, mich zu Tode zu lieben. Ich mußte unbedingt mit Beryl reden, und unser Termin am Tag darauf um halb sechs schien mir noch Lichtjahre entfernt. Von einer Telefonzelle aus rief ich sie an und verabredete mit ihr einen Termin für sieben Uhr früh am nächsten Morgen. Dann zwang ich mich, nach Hause zu fahren und meiner Mutter ins Gesicht zu sehen.

Sie hatte geweint, und ihre Nase war so zu, daß sie durch den Mund atmen mußte. Die halbfertige Häkelarbeit hatte sie in ihren Korb gestopft. Sie saß mit verschränkten Armen im Sessel.

»Laß uns miteinander reden«, sagte ich.

Sie begann wieder in leise wimmernden Tönen zu weinen, was meine ganze Wut gleich wieder verblassen ließ. »Kannst du mir je verzeihen? Wirst du mich je wieder lieben?«

»Mom, ich werde dich immer lieben. Erzähl mir von dem Unfall.«

Sie schüttelte den Kopf. »Wie konnte ich nur so etwas Dummes tun, so einfach aufs Gas zu treten. Aber der Laden hätte bald zugemacht, und ich wollte doch unbedingt, daß du die richtigen Sachen und einen richtigen Koffer bekamst. Wenn du schon nicht bei mir bist, dachte ich, wirst du doch wenigstens schön aussehen und dich darüber freuen, was ich dir gekauft habe.«

Auch ich weinte. »Mußte es alles so perfekt sein, weil du mir in Wirklichkeit eigentlich alles kaputtmachen wolltest, es aber nicht vor dir zu geben konntest?«

»Ich weiß es nicht. Ich war verletzt, weil du dich von mir abgewandt hattest. Und das College bedeutete dann die endgültige Trennung.« Sie grub ihre Fingernägel in die Haut ihrer Hände. »Aber *warum* hast du dich so von mir abgewandt?«

»Ich hatte den Respekt vor dir verloren. Und ich vermißte deine frühere, gutgelaunte Art.«

Ihre Stimme zerbrach zu einem kummervollen Heulen. »Du fandest mich verrückt, weil ich mich um Großmutter gekümmert habe. Du hast mich verabscheut.«

»Ich habe es verabscheut, daß du für sie dein ganzes Leben aufgegeben und deine Träume und Wünsche in einer Kiste auf dem Dachboden eingeschlossen hast. Du hattest soviel Talent, und du hast alles in den Wind geschrieben.«

Sie schnippte zornig mit den Fingern. »Und was hättest du an meiner Stelle getan? Großmutter in einem Pflegeheim abgeladen, damit sie da Pudding essen und mit gelangweilten Hilfsschwestern, die nie gewußt hätten, wie klug und schön sie einmal gewesen war, Bingo spielen kann?«

»Ich weiß es nicht. Vielleicht hätte ich genau dasselbe getan wie du. Aber ist es nicht das gewesen, wodurch es dir so schwer gefallen ist, mich aus dem Haus gehen zu lassen?«

»Oh, Sarah, es tut mir so leid. Ich war so unglücklich in dem Sommer, als du aufs College gegangen bist.« Ihre Stimme wand sich um mein Herz und zerdrückte es. »Je näher deine Abreise rückte, um so niedergeschlagener wurde ich. Ich fing an, meine Asthmatabletten zu horten.«

»Das ist ja verrückt. Ich habe gemerkt, daß du in diesem Sommer dauernd pfeifend geatmet hast, aber auf diesen Zusammenhang bin ich nicht gekommen.«

»Ich habe ja auch versucht, es vor dir zu verbergen. Ich wollte, daß dir eine glänzende Zukunft bevorsteht. Aber ich habe geglaubt, dir das bieten zu können und dich trotzdem in meiner Nähe zu behalten. Nach dem Unfall konnte ich es nicht ertragen, mich fragen zu müssen, warum ich mit dem Fuß auf das Gaspedal getreten bin. Statt dessen habe ich mir eingeredet, daß du deine Pläne umgestoßen hättest, wenn du mich nur wirklich geliebt haben würdest. Und so habe ich es all die Jahre auch in Erinnerung behalten.«

»Du mußt es verstanden und tief vergraben haben, denn ich wußte bloß, daß ich sehr wütend war und diese Wut benutzt habe, um mich von dir loszureißen.«

»Ich glaubte, für dich als Mutter versagt zu haben, sonst wärest du bei mir geblieben.«

»Aber erkennst du denn nicht, daß du als Mutter gerade *nicht* versagt hast, weil ich sonst nicht in der Lage gewesen wäre, dich zu verlassen?«

Sie schüttelte bedächtig den Kopf. »Genau das habe ich mir selber oft gesagt, aber tief in meinem Inneren glaube ich es immer noch nicht. Ich habe loyal zu meiner Mutter gehalten, und ich glaubte, eine Tochter, die mich liebt, würde ebenso loyal zu mir halten.«

»Aber gibt es nicht mehr als eine Art, loyal zu sein? War ich nicht loyal zu deinem Herzen? War ich nicht loyal zu deinen Träumen? All diese Jahre habe ich mir gewünscht, du würdest stolz auf mich sein, und doch hast du nie ein lobendes Wort über mich verlieren können, ohne eine sarkastische Bemerkung hinzuzufügen. Und jetzt weiß ich, warum. Was auch immer ich erreiche, erinnert dich daran, was du aufgegeben hast. Und das hätte ich nur auf eine Weise verhindern können: indem ich nämlich das gleiche Opfer gebracht hätte wie du.«

»Aber Sarah«, sagte sie, »ich *bin* doch stolz auf dich.« Mom stand auf, setzte sich neben mich, und dann weinten wir einander im Arm haltend. Es gab so vieles, worüber wir nachdenken mußten.

Nach einer Weile ging sie zu Bett. Ich blieb noch auf und sah fern. Um Mitternacht kam sie ins Wohnzimmer zurück und sagte: »Dreh das doch ab und versuch, auch noch ein bißchen Schlaf zu kriegen.«

»Ich bin hellwach.«

»Möchtest du, daß ich deine Füße eincreme, wie ich es früher immer gemacht habe?« Das war ein angenehmer Gedanke, und ich sagte ja. Ich holte Creme und ein Handtuch aus dem Badezimmer und streckte mich auf dem Sofa aus. Sie setzte sich ans andere Ende, nahm meine Füße in ihren Schoß und begann sie einzureiben. Sie sagte mir, wie hübsch sie meine Zehen immer gefunden hätte.

Ich konnte spüren, wie ein uralter Schmerz in meiner Brust von mir wich, und zum ersten Male vermochte ich zuzugeben, was er bedeutet hatte. Ich brauchte meine Mutter, und welche Fehler sie auch haben mochte, ich liebte sie aus tiefstem Herzen.

Am nächsten Morgen faßte ich auf Beryls Couch zusammen, was die vorangegangene Nacht gebracht hatte. Die Erleichterung, begriffen zu haben, nahm meiner Wut und meiner Angst ihren Biß. »Ich hatte solche *Schuldgefühle*, weil ich so unbedingt von ihr wegwollte«, sagte ich.

»Ich glaube«, sagte Beryl, »daß Nicks Liebe Ihnen sehr wie die Liebe Ihrer Mutter vorgekommen sein muß. Erst, als er versucht hat, Sie mit seiner Liebe zu ersticken, drohte Ihr unbewußtes Gefühl, sie hätte versucht, Sie umzubringen, Ihnen ins Bewußtsein zu dringen. Und es ist dieses aufkeimende Wissen gewesen, das Sie gewürgt und Ihnen das Gefühl gegeben hat, Sie könnten keine Luft mehr holen.«

Wie ein Kaleidoskop, das in eine andere Richtung gedreht wird, ergab plötzlich alles einen Sinn – wieso ich die Zeichen für Nicks wachsende Depressionen übersehen hatte, meine Abscheu davor, wie er sich an mich klammerte, meine Flucht vor der Ehe. Daß Nick mich zu Anfang an meinen Vater erinnert hatte, war gar nichts im Vergleich dazu: Ich hatte Angst, mich nie wieder lösen zu können. Ich hatte geglaubt, Nick würde mich eher umbringen als mich gehen lassen.

»Diese Krise um Nick hat eine Frage zum Vorschein gebracht, die Sie seit Jahren gequält hat«, sagte Beryl. »Gibt es überhaupt jemanden, der in der Lage ist, mich zu lieben, ohne mich zu zerstören?«

»Das erklärt, warum ich mir oft Männer ausgesucht habe, die sich nicht wirklich an mich zu binden vermochten. Solange sie nur ein bißchen außer Reichweite blieben, brauchte ich keine Angst davor zu haben, sie könnten mich verschlingen.«

»Exakt. Und wenn ein Mann willens ist, sich an Sie zu binden, und Sie lieben kann, ohne Sie zu zerstören, sind Sie mit einer weiteren Frage konfrontiert: Können Sie es ihm erlauben, Sie zu lieben, ohne daß Ihre Furcht, in Besitz genommen zu werden, diese Liebe nach und nach zerstört?«

Mit diesen Fragen im Kopf begab ich mich ins Gericht.

60

Unser erster Zeuge war Herb Tannenbaum, ein Mann mit blondem, lokkigem Haar, kleinen blauen Augen und einem gerade noch vernehmbaren Brooklyner Akzent. Als Leiter der psychologischen Abteilung am San Diego Hospital der University of California war er Experte für Borderline-Persönlichkeiten und bereits bei mehreren Gerichtsverfahren als Gutachter aufgetreten.

Tannenbaum hatte mit Nick eine Testreihe durchgeführt und benutzte die Ergebnisse, um seine Thesen zu stützen. Er erklärte, Nick litte unter dem »Don-Juan-Syndrom«, und die Tatsache, daß es ihm nicht gelungen war, mich zu verführen, hatte ihn in eine Wut versetzt, aus der heraus er wiederum den Entschluß gefaßt hatte, einen Selbstmordversuch zu inszenieren und mich zu verklagen. Als Nick das hörte, schlug er mit der Faust auf den Tisch, und mehrere junge Frauen hinter uns buhten. Leona Atwater legte Nick beruhigend die Hand auf den Arm und flüsterte ihm etwas zu.

Als Leona Atwater Herb Tannenbaum ins Kreuzverhör nahm, versuchte sie die Glaubwürdigkeit seiner Ausführungen zu durchlöchern. Das Auswertungssystem, das er für den Rohrschachtest benutzte, galt doch heutzutage als überholt, oder? War es nicht so, daß das Forschungsstipendium, das ihm nach Erlangen des Doktortitels zuerkannt wurde, für ein Projekt mit überfütterten Mäusen bestimmt gewesen war? Und wenn ein Patient von einem Therapeuten falsch behandelt wurde, hatte er da dann nicht *das Recht*, wütend zu sein? War es nicht eigentlich sowieso etwas völlig Normales, Wut zu empfinden?

»Dr. Tannenbaum«, fuhr sie fort, ganz höflich an ihrem Pult stehend, »in meiner Hand halte ich hier das aktuelle *Diagnostische und Statistische Handbuch* der *American Psychiatric Association.* Könnten Sie mir einmal zeigen, wo darin etwas über das ›Don-Juan-Syndrom‹ erwähnt ist?«

»Es findet darin keine Erwähnung.«

»Also haben *Sie* dieses Syndrom *erfunden?*«

»Keineswegs. Es findet sich seit Jahren in der Fachliteratur und bezieht sich nur auf einen Teil des Verhaltens einer Person.«

»Und auf welchen Sachverhalt stützen Sie sich, wenn Sie diesen abwertenden Begriff auf den Kläger anwenden?«

»Es ist von ihm bekannt, daß er auf eine ganze Reihe von kurzlebigen Affären mit Frauen zurückblicken kann.«

»Ist es nicht eher so, daß ein jeder Mann, der so gut aussieht wie Mr. Arnholt, auf eine Reihe von Beziehungen mit Frauen zurückblicken kann?« Das Publikum kicherte, und Nicks Mund verzog sich zu einem Grinsen.

»Ich kann dazu keine statistischen Erhebungen erinnern. Ich weiß jedoch, daß ein Mann, der unfähig ist, eine Bindung mit einer einzigen Frau einzugehen, oftmals ständig Bestätigung sucht, indem er endlos andere Frauen erobern will.«

Leona Atwaters Stimme wurde schärfer. »Könnte es sein, daß man diesen Eindruck von einem Mann gewinnt, der Ambitionen hat, hart an seiner Karriere arbeitet und einfach nicht die Zeit findet, sich einer länger anhaltenden Beziehung zu widmen?«

»Möglicherweise.«

Leona Atwater machte eine Pause, um eine neue Gangart einzulegen. »Herr Doktor, würden Sie bestätigen, daß Mr. Arnholt unter Depressionen leidet, daß seine Lebensumstände schlechter sind als noch vor zwei Jahren, und daß er die Ursache für seine derzeitigen Probleme bei Dr. Rinsley sucht?«

»Ja.«

»Wäre es dann nicht naheliegend, daß er auch ganz ohne den sexuellen Kontakt mit Dr. Rinsley *sie* für seinen derzeitigen Zustand verantwortlich machen und Schadensersatzforderungen an sie stellen würde?«

»Gewiß kann er ihr die Schuld an seinem Zustand geben, aber das heißt noch nicht, daß sie auch dafür verantwortlich sein muß.«

Der Punkt hatte gesessen, aber zum Schluß ihrer Befragung benutzte

Leona Atwater Tannenbaums eigene Theorie durch eine brillante Verdrehung der Logik gegen ihn selber. »Doktor, lassen Sie uns einen Moment lang annehmen, daß Dr. Rinsleys Version der Geschehnisse der Wahrheit entspricht. Sie hat Mr. Arnholts sexuelle Avancen zurückgewiesen, und er hat beschlossen, ihr das heimzuzahlen. Würden die zwei Menschen, die an einer solchen Therapie beteiligt sind, an so einem Punkt nicht in eine Sackgasse geraten?«

»Ja, das wäre schon möglich.«

»Und hätte es unter diesen hypothetischen Umständen der behandelnden Therapeutin nicht oblegen, diesen Patienten an einen anderen Therapeuten zu überweisen?«

Tannenbaum war geradewegs in die Falle getappt und wand sich nun darin, stammelte etwas, um Zeit zu gewinnen, und warf Underbruck hilfesuchende Blicke zu. »Wenn das der Fall wäre, würde die Antwort ›ja‹ lauten. Aber meiner Ansicht nach war das nicht der Fall.« Schließlich war er gezwungen, einzuräumen, daß Leona Atwater recht hatte – als die Therapie in der Sackgasse steckte, hätte ich Nick an einen Kollegen empfehlen sollen.

Als Underbruck an der Reihe war, versuchte er, den Schaden wiedergutzumachen. »Dr. Tannenbaum, hat sich Ihrer Meinung nach die Behandlung Mr. Arnholts bei Dr. Rinsley in einer Sackgasse befunden?«

»Nein. Ich glaube, die Behandlung war ungefähr zur Hälfte gediehen, und wenn Mr. Arnholt bereit gewesen wäre, die Grenzen, die Dr. Rinsley ihm aufgezeigt hat, zu akzeptieren, hätte sich sein Zustand vermutlich weiter gebessert.«

Dem Nicken und dem Gemurmel der Geschworenen entnahm ich, daß sie der Meinung waren, meine Therapie mit Nick wäre in eine Sackgasse geraten und daß ich sie hätte abgeben sollen. Und das stimmte sogar.

Der ganze nächste Tag ging in der Aussage von James Rehmer, unserem Experten für Depressionszustände, auf. Er war schlaksig und hochgewachsen, und Underbruck hatte mir versichert, Rehmer wäre souverän im Zeugenstand und würde uns sehr dienlich sein, indem er aufzeigte, daß es für Nicks Depressionen noch andere Ursachen gab als meine Behandlung. Rehmer begann mit einer Zusammenfassung des aktuellen Forschungsstandes, die darauf hinauslief, daß »depressive Krankheitszustände familienbedingt zu sein pflegten«.

Underbruck griff diesen Punkt sogleich mit einer Frage auf: »Könnte unter der Voraussetzung, daß Mr. Arnholts leibliche Mutter Selbstmord begangen hat, sich auch bei Mr. Arnholt mit dem Erwachsenwerden ein Hang zu depressiven Neigungen entwickelt haben?«

Rehmer antwortete wunschgemäß: »Es ist naheliegend, daß es auch bei ihm zu depressiven Phasen kommen könnte, nicht nur aufgrund der genetischen Anlagen, sondern auch, weil seine Mutter unter Depressionen gelitten hat. Die Erfahrung zeigt, daß depressive Mütter häufig bei der Erfüllung der frühesten Bedürfnisse ihrer Kinder versagen, was dann die Grundlage für spätere depressive Zustände bei diesen Kindern bildet.«

Als Leona Atwater mit ihm ins Kreuzverhör eintrat, ließ sie ihre Fragen eiskalt auf Rehmer niederprasseln. War Rehmers Meinung über Victoria Arnholts Depressionen mehr als nur reine Spekulation? Zog er auch in Betracht, daß Nick auch deprimiert gewesen sein könnte, weil sich sein Leben so sehr zum Schlechteren gewandt hatte? Hätte Dr. Rinsley nicht sehr aufmerksam auf Anzeichen eines drohenden Selbstmordversuches achten müssen, wenn bei Mr. Arnholt doch schon eine erblich erworbene Neigung zu depressiven Zuständen vorhanden war? Rehmer beharrte zäh auf seinen Thesen und ließ sich durch Leona Atwater nicht einschüchtern, aber ich wurde mit jeder weiteren Frage mutloser.

An diesem Abend hatte der Prozeß für mich seinen Tiefpunkt erreicht. Ich ging mit mir selber unerbittlich ins Gericht. Ich hätte noch stärker, als ich es schon getan hatte, versuchen sollen, meine Reaktionen auf Nick zu begreifen; ich hätte noch einen zweiten Kollegen konsultieren oder mich selber wieder in Therapie begeben sollen. *Wenigstens* hätte ich schon viel eher versuchen sollen, ihn an einen anderen Therapeuten zu verweisen. An ihm waren deutliche Anzeichen einer schweren Depression zu beobachten gewesen, und ich war vor diesen Zeichen davongerannt. Ich hatte das Gefühl, nichts Besseres verdient zu haben, als der mangelnden Sorgfaltspflicht für schuldig befunden zu werden.

Underbruck setzte seine Verteidigung am nächsten Tag damit fort, daß er einen Neurologen in den Zeugenstand berief, der aussagte, Nicks Kopfverletzung und sein chronischer Drogen- und Alkoholmißbrauch wären ein sehr viel wahrscheinlicherer Grund für sein mangelndes Erinnerungsvermögen und seine emotionalen Spannungszustände. Leona Atwater konterte, indem sie ihn fragte, ob Depressionen die Gedächtnisfunktion beeinträchtigen könnten, was er bejahen mußte. Ich staunte über Leona Atwaters Kenntnisse und konnte nicht umhin, mir Bewunderung für sie einzugestehen.

Auf dem Weg zu Beryls Praxis hörte ich im Auto die Kurznachrichten: »Die jüngsten Aussagen im ›Sex-auf-der-Couch-Prozeß‹ gegen Dr. Rinsley lassen die Vermutung naheliegend erscheinen, daß, selbst wenn sie im Punkte des sexuellen Mißbrauchs ihres Patienten freigesprochen wird, ihr möglicherweise doch noch ein Schuldspruch wegen eines Berufsverstoßes droht.« Sofort schaltete ich auf einen Softrocksender um. Die ganze Stadt war dabei, mein Verhalten zu analysieren und über meine Zukunftsaussichten zu spekulieren. Ich kam mir vor wie ein Footballteam vor dem Superbowl.

Sobald ich mich erst einmal auf Beryl Dandelones Couch ausgestreckt hatte, wurde ich etwas ruhiger. In diesen Tagen war es ein rares Privileg, sich sicher fühlen zu können, mit jemandem zusammen sein zu können, der mir aufmerksam zuhörte. Beryl saugte meine Verzweiflung über den Prozeß wie ein Schwamm auf und zerstreute wenigstens etwas von meinen Angstgefühlen und meiner Scham, vor Gericht zu stehen. Endlich war ich soweit, daß ich über den Traum sprechen konnte, den ich in der Nacht zuvor gehabt hatte.

»Man hatte mich des Herzensdiebstahls angeklagt. Ich war im Zeugenstand, und die Jury setzte sich aus lauter Leuten zusammen, die ich kannte – meine Eltern waren da, meine Tante Lydia, Pallen, Humberto, Kevin, Val, Linda, Morrey. Als ich mich umdrehte, sah ich den Richter, ich war es selber, in eine schwarze Robe gekleidet, aber ich sah viel älter aus, und sehr streng. Ich erklärte, Nicks Herz nicht gestohlen zu haben; er hätte es mir zur Aufbewahrung gegeben, und ich hätte es sehr behutsam behandelt. Dann zog der Anwalt ein menschliches Herz hervor und trat zu mir hin, um mir dieses Ding zu zeigen, das Blut troff nur so daraus hervor, es schlug sogar noch – er hatte ein lebendiges Herz in seinen Händen –, und dann sagte er: ›Das nennen Sie also behutsame Behandlung?‹ Ich glaubte, ich würde, solange ich lebe, schreckliche Schuldgefühle wegen dieses verletzten Herzens haben. Dann stand meine Mutter auf, gab dem Anwalt einen Kleiderkarton und sagte, er solle das Herz dort hineintun. Nachdem er das getan hatte, nahm sie den Karton wieder an sich und sagte: ›Nun werde *ich* darauf aufpassen.‹ Der Karton sah aus wie der, in dem sie ihre alten Zeichnungen und Unterlagen für Paris aufbewahrte.«

Beryl wollte meine Assoziationen hören.

»Es könnte heißen, daß meine Mutter endlich anfängt, etwas Verantwortung für sich selber zu übernehmen. Ich hoffe es jedenfalls. Ich bin es leid, von ihr ständig für ihr Schicksal verantwortlich gemacht zu werden. Ich bin es auch leid, dauernd mit Schuldgefühlen herumzulaufen.«

Beryl räusperte sich. »Sie hassen Schwäche an ihr und wollen sie auch bei sich selber nicht zugeben. An sich selber lieben Sie Stärke, aber ihr wollen Sie sie nicht zugestehen. Das ist die wahre Quelle Ihrer Schuldgefühle.«

Ich war schockiert. Ich, eine gespaltene Persönlichkeit? So tief gespalten, wie ich es bei Nick immer diagnostiziert hatte? »Das glaube ich nicht.«

Beryl wartete ab, während ich mit mir kämpfte. »Sie meinen, ich *leugne ab*, daß sie Kraft besitzt? Ich würde sie nicht einmal *wahrnehmen wollen*? Warum schickt sie meinen Vater dann nicht in die Wüste? Warum hat sie eine Sklavin aus sich selber gemacht?«

»Es gibt verschiedene Arten der Stärke, und dazu gehören auch die Kraft, durchzuhalten, und die Weisheit, zu vergeben.«

Das war eine ganz neue Sichtweise auf meine Mutter. Noch nie hatte ich ihr Leben in diesem Licht betrachtet, und ich verließ Beryl Dandelones Praxis beschämt.

61

Der nächste Tag sollte Zachary Leitwells Aussage gewidmet sein – der qualvollsten für mich in dem ganzen Verfahren. Als ich im Gericht eintraf, saß Nick bereits neben Leona Atwater. Beide blätterten in irgendwelchen Unterlagen. Als ich an ihnen vorbeiging, warf ich einen Blick in seine offene Aktenmappe und entdeckte zu meiner Überraschung in einer der Seitentaschen eine Reihe roter Malstifte. Meine roten Malstifte, da war ich mir ganz sicher.

Warum bloß die roten? Ich setzte mich auf meinen Stuhl und zermarterte mir das Gehirn nach allem, was er mir über die Farbe Rot erzählt hatte. Rot, rot. Rote Malstifte, sein rotes Halstuch. Er war es vermutlich gewesen, der zu Halloween meinen Rosen die Köpfe abgeschnitten hatte, denn es hatte ja damals nur die roten erwischt. Aber warum, zum Kuckuck, rot?

Dieses Rätsel verschaffte mir nur eine kurze Ablenkung. Underbruck hatte es für das beste gehalten, wenn Zachary mit meinen sexuellen Gefühlen Nick gegenüber anfing. Man sollte sich immer die Munition der anderen Seite zunutze und sie unschädlich machen, erklärte er mir.

Es war unerträglich. Während Zachary über die sexuelle Erregung sprach, deretwegen ich ihn um Hilfe aufgesucht hatte, konzentrierte ich mich wieder auf Violet Knight, die an einem ihrer goldenen Ohrringe rieb. Ich schwitzte so heftig, daß unter den Armen der rosa Seidenbluse, die ich trug, später Schweißflecken zurückblieben. Die Geschworenen und die Reporter verschlangen die sexuellen Details wie Leckerbissen für liebeshungrige Teenager. Als ich nach der Mittagspause von der Toilette kam, ging Nick auf dem Flur ganz dicht an mir vorbei. »Ich hab's doch gewußt«, sagte er, und ich sah wieder das Aufblitzen in seinen Augen, ehe er sich abwandte. Meine Wangen brannten noch eine halbe Stunde später.

Nachdem die peinlichsten Einzelheiten abgehandelt waren, fuhr Zachary damit fort, daß er hervorhob, wie kompetent und verantwortungsvoll meine Arbeit mit Nick gewesen wäre. Während er von meinen Bemühungen sprach, der intensiven Beschäftigung mit dem Fall durch Lesen entsprechender Fachliteratur, von meinem Ringen um Erkenntnis, wirkten seine Worte wieder wie Balsam auf mich. Ich *hatte* in der Tat hart gearbeitet, ich *hatte* mir außerordentliche Mühe gegeben, Nick von seinem starren Auf-mich-fixiert-Sein abzubringen, ich *hatte* in meinem Bestreben, ihm zu helfen, deutliche Fortschritte erzielt.

»Also, Dr. Leitwell«, sagte Underbruck, »würden Sie meinen, daß Dr. Rinsleys therapeutische Fürsorge *über* den vom Berufsverband geforderten Standard hinausgegangen ist?«

»Ja, weil die Behandlung solcher Patienten derart mühsam ist, schlagen viele oft nur die Hände über dem Kopf zusammen und verabreichen ein Trostpflästerchen. Dr. Rinsley hat nicht den Mut sinken lassen und hat die Arbeit mit Mr. Arnholt nicht hingeworfen.« Um noch überzeugender zu sein, wandte sich Zachary unmittelbar an die Geschworenen. »Manchmal fühlt sich ein Krebspatient durch die Chemotherapie so unwohl, daß er lieber sterben möchte. Aber sie ist doch das einzige, was der Arzt ihm anbieten kann, und es liegt in der Entscheidung des Patienten, ob er mit der Behandlung fortfahren möchte. Und verhält es sich in diesem Fall etwa anders? Mr. Arnholt litt unter einem emotionalen Krebsgeschwür, einer auf seine Ärztin gerichteten Besessenheit, die außer Kontrolle zu geraten drohte. Die angebrachte Behandlung bestand darin, dies zu begreifen, darüber hinwegzukommen und dann mit frischer Kraft weiterzuarbeiten. Nicht darin, ihn damit alleinzulassen, nicht darin, ihn woanders hinzuschicken, wo ihm das gleiche wieder hätte passieren können. Und als Dr. Rinsley schließlich an dem Punkt angelangt war, an dem sie erkannte, daß Mr. Arnholt nie über seine Gefühle für sie hinwegkommen würde, hat sie vorgeschlagen, ihn in eine Klinik einzuweisen. Genau das, was das Ehrgefühl von ihr verlangte.«

Zachary kam dann auf einen Punkt zu sprechen, der bisher kaum berührt worden war: Nicks derzeitige Depressionen waren höchstwahrscheinlich das Resultat seiner Unfähigkeit, in der Therapie einen Fortschritt zu erzielen, und des fortgesetzten Schadens, den er mir zufügte, dem einzigen Menschen, der sich wirklich für ihn eingesetzt hatte. Das widersprach Leona Atwaters These, Nick wäre deprimiert, weil ich in meiner Arbeit versagt hatte. Zachary erläuterte seine Schlußfolgerungen. »Die mittlere Phase der Psychotherapie ist schwierig und schmerzvoll, eine Zeit, in der der Patient seine frühere Fähigkeit, sich mit den Dingen abzufinden, verloren, aber noch keinen neuen, hoffnungsvolleren Ausblick auf das Leben gewonnen hat. Mr. Arnholt befand sich genau an diesem prekären Entwicklungspunkt der Therapie. Er war so etwas wie ein Einwanderer, der in einem neuen Land eintrifft, aber vorerst weder der Sprache dieses Landes mächtig noch mit den herrschenden Sitten vertraut ist. Er war verunsichert, wußte nicht, wie er seine Gefühle zum Ausdruck bringen sollte, und war sich auch nicht sicher, ob er sich je in diesem Lande heimisch fühlen würde. Anstatt die Dinge vertrauensvoll auf sich zukommen zu lassen, hat er sich umgedreht und ist in sein früheres Land zurückgerannt, das er kannte, so trostlos es dort auch sein mochte. Er hat versucht, Dr. Rinsley dazu zu überreden, eine intime Beziehung mit ihm anzufangen und die Therapie restlos aufzugeben.«

»Und was hat Mr. Arnholt Ihrer Meinung nach zu diesem Entschluß bewogen?« fragte Underbruck.

Zachary zog das Mikrofon näher zu sich heran. »Niemand kann voraussagen, wer letzten Endes die Kraft haben wird, eine Therapie bis zum Ende durchzustehen. Das bleibt ein unbekannter Faktor in der Psychotherapie, gerade auch für den Therapeuten selber.«

Im Geiste ließ ich tausend Danksagungen auf Zachary herabrieseln und fühlte die enorme Bewunderung, die ich schon immer für ihn gehegt hatte, erneut in mir aufsteigen. Indem ich seinen Worten lauschte, hatte ich etwas neu gelernt, was ich nur allzu leicht aus den Augen zu verlieren drohte: Psychotherapie lag nur zu einer Hälfte in meiner Verantwortlichkeit. Die andere oblag dem Patienten.

Mir fiel an diesem Tag auf, daß Nick eine Freundschaft mit Violet Knight angefangen hatte. Während ich meine Papiere zusammenpackte und auf Underbruck wartete, beobachtete ich Violet und Nick und war mir von der Art und Weise, wie sie darüber lachte, sicher, daß Nick etwas Amüsantes, aber auch Anzügliches zu ihr gesagt hatte.

Es war einfach nur die Art, wie er sie ansah, bei der es mir wie Schuppen von den Augen fiel. Sie lachte, hielt sich verlegen die Hand vor den Mund, und ich konnte sehen, wie er ihre Hand beobachtete, nicht ihre Augen. Ihre Fingernägel waren knallrot lackiert. So glänzend und rot wie die von Candy. Natürlich, dachte ich. Er fühlt sich zu Frauen hingezogen, die ihn an Candy erinnern. Sie ist wie Candy. Verführerisch und von übertrieben zur Schau gestellter Sinnlichkeit. Und Candys Lieblingsfarbe war vermutlich Rot. Warum sonst sollte er sich so von dieser Farbe angezogen fühlen? Und dann wurde mir die ganze Bedeutung dessen nach und nach bewußt. Er wußte es selber nicht einmal, aber nach all diesen Jahren versuchte Nick noch immer, eine Verbindung mit Candy aufrechtzuerhalten. An seine leibliche Mutter hatte er nur ein paar vage Erinnerungen. Für Nick war Candy seine einzige, wahre Mutter.

Wäre die Verleugnung meiner eigenen Mutter nicht von mir genommen worden, wäre ich sicher niemals auf diesen Zusammenhang gestoßen, nun aber schrie mir diese Erkenntnis förmlich entgegen. Nick war immer noch verliebt in Candy, und er brauchte sie so sehr wie ein Auto seinen Motor. Ohne sie kam er in seinem Leben keinen Schritt voran. Als wir das Gericht verließen, sagte ich zu Underbruck: »Ich möchte noch einmal Candy Lanehurst besuchen. Alleine.«

Eiligen Schrittes gingen wir zu seinem Wagen. Als wir endlich eingestiegen waren, geschützt vor neugierigen Ohren, sagte er: »Es steht jetzt schon schlimm genug! Sie ist keine uns gewogene Zeugin, und selbst, wenn sie Ihre Version von Nicks Kindheit bestätigt, was hätten wir damit gewonnen? Es bringt uns verdammt noch mal kein bißchen weiter.« Er ließ den Wagen an und fuhr langsam vom Parkplatz, offensichtlich verärgert über meine abwegigen Gedankengänge.

»Da gebe ich Ihnen ja auch in allem recht. Aber ich werde das Gefühl nicht los, daß es uns irgendwie von Nutzen sein könnte, wenn ich sie dazu bringe, mit mir zu reden.«

»Die Zeit der Entdeckungen ist vorüber. Die Zeugenliste steht fest. Und selbst wenn der Richter sie noch als Zeugin zuließe, wird es Ihnen mit Ihrem Fall nicht helfen. Sie können meinetwegen hinfahren und sie besuchen, aber die Mühe wird vergeblich sein. Passen Sie bloß auf, was Sie ihr erzählen. Ich könnte mir gut vorstellen, daß die beiden jeden verdammten Tag miteinander telefonieren. Verplappern Sie sich ja nicht. Haben Sie mich verstanden?«

»Kapiert.«

»Und rufen Sie mich nachher an, damit ich höre, was gewesen ist.«

»Und wenn es spät wird?«

»Dann telefonieren wir morgen früh um sechs.«

62

Nachdem ich kurz Mom begrüßt hatte, rief ich bei Candy an. Sie meldete sich mit freudig erwartungsvoller Stimme, wie ein Kind. Ich sagte ihr, wer ich war, und fragte: »Haben Sie die Verhandlung im Fernsehen verfolgt?«

Ein kurzes Schweigen. »Selbstverständlich. Jeden Tag. Habe ich nicht einen feschen Sohn?«

Ich versuchte, zu ignorieren, was das nun wieder alles bedeuten mochte. »Es muß Sie wirklich stolz machen, ihn auf dem Bildschirm zu sehen. Aber ich glaube, er benötigt Ihre Hilfe. Und ich auch.«

Ihre Stimme klang viel weicher als bei unserem Besuch. »Ich habe Ihnen doch schon gesagt, daß ich da nicht mit hineingezogen werden möchte.«

»Ich bitte Sie ja auch gar nicht, sich in etwas mit hineinziehen zu lassen. Ich bitte Sie nur, mit mir über Nick zu reden.«

»Hören Sie. Mein Mann ist nicht in der Stadt. Selbst wenn ich bereit wäre, Sie zu treffen, würde ich das nicht ohne seine Anwesenheit tun.« Der erste Sprung in der Mauer. *Selbst wenn ich bereit wäre.* Und ich begriff auch etwas von Candy, was mir gerade erst über meine Mutter aufgegangen war. Trotz allem, was sie getan hatte, war sie doch diejenige, die sich verletzt und schlecht behandelt fühlte, und auch sie sehnte sich nach Kontakt mit ihrem Kind.

Ich redete mit eindringlicher Stimme auf sie ein. »Mrs. Lanehurst, wenn wir darüber sprechen, finden Sie vielleicht eine Möglichkeit, eine Brücke zu ihm zu schlagen. Ich muß unbedingt begreifen, was sich zwischen Ihnen beiden zugetragen hat, und ich glaube, Sie wollen das auch.«

»Aber Sie wollen doch nur Ihre Aussichten in dem Prozeß verbessern.«

»Ich bezweifele, daß Sie mir zu diesem Zeitpunkt noch mit meinem Prozeß helfen können.«

»Und warum ist es dann so wichtig für Sie?«

Ich stockte einen Augenblick, bis ich auf die Wahrheit kam. »Weil seine falsche Anschuldigung mir sehr, sehr weh getan hat und ich sie einfach besser verstehen muß.«

Möglicherweise hatte das sie angerührt. Vielleicht wußte sie, wie es war, fälschlich beschuldigt zu werden. Es entstand eine lange Pause am anderen Ende, dann sagte sie: »Nur Sie allein? Ohne den Anwalt? Kein Kassettenrecorder?«

»Nur ich allein. Sie können mich durchsuchen, wenn ich das Haus betrete.«

Eine Stunde später stand ich vor ihrer Haustür, nachdem ich noch einen Zwischenstop am Westside-Einkaufszentrum eingelegt hatte, um einen Reporter abzuschütteln, der mir nachgefahren war. Ich zeigte Candy im Flur meine geöffnete Handtasche und ließ mich dann von der Schulter bis zu den Knien von ihr nach versteckten Mikrofonen abfühlen. Befriedigt über meine augenscheinliche Aufrichtigkeit führte sie mich ein zweites Mal in ihr Wohnzimmer und bot mir Tee an. Während ich wartete, fiel mir ein, daß Nick bei seinem Besuch bei mir auch um Tee gebeten hatte. Sie kam mit zwei vollen Bechern zurück und stellte einen davon vorsichtig vor mich hin. Diesmal trug sie schwarze Leggings und einen langen weißen Pullover. Ihre roten Zehennägel lugten glänzend aus ihren Sandaletten hervor.

Ich lächelte. Ich war ihr vorher viel zu aggressiv gegenübergetreten. »Nick hat mir alles über seine frühen Jahre mit Ihnen erzählt. Bitte haben Sie nicht das Gefühl, ich wäre hier, um über Sie zu urteilen. Ich bin sicher, daß Sie zu der Zeit das Beste gegeben haben, was Sie konnten.«

Sie setzte sich und drehte ihren Ehering. »Was hat er Ihnen denn erzählt?«

Ich sah sie unverwandt an. »Alles. Einschließlich des sexuellen Kontaktes mit Ihnen.«

»Ich bin ihm immer eine gute Mutter gewesen«, sagte sie vehement.

»Das glaube ich Ihnen.« Ich zog mich auf etwas neutraleres Terrain zurück. »Erzählen Sie mir doch alles von Anfang an. Wie sind Sie Nicks Vater begegnet?«

Sie nahm einen Schluck Tee. »Ich war achtzehn. Ich war von zu Hause weggelaufen, lebte in einem Einzimmerapartment und arbeitete als Hosteß in einem Restaurant mit Bar. Nicholas kam dann und wann in diese Bar. Spät abends haben wir beide noch zusammengesessen und etwas getrunken, bis dichtgemacht wurde. Er war noch nicht über den Tod seiner ersten Frau hinweg, und er tat mir leid.«

»Was hat er über seine erste Frau erzählt?«

»Daß sie Selbstmord begangen hat. Er sagte, sie hätte ständig unter Depressionen gelitten, die Hausarbeit wäre ihr über den Kopf gewachsen und mit Nicky wäre sie auch nicht mehr klargekommen. Er machte sich Gewissensbisse wegen ihres Selbstmordes. Gab sich die Schuld daran. Deswegen hat er auch so viel getrunken.«

»Haben Sie irgendeine Vorstellung, warum sie in den Tod gegangen ist?«

»Er sagte, sie hätte schon seit ein paar Jahren unter diesen Depressionen gelitten, aber ausschlaggebend wäre gewesen, daß er ihr dahintergekommen wäre, daß sie mit anderen Männern rummachte.«

Das war in der Tat eine Überraschung. Die gute Mutter war letzten Endes doch nicht so gut gewesen. »Was hat er gemacht, als er das herausgefunden hatte?«

»Ich bin mir ziemlich sicher, daß er sie grün und blau geprügelt hat, aber mir hat er etwas anderes erzählt. Er sagte, sie hätten sich darüber ausgesprochen, aber sie hätte sich so sehr geschämt, und deswegen hätte sie sich dann erschossen. Es wäre ein schrecklicher Schweinkram gewesen. Alles mit Blut vollgespritzt. Er hätte die ganzen Möbel auf den Müll schmeißen müssen.«

In Nicks Traum war dieses Großreinemachen die zornige Eliminierung der perfekten Mutter gewesen, aber es konnte sein, daß sein Vater ihn mehr beschützt hatte, als Nick überhaupt ahnte. »Sie sagten, Sie hätten auch getrunken?«

»Viel zuviel. Angefangen habe ich schon mit dreizehn. Als ich Nicholas kennenlernte, glaubte ich, endlich jemanden gefunden zu haben, der auf mich aufpassen würde. Einige Wochen darauf haben wir geheiratet.«

»Wie war die Ehe?«

»Einen Monat lang lief alles bestens. Aber der kleine Nicky spielte verrückt meinetwegen. Er war immer noch ganz durcheinander, weil seine Mutter nicht mehr da war, und er neidete mir die Aufmerksamkeit, die sein Vater mir schenkte. Einmal hat Nicky versucht, mich zu schlagen, und da hat Nicholas ihn in den Schrank gesteckt und die Tür abgeschlossen. Ich sagte ihm, daß ich das als Strafe zu hart fände, aber er hat nur gesagt, ich sollte mich da raushalten.

Da begann ich dann, die gemeine Seite von Nicholas zu sehen. Ich hatte immer noch meinen Job in der Bar, und er war irre eifersüchtig. Jeden Abend holte er mich ab, wenn geschlossen wurde. Manchmal hat er einfach seine Tankstelle Tankstelle sein lassen, um mir nachzuspionieren. Als er mich das erste Mal verprügelt hat, konnte ich es überhaupt nicht glauben. Ich hatte einen Kerl geheiratet, der genau wie mein Vater war.«

Ich konnte es schon glauben. Ich habe viele Menschen gesehen, die einen Partner gewählt hatten, der oder die oberflächlich betrachtet ganz anders waren als ihr eigener Vater oder ihre eigene Mutter, bis sich später dann herausstellte, daß der Ehepartner sie genauso behandelte wie seinerzeit die Eltern. »Haben Sie versucht, ihn zu verlassen?«

»Nicht gleich zu Anfang. Ich war noch immer verliebt in ihn, obwohl er so gemein war. Also habe ich meinen Job gekündigt und versucht, ein bißchen Liebe von Nicky zu bekommen. Ich habe ihm Spielsachen gekauft und viel Zeit mit ihm verbracht.«

»Wie lange sind Sie damals in dem Haus geblieben?«

»Fünf Jahre. Ich bin gegangen, als Nicky zehn war.«

»Und wie war das Zusammenleben mit Nicky und seinem Vater in diesen fünf Jahren?«

Ihre gefaßte Haltung zerschmolz in Traurigkeit, und sie schüttelte beim Reden den Kopf. »Die meiste Zeit über bin ich betrunken gewesen. Nicholas hat uns beide verprügelt, wenn wir ihn nicht von hinten bis vorne bedienten. Aus Nicky und mir wurden Kameraden. Wir haben uns aneinander festgehalten, um gemeinsam dem Scheusal ins Auge zu sehen.«

Ich versuchte so taktvoll zu sein wie möglich. »Glauben Sie, daß Ihr Trinken Sie daran gehindert hat, sich gut genug um Nicky zu kümmern?«

Candys Augen füllten sich mit Tränen, und sie griff über die Tischplatte hinweg nach einem Papiertaschentuch. »Ich habe ihn geliebt, aber ich war selber doch noch ein Kind. Manchmal hatte ich keine Zeit für ihn, und da habe ich dann gedacht, wieviel leichter alles wäre, wenn es ihn nicht gäbe. Eine ideale Mutter bin ich nicht gewesen, das ist mal sicher.«

Ich betete, daß sie mir bei meiner nächsten Frage nicht schroff das Wort abschneiden würde. »Wie ist es dazu gekommen, daß Nicky bei Ihnen im Bett geschlafen hat?«

Sie putzte sich die Nase. »Nicholas hatte die Nachtschicht an der Tankstelle übernommen. Ich war jeden Abend allein zu Haus und sehr einsam. Nicky machte sein Bett naß, und sein Dad hat ihn jedesmal verprügelt, wenn er am Morgen die feuchten Laken entdeckte. Der Kleine tat mir so richtig leid, und ich dachte, wenn ich vor dem Schlafengehen ein bißchen lieb zu ihm bin, hört er vielleicht mit dem Bettnässen auf.«

»Und deswegen haben Sie ihn zu sich ins Bett genommen?«

»Ich wußte, daß er es nicht wagen würde, in unser Bett zu machen, also habe ich ihn zu mir geholt.«

Traurig, dachte ich. Zwei alleingelassene Kinder. »Wie oft haben Sie das gemacht?«

»Vielleicht drei- oder viermal in der Woche. Wenn er dann eingeschlafen war, habe ich ihn quasi zu seinem eigenen Bett geführt, und er ist nicht einmal aufgewacht. Jedenfalls hat es ihm geholfen. Er hat mit dem Bettnässen aufgehört.«

»Aber so zusammen im Bett zu sein hat dann irgendwie zu sexuellen Aktivitäten geführt?«

Candy nickte und bedeckte ihr Gesicht mit den Händen. »Sie halten mich für einen kranken, schrecklichen Menschen, nicht wahr?«

»Nein«, sagte ich bestimmt. »Ich glaube, Sie sind einsam gewesen, haben zuviel getrunken, und waren ganz einfach nur traurig.«

Mit tränenerstickter Stimme erzählte Candy weiter. Sie wollte jetzt, daß ich alles erfuhr, wollte all dieses Leid ans Tageslicht bringen. »Begreifen Sie doch. Ich war die ganze Zeit betrunken. Betrunken und einsam und traurig. Die meiste Zeit haben Nicky und ich uns nur aneinandergekuschelt, aber manchmal hat er mich gefragt, ob er mit meinen Brüsten spielen dürfte, und ich habe ihn gelassen. Manchmal wollte er, daß wir so tun, als wäre er ein Baby, und saugte an ihnen, und ab und zu habe ich ihn auch das tun lassen, weil ich glaubte, er bräuchte dieses warme Gefühl.«

»Aber das war nicht der einzige sexuelle Kontaktmit ihm.«

»Nein.« Sie machte eine Pause, um sich zu sammeln, und brach dann vollends in Tränen aus. »Jetzt, als Erwachsene, denke ich über all dies natürlich ganz anders! Ich schäme mich so, weil das passiert ist!«

»Wir alle machen Fehler, wenn wir jung sind. Manchmal sind einfach die Umstände daran schuld.«

Sie putzte sich noch einmal die Nase und nickte. »Nachdem er mit meinen Brüsten gespielt hat und dann eingeschlafen war, bin ich ein paarmal richtig erregt gewesen und habe mich dann neben ihm ganz schnell selbst befriedigt. Aber einmal hat er die Augen aufgemacht und mich gefragt, was ich da tue. Ich habe es ihm ein bißchen erklärt und ihm gesagt, er solle wieder einschlafen. Ein paar Wochen später sind wir eines Abends zusammen eingenickt, und da habe ich dann geträumt, ein Mann wäre auf mir. Ich hatte einen Orgasmus und bin aufgewacht, um festzustellen, daß Nicky seine Hand zwischen meinen Schenkeln hatte. Ich habe ihn richtig doll von mir weggestoßen und habe ihm gesagt, daß das schlimm ist und daß er das nie wieder tun sollte. Und er hat gesagt, daß er nur gemacht hat, was er mich auch hat machen sehen. Ich habe ihm dann erklärt, daß er mich nicht noch einmal so berühren dürfte – daß er es später, wenn er älter war, mit anderen Frauen tun würde. Also hat er mir versprochen, daß er es nicht wieder machen würde, aber er fragte mich, ob er mal gucken dürfte, wie es zwischen meinen Beinen aussieht. Da habe ich das Licht angeknipst, damit er es sich ansehen konnte.«

»Haben Sie ihm je sonst etwas über Sex beigebracht?«

Sie wurde knallrot. »Ich habe ihm gezeigt, wie man sich selbst befriedigt. Er hatte ja gesehen, wie es bei mir ging, und er wollte wissen, wie es bei ihm funktionierte. Also habe ich es ihm gezeigt. Ich glaubte, es wäre besser, er würde es von mir erfahren anstatt auf dem Schulhof. Natürlich weiß ich heute, daß das ein Fehler war.«

Kein Wunder, daß Nick so oft masturbierte. Und es war leicht zu erkennen, wie ähnlich ich und Candy ihm in seiner Vorstellung erschienen sein mußten: Auch ich präsentierte für ihn die Frau, die ihn ein wenig an sich herangelassen hatte, aber nie nahe genug; daß er auf die exakt gleiche Weise das Trauma des Verlassenwerdens von mir zu befürchten hatte. So vieles von seiner Wut auf mich war offenbar eine Übertragung.

Ich stellte ihr noch weitere Fragen. Nachdem sie Nicholas verlassen hatte, war sie in die Gegend der San Francisco Bay gezogen, und nach ihrer Scheidung von Nicks Vater hatte sie einen Mann geheiratet, der ebenso wie sie Alkoholiker war. Es folgte eine turbulente zweite Ehe, durchsetzt mit mehreren Fehlgeburten. Danach erreichte sie einen Wendepunkt und begann, ihr Leben neu zu ordnen. Sie verließ auch ihren zweiten Mann und ging zu den Anonymen Alkoholikern. Drei trockene Jahre später zog sie nach L. A. zurück, lernte Harry Lanehurst kennen, den Besitzer einer Softwarefirma und selber mittlerweile trockener Alkoholiker. Es wurde eine ganz andere Ehe. Harry war da, um sie zu beschützen, und brachte das nötige Verständnis für sie auf. Fünfzehn alkoholfreie Jahre waren sie nun zusammen. Vor fünf Jahren hatte sie Nicks Anschrift herausgefunden und mehrere Versuche unternommen, sich mit ihm in Verbindung zu setzen, von denen aber keiner zu etwas geführt hatte.

Zuletzt erzählte sie mir, nach ihrem Weggang hätte sie dem kleinen Nicky viele Briefe geschrieben und zu Weihnachten ein Geschenk geschickt, aber die ganze Post wäre ungeöffnet zurückgekommen. »Ich habe die Firmenanschrift meines Bruders in San Francisco benutzt, weil ich wußte, daß Nicholas sich nicht die Mühe machen würde, ihm auf die Pelle zu rücken, aber wissen Sie, was Nickys Vater gemacht hat? Er hat seine Briefe zu einer Postfachadresse umleiten und alles an mich zurückgehen lassen. Der Lump wußte, daß Nicky glauben mußte, ich hätte ihn so einfach im Stich gelassen, und ich konnte nichts dagegen tun, ohne das Risiko einzugehen, umgebracht zu werden. Es gab für mich keine Möglichkeit, Nicky zu sagen, daß ich ihn liebte.«

Wenn Nick das doch nur gewußt hätte. »Aber hätten Sie sich nicht an seine Schule wenden können?«

»Daran habe ich später auch gedacht, aber meine Angst vor Nicks Vater war immer noch zu groß.«

Candy stand zitternd auf. »Ich habe alles behalten. Ich hoffte, daß ich es eines Tages Nicky würde zeigen können und daß er verstehen würde. Aber er wollte nichts mit mir zu tun haben. Nicht einmal fünf Minuten, um alles zu erklären. Hat nur gesagt, ich wäre doch tot, und das sollte ich gefälligst auch bleiben.«

Die Tränen hatten ihr Make-up verwischt, und unter ihren Augen waren zwei schwarze Ringe. »Ich zeige sie Ihnen«, sagte sie. Sie verschwand nach oben.

Während ich ihr zugehört hatte, hatte eine feste Überzeugung von mir Besitz ergriffen: daß es dem Gang der Dinge eine ganz andere Wendung geben würde, wenn Nick hören könnte, was sie zu erzählen wußte. Er hatte nie die Tiefe der Liebe dieser Frau zu ihm erfahren.

Sie kam mit einem Pappkarton zurück, den sie zu meinen Füßen abstellte. »Hier. Sehen Sie sich nur die Poststempel an. Alles fünfundzwanzig Jahre her.« Ich öffnete den Karton und blätterte die Briefe durch. Sie rochen muffig und waren mit den Jahren ziemlich vergilbt, und, wie sie gesagt hatte, vor fünfundzwanzig Jahren gestempelt worden. Neben den Briefen befand sich im Karton ein rechteckiges Päckchen.

»Und das Paket da ist ein Weihnachtsgeschenk, das ich ihm geschickt habe, als ich einen Monat weg war. Ich habe es all die Jahre behalten und immer gehofft, eines Tages könnte ich über alles mit ihm sprechen, eines Tages würde er soweit sein, mich sehen zu wollen.«

In meiner Hand hielt ich den Schlüssel zu Nicks Leben – den Schlüssel zu seiner Persönlichkeit, zu seiner Heilung –, und in mir erwachte ein Wunsch, so stark, daß ich mir über das Für und Wider gar keine Gedanken machen wollte. »Mrs. Lanehurst – lassen Sie mich doch Nick diese Sachen heute abend bringen. Darf ich Ihre Abgesandte sein?«

Sie riß mir den Karton aus den Händen und setzte sich, die Schachtel im Schoß, wieder hin. »Wie wollen Sie das wohl anstellen? Mitten in einem Rechtsstreit mit ihm? Und wer sagt mir, daß ich Ihnen vertrauen kann? Das ist der einzige Beweis, den ich habe, und ich brauche ihn für den Fall, daß Nick je zu mir zurückkommt.«

»Sie und Ihr Mann haben keine Kinder, nicht wahr?« fragte ich leise.

Sie hielt den Karton an sich geklammert, als wäre er ein kleines Kind. »Harry und ich haben ein kleines Mädchen verloren. Nach sechsunddreißig Stunden Wehen ist sie tot zur Welt gekommen. Und danach bin ich nie wieder schwanger geworden. Nicky ist mein einziges Kind.«

»Dann lassen Sie mich zu ihm gehen. Ich weiß, daß es ein Risiko für Sie darstellt, mir diese Sachen zu überlassen, aber ich selber gehe ein noch viel größeres Risiko ein. Ich glaube, daß er mich anhören wird.«

Ich konnte mit ansehen, wie ein Hoffnungsschimmer darum rang, die Furcht in ihren Augen zu überwinden. »Er ist mein einziges Kind, Dr. Rinsley. Ich habe die Anonymen Alkoholiker, und ich habe meinen Mann, aber manchmal in der Nacht, wenn ich daran denke, jetzt einen Drink zu nehmen, ist es bloß, um eine Lücke in meinem Herzen zu füllen, die nur durch Nicky ausgefüllt werden kann.«

»Dann lassen Sie mich zu ihm gehen.« Ich stand auf und streckte ihr die Arme entgegen. Und dann gab sie mir den Pappkarton.

Als ich wieder im Auto saß, schwirrte mir der Kopf. Was, um alles in der Welt, hatte ich mir bloß vorgestellt? Wie konnte ich das tun? Wie hypnotisiert durch die Dringlichkeit meines Impulses fuhr ich durch Downtown L. A. und auf den Santa Monica Freeway. Als ich die Abfahrt zum Freeway No. 405 erreichte, mußte ich meine Entscheidung treffen: in nördlicher Richtung zu meinem Apartment oder in südlicher zu seinem. Im letzten Augenblick lenkte ich den Wagen auf die Spur zur Südrampe.

63

Nebel war an diesem Abend über das Küstengebiet gekrochen, und als ich den Freeway verließ, betrug die Sichtweite nur noch ein paar Meter. Als ich vor den Marina Towers aus meinem Wagen stieg, wallten um mich herum die Nebelschwaden wie Zigarettenrauch. Das einzige Geräusch, das ich vernahm, war das Klingeln eines Windspiels von irgendeinem Balkon.

Ich läutete an der Tür von Nicks Apartment und hörte ein explosionsartig ausbrechendes Hundegebell und gleich darauf Nicks Stimme, die »Aus!« sagte. Einen Augenblick später zog Nick mit einem Schwung die Tür auf. Grenzenloses Erstaunen stand ihm ins Gesicht geschrieben. »Na, wenn das nicht unsere gute Frau Doktor ist!« Sein Hund war riesengroß, eine schwarz-weiße Dänische Dogge, die noch ein paarmal kläffte, wobei ich jedesmal zusammenfuhr. Ich hielt den Karton wie ein Schutzschild an mich gepreßt. »Darf ich hereinkommen?«

Nick war barfüßig, trug weiße Shorts und ein T-Shirt. Sein Haar war zerzaust, sein linker großer Zeh bandagiert. Mit den Fingern einer Hand hielt er den Hund am Halsband fest und machte mit der anderen eine einladende Geste in Richtung auf das Wohnzimmer. »Immer nur herein.«

Ein gigantisches weißes Ecksofa füllte den gesamten Raum unter den beiden Erkerfenstern aus, die auf den im Halbdunkel liegenden Yachthafen hinausgingen. Nick war modern eingerichtet, überall glänzend polierter Chrom, mit einem schlanken Ebenholzregal, auf dem seine Anlage aufgebaut war. Auf der dicken Glasplatte des Couchtisches stand eine geöffnete Flasche Tanqueray-Gin; daneben lagen eine Aktenmappe und ein paar Prozeßunterlagen. Plötzlich wurde mir die Unglaublichkeit dessen bewußt, was ich hier machte. Ich mußte verrückt sein, herzukommen. Underbruck würde toben.

Zaghaft setzte ich mich auf eine Ecke des Sofas. Nick ging an mir vorbei und ließ sich in die Mitte des Sofas fallen. Er hatte wieder diesen triumphierenden Ausdruck im Gesicht. »Wie ich sehe, haben Sie beschlossen, jeglichen gesunden Menschenverstand fahrenzulassen.«

»Ja, beinahe.«

»Ich habe immer gewußt, daß einer von uns beiden verrückt sein muß.«

Sein Hund kam und beschnüffelte meine Knie. »Floyd! Aus!« Der Hund wich zurück und ließ sich auf den weißen Wollteppich sinken.

»Floyd?«

»Von Pink Floyd, *The Wall*. Paßt doch bestens, finden Sie nicht?«

Ich nickte und dachte dabei, ja, ich *habe* jeglichen gesunden Menschenverstand fahrengelassen. Aber jetzt war es zu spät zur Umkehr. Ich stellte den braunen Pappkarton neben mir ab und sagte: »Ich bin hergekommen, weil ich einen Rest von meinem Glauben an Sie immer noch nicht aufgegeben habe.« Er antwortete mit einem höhnischen Lachen. »Ich bin gerade zwei Stunden lang bei Ihrer Stiefmutter gewesen.«

»*Wie bitte?*« Seine Augen zogen sich voller Verachtung zu Schlitzen zusammen. Er stand jäh auf und stieß wütend mit dem Finger durch die Luft nach mir. »Das sieht Ihnen ähnlich, die Toten aufzuwecken.« Dann verschwand er in der Küche, während ich versuchte, mich an meinem letzten Hoffnungsfaden festzuhalten. Eiswürfel, die aus dem Behälter in ein Glas purzelten, durchbrachen die Stille, und einen Moment später kam er ins Zimmer zurück und füllte sich das Glas drei Finger hoch mit Gin. Er schien sich von der Neuigkeit wieder einigermaßen erholt zu haben. Er setzte sich, nippte an seinem Drink und sagte: »Also sind Sie nun in der Lebensrettungsbranche.«

»Ihr bricht das Herz, weil sie jeden Kontakt zu Ihnen verloren hat. Sie hat nie aufgehört, Sie zu lieben.«

»Bockmist. *So ein Bockmist.* Sie machen sich jede Chance in Ihrem Fall zunichte, um herzukommen und mir *das* zu erzählen? Sie müssen wirklich verrückt sein.«

Ich versuchte, das bißchen Fassung, was mir noch geblieben war, zu bewahren und sagte: »Sie hat mir die ganze Geschichte erzählt. Selbst Dinge, die Sie gar nicht wissen. Bitte, hören Sie mich an.«

Er drehte seinen Drink etwas weniger unruhig in der Hand. »Klar, warum nicht. Wird bestimmt lustig.« Er warf mir ein Lächeln zu. »Und nachdem Sie meinten, diesen Blödsinn abziehen zu müssen, habe ich ja wohl auch nichts mehr zu verlieren.«

Ich wiederholte noch einmal, was ich über Candys Ehe mit seinem Vater erfahren hatte. Die Schläge, die Einsamkeit, die alkoholischen Exzesse. »Haben Sie gewußt, daß sie Alkoholikerin war?«

»Sie hatte immer eine Flasche Jim Beam in ihrer Wäscheschublade.«

»Sie war jeden Tag betrunken und hat manchmal gar nicht so recht gewußt, was sie tat. Zum Beispiel, als sie Sie zu sich ins Bett geholt hat.«

»Ach, ihr Seelenklempner macht immer so ein Aufhebens wegen so einem Quatsch. Na und, da hat sie mir einmal einen runtergeholt, und ich habe an ihr rumgespielt. Aber das ist doch jetzt vergangen und vergessen.«

»Nein, das ist es eben nicht! Sie hat sich die ganzen Jahre über ein furchtbar schlechtes Gewissen deswegen gemacht.«

»Sie hat uns verlassen! Wie oft soll ich Ihnen das noch erklären? Und warum, zum Teufel, haben Sie sich einfallen lassen, herzukommen und diesen ganzen Scheiß noch einmal mit mir durchzugehen?«

Ich vermochte die Frage nicht voll und ganz zu beantworten. Ich fuhr mir mit den Fingern durchs Haar, sah ihm unverwandt ins Gesicht und sprach einfach weiter: »Candy ist fünf- oder sechsmal von zu Hause weggelaufen, für gewöhnlich, nachdem Ihr Vater sie geschlagen hatte. Aber sie sagt, sie hätte es nicht ertragen können, Sie ganz allein mit ihm zu lassen, also ist sie jedesmal wieder zurückgekommen. Sie sagt, nach dem dritten Jahr hätte sie daran gedacht, Sie zu adoptieren.«

»*Adoptieren?*« Er studierte intensiv mein Gesicht. All die Verachtung und der Triumph waren verflogen.

»Sie hat Sie adoptieren wollen«, wiederholte ich noch einmal. »Darum ist es in einigen der Streitereien mit Ihrem Vater gegangen. Aber Ihr Vater hat sich stets geweigert. Er wußte genau, daß sie Sie ihm fortnehmen würde, sowie sie auch nur in irgendeiner Weise das Sorgerecht für Sie bekäme.«

»Davon habe ich ja noch nie ein Wort gehört.«

»Natürlich wollte Ihr Vater Ihnen nichts davon erzählen, aber Candy sagt, sie hätten sich immer häufiger deswegen in den Haaren gehabt, bis sie schließlich einsah, daß es hoffnungslos war. Sie sagt, sie hätte ein paarmal die Polizei gerufen, wenn Ihr Vater sie verprügelt hat, aber die hätten nichts unternommen. Und sie war sich auch sicher, daß Ihr Vater sie umbringen würde, wenn sie ihm sagte, sie würde für immer gehen, also blieb ihr keine andere Wahl, als einfach unterzutauchen. Sie hat ihren Bruder in San Francisco angerufen und ihn gebeten, sie abzuholen. Sie haben sich in einem Café in der Nähe Ihrer Wohnung getroffen und ihre Flucht geplant.«

»Alles Bockmist«, brüllte Nick. »Sie war mit ihrem Geliebten in dem Café. Ich habe die beiden doch gesehen.«

»Es war ihr Bruder. Ihr *Bruder*. Sie hat gesagt, sie hätte hinter dem Rücken Ihres Vaters nie etwas mit einem anderen Mann gehabt.«

Die ganze Aufregung veranlaßte Floyd, zu uns ins Wohnzimmer zu kommen und zu versuchen, sich einen Platz auf dem Sofa zu ergattern. »Runter da! Platz!« sagte Nick so streng, daß das große Tier sich erschrocken zusammenkauerte.

»Ihre Mutter, Victoria, ist es gewesen, die eine Affäre gehabt hat. Und als Ihr Vater davon erfuhr, hat sie sich umgebracht. Darum hat er Candy praktisch unter ständige Beobachtung gestellt. Es grenzt an ein Wunder, daß sie es überhaupt geschafft hat, sich mit ihrem eigenen Bruder zu treffen.« Nicks Kinnlade fiel nach unten. Victoria war seine perfekte Mutter, die, die auf einem Pferd gekommen wäre, um ihn zu retten. Ich merkte, daß ich wenigstens das eine erreicht hatte – seine grenzenlose Idealisierung ihrer Person war schwer angeschlagen.

Aus Furcht, seine Verteidigungsinstinkte könnten sich wieder schärfen, wenn ich an Tempo verlor, sprach ich weiter: »Candy hat mehrere Male versucht, mit Ihnen Kontakt aufzunehmen, nachdem sie fort war. Sie hat Ihnen Karten und Briefe geschickt, in denen sie alles zu erklären versuchte. Sie hat Ihnen auch zum Geburtstag Geschenke ...«

»Sie lügt«, schrie Nick und sprang auf. Auch der Hund erhob sich, bereit für das, was kommen würde. »Gar nichts hat sie mir geschickt. Ich bin jeden Tag zum Briefkasten gegangen. Das ist alles Bockmist. Alles, was Sie da erzählen, ist der reinste Bockmist!«

Nick rannte im Wohnzimmer hin und her. Seine Stimme klang so quengelig wie die eines kleinen, bockigen Kindes. »Sie hätte bei meiner Schule anrufen können. Sie hätte vor der Schule auf mich warten können. Sie hätte *mich* eines Abends anrufen können, wenn er nicht zu Hause war.«

»Das stimmt«, sagte ich ganz ruhig, »und später ist das Candy auch aufgegangen. Aber zu diesem Zeitpunkt war sie voller Angst um ihre eigene Sicherheit. Und eine Weile darauf hat sie dann erneut geheiratet, wurde schwanger und hielt es für besser, sich von allem abzuwenden und zu vergessen.«

Eine leise Wehmut schlich sich in seine Stimme, als er plötzlich wie angewurzelt stehenblieb. »Sie meinen, ich habe eine Schwester oder einen Bruder?«

Ich schüttelte den Kopf. »Es war eine Totgeburt. Sie sagt, Sie wären ihr einziges Kind, und sie hat all diese Sachen jahrelang in der Hoffnung aufbewahrt, daß Sie beide eines Tages wieder vereint würden und sie

Ihnen dann beweisen könnte, was wirklich gewesen ist.« Mit zitternden Händen stellte ich den Karton auf den Couchtisch und sagte: »Sehen Sie sich alles in Ruhe durch. Es sind Briefe darin, die vor einem Vierteljahrhundert abgestempelt wurden. Und ein ungeöffnet zurückgegangenes Weihnachtsgeschenk.«

Langsam öffnete Nick die Kiste, zog eine Handvoll Briefe heraus, um sie durchzublättern, hielt inne, um die Datumsangaben zu lesen. Dann riß er das Päckchen auf. Unter dem braunen Packpapier kam eine Schicht Weihnachtspapier zum Vorschein – grünes Geschenkpapier mit lachenden Weihnachtsmännern. Ich sah schweigend zu, wie er das Papier aufriß. Darunter war eine rechteckige Schachtel aus schwarzem Leder. Er öffnete sie und holte ein Musikinstrument heraus, das wie eine kleine Klaviertastatur mit einem Mundstück daran aussah. Er hielt das Instrument so fest, daß seine Knöchel ganz weiß wurden, stand abrupt auf, ging durch den Flur ins Schlafzimmer und schloß die Tür hinter sich.

Ich vernahm gedämpftes Weinen und wartete ab. Besser, sich jetzt nicht einzumischen, dachte ich. Dann hörte ich die Dusche, und die Toilettenspülung, und danach kam Nick mit rotgeränderten Augen, aber in frischem T-Shirt und sauberen Shorts zurück, begleitet von dem Duft nach Seife und Babypuder. Er setzte sich wieder auf das Sofa, diesmal etwas näher zu mir, die Melodica hielt er in der rechten Hand, und ich faßte Hoffnung bei dem Gedanken, daß er nun vielleicht seinen Tiefpunkt hinter sich hätte und es nun wieder aufwärts mit ihm ging. Der Strahl von einer der verchromten Leuchten fiel über sein Gesicht. Hinter ihm trugen die Lichter vom Hafen Heiligenscheine aus Nebel.

»Das mußten Sie wohl tun, was?« sagte er leise. »Sie mußten die einzige Mauer einreißen, die mir noch geblieben war.«

»Ja. Weil sie Ihre einzige Angehörige ist und sie Sie immer noch liebt.«

Plötzlich beugte er sich vor und hielt sein Gesicht so nah vor das meine, daß ich richtig Angst bekam. »Sie haben mich zerstört. Sie sind in mein verdammtes Zuhause gelatscht gekommen und dann schnurstracks in mein Herz und haben es in Stücke gerissen.«

Verwundert wich ich zurück und stammelte: »Aber ich dachte doch ...«

»Sie dachten, mir würde es noch nicht schlecht genug gehen. Sie *mußten* es noch schlimmer machen. Sehen Sie mich an. Ich weiß noch nicht einmal, wie ich es morgen im Gericht schaffen soll, bei Verstand zu bleiben.« Er sprang auf. »Soll ich Sie verprügeln? Soll ich die Presse anrufen? Meine Anwältin? Auf wie viele Arten und Weisen möchten Sie morgen vor Gericht in der Luft zerrissen werden? Wie, zum Teufel, haben Sie sich bloß einbilden können, Sie könnten einfach hier hereinspazieren und mich noch ein weiteres Mal bearbeiten, wie Sie es schon so oft getan haben, und meinen, ich würde mir das gefallen lassen? Haben Sie vergessen, wie Sie mich bequatscht haben, eine Therapie bei Ihnen zu machen, und mich dann fallengelassen haben, als ich Sie am allerdringlichsten brauchte?«

Ich stand auf. »Aber begreifen Sie es denn nicht? Sie werden immer glauben, die Menschen lassen Sie fallen, und das nur, weil Sie glauben, daß sie es getan hat. Für Sie verwandelt sich jeder in Candy, mich eingeschlossen. Weil Sie sie lieben. Sie stehlen alles, was rot ist, nur weil es Sie an sie erinnert. Sie brauchen sie. Ich versuche doch nur, Ihnen klarzumachen, daß sie die ganze Zeit für Sie dagewesen ist. Sie sollten bei jemand anderem wieder in die Therapie gehen und versuchen, darüber hinwegzukommen.«

Er zeigte zur Tür. »Raus hier, verdammt noch mal.«

Ich war zuerst viel zu verblüfft, um mich bewegen zu können. Ich hatte nicht mit so einem Wutausbruch gerechnet, und ich konnte ihn auch nicht begreifen. Ich hatte ihm gerade das gegeben, wonach er sich am meisten im Leben gesehnt hatte.

»Worauf warten Sie noch?« schrie er mich an. »Raus mit Ihnen. SOFORT!«

Ich ging zur Tür, trat hinaus und zog sie zu. Er verriegelte sofort hinter mir. Dann wurde es dunkel in dem Spalt unterhalb der Tür.

Ich sank gegen die Wand. Morgen stand mir der schlimmste Tag meines Lebens bevor. Leona Atwater würde ihn in den Zeugenstand rufen, damit er verkündete, was ich heute abend getan hatte, Underbruck würde klein beigeben, und die Geschworenen würden mich schuldig sprechen. Ich sank zu Boden, konnte nicht einmal weinen, so verzweifelt war ich.

Nach einer kurzen Weile vernahm ich ein paar zögernde Töne auf der Melodica, dann noch ein paar mehr. Ich erhob mich und ging zur Melodie von »Amazing Grace« langsam auf den Fahrstuhl zu.

64

Um sechs am nächsten Morgen rief ich Underbruck an. Als er hörte, was ich angestellt hatte, explodierte er förmlich am anderen Ende der Leitung und wollte gar nicht mehr zu fluchen aufhören. »Haben Sie geglaubt, der Knabe würde einen Rückzieher machen? Er wird das verwenden, um Sie ans Kreuz zu schlagen. Welchen besseren Beweis dafür, daß Sie in ihn verliebt sind, könnte es geben, als daß Sie mitten in einem Gerichtsverfahren vor seiner Wohnungstür aufkreuzen? Ich sehe schwarz für Sie, Frau Doktor.«

Als wir drei Stunden später ins Gericht kamen, waren Leona Atwater und Nick schon da. Leona Atwater sah aus wie eine Löwin, die gerade eine frische Beute gerissen hatte, und mit Underbruck hatte sie sich auch bereits darüber verständigt, daß Nick noch einmal in den Zeugenstand gerufen werden wollte. Nick sah übermüdet aus, seine Augen waren immer noch rotgerändert, seine Züge todernst. Während alles auf seinen Plätzen saß, konferierten die Anwälte mit dem Richter, der darauf verkündete, Nick würde in den Zeugenstand gerufen. Leona Atwater erklärte den Geschworenen, Nick hätte um eine weitere Gelegenheit gebeten, neue Informationen betreffs meiner Glaubwürdigkeit beizusteuern. Es gibt Dinge, die sind schlimmer als der Tod, dachte ich, und das, was ich gleich würde durchmachen müssen, war eines davon.

»Dr. Rinsley ist gestern abend zu mir in die Wohnung gekommen«, begann er.

Im Gerichtssaal wurde es unruhig. Richter Grabbe bat nachdrücklich um Ruhe und ließ Nick erst fortfahren, als der Lärmpegel zu einem Gemurmel abgesunken war.

»Ich kann daher mit bestem Gewissen alles beeiden, was ich hier aussage.«

Flüstern und Kopfnicken bei den Geschworenen. Leona Atwater starrte Underbruck an.

»Aber die Wahrheit ist, daß Dr. Rinsley nie Sex mit mir gehabt und auch ansonsten nichts Unrechtes mit mir gemacht hat.«

Jemand im Publikum japste auf, und ein paar Journalisten verließen rasch den Saal. Leona Atwater, die augenscheinlich so schockiert war wie alle anderen, unterbrach Nick und sagte: »Euer Ehren, ich habe nicht genügend Zeit gehabt, um mit dem Kläger über den Inhalt seiner Aussage zu sprechen. Darf ich eine kurze Unterbrechung beantragen?«

Bevor der Richter antworten konnte, sagte Nick: »Ich möchte keine Unterbrechung, Euer Ehren. Ich habe nur noch ein paar Dinge für das Protokoll zu sagen, und ich erbitte die Erlaubnis, das zu tun.«

Richter Grabbe, der zum erstenmal seit Wochen völlig wach wirkte, sagte: »Frau Anwältin, wenn Sie nichts dagegen haben, möge der Kläger bitte fortfahren.«

Leona Atwater machte mit den Händen eine Geste, wie um zu zeigen, daß sie sich geschlagen gab, und sagte: »Keine Einwände.«

Und Nick fuhr fort: »Dr. Rinsleys Experten hatten recht. Ich habe mich in sie verliebt, und weil ich sie nicht haben konnte, wollte ich sie zerstören. Aber jetzt weiß ich, daß es nicht wirklich Liebe ist, wenn man jemanden nur besitzen will. Sich um die Bedürfnisse eines anderen Menschen kümmern, das ist Liebe. Und trotz all dessen, was ich getan habe, hat sich Dr. Rinsley immer noch genug um mich gekümmert, um mir gestern abend zu zeigen, daß ich eine Familie habe, eine Tatsache, die zu glauben ich mich standhaft geweigert hatte. Nachdem sie gegangen war, bin ich stundenlang in meiner Wohnung herumgelaufen und zu dem Entschluß gekommen, mit diesem Prozeß nicht fortfahren zu können. Wenn ich den einzigen Menschen, der so sehr versucht hat, mir zu helfen, zerstöre, dann ist mein Leben wirklich hoffnungslos verloren.« Nick richtete den Blick aus seinen schönen blauen Augen unmittelbar auf mich. »Ich möchte mich in aller Öffentlichkeit bei Frau Dr. Rinsley entschuldigen. Und ich bitte das Gericht und alle, die mit diesem Fall zu tun hatten, um Nachsicht.«

Ich weinte vor Erleichterung, vor Genugtuung und aus einem noch tieferliegenden Grund: Ich spürte, daß ich wieder an mich glauben konnte.

In Underbrucks Büro legte ich ihm die Arme um den Hals und gab ihm einen Kuß auf die Wange. Sein Anzug roch nach chemischer Reinigung und einem Eau de Cologne mit Kieferndufft. »Danke für alles«, sagte ich.

Er kratzte seinen Bart. »Wenn Sie mir gesagt hätten, wie dieser Prozeß ausgehen würde, hätte ich meinen Hut gefressen.«

Zuerst rief ich meine Mutter an und danach Humberto. Ich erzählte beiden kurz und knapp, was sich zugetragen hatte, und ich lud Humberto für den übernächsten Abend zum Essen ein, damit er Frank zurückbringen und wir miteinander sprechen konnten. Meine Mutter sagte, sie würde gleich die Morgenmaschine nehmen, denn sie hätte Heimweh und könnte nun mit einem glücklichen Gefühl nach Hause fliegen.

Mein Gesicht tauchte in jeder lokalen Nachrichtensendung auf. Als ich zu Hause war, riefen Mom und ich Dad an. »Immer eisern durchbeißen, Mädchen«, sagte er, und ich konnte ihn vor mir sehen, die Hand flach in die Höhe gestreckt, um einen Schlag von mir abzufangen. Das war sein schönstes Kompliment. Ich war jetzt die Frau aus Stahl für ihn, der Defensivspieler, der immer wieder unermüdlich den Ball ins Spiel bringt. »Danke, daß du zu mir gehalten hast, Dad«, sagte ich und reichte den Hörer dann schnell an Mom weiter, damit er nicht mein Schniefen hörte. Eiserne Ladies heulen nicht.

An diesem Abend nahm ich so viele Glückwunschanrufe entgegen, daß ich irgendwann zu erschöpft zum Reden war und den Stecker aus der Wand ziehen mußte. Journalisten tummelten sich vor meiner Tür, und ich war froh, daß Frank nicht da war, denn sein Bellen hätte mich zum Wahnsinn getrieben.

Am Morgen brachte ich Mom zum Flughafen und nahm sie noch einmal ganz fest in die Arme. Es gab noch so viel zwischen uns zu sagen, so viel, was noch aufgearbeitet werden mußte. »Ich liebe dich, Mom. Und weißt du was? Ich hatte Nick gegenüber immer einen Vorteil. Wie auch immer die Geschworenen entschieden hätten, eines habe ich doch von dem Augenblick, als ich alt genug war, überhaupt etwas zu wissen, ganz bestimmt gewußt: daß ich geliebt werde.«

Ich hätte ihr kein Geschenk mitgeben können, das ihr mehr bedeutete.

65

Den folgenden Tag verbrachte ich damit, das Abendessen für Humberto vorzubereiten. Zuerst stellte ich die Vorspeise zusammen, dann legte ich eine frische Flugente in den Ofen, wusch den Salat und kochte wilden Reis. Später deckte ich den Tisch mit dem Porzellan meiner Mutter, zwei kristallenen Weinkelchen, die ich extra für diesen Anlaß erstanden hatte, weißen Leinenservietten, langen weißen Kerzen in Kristallständern und einem kleinen Bukett aus weißen Rosen.

Ich trug mein schwarzes Jerseykleid und verbrachte ungewöhnlich lange Zeit vor dem Spiegel. Ich freute mich unbändig darauf, Frank wiederzusehen, aber ich war mir unsicher, was ich von Humberto zu erwarten hatte. In den letzten fünfzehn Minuten vor ihrem Eintreffen flitzte ich in der Wohnung hin und her, um noch einmal alles zu überprüfen – die Lage der Servietten, die Temperatur des Weines, das Licht im Schlafzimmer, die auf der Stereoanlage zurechtgelegten CDs.

Als sie hereinkamen, bellte Frank aufgeregt und rannte dauernd im Kreis herum. Ich quietschte vor Vergnügen und begrüßte ihn überschwenglich. Frank war so aus dem Häuschen, daß er wie toll von einem Zimmer ins andere lief, wobei er jedesmal, wenn er an mir vorbeikam, stehenblieb, um mich abzulecken und zu bellen.

Humberto trug ein weites beiges Hemd und braune Hosen, aber unter dem Stoff konnte man doch nur zu deutlich erkennen, wie dünn er geworden war. Als wir uns flüchtig zur Begrüßung in die Arme nahmen, konnte ich seine Rippen spüren.

Meine Stimme klang zu aufgekratzt. Ich fühlte mich befangen in seiner Gegenwart, als würde ich ihn kaum kennen. Ich eilte in die Küche, um den Wein zu holen, und er folgte mir, blieb aber dann am Eßtisch stehen. »Das Porzellan deiner Mutter«, sagte er leise und fuhr mit dem Finger um den Rand der Salatplatte.

Er sah zu, wie ich die Gläser füllte, und als wir anstießen, sagte er: »Du siehst wunderschön aus.«

»Danke«, sagte ich. Er fuhr mir zart übers Haar, zog dann aber seine Hand zurück. Ich stand etwas verunsichert da. »Ich habe eine Platte mit Patés und Käse vorbereitet, aber wir müssen sie hier auf dem Küchentresen stehenlassen. Du kennst ja Frank.«

»O nein. Ich muß dir etwas zeigen. Frank. Hierher!« Frank, dessen wüstes Herumgestürme sich zu einem flotten Rundgang durch die Wohnung verlangsamt hatte, drehte sich sofort um und kam artig zu Humberto getrottet. »Hinlegen«, befahl Humberto. Frank legte sich hin. »Und jetzt werden wir mal diese Häppchenplatte auf den Wohnzimmertisch stellen und für fünf Minuten den Raum verlassen. Wenn wir zurückkommen, werden Pastetchen und Käse noch da sein.«

»Klar werden sie noch da sein«, sagte ich lachend, »bloß in einem Hundemagen verschwunden.« Aber ich stellte den Teller auf den Tisch, wie er es haben wollte.

»Frank, das ist pfui«, kommandierte Humberto, und Frank legte sich mit sabbernder Schnauze am Fuß des Sofatisches hin und sah uns an.

Wir gingen ins Schlafzimmer, wo wir uns über den Prozeß unterhielten. Nach fünf Minuten ging ich auf Zehenspitzen in den Flur und lugte um die Ecke ins Wohnzimmer.

Frank lag, gelangweilt über die Wartezeit, dösend auf dem Fußboden neben dem Sofatisch. Die Häppchenplatte war unberührt.

»Was für ein braver Hund«, sagte ich und lief ins Wohnzimmer. »Braver Hund.« Ich rubbelte seine Ohren und ließ mir von ihm die Hand ablecken. Dann war er schon wieder aufgesprungen und setzte seine Runden durch das Apartment fort. »Mein Gott, Humberto, du hast ja ein Wunder bewirkt«, sagte ich.

Er wurde leicht rot, blieb in der Tür zum Wohnzimmer stehen und steckte die Hände in die Hosentaschen. »Ich wollte auch etwas für dich tun, um alles wiedergutzumachen.«

Das Essen war exzellent. Humberto hob anerkennend die Augenbrauen, als er die geröstete Ente mit der Brombeersauce probierte. »Du kochst verdammt gut«, sagte er.

»Vielen Dank.«

Nach und nach ließ die Spannung nach, während wir uns darüber unterhielten, was die vergangenen zwölf Monate uns gebracht hatten. Ich erzählte ihm, was ich aus den Problemen mit meiner Mutter gelernt hatte. Er sagte, das Restaurant liefe so gut, daß er daran dächte, in Malibu noch ein weiteres zu eröffnen. Gegen Anfang des Jahres hatte er geglaubt, eine Magenverstimmung zu haben, die sich dann als akute Blinddarmentzündung herausstellte.

»Du willst sagen, du bist unterm Messer gewesen und hast mir nichts davon gesagt?« fragte ich etwas gekränkt.

»Das war zu der Zeit, als wir noch nicht wieder miteinander gesprochen haben.«

»Aber du hast es seitdem auch mit keinem Wort erwähnt.«

»Du hattest genug um die Ohren. Ich wollte dich damit nicht behelligen.«

»O, ich hätte es schon gerne gewußt.« Ich legte ihm die Hand auf den Arm und kniff ihn leicht. »Aber jetzt geht's dir wieder gut?«

»Klar. Hab bloß eine Narbe mehr.«

Nach dem Dessert wuschen wir zusammen ab wie zwei gute Kameraden. Er berührte mich nicht, und weil ich nicht wußte, wer inzwischen in seinem Leben eine Rolle spielte oder wie er mir gegenüber empfand, kam auch ich ihm nicht zu nahe.

Ich stellte eine Flasche Courvoisier und zwei Cognacschwenker auf den Couchtisch, und wir setzten uns jeder an eine Ecke des Sofas. Er betrachtete mich schweigend.

»Hast du – bist du zur Zeit mit jemandem zusammen?« fragte ich endlich.

Er fing an, seine Oberlippe mit dem Zeigefinger zu reiben. »Ich bin zwischendurch mit drei oder vier Frauen ausgewesen. Und wie steht's bei dir?«

»Nichts.« Ich goß den Cognac ein, um mich mit etwas zu beschäftigen. Natürlich war er mit jemandem zusammen. Das hatte ich schon längst geahnt.

Er hob seinen Cognac, ließ ihn in der Hand kreisen und nahm einen Schluck. »Wenn ich eine Frau im Arm halte, stelle ich mir vor, daß du es bist.«

Ich mußte gegen diese altvertraute Stimme in mir ankämpfen – die mir sagte, klar doch, klar, erzähl mir was. »Wieso gerade ich, Humberto? Was ist an mir, daß du *mich* begehrst anstelle einer anderen?«

Beim Klappern der Schlüssel meines Wohnungsnachbarn begann Frank, laut zu kläffen. »Frank. Ruhig!« befahl Humberto. Ungläubig sah ich zu, wie Frank nur noch ein Winseln von sich gab und sich dann wieder auf den Teppich legte.

Humberto fuhr sich mit dem Finger über die Lippe und wandte sich dann wieder mir zu. »Mein ganzes Leben lang war ich für andere Menschen das Aushängeschild, mit dem sie sich schmücken wollten. Als ich noch klein war, hat meine Mutter mich am Sonntag mit in die Kirche genommen, um mich vorzuzeigen. Dann waren es Frauen – selbst Frauen, die ich gar nicht kannte –, die sich auf der Straße oder im Supermarkt an mich heranmachten. Sie haben mir niedliche Kärtchen geschickt oder kleine Geschenke und haben mir ihre Telefonnummern hinterlassen. Nachdem das Restaurant ein Erfolg geworden war, war es das Geld oder die Berühmtheit oder dies und das an mir, aber keine von ihnen war an mir als Person interessiert. Nicht einmal Marisombra.

Dann habe ich dich kennengelernt. Schon, als ich ein einziges Mal deine Radiosendung gehört hatte, wußte ich, daß es mit dir anders sein würde. Du hast mich wirklich verstanden. Du hast nicht gelacht, weil ich mich so für Vögel interessiere. Bei dir habe ich geglaubt, daß du mich wirklich um meiner selbst willen geliebt hast – und das hat es nachher dann so schwer für mich gemacht.« Er senkte den Kopf. »Schon seit ich ein kleiner Junge war, bin ich immer einsam gewesen. Ich war noch zu jung, um schon meine Großmutter zu verlieren. Ich mußte meine Heimat verlassen und als Fremder an einem fremden Ort leben. Ich habe darauf gewartet, daß jemand über mich stolperte, aber das habe ich erst gemerkt, als du mich gefunden hast.«

Unsere Knie berührten einander, und ich legte ihm die Hand auf den Oberschenkel. Er stand auf, zog mich zu sich hoch und hielt meinen Kopf in den Händen. »*Cómo te he extrañado*«, flüsterte er, »wie sehr ich dich vermißt habe.«

Wir hatten so lange nicht mehr nackt voreinander gestanden, daß ich richtig verlegen war, als wir ins Schlafzimmer gingen. Er zog sich aus, und ich konnte sehen, wie schrecklich dünn er wirklich geworden war. Die Narbe über seinem Schamhaar war immer noch geschwollen und rot. Nachdem wir uns hingelegt hatten, fuhr ich vorsichtig mit dem Finger darüber. »Tut sie noch weh?«

»Manchmal juckt sie.«

Seine Erektion kam und ging mehrere Male, während er mich liebkoste und küßte. Auch nach fortgesetzter Stimulation kam ich nicht zum Höhepunkt. Ich wußte noch nicht, ob wir je die Distanz und das Mißtrauen des vergangenen Jahres überwinden würden. Eine Weile lagen wir nur still da. Er döste vor sich hin. Dann drehte er sich auf die Seite, so daß er mir das Gesicht zuwandte, den Kopf auf den Ellenbogen gestützt, einen sorgenvollen Blick in den dunklen Augen. »Du hast mir schon gefehlt, bevor wir aufgehört haben, einander zu treffen.«

Ich schloß die Augen und umschlang ihn ganz fest mit meinen Armen und Beinen. Irgendwann zwischendurch müssen wir uns vom Bett heruntergewälzt haben, denn ich nahm undeutlich wahr, wie der Teppich mich kratzte. Als ich schließlich kam, stöhnte ich in wüsten Krämpfen auf, und er wiegte mich in seinen Armen und sagte: »Baby, Baby, Baby.« So aus unmittelbarer Nähe war das Bleichmittel im Teppich immer noch deutlich zu riechen.

Humberto half mir auf. Wir traten ans Fenster und sahen zum Himmel hinauf. Es war Neumond, bloß ein dünnes Lächeln am Firmament, und durch die Äste des Ahorns hindurch konnte ich einen Stern hell schimmern sehen.

Zum erstenmal seit Monaten nahm ich wieder die Welt um mich herum wahr.

Epilog

Es ist wieder einmal November. Ein Jahr ist ins Land gegangen, seit ich Nick das letzte Mal gesehen habe, aber vor ein paar Wochen habe ich eine Karte und ein Foto von ihm bekommen. »Immer noch in Therapie. Denke oft an Sie. Alles Gute, Nick«, lautete seine simple Nachricht.

Ich habe mir das Foto lange intensiv angesehen. Nick sitzt mit einem feierlichen Gesichtsausdruck am Klavier, die Hände auf den Tasten. Ich hätte gern gewußt, ob ein Freund von ihm oder gar eine neue Freundin das Bild gemacht hatte. Aber vielleicht hatte er es auch mit dem Selbstauslöser geknipst.

Seine Haut war sonnengebräunt. Vielleicht hatte er noch keinen neuen Job gefunden, vielleicht verbrachte er seine Tage einfach nur am Strand. Er trug ein Hawaiihemd, seine legere Kleidung wirkte etwas verknittert, was entweder bedeuten mochte, daß er es aufgegeben hatte, all seine Sachen zu stärken und zu bügeln, oder daß es besonders warm gewesen war an diesem Tag. Auf dem Klavier standen auch eine Dose Coca-Cola und ein Glas.

Ich nahm seine Finger auf den Klaviertasten näher in Augenschein. An seiner rechten Hand konnte ich etwas Funkelndes ausmachen – vermutlich ein Ring. Hatte er eine Ferienreise gemacht und ihn sich als Andenken gekauft, oder war er ein Geschenk von jemandem?

Er hatte den Blick auf die Tasten gesenkt, so daß das Leuchten seiner Augen und ihre blaue Farbe nicht zu erkennen waren, aber sein Kinn wirkte entspannt, und es war etwas Weiches um seine Augen, vielleicht sogar ein Anflug von Freundlichkeit. Ich wußte, daß er jetzt glücklicher war, und ich stellte mir vor, daß er sich endlich damit beschäftigen konnte, was er immer hatte tun wollen. Ich *wollte* es glauben.

In Bandon hatte einmal ein Kleiber sein Nest in der Nähe unseres Hauses gebaut. Im April dann war er auf der Suche nach einem Weibchen andauernd gegen unser Küchenfenster geflogen. Meine Mutter machte sich Sorgen, der Vogel würde sich noch umbringen, so erpicht war er darauf, sein eigenes Spiegelbild anzugehen. Er verteidigt sein Nest gegen Eindringlinge, sagte sie. Wir dachten, wenn wir einfach ein Handtuch vor das Fenster hängten, würden seine Attacken aufhören, aber er suchte sich eine neue Stelle und steckte weiter sein Territorium ab.

Während ich Nicks Foto studierte, mußte ich ständig an diesen Vogel denken. Hätte ich an einer ganz beliebigen Stelle ein Handtuch für Nick hingehängt, wäre er darum herumgegangen. Er hatte sein Szenarium bis zum Ende durchspielen müssen, ebenso von seinen inneren Zwängen getrieben wie dieser Vogel von seinen Instinkten.

Ich arbeite jetzt an Kevins Klinik an Santa Monica, aber nicht mehr als vierzig Stunden in der Woche. Das Fenster meines Sprechzimmers geht auf einen Flecken Gras hinaus, der von einer Glyzinie und Knöterich eingerahmt ist. Obwohl ich die Leiterin der ambulanten Abteilung bin, halte ich mir einen Tag in der Woche immer noch für meine Privatpatienten frei.

Während meiner zweiten Woche in meiner neuen Stellung kam eine neue Patientin zu mir – eine depressive Fünfundvierzigjährige, die an Panikattacken litt. Etwa in der Mitte unserer ersten Sitzung sagte ich zu ihr: »Es muß für Sie Augenblicke geben, in denen Sie solche Angst verspüren, daß Sie meinen, ersticken zu müssen. Sie können sich dann gar nicht vorstellen, wie Sie die nächste Stunde überstehen werden.«

Ihre Augen schwammen in Tränen, und sie sagte: »Genau so ist es.« Dann sah sie mich ganz merkwürdig an, den Kopf auf die Seite gelegt, und fragte: »Hatten Sie früher mal – oder haben Sie auch Angstzustände oder Depressionen?«

Sie muß wohl der einzige Mensch in ganz Los Angeles sein, der nichts von meinem Prozeß mitbekommen hatte, dachte ich. Und um nichts vor ihr zu verstecken, sagte ich: »Ich bin einmal durch die Hölle und zurück gegangen, und ich hoffe, daß das, was ich dabei gelernt habe, auch für Sie hilfreich sein wird.«

»Es gibt so viel zu erzählen«, sagte sie, und dann begannen wir den schwierigen Prozeß des Aufarbeitens.

An drei Tagen in der Woche liege ich nun auf Beryl Dandelones Couch und gehe meine eigenen Erfahrungen durch. Ich genieße den kräftigen Tabakgeruch, der ihre ganze Praxis durchzieht, den Anblick der Reihen von Büchern, das gedämpfte Licht, das weiche Timbre ihrer Stimme. Endlich erzählte ich ihr auch von dem großen, grauen Ding, das ich manchmal kurz vor dem Einschlafen auf mein Gesicht zuschweben sehe.

»Wie reagieren Sie darauf?« wollte sie wissen.

»Manchmal bin ich hellwach vor Angst, manchmal starre ich nur ganz fasziniert darauf oder schließe die Augen und lasse mich davon umfangen.«

»Was Sie beschreiben, nennt sich *Isakower-Phänomen*. Die große, schattenhafte Masse wird als primitive Erinnerung an die Brust erklärt, und die Tatsache, daß sie über Ihrem Gesicht schwebt, als Beginn des Stillens.«

»Davon habe ich ja noch nie etwas gehört!«

»Man hält es für eine flüchtige psychische Wiedervereinigung mit der Mutter. Mal ist diese Vereinigung willkommen und manchmal von der Angst begleitet, ausgelöscht zu werden.«

»Also ist es die früheste Form der Ambivalenz, des Empfindens widersprüchlicher Gefühle gegenüber ein- und derselben Person?«

»So lautet die Theorie.«

»In meinem Fall sind dem noch eine ganze Reihe weiterer Ambivalenzen gefolgt.«

»Durchaus. An jenem Halloweenabend, als Ihre Mutter gestürzt ist, haben Sie ganz klar gesehen, daß auch sie nicht vollkommen war. Und obwohl Sie zwischenzeitlich ein ganzes Stück weitergekommen sind, müssen Sie doch noch in inneren Einklang mit sich darüber kommen, wie und wer sie ist.«

»Es fällt mir leichter, wenn ich nicht unmittelbar in ihrer Nähe bin.«

»Und so wird es vielleicht immer bleiben. Aber wir werden weiter daran arbeiten.«

»Sie sprechen von einem festen Bewußtsein eines separaten Ichs. Ohne das fühlt man sich nicht voll und ganz lebendig, nicht wahr?«

»Stimmt.«

»Zachary hat immer gesagt, Nick bräuchte mich, um seine Gefühle empfinden zu können, so daß er voll und ganz zum Leben erwachen konnte. Auf eine weniger krasse Weise trifft das wohl auf uns alle zu.«

»Oh, gewiß«, sagte sie leise. »Im reflektierten Licht eines liebenden Gesichts, das Sie ansieht und Sie kennt und Sie so liebt, wie Sie sind, erwachen Sie erst eigentlich zum Leben.«

Im August war die Hochzeit von Val und Gordon. Meine Eltern kamen übers Wochenende heruntergeflogen und wohnten bei uns in Humbertos Haus. Meine Mutter sah so schlank und hübsch aus, wie ich sie seit Jahren nicht mehr gesehen hatte, und ich wußte: Was mich verändert hatte, war auch an ihr nicht spurlos vorübergegangen.

Die Feier fand im Garten des Bel Air Hotels statt, wo zwei Schwäne auf dem Fluß gemächlich an uns vorübergezogen kamen. Valerie sah atemberaubend aus in ihrem Spitzenkleid mit den Schmucksteinen und Perlen, die meine Mutter von Hand aufgenäht hatte. Ich ging an Humbertos Arm durch das Spalier der Gäste, und als ich entdeckte, daß meine Mutter Tränen in den Augen hatte, war ich ihr überhaupt nicht böse.

Nach dem Essen tanzten Humberto und ich. Es war heiß in dem Saal, und die Band war laut, und als er mich um sich herumwirbelte, fühlte ich mich wie an einem jener Sommerabende zu der Zeit, bevor Onkel Silky fortgezogen war, als ich auf meinen Vater zugerannt war, wenn er nach Hause kam, um von ihm in den Arm genommen zu werden, und er mich hochhob und im Kreise segeln ließ, bis mir ganz schwindelig wurde.

Von ihrem Tisch in unserer Nähe sahen meine Eltern mir und Humberto auf der Tanzfläche zu. Ich habe noch alles genau vor Augen: ein lächelnder Humberto mit Schweißperlen auf der Stirn, bemüht, die Kluft zwischen uns verschwinden zu lassen; ich, mit schmerzenden Füßen in den hochhackigen Schuhen und in mein zu enges grünes Satinkleid eingeschnürt und meinerseits bemüht, meine Ängste zu überwinden und die Hand nach ihm auszustrecken; meine Mutter, mit ganz verschleierten Augen vor Rührung, ein halbgegessenes Stück von der Hochzeitstorte auf dem Teller; mein Vater in seinem ersten geliehenen Smoking, den Arm über die Stuhllehne meiner Mutter gelegt.

Und da ist noch ein Augenblick, kurz bevor die Melodie ausklang: Mein Vater, der sich zärtlich zu meiner Mutter herüberbeugt, um ihr ein wenig Puderzucker aus dem Gesicht zu wischen.

Als die Band zum nächsten Walzer aufspielte, bat ich meinen Vater um den Tanz.

Dank

Ich möchte meine zutiefst empfundene Dankbarkeit Sandra Scofield gegenüber zum Ausdruck bringen, die meine schriftstellerische Arbeit ernst genommen und mir so großzügig ihre Zeit, ihr Wissen und ihren Zuspruch geschenkt hat. Tony Gardner und Frank Wuliger gehört mein Dank, weil sie bereit waren, ein Manuskript anzunehmen, das noch viel Nacharbeit benötigte. Vielen Dank auch meiner Lektorin Laurie Bernstein für ihre ausgezeichneten Vorschläge, ihre Geduld und ihre Beharrlichkeit.

Joan Sanger und Joan Kalvelage danke ich für die unschätzbar wertvollen Ideen, die sie in dieses Buch eingebracht haben, und ich weiß wohl zu schätzen, wieviel Zeit sie darauf verwendet haben. Dank auch an Betsy Beers, Dori Appel, Jan Gregory und Leah Ireland für ihre Zeit und ihre Kommentare, und Pamela Thatcher und Michele Licht für die Beratung in juristischen Fragen.

Doch die tiefste Dankbarkeit gebührt meinem Mann Bob Comfort, der etwas in mir entdeckt hat, von dem ich nicht wußte, daß es da war, und mir Gelegenheit gab, es zu erforschen.